台灣の讀者の皆さんへのコメント

海を越えて旅したことのない私の書いた小説が、
海を越えて多くの讀者の皆樣のもとに屆いていることを、
心から嬉しく思っています。
この作品も、どうぞお樂しみいただけますように！

致親愛的台灣讀者

從未出國旅行的我，
這次很高興自己寫的小說能跨海與許多讀者見面，
希望這部作品能帶給您無上的閱讀樂趣。

宮部みゆき

《聖彼得不認主》（*Denial of St. Peter*）
林布蘭（Rembrandt Harmensz van Rijn）

（1660年收藏於阿姆斯特丹國家博物館）
oil painting © Getty Images

聖彼得的送葬隊伍

ペテロの葬列

宮部美幸

王華懋——譯

宮部美幸 作品集／50
MIYABE MIYUKI

聖彼得的送葬隊伍

Contents

導讀——張亦絢

進入「宮部美幸館」，就是進入最具原創力與當下性的新新羅浮宮

宮部美幸並不是不容錯過的推理作家——她是不容錯過的作家。她不只值得我們在休閒時光中，一飽推理之福，也爲眾人締造了具有共同語言的交流平台，讓我們得以探討當代的倫理與社會課題。

在這篇導讀中，我派給自己的任務，是在高達六十餘部作品中，挑出若干作品，介紹給兩類讀者，一是還未開始閱讀宮部美幸者；二是面對她龐大的創作體系，雖曾閱讀一二，但對進一步涉獵，感到難有頭緒的讀者。

入門：名不虛傳的基本款

在入門作品上，我推薦《無止境的殺人》、《魔術的耳語》與《理由》。

《無止境的殺人》：對於必須在課業或工作忙碌時間中，抽空閱讀的讀者，短篇集使我們可以自行調配閱讀的節奏——小說其實具備我們在小學時代都曾拿到過的作文題目旨趣：假如我是×××——本作可看成「假如我是某某某的錢包」的十種變奏。擬人化的錢包是敘述者。如何在看似同一主題下，變化出不同的內容，本作也有「趣味作文與閱讀」的色彩，是青春期讀者就適讀的想像力之作。短篇進階則推《希望莊》。

從短篇銜接至較易讀的長篇，《逝去的王國之城》則是特別溫馨的誠摯之作。

《魔術的耳語》：這雖不是作者的首作，但卻是作者在初試啼聲階段，一鳴驚人的代表作。北上次郎以〈閱讀小說的最高幸福〉讚譽，我隔了二十年後重讀，依然認爲如此盛讚，並非過譽。媚工、心智控制、影像——分別代表了古老非正式的「兩性常識」、傳統學科心理學或醫學、以至商業新科技三大面向的操縱現象及後遺症——這三個基本關懷，會在宮部往後的作品，比如《聖彼得的送葬隊伍》中，不斷深入。雖是作者的原點之作，也已大破大立。

《理由》：與《火車》同享大量愛好者的名作；雖然沒有明顯資料顯示，是枝裕和的《小偷家族》受到《理由》一書的影響，但兩者除了有所相通，寫於一九九九年的《理由》更是充分顯露宮部美幸高度預見性天才的作品。住宅、金融與土地——社會派有興趣的主題，偶爾會得到若干作家略嫌枯燥的處理——《理由》則以「無論如何都猜不到」的懸疑與驚悚，令人連一分鐘也不乏味地，就看完了批判經濟體系的上乘戲劇。說它是「推理大師爲你／妳解說經濟學」，還是稍微窄化了這部小說。除了推理經典的地位之外，也建議讀者在過癮的解謎外，注意本作中，無論本格或社會派中，都較少使用的荒謬諷刺手法。

冷門？尺度特別的奇特收穫

接著我想推三部有可能「被猶豫」的作品，分別是：《所羅門的僞證》、《落櫻繽紛》、與《蒲生邸事件》。

《所羅門的僞證》：傳統的宮部美幸迷，都未必排斥她的大長篇，比如若干《模仿犯》的讀者非但不抱怨長度，反而倍受感動。分成三部、九十萬字的《所羅門的僞證》可能令人遲疑，節奏太慢？眞有必要？事實上，後兩部完全不是拖拉前作的兩度作續，三部都是堅實縝密的推理。最後一部的模擬法庭，更是將推理擴充至校園成長小說與法庭小說的漂亮出擊：宮部美幸最厲害的「對腦也對心說話」，更是發揮得淋漓盡致。此作還可視爲新世紀的「青春冒險小說」。說到冒險，過去的未成年人會漂到荒島或異鄉，然而現代社會的面貌已大爲改變：最危險的地方，就在「哪都不能去」的學校家庭中。誰會比宮部美幸更適合寫青春版的「環遊人性八十天」？少年少女之於宮部美幸，恰如黑猩猩之於珍・古德，或工人之於馬克斯，三部曲可說是「最長也最社會派的宮部美幸」。

《落櫻繽紛》：「療癒的時代劇」，本作的若干讀者會說。但我有另個大力推薦的理由，我認爲，這是通往小說家從何而來的祕境之書。除了書前引言與偶一爲之的書名，宮部美幸鮮少掉書袋。然而，若非讀過本書，不會知道，她對被遺忘的古書與其中知識的領悟與珍視。如果想知道，小說家讀什麼書與怎麼讀，本書絕對會使你／妳驚豔之餘，深受啓發。

《蒲生邸事件》：儘管「蒲生邸」三字略令人感到有距離，然而，融合奇幻、科幻、歷史、愛情元素的本作，卻可說是一舉得到推理圈內外矚目，極可能是擁護者背景最爲多元的名盤。如果對「二二六事件」等歷史名詞卻步，可以完全放下不必要的擔憂。跳脫了「你非關心不可」與「你知道也沒用」兩大陣營的簡化教條，這本小說才會那麼引人入勝。我會形容本書是「最特殊也最親民的宮部美幸」。

以上三部，代表了宮部美幸最恢宏、最不畏冷門與最勇於嘗試的三種特質，它們有那麼一點點專門的味道，但絕對値得挑戰。

中間門：看似一般的重量級

最後，不是只想入門、也還不想太過專門——介於兩者之間的讀者，我想推薦《誰？》、《獵捕史奈克》與《三鬼》三本。

《誰？》：小編輯與大企業的千金成婚，隨時被叫「小白臉」的杉村三郎成爲系列作中，業餘到專業的偵探。看似完全沒有犯罪氣氛的日常中，案中案、案外案——至少有三案會互相交織連鎖——其中還包括一向被認爲不易處理的陳年舊案。喜歡生活況味與懸疑犯罪的兩種讀者，都容易進入；宮部美幸還同時展現了在《樂園》中，她非常擅長的親子或手足家庭悲劇。動機遠比行爲更値得了解——這不但是推理小說的法則，也是討論道德發展的基本認識：不是故意的犯罪、不得已的犯罪與不爲人知的犯罪，爲何發生？又如何影響周邊的人？除了層次井然，小說還帶出了「少女勞動者會被誰剝削？」等記憶死角。儘管案案相連，殘酷中卻非無情，是典型「不犯罪外，也要學會自我保護與生活」的「宮部伴你成長」書。

《獵捕史奈克》：主線包括了《悲嘆之門》或《龍眠》都著墨過的「復仇可不可？」問題。節奏快、結局奇，曾在《魔術的耳語》中出現的「媚工經濟」，會以相反性別的結構出現。本作是在各種宮部之長上，再加上槍隻知識的亮眼佳構。光是讀宮部美幸揭露的「槍有什麼」，就已値回票價——何況還有離奇又合理的布局，使得有如公路電影般的追逐，兼有動作片與心理劇的力道。雖然不同年齡層的男人互助，也還是宮部美幸筆下的風景，但此作中宮部美幸對女性的關愛，已非零星或一閃而過，而有更加溢於言表的顯現。

《三鬼》：《本所深川不可思議草紙》的細緻已非常可觀，《三鬼》驚世駭俗的好，並不只是深刻運用恐怖與妖怪的元素。它牽涉到透過各式各樣的細節，探討舊日本的社會組織與內部殖民。以兼作書名的〈三鬼〉一篇爲例，從窮藩栗山藩到窮村洞森村，令人戰慄的不只是「悲慘世界」，而是形成如此局面背後「不知不動也不思」的權力系統。這是在森鷗外〈高瀨舟〉與〈山椒大夫〉譜系上，更冷峻、更尖銳也可說更投入的揭露——看似「過去事」，但弱勢者被放逐、遺棄、隔離並產生互殘自噬的課題，可一點都不「過去式」。雖然此作最令我想出聲驚呼「萬萬不可錯過」，不代表其他宮部的時代推理，未有其他不及詳述的優點。

透過這種爆發力與續航性，宮部美幸一方面示範了文學的敬業；在另方面，由於她的思考結構具有高度的獨立性與社會批判力，也令人發覺，她已大大改寫了向來只強調「服從與辦事」的「敬業」二字的含意。在不知不覺中，宮部美幸已將「敬業」轉化爲一系列包含自發、游擊、守望相助精神的傳世好故事。

進入「宮部美幸館」，就是進入最具原創力與當下性的新新羅浮宮。

本文作者簡介

張亦絢

巴黎第三大學電影及視聽研究所碩士。早期作品，曾入選同志文學選與台灣文學選。另著有《我們沿河冒險》（國片優良劇本佳作）、《晚間娛樂：推理不必入門書》、《小道消息》、《看電影的慾望》，長篇小說《愛的不久時：南特／巴黎回憶錄》（台北國際書展大賞入圍）、《永別書：在我不在的時代》（台北國際書展大賞入圍）。二〇一九年起，在BIOS Monthly 撰寫影評專欄「麻煩電影一下」。

杉村三郎周圍的人物相關圖

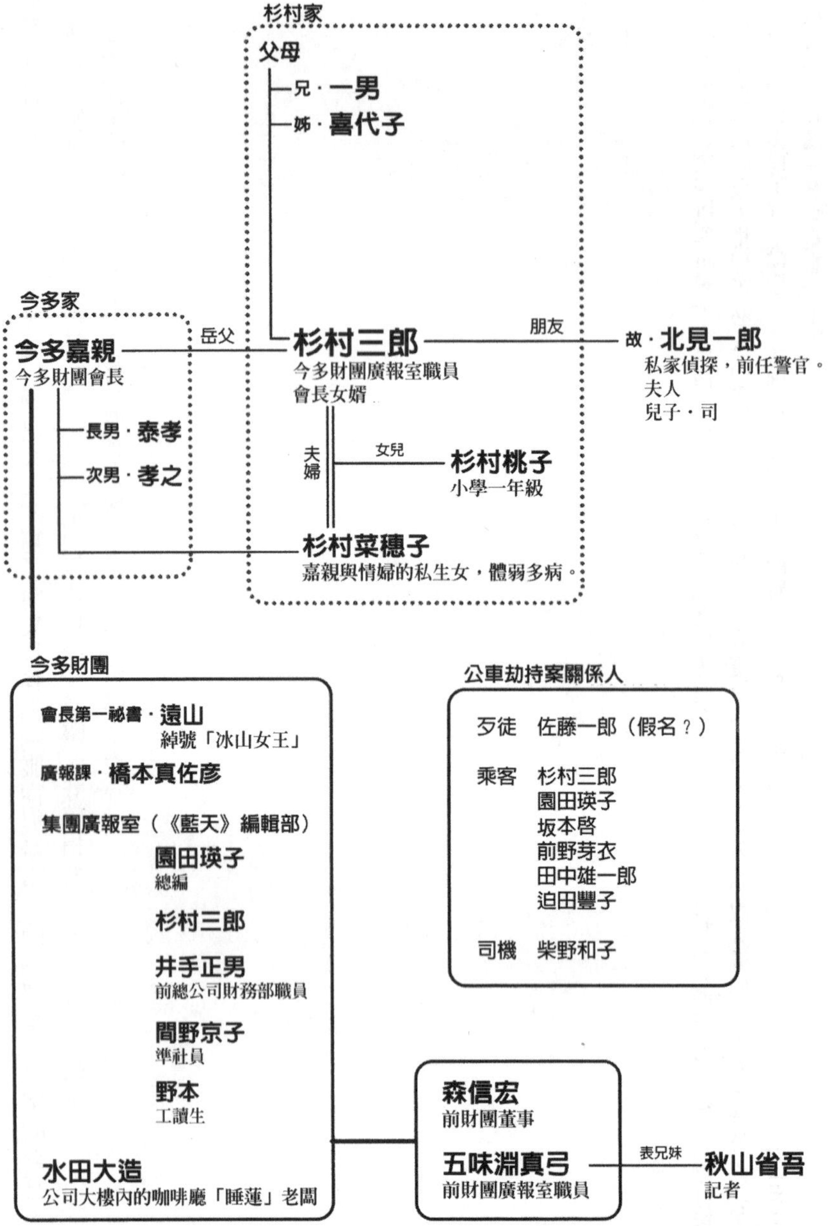

杉村家
父母
兄・一男
姊・喜代子
今多家
今多嘉親
今多財團會長
岳父
杉村三郎
今多財團廣報室職員
會長女婿
朋友
故・北見一郎
私家偵探，前任警官。
夫人
兒子・司
長男・泰孝
次男・孝之
夫婦
女兒
杉村桃子
小學一年級
杉村菜穗子
嘉親與情婦的私生女，體弱多病。
今多財團
會長第一祕書・遠山
綽號「冰山女王」
廣報課・橋本真佐彥
集團廣報室（《藍天》編輯部）
園田瑛子
總編
杉村三郎
井手正男
前總公司財務部職員
間野京子
準社員
野本
工讀生
水田大造
公司大樓內的咖啡廳「睡蓮」老闆
公車劫持案關係人
歹徒　佐藤一郎（假名？）
乘客　杉村三郎
園田瑛子
坂本啓
前野芽衣
田中雄一郎
迫田豐子
司機　柴野和子
森信宏
前財團董事
五味淵真弓
前財團廣報室職員
表兄妹
秋山省吾
記者

事後，多到數不盡的人問我：那個時候，你在想些什麼？不然就是，當下你能夠思考嗎？

我總是回答：「我記不清楚了。」

隨著問答的機會增加——隨著在聽到我的回答後，點頭、表示同情、出言安慰的人臉上，我看見稍縱即逝，連他們自身都沒察覺的好奇與猜疑之色。於是，我變得狡猾聰明，會稍稍停頓，補充道：

「這不是辯駁，我腦袋眞的一片空白。即使可能在思索，如今也完全想不起。」

然後，我會跟著他們一同點頭。因爲我學到，只要這麼做，掠過他們臉上的好奇與猜疑，就不會又立刻浮現。因爲我明白，這樣就能共享愜意的安心。

那個時候，我在想些什麼？

事件剛解決的時候，我認爲有資格當面這麼問我、要求我回答的只有一個人——我的妻子。受限於年齡，七歲的女兒無法得知消息，況且她根本不曉得出了什麼事。碰到這種狀況，不讓孩子知情，也是身爲父母的義務。

那個時候，我在想些什麼？

出乎意料，妻子沒這麼問我。困擾她的，是我完全料想不到的疑問。

「爲何你總會遇上這種事？」

我說出當下想到的答案：

「我是個超級幸運兒，神明覺得不偶爾調整一下平衡，對其他人太不公平。」

妻子微笑，彷彿在深夜開著電視，不經意聽見B級片的諧趣台詞。

「眞會說，感覺一點都不像你。」

妻子不接受我的解釋，也似乎死了心，認爲不管怎麼逼問，都得不到想要的答案。

「忘了吧。」我應道：「畢竟事件順利解決，大夥都平安無虞。」

是啊，她點點頭，卻流露不以爲然的眼神。

「那個時候你在想些什麼？」其實有資格這麼問我的，還有一個人。與其說是排除那個人，更接近爲敬畏、客氣、內疚交織的情緒所逼，而逃離他。

我指的是岳父——今多嘉親。身爲今多集團這個大企業的龍頭、財界大老，如今他八十有二，但年輕時被稱爲「猛禽」的銳利眼力，及那雙好眼力泉源的敏銳頭腦都不見半分衰退。我的妻子菜穗子，是他的私生女。

菜穗子並未以任何形式參與經營今多集團，將來也不可能插手。即使貴爲會長千金，身分權威，卻不具半點權力。另一方面，身爲菜穗子之夫的我，甚至連會長女婿的權威都沒有。結婚時，岳父開出條件，要求我辭掉小出版社的工作，成爲今多財團的一員，在直屬會長的集團廣報室擔任社內報記者兼編輯，我選擇接受。於是，岳父成了我可望不可及的上司，而我成了今多財團的基層員工。因此，不論以親人或上司的身分，今多嘉親都有資格詢問我。

「那種時候，人都會想些什麼呢？」

正確地說，岳父是這麼問我。

「非常抱歉。」我回答。

岳父略略斂起下巴，「有人要你道歉嗎？」

「不，可是……」

「這麼急著陪罪，難不成你在公車上想起菜穗子和桃子以外的女人？」

桃子是我和妻子的獨生女。

我正狼狽地想擠出B級片般的耍帥台詞，岳父笑道：

「開玩笑的。」

我們在岳父宅邸的書房裡，隔著書桌對坐。聆聽這段對話的，只有放滿書架的大量書籍，及裝飾在書架間隙的幾件美術品。

「實際上，眞的有辦法思考嗎？或許有些冒犯，不過我純粹是好奇。」

確實，岳父的目光充滿求知欲。

「會長又是如何？」我反問：「在您漫長的人生中，也曾面臨生死關頭吧？那種時候，您想起了什麼嗎？」

岳父炯炯發光的雙眼眨了眨。

「當然，畢竟我們是經歷過戰爭的世代。」

二次世界大戰終盤，岳父受徵召入伍。然而，至今無論在任何時機、任何場合探問，他從未詳細透露，總推說自身的經驗不足爲外人道。

「不過，你被捲入的案件，與戰爭不能比較，所以我才會忍不住好奇。」

我的視線離開岳父，移向他身後那套世界文學全集氣派的皮革書背。

「以前會長曾對我說，殺人行爲，是人類所能行使的最大權力。」

約兩年前，我們集團廣報室成員受某起案件殃及時，岳父難掩憤怒地如此表示。

「沒錯，我這麼說過。」

「您還說，會犯下這樣的罪行，是因爲太飢餓。爲了避免靈魂遭飢餓感啃噬，必須把它餵飽，所以利用他人當餌食。」

岳父手肘撐在桌上，雙手交握。在書房時，岳父經常擺出這樣的姿勢，我彷彿是面對神父的信徒。

「前些日子發生的案件中，我也成為那種權力行使的對象。」

對方舉槍威脅，若不從命就要射殺我。

「不知為何，從犯人身上，我感覺不到會長談及的『飢餓』。」

岳父注視著我。

「但也不是這樣，我就不害怕。我和其他人質都嚇壞了。我不認為犯人是虛張聲勢。」

「事實上他真的開了槍。」岳父應道。

「沒錯。」

「你早預見那樣的結局？」

盯著世界文學全集思索半晌，我緩緩搖頭，望向岳父。

「我完全無法預料事態會如何發展，演變成那種結果時，卻感到理所當然。」

一切都是自然而然。

「事情就發生在眼前，可是實在結束得太快，彷彿轉眼便結束。」

從案發到落幕只有三個多小時，據說是最快解決的國內公車劫持案件。

「我看到……孩童的自行車。」

岳父露出訝異的神情，我微微一笑。

「公車停留的空地角落，丟著一輛小自行車，手把和踏板是紅色的。隔著車門玻璃，可清楚看見。」

即使是現在，我仍覺得擁有那輛自行車的少年或少女會忽然現身，抓住紅色手把，踹開腳架，跨上踏板，內心不禁一陣難受。

「岳父，」我接著道：「您這麼一問，我終於明白。」

岳父沉默著，微微傾身向前，好似催促信徒告解的神父。

「當下我什麼都無法思考，所以現在才不由得要思考。」

思考應該存在於那裡的「飢餓」，是否被遺留在某處。

九月進入第三週，殘暑的威力總算逐漸減弱，我和總編正要前往一棟位在海濱的住家。我們已學到教訓，每當訪談延長，過傍晚才踏上歸途，背後襲來的海風意外地會凍得全身發冷。這是第五次，也預定是最後一次訪問。

總編園田瑛子捲起開襟薄衫塞進大托特包，問道：

「欸，你有沒有帶預備的錄音筆？我可不想像上次那樣，錄到一半檔案儲存空間不夠。」

我們集團的宣傳雜誌《藍天》，編輯部有三名正式員工和一名準員工，及一名打工人員，是個小家庭。辦公室棲身在悄然蹲踞於高層科技大樓的總公司後方、三層別館的三樓。

這裡別有一番天地，同時是座孤島，流放者的孤島。

與菜穗子婚後十年，意即成為今多財團基層員工十年以上，我仍無法掌握這個龐大企業集團的全貌。岳父繼承其父的小型棧板運輸公司，在一代之間便打造成如此巨大而複雜的企業體。現今「本家」仍是物流公司，但只是大樹的樹幹部分，枝葉則遍布五花八門的旗下公司。

一直以來，岳父似乎頗擔憂任職複合企業的龐大員工，會處於同床異夢的狀態，也就是溝通不足。於是十幾年前，他想到可發行一份全集團流通的綜合性社內報，這便是《藍天》創刊的契機。因此，發行人即為今多嘉親。

創刊至今的總編園田瑛子，是會長親自拔擢的人才。大學畢業後，她應屆進入今多財團，歷任各部門行政人員，也曾外派旗下公司，經驗非常豐富，是所謂的職場大姊頭。而這樣的她，究竟是職場生涯中的哪一段受到會長青睞，我並不清楚。
「我待過總公司的社內報編輯部，大概是那時候寫的文章合會長的胃口吧。」
本人這麼說，實際上或許也沒有更多的理由。只是，她的待遇有許多神祕之處，所以園田瑛子是會長情婦（或前任情婦）的傳聞根深柢固。至於傳言的眞僞，還沒有哪個膽大包天的傢伙，敢來詢問園田瑛子稱爲「會長駙馬爺」的我。即使眞的有人問起，我也不知究竟，不過菜穗子倒是一笑置之。
「園田小姐的類型，和今多夫人還有我媽差太多。」
這話出自今多嘉親情婦之女的菜穗子，我完全相信。而菜穗子提及「今多夫人」——生父的正室，她年紀相差甚遠的兩名哥哥的母親、現已過世的女士時，與園田瑛子苦笑著說「我才不是會長的情婦」的眼神，驚人得相似，更加強可信度。
總之，集團廣報室便是這樣一個地方。不論在任何意義上，分發到此的都是被調離前線的人，也就是流放者。唯一的差別，只在於是菜鳥或老鳥，及被流放的時期與理由。
園田瑛子是這座荒島的島主。她鎭坐在人事異動必然頻繁的廣報室，接納許多流放者，又目送他們離去。其中最棘手的非我莫屬，但她高明地差遣這樣的我，偶爾調侃我是「會長的乘龍快婿」、「今多家的小夥計」，釋放我和周遭同事累積的壓力，無微不至。她是個聰明人，如果當面表示「其實我有點尊敬妳」，不曉得她會露出怎樣的表情？
換句話說，我對身爲總編的園田瑛子毫無不滿，只是對她機器白痴的一面有些莫可奈何。
「上次錄音筆會停止，不是容量不夠，而是沒電。」
況且不必特意吩咐，我也總是隨身攜帶備用的錄音機器。除了第二支錄音筆，還有舊型的卡式錄音機。後者純粹是我的嗜好。
「總編的錄音筆我剛換電池，也測試過，沒問題。」

在電腦螢幕上檢查排版的野本弟回頭道。野本弟是約半年前來打工的大學生，主修國際經濟，二十歲。他做事勤快機靈，外貌清爽時髦，進公司第三天就獲得「牛郎小弟」的綽號。本人毫不介意，還透露真的想兼差當牛郎，可惜面試時被刷掉。

「你碰過我的錄音筆？討厭，該不會把檔案都刪光光吧？」

「我沒刪，還幫忙備份哩。」

就算總編搞錯資料夾，覆蓋掉檔案也不必擔心——野本弟沒說出口，而是對我使個眼色。我用朝向他的半邊臉，回以一笑。

園田總編往托特包一陣摸索，取出錄音筆按來按去，想驗證野本弟的話。

「那個老先生，話匣子一開就關不起來。」

「今天是最後一次了。」我應道。

「所有的錄音檔都備份了嗎？那能不能把上次的訪問打成逐字稿？」

「我來做行嗎？會不會被井手先生罵？」

井手正男也是同事之一。除了園田瑛子，他是《藍天》編輯部史上第一個出身今多財團本家的員工。

「井手先生討厭我。」

野本弟搔著頭。他沒染髮，但時髦有型。第一次面試後，園田總編咕噥「那顆走樣的傑尼斯頭不能想想辦法嗎」，不過似乎還沒出言矯正。其實園田總編挺中意他的髮型吧。

「放心，井手先生討厭的不只你一個。」

「這樣說好嗎？」

「他又不在，有什麼關係？雖然會長的駙馬爺可能會去祕書室告狀。」

「總編，不要腳痛就亂遷怒。」我傻笑著回道。

就任《藍天》總編時，制服不必說，園田瑛子也和職業婦女風的套裝與包鞋斷絕關係，不論春夏秋冬皆以五彩繽紛的民俗風寬鬆褲裝現身。

不過，她稱爲「那個老先生」的採訪對象——直到去年春天仍是今多財團常務董事的森信宏，在第一次訪問時對她的穿著十分不滿。無可奈何，唯獨在專訪他當天，園田瑛子會從衣櫃深處挖出套裝，蹬上「參加葬禮用」的黑包鞋。那雙六吋高的包鞋，對習慣率性打扮的她的腳，形同狩獵女巫的拷問刑具，所以她的心情才會這麼糟。

「今天眞的是最後一次吧？」總編噘嘴瞪著我，「那個老先生要是還沒講夠，我可要哀號了。」

「訪談說好總共五次，今天就會結束。」

「間野小姐會整理成文字稿吧？」野本弟轉過椅子面向我們，「她已準備好要當總編的幽靈寫手，正躍躍欲試。」

間野京子是編輯部的第四名成員。

「間野小姐眞的很有文采。她說在之前的店裡工作時，不管是發給客人的傳單，或發表在網站的文章，全出自她的手筆。」

連悠閒的集團宣傳雜誌，也不可避免地受近年的經濟危機浪潮波及。目前包括員工、準員工四名，加上一名打工人員的編制，是歷來規模最小。更別提井手完全派不上用場。

另一方面，間野京子如同本人所言，妙筆生花，十分能幹。她和雖然是打工人員，卻是寶貴戰力的野本弟也相處融洽。大概是剛滿三十歲，在編輯部內與野本弟年齡最爲相近吧。

「你啊，不要讓我提醒那麼多次。」

園田總編凶狠地瞇起眼，訓斥野本弟。她配合套裝化較濃的妝，一瞇起雙眸，眼影就閃閃發亮。

「不能說『店裡』，至少要說『前職場』，不然又會觸怒井手先生。」

「妳不是說他不在就沒關係？」

「本人不在時可以說的，只有壞話。像這種小細節，就得趁本人不在時確實養成習慣。」

間野京子的前一個職場，是岳父收購並納入旗下的高級美容沙龍。岳父從不做沒意義的事，那是著名的舞台劇女星御用沙龍，不進行任何宣傳或廣告，也不接生客。雖然貴得離譜，但效果一流，這一點菜穗子能打包票。

間野京子是優秀的美容師，這也是菜穗子掛保證的。然而，由於家庭因素，間野無法繼續從事需要配合顧客，上班時間不規則的工作。一般情況下，美容師會辭職離開，但菜穗子十分欣賞間野的技術和開朗的性格，於是用一句「父親，我有個請求」，推薦她進入上下班時間固定且週休二日的《藍天》編輯部，直到能復歸原先的職場。

我的妻子杉村菜穗子與今多財團在任何形式上都毫無瓜葛，更不曾干涉人事，間野京子是例外中的例外。岳父為愛女破格的行動感到驚訝，並開心不已。仔細想想，即使一次也好，岳父或許一直在期待菜穗子提出任性的要求。

再怎麼疼女兒，今多嘉親畢竟是今多嘉親。岳父沒告訴菜穗子，私下派人調查間野京子的風評與工作能力。在這種時候活動（暗中活躍）的，是眞正意義上直屬會長的祕書室職員。接到他們的報告，岳父相當滿意，毫不猶豫地將間野京子挖角到《藍天》——過程就是如此。

對於此類人事安排，園田總編無動於衷。她早扛著一個杉村三郎，也就是我這個麻煩，如今根本雷打不驚。她僅僅行個禮，表示一切遵照會長指示。

間野京子開朗隨和，熱心工作，還意外具備過人的文采。透過調查，岳父應該瞭若指掌，我們也很快就發現她的優點，沒有任何問題。

只是一碰上井手正男，便會產生一些不協調音，然後看似粗枝大葉，其實神經纖細的總編就得在背後煞費苦心。

「我覺得井手先生很幼稚。」

野本弟不滿地嘀咕，扯弄右耳垂。上頭開著三個耳洞，當然，在編輯部出勤時，上頭只有洞。

「不然你們想想，他幾歲啦？」

「四十七歲。」總編回答。

「跟我爸只差一歲，眞的不該再像小學模範生般裝腔作勢。」

總編瞟他一眼，「牛郎小弟，你就期待四十七歲到來那天吧。我一定會搭乘時光機，去瞧瞧你是不是變成會對部下裝腔作勢的上班族。」

上午十一點，園田總編和我從東京車站搭乘特急列車。

「在我小時候，那個地方是很適合去過夜，然後享受海水浴的度假勝地。」

這話也聽過五遍了。

「我還是沒辦法理解，森先生絕不會安於隱居在海濱別墅啊。他渾身散發著第一線商業戰士的氣息。」

「所以意見才會那麼多。」

「對吧？那他怎麼不住都心，在集團旗下公司當監事之類的？」

外表大剌剌，其實內心纖細的園田瑛子，有著意外的死角。從大型都市銀行被挖角過來，一路在今多財團的財務圈奮鬥的森常務董事，確實不是會因年屆七十就隱居的人。他會辭退所有職務，搬到房總半島海邊的「海星房總別墅區」，並不是爲了自己，而是爲了罹患失智症的夫人。總編沒發現這一點，應該是夫人始終沒現身，加上一些誤會。總編認爲「夫人」心高氣傲，瞧不起沒出路的集團宣傳雜誌編輯部員工，覺得沒必要出來打招呼。明明沒有任何根據，總編卻一心如此認定，恐怕流放者荒島的島主還是有其積鬱與自卑吧。就是這樣的心態造成死角。

進行採訪前，岳父曾向我提起森夫人的病情，並警告我，除非森先生主動談及，否則絕不能觸碰此一話題。

不過，採訪將於今天結束。爲防日後總編毫無預警地得知森夫婦的抗病內幕，陷入深深的自我厭惡，我判斷現下是個好時機，於是在談話間告知。

總編拿著瓶裝綠茶，沉默半晌，問道：「那一帶有不錯的醫院嗎？」

「有專門的看護機構。如果眞的不行，森先生打算讓夫人搬進去。」

「這樣啊……」

總編又沉默片刻，露出小學生般的好勝表情說：

「可是，森先生還是太囉嗦。」

在目的地車站的月台下車後，我們感受著海風，前往鄰近車站大樓旁的家庭餐廳。用完午飯，在下午一點整按森邸的門鈴，是每回的固定步驟。住在家裡的女傭會出來應門，帶我們到能夠俯瞰外房海景的客廳，以進行訪談。

到了三點，稍稍休息，女傭會送來茶點，約三十分鐘後繼續訪談，結束時往往超過六點。以社內報而言，這是過長的訪談，之所以會演變至此，是結合回憶錄出版企畫的緣故。不過，這個企畫會不會實現，尚未定案。森先生希望讀過訪談的文字稿，確認無愧於他的生涯再做定奪。

森信宏與短小精悍的岳父完全相反，身材高大，年輕時想必有美男子之稱。他的五官立體，彷彿有日耳曼人的基因，皮膚白皙，眼珠顏色很淡。雖然是這場訪談中不能提起的話題，但據說他曾是財金界數一數二的花花公子。

寒暄致意後，森先生一如往常，俐落地接受訪談。他穿著麻質襯衫，外罩夾克，由於打高爾夫球，皮膚晒得黝黑。只要他有意，想必依舊能大享豔福。

最後一次訪談，森先生從任職今多財團財務總監講起，偶爾會針對今多嘉親提出尖銳到令人吃驚的批判，總編頻頻瞟向我，我不禁感到好笑。失敗就是失敗，善政就是善政，對目前還不能下定論的事挑明這麼說，聽著反倒痛快，岳父一定也會同意。

休息結束，後半場是概括性的總結，森先生間或談及人生觀，即使話題轉移到家庭或夫人也不奇怪，我不由得有些緊張。不過，對我們的「金庫守護神」清晰的頭腦與流暢的口才而言，這只是杞人憂天。

「嗯，大概就這樣吧。」

森先生在扶手椅上重新坐好，蹺起腳說。客廳的雙開落地窗外，是一片大海絕景，水平線留下一條暗紅色，逐漸轉爲日暮。

「看過你們整理出來的文字稿，我會註明需要修改的地方。我的記憶應該也有模糊不清的部分吧。」

「再麻煩森先生。」我們一同低頭行禮。

森先生一笑，「很累吧？我可是累壞了。」

「感謝您每次都撥出這麼長的時間接受專訪。」

「哪裡，我現在很閒，撥空倒是沒問題。只是活到這把歲數，回憶過往就變得十分辛苦。連打算掩蓋的事情都會一併想起，得一一蓋回去才行。」

他喚來女傭再倒一杯咖啡，勸道：「你們也喝點熱的再走。每次都沒能招待什麼，實在抱歉。」

「沒那回事。」

森先生似乎維持相同的姿勢，切換了模式。

「杉村。」

「是的。」

「菜穗子小姐過得如何？」

他的目光頓時柔和許多。

「託您的福，她一切安好。」

「那就好。菜穗子小姐還沒結婚時，我在內子的活動上見過她。」

自稱改變，用詞也換成敬語，表示他不是在與前部下交談，而是把我視為今多家的一員吧。識時務的總編，優雅從容地收拾著錄音器材和筆記。

「內子以前滿廣泛地從事志工活動。」

他說菜穗子幫忙過幾次。

「好像是幫忙錄製有聲圖書，提供給視障者的團體吧。」

「菜穗子在圖書館擔任念童書的志工。她從單身時代就一直從事志工活動。」

「啊，那應該是內子看中她的經驗，拜託她的吧。」

女傭端來咖啡，總編幫忙她擺放。

「內子人面挺廣，也相當會使喚人，可能給菜穗子小姐添不少麻煩。不過，菜穗子小姐真的是很棒的女性，我十分敬佩她。唯獨那個時候，我由衷羨慕會長。」

「您過獎了。」

「內子也說，如果我們有兒子，便能央求會長把菜穗子小姐嫁來我們家。豈料過沒多久，菜穗子小姐就被你搶走。」

他不等我搭腔，笑著繼續道：「實在是意外的伏兵。可是，與其隨便跟集團裡的傢伙聯姻，跟你這種自由的男人結婚，菜穗子小姐會比較幸福。我也……是啊，活到這把歲數，漸漸擺脫一點庸俗之氣，才會這麼想吧。」

總編端莊微笑，我也維持同樣的表情。

「你應該也碰上不少勞心傷神的事，」森先生注視著我的雙眼，「不過，請務必守護菜穗子小姐的幸福。身爲一個男人，比起其他任何事，最重要的是要讓自己選擇的終生伴侶得到幸福。」

我再度低頭行禮，「您的教誨我會謹記在心。」

不同於過去的四次訪談，森先生送我們到玄關。女傭則先去打開前院的門。

「最後才這麼說，可能會像是辯解，不過內子一次也沒出來打招呼，眞是抱歉。」

森先生想必早看準此一時機，語氣相當自然。

「杉村應該聽說了吧？內子的狀況不怎麼理想。」

我曖昧地點點頭，總編露出「這是在講什麼？」的表情。幸好我在去程的特急列車上知會過她。

「是失智症。」森先生告訴總編，「原以爲能一起在這個家住一年，但似乎還是沒辦法。我過得很辛苦，內子恐怕更難受。不，醫師說本人已無法認知到這些，可是我心裡明白，以前的內子被關在現下的內子體內，生氣地哭喊著不要看她這副模樣。」

女傭在門旁等候，強烈的海風掀起圍裙裙襬。

「這麼說像在自誇，不過以前的她是才色兼備的好女人。即使變成老太婆，一樣是好女人，不輸給菜穗子小姐的好女人。」

森先生拍拍我的肩膀。

「我多話了。不過，你們平常都不叫計程車嗎？」

總編倏然回神般，站直應道：「是的，附近就有公車站牌。」

「是名爲『海風線』的黃色公車嗎？」

那是會行經「海星房總別墅區」的公車，約莫一小時一班，去程時間不合，只好坐計程車，不過我們研究時刻表，發現回程恰巧有班次，方便搭乘。《藍天》編輯部也不例外，處於財政緊縮的狀況，能省則省。公車十分乾淨，又沒什麼乘客，坐起來挺舒適，而且時間上能銜接回程的特急列車。

「本地的開發公司買下那家客運，收編爲子公司。這是考慮到退休想在別墅區定居的老夫婦，可能無法自行開車。」

「原來如此。」

聽到這番說明，我總算理解爲何沒什麼乘客，車子卻頗高級。

「其他應該還有三條路線。儘管是虧損連連的小型客運公司，一旦倒閉，當地人等於失去雙腳。成天被罵破壞環境、滿腦子追求金錢利益的地產開發公司，偶爾也會做點好事。」

「要不要在書裡提一下？補充在後記也行。」我提議道。

「哦，這也許是個好主意。最好向讀者說明，如今我在什麼地方回顧過去說大話……雖然不曉得會有幾個讀者。」森先生眨眨眼。

臨別之際，森先生展現出親和溫暖的一面。擔任常務董事時，森先生是令外頭的金融人士和直屬部下畏懼到晚上會做噩夢的恐怖「金庫守護神」，其實是最受祕書室女性歡迎的人物吧。

「請代我向會長致意。」森先生行了一禮，「我非常感激他的好意。」

我們恭敬回禮後，走出大門，來到別墅區的道路。經過鋪裝，被草皮與花壇包圍的道路漫步起來十分愜意，也方便車輛通行，想必和「海星房總別墅區」的建築物配置一樣，是極爲講究人體工學的設計。

我們一向搭準時在晚上七點行經「海星房總別墅區　日落街區」站的班次。徒步三分鐘就能抵達的站牌，今天卻異常遙遠。總編似乎也有同感，不光是踩著六吋高跟鞋的緣故。

「我太嫩了。」總編把塞得鼓鼓的托特包背到肩上，「最起碼第二次訪談就該問出那些話，實在沒資格自稱專業人士。」

眞想再聽他多說一些，總編低喃。

「還有機會的。依剛剛交談的感覺，應該能順利取得森先生的同意。」

兩人緩步前進，不久便看到「日落街區」的公車站牌。黃色長椅在近未來造型的透明樹脂雨遮保護下，在黃昏的幽暗中散發朦朧的光。公車站說明柱的設計與色調，也配合雨遮及長椅。聽到森先生的話，我才注意到這一點，不過設備都是地產開發公司收購後整修的吧。

總編和我在長椅坐下，各自檢查筆電和手機上的電子郵件及簡訊，這已是老習慣。月刊《藍天》的發行編務，除了最終校稿日以外，都不怎麼繁忙，只是內容牽涉到財團所有業務及企業，經常需要修改細節和多方考量，因此會頻繁與採訪對象聯絡。每次結束森先生的午後訪談，坐在公車站長椅上，便有數量龐大的待回信件和電話留言等著我們。

「眞是要命。」園田總編看著手機螢幕，忍不住咂舌，「『威爾涅斯』又要換照片。」

那是集團旗下專賣保健食品的通販公司。

「他們要更換七日試用組的包裝。這應該是早就決定好的事，怎麼不先講。」

我收到菜穗子的簡訊，由於嫂嫂突然邀約，她帶桃子去吃晚飯。這是下午三點多傳來的。

「好，抱歉這麼晚回覆。」傳完簡訊，我臨時起意問道：

「總編，今晚要不要去喝一杯？」

園田總編一臉錯愕，彷彿聽到我問：「待會要不要去動物園？」

「爲什麼？」

「也沒爲什麼……就是訪談告一段落……」

「可是，辦公室還有人嗎？」

每次訪談結束，回去放器材，編輯部都沒人加班。畢竟還不到忙碌的時期。

「總編和副總編兩個人喝酒不行嗎？」

我姑且算是副總編。

「要我跟會長的駙馬爺單獨喝酒？」

「偶爾一次無妨吧。」我笑道：「新橋有家美味的串燒店，谷垣先生帶我去過。」

谷垣先生曾是集團廣報室的員工，已屆齡退休，如今應該和夫人過著悠閒的晚年生活。

園田總編總是掛在嘴上的「會長的駙馬爺」，在我的綽號中算是相當溫和。許多人背地裡叫我間諜、祕密警察、馬屁精，也有人罵我是今多一族的寄生蟲、會長女兒的小白臉。

一直以來，我和流動率極高的廣報室成員都處得不錯。只是，即使表面相處融洽，也沒人邀我「去喝一杯」。話說回來，在這個蜻蜓點水式的職場，究竟有哪個古怪的員工，會想和會長的間諜、會長女兒的小白臉交好？如果混熟有好處也就罷了，但又毫無益處。

不過，谷垣先生卻邀我「一起去喝一杯吧」。直到現在，我偶爾仍會莫名懷念起他。像今晚這樣，妻子突然帶女兒外出吃飯不在家，我甚至會想一個人晃到那間串燒店坐坐。

「好吃嗎？」

「燒烤不必說，燉肉更是絕品。」

「哦？那很棒嘛。」

總編收起手機時，公車進站。

「海風線」公車的風格一點都不近未來，是舊式有階梯的設計，從前門上車，中央的門下車。所有路段的票價都是一百八十圓。

一條寬幅黃線橫跨白色車體，彷彿夾住左右車窗。由於鮮黃色十分搶眼，才會給人「那輛黃色公車」的印象。擋風玻璃的邊框是清涼的藍線，但不太醒目。

這年頭的公車多半如此，車窗嵌死，無法自由開關，因此尺寸也大，遠遠就能看清車內。

總編從長椅起身，「眞稀奇，今天乘客好多。」

實際上只有六、七名乘客，不到「好多」的程度。不過，我們太習慣這班公車空蕩蕩的狀態，才會用「好多」形容。

黃白車體緩緩進站停下，中央車門關著，前門發出「噗咻」的排氣聲打開。

「久等了，這一站是『海星房總別墅區　日落街區』。」

總編先踏上階梯付車資，穿過通道走向後方座位。我隨後跟上。

「感謝搭乘。」

司機穿戴水藍制服與帽子，約三十五歲。上次也是同一名駕駛，我認得她的長相。她膚色白皙，寬下巴，眉毛有些稀疏，和我的姊姊感覺頗像。不過，從車內廣播聽來，她的嗓音甜美，與姊姊是天壤之別。姊姊的性格是有話直說，嗓音一樣尖銳。

我抓著扶手往車內走，總編坐在最後一排。

「即將發車，請抓穩。」

我隔一個空位，和總編坐在同一排。公車微微傾斜，發車前進。

以中央車門爲界，前半部左右並排著單人座。後半部高出兩段階梯，有三排雙人座，同樣在通道兩側對稱並排。最後則是一整排的五人座。

除了我和總編，共有六名乘客。坐前方單人座的四名，後方雙人座的兩名。雙人座的乘客分別坐在左右兩邊，應該不是同伴。

坐在右側窗邊的總編露出訝異的表情。

「喂，杉村，你看。」

她指著正面設置在前門上方的電子告示板。平常會顯示兩行文字，上面一行是公車的路線名稱，另一行則是下一個停靠站。然而，此刻下面一行的文字卻由右至左移動。

「海風線　02路線目前暫停行駛　造成不便敬請見諒　海風線　02路線……」

這一班車是03路線，從車站筆直南下，穿過市區，抵達廣闊的「海星房總別墅區」後，順時針繞行外側。

「02路線是經過哪邊？」

出了什麼狀況嗎？總編低喃。坐在我前面雙人座靠通道側的乘客，回頭道：

「那是前往『克拉斯海風安養院』的公車，由於遇上車禍，道路遭到封鎖。」

對方是年屆六旬的婦人，一頭短白髮染成淡紫色，穿著領口有刺繡的黑套裝。雖是輕便而時髦的外出打扮，卻帶著龐大的波士頓包。

「聽說是載運貨物的卡車肇事，現場一片混亂。」

「克拉斯海風安養院」是森夫人不久可能會入住的安養院，鄰接「海星房總別墅區」東側。發生車禍的路段，就是通往那裡吧。

「卡車肇事？貨物掉到馬路上嗎？」總編搭著前方的椅背，探身問道。

「好像是，聽說臭得要命。那叫什麼……喏，就是會蒸發的……」

「揮發性？」

「對對對，車子載著那樣的東西，馬路兩旁的住戶都疏散了。」

哎呀，真的假的？總編又掏出手機，大概是想查看新聞。

「車禍是幾點發生的？」我問婦人。

「不清楚，公車大概是一小時前停駛。」

「『克拉斯海風安養院』的人員也都去避難嗎？」

對人體有害的揮發性液體潑灑在馬路上，事態十分嚴重，鄰近的「海星房總別墅區」應當會接到通報。

「那邊是上風處，似乎沒受到波及。」婦人回答，「廣播說不用擔心。」

我思索片刻，終於明白。看來，車禍後發布第一波消息時，婦人待在「克拉斯海風安養院」，可能是去探望誰，或是安養院的職員，才會當場聽到「本機構不受事故影響」的消息。

「新聞沒報導。」園田總編闔上手機，「網路新聞有時意外地慢。」

不然就是情況不像我們從婦人話中推斷得那麼嚴重，畢竟揮發性液體不只一種。比方，油漆味道很嗆，可能會短暫阻礙交通，但不會釀成傷亡。

「下一站是『海星房總別墅區大門前』。」

悅耳的車內廣播響起，公車逐漸減速。

從「日落街區」站到終點的站前圓環，共有七站，路程將近四公里。行經「大門前」站後，公車路線就離開「海星房總別墅區」，也遠離海邊，穿過田地和雜木林，前往市區。

前門沒開，單人座的上班族模樣男子從中央車門下站。他提著黑皮包，步向別墅區大門前方的綜合管理事務所。

「即將發車，請抓穩。」

待廣播結束，總編又向婦人攀談：「妳住在附近嗎？」

「我從西船過來，家母住在『海風』。」

「哎呀，真是辛苦。」

白髮染成淡紫色的婦人，笑著擺擺手。

「哪裡、哪裡，家母在安養院過得很好，我挺放心。不過，今天公車突然停駛，嚇我一跳。」

02路線停駛，於是婦人穿越「克拉斯海風安養院」的土地——

「有人告訴我，離別墅區最近的是『東街區』站牌，我便搭上這班公車。」

總編似乎注意到婦人身旁沉重的波士頓包，有些憤慨地說：

「『克拉斯海風安養院』沒幫忙叫車嗎？未免太小氣。」

「事出突然，也沒辦法。」婦人倒是心平氣和，「兩位是別墅那邊的嗎？」

大概是在問我們是不是「海星房總別墅區」的住戶吧，這下換我們笑著擺手。

「不是、不是，我們是去工作。」

「這樣啊，那是很棒的別墅區吧。」

「雖然只遠遠看過，但『克拉斯海風安養院』也是不錯的地方。」

「那邊的入住費真的很貴。」婦人顧忌著周圍，「家母運氣好，抽到縣政府補助的住房。她的籤運特別強，減輕我不少負擔。」

接近下一站「瀧澤橋」，廣播響起，但沒有乘客按鈴。

雙線道馬路的兩旁是竹叢、空地和貧瘠的田地。這一帶不是住宅區，也非工廠地帶，夾在市區與「海星房總別墅區」之間，彷彿遭所有開發計畫遺忘，景觀蕭條。做爲公車站名的瀧澤橋，只是架在狹窄渠道上一座布滿紅鏽的小鐵橋。不曉得是否礙於空間不足，此處的公車站牌也被屏除在翻新行列之外，一根附台座的傳統圓形公車站牌孤伶伶佇立。

「『瀧澤橋』過站不停。」

隨著車內廣播響起，總編與婦人的交談告一段落。總編掏出手機，淡紫頭髮的婦人面向前方。

天空浮現薄薄夜色，路燈照不到的地方一片漆黑。即使是離都心短短一、兩小時的路程，只要開發條件不足，就會變成這般寂寥的景象。

行駛中的公車裡，坐在右側中央單人座的男人站起。他身穿淡灰西裝，但尺寸似乎不合，顯得鬆鬆垮垮。只見他抓著扶手，踩著不穩的腳步靠近駕駛座。

男人個子瘦小，稀疏的頭髮全白，有些駝背，年紀頗大。他的右手伸進斜揹在右肩的包包，似乎要取出東西。

在駕駛與乘客距離很近的市區公車上，偶爾會見到這樣的情景。每個人都遇過吧？乘客會為一些小事接近駕駛座，像是詢問這輛公車會停○○站嗎？不好意思，我想去○╳地方，在哪裡換車才好？有沒有一日乘車券？請給我回數票。我想買月票，營業所在哪裡？可以換零錢嗎？

公車的車門處通常會貼著「敬請乘客配合」的告示，提醒不要在車輛行駛中離座，或不要任意與駕駛攀談。

蹣跚走向駕駛座的白髮老人，想對寬下巴、嗓音甜美的司機說什麼？雖然不到好奇的地步，但我漫不經心地旁觀。

白髮老人左手緊緊抓住分隔駕駛座與通道的金屬橫桿，背對車門階梯站穩腳步，朝司機彎身。幾乎是同時，他從斜揹的包包中抽出右手。

由於恰巧碰上紅燈，公車暫停，司機望向老人。在駕駛座的燈光下，她帽簷下笑容可掬的側臉，連坐在最後一排的我都能清楚看見。

我看得一清二楚，白髮老人從包包裡抽出、猛一逼近她的臉龐中央——近到快抵住雙眼與眉頭之間的物體。

那是一把手槍。

我們的生活中充滿各種工具，有的極為日常，每個人都知道名稱與用途；有的過於日常，儘管知道用途與用法，卻不知道正式名稱。

相反地，有些經常看到，卻不曾使用。雖然知道名稱與用途，可是一般人用不上。不，是一般人被禁止持有或使用。比在行駛中的公車上隨意向司機攀談更不可取，嚴格受到管制的工具。

手槍，就是其中的代表。

白髮老人拿著手槍，瞄準司機。

我看到這一幕，目擊整個過程，卻悠哉坐著。

全程大概只有短短幾秒鐘，我當時的心情，千眞萬確就是「悠哉」。不是眼前的狀況太突兀，而是某人拿槍指著別人的場面，現代人早就見怪不怪，每天在電視劇或電影畫面中都能看到。我們目擊數不清「雙手舉起來」的場面，幾乎都膩了。

所以，我的態度如此「悠哉」。大腦耗費好久的時間，才理解那不是發生在螢幕另一端的事，眞正是現實的一部分。

不只我有這種感覺。司機的表情也沒有立即的變化，或許是槍口離雙眼太近，一時無法距焦。白髮老人的槍口對準司機，低語幾句。

我赫然回神，司機也終於理解狀況。她突然掙扎，戴著白手套的手往方向盤一滑。

「天哪！」有人叫喊。

不是司機，而是坐在右側最前排單人座的年輕女孩。

「不會吧？這是在做什麼？」

那話聲幾乎快笑出來。她從座位站起，屈身半蹲。

異於剛剛蹣跚的步伐，老人如蛇倏然抬頭，槍口迅速轉向女孩。

「不好意思，小姐，請安靜坐下。」

這輛公車使用自動怠速熄火系統，遇到紅綠燈或進站停下時，引擎會熄火，因此車內相當安靜，沒有足以掩蓋持槍老人沙啞呢喃的噪音。

女孩頓時僵住，我不禁微微起身。儘管看不到前方座位的婦人神情，但她拉近放在鄰座的波士頓包，似乎已理解眼前的狀況。

總編呢？我瞄向身旁，她腦袋靠著窗玻璃打瞌睡。

剛剛一人下車，所以加上老人，目前共有七名乘客。

「喂，老頭，你想幹麼？」

左側單人座穿深藍馬球衫的男人粗聲嚷嚷。從我的位置只能窺見肩胛骨以上，仍看得出他體格碩大，馬球衫的背部被撐得拉出橫紋。

「不要看司機是女的就隨便調戲，快把那種玩具收起來！」

壯碩的不僅僅音量和身軀，膽子似乎也頗大。馬球衫男人站起，作勢往前走。

白髮老人的槍指向他。動作一樣迅速，完全沒晃動槍口。

「喂，別過去！」

總編前方的雙人座窗邊傳出話聲。那是一個年輕男子，像運動員般理著短髮，穿黃短袖T恤。他忍不住舉手制止馬球衫男人，又慢慢縮回來。

「那不是玩具，他是認眞的。」

半蹲的女孩緩緩轉向兩人。

「不會吧？」女孩的話聲挺可愛，可惜破音了。她穿白上衣搭格紋褲裙，白色帆布鞋的後跟處踩得扁扁的。

「你在開玩笑嗎？那不是眞槍，是模型槍吧？」

白髮老人笑也不笑，回望女孩痙攣的笑容，而後瞄一眼手中的槍。

「不，這應該是眞槍。」

他隨意舉起右手，槍口對準公車的天花板。事情發生在一瞬之間，眾人根本來不及反應。

砰！槍聲一響。

我不禁閉上眼睛。

凹凹凸凸的天花板開了個洞。響亮的板子碎裂聲，幾乎掩蓋開槍聲。

總編猛然躍起，瞪大雙眼。

眾人頓時沉默，僵在原地，彷彿連呼吸都停止。

「怎麼？出了什麼事？車禍嗎？」

園田總編嚷著牛頭不對馬嘴的問題，朝我挨近，終於注意到杵在駕駛座旁的小個子老人手中的東西。

「那不是手槍嗎？」

沒有人動，也沒有人回答。

「這是在幹麼？」

她的口氣就像在質疑廣報室的部下提出的帳單：喂，這是什麼？給我一個可以接受的解釋。那反應實在太有園田瑛子的風格，我差點笑出來。眞是個我行我素的人，這麼想著，我驀地回神。

「總編，安靜，不要亂動。」

「沒錯，請各位保持安靜。」

白髮老人說著，咧嘴一笑。此刻，手槍不是對著天花板，而是對著我們。從那個位置與高度，隨時能射擊司機以外的六名乘客。

「小姐，明白嗎？這不是模型槍，是眞槍。」

穿白上衣的女孩顫抖著點頭。

「知、知道了。」

褲裙下襬也在發顫，她的膝蓋在抖。

「你也懂了嗎？」

老人問穿馬球衫的男人。不知不覺間，男人已從座位站起。

「懂了啦。」男人回答，慢慢舉起雙手，在後腦杓交握，「這樣行嗎？」

「感謝配合。」老人恭敬地說，又露出微笑，「各位能否和他做一樣的動作？啊，不必站起來，請坐。」

我們依指示坐下，慢吞吞地擺出投降姿勢。

老人瞥了一眼駕駛座，「也要麻煩司機小姐。」

司機的手簌簌發抖。由於戴著白手套，看得一清二楚。

維持這種姿勢，眼睛會動個不停，就是所謂的「目光游移」狀態。於是，我的目光捕捉到前排的老婦人。她的手放在頭上，注意到染成高雅淡紫色的髮間卡著異物。那是剛剛散落的天花板碎片，我還在想她會怎麼做，只見她理所當然地隨手拂下，然後雙手交握在後腦杓。我用力咬住嘴唇，以免失笑。

「欸，我有個問題。」

總編稍微提高嗓門，仍是一副要求解釋帳單的語氣。

「這是搶劫嗎？你想要錢嗎？」

一樣是十足園田瑛子式的單刀直入。要不是被迫擺出投降姿勢，我真想摀住雙眼。

最起碼一名乘客和我有同感。穿黃T恤的青年難以置信似地瞪大眼，回望總編。

老人很快出聲，「那位先生，請不要動。」

T恤青年停住半轉的身軀，依舊圓睜著眼。

「這不是搶劫，太太。」老人仍恭敬回答，且嗓音年輕嘹亮，與外貌格格不入。好似枯萎的老人體內藏了個正值壯年的商場戰士。

「我不是太太。」

「總編，請適可而止。」

我忍不住插話。老人舉著槍，又露出微笑。

「你們不是夫婦，而是上司和部下呢。是出版社的人嗎？」

總編噘著嘴不回答，老人也不強求。

「那麼，進入下一個階段吧。各位是不是都帶著手機？不好意思，請暫時交給我保管。」

老人往右移動半步，望向白上衣女孩，「從妳開始，慢慢拿出手機，然後讓我看一下。」

「手可以動嗎？」

「可以。不過，」老人親切提醒，「如果妳有什麼多餘的舉動，後座穿黃T恤的先生就會死。」

遭指名的年輕人嚇一跳，白上衣女孩望向他。

「不只是小姐，我也要警告大家。想趁我不注意時動手腳，這位先生的黃T恤便會染上別的顏色。」

「知、知道了。」

遭指名的年輕人不是對老人，而是對我們說。他的頭和脖子都沒動，只有牙齒喀喀打顫。

「各位也請不要動。」

「好啦，不動就是了。」馬球衫男人的粗野話聲隱含些許危險的怒氣，「喂，妳快拿出來啊。」

在馬球衫男人的催促下，白上衣女孩往膝上的包包翻找。由於驚慌失措，她遲遲找不到。

「這、這是我的手機。」

她抓起珍珠粉紅色的手機，準備遞給老人。

「請放在地上。」

她彎身把手機放在地上。老人的搶沒隨著她移動，定定瞄準黃T恤青年。

「接下來，把手機慢慢推到我這邊。」

女孩遵從指示。珍珠粉紅手機在地上滑行五十公分，停在老人的鞋尖前。那是一雙沒有光澤的黑皮鞋。

「謝謝。」

老人笑道，槍口不動，腳飛快一掃，把手機踢向角落。手機發出刺耳的聲響，掉落在前門的階梯下。

「換你，請把手機拿出來給我瞧瞧。」老人對馬球衫男人發話，並將槍口瞄準女孩，「要是其他人亂動，這位小姐的身上就會發生悲劇。」

馬球衫男人從後褲袋掏出手機，舉到面前。

「請站起來，再蹲下把手機放在地上。」

聽從指示的馬球衫男人呼吸粗重，連我都聽得見。是體型較大，一動就容易喘嗎？還是，既憤怒又緊張，隨時會發飆？

「將手機滑到我腳邊。」

馬球衫男人沒聽從指示，把手機往地上一甩，直接丟進前方階梯底下，傳來巨大聲響。

白上衣女孩雙手交握在後腦杓，渾身不住顫抖。

「這樣就行了吧？」

馬球衫男人蹲在地上，抬眼齜牙咧嘴問道。

「可以，省掉我的麻煩。請回座。」

老人的話聲依舊溫和，白上衣女孩不禁鬆口氣。由於離老人最近，她受到不小驚嚇。

「下一個是你。」

老人望向黃T恤青年，槍口依然對準白上衣女孩。

青年點點頭，掀起T恤，拍打牛仔褲口袋，卻遍尋不著手機。

「咦？咦？」

白上衣女孩的雙肘微微搖晃。

「對、對不起，我找不到手機。」

青年慌得像身上著火，正努力拍滅。

老人冷靜地問：「是不是掉在座位上？」

青年摸索座位，T恤領口漸漸滲進冷汗的顏色。

「找到了！」

他用力過猛，抓到的手機滑出，飛向左邊空位。

「不要動。」老人制止青年，對我前方的婦人說：「不好意思，太太——我能稱呼妳爲太太嗎？」

淡紫髮色的時髦婦人微微斂起下巴，沒有反應。

「妳的頭髮眞漂亮。」老人對她笑。

「啊，我嗎？」

婦人反應不過來，但老人並不焦急。他的笑容和藹，耐性十足。

「能不能麻煩妳撿起他的手機，走下階梯？」

在槍口的威脅下，側身望向婦人的白上衣女孩臉頰濡濕，顯然在哭泣。

「小姐，請不要哭。」持槍老人勸道：「只要大家聽從指示，就不會發生任何需要哭泣的傷心事或可怕的事，我保證。」

「對、對不起。」

白上衣女孩的鼻音很重。她垂下目光，渾身顫抖，不停點著頭，呼吸十分紊亂。

「我、我很膽小，對不起，對不起。」

紫髮婦人拿著黃T恤青年的手機，杵在中央階梯邊緣。

「拿過去就行了吧？」

婦人相當從容。她冷靜到近乎異常，我不禁懷疑她是不是沒搞懂發生什麼事。會不會是狀況過於匪夷所思，她還不明白自身處境？

「請先走下階梯。太太，留意腳步。」

紫髮婦人毫不猶豫地行動。坐的時候沒發現，但她似乎不良於行。她右手握著手機，左手緊抓椅背。只有兩階，她卻側身慢吞吞往下走。

「接著，請把手機滑到我腳邊。」

婦人小心翼翼蹲下，要彎膝似乎很吃力。

「……好。」

回話的同時，手機從她手中滑出去，力道意外地大。與其說是滑，更像低空橫越，落地反彈後，還翻滾幾圈。

「謝謝。」

老人把那支手機也踢下前門階梯，露出微笑。

「不好意思，要請太太交出手機。能否麻煩妳重複剛剛的動作？」

婦人又默默翻找自己的包包。

婦人遲緩地執行老人的指令，若非在這種情形下，恐怕會教人感到不耐煩。原以爲再來就是我或總編，不料，老人繼續道：

「太太，請接過那兩名上班族的手機，做同樣的動作。」

我遞出手機，看著手機被踢下去，輪到總編。

單調的行爲不斷重複。女孩停止掉淚，紊亂的呼吸也恢復正常。沒有人慌張或激動。

倘若冷靜觀察眼前的局面，仔細評估，應該會覺得是個好機會吧。可趁老人不注意搶走手槍，或撲倒他。事後回想，我也這麼認爲。

但是，所有乘客都雙手交握在後腦杓，愣愣坐著，漫不經心看著手機滑過或滾過地板，落下階梯。我的腦海也沒有浮現勇敢下決斷的念頭。

我依舊有種事不關己的感覺。即使手持眞槍，對方不過是孱弱的老人，而且隻身一人。不必勉強做什麼，事情也會自然解決吧。自然？在如此不自然的狀況下，有何自然可言？

所有乘客的手機，總算都消失在前方階梯下。

老人慰問紫髮婦人：「太太，謝謝妳。膝蓋想必痛得很難受吧。」

「我是關節炎啊。」婦人應道。那語氣彷彿身在醫院的候診室，恰巧相鄰而坐的老人搭訕「妳哪裡不舒服」，她才開口回答。果然還是不太對勁。

「那麼，司機小姐。」老人重新轉向女駕駛，槍口也對準她，「不好意思，請打開前門。」

司機似乎有些猶豫，瞬間沉默，接著車門開啓。

「各位，請不要動。」

老人後退靠近車門，走下一階，把手機逐一踢出門外。

「啊。」有人小聲驚呼。黃T恤青年看到自己手機被踢落，不禁脫口而出。

「不好意思，這是爲了預防萬一。事後還是能拿回來，請忍耐一下。」老人微笑道。

雖然笑著向青年解釋，但老人的視線和槍口都沒離開司機。

我的腦中浮現自己跑過通道，撲向老人，抓著他和他持有的槍，一同滾出車外的情景。感覺只要動手就辦得到，易如反掌。

「好，這樣就行了。請關門。」

老人回到原位，車門關上，我的幻想隨之結束。

「司機小姐姓柴野吧？」

車內有駕駛員的名牌。

「柴野小姐，麻煩繼續往前開。應該不必我提醒，請慢慢發車。」

突然發車吧——我暗自低喃。讓公車猛烈搖晃，讓那個老先生跌倒。

「不用管她的手機嗎？」還以爲是誰，原來是馬球衫男人粗聲發問，「司機也有手機，不必沒收嗎？」

「沒關係，謝謝你的提醒。」

老人笑吟吟地回答。公車引擎發動，車體震動。

此時，我發現經過瀧澤橋一帶通往車站唯一的路，即將進入鑿開的山路。當然，沿途都是柏油路，說是山路，也不是多險峻的地方。若是平常，想必會毫不在意地通過。

然而，現在不一樣。這個路段具有重大意義。老人是深思熟慮後，才掏出手槍，迫使公車停在剛剛的地點。

接下來，道路將往右呈L字彎曲。假如突然發車，公車會直接撞上山路旁的水泥牆。

公車緩緩駛出，我的腦袋也開始運轉。不是幻想成爲動作片巨星，而是要掌握眼前的狀況。

這名老人非常清楚自己在做什麼，不能因爲外表和動作孱弱就小看他。

讓公車停在無法突然發動的地點，並且在沒收所有乘客的手機、必須指派誰協助時，挑選無法靈活行動的婦人。

還有現在，將槍口逼近開車的司機太陽穴。

「請不要做多餘的動作。」

公車完全彎過L字轉角。

「柴野小姐，請開往三晃化學。」老人的話聲相當沉穩，「妳知道在哪裡吧？三晃化學的工廠。距離關廠已過兩年，一直維持原狀是沒人要買嗎？」

連目的地都決定好了，老人顯然早有計畫。這不是臨時起意的行動。

「三晃化學我知道，可是開不過去。公車沒辦法穿過工廠前面那條三岔路的高架橋底下。」

柴野司機甜美的嗓音有些沙啞。

「有小路吧？繞個一圈，開到通行門。以前的員工停車場，如今應該是空地。」

好的，柴野駕駛員回答。

就像計程車司機與乘客的對話。雙方十分熟悉當地環境，包括三晃化學的位置、工廠關閉現已無人、有通往工廠的小路，皆是司機與老人心照不宣的事實。

「各位，請保持安靜。」

老人的視線和槍口對著柴野司機，在搖晃的車內踏穩雙腳站立。

「維持這樣的姿勢，忍耐一下。」

「喂，老先生。」馬球衫男人不耐煩地開口，手跟著就要放下，「你的目的是什麼？」

「不好意思，請把手舉起來。」

馬球衫男人故意大嘆一口氣，雙手重新交握在後腦杓。

「好啦，可是……」

「關於我的目的，之後會慢慢說明。眼下各位只要記住，要是有任何小動作，柴野小姐的身上就會發生慘劇。」

「——向司機開槍會出車禍。」

T恤青年語帶抗議。他非常聽話，雙手牢牢交扣在頭頂。

「那就傷腦筋了。」老人一本正經地說：「所以請別讓我開槍。」

公車以就算出車禍，感覺也不會多嚴重的速度駛離常規路線，進入平日只會一瞥而過、穿越農田的單線道。

「老爺爺，你是認真的嗎？」

老人不答，T恤青年也就閉上嘴巴，沒繼續追問。

車子沿路前進，沒多久前方出現一團暗淡的建築物，掛著印有「合成化學肥料　三晃化學有限公司」字樣的老舊看板。那是板岩屋頂的建築物，管線複雜交錯，煙囪生鏽，窗玻璃模糊。

對向沒有來車。周圍住家透出點點燈光，卻不見半個人影，甚至沒有自行車通過。

瞬間，老人的視線離開柴野司機，瞄向左腕的手表。

「請開快一些，我想在這班公車預定抵達終點的時刻前，去到三晃化學。」

柴野司機沒答腔，但公車確實加速了。我側目觀察總編的表情，跟剛剛反駁「我不是太太」時一樣臭著臉。比起害怕哭泣，不悅更符合她的個性。

三晃化學的廢工廠仍處處亮著燈。圍繞整片土地的灰泥牆上，鐵柱等間隔突出，上頭設有燈具。鐵柱之間架設鐵絲網，防止外人侵入。廠內也有幾處夜間照明，還有醒目的綠色緊急出口指示燈。

「這是哪裡？」馬球衫男人語帶怒氣，「倒閉了嗎？真恐怖。」

柴野司機似乎確實熟悉這個地方，毫不猶豫開往昔日的員工停車場。而我之所以知道，是看見傾斜的指示板。

「三晃化學員工專用停車場　外車勿入　違者報警處理」

白底紅漆字的看板飽經風吹雨打，早已褪色。

「——是員工宿舍。」

一臉不快的總編打開緊閉的嘴巴低喃。從前的停車場，如今成爲空地的右方，矗立著一棟四層大樓，不見一絲燈光。灰泥牆的燈幽幽照亮大樓外觀，只能看出上面有成排窗戶。

「妳怎麼知道？」我小聲問。

「有看板，現在好像沒人住了。」

公司和工廠關閉，員工全部離開，現下想必已成爲老鼠窩。

我微微轉頭，確認窗外的景象。公車後方，隔著道路，疑似透著燈光的住家窗戶並排在遙遠的彼端。憑著對燈光的感覺，那也許是公寓。希望居民夠機靈，注意到「海風線」的黃色公車怎麼會在這種時間開進廢工廠的停車場。

除此以外，周遭不是單純的夜色，便是稻田或農地，淨是不可能關心這輛公車的黑暗。

傳來輪胎輾上沙礫的聲響，公車像在彈跳般搖搖晃晃。

「請盡量靠著圍牆停車。」

老人指示，柴野司機抓著方向盤反問：

「要朝哪邊？」

「讓前門那一側與圍牆平行。」老人說著，露出微笑，「以妳的駕駛技術，沒問題吧？」

「要緊貼圍牆嗎？」

「盡量貼近。」

老人的意圖非常明顯，要利用三晃化學的灰泥牆堵住公車的出入口。

司機把握並排停車的要領，倒打方向盤，稍微往前，再倒打方向盤，於是公車側腹逐漸逼近灰泥牆。

「停。」

隨著前門那一側的窗子貼近暗淡的灰泥牆，公車停下。

「請熄火，謝謝。」

老人的語氣輕鬆，就像在感謝對方幫忙換零錢，但聽起來是出自眞心。

「後座的各位。」

老人的槍指著柴野司機，呼喚紫髮婦人、T恤青年、總編和我。

「請坐到前面的空位。我站著就行，不必顧慮我。」

不曉得老人是認眞的，還是在開玩笑。

T恤青年率先行動，坐到白上衣女孩的後方。我催促總編，於是總編邀紫髮婦人一起過去。

紫髮婦人又艱難地走下階梯，坐到馬球衫男人前方。總編則坐在T恤青年後方。

左方最前面，最靠近老人的位置空著，我一開始便打算坐在那裡。走過去的途中，老人一直盯著我。瞄準柴野司機的槍口不知何時會轉向我，雖然一路提防，但槍口並未移動。

「座位很窄，眞抱歉。」老人出聲。

公車前半部座位的間距不太一樣。由於收納機械的部分突出，最前排左邊的座位狹窄。而爲了方便坐輪椅或推嬰兒車的乘客將座位收起，挪出空間，右邊較寬闊。

「很像車掌會說的話。」

我反射性應道，並非刻意鼓起勇氣而爲。

老人也沒有特別的情緒，自然回答：「是啊，把我當成與眾不同的車掌就行。」

「聽你在胡扯。」

馬球衫男人不屑道。這回手沒放下，但表情明顯改變。他相當憤怒，也瞧不起老人。

「我不曉得這是在搞什麼鬼，可是也想想莫名其妙被扯進來的我們，好嗎？老頭，你是不是腦袋有病？快結束這場鬧劇！」

「那就結束吧。」

話聲剛落，槍口便移向馬球衫男人。我後頸的寒毛直豎。和最初射擊天花板時一樣，老人毫不眨眼地隨意扣下扳機。我目睹他手指使勁的瞬間。

馬球衫男子也看見了，感覺到了，臉色驟變。我彷彿聽見他血液倒流的聲響。

我不禁閉上雙眼。

不管回想多少次，我都感到窩囊無比。我能夠做的，還是只有閉眼而已。

槍聲響起。這次也是「砰！」的乾燥聲響，聽起來十分清脆，似乎毫無害處。

一團東西倏然飛散，是座位靠背裡的填充物。子彈射進後方空出的雙人座椅背。

我睜開眼，馬球衫男人也恰恰張開眼。

眾人僵在原地，沒有動彈。唯獨紫髮婦人緩緩眨著眼。

「喂，」婦人流露嚴厲的目光，對老人開口：「拿著那種東西亂揮，不是很危險嗎？」

她對狀況的認識似乎慢了一拍。但能在這種時候表達不滿，遠遠比我有勇氣。

「太太，」我盡可能平靜地安撫，「老先生不是在開玩笑，所以……」

婦人看也不看我，筆直注視老人。

「我在診所見過你好幾次，認得你的臉。我挺擅長記住別人的長相。」

老人骨節分明的手緊握著槍，聆聽婦人的話。槍口依然瞄準馬球衫男人。

「你身體出了問題吧？即使罹患重病，也不能自暴自棄啊。最近不管是藥物或手術，真的都非常進步。

許多兩、三年前治不好的病，如今已能完全治癒。像我母親，不只一次差點沒命，但都被醫生從鬼門關救回，所以你可別自暴自棄。」

老人回視婦人，瘦削的臉頰線條放鬆，眼神變得柔和。

「太太，謝謝忠告。」

妳眞是個好人，他說。

「柴野小姐。」

突然遭到點名，司機嚇一跳。

「是。」

「離開駕駛座，我要請妳下公車。」

馬球衫男人縮著脖子僵在原地，只轉動眼珠望向柴野司機。

老人打算放走駕駛員。他劫持公車，不是爲了去哪裡，此處就是終點站。

「請妳到後面，打開緊急逃生門。」

車門另一側，也就是總編前不久坐的那一側窗戶，便是緊急逃生門。遇到緊急狀況，可抬起座墊，操作底下的桿子打開逃生門。

雖然曾在各地搭乘公營公車，幸運的是還沒碰上得操作緊急桿的情況，不過我曉得裝設在何處。大部分的公車都設在相同的位置，貼有相同的操作說明書。

柴野司機不肯起身，對著老人的側臉說：

「抱歉，我不能離開這輛公車。」

她的話聲顫抖，嗓音依舊甜美。

「在目前的狀況下，我不能抛棄乘客，獨自離開。」

老人以眼角餘光觀察她的神情。只要有意，從老人的站位隨時都能射擊她或馬球衫男人。駝著背、穿著鬆垮的西裝，就這樣開槍。

「那是公司的規定嗎？如果違反，妳會被開除？」

「不是那種問題。身爲駕駛員，我有責任。」她緊抿嘴唇，下定決心般繼續道：「我會打開緊急逃生門，請放乘客離開。我當人質就夠了吧？」

「就、就是啊。」

馬球衫男人彷彿抓住救命稻草，拚命附和。他冒著冷汗，眼珠骨碌碌轉個不停。

「眞是個好主意，不如就這麼辦？老先生，人質太多，你也不好掌控吧？」

老人迅速掠過我和紫髮婦人面前，逼近馬球衫男人，左手抓住他的胳臂，右手持槍抵住他的下巴，像要卡進鬆弛的贅肉般用力壓上去。

「柴野小姐，請打開緊急逃生門。」

馬球衫男人頓時瑟縮，眼珠上翻，想逃離槍口似地伸長脖子。

「麻煩動作快一點。」

「司機小姐。」黃T恤青年出聲：「現在聽從吩咐比較好，請打開緊急逃生門。」

他前面的女孩也點點頭。

「這樣才對。」老人毫無笑意，緊挨馬球衫男人說：「他很聰明。柴野小姐，妳錯了。判斷什麼足夠，什麼不夠的，是我而不是妳。」

柴野司機的嘴唇發顫。

「好啦，請站起來。啊，在那之前，妳的手機在哪裡？」

「在座墊底下的置物盒。」

「請拿出來，慢慢的。」

柴野司機彎身打開置物盒，取出銀色手機。

「請放在投幣箱上，接著起身離開駕駛座。」

她站起來，抬起分隔的橫桿，走下高出一階的駕駛座。

「各位，請保持安靜，不要動。」

老人盯著司機，槍口壓進馬球衫男人的頸間，淡淡道：

「像我這樣的老頭子，要是大家合力抵抗，我肯定不堪一擊。不過，槍真的頗方便。在我遭到制服前，只要把握〇．一秒的空檔，就能扣下板機。然後，這位先生就會死掉。即使沒當場斃命，下場恐怕也挺淒慘。這位先生運氣不好，我真的十分同情他，非常同情。各位想必也有同感吧？」

「我們明白。」T恤青年回答，「沒人會幹傻事。」

坐在他前方的白上衣女孩，纖細的喉嚨發出咕嚕一聲，嚥下口水。

「對了，柴野小姐，請把那邊的零錢帶走，應該會派上用場。」

投幣箱旁，夾著回數票和一日券的袋子裡，裝有幾張千圓鈔票。

司機默默聽從指示，把千圓鈔票塞入胸前口袋，穿過通道走到後頭。

要操作桿子必須蹲下，司機頓時消失在眾人的視野中，但老人沒有一絲驚慌。

隨著「喀噠」一聲，最後方的右側窗框移動。接著，柴野司機從椅背另一頭直起身。

「打開了。」

她張開雙手，舉到眼前。從我的位置，看不見緊急逃生門是否真的開啓。依稀流進些許戶外的空氣，或許是我的錯覺。

持槍的老人對面前的紫髮婦人親切笑道：

「太太，請告訴我妳的名字。」

婦人蹙起眉，身子後縮。

「妳是個好人，就當是紀念今天，請告訴我妳的名字。」

「快、快告訴他！」脖子受到壓迫，馬球衫男人的話聲悶在喉中。「快點告訴他，拜託！」

「——我姓迫田。」

「那麼，迫田太太，請妳也離開公車。別忘記隨身物品，妳的波士頓包放在後座吧？」

「我能帶走嗎？」

「可以。柴野小姐！」

司機舉著雙手應道：「是。」

「迫田太太要下車，請來協助她。」

迫田女士扶著膝蓋，抓住椅背站起。她的目光逐一掃過總編、T恤青年、哭泣的女孩，還有我。

「我一個人下去嗎？其他人怎麼辦？」

「迫田太太，妳不需要擔心這一點。」

柴野司機折返，站在中央階梯邊緣，向迫田女士伸出手。

「請先下去，我把包包遞給妳。」

兩人在狹窄的通道上交換位置，迫田女士走向緊急逃生門。她的腳步遲緩，膝蓋似乎很痛。柴野司機跟隨在後。迫田女士抵達緊急逃生門口，染成紫色的時髦劉海隨風搖曳。

「這麼高，我下不去。」迫田女士不禁後退，「得用跳的，我不行啦。」

確實，緊急逃生門在輪胎旁，比一般車門高出許多。

「不好意思，請妳下去。柴野小姐，麻煩想想辦法。」

局面簡直變成老人是司機，柴野司機是車掌，由於發生意外狀況，必須讓乘客從緊急逃生門下車，正在安撫害怕的長者。

「我去幫忙吧？」我出聲。與老人的距離拉近，沒必要提高音量。「我保證不會做多餘的事。司機是女性，一個人恐怕有困難。」

老人注視著我，我迎向老人的目光。

「司機應該受過處理緊急狀況的訓練，柴野小姐沒問題的。」

老人盯著我回答，態度從容冷靜，沒有更多情緒。槍口依然緊緊抵住馬球衫男人的下巴，並未移動。

我輕輕點頭，望向後方。T恤青年、白上衣女孩，以及總編也看著緊急逃生門。

「迫田女士，請先坐在這裡。對——坐著，然後想像成慢慢滑下去就不可怕了。」

柴野司機讓迫田女士在緊急逃生門旁坐下。

「不行，太高啦。」

「沒問題，請試試看。」

「這麼高，我很怕。」

「那請稍等，就這樣坐著別動。」

柴野司機折回通道，抱起迫田女士的波士頓包。雖然尺寸頗大，似乎並不特別沉重。

「迫田女士，包包裡裝些什麼？有易碎物品嗎？」

「是我母親的衣物，要帶回去洗的。」

「那請讓我借用。放在底下，當緩衝墊吧。」

聽到這句話，白上衣女孩鬆了口氣。

T恤青年瞄她一眼。兩人對望，青年頷首，女孩也向他點頭。儘管身處這種情況，兩人之間彷彿有種令人莞爾的靈犀相通。

「……一旦上了年紀，」老人同樣望著後方的兩人，喃喃自語：「對年輕人沒什麼的事，也會變得困難重重。」

「那乾脆打開車門，讓她們普通地下車就好了嘛。」

我們總編吐出金言。她仍臭著臉，眉頭深鎖。那是在集團廣報室內指出過失、或駁回提案「這是紙上談兵」時，掛在臉上的熟悉表情。

老人眼角浮現笑意，望向我。雖然隱隱約約，但他的眼神中流露幾許興味。

「你們總編是個不好取悅的人呢。」

我還沒開口，後方就傳來「咚」一聲，迫田女士跳下公車。

「不要緊嗎？有沒有受傷？」

柴野司機大聲呼喚。沒聽見答覆，但司機隨即回報：

「迫田女士下車了！」

即使是這種狀況，只要有一件事順利，人就會受到鼓舞。柴野司機的臉龐頓時一亮。

「瞧，這不是沒問題嗎？」老人對我說，接著望向後方，「柴野小姐，仔細聽著。」

司機站在緊急逃生門旁，雙手再度舉到與耳朵同高。

「妳也下公車，然後找個地方借電話。這一帶沒有派出所，也沒有警車巡邏。三晃化學不能進去，所以不要白繞遠路，最好直接向附近民宅求助。」

「借……電話嗎？」

「沒錯，得立刻報警吧？」

我不悅的上司狐疑地瞇起眼，那對年輕男女則睜圓雙眸。只見老人毫不猶豫地下達指示。

「先向公司報告也行，這部分妳就自行決定吧。考慮到往後，依緊急手冊寫的步驟處理較妥當。」

「——我可以報警嗎？」

「站在妳的立場，不報警不行吧？柴野小姐，振作一點。」

老人似乎樂在其中。我那不開心的上司目瞪口呆般仰望天花板，順便放下交握在頭頂的雙手甩了甩，彷佛在說「啊，累死了」，又恢復原本的姿勢。

至今我曾在不同的情境中，接觸園田總編不同的「個性」，有難以相處的一面，也有值得相處的一面。不過，此刻她的反應該如何歸類？剛強，還是逞強？把現實想得太天眞，還是不易被現實沖昏頭？

「我要借用妳的手機。」老人對著司機繼續道：「接下來，倘若有人想聯絡我，請告知妳的手機號碼。萬一電池沒電，就到此爲止。」

司機默默站在原地，伸手脫下帽子回答：

「我要留在車上。我會把公司的帽子交給迫田女士，麻煩她報警。有我的帽子當憑證，警方應該會立即採信。」

「由妳親自報警，直接聯絡營業所的主管，會更有說服力。就這麼通報，有個男人持槍劫車，人質爲五名乘客，目前停在三晃化學廢工廠旁的空地。」

「可是……」

司機仍猶豫不決，這時響起一道話聲，「快去吧。」

是T恤青年。他也累了嗎？手肘的高度有些下降，但話聲和表情依舊帶著凜然正氣。

「司機小姐，請下車報警吧。那樣比較好。」

「請照做吧，這才是盡責。」我出聲附和。

柴野司機搖頭，「辦不到，我不能丟下乘客。」

「妳是女性。」青年勸道：「這種情況，先釋放女性很合理。」

「那麼，請先釋放那兩位女乘客。我不能離開崗位。」

柴野司機像不聽話的孩童般爭辯，打算折返。老人一把拉近馬球衫男人，槍口再度抵住他的脖子。馬球衫男人不自然地歪著頭，低聲呻吟。司機彷彿腳下一絆，頓時停步。

「——我也記得你。」司機顫聲道：「你搭過02路線的公車好幾次。因爲三條路線是輪班駕駛。」

老人沒回答。

「你是不是在『克拉斯海風安養院』的附屬診所看病？剛剛迫田女士也提過，你身體哪裡不好嗎？那麼，做這種事會影響健康的。」

請再考慮一下！柴野司機擠出聲音。

「現在回頭還來得及！」

車內陷入沉默。一片寂靜中，我們的心跳聲是否化成波動擴散，震動了空氣？此時，第一發子彈打壞的天花板碎片才輕輕飄落。

「柴野小姐，請下車。」老人的語氣仍耐性十足，「要是妳太晚回去，佳美會很可憐吧。」

這句話等於一記重擊。柴野司機腳下踉蹌，猶如遭看不見的棒子打個正著，臉上血色盡失。

「你怎麼曉得我女兒的名字？」

「我做事一向滴水不漏。」

老人簡短回覆，目光便離開柴野司機，問馬球衫男人。

「站得起來嗎？」

男人眼神游移，勉強點點頭。

「那麼站起來，我要你幫個忙。」

「既然如此，好歹收起槍吧！」

「我後退一步，但隨時會開槍。」

「知道啦。」

老人抓著馬球衫男人的胳臂，不多不少只退一步。男人發出呻吟，從座位起身。

「等司機小姐下車，請你走到後面，關上緊急逃生門。按照原樣確實關起來。」

我目擊老人換了表情。他在冷笑，我只能如此形容。

「倘若你有意，也可跳車。畢竟逃走後，車上會發生什麼事、誰會有什麼下場，都與你無關。不過，丟下兩名女子，一個人溜之大吉，往後的人生應該不怎麼光明吧。即使如此，你仍覺得性命寶貴，不必管太多，就儘管逃吧。至於緊急逃生門，我會請比你有男子氣概的人關上。」

老人在生氣。剛剛柴野司機請求讓她留下，釋放其他乘客時，這個男人頭一個贊成，恐怕惹惱了老人。

「——我不會逃跑啦。」

馬球衫男人似乎感受到對方的怒意。他的眼神游移，但凶悍的臉逐漸恢復生氣。

「拿那種玩意威脅別人，還高高在上地訓話。先聲明一點，我不是怕一把老骨頭的你，只是不能死在這種地方而已。」

「就是要這股氣勢。」老人應道。

待柴野司機下車，馬球衫男人走近緊急逃生門，一手抓住座椅，另一手去拉打開的門，費好一番工夫關上，接著蹲在椅背後方，將緊急逃生門的操作桿恢復原狀，站起身。一連串的動作結束前，我始終半信半疑，內心大半認定他會跳下緊急逃生門，頭也不回地逃跑。

不，實際上能否說是半信半疑，都是個疑問。因爲我其餘心思，有一半都在忙著體會抵在後腦杓上的槍口堅硬的觸感。與剛剛對待馬球衫男人的方式不同，老人並未貼近攫住我的胳臂。他無聲無息繞到我背後，沒讓我看見手槍，只讓我感覺到槍口的存在。

該不會是認爲我較具危險性，所以移動到不易遭反擊的位置？或者，看我比馬球衫男人瘦弱，以爲我直接看到槍口，會恐慌失控？

總編注視著我和槍口，臉上的不悅之色終於消失。

「杉村先生。」總編開口，聽起來像在喃喃自語。

「不要緊。」我安撫道，「乖乖待著，就不會挨子彈。」

老人沉默著，我和總編也沒出聲。眞是做夢都想不到的經驗，居然能目睹不笑、不生氣，沒噘著嘴，眼角微微顫抖，一逕緘默的園田總編。

「這樣就行了嗎？」

公車後方，結束作業的馬球衫男人揚聲詢問。他喘得很厲害。

老人大聲確認道：「柴野小姐和迫田太太還在那裡嗎？」

馬球衫男人望向窗外，回答：「還在。」

「請催促她們離開。」

馬球衫男人遲疑片刻，拍打著車窗，做出驅趕的手勢。

「走吧！快逃！趕緊打一一〇報警！」

腦袋上的槍口觸感消失，老人後退一步。

「那麼，請各位坐在地板上。」

年輕男女互望，這次也是青年先點頭，離開座位。穿褲裙的白上衣女孩挨著他，抱著膝蓋坐下。T恤青年則是跪坐。

我緩緩離開座位，立著單膝坐下。總編留在座位上，此時我才發現她的膝頭微微發顫。

下。

「總編。」

我出聲叫喚，總編猛然一震，冷不防踢動雙腳，甩掉六吋高跟鞋。她起身背對我，雙手抱緊身體般坐下。

「你也回來。跟剛剛一樣，雙手在後腦杓交握。」

聽見老人的呼喚，待在最後一排座位的馬球衫男人依依不捨瞥一眼緊急逃生門。還是該溜之大吉的，他的側臉暴露內心的想法。望著這一幕，我不禁覺得他未免太老實，怎麼不趁機脫逃——明明前一刻還在腦袋裡描繪男人頭也不回逃跑的情景，單方面輕視他。

大塊頭男人側身穿越通道折返，來到公車的中央階梯，呻吟著坐下。

「老先生，我患有椎間盤突出，在地上坐不到十分鐘就會腰痛。我坐這裡就行了吧？」

「那你坐在下面一階。」

男人乖乖往下挪一階。幾乎是同時，車內的照明消失。老人切掉設在駕駛座的開關。

然而，四周並非一片漆黑。水泥圍牆上的燈光透進車窗。只是，棄置兩年之久，不曾清潔的燈泡發出的光昏黃混濁。

不管是什麼模式，我直覺情況有所改變。

「這燈光顏色眞討厭。」我身後的老人低喃，「各位的臉色都像患有黃疸。」

那幹麼不開車內燈？我們的總編沒反駁，也不回頭，只用力抱住膝蓋。她的模式也切換了。

「這間叫三晃化學的公司，業績絕不算差。不過，由於是家族企業，爲了爭奪經營權起內鬨，甚至引發殺傷案件，營運每況愈下……」

老人的語氣十分不甘心，彷彿在談論自己的公司。

「看到歇業後，任憑設備與建築物日晒雨淋，表示紛爭並未解決吧。但考慮到安全，還是該換成較明亮的燈。」

請問——白上衣女孩小聲開口：

「手能放下嗎？開始發麻了。」

我轉身望向站在駕駛座旁的老人，發現槍口近得令人心驚。

「夠了吧？至少讓女士恢復輕鬆的姿勢……」

我說到一半，老人便舉著槍，另一手從斜背包裡取出某樣東西。

那是捲白色膠帶。是絕緣膠帶嗎？看起來已用掉一半，明顯小一圈。

「小姐，妳叫什麼名字？」

即使在昏黃的光線中，也看得出女孩瞪大眼。那雙眼睛非常清澈漂亮。

「我姓前野。」

「那麼，前野小姐，請用膠帶把大夥的手腳一圈圈捆起來。」老人吩咐完，噗哧一笑，「說得有點幼稚，不過妳明白我的意思吧？」

「——我懂。」前野接過膠帶。

「各位，我要看到你們的雙手雙腳併攏在前。你叫什麼名字？」

老人問跪坐的青年。他的黃T恤底下，套著破舊的牛仔褲。

「咦，我嗎？」

「請告訴我你的名字。」

「我叫坂本。」

「坂本先生，請抱膝坐著。前野小姐，以坂本先生爲首，依序捆住他們的手腳。不用急，慢慢來。」

好的，前野點點頭。她指甲剪得很短，費一番工夫才找到膠帶頭。

「椎間盤突出先生，方便請教你的姓名嗎？」

坐在中央階梯的馬球衫大漢瞪著老人道：

「——不行。」

以爲他好強，其實很窩囊；以爲他懦弱，卻又鬧彆扭。

「傷腦筋，那就得一直稱呼你『椎間盤突出先生』。」

「問別人名字前，先報上自己的名字是常識吧？」

「啊，也對。」老人沉穩地點點頭，「失禮了，我是佐藤一郎（註）。」

沒人發笑。馬球衫男人哼一聲，回道：

「那我叫田中一郎。」

「好的。接著輪到妳，請告訴我妳的名字。」

老人詢問總編，但她沒有答覆。只見她低著頭，坐在斜後方的我看不清她的臉頰或眼睛。

「——園田。」

倘若園田總編平常的音量相當於一百瓦特的電燈，此刻僅僅比得上窗外昏黃的燈泡。

「別人通常都怎麼稱呼妳？」

總編又不吭聲，我代她答道：「大多稱呼她爲『總編』。」

「我也這樣稱呼吧。」

好嗎？老人微微一笑。

「『總編』，聽起來眞不錯。年輕時我也曾夢想在出版社工作，眞羨慕。」

老人微微屈身，語氣放得更柔，繼續道。

「至今我仍十分憧憬出版人。跟著喊『總編』，我彷彿也成爲編輯。」

園田總編低著頭，不屑地輕吐一句，「又不是出版社。」

老人望向我，像在等待我的解釋。

「我們不是出版社的員工，而是負責編輯物流公司的社內報。」

「哦，社內報。」

老人眨眨眼。總編總算抬起下巴，睨著老人說：

「是會長出於消遣辦的、不痛不癢的社內報。連我的頭銜都像笑話，是旁人背地裡拿來笑我的哏，實際上根本是永無出路的小職員。」

註：「佐藤」和「一郎」皆屬日本的菜市場姓氏與名字，一聽就像假名。之後馬球衫男人回答「田中」，也是極普遍的姓氏。

老人望著我，「你也持相同意見嗎？」

「不是百分之百同意，而且園田小姐是優秀的總編。」

「嗯、嗯，」老人點點頭，槍口隨之上下搖晃。

「順序顚倒了，你叫什麼名字？」

「杉村。」

「你是總編的直屬部下嗎？」

「我的頭銜是副總編。」

「『副總編』是吧，」老人笑道：「聽起來也頗帥氣。」

「佐藤先生，我的全名是杉村三郎，有一個哥哥和一個姊姊。哥哥名叫一男。即使在我生長的年代，仍有爲孩子取這麼傳統名字的父母。」

「有個政治家叫小澤一郎（註一），不過他大你好幾個世代。雖然還是比我年輕。」

老人似乎挺愉快。

「別忘記鈴木一朗（註二）啊。他可是世界的一朗，眞的很棒。」

前野捆綁好馬球衫男人田中一郎的手腕和腳踝，接著靠近總編。由於跪地移動，露出褲裙的膝頭有些髒污。

「所以，即使你眞的名叫佐藤一郎，我也不會驚訝。不過，我能稱呼你『佐藤先生』嗎？還是該喊你『佐藤大人』？」

我竭力嘲諷揮舞手槍、牽著我們鼻子走的老人，頓時心跳加速，感到一陣窩囊。實際說出口，一點都算不上機智的諷刺。

「直呼我的名字，或喊我『老先生』都行。啊，就叫我『老先生』吧。」

老人無動於衷，目光反倒變得更溫和。

「把大家捲進這樣的事，實在抱歉。不過，我不是爲了發洩憤恨或不滿，也不是自暴自棄。雖然迫田太太訓了我一頓……」

前野拿膠帶捆起我的手腕和腳踝。她纏得很鬆，但膠帶太厚，黏著力強，意外地難以自由活動。從這樣的細節，也能看出老人並非毫無計畫。

「自我介紹結束，在引發周圍騷動前，先說明一下。我把各位當成人質——當成盾牌，但我有明確的目的。」

「錢嗎？」穿馬球衫的田中一郎唾棄道：「該不會欠債？老先生，你想要多少？」

老人立即反問：「田中先生，你想要多少？」

「咦？」田中疑惑地眨眼。

「就是錢啊。假如能獲得一筆可自由使用的錢，你想要多少？」

「這是在幹麼？」

「我是認眞的。你腦海最先浮現的金額是多少？」

田中沒回答，似乎受到驚嚇。於是，「老先生」轉向坂本問道：

「你是學生嗎？」

坂本不禁一愣，完成捆綁作業的前野回到他身旁。

註一：小澤一郎（一九四二～），曾任民主黨代表。

註二：鈴木一朗（一九七三～），日本前職業棒球選手。名字「一朗」與「一郎」同音。

「前野小姐怎麼辦？」坂本問，「她也要捆起手腳吧？」

前野一臉嚴肅，緊張地等待老人的指示。

「這樣就行。請把膠帶放在座位底下或隨便哪裡，反正不會再派上用場。」

「可是……」前野反倒不安起來，「只有我不用嗎？」

「還要請妳幫一些忙，並不困難，不必露出那種表情。」

前野望著坂本，抱住膝蓋，縮起身體挨近他。

儘管坂本髮型像運動員般清爽，個子也頗高，但整體清瘦，稱不上健壯。不過，看來他沒那麼懦弱，受到年輕女孩依靠，還無法鼓起男子氣慨。他的眼神緊張。

「我本來是學生。」

「大學生？」

「到上個月為止，我退學了。」

「哦……？」老人似乎真的訝異，「努力念書，好不容易考上大學，卻放棄了嗎？哪所學校？」

「……不是有名的學校。老爺爺一定沒聽過，是三流以下的私立大學。」

「這樣啊。你在大學念些什麼？」

「我是理工系，但幾乎沒去上課。」

老人思索片刻，問道：「該不會是沉溺於麻將館？」

「怎麼可能，」坂本噗哧一笑，「那種理由太落伍啦。」

老人又是一陣驚訝，「現在的大學生都不打麻將嗎？」

「不……也有人成天泡在麻將館。但如今已不是老爺爺說的，不上課就去麻將館混的時代。」

「那你沒去上課，都在做什麼？」

坂本嘴角的笑意消失，彷彿突然回到現實。不過，那並非我們成爲人質的現實。他喃喃低語：

「眞的想知道嗎？」

「如果冒犯你，我道歉。」

「不，沒關係。只是，不管父母或老師，都沒這麼直接問過我。」

「打算退學時，父母沒問你理由嗎？」

「不，他們問了很多，當然我也一一解釋……可是他們一次也沒問我，不上課都在幹麼……」

老人張大嘴巴，又「哦」一聲。

「……我什麼也沒做。」坂本低喃。

總編抬起頭，回望坂本。

「只是無所事事地睡覺，或在便利商店翻漫畫雜誌、傳簡訊、玩電腦，所以……」

不知爲何，他一臉尷尬地覷著身旁的前野，匆匆道：

「我沒去上課，並不是有其他想做的事。」

「小鬼，那就叫蹺課。」

田中語帶責備。擔任聽眾期間，他似乎恢復了精神。

「只是想偷懶打混，還需要思考怎麼回答嗎？」

「也是，對不起。」

總編像是覺得很滑稽，噗哧一笑，「對不起，居然笑了。可是，怎麼會聊起這種話題？」

「啊，對耶。」

或許是忽然回到現實，坂本反射性地要把雙手交握在後腦杓，才想起手腕被捆住。

「往後你有想做的事嗎？說得誇張點，你的人生目標是什麼？」

老人似乎不打算到此結束，以平淡溫和的語氣繼續發問。

「附帶一提，我認為想偷懶打混，也是不折不扣的目標。」

「不過，那樣一來……」

「只要有足夠生活的錢，就能隨心所欲地遊手好閒。假如是你，會需要多少？」老人說完，朝總編一笑，「謝謝妳幫忙拉回正題。」

坂本又偷瞄前野，只見前野瞪圓雙眼盯著老人，開口：「這要怎麼估計？即使成天遊手好閒，依玩樂的方式，所需的金額也不同吧。」

「那麼，前野小姐，」老人反問：「若能擁有一筆可自由使用的錢，妳想要多少？」

不必扣稅喔——老人玩笑似地補充，瞇起雙眼。

「這樣說或許很怪，可是我不怎麼缺錢。我是獨生子，而且父母身體健康，都還在工作。」坂本插話。

「那是你的父母有工作、有固定收入，並不是你的錢吧？」

「是沒錯啦……」

「我想要錢。一億、兩億、三億，不管多少都想要。」田中狀似氣憤地哼了一聲，露出歪曲的笑容啐道：「可拿來當公司的營運資金。要是有一億，就能買新的機器，也能給員工獎金，還能付清欠繳的所得稅。」

「哦，你是開公司的大老闆嗎？」

「哪是什麼大老闆，不過是一吹就倒的小公司。」

「是怎樣的公司？」

「金屬加工業啦，做螺絲和螺帽的。」

「有幾名員工？」

「不算我老婆，共五人。」
「你一肩扛起五個人寶貴的人生，很了不起。」
總編聞言又笑，此次顯然是啞然失笑，「這是在幹麼？」
「純粹是在向各位發問。總編，方便請教妳一樣的問題嗎？」
「我不要錢。」
「噯，別這麼衝。」
老人從容不迫地笑道，神情十分放鬆。我冒出一個突兀的想像，爲了不請自來的那個意象，獨自陷入混亂。行駛在夜晚道路上的公車忽然故障，進退不得，司機離開去求助。在困境解決前，留下的我們束手無策，只能焦躁地等待。於是，一名人生歷練豐富的長者，主動打開話匣子，安撫眾人。我們圍坐在地，陪著他閒聊，愈聊愈起勁。連認爲那種閒聊沒意義的乖僻乘客，也逐漸受老人巧妙的話術吸引——
「那換個設定。我像這樣恐嚇各位，給大家添了麻煩是事實，之後會送上賠償金。說是慰問金也行，總之是想補償各位實際蒙受的損害，將我的歉意轉換成金錢支付。那麼，你們會想要多少？」
首先，田中決定要一億圓。老人回答：「考量到我的財務狀況，一人以一億圓爲限。其實還能勉強多拿出一些，不過一億圓是個不錯的整數吧。」
前野和坂本愣在當場。
「老爺爺……」
「是富翁嗎？」
聽見兩個年紀足以當孫子的年輕人發出驚呼，老人開心得笑容滿面。
「沒錯，我是有錢人。」
「那爲什麼……」

前野激動得探出身體，老人的槍立刻逼近。前野頓時猶如遭潑水的狗，簌簌發抖。

「抱歉，請不要亂動。」

盤據在我腦中的突兀想像瞬間破滅。我們是人質，隨時可能遭到射殺，這是公車劫持事件。

「不好意思，我希望盡量與大家輕鬆相處，但要是你們輕舉妄動，我也不得不防備。」

對不起，前野的屁股往後挪，低聲囁嚅。她的背緊靠著坂本的肩膀。

「好，我懂了，這是場遊戲吧？這樣想就行了。」

坂本點點頭，莫名用力地說著，上下揮動膠帶捆住的雙手。

「我們在玩遊戲打發時間，是大富翁遊戲。老爺爺知道嗎？」

「以前有這樣的紙上遊戲呢。」

「老爺爺果然是以前的人，現在都變成電腦遊戲了。玩家可經營鐵路公司，在各地鋪設鐵路增加收益，或收購土地蓋車站和購物中心，最富有的就是贏家。」

「相當有趣的遊戲呢。」

老人似乎眞的知道那款遊戲，並非隨口附和。

「那麼，坂本先生，你想在這場遊戲中達成什麼目標？」

「我嘛，呃，首先……」

我想環遊世界，坂本答道：

「不是克難的背包客，而是吃好睡好的旅行。因爲世上還是有危險的地方，得做好相應的準備。」

「好的，好的。」

「妳覺得這要花多少錢呢？」

坂本問前野。她尙未自驚嚇中恢復，一個勁地搖頭。

「除非想搭伊莉莎白女王二號，否則一千萬圓就足夠吧？」

這是我們總編的建議。雖然眼角仍帶著嘲諷，但多少已有參與對話的意願。

「要是想參觀荒僻到不行的世界遺產，就另當別論。」

「一千萬圓嗎？」

「沒辦法全程坐頭等艙就是。」

「不要緊，就這麼決定。」坂本開朗笑著，忽然露出被扎一下般的表情，「可是，總覺得不能這樣。」

「爲什麼？」老人柔聲問。

「那是天上掉下來的一千萬圓吧？我不能一個人花掉。」

「哦？」

「如果有一千萬圓，就能提前付完爸媽的房貸……」

總編忍俊不禁，「只是個遊戲，提這未免太無聊。」

「話是沒錯啦……」

坂本抬起被捆住的雙手想搔頭，當然搔不到，但我很明白他的心情。

「我爸有三十五年的房貸要付，連一半都沒還完。付到一半，利息調升，加班費卻遭刪減，導致年收減少，而且房子的資產價值，有等於沒有嘛。」

「你眞爲父母著想。」

聽到老人的話，坂本一陣害臊。即使在昏黃的燈光下，青年毫無掩飾的羞赧依然耀眼。

「我早做好心理準備，爸媽會罵我白白浪費入學金和學費，可是他們都沒生氣。」

「他們非常珍惜你啊。」

「明明是這麼沒用的兒子？」

坂本低喃，以手背抹抹人中處。

「他們告訴我，找到人生目標為止，慢慢思考。其實家裡根本沒那種閒錢。」

「是啊。說什麼不缺錢，是你的一廂情願。」

總編嚴厲地下定論，轉向老人，「儘管是巴掌大的二房二廳小公寓，我也有房貸。若能一分不少，把房貸全砸在銀行負責人臉上，想必非常痛快。」

老人感到有趣似地挑眉。在近處一看，混雜的白毛隱隱反光。

「妳辦貸款時，發生不愉快的狀況嗎？」

「看我是單身女子，銀行人員簡直像把我當成吹進店裡的超商垃圾袋。」

「銀行的傢伙都是那副德行。」田中幫腔，「明明不是他們的錢，卻愛狐假虎威。」

「這樣吧，」老人的目光掃過我們，「我支付坂本先生和總編的剩餘房貸，外加一千萬圓。房貸的部分就當賠償金，一千萬圓代表我的歉意。」

「我只有一億噢……」

田中噘起嘴，我忍不住笑出來。前野也噗哧一笑。

「合計是多少錢？」

總編當場回答：「三千五百萬圓。」

坂本歪著腦袋思索，「我爸的房貸，詳細金額我不是很清楚……」

「大概就行啦。」總編說。

「加上一千萬圓，大概也是三千五百萬圓吧……」

「前野小姐呢？」

對上老人的視線，前野又反射性微微縮肩，但臉上的笑意未退。

「我……如果有學費，幫助會很大。」

「學費？」老人的眼神益發親切，「這樣啊，妳也是學生。」

「還不是，我在存學費。」

「妳想學什麼？」

前野害臊地垂下目光回答，可惜太小聲聽不見。

「嗯？不好意思，請再說一次。」

「——我想當pâtissier。」

老人訝異地望向總編，她隨即解釋：「就是甜點師傅，現在流行這麼稱呼。」

然後，總編久違地流露「大姊頭園田瑛子」的眼神，「這是時下年輕女孩最嚮往的職業呢。」

「大姊頭園田瑛子」的眼力，乃是經年在今多財團中淬鍊而來，單純的前野兩三下就被擊倒。

「我、我是真心想——」

「非常辛苦喔。那個業界保留著類似師徒制的金字塔階級，出師前不會被當成人看待，可不像連續劇演的那麼光鮮亮麗。」

前野不禁縮起身子，坂本立刻聲援：

「可是，她很了不起，有嚮往的目標，並為此工作，哪像我……」

總編打斷他的話，「光學校畢業是不夠的，廚師得四處修行。」

「真是吹毛求疵啊。她對年輕女孩都是這種態度嗎？」

坂本把矛頭轉向我。我來不及開口，總編就拋出一句，「這叫實際，代表我是成熟的大人。」

微笑聆聽的老人，忽然看向公車後方。這一瞬間，我也察覺情況有變。

「抱歉，打斷你們愉快的交談，但現實似乎已迫近眼前。」

老人低語。眾人回頭望去，只見旋轉警示燈的紅光照進車內。

緊急救援車輛的旋轉燈，具有讓現實往負面變質的壓倒性力量。絕大多數的情況下，僅僅是旋轉發光，便能撩撥人們內心的不安。比方，深夜返家途中，在附近看到旋轉的紅光，誰都會暗想：哪裡出事？家裡不要緊吧？

然而，極為罕見例子中，同樣的旋轉燈也可能安撫人心，即現實處境先陷入負面狀況。

這樣稀罕的事態，兩年前我才經歷過。雖然與現況差異頗大，但發現旋轉燈頓時鬆口氣的心情，並未改變。

「終於登場。」

慢吞吞的——田中罵道，在場無人附和。

「是警車。」坂本呢喃，面向老人，「老爺爺，警察來了。」

由於公車外出現新的光源，三晃化學廢廠草率裝設在圍牆上的燈泡，似乎從「光明」降格為令人沮喪的昏暗。在這當中，坂本勉強擠出開朗的笑容。

「現在還不算太遲，別再繼續下去，當成一場玩笑吧。」

老人沒搭腔，望向車尾的窗戶道：

「警車停下了。」

旋轉燈不再靠近，停在公車斜後方——距離多遠？坐在地板上無法估量。

「前野小姐，不好意思，請妳到後面車窗露個臉。」

「可是……」她囁嚅著，尋求坂本的意見。

「沒關係，去吧。我想想，妳就向警方揮手，然後比個叉。」

不要讓對方以為在開玩笑，老人溫柔提醒。

前野緩緩起身，走向後方。我們注視著她跪在座椅上，朝外揮舞雙手，然後交叉。

前野大動作比手畫腳，出聲呼救。

「所以……公車遭到劫持，我們……被抓起來當人質！」

她右手比出手槍的形狀，抵住太陽穴。

「對方似乎不懂。」

老人悠哉評論，不知爲何對我笑道：「杉村先生，你覺得該怎麼辦？」

「鄉下警察太鈍啦。」田中益發氣憤地啐道：「打開窗戶，我來大聲嚷嚷。」

「窗戶是封住的。」

「駕駛座右邊的窗戶應該能開，我親眼看過。」

「不准開窗。」

語氣和表情都沒變化，但那一瞬間，老人眼底掠過一絲冰冷的刻薄之色。不是黃色燈泡，也不是旋轉燈光線的緣故。

「不如打電話出去？」我建議道。

「打一一〇嗎？」老人狀似意外地眨眨眼。

「打到哪裡都行，讓外面的人聽到可證實現況的說法。」

「眞是麻煩。」

強烈的白光透進來，停在後方的警車調成遠光燈，約莫是想觀察公車上的情況。

「哎，討厭啦！」前野彷彿覺得刺眼，抬手掩面，惱怒地叫嚷，接著回過頭道：「司機小姐在警車上努力說明，但警方似乎不相信。」

柴野司機在場嗎？那麼……我暗暗想著，像是算準時機，她的手機響起。

「來電鈴聲挺可愛。」

老人微笑道。柴野的手機來電鈴聲我也有印象，想必是女兒「佳美」喜歡的歌曲吧。她的年紀可能和我家的桃子差不多。

老人左手拿起手機。通知來電的小燈，每次閃爍就會變化顏色。注視片刻，他把手機貼近我的右耳。

「杉村先生，麻煩你接聽。」

老人按下通話鍵，鈴聲停止，傳來「喂？喂？」的男聲。

槍再度瞄準我的眼鼻。

「喂喂？喂喂？」

眾人的視線頓時集中在我身上。

「——喂。」

我出聲回應。總編嘆口氣，閉上眼。前野轉身貼在窗上，窺望外面。

「抱歉，你是哪位？」手機彼端的男聲問。諷刺的是，對方的語氣就像碰上前往派出所問路的民眾，而不是面對遭遇搶劫或竊盜，衝進來求救的民眾，總之是悠哉到家。

「我是這輛公車的乘客。」我答道，老人點點頭。

「哦，有位小姐自稱是這輛公車的司機，她說……」

「她說的是真的，一名乘客持槍挾持我們。」

手機彼端一陣沉默，八成是驚訝到說不出話。拜託，振作點好嗎？我真想罵人。

「請他找能處理這種事的人過來。」老人低語。

我忠實地傳話，「歹徒要求找能處理這種事的人過來。歹徒在車內已開過槍，幸好還沒有人受傷。」

我講到一半，老人拿遠手機，直接切斷。

「謝謝你。」

嘴上道謝，但他眼底殘餘的笑意消失。

「你很冷靜，我能仰仗你，同伴和各位人質也能仰仗你。」

「什麼意思？」

老人把手機擱在投幣箱上，低語：「你巧妙傳達出劫持公車的是乘客之一的訊息。你是情急中想到的嗎？」

我沒考慮得那麼遠。

「我不是刻意這樣說……」

「提及我開過槍是多餘的，但你也告知無人受傷，就當扯平吧。日本警察對類似案件慎重過頭，經常遭媒體譴責過於軟弱，可是一但有人受傷，便會失去冷靜，立即採取強硬手段。我希望他們深思熟慮再行動，否則我會非常傷腦筋。」

「警車離開了。」前野貼在後車窗上高喊：「在倒車……啊，又停下來。」

「不必理會警車。前野小姐，請回座。」

「不用盯著警車嗎？」

她以不知是站在哪一方的語氣，提出不知是站在哪一方的疑問。本人似乎沒意識到這番發言有多怪。

老人忍俊不禁，提醒道：「別忘記妳是人質。」

「倒車？王八蛋，那些稅金小偷在幹麼！」

田中氣憤不已。前野小心翼翼地經過他旁邊，深怕碰到他蜷縮的龐大身軀。

「別這麼不耐煩。」

老人出聲安撫。田中憤怒的臉龐歪曲，猛然滑下階梯。

「老先生，你在悠哉個什麼勁？你是認眞的嗎？」

大喊的同時，他跌坐在地板上，發出「咚」的巨響，嚇得前野瞪大眼。

「我是認眞的。託杉村先生的福，警方應該也會認眞看待，嗳，暫時觀望一下吧。正好，田中先生，請過來，我去坐階梯。」

老人把手機放入斜揹的包包，輕扶以臀部移動的田中，在他先前占據的位置坐下。在這短暫的期間，槍口離開我們，但隔著一段距離，加上膠帶捆住手腳，我和坂本無法即時行動。田中有機會用身體撞擊老人，可惜不能期待現在的他。

「你說是認眞的，所以剛剛的話也沒騙人？」田中腦袋裡淨想著錢，「雖然搞不清狀況，但你在這場騷動中達成目的，就會給我一億圓吧？」

「一定。」老人回答。

「不要這樣。」

園田總編出聲。她的膝蓋塞在被膠帶捆住的雙手形成的圈子間，坐成小小一團。以女性來說，她的個子不算嬌小，或許是姿勢的緣故，看起來像是縮水。

「不要再談錢了。」

話聲也有些縮水。令人驚訝的是，話聲中帶著哭音。

加加減減，我已在這個人底下工作十年。對於總滿不在乎地道出辛酸或嘲諷、鮮少給予稱讚，但幾乎不曾錯誤評價別人的園田瑛子，我自以爲認識頗深。然而，我的自信逐漸動搖。從剛才起，她先是面對槍口也不以爲意地嗆辣發言，又突然怯懦地縮成一團，板起臉毫無反應，種種表現令人眼花繚亂。若她這時哭出來，我一定會慌了手腳。

「喂，」坂本抬頭，「聽到沒？外頭鬧哄哄的。」

我沒看表，不曉得實際上花了多久時間，感覺頂多三十分鐘。一回神，警方的裝甲車已包圍公車。車門那一側貼近水泥牆，等於遭三方夾擊的狀態。迎面而來的裝甲車坐著也看得見，但無法確認旁邊和後方的情況。在老人的指示下，前野觀察窗外回報給我們。

她莫名其妙的感想逗笑了老人。

「來這麼多護送車幹麼？要載我們嗎？」

坂本替愉快地咯咯笑的老人指正她，「不是護送車，是裝甲車。」

「那是載囚犯的車子吧？窗戶有很嚇人的鐵絲網。」

「裝甲車也一樣。爲了保護車裡的警官，才製造得那麼堅固。」

數不清的警車趕抵現場。警示燈照得我頭昏眼花，生平第一次知道，原來光線也會像噪音一樣「吵」。附近住家也有所變化。原本黑暗的窗燈火通明，人聲嘈雜。遠方傳來擴音器的聲音，約莫是警方在廣播。

三十分鐘之間，柴野司機的手機響起好幾次，老人卻完全無視，彷彿在等待周圍安靜下來。

裝甲車就定位，警車不再移動後，手機又響起。老人開口道：

「前野小姐，我想請杉村先生坐到駕駛座，麻煩妳幫忙他。」

前野眨著眼，望向空蕩蕩的駕駛座，「要讓杉村先生開車嗎？」

「妳是個好心腸的女孩，就是冒失了點。」

老人溫柔地責備，前野縮起脖子說：「對不起。」

站起身並不困難，但要爬上駕駛座的窄梯不容易。畢竟小學運動會的家長比賽項目不包括袋鼠跳，我跌跌撞撞，額頭碰到駕駛座後方的隔板，眼冒金星。

「杉村先生，辛苦了。」

坐在中央階梯的老人稍稍提高嗓門。

「駕駛座的操作盤上有照明開關吧？請打開車頭燈，按兩下喇叭後，再熄燈。」

「老先生，那是什麼信號？外頭有你的同夥嗎？」

恍若沉浸在一億圓幻想中的田中，久違地重返現實。當下，我也浮現相同的疑問，焦急思考著怎樣才能不必聽從老人的指示，或至少稍稍拖延時間。

不料，老人回答：「我沒有同夥。這是……唔，算是談判開始的信號吧。」

「談判開始？」

「對，我想拜託警察做些事。」

手機再度響起。

「杉村先生，請按我的指示行動。」

我的位置離老人最遠，一旦有什麼狀況，可躲在駕駛座的隔板底下。其他人質則是直接暴露在危險中。警方要攻堅，只能使用緊急逃生門。老人應該也想到這一點，卻滿不在乎地坐在階梯上，背對緊急逃生門。

老人說過，他年事已高，只要大家來眞的，便能輕易制服他，但難保不會有運氣不好的人挨子彈。對象換成警察也一樣，一旦進行攻堅，老人會開槍射擊。至少他曾表示有此打算。

可能性不高的「或許會挨子彈」的恐懼、討論賠償的金額、老人怎麼看都與凶暴案件格格不入的孱弱外表、穩重溫和的對話，我們不知不覺被逐步籠絡。這樣的經驗是第一次，無從比較，但即使參照小說情節，人質不是應該陷於更深的恐懼和緊張感嗎？歹徒的情緒會更激動，或更頻繁地出言恐嚇吧？以目前的處境來看，「籠絡」絕非不適切的形容。短短一個鐘頭的發展，總覺得其中必有蹊蹺。

在這節骨眼，若想打破現狀——

雖然沒有大型車輛駕照，但我曉得怎麼操縱巴士。堵在前方的是裝甲車，突然暴衝撞上去也不要緊吧。

「杉村先生。」

老人呼喚我。探出駕駛座，回望公車內部，只見老人露出一貫的笑容。他腳邊渾濁的黃光中，浮現坂本、前野、田中和總編蒼白的臉龐。

「快點執行他的指令。」總編小聲催促，低下頭。

我打亮車頭燈，舉起被膠帶捆住的手腕，往方向盤中央敲兩下。驟響的喇叭聲戲劇效果十足，公車周圍一陣嘩然，如漣漪般擴散，彷彿能傳達到廣播車四處奔走的遠方人家。

我熄掉車頭燈。

「謝謝。你果然是冷靜的人，任何時候都能做出正確判斷。」

老人看穿我的想法。

手機鈴聲停歇，隨即又響起。

「杉村先生，你下得來嗎？」

聽到老人的話，前野起身走近駕駛座。我以眼神制止她，問道：

「我不能待在這裡嗎？可以告訴你外頭的情況。」

裝甲車和警車後方，制服警察忙碌穿梭。不是平常看慣的巡警，而是出現在電影和電視劇中的全黑或深藍特殊部隊制服。依稀聽見厚重的靴底踩過遍布空地的沙礫聲響，難不成是我的幻覺？

「那是機動隊嗎？還是在這種情況下出動的ＳＡＴ（註）部隊？來了很多人。」

我望著外面，以大家聽得到的音量報告。老人格外開心般加深笑意，彷彿要讓其他人質看見。

註：Special Assault Team的縮寫，日本警察廳的特種部隊，主要負責人質劫持、恐怖攻擊等案件。

「直接問吧。」老人總算掏出手機，「喂？」

他應一聲後，聆聽對方的話，偶爾回答「是」。這段期間，他仍舉著槍，直盯著人質。

講手機時，由於集中注意力，視線與身體會自然轉移，所以會發生在月台通話，被電車撞到之類難以置信的事故，但老人並未如此。

在眾人的目光下撥打或接聽手機，他絲毫不以爲意，注意力也沒分散。除了他，我只曉得一個這樣的人，就是我的岳父，今多財團的領袖今多嘉親。

「我懂了。那麼，我先掛掉手機。我會跟大家商量，然後……嗯，請十分鐘後再打來。」

老人彬彬有禮地結束通話，把手機放在膝蓋上。

「對方是隸屬縣警特務課的山藤警部。」

雖然決定要設法抵抗，不能繼續被老人牽著鼻子走，聽到他天眞無邪的口氣——彷彿在安撫、鼓勵我們的溫暖話語，我又萌生立場顚倒的錯覺。

在場所有人，包括老人在內的六人，被捲入糟糕的狀態，但這並非其中的誰導致。於是，我們互相鼓勵，想辦法脫離困境。外界終於伸出援手，只差一步，大夥一起加油吧！身爲隊長的老人，正在激勵我們——

「山藤警部的職務，就叫談判專家嗎？啊，不是公證機關的公證人（註）……」

「討價還價的談判，對吧？」坂本回話，「這我也曉得。」

「哦，你曉得嗎？」

「我在電影中看過。反倒是老爺爺提及的公證機關，我第一次聽到。」

「這樣啊，那種地方和現在的你無緣。」

「少囉哩八嗦的。」田中厲聲道：「小子，別多嘴。老先生，警察說什麼？」

「他問劫持公車的是不是我，我回答『是』。」
連坐在駕駛座的我，都能感受到田中焦急得體溫和血壓飆高。
「老先生，別鬧了。你的腦袋是不是眞的有問題？」
「如果想確認我是否神志清醒，我很清醒。」老人笑道。
「你有目的吧？快告訴警察，叫他們去做啦，我不想奉陪了。」
「不願意奉陪到最後，我就不能支付你一億圓。」
畢竟是賠償金——老人若無其事地回應：
「所以得請你付出値得賠償的忍耐力和時間。」
杉村先生！總編呼喚我，聲音大到像是忍無可忍。
「坐在那種地方，你會被當成歹徒。萬一遭到狙擊怎麼辦？快下來！」
我大吃一驚。坂本和前野恐怕也嚇一跳，挨近總編，七嘴八舌地安慰她不用擔心。
「日本的警察沒那麼魯莽。」
「談判專家在跟老爺爺說話，不會誤認杉村先生。」
「吵死了！」總編大喊，身體縮得更緊，「你們都瘋啦！我們是人質，懂不懂啊？」
那尖叫般的殘響消失前，沒有任何人出聲。
「——我有點渴，想請警方送喝的過來。」老人緩緩開口，「在這種情況下，爲防止警方摻進安眠藥，只能要求密封的瓶裝飲料，各位有什麼喜歡的飲料嗎？」
兩個年輕人覷著總編，彷彿擔心脫口說出「可樂」會挨罵。這一瞬間，他們害怕的不是持槍的老人，而

註：在日語中，談判員與公證人的發音相同。

是歇斯底里發飆的總編。

笑意又湧上我的喉頭。就像看到早就離開公車，此刻應該待在安全之處的迫田女士完全不理解狀況多麼嚴重，隨手拂去沾在髮上的天花板碎片時，突如其來、毫無道理的強烈笑意。我必須竭力克制，以免顯露在臉上。

事後我才明白，壓抑笑意是對的。當時，坐在駕駛座、唯一露臉的我，被從每一個可能的角度拍攝。倘若我笑出來，事情會變得超乎想像地麻煩。

我們眞是滑稽，我暗想著。老人一樣滑稽，不好笑的只有他手上的槍。

「要是喝水，會想上洗手間……」前野聲如蚊吶。

「也對，會有這種困擾。有沒有人想上洗手間？」

「現在還好嗎？」

坂本湊近前野，小聲問。前野害羞地點點頭，坂本接著也問總編：

「呃，妳不要緊嗎？會不會覺得不舒服？」

「不用你管！」總編尖聲嚷嚷，撇開臉，「不要管我。」

「老爺爺呢？」

聽著坂本的詢問，我一陣錯愕，田中明顯露出受不了的表情，但老人似乎早預料到這一點。

「謝謝，你眞好心。」

「換成我是老爺爺，光是做這種事，肯定緊張到心臟快爆炸。」

「雖然一把年紀，不過我身體不差，沒關係。」

此時，手機響起。

「公車上應該備有的拋棄式方便袋，萬一無法忍耐請取用，暫時這樣就行了吧？」

「有拋棄式方便袋嗎？」

「應該在駕駛座底下的緊急用品包。前野小姐，能不能麻煩妳確認？」

前野來到駕駛座，蹲在我的腳邊翻找。老人覷著她，重新握好槍，接起手機。

緊急用品包內有個金屬銀的大束口袋。前野打開後，脫口道：「啊，眞的有。」

「是的，大家目前都沒問題，不過想要一點喝的……」

老人在與山藤警部交談。坐在駕駛座的我，發現視野一隅冒出新的景物。

那是所謂的「提詞板」。一名制服警察蹲在公車斜前方，朝我舉起B4尺寸的紙——大概是速描本吧。

（YES向右轉　NO向左轉）

我若無其事地向右轉，假裝往那邊望去。

（歹徒是一個人嗎？）

我以眼角餘光偷瞄紙板，繼續看著右邊。

（手槍只有一把嗎？）

「又有新的警車過來。」

我對著右邊低喃，老人仍在講手機。

（車上有幾名人質？）

紙張很快翻過去。

（司機說有五人　對嗎？）

我注視著右邊，若無其事地搔搔頭。

（人質在車內後方嗎？）

我轉向左邊，低頭問在翻找束口袋的前野：

「那是藥吧？」
她在撿查可密封的小夾鍊袋。
「是啊，有ＯＫ繃、貼布、繃帶和傷藥……這是止瀉藥。會是司機小姐的嗎？」
「不，是公司配給的備用品吧。以市內公車而言，準備得相當齊全。」
抬頭一看，紙板和警察都消失不見，老人也結束通話。
「有供暈車乘客嘔吐用的紙袋，拿出來嗎？」
「好，謝謝。請放在投幣箱上。」
老人把手機收進外套口袋，暫且改用左手拿槍。
「這玩意滿重的。」
他甩甩右手，又換手重新拿好槍。
「警方會送來瓶裝水。然後，各位……」
老人的神情就像在說「問題來了」。
「警方的條件是，要釋放一名人質，怎麼辦？」
誰能立刻回答？
「唔，這是標準程序，我早預料到。」
老人低喃，環顧我們。
「或許各位會覺得我是個怪老頭，既然討論過賠償金，能否聽聽我更進一步的說法？」
誰能說不呢？
「其實，我並不想做這種事。這是不折不扣的犯罪，我非常清楚。可是，不這樣警方不會行動。」
「老爺爺，」坂本出聲呼喚，「你動用警力到底有何目的？」

老人嚴肅地直視青年。

「我希望警方幫我找下落不明的人。」

坂本和前野啞然張口，像是靈犀相通。

「那是……呃，失、失……」

「失蹤人口？」

兩人的雙眼閃閃發亮。能夠理解老人的動機，他們十分高興。

「是希望警方協尋離家出走的人嗎？要找老先生的家人？太太或是孩子嗎？」

「不不不，不是我的親人，也不是離家出走。」

「不然呢？」田中的話聲充滿苦澀，「如果不是要條子找出你跑掉的老婆拖過來斃了，那是要幹麼？」

「說得眞具體。」老人睜圓雙眼望著他，「難道你有切身經驗？」

「少胡說八道。幾年前有人爲這種理由，抓了人質與警方對峙，鬧得挺大不是？」

「名古屋的案件嗎？我也有印象，是什麼時候？」坂本出聲。

「那不重要啦。」前野挨近老人，緊握雙手，前身向傾，「不管是誰，都是老爺爺沒辦法獨力找尋的人吧？很重要的人嗎？」

「重要……」老人低喃著，抿起嘴，「與其說是對我重要，也許是對社會相當重要的人。」

田中頓時冷卻，或者說一副壞事敗露般的表情，不屑道：

「搞什麼，原來老先生是搞宗教的！」

「哦，你怎會這麼想？」

「看你這麼裝模作樣——」

「聽到對社會很重要，田中先生立刻聯想到宗教呢。」

「我是不懂啦，可是那種莫名其妙宗教的信徒，不都滿口相同的話？教祖是救世主之類的。」

老人的笑聲意外開朗，「是啊，我也不太會應付那種人。」

「意思是，老爺爺不是嘍？」

前野問道。老人思索片刻，似乎在為冒失慌張、積極過頭的前野斟酌措詞。

「訂正一下，不是對社會重要，而是『對社會一部分的人重要』的人——不，人們。」

「不只一個人？」

「嗯，有三個人。」

「他們是怎樣的人？」

老人又沉默半晌。感覺上，他早預料到前野聽見這番話會十分震驚，所以留個緩衝。

「是壞人。」老人回答，「所以才重要。」

此時，我第一次與田中互望。

只要是大人都知道，當有人指著什麼人說「壞人」時，即使那個人手中沒有槍，仍應保持警覺。當然，我們已身陷非警戒不可、非小心不可的狀況，但老人揭曉的部分動機，還是有前所未聞的異樣感。

田中約莫有同感。他倉皇轉動的眼珠彷彿在說「這是在搞什麼」、「這個老先生果然很不妙」。

「老先生。」他呼喚的語氣也謹慎許多，「這樣我懂了，你快點拜託警方吧。」

「等一下，」前野打斷他的話，「老爺爺還沒說完。」

「小姐，妳閉嘴。」

前野一副受傷的表情，老人的眼中明顯流露失望之色。

「田中先生，你似乎不相信我神志清醒。」

「沒那回事。你十分正常，我明白。」

「不，你不明白。你是不是也開始認為，要給你一億圓是在唬人？」

「那種鬼話我從一開始就不相信。」

「不，你本來相信的。想必你的閱歷不少，但我不是沒見過世面，有看人的眼光。即使話出自我這個來歷不明的老人之口，你也當真了。反過來說，你就是這麼需要錢。」

如果不是這種情況，兩人的互動真的挺有意思。這下換田中的自尊受傷。

手機響起，老人立刻接聽。「好，好。」他簡短應兩聲就掛斷。

「警方已備妥飲料，打開駕駛座右邊的窗戶接收。」

「不是要釋放一個人？不必先處理這件事嗎？」我問。

「這是信義的問題，」老人回答：「得有一邊先下賭注。」

我觀察周圍的狀況。從駕駛座望出去，沒有特別醒目的動靜。

「前野小姐，不好意思，飲料頗重，但還是麻煩妳去拿。杉村先生，請離開駕駛座。」

我請前野扶住手肘，小心走下踏階。我想告訴她，看見紙板別慌張，要沉著應對，又怕隨便耳語會嚇到她。

「打開這扇窗嗎？」

看到設有把手和窗鎖的車窗，前野十分訝異。

「我常搭公車，卻不曾注意到這邊能打開。田中先生居然也知道。」

前野打開車窗，手機再度響起。老人按下通話鍵，把手機拿到耳畔，朝前野點點頭。

「拿到飲料後，關上車窗，請安靜迅速地完成。我需要各位的配合。」

前野微微探出窗外，接過一個裝有約半打寶特瓶的透明塑膠袋。坐在公車地板上，只看得到這幕情景。

送寶特瓶來的警察似乎講了幾句，我聽到片段，像是「有沒有受傷」。前野頷首，把飲料放到駕駛座，安分地迅速關上車窗。

「收到飲料，謝謝。」老人與手機彼端通話，「我會和大家商量再決定。我是個守信的人，請放心。」

既然警方賭他不會反悔，他就不會背信，是嗎？

結束通話，老人對前野微笑道：「麻煩妳打開瓶蓋，分給每個人。」

總編不肯接，前野便把寶特瓶放在地上。回到坂本身旁的位置，前野提心吊膽地喝一口水。

「好冰。」她低喃著，垂下頭，「外面吵得好厲害。」

她的手在發抖，瓶裡的水跟著搖晃。膽小的前野似乎又回來了。

「這……這是不得了的大事，總覺得沒有實感，可是……」

「沒錯，是不得了的大事。」老人點點頭，溫柔安撫，「不過，妳做得很好。謝謝。爲了表達感謝，不如我讓妳下公車？」

前野來不及反應，老人就問坂本：「你沒有異議吧？」

坂本尙未開口，前野顫抖著搖頭道：「不，我不要下車。我要留下來。」

那雙大眼瞬間盈滿淚水。

「我不能一個人下車。」

前野哭著挨向坂本，坂本的肩膀用力靠上去。

「要是獨自下車，我一定會後悔。」

「妳不像田中先生那麼需要錢吧？」老人問道。

這話並不刻薄，前野坦白答道：「不是錢的問題。啊，也不是我不相信老爺爺會給賠償金。」

「我明白，妳是個誠實的人。」

前野淚如雨下，把寶特瓶放在旁邊，以衣袖擦臉。

「那麼，田中先生，請下車吧。」

田中的表情，在我的記憶中留存許久。常識與非常識交戰，現實與幻想交攻。眼前的老先生要給我一億圓，世上才沒這麼荒唐的事，簡直胡說八道。可是，萬一是眞的呢？假如有百分之一、百萬分之一的機會成眞呢？

「我也要留下。」田中應道：「迫田老太太離開時，我一點男子氣概都沒有，丟盡面子嘛。」

他頻瀕眨眼，鼻頭微微冒汗，露出苦笑。

「老先生，我不是相信你。你的言行舉止都太莫名其妙，但我見過一些世面，知道此時先下車，後果會難以收拾。」

老人的眼神和臉頰又帶著笑意，「會被媒體罵翻嗎？」

「我才不管媒體，但我害怕身邊的人的譴責。順帶一提，我也怕兒子問：人質中有兩個女人，爸爸怎麼頭一個落跑？」

「你有兒子啊。」

田中的視線離開老人，深深嘆了口氣，「我有五千萬圓的保險。」

死於意外或犯罪能拿到加倍的保險金，他補充道：

「恰恰是一億圓，有意思吧？」

「不必賠上性命就能拿到一億圓，想必會更有意思。」

老人語畢，一陣沉默。我望向垂頭抱膝的總編。

「讓她下去吧，她看起來很難受。」

田中努努下巴，搶在我之前開口。

「喂，這位女士，不必客氣，妳下車吧。」

總編沒反應。我也對老人說：「請聯絡警方，讓她下車吧。」

老人撥打手機告訴警方，「現在我要讓一名女性下車，麻煩你們支援。」

又說得彷彿老人不是劫持犯，而是人質之一，正在等待救援。

手機另一頭答應。即使如此，總編仍僵在原地。

「就這麼辦。」

「請先下車吧。」坂本勸道：「妳的臉色很差，不能留在這裡。」

「前野小姐，麻煩解開總編手腕的膠帶。」

前野上前，以指甲撕開膠帶。對不起，會痛嗎？面對詢問，總編依舊緘默。

「從後面的緊急逃生門離開。怎麼開門，看說明就懂吧。」

在老人的催促下，園田瑛子終於抬起頭。看到她眼中的敵意，我嚇一跳。

「我知道你這種人。」

總編瞪著老人，恫嚇般低語。那是我從未聽過、深藏在她體內的聲音。

「我痛恨你這種人，所以馬上就看出來。我痛恨你的同類。」

老人微笑不答。

「你才是教祖吧？我不曉得你有何企圖，但你適可而止！」

總編惡狠狠地瞪著老人，老人迎向她的視線。不，是吸收化解那道視線。

園田瑛子的肩膀垮下。她垂著頭，搖搖晃晃站起，拖著腳一步步走近老人。必須穿過他旁邊的階梯，才能抵達緊急逃生門。

「我也從一開始就看出來。」

總編經過時，老人面朝前方說：

「妳擁有非常痛苦的回憶吧。我不是那種人的同類，但我很清楚他們的手法。我向妳道歉。」

這段啞謎般的對話，引來年輕男女和田中詢問的眼神。我飛快搖頭，完全不懂老人和總編在說什麼。

總編光是蹲下操作門桿，彷彿就耗盡全力。她抓住椅背撐住身體，似乎想起留在車上的皮包。於是，她後退把皮包抱進懷裡，用力揣緊一下，搭到肩上。

緊急逃生門開啓。是風向的關係嗎？不同於打開駕駛座窗戶，空氣一口氣灌進來。戶外的空氣蘊含團團包圍的警察的緊張，及看熱鬧民眾與媒體的喧囂，具備一股肉眼看不見的質量。我能感受到，幾乎能嘗出滋味。

警示燈的光照在總編的額頭和臉頰上。她覷我們一眼，帶著泫然欲泣的表情，跳下公車。

目送總編離開，老人親自關上緊急逃生門。一會兒後，手機響起。確認總編平安受到警方保護後，老人要求道：

「我主動聯絡前，暫時別打來。」

老人切斷通話，小口啜著寶特瓶的水，透露出一絲疲勞。

坂本和前野不安地望著老人。是我對現代社會的年輕人有所誤解嗎？以這年頭的年輕人來說，他們過於純真。倘若八面玲瓏的野本弟也在場，會像坂本一樣被老人唬得一愣一愣，為他同情、為他擔憂嗎？

這麼一提，編輯部有個姓間野的女職員。「間野」和「前野」，只差一個字——我漫不經心地想著，喝口水。這是陌生廠牌的天然水。

「警方會從總編那裡問出許多事吧。」老人把寶特瓶放到一旁，抬起頭，「不管她說什麼，我都無所謂，但各位有個麻煩，就是賠償金的事。」

田中停止眨眼。

「所以，來統一口徑吧。我沒提過補償金，各位也不曾聽我談及。否則，最糟糕的情況，各位會被當成我的共犯。」

年輕男女面面相覷。坂本出聲問：「共犯？老爺爺……」

「我是指劫持公車的共犯。」

「不，我想問的是，老爺爺果然還是希望警方帶那三個人來，殺掉他們嗎？」

老人緩緩搖頭，「我怎麼可能殺死他們。」

「可是……」

「我只是想再見到他們而已。」

所以放心配合我吧，老人安撫道：

「我一定會支付賠償金。現在來談付錢的方法。」

「你有何打算？」

田中緊咬似地問，口沫橫飛。前野不禁皺起眉。

「我不能留下證據。而且，即使我當場詢問各位的住址，也沒有意義。」

「那不就沒辦法付錢？」

「田中先生，你會不會太貪心？」坂本頭一次提高嗓門，表現出怒意，「我不希望老爺爺的罪變得更重，所以不想做任何幫倒忙的事。你好歹是有些年紀的大人，不要滿腦子錢，稍微——」

「稍微怎樣？死要錢哪裡不對？你這種小鬼頭，怎麼懂得一把年紀的大人為了錢有多難過！」田中怒吼。

「為什麼沒有意義？」

我也揚聲插嘴。眾人望向我，我定定注視老人。

「我們在此和你約定往後的事，怎會沒有意義？」

老人浮現一貫的笑容，「杉村先生，別問些無聊的問題，讓我失望。你應該明白才對。」

「老爺爺……」前野眨著淚濕的雙眼低喃：「準備被抓吧？」

「是啊。鬧出這場騷動，沒道理能逍遙法外。」

「可是……」

「即使得付出代價，我也想達到目的。」

所以請協助我，老人向我們行禮。深深低著頭的老人，放下雙手，槍口朝下。

沒人採取行動，我也動彈不得。

「我會遵守約定。」老人抬起頭，「絕不會虧待各位。」

無人出聲。

「這年頭眞的很方便。」

老人忽然轉爲開朗的語氣，環視我們。年輕男女頓時一愣。

「不，說方便有語病，不過網路的情報網實在厲害。」

他無緣無故在講什麼？

「所以，可能會給各位帶來許多麻煩。不過，流言不會持續太久，請當成賠償金的補償範圍，忍耐一下。」

我依然猜不透老人的意圖。田中不耐煩地眨眼，坂本也不知所措。唯獨前野敏銳地聽出弦外之音，雙手摀住嘴巴，眼睛睜得老大。

「咦，是這麼回事嗎？」

老人瞇起眼，像是爲孫女的聰慧感到欣慰，「沒錯。」

「到底是怎樣？」田中像是要緊咬上去。

「老爺爺的意思是，等我們被釋放、案件落幕後，我們成爲人質的事也會透過網路傳開，對吧？」

聽到這裡，我總算理解。原來如此。

「一般媒體——報紙、電視和八卦雜誌記者，當然也會蜂擁而至。他們不會報出各位的名字，不過……」

不過，網路上不同。

「對這種案件感興趣的人，會聚集在……網站嗎？各位的個人資訊恐怕會被完全揭露。明明沒幹壞事，只是不巧成爲人質，但爲了滿足好奇心，有人會去調查，甚至公布在網路上。」

「那麼你……」田中雙眼也愈睜愈大。

「是的。雖然沒有同夥，但我委託某人善後。那個人會透過網路，找到各位的個人資訊。」

然後，將賠償金確實送到各位手中。

「我會使用宅配，寄件人就寫這間客運公司吧。那樣一來，就算第三者看到寄件人資料也沒問題。」

「委託某人善後？」我反問。

「杉村先生，別露出那種表情。對方絕非壞人，純粹是受我所託，執行簡單的任務。」老人露出苦笑。

田中的雙眼眨得非常厲害，連看的人都要不安起來。他頻頻點頭，開口：

「原來如此，很單純，但或許是個巧妙的方法。」

「方法愈單純，就愈確實。」

「可是我……」前野依然摀著嘴巴，慌得六神無主，「沒人會把我的事情寫在網路上，沒有人會那麼多事……」

「有的。」老人斬釘截鐵，訓誨般道：「肯定會有這種人。妳可能完全不曉得是誰，而洩密的人也會裝作若無其事。」

不是出於惡意──老人語帶安慰，「純粹是愛湊熱鬧。人就是如此，一旦提供可暢所欲言的地方，便會有人這麼做。」

「我也想不到誰會上網爆料。」坂本低喃，尷尬地望著前野，「可是，我覺得老爺爺的話是對的。」

「如果擔心沒人洩漏你們的個資，等獲得自由後，積極一點出風頭看看。只要自稱是人質之一，既害怕又難過，經歷非比尋常的狀況，消息會迅速傳播。接著，肯定會有誰把你是人質的事公開在網路上。」老人繼續道。

「司機小姐也一樣嗎？」前野的眼眶又盈滿新的淚水，「如果人質的個資會被公開，首當其衝的肯定是司機小姐吧？」

「想必沒錯。」老人點點頭，「柴野小姐或許會遭到沒有同理心的人責備，所以我也會送上賠償金。」

手機響起，警方認爲老人的「暫時」結束了吧。

老人按下通話鍵，以規勸般的強烈語氣說：「別急，我們在討論警方答應我的要求後，要依什麼順序釋放人質。討論完畢會通知，不要再打來。」

老人切斷電話，偏著頭看我，「這麼一提，我還沒詢問杉村先生期望的金額。」

接著，老人的目光移向前野，「我會給妳和坂本先生相同的金額。因爲我不清楚妳需要多少學費。」

像是受老人和善的笑容牽引，年輕男女點點頭。他們完全陷入老人的步調，無法脫身。

「你呢？」田中凶狠地瞪我，「別想一個人裝清高啊。」

「你的西裝挺不錯，」老人開口，「品味也很好。那是訂製的吧？」

拜訪公司的「金庫守護神」森信宏時，我會特別留意衣著，一定會穿岳父介紹——或者說允許我利用的裁縫店「ＫＩＮＧＳ」縫製的西裝。

「看來杉村先生經濟富裕，在公司應該身居要職吧？」

我搖搖頭，感到有些困窘，嘴角不自主地放鬆。究竟想微笑，還是苦笑，我也不清楚。

「我是社內報的副總編，屬於基層員工，不過內子家相當有錢。」

「原來如此，我明白了。」

跟剛剛的年輕男女一樣，老人流露理解的目光。

「恕我冒昧，你看起來不像有錢人家的大少爺，卻穿著高級西裝，而且頗有氣質，所以我感到很不可思議。」

是被害妄想症作祟嗎？田中凶險的表情，似乎換上對我的強烈侮蔑。

「過得眞爽。」他憤憤吐出一句，「那你不需要賠償金吧？老先生，乾脆把他的份給我。」

老人沒理他，繼續道：「你的個資在這場騷動中曝光，夫人會受到影響嗎？」

「田中先生也一樣吧？只要有家人……」

「不，我不是那個意思。你明白吧？」

難以忖度老人知道多少內情，才會這麼問。

「雖然出身富裕的家庭，但她是平凡的主婦。即使事情鬧開，她也不會困擾。」

這個回答有部分是謊言。即使菜穗子不覺得困擾，多少仍會造成今多財團的麻煩。如同兩年前的一連串騷動，今多會長的祕書長——綽號「冰山女王」的遠山小姐，與她的心腹——眞正的對外公關負責人橋本，又要爲我四處奔走滅火。

我是今多家的麻煩精。唯一的優點就是安分老實，才會選我當女婿，然而，爲何會三番兩次捲入案件？

「順便一提，能否問個我感到不可思議的問題？」

杉村先生，你怎能這麼冷靜？老人問。

「你從頭到尾都十分沉著。」

「才怪。瞧瞧，我渾身冷汗。」

我舉起雙手，作勢抹臉，但老人並未當眞。

「你不是平凡的上班族。」

「不不不，我眞的很普通。」

「一開始我還懷疑你是警方人員。」

「沒那回事！」

「似乎是這樣。另一個可能，就是你已習慣面對這種狀況。你是不是曾捲入類似的麻煩？」

年輕男女和田中紛紛睜大眼，彷彿我突然跳起脫衣舞。

「沒那麼倒楣。」我撒了謊，這次是百分之百的謊言，「我跟大夥一樣害怕，不知所措。之所以看起來冷靜，是我的個性使然。還有，佐藤先生的手法相當特別。歹徒的行動超乎常識，人質的反應也會脫離常軌。」

「我很奇特嗎？」

「非常奇特。」

老人頓時一笑，似乎是由衷開懷，「這樣啊，我很奇特。我喜歡與眾不同，也喜歡離經叛道。」

膽小愛哭的前野總算收住淚水。或許是在等待這個時機，老人轉向前野，親暱地問：「妳會傳簡訊嗎？」

「啊，會。」

「那請妳打一則訊息給警方，稍等一下。」

老人打電話給負責談判的山藤警部。讓你久等——他這麼開頭，然後說：

「我的要求如下。我會告知三個人物的姓名和地址，請帶他們過來。每帶來一人，我就釋放一個人質。沒錯，找到我指定的三人，讓他們上這輛公車，否則我不會釋放人質。」

山藤警部說到一半，但老人打斷他，「口頭講可能會聽錯，我傳簡訊過去。請告訴我電子信箱。」

有沒有紙筆？老人問前野，「我想抄下警部的電子信箱。」

「不用紙筆，只要念出來，我記得住。」

「真的嗎？」

「對，我記憶力很好。」

老人半信半疑地報出山藤警部的電子信箱。前野邊聽邊點頭，老人暫時掛斷後，前野接過手機，立刻開始輸入。

「對方是用電腦收信，這樣應該沒錯。」

前野展示螢幕，但老人很快移開臉，解釋道：「字太小我看不見。妳能先傳『測試』兩個字過去嗎？」

前野按吩咐傳送，老人隨即重撥電話。

「有沒有收到測試訊息？收到了嗎？」

對方順利收到，老人開心地點點頭。那情景就像爺爺在向孫女學習操作手機。

「那我馬上傳。」

前野拿著手機待命。老人一字一句，說出三個人物的姓名和住址。他似乎全記在腦中，一個男人，兩個女人。男人住在埼玉縣，其餘兩人則是東京都區內。

不知有沒有必要，但我也試著背下來。不料，老人報完三人的個資，前野輸入完畢，按下傳送鍵後，剛剛聽到的三人資料在我腦中混成一團，變得模糊不清。男人應該是「葛葉文」，接下來是「好東」——不，沒這種姓氏嗎？還是「江東」？第三人呢？「中藤」……不，還是「藤中」？

是我記憶力太差，或者一般都是這樣？偷覷田中和坂本的表情，也看不出個所以然。兩人都盯著前野的指頭。

手機鈴響，燈光閃爍。習慣眞是可怕，前野差點順手接起，赫然回神，急忙把手機遞給老人。

老人笑著接過，朗聲開口：「喂？對，就這三人，務必帶他們過來。限時一小時。如果一小時內，沒帶半個人過來……」

老人停頓，聽對方說話。

「沒問題。很快就能找到其中一個，讓我見識警方的厲害吧。」

這段話中隱含的細微異樣感，事後成爲別具深意的小種子。提出要求時，老人爲何會使用「警方的厲害」的字眼？警方展現厲害的對象，應該是劫持公車、挾持人質頑強抵抗的老人。

「好，接下來只能等待。」老人重新在階梯坐下，「屁股很痛，腰也挺難受，不過臉不能露出窗外。各位，請多忍耐。」

田中鼓起腮幫子，一會後，發出「噗哧」聲嘆口氣。前野厭惡地別開臉。

「老先生，那三人做了什麼？」

「嗯？」

「少裝傻，你恨那三人，想報復他們吧？」

肯定不是好東西，田中繼續道：

「可是，叫警察把他們抓過來，又能怎樣？如果不是想斃了他們，能做的有限。是要他們在媒體鏡頭前向你賠罪嗎？」

雖然不太情願，但我對田中稍稍刮目相看。這個推測十分妥當。

「他們是善良的市民。」老人不爲所動，語調也毫無變化，「我純粹是想再見他們一面。」

「怎麼可能？」

「既然曉得地址，怎麼還需要找人？」坂本問，「幹麼不直接去見他們？」

「你知道嗎？坂本先生，稍稍動點手腳，或向區公所櫃台職員撒個小謊，便能輕易查到某人的住民登錄地。只是，對方不一定會住在那裡。」

坂本挪向老人，「田中先生說中了吧？老爺爺是不是對那三人懷恨在心？所以，他們也在逃避老爺爺的追捕，對嗎？」

前野忽然一抖，渾身緊繃，雙掌緊貼在地。

「怎麼？」老人關切道。

「剛剛公車是不是晃一下？」前野相當害怕，「是地震嗎？我最怕地震了。」

「這位小姐簡直像小學生。」田中奚落道。他挪動屁股，靠著座椅扶手，呻吟般嘆息，「不過眞是累人。」

我望向老人。他微微偏頭，似乎在側耳傾聽。

「佐藤先生。」我出聲呼喚。

老人眨眨眼，忽然想起般把槍口對準我。槍漸漸不再是威脅——這只是我的錯覺，面對槍口，背脊仍會發涼。老人深邃的雙眸、銳利的目光，與槍口一同出現，形成強大的壓迫感。

這個人究竟是何方神聖？我暗暗思索。這場荒誕古怪的公車劫持事件，比起目的，歹徒的身分會不會更重要？

「各位都是令人頭疼的好奇寶寶呢。」

老人嘆著氣，彷彿他是我們的上司或老師，而我們是惹惱他的部下或學生。

「一旦得知，就難以忘記。最好不要知道多餘的事。」

「才不多餘！」田中倏然想起般吼道：「這關係到我們的性命！」

「不是性命，是錢吧？」坂本立刻挖苦，「相較於性命，田中先生更看重可能到手的一億圓吧？」

那口氣像在嘲弄，前野的手肘輕輕一碰，坂本撇下嘴角。

「幹麼？」

前野一臉尷尬，不是從坂本，而是從田中身上移開目光，囁嚅道：

「或許人家眞的很需要錢。」

田中翻著白眼瞪前野。

「上小學的時候，有個同學的父親自殺。」前野喃喃細語：「我原本不記得，現在才想起。那個同學的父親爲欠債煩惱，留下遺書，交代家人等他死去，就拿保險金還債。」

「這樣啊……田中先生提到保險，讓妳想起往事。」

老人平靜應道，前野點點頭。

「對那個同學來說，想必是難以承受的痛。」

「他轉學了。」

「希望他現在過得好。是跟妳感情不錯的同學嗎？」

前野搖搖頭。以爲會再說些什麼，但她沒再開口。

田中不禁低笑，抬起膠帶捆住的手，以拇指根靈巧地抹臉。

「眞是，居然淪落到被這種小丫頭同情……」

「你今天怎會去『克拉斯海風安養院』？」

聽到老人的問題，田中眨眨眼。

「哦，我也是老先生的同類，是去看診。」

「你在接受治療？」

「檢查啦。看個病爲何要耗掉那麼久的時間？」

「你身體哪裡不舒服？」

「哪裡……」田中哼笑道：「全身上下都是毛病。肝臟損壞，尿酸和膽固醇破表，還有糖尿病前兆。」

「哎呀。」

見老人訝然睜眼，前野忍俊不禁。

「尿酸值很高，會是痛風嗎？」坂本問。

「老毛病，實在痛死人。」

「痛風不是美食家才會得的病？」

坂本又吐出幾句會觸怒田中的話，我委婉告誡：

「痛風的病因沒那麼單純，幾乎都是體質的關係，有時就算注意飲食，仍會發病。」

這麼一提，森信宏患有痛風，說是遺傳自父親的宿疾——不過，父親還是愛喝啤酒，就算醫生禁止，他邊吞藥，仍非啤酒不喝。我個人是比較喜歡紅酒啦。

這是何時的採訪？像是遙遠的過去。不是遭囚禁的空間太過異常，而是不自然的昏暗所致吧。

眾人陷入沉默。在老人決定的一小時期限內，我們沒理由維持和睦的氣氛，滔滔不絕。沉默讓我稍微鬆口氣。

「老先生，」田中出聲。怎麼不能安靜久一點？「假如一小時過去，警察還是沒把你指定的人帶來，你會向誰開槍嗎？」

老人微微偏頭，槍口轉向田中，不發一語。

田中鼓起腮幫子。

「你不可能開槍。隨便亂開槍，搞到警方攻堅，你就血本無歸。既然如此，沒有更巧妙操縱警察，加快進展的方法嗎？」

居然主動說出這種話，你是被操縱得最徹底的一個。

「你有沒有好主意？」

老人反問，田中又舉起拇指根搔頭。

「問我嗎？」

「抱歉。」

一直癟著嘴，不曉得在鬧什麼彆扭的坂本開口，「如果老爺爺指名的眞是善良市民，警方絕不會帶他們過來。」

「行不通嗎？」

「也不會跟我們交換人質，因爲同樣是善良市民。」

「可是警方會找到他們吧？」

坂本睜大眼，咬一下嘴唇說：「果然。」

找出他們，就是你的目的——他一字一句強調。

「坂本先生，我剛提醒過，好奇寶寶不受歡迎。」

老人的槍口不著痕跡轉向他，眼角的皺紋變深。

「他們會和人質一樣，在網路上被公開身分。這才是老爺爺的目的吧？」

意外的是，老人乾脆地點頭。不僅是我，連田中和前野都大吃一驚。

「怎麼，只是這樣？」

「你認爲『只是這樣』，但光靠我的力量無法達成。」

「自行在網路散布消息不就結了？」

「不會有人理睬的。」

「老爺爺說想見他們也是謊言？」

前野問，老人搖搖頭。

「我想見他們。見到他們，直接告知：從現在起，慘的是你們。」

「太可怕了。」前野虛脫似地嘆氣，抱住身體。

「沒錯，我要做的事很可怕。」

「可是，老爺爺不也提過『閒話不長久』？」

「坂本先生，那是你們的情況，他們不一樣。」

他們有罪，老人補上一句。

我有些分心。剛剛前野絕不是因害怕而產生錯覺，車身眞的在搖晃。我確實感受到細微的晃動。振動沒有大到令吊環搖晃。望向周圍，也無法確定晃動的形跡。不過，重新掃視車內，我發現一件事。

地板上有四方形的框線，位在老人坐的中央階梯，與我們人質坐的公車前方的中間，略爲靠近老人處。

那應該是檢修口，掀起地板後，可看到車體下方的機械設備。

平常不會注意到地板有這樣的設計，就算注意到也不會放在心上。以前我想必看過，卻不曾進一步思考。

眼下情況不一樣。

倘使這是檢修口，要怎麼打開？

四方框上沒看見螺絲頭。一片昏暗中，我瞇起眼。不是看不見，是眞的沒有螺絲頭。

不該問「怎麼打開」，而是「要從哪一側打開」。

公車似乎又晃一下。

「杉村先生。」

老人呼喚。我沒立刻抬眼，得佯裝疲倦垂下頭，否則他會發現我在看什麼。

「杉村先生，你在休息嗎？」

我懶洋洋地抬頭，「眞的很難熬，也有點想上洗手間。」

「要用拋棄式方便袋嗎？」

「不，現在不太想，留到眞的無法忍耐再用吧。聯絡警方後，過了多久？」

老人隨即回答：「三十五分鐘。」

「時間才過一半啊，眞難熬。」

前野坐立難安，「呃，如果需要，我去後面。」

是在說上洗手間的事，她看起來很害羞。

「不要緊、不要緊，我還能忍耐。」

「忍耐對身體不好。」

田中噗哧一笑，「這位小姐未免太好笑，是所謂的『天然呆』嗎？」

坂本頓時橫眉豎目，「不要嘲笑前野小姐！」

「你眞有趣。在我不知道的地方，我的兒子也像你這麼好玩嗎？」田中後半的話中透出一絲寂寥，「在家裡，兒子連話都不肯跟我說。老先生，你有兒子嗎？」

語畢，田中吹聲口哨，「難不成你拜託兒子收拾善後？」

「不是。」老人笑道：「換成你站在我的立場，想做和我一樣的事，也不會把家人捲進來吧？」

「這……唔，也對。可是，不管怎樣，一旦你遭到逮捕，家人仍會受到牽連啊。」

「不必擔心。」

田中的眼神一暗。連在一片昏黃中，都看得見其中的黑影。

「你孑然一身嗎？」

「是的，沒錯。」老人點點頭，目光明亮，「好久沒聽到『孑然一身』這個形容詞，只用到田中先生的世代嗎？」

「是只有一個人的意思吧？」前野出聲，「我也知道。」

「是是是，妳知道。」
「我不是天然呆，也沒人這樣說過我。」
「是是是，是是是。」
「也沒人說我好笑。」
我這個人很無趣，前野撇下嘴角。
「前野小姐今天怎麼會去『克拉斯海風安養院』？」
我第一次積極向她搭訕，不希望她再為微妙的晃動吵鬧。我想盡量維持對話，引開她的注意力。
前野的答案十分簡單，「我去打工。」
「妳在那裡工作？是職員嗎？」老人問。
「不，只是打工人員。我在廚房洗東西或送餐。」
「每天？」
「一星期五天。」
「薪水存起來當學費？」
「一點一滴啦，也會用在零花。」
老人眼神帶著笑意，接手我想做的事。
「方便請教坂本先生搭乘這班公車的理由嗎？」
「我去面試回來。」
也是打工，坂本向前野解釋。哎呀，她頗為詫異。兩人的嘴角總算上揚。
「不是廚房吧？看護助手？」
「不，是清潔員。」

「哇，那很累耶。」
「看護感覺更累。」
「或許吧，可是……」
「診所老是在徵護士和看護。」田中插話，「工作繁重，薪水卻少得可憐，所以留不住人。明明設施那麼豪華。」
「花在硬體的錢，跟人事費不一樣吧？」
「明明收費那麼昂貴。」
「田中先生知道？」
「聽我的主治醫生說，那邊醫生的薪水也頗低。『克拉斯海風安養院』與大部分醫院相反，只有開下午的門診，所以他在別的醫院兼差。」
「那醫生挺年輕的吧？」
聽到坂本的話，前野用力點頭，「那邊都是年輕醫生，也像來打工的。需要正式治療和手術的病患，不能住進『克拉斯海風安養院』。即使是骨折，如果需要動手術就不能診療，而是與市內的醫院合作。」
「這樣還能看什麼啊？」
「就是開些高血壓、老年人常見疾病的藥，還有洗腎。由於風濕或關節炎病患不少，會進行物理治療。雖然常看到入院者帶著氧氣瓶走來走去，不過最多的仍是……失智症和無法下床的老人家。」
「所以才能收那麼多錢啊。」田中應道：「就是有那些多少錢都肯付，只求想辦法安置家中老頭子和老太婆的家人。」
眾人聊得正熱絡時，車身又搖晃一下。
「患失智症的老人會逐漸失去時間感，前一秒發生的事轉眼就忘，真的連剛吃過飯都不記得。去打工前，即使在電視上看到相關報導，也難以置信。」

「待在廚房也會碰到那樣的老人家？」

「有個老奶奶總是穿戴得整齊漂亮，卻經常跑到廚房，堅稱看護偷吃她的飯，讓她餓得快死掉。」

「咦，跑到廚房罵人嗎？」

前野消沉地搖頭，「她不會生氣，往往是哭訴『什麼都好，給我一些東西吃吧』。當然，廚房絕不能擅自提供食物，加上那個老奶奶有糖尿病，飲食原本就受限……」

我佯裝專心傾聽，發現老人在看我。他在觀察我的表情。

當一個團體的成員在談笑時，不是注意發言者，而是觀察默默聆聽者的，會是什麼立場的人？說是哪種「職業」也行。

我再度納悶，這個老人究竟是何方神聖？

「過了幾分鐘？」我問老人。

老人微笑，「你在意時間嗎？」

「其實，呃……還是有點想上洗手間。」

前野慌張的反應超乎預期，她隨即立起膝蓋。

「我、我去後面——」

「坐下！」老人馬上制止。

前野甚至尚未完全站起。她維持半蹲的姿勢，僵硬地坐下。

「謝謝。妳真的太冒失，雖然就是這點可愛。」

即使聽到稱讚，前野的雙頰依舊緊繃。順帶一提，坂本比她僵硬。他挨著縮起身體抱住膝蓋的前野，責怪地望向老人。

「何必那麼大聲？」

「咦，聲音太大嗎？抱歉，我也嚇一跳。」

坂本直接朝老人發怒，而老人閃避，這種場面是第一次。

老人指定的時間限制發揮效果。大夥的腦海一隅，都在想像一小時後會發生什麼事。不過，氣氛暫時是和睦的，沒人想攪亂——無法想像攪亂後，情勢會如何演變，眾人皆按兵不動。

「前野小姐，請待在原處，我移動就好。」

我盡量擺出尷尬的表情，向眾人投以笑容，望著老人。

「我爬上駕駛座的階梯，在隔板後面小解，可以吧？窗戶能不能開點縫，畢竟會有味道……」

「可以上去駕駛座，但不能開窗。」老人隨即指示。

「了解。」

我乖乖答應，站起身。

爬階梯時，仍是前野扶我。她還幫忙取出拋棄式方便袋。

「現在就好，能不能撕開手腕上的膠帶？」

她客氣地問老人。老人沉默著，槍口瞄準田中。

「前野小姐，我這樣就行。」

拋棄式方便袋裡，裝有吸收水分後會凝固的藍色凝膠。上面寫著，使用完畢拉緊袋口的繩索封好，直接當成可燃垃圾處理。商品名叫「淨廁包」。

採訪森信宏時，爲避免中途離席如廁，造成失禮的情況，我們會留意減少攝取水分，工作期間也不食用茶點，因此現在我並無急迫的需要。另一方面，或許是精神處於緊張狀態的緣故。

一開始我就打算演戲，不過事到臨頭，要裝出「雙手被捆住辛苦小解」的模樣相當困難，眞的小解會輕鬆許多吧。我窸窸窣窣移動，扭身蹲下，握住紙袋製造沙沙聲響。隔板另一頭，傳來田中的話聲：
「——在診所突然要驗尿時，眞的很困窘。事先知會一聲，我會有所準備，但臨時檢驗，沒有的東西哪擠得出來？我向護士抱怨，居然叫我努力。到底怎麼努力啦？」
不曉得田中是否察覺我的意圖，在幫忙掩護。聽起來，那完全就是性騷擾大叔，在享受堂而皇之對年輕小姐講低級話題的樂趣。
這次不能坐在駕駛座，我只有上去時，飛快窺探周圍的狀況。舉目所見，沒有變化。回去的時候，從蹲姿直起身，走下駕駛座階梯後，會有變化嗎？
我把綁好的紙袋藏到駕駛座角落。
「嘿咻。」
我吆喝一聲站起。
「哇，腰好痛，身體都僵了。」
我喃喃自語，沒轉動頭，只動眼珠瞄窗外。毫無變化。裝甲車包圍公車，四處亮著燈。
「啊！」
我假裝腳步踉蹌，趴靠在方向盤上。原想按喇叭，不巧和手肘撞個正著。連在我設法拖延的期間，外頭也沒有動靜。我原本有種毫無根據的自信，認爲只要我坐上駕駛座，字板便會再次出現。這一瞬間，我彷彿狠狠遭到背叛。
演猴戲是白費工夫嗎？或者不再需要字板？
「杉村先生，要不要我過去幫忙？」
聽到前野的詢問，我帶著歉意回道：「不用，我一個人就行。沒辦法洗手，不好意思麻煩妳。」

田中發出性騷擾大叔般下流的笑聲，「這麼愛乾淨啊。」

我努力走下階梯，磨磨蹭蹭，設法繼續停留在駕駛座。然而，字板沒出現，也沒有人員的動靜。一小時是不是快過去？警方該進行聯絡了吧？

字板依舊沒出現。

活到三十歲後半，實在不建議在雙腳被綁起來的狀態跳下窄梯。除非訓練有素，否則會失去平衡。我往前栽倒，結結實實撞在左側座位前方突出的部分。雖非迎面撞上，而是從右肩倒下，仍發出「砰」一聲巨響，承受幾乎要肩膀脫臼的衝擊。

「危險！」

前野撲上來，撐住幾乎要直接摔地的我。由於體格差距，她差點被我拖著一起跌倒。

「你要不要緊？有沒有哪裡會痛？」

前野急忙關切，但我痛到一時無法回話。

「沒事，沒事。」

不只是痛，從肩膀到手肘都發麻，我直冒冷汗。

「喂，你最好申請一下治療費。我的份可以分給你。」

田中變回貪財的中年大叔，突然提高嗓門喚道：

「喂，老先生！」

「怎麼？」

老人的話聲缺乏起伏，十分低沉。田中急得彷彿眼珠隨時會迸出，幾乎要撲上前。

「金額怎麼辦？就算我們講好，你也沒辦法告訴善後的人吧？」

「又在講那個。」

坂本一副受不了的樣子，田中生氣地反駁，「什麼那個這個！好險，我差點被這老頭騙了！」

「我沒騙各位。」

「還想唬人！不是說你會被抓，問我們的住址和聯絡方式也沒用？那金額不也一樣？」

「金額這種小訊息，可透過來會面的律師傳話。」

「律師？你能雇律師嗎？」

「就算我不雇律師，國家也會指派給我，否則無法進行審判。」

我原地蹲下，前野挨近我，替我按摩右肩。老人嘴上與田中應答，卻凝視著我。

我從未如此厭惡他的眼神。剛剛我想在駕駛座做的事，甚至是我期待字板出現的心情，那雙眼彷彿全部看透。

「空口白話。」田中啐道：「老先生的話，根本信不得。」

「那就不能和你交易，我不會給你一億圓。」

霎時，田中的氣勢盡失，一臉狼狽。

「佐藤先生，」我叫喚，聲音使不上力，似乎是真的受傷。「別那麼壞心眼，和田中先生交易吧，把我的份加給他無所謂。雖然肩膀好像是脫臼，不過治療費也不用了。」

前野停止按摩我的肩膀，「萬一是脫臼，不要亂碰比較好。」

「嗯，謝謝。」

我的右膀臂依舊是麻痺狀態。即使解開膠帶，可能也無法舉起右手。

前野蹲著，慢吞吞回到坂本身旁。那是她的固定位置。

「相對地，佐藤先生，能否給我一些資訊？」我提議道：「不是對你有害的資訊，而是你一旦被捕，遲早會公開的資訊。不過，這會影響到職場的人際關係，我想早點知道。」

「怎樣的資訊？」

不只視線，老人的槍也瞄準我。

「我想知道你的身分，具體而言就是職業。依你的年齡，現在想必已退休，所以該說是從前的職業嗎？你靠什麼過活？」

老人緩緩眨眼，田中、坂本和前野都注視著他。

「總編下車時，曾與你有段奇妙的對話。她說『我知道你這種人』，還補一句『我痛恨你的同類』。」

年輕男女忙不迭點頭。「對，沒錯。」

「其實我也有點介意。」

「原本總編說話就不留情面，但當時眞的是一副厭惡至極的口吻。」

不過——我苦笑。肩膀很痛，自然變成歪曲的笑。

「總編痛恨到那種地步的，究竟是怎樣的人，我完全無法想像。或許大家也隱約察覺，園田總編相當好強。即使碰上討厭的人事物，也不會輕易表現出來。她認爲那樣就輸了。」

「我想也是。」老人回應，視線、表情和槍口都沒移動。「我看過許多園田總編那樣的人，一旦遭遇挫折，就會連根折斷。外表堅強，卻經不起挫折，就是這種特質。」

田中的眼珠轉個不停，欲言又止。年輕男女緊張地旁觀。

「沒錯，你的觀察力非常敏銳。」我點點頭。「你摸透總編的個性，對她說『我一開始就看出來』、『妳擁有痛苦的回憶』。那是什麼意思？」

「還說『我向妳道歉』。」前野坐著囁嚅，像在窺探老人的神色，仰頭輕聲問：「老爺爺爲何道歉？」

老人沒看她，但眼神略爲和緩。

「對不知情的人，實在難以說明。」

此時，手機響起。
老人以左手接聽。顯示來電的螢幕發亮，即使是那麼細微的光，在昏暗中仍顯得新鮮。那光照亮老人的臉龐，老人把手機按在耳上，於是也照亮瘦削的下巴線條，及耳鬢的白髮。
「喂，約定的一小時——」
這是我們最後聽見的老人話聲。
一股力量自底下衝上來，猛烈搖晃公車，是彈跳般的晃動。下一瞬間，響起爆炸聲，地板的方形掀蓋被吹上去，有東西被扔進車內。
突然間，視野充滿白光，幾乎要震破鼓膜的巨響震撼全車。
我曾是職業編輯，至今仍保持閱讀習慣。即使在文中看到「亮得眼睛昏花」或「震耳欲聾的巨響」的描述也不稀罕，反倒覺得是公式句型，甚至可說是老套的形容。
然而，實際上，這是我第一次體會何謂炫目的強光，及震到耳朵失靈的巨響。
事後，負責談判的山藤警部告訴我，當時從地板檢修口扔進車內的是「震撼閃光彈」，強烈的閃光和轟炸聲，會麻痺視覺與聽覺。遇上人質劫持案件，警方準備攻堅建築物或車輛時，只要狀況允許，經常會使用這種武器。形狀和手榴彈相當類似。
我頭暈眼花，耳朵嗡嗡作響，什麼都聽不見。本能地低頭縮成一團，不料四面八方有人的手腳紛紛撞上來，接著我的腦袋被按住。
「不要動！不要動！」
來自外頭的風壓，讓被震入腦袋深處的鼓膜緩緩歸位，聽覺逐漸恢復。
「沒事了！大家冷靜！」
公車後方不斷傳來「確保！確保！」的叫聲。我想到是哪兩個字，剛要抬頭，某人又溫和卻堅定地壓回去。

「別動，安靜待著。」

貼近公車地板的我，看到攻堅隊員的制服、長褲褲管及堅固的長靴。傳來女人的哭聲，是前野。

「各位，有沒有受傷？請慢慢爬起來，露出你們的臉。」

我們掙扎起身，確認彼此的安全。田中不只雙眼瞪得老大，還鮮紅充血。

「搞什麼鬼！」

田中短短一吼，皺著臉低低呻吟，似乎有些痛苦。環抱抽抽噎噎的前野，坂本也無聲哭泣著。

剛剛老人坐的階梯上，只剩兩條腿。如果要補充，還有鞋底。

老人筆直仰躺。公車內的幾名攻堅隊員，並未逮捕老人。

然而，老人卻一動也不動。

「死了！」前野淚流滿面，抽噎著嚷嚷，「死了！老爺爺死了！」

淡淡瀰漫的火藥味煙霧另一頭，看得到公車後方的座位。其中一隅沾有噴濺的人血。

沒看到老人的手槍。

疑似先前按住我的頭的攻堅隊員，除掉那身嚴實的裝備，體格應該很普通。他的話聲沉著，頭盔護目鏡底下的鼻梁高挺，感覺意外年輕。

「請從前門下車。我們要移動公車，麻煩在原地稍等。」

其他攻堅隊員撕掉田中手腳上的膠帶。前野停止哭喊，閉著雙眼緊抱坂本。

後方的緊急逃生門打開，攻堅隊員進進出出。遭震飛的地板檢修口掀蓋，稍稍右偏，落在原位。

由緊急逃生門送來一塊藍色塑膠布，兩名攻堅隊員接過覆蓋在老人身上。不知是顧慮到我們的心情，或是要維持現場的狀態，總之警方沒立刻搬移老人的屍體，也沒催促我們跨越老人的屍體，從緊急逃生門下車。

之後，我的記憶斷斷續續，不太連貫。清楚留在眼中的，全是枝微末節。比方座位上的血跡，及邊緣裂開的檢修口。

清楚地留在耳中的，則是前野的哭喊和田中的呻吟。

走下公車，外頭的世界充滿喧囂，如祭典般嘈雜。

我們四名人質，與古怪的公車劫犯共度奇妙的數小時。我不認爲其中萌生的情感，具備此類案件的普遍性。

我感到一陣寂寥，外頭世界的一切彷彿與我無關。明明有這麼多人爲我們的平安歡喜，踏上冒出瘦小雜草的停車場地面時，首先湧上心頭的卻是疏離感。

我杵著不動，一名攻堅隊員和一名救護員走近。

「能走嗎？會不會頭暈？」

我推開救護員遞出的氧氣罩，攻堅隊員勸道：

「請戴上進行深呼吸。因爲爆炸，會暫時缺氧。」

其他救護員催促我坐上擔架。

氧氣十分鮮美，沁入全身細胞。救護員測量我的脈搏和血壓。

最靠近前門的我第一個下車，於是我坐在擔架上，等待其餘三人。接著，田中東倒西歪地出現，在左右兩名救護員攙扶下，艱辛地在另一個擔架橫躺。

「腰啊，我的腰。」他辯解般地對我說：「震那麼一下，害我閃到腰。」

前野哭得雙眼通紅，抓著攻堅隊員，仍無法站立。救護員跑過來用毯子裹住她後，攻堅隊員連同毯子抱起她。只見她隱沒在毯子中，經過我們旁邊。

坂本十分堅強，紅著眼眶，但並未掉淚。他額頭汗濕，和我一樣戴著氧氣罩，深呼吸幾次後，便摘下還給救護員。

「我擔心前野小姐……」

「人質的那位小姐嗎？她被帶到總部。」

「那我也要立刻過去。」

他準備快步離開，又回頭勸道：「杉村先生，最好請他們看一下你的肩膀。」

我都忘了。坂本迅速向救護員說明，「他要從駕駛座下來時，撞到車裡突出的部分。不是有收納機器的方型空間嗎？可能是脫臼。」

救護員沒有絲毫驚訝，隨即檢查我的肩膀，一碰就一陣劇痛。

那名鼻梁高挺的攻堅隊員走近，問道：

「你是之前坐在駕駛座的先生吧？」

「對，我叫杉村三郎。」

「感謝你的協助。」

是指字板的事。救護員挪動我的肩膀，我不禁皺起臉。

「我非常詫異，你們的行動居然這麼大膽。」

「柴野司機描述歹徒是矮小的老人，當時我們也掌握到歹徒和各位在車上的位置。」

我痛得皺眉，他卻看出我眼中的疑問，主動解釋：

「我們使用熱像儀。」

我在電影中看過，是偵測熱源，顯示位置大小及動作的儀器。譬如熄火公車裡的人。

「方便請教一個問題嗎？」

在外頭的世界，他護目鏡底下的眼神是唯一具有人性的。察覺這一點，我提出疑問，希望當場聽到他的回答。

「是你們射殺老人嗎？」

攻堅隊員的嘴角微微抽搐，應道：

「不，他是自殺。」

警方先將我們四名人質聚集在對策總部，再以救護車送到市內醫院。坂本想和前野搭同一輛車，但沒能實現。我們分頭移動，各別接受健康檢查。

我的右肩不是骨折，也不是脫臼，而是挫傷。田中傷得最重，他眞的患有椎間盤突出，必須住院幾天接受治療。

待在醫院時，我們的家人紛紛趕來。在警員的會同下，我們在獨立的病房裡見到家人。

不出所料，我的妻子杉村菜穗子，在廣報課的橋本陪同下前來。不過，進入病房的只有她一個人。

由於心臟肥大，菜穗子體弱多病，從小家人就擔心她活不過二十歲。妻子能夠平安度過懷孕和生產的難關，讓我們擁有獨生女桃子，也是拜先進醫療與幸運之賜。

無可取代的妻女，至今她們不知爲我擔心多少次。

妻子沒有哭。她臉色蒼白，像剛剛的前野那樣顫抖著，像攻堅結束時前野對坂本做的那樣，緊緊抓住我。「太好了，太好了……」她語帶哭音，不停說著。半晌之間，我們的對話似乎害面無表情的警員頗爲尷尬。

「桃子呢？」

「跟父親一起待在家裡。雖然沒讓她看新聞，但父親好好向她解釋過。」

交給岳父就能放心，何況有能幹的女傭陪著。

「現在不能占據你太多時間吧。」

「接下來大概要做筆錄。」
「我的意思是，不管是你或一起歷劫的大家，都得好好休息，攝取營養才行。」
「又不是被抓去當人質一整晚，不要緊。」
「可是，聽說你肩膀受傷？」
「我也沒想到會在公車裡跌倒，果然上了年紀。」
妻子沒責怪我。怎麼總是被捲入危險案件？她沒怪罪我，反倒像在責備自己。要比解讀妻子細微的神色，我是箇中好手。
「不要露出那種表情。」
我擠出笑容，妻子也試著微笑，卻滾落淚水。
「這次我沒能陪著你。」
約兩年前，一名在廣報室打工的女孩遭到開除，與我們發生糾紛，鬧得很僵。最後她闖進我家，抓住桃子當人質，關在廚房。當時，第一個碰到她的是妻子，我接到聯絡趕回家，不過，救出桃子與案件解決的瞬間，我和妻子在一起。
「光想像妳也在公車上，我就嚇得心臟快停止跳動。」
「如果在公車上的是父親，你會覺得比較安心？」
沒想到妻子會開這樣的玩笑。
「不，最可靠的——」
「是遠山小姐吧？」
妻子指的是今多會長的心腹祕書「冰山女王」，我和妻子忍不住笑出來。我邊笑，腦中一隅現實地思考著。沒錯，或許只有遠山小姐，能夠對抗老人巧妙的話術。近似於（判斷有此必要的情況下）能對岳父的意見提出異議的，只有她而已。

我莫名將老人與岳父重疊在一起思考。他們有任何共通之處嗎？

「當時園田小姐也在一起吧？」

「妳見到總編了？」

「我沒見到她，不過橋本派祕書室的人去陪她。」

園田總編的老家在北九州，據說年邁的母親和兄嫂住在一起。就算搭飛機，也無法立刻趕抵。

「我回家拿換洗衣物，看來你得在醫院過一晚。」

「妳在家等我吧，可以回去時，我會打電話。」

我說完，這才想到，「之前妳待在哪裡？」

「在縣警署的會議室等。其他人在被救出來前都身分不明，但由於園田小姐獲得釋放，馬上知道你在其中，警方便聯絡家裡。」

我的心跳差點停止。

「是妳接到聯絡的？」

妻子摸著我包著繃帶的肩膀，像在安撫我。

「最先接到聯絡的是公司，是園田小姐要警方這麼做的。」

眞是細心的人，妻子說。

「老樣子，父親反對我去警署。」

「換成我是岳父，也會反對。」

「不過，遠山小姐派橋本過來，並且說服父親，比起待在家裡，待在現場附近較好。」

「她還是一樣周到。」

妻子笑得益發燦爛，我放下心。

「等待期間，警方有沒有做過任何說明？」

「他們保證會平安救出人質。」

語畢，妻子壓低音量道：「最先被釋放的司機非常激動，說要回去車上勸服歹徒。」

我感到一陣心痛，「那是個女司機，責任感非常強。她的表現令人欽佩。不過，她似乎有個小女兒。」

妻子微微瞠目，「但她還是想回去公車上呢。」

病房外傳來敲門聲。警員開門，橋本探進頭。

「抱歉，打擾了。」

他在門外行禮，也對警員致意後，留在原地說：「我是廣報課的橋本。杉村先生，你平安無事，眞是太好了。」

「不好意思，又給你添麻煩。」

他沒特別理會我的賠罪，提醒道：「菜穗子小姐，時間差不多……」

妻子點點頭，向警員行禮說「有勞你」。橋本畢恭畢敬地退後，讓開通路。

總是端正有禮，沉著冷靜，卻不顯得冷酷；辯才無礙，圓滑周到，但言語不帶譏諷。對於我們今多集團眞正的廣報課精銳橋本，那個老人會如何評價，又會與他如何巧辯？之所以會想到這些，是我逐漸恢復鎭定嗎？或者，仍在爲事件興奮？

「杉村先生，森先生聯絡過我們。」

即使是橋本，似乎也還不習慣單純以「森先生」稱呼離開今多集團的森信宏。簡短的三個字，聽來有些生硬。

「看到新聞快訊後，他非常擔心。雖然想立刻趕來，但沒辦法離開家裡，希望能向你致歉。」

不能丟下夫人離開。

「實在不敢當，森先生沒必要道歉。」

「站在對方的立場，沒辦法這麼想吧。」

以「對方」代稱，語調順暢許多。

「內子就拜託你了。」

「我明白，請放心。」

橋本又行一禮，補充道：「毋須多提，會長也很欣喜。」

「我有受責難的心理準備。」

「外出前，我看到父親讓桃子坐在膝上。不曉得幾年沒這樣了。」

妻子笑著揮揮手，我也向她揮手，體內湧起莫大的安心感，夫妻倆彷彿一起回到年少時代。

兩人離開後，我向警員頷首致意。「沒想到這麼快就能見到家人，謝謝。」

警員是一名中年男子，穿防刃背心的肚子往外突出。若先前的攻堅隊員像匕首，他就像把菜刀。只見他默默點頭。

「其實，我曾被捲入犯罪案件，大概知道流程，不過是要在這裡進行筆錄嗎？得趁記憶猶新時問話吧？」

員警一臉困惑，彷彿在說他沒權限回答。

「在筆錄結束前，不能見其他人吧？」

不知所措的員警摸一下腹部，移開視線，喃喃應道：

「各位都在接受醫生診察，還不能見面。」

「我很擔心先離開公車的同事……是姓園田的女士，也不能見她嗎？」

員警益發不知所措。不是我要求的內容，而是我的態度過於冷靜，讓他感到疑惑吧。

「總之，請好好休息。負責談判的山藤警部不久就會來問話。」

了解，我乖乖讓步。儘管並未累到想睡，但這樣我和警員會較不尷尬。我躺到枕頭上，闔上眼睛。

然而，不到五分鐘，響起一陣敲門聲。員警開門，立正敬禮。

「打擾了。」

兩名西裝男子一前一後走進病房。兩人都是四十多歲，一個即將邁入五十大關，另一個應該剛踏入四十大關。待他們站定，員警關上門離開。

隸屬縣警特務課的山藤警部，我一次都沒聽過他的聲音，也沒見過他。可是，短短一瞥，我便曉得即將邁入五十大關、比年輕的搭檔更矮小的男子，就是當時的談判人員。

那張臉上，殘留些許幾個小時以來我看慣的表情。被耍得糊里糊塗、摸不著頭緒——曾與自稱佐藤一郎的老人共度一段時光，每個人質都會有的表情，也是我臉上的表情。說是殘留，沒有更多，是因只有山藤警部沒親眼見過老人。至少沒見過他還燃燒著生命之火的雙眼。

我從床上撐起身體，與兩人寒暄。雖是理所當然，但對方出示的縣警手冊，樣式與警視廳的有些不同。會介意這樣的瑣碎小事，是我的天性嗎？

山藤警部的搭檔，是同樣隸屬縣警特務課的今內警部補。他打開記事本，率先開口：

「身體覺得怎麼樣？」

「我很好。」

「不好意思，再請教一次你的名字。你是杉村三郎先生，對嗎？」

「是的。」

「請說出你的住址和任職單位。」

警部補聽著我回答，對照記事本上的紀錄。

「杉村先生的皮包現在由警方保管，員工證與駕照類也在我們這裡。」

「好的，謝謝。」

「不好意思，警方擅自打開過皮包。我們擔心歹徒在各位的私人物品中藏東西。」

我知道老人沒那種機會，仍點點頭。

「另外，我們已取回手機，稍晚會一併歸還。」

這年頭的手機，只是被踢下公車，不至於壞掉吧。

「我剛見過內人。聽說案發期間，你們讓她在警署等待，謝謝關照。」

兩名刑警互望一眼。看來，杉村菜穗子並非一開始就獲得准許。或許菜穗子意外地又哭又鬧，不然就是透過父親在財界的巨大影響力，向縣警施壓。兩種都不像她的作風，但我無法斷言，畢竟情況非比尋常。

今多財團在千葉縣內擁有物流中心，也有大型分公司。即使在縣警有人脈，也不足為奇。

注意到搭檔的眼色，山藤警部回望我，開口道：「透過電話與歹徒談判的是我。」

「我知道你的名字，是那位老人告訴我們的。」

兩人都不為所動，是聽哪個人質提過嗎？

「放紙板也是我的指示。抱歉，讓你受到驚嚇。」

「我在電影和電視劇中沒看過那樣的做法，所以有點嚇到。」我故意輕鬆地笑。

病房牆邊，兩把折疊式椅子放在一起。我抬起三角巾固定的右手，指著椅子問：

「不坐嗎？兩位坐著，我也比較好說話。」

今內警部補像是助手，搬來椅子擺妥。山藤警部主動坐下，病房內的氣氛穩定許多。即使警部發出「嘿咻」或「噯荷」的吆喝聲落座，我也不會覺得不舒服吧。

「這樣確實輕鬆了些。」

山藤警部微笑道。淡淡的笑，抹去先前浮現他臉上的那種表情。

「各位遭遇非比尋常的事件，警方原本不該勉強。正式的偵訊，預定在得到醫師許可後，明天在縣警署進行。你們肯定想盡快回家休息，眞抱歉。」

「沒問題。不過，能那麼快見到內子，我鬆一口氣，感謝警方的體貼。」

我有點懷疑，不知其他人質順利見到家人了嗎？很可能得到守護杉村菜穗子的今多財團大傘庇蔭。

「有幾個問題急著確認，方便嗎？」

「請說。」我端正姿勢。

「劫持公車的老人是否報上名字？」

「他自稱佐藤一郎。」

我大致說明人質與老人互報姓名的經緯。

「所以，之後歹徒與各位都以姓名互稱？」

山藤警部注視著我，他的右眉角有個醒目的小黑痣。

「那我們也暫時稱呼他爲『佐藤』。杉村先生認識佐藤嗎？」

「完全不認識。」

「連『好像在哪裡見過』的程度也沒有？」

「嗯。」

「成爲人質的乘客中，感覺有沒有認識佐藤的？憑直覺就行。」

「一直留到最後的人質中沒有。」

大概是聽出我的暗示，兩名刑警的眼珠一轉。我連忙接著說：

「柴野司機認得那位老人。她說老人搭過幾次那班公車，還有老人曉得她有個年幼的女兒，甚至知道名叫佳美。老人表示預先調查過，柴野司機非常驚慌。」

山藤警部輕輕點頭。「那個時候，佐藤有沒有以言語威脅柴野司機？」

我認為必須謹慎回答，思索片刻才開口：

「柴野司機拒絕下車，於是老人冒出一句『如果妳不快點回家，佳美未免太可憐』。在那種情況下，聽到歹徒提到年幼孩子的名字，身為母親一定會害怕，但我不認為老人的語氣和態度帶有威脅性。」

刑警刻意聲明要稱呼老人為佐藤，我卻反過來稱呼「那位老人」，是內心有些猶豫的緣故。我下定決心發問：「不好意思，那位老人真的叫佐藤一郎嗎？」

然而，警部和警部補彷彿沒聽見，直接忽略。

「據說佐藤在公車上使用柴野小姐的手機。」

「是的。他要柴野小姐留下手機，之後便一直使用。」

「他有自己的手機嗎？」

「不清楚。他帶著斜背包，但只拿出手槍和一捲膠帶。」

「佐藤聯絡過非警方人士嗎？」

「沒有。」

「確定嗎？」

「確定。」我微微苦笑。「由於始終面對面，那位老人的一舉一動，我們都看在眼裡。」

警部和警部補都沒受到我的苦笑影響。

「佐藤是否曾透露，他在外面有同夥？」

耳朵深處響起田中一郎的話聲。不要說，求求你不要說出去，不然我的一億圓……

「杉村先生？」
我盯著警部淡眉尾端如句點般的醒目黑痣，回答：「他拜託某人幫忙善後，還強調那人只是接受他的請託，並非同夥。」
「怎麼善後？」
我的一億圓！田中的話聲愈來愈大，既悲痛又沙啞，消失在耳裡。
「老人爲我們帶來麻煩，感到十分抱歉，所以事後會支付賠償金。這就是他提到的善後。」
關於補償金的對話，具體金額及是誰提出的細節要保密相當困難。我邊尋思邊說明，即使在刑警眼中顯得可疑也沒辦法。
「你相信他會給賠償金嗎？」
山藤警部的話聲變得有點溫柔，雖然只有一點點。我的視線從他眉角的痣移到雙眼。一般市民不易看透的警部雙眼，仔細觀察似乎有些充血。
「我並未當眞。直到現在，我仍認爲那是安撫我們的說詞。」
「爲什麼？」
警部隨即反問，我不禁感到好笑，發出打嗝般的聲音。
「畢竟太離譜，也不合理。要是老人那麼有錢，總有方法達到目的。不必刻意劫持公車，也有其他途徑吧。」
「佐藤有何目的？」
「老人不是向警部提出要求嗎？就是希望警方帶他指定的人到現場。他點名三個人吧？他懷恨在心，想制裁他們。」
「制裁？不是單純的報復？」

「這是我的感覺。」

我解釋老人談到網路上整理犯罪案件的網站。

「以老人的年紀，他似乎對網路相當熟悉。不過，他太不習慣用手機打字，於是請人質中的女孩幫忙。」

講到這裡，我喘口氣。兩名刑警注視著我，恍若我的氣息有顏色，可透過分析光譜確認證詞的眞假。

「只要調查我的身分，馬上就會知道。」

兩年前我曾被捲入案件，我接著說。

「我任職的今多財團集團廣報室，由於開除一名打工人員，發生糾紛。新聞報導過，或許兩位有印象？」

「集團廣報室的員工，遭打工女孩下安眠藥的傷害案件？」山藤警部流暢地回答。「後來，對方闖入你家，持刀威脅夫人，並抓你女兒當人質，關在屋內。」

「果然有印象啊。」

「這是夫人待在警署時透露的情報，當時你們想必受到很大的驚嚇。」

我默默點頭。

「夫人說，所以碰上這種狀況，你應該能夠從容應付。」

「內子這麼說嗎？」

「孩子被抓去當人質，是父母最大的惡夢。歷經那樣的遭遇，你一定會想幸好在公車裡的是自己，而不是女兒，所以絕不會慌亂。」山藤警部笑道：「實際上，杉村先生的行動確實十分冷靜。」

「我不如內子所想，膽識沒那麼大。不過，現下這樣聽著，漸漸覺得自己眞的很冷靜，實在不可思議。」

今內警部補也露出微笑，我總算成功觸摸到這對搭檔守護的門閂。雖然僅僅是觸摸到，不可能打得開。

「不論有過何種經驗，我畢竟是個平凡上班族，不習慣涉入案件。只是，像這樣事後接受偵訊，似乎有點習慣。或許是錯覺，但還是讓我這麼說吧。」

我再度深呼吸。

「過往的經驗告訴我，在這種情況下，即使毫無脈絡、記憶錯誤，仍應原原本本說出來。」

山藤警部緩緩點頭。

「可是，我的自信有些動搖。我們四人和那位老人在公車裡共度的幾個小時，委實太異常。」

再怎麼毫不保留地說明，不在場的第三者，會相信我們之間發生的事嗎？

「那位老人確實開過兩次槍，我們一直面對槍口，但我不認爲他眞的打算傷害我們。至少在公車停到空地後，我直覺不會發生那種狀況。老人就是如此明確地掌控我們，而且手段十分奇異。」

「因爲他以巨額賠償金誘惑你們嗎？」

今內警部補問道，上司立刻斜眼瞪他。

「這也是一大主因，但不單純是錢的問題，怎麼講……」

我一時語塞，咬著嘴唇，兩名刑警如石頭般靜下來。

「那位老人與我們之間，萌生類似同舟共濟的情感。尤其是老人解釋指名帶來的三個人『有罪』後，那樣的氣氛益發濃厚。」

今內警部補想開口，我搶著繼續道：「我不曉得現階段其他三人的說法，不過，他們想必感到很混亂，無法坦白一切，會想有所保留。那絕不是我們之中有人是共犯的緣故。案發前，我們根本是素未謀面的陌生人，誰都不認識老人。」

我微微冒汗。

「沒人是共犯。儘管用了『同舟共濟』的字眼，不代表我們協助那位老人，只是沒反抗——沒積極反抗或制止。我的意思是，當時有種靜觀其變，看老人究竟想做什麼的氛圍。兩位能明白嗎？」

兩名刑警沒贊同，也沒否定。

「杉村先生認爲，會形成這樣的氛圍，不是遭佐藤持槍威脅的關係，所以覺得他控制的手段很奇特。」

聽到山藤警部的話，我重重點頭。「沒錯，正是如此。」

「倘若不是手槍，佐藤怎麼控制你們？你有什麼想法嗎？」

雖然準備好答案，卻沒立刻說出口，我沒有自信。

「——三寸不爛之舌。」

他們可能不會相信。警方恐怕不會採信這種供述，我不禁這麼想。

「純粹是話術。那位老人用語言支配我們，控制我們。縱使發現身陷那樣的狀態，也無法抗拒。他就是如此高明地掌控局面。」

「其他人質也察覺受到控制嗎？」

「他們應該是認爲自己被巧妙收買，尤其是田中——那個閃到腰的先生。」

「是，我們知道。」

「他多次抗議老人的話缺乏可信度，但稍微勸說，就沒辦法繼續質疑下去。」

今內警部補突然一動，手伸進西裝胸前口袋站起。

「抱歉。」

約莫是有人來電吧，他匆匆離開病房。

剩下我和山藤警部後，他略略傾身向前。

「那兩個年輕人呢？就是坂本先生和前野小姐。」

「前野小姐聽從老人的指令，做了許多瑣碎的工作。當然，主要是槍就在眼前。」

「我明白，這麼問不是在懷疑她。」山藤警部輕輕抬起右手，像要安撫我。

「那位老人身材瘦小，看上去手無縛雞之力。果眞如柴野司機所言，或許老人是『克拉斯海風安養院』的診所病患。前野小姐在安養院的廚房打工，可能面對的是長輩，又是病人，她頭一個被老人牽著鼻子走，感覺完全受到操控。但我無意責備她，這女孩如此善良，並不是壞事吧？」

山藤警部右眉尾的句點位置改變。他瞇起眼，微微一笑。

「啊，抱歉，這不是什麼好笑的話題。直到現在，前野小姐仍十分同情佐藤。剛剛我原本說『嫌犯』，又改口稱他為『佐藤』吧？」

「是的……」

「那是遭到前野小姐指責的緣故。我一說『嫌犯』，她就哭著叫我不要這樣稱呼老爺爺，說老爺爺是有名字的。」

我不訝異，也沒發笑。想到前野的心情，我一陣哀痛。

「前野小姐會不會是目睹……呃，那位老人舉槍自盡的瞬間？」

我一直擔心這件事。

「還不清楚。總之，先讓前野小姐安靜休息，似乎才是上策。」

即使知道，也不能向我透露是吧？

「杉村先生，歷經兩年前的案件後，你是不是對犯罪心理產生興趣，進而閱讀專書，或特別去調查資料？」

怎會問這種問題？

「我沒有那樣的興趣，不過內子本來就喜歡看推理小說……啊，經過那起案件，內子也不怎麼看推理小說了。」

「這樣啊，你聽過『斯德哥爾摩症候群』嗎？」

沒聽過。

「斯德哥爾摩不是瑞典的首都嗎？」

「是的。」可能是我單純的反應很好笑，山藤警部又露出微笑。「不過，這是指在綁架或人質劫持案中，歹徒與人質之間，產生杉村先生描述的同舟共濟心理的現象。」

「你的意思是，我們也陷入類似的狀態？」

「我不是專家，無法斷言。引發斯德哥爾摩症候群，一般需要更長的時間。短短三小時，似乎有些困難。」

山藤警部瞇起眼，挨近壓低嗓音道：

「接下來的話請不要外傳。出於我個人的好奇心，不曉得能否請教一事？」

我稍微屏息，點點頭。

「杉村先生認爲，佐藤老人是什麼來歷？」

「什麼來歷……？」

「就是職業或身分。你認爲他是怎樣的人？說出你的感覺或印象就行。」

我目不轉睛地觀察警部的神情。「出於個人的好奇心」可能是表面話，但我認爲他是眞心想知道。

「我也頗在意，所以問過他本人。」

「佐藤怎麼回答？」

「他隨口轉移話題，我正想設法追問出來，警方便展開攻堅行動。」

這樣啊，警部蹙起眉。

「現在你怎麼想？他究竟是何方神聖？」

「憑印象就行嗎？完全是我胡亂猜測。」

「無妨，請告訴我吧。」

老師，我回答。山藤警部雙眼發亮，倏地坐直。

「其實我有同感。之前通話時，我便覺得他是老師。」

「那麼，即使他具備操縱語言、掌控人心的技巧，也不足爲奇。」

「不過，還得釐清他是哪個領域的老師。」

我想起一件重要的事。「警方和我們公司的園田瑛子談過了嗎？」

「是指你的上司，社內雜誌的總編吧。」

「她……有沒有告訴你們？園田似乎看出那位老人的眞實身分，或者從事的行業。」

山藤警部眉尾的句點回到最初的位置。「什麼意思？能不能詳細解釋？」

那麼，總編尚未告訴警方嗎？

約莫是看到我的神情，警部告知：「園田小姐也在這家醫院。她情緒相當激動，我們暫時沒訊問她，讓她服用鎮定劑休息。」

園田瑛子居然會激動到無法問話？那個遭棘手的打工人員扔膠帶台受傷、被下安眠藥，都能頑強振作的園田瑛子嗎？

「在那種狀況下，我不確定有沒有記錯……」

我轉述老人和總編的對話。我知道你這種人。從一開始我就看出來，妳一定擁有非常痛苦的回憶，我向妳道歉——

山藤警部從懷裡掏出記事本寫下重點，緊皺著眉頭。

「這樣啊。」他闔上記事本，眉間的皺紋隨之消失。

「希望你能理解，今晚將捲入案件的各位隔離開來，絕不是懷疑你們。假如讓各位太早碰面，討論起公車上發生的事，爲了彼此配合，記憶可能會有所扭曲。」

記憶彼此配合，是指個人的記憶失去獨立性，變成一個統整的「情節」吧。

「這麼一來，雖能釐清案件的來龍去脈，但有時細微的具體事實也會消失不見。」

對警方來說，即使我和田中、坂本和前野的記憶細節有所矛盾（我想當然會有差異），也不希望我們口徑一致，而是要盡量取得原始的資訊。我看見，坂本卻沒注意到的事；田中發現，前野卻不知情的事；或是每個人都目睹，但解釋不同的事。

「明天我會請各位到警署一趟。柴野司機和先下車的迫田女士，也會請她們過來。」

「她們都平安無事嗎？迫田女士從緊急逃生門下車時相當辛苦。」

「幸好她沒受傷，柴野司機也頗有精神。」

「聽內子說，柴野小姐想回去車上。」

山藤警部點點頭，「她的責任感非常重。」

「她不會因爲留下我們離開，而受到公司懲處吧？」

「這個嘛……應該不會。」

「柴野小姐表示願意留下，要求老人先釋放女乘客，還是拗不過老人——」

說到這裡，我忽然想起一件事。

「怎麼？」

山藤警部十分敏感。不管再瑣碎的細節，他都想知道掠過我腦中的想法。

「可能是我多心。」

「沒關係。」

「柴野小姐算是該班車的負責人，也表現出負責的態度。至於迫田女士……這麼說有點抱歉，不過可能是年紀的緣故，或者把狀況想得太輕鬆，即使老人開槍恫嚇我們，她仍一副悠哉的模樣，彷彿不了解事情的嚴重性。」

所以老人才會讓她們下車？

「她們都不容易受控制，於是最先遭到排除。或許是這麼回事。」

山藤警部眨眨眼，「那麼，以瓶裝水做爲交換，被釋放的園田小姐呢？」

「園田反倒是在我們的勸說下離開。她看起來非常疲憊，而且行爲表現不像我認識的園田……」

我瞇起眼，回憶當時的對話。

「老人表示要讓田中先生下車。不，原本是想讓前野小姐下車。前野小姐聽從指示幫忙做了一些事，老人決定讓她下車，當作答謝。」

「前野小姐怎麼回應？」

「她拒絕了，哭著說獨自下車一定會後悔。」

「所以佐藤接著指名田中先生？」

「田中先生也拒絕。在這種情況下，丟下兩個女人先下車，他擔心事後會遭到輿論撻伐。」

不，等一下。

「在那之前，他不斷受到老人警告。一開始，柴野小姐自願當人質留下，懇求老人釋放乘客時，田中先生第一個贊成，惹怒老人。不，可能佯裝生氣，但老人故意用槍指著田中先生……」

我舉起左手觸摸下巴。

「老人持槍抵住田中先生這裡，命令柴野小姐打開後方的緊急逃生門。」

我沒看著病房內的物品或山藤警部，而是注視記憶中的畫面。那個時候，槍陷進田中肥厚的下巴，田中嚇得眼珠差點沒迸出，以及老人冰冷的目光。

「然後……柴野小姐和迫田女士下車，緊急逃生門是田中先生關上的。老人指派他過去，告訴他也可跳下緊急逃生門逃走，但那樣太不像男子漢。」

於是田中鬧起彆扭，回嘴說才不會逃走。

「車內剩下五個人質時，老人提起賠償金的事。田中先生嘴上不信，卻不禁心動。依當下的氣氛，就算叫田中先生下車，他也不可能下車。」

「糖果和鞭子啊。」

聽到山藤警部簡潔犀利的評價，我抽離記憶，返回現實。

「這是控制的手段。」他繼續道：「不像前野小姐那般纖細敏感、現實又愛計較的田中先生，逐漸落入佐藤的掌心。金錢十分誘人，而且男子氣概、世人的眼光之類的字眼，對那個年紀的社會人士影響甚大。」

我不禁咋舌，點點頭。「第一次開槍，是要強調那不是玩具槍。但第二次開槍，是田中先生瞧不起老人，叫他不要幹蠢事的時候。」

「換句話說，田中先生不易操控，費了一番工夫才成功。園田瑛子女士則是無法控制，她察覺佐藤隱藏的背景，因而較早被釋放。」

老人把她排除了。

「——我一直以爲，是我們挑選園田總編，讓她下車。」

「這也是一種控制。」

「那坂本先生呢？他年輕力壯，只要有意，便可能毆打老人，奪走手槍。從老人的角度來看，是最危險的乘客，爲何會留下他？」

「你仔細想想，挺明顯的吧？」

我望著山藤警部，「因爲坂本先生擔心前野小姐……」

「實際上，他應該是眞的擔心，但你不認爲他是受到控制，被加強這樣的心理活動嗎？」

這麼一提，感覺一切都是如此。

「那我呢？我也容易控制嗎？」

我忍不住脫口而出。

「這個嘛，」山藤警部隨意交抱雙臂，微笑道：「要是佐藤如此認爲，你會感到意外嗎？」

「也不是意外……我總覺得受言語巧妙操控。」

「這是我個人的推測，你應該是被留下做爲調節的。」

「調節？」

「劫持公車的只有一人，卻有四名人質。一對四，而且佐藤是個老人，體格又瘦小。他不是熟悉暴力支配的流氓類型，僅僅亮出手槍，可能無法控制場面；要以言語控制，也需要巧妙的平衡。萬一有人情緒激動，或者豁出性命反抗，平衡就會輕易瓦解，發展成無法預測的狀況。爲了將風險降到最低，佐藤想在人質中安排一個發生意外時，能主動弭平混亂的角色，那就是杉村先生。」

我無從回答。

「打一開始，佐藤恐怕就準備速戰速決。他不認爲能長時間控制你們，至多五到十個鐘頭。依我估計，那是能在這樣的時間內達成目標的計畫。」

「可是，我不認爲在這麼短的時間內，警方有辦法把他指名的三個人帶到現場。況且，警方也不可能答應歹徒的要求，把毫無關係的市民捲入危險。」

「沒錯。」

山藤警部雙臂環胸，點點頭。他的眼底掠過一抹光，彷彿瞬間反射天花板的日光燈。然而，那一抹光猶如極細的冰針，扎在我的心上。

「現在問似乎有點遲，但警部告訴我這些不要緊嗎？」

「就說是我個人的好奇心啊。」

前人質的我們，這回或許換成受到前談判人員控制。

「杉村先生一直稱呼他『那位老人』。」山藤警部鬆開雙臂，「田中先生喚他『老先生』，坂本先生和前野小姐喊他『老爺爺』。沒人叫他佐藤，也沒人要叫他『歹徒』。」

眞是不可思議，他感嘆道。

「我不認爲佐藤是他的本名，叫他『歹徒』總有些於心不忍。」

於心不忍——說出口我才恍然大悟，「大概是他已過世的緣故。若他活著落網，或許就能毫無顧忌地叫他歹徒。」

「佐藤自殺的消息，是誰告訴你的？」

「我看到遺體……」

「你沒想過是遭攻堅隊員射殺嗎？」

「所以我向攻堅隊員確認過，對方回覆是自殺。」

話一出口，我頓時慌張起來，「攻堅隊員不能回答這樣的問題嗎？那請當我沒說。大概是我一臉驚惶，對方想安撫我。」

山藤警部句點般的黑痣動了動，柔聲笑道：「不必擔心，謝謝你爲現場人員著想。」

不好意思，打擾你了——他站起身，俐落地將椅子疊放回原位。

「時間已晚，但應該會送餐點來。請好好休息，萬一睡不著，可向護士要助眠的藥。」

今內警部補沒再出現，山藤警部獨自離開病房。制服員警也沒回來，我等於完全落單。現實感頓時遠離。

明明很累，卻毫無睡意。恐怕是內心的沉重反應在身體上。

——老爺爺死了！

沒錯，佐藤一郎已死。不管他以前是什麼人，現在只是一名死者。

我默默悼念這名死者，因爲再沒有我能做的事。

隔天早上九點，我、田中、坂本和前野坐上警方派來的箱形車，移動到千葉縣的海風警署。距離我們過夜的醫院約五分鐘車程，幹線道路旁一棟紅磚風格的古老建築就是警署，公車劫持案的搜查總部也設在此處。

踏進四樓會議室時，包括山藤警部在內的幾名刑警、一名女警、柴野司機和迫田女士已在場。穿制服的柴野司機與一襲西裝的中年男子站在一起，應該是她的上司。

會議室中央的大桌上，攤放著合併的兩張大圖畫紙，繪著公車內部的平面圖。旁邊擺著明信片尺寸的卡片，寫有柴野司機及所有乘客的姓名。

山藤警部請我們坐下，兩名制服警官隨即進來，一臉肅穆地打招呼。下巴線條和體格渾圓、較年長的是署長，比他年輕約十歲、身形修長的是管理官。

「各位早。」

寒暄告一段落，山藤警部走上前。

「今天要請各位重現昨天公車裡發生的事。各位應該都很疲累，眞不好意思，不過我們預定兩小時就能結束，請多多配合。」

署長和管理官負責監督，在稍遠處坐下。陪同柴野司機的中年男子，毛毛躁躁地向山藤警部使眼色。

「在這之前……」

山藤警部退開一步，西裝男子往前一站，表情僵硬得彷彿只有他還被抓著當人質。

「各位乘客，我是經營『海風線』公車的海線高速客運有限公司職員。」

他行了個最敬禮，柴野司機也照做。

「這次眞是無妄之災。負責各位乘客生命安全的我們，感到無比遺憾。原本社長藤原厚志應該拋下一切，親自向各位致歉，但爲了盡速處理善後，他暫時無法離開公司。」

西裝男子表情僵硬，卻是口若懸河。

「因此，敝人運行局長岸川學，臨時做爲代理前來。各位，我們非常抱歉。」

他偕同柴野又行一禮，我們這些前人質也尷尬回禮。

「今後公司上下會全力協助警方辦案，由衷祈禱各位蒙受的身心傷害能早日恢復。」

接著，柴野司機往前半步。帽子底下的面容蒼白，嘴唇毫無血色。

「我是駕駛員柴野，再次向各位致歉。」

她深深行禮，額頭幾乎貼到膝蓋，就這樣靜止不動。岸川運行局長開口：「今天的重現作業，請讓敝人同席。」

「不，不用啦。」

田中出聲。他換上整潔的襯衫和熨出折痕的長褲，腳下卻是襪子配拖鞋。坐上箱形車時，他動作就很僵硬，此刻的表情明顯是身體不舒服，大概是腰痛吧。

「又不是柴野小姐害的，而且你這個上司在場，也不好正確重現吧？」

對不對？田中望向山藤警部。小個子的談判人員迅速收起「不小心覺得有趣」的眼神，一本正經地頷首。

「是啊，重現作業由當事人進行即可。」

在女警帶領下，岸川運行局長一臉遺憾地離開。田中拉近一把旋轉椅，一屁股坐上去。

「不好意思，我站不住，腰痛得難受。」

他這番動作無意間緩和氣氛。在山藤警部催促下，我們圍著大桌子落座。我坐在田中旁邊，我們的對面是兩個年輕人。柴野司機扶著迫田女士的肩膀，坐在年輕人那一排。

返回會議室的女警，悄悄走到迫田女士身後，彎腰在她耳畔柔聲低語，似乎負責照護。原來不是我誤會，迫田女士眞的需要協助。

「我想回家。」

迫田女士語氣溫和，但眼神游移，坐立難安。只見她不停拉扯身上的夏季薄線衫圓領。

「很快就能回去，請陪我們一會。」

柴野司機也幫腔。老婦人惶惶注視她，又扭身直勾勾仰望女警，邊拉扯線衫領口，不滿地抿嘴。

「首先，我要再次確認各位的姓名。」

依山藤警部的指示，刑警分發寫有我們名字的卡片。

「司機　柴野和子」

「乘客　迫田豐子」

「乘客　田中雄一郎」

「乘客　杉村三郎」

「乘客　坂本啓」

「乘客　前野芽衣」

坂本和前野穿著嶄新的成套運動服，像同款不同色的情侶裝，但樣式和商標有微妙的差異。兩人氣色都不錯，前野完全恢復精神，不過可能是發現迫田女士這名新的「病人」，頗為在意她的狀況。

刑警拿著「乘客　園田瑛子」的卡片站在桌旁。

「抱歉，我們公司的園田……」

我出聲詢問，山藤警部拿著「嫌犯　佐藤一郎」的卡片，輕輕點頭。

「她極度不願參加案件重現作業。」

「她還在醫院嗎？」

「主治醫師已准許她出院。回家後，她應該就能平靜下來。」

「這樣啊。抱歉，給你們添麻煩。」

一點都不像園田瑛子。這起案件的哪一環節，或老人的言行舉止，如此嚴重地傷害她，導致她陷入混亂呢？

「田中先生，原來你眞的姓田中。」

坂本的話聲開朗得突兀，前野笑著附和：

「我也以爲是假的。」

「情急之下，哪想得出什麼假名？」田中右手插腰，呻吟似地回答。

「可是，你不是一郎，而是雄一郎。」

「那是情勢使然，誰教老先生自稱『一郎』。」

聽到「老先生」三個字，前野的笑容消失，眼神一暗。不過，她沒流淚，也不再激動。

雖然是老套的形容，但每個人似乎都擺脫附身魔物的糾纏。其實，我最擔憂的不是敏感的前野，而是被一億圓的美夢耍得團團轉的田中。不過，此刻不管怎麼看，他都是値得尊敬的社會人士、好丈夫和好爸爸。

如同本人所說，他不折不扣是中小企業的老闆。

夢消失了。不管那是美夢還是噩夢，都隨「老先生」的生命和他的巧舌逝去。不過，無論那是何種形式，他確實把我們連結在一起，即使附身魔物消滅，我們之間仍留下淡淡的親近感。

田中不知感覺到什麼，突然轉向我。見我回望，他有些難為情地垂下視線，撇著嘴角。

我和田中都沒一絲憤怒。

案件的重現，從公車駛出車庫開始。我們各自說明上車的站名，及坐在哪個座位。

警方已確認過，在「海星房總別墅區大門前」站下車的，是出入管理事務所的業者。此時，前野客氣地舉手請求發言。

「請說。」

「呃，昨天的交通事故是怎麼回事？02路線的公車不是停駛？好像封鎖了整條道路。」

我猛然想起，所以迫田女士才會改搭03路線。

「啊，那是卡車翻覆事故。幸好沒造成傷亡，不過車上載著麻煩的東西。」山藤警部笑答。

據說是預定送往「克拉斯海風安養院」的業務用清潔劑。

「為了進行清洗和復原工作，道路封鎖約兩小時。清潔劑的氣味隨風擴散，而且冒出大量泡沫，引起不小的騷動。」

現在想想，感覺是一場和平的事故。

「所以迫田女士才會搭上跟平常不一樣的公車，對吧？」

聽到前野的提問，迫田女士眼珠骨碌碌地轉，沒有回答。偶爾，她會突然想起般撫摸膝蓋，也許是關節炎作怪。她的長褲上套著用舊的護膝。

「我們立刻接到發生事故與禁止通行的聯絡，不過，由於『克拉斯海風安養院』派出迷你巴士接駁訪客和門診病患，01和03路線沒臨時增班。」柴野司機補充。她依然沒有笑容，表情緊繃。

「要是迫田女士也搭接駁巴士就好了。」

前野稍微傾身向前，提高音量。迫田女士拉扯著線衫領口，眼神飄忽地掠過我們。

「那裡的人叫我去『東街區』站等車啊。」

她像孩子般噘嘴爭辯。前野和柴野司機都點頭應和。

「那是清潔劑，即使吸入也不會對人體有害，但潑灑出來的量太大，氣味濃烈。一時之間，傳出可能是有毒氣體的謠言，『克拉斯海風安養院』忙著處理。」山藤警部解釋。

一片混亂中，像迫田女士這種無法應付意外狀況的訪客，很可能就漏聽接駁巴士的訊息。

「我也一樣。平常都搭02路線，昨天得知發生事故停駛，才去『東街區』站搭車。」

「你沒聽到接駁巴士的訊息嗎？」

「當時巴士剛開走，由於只有一班來回接駁，感覺要等很久。我在大廳看時刻表，發現雖然要走一段路，但搭03路線比較快。」

「其實我也是。」坂本有些客氣地舉手發言，「不過，我不是從『東街區』站上車，而是前一站。我當時所在的地點，離02路線的『克拉斯海風安養院事務所前』的站牌比較近。我是第一次去那裡，搞不太清楚狀況。」

這麼一提，他是去面試工作的。

「是啊，我平常也在那一站上車。那一站離總務部的辦公大樓和我打工的餐廳比較近。」

「克拉斯海風安養院」占地遼闊，各棟建築相隔甚遠。

「職員在院區內都騎自行車，我也不例外。那時我在想，萬一搭不到公車，就借廚房長的自行車回去。」

「妳不是騎自行車通勤？」

「只有早班。說是晚班太危險，勸我不要騎車。」

勸前野晚班不要騎車通勤的，應該是她的家人吧。確實，那片廣闊的區域，一到夜裡就沒半點人影。況且，周遭不全是用來點綴的人工景觀，還有原始竹林和雜木林，女孩獨自行經太危險。

「那麼，由於清潔劑事故搭上與平常不同公車的，是田中先生、迫田女士和前野小姐，對嗎？」

聽著山藤警部的話，我腦海浮現一個疑問，這起事故也在「佐藤一郎」的意料之外嗎？

那個時間帶的03路線公車總是空蕩蕩。從「日落街區」站到終點前，有時甚至只有我和總編兩個乘客。換句話說，若企圖劫持公車，需要掌控的人質，包括司機在內，頂多三到四人。

然而，昨天起先有八個乘客。一人途中下車，剩七人。讓柴野司機和迫田女士下車後，剩五人。即使如此，是不是仍超出老人的預期？

——不，可是……

由於發生事故，02路線停駛、03路線的車上比平常熱鬧，老人都知道，卻依然採取行動。

他向警方提出的要求，是將特定人物帶到現場，並非以人質的性命交換。而且，沒有時間上的制約，好比要求停辦某活動、幾點前去哪裡，所以行動的時機不受限。發生卡車翻覆事故時，應該能選擇改日再行動。

即使如此，「佐藤一郎」還是決定執行計畫。這表示在他眼中，乘客多寡是微不足道的變數。不管車上有幾個人，他自信絕對能掌控——

愚者千慮，亦是徒勞。山藤警部攤開部下取來的「克拉斯海風安養院」和「海星房總別墅區」的設施平面圖，我將注意力移回上頭。

「這裡，這裡和這裡。」

前野拿紅筆標記公車站的位置。
「佐藤是從『海線高速客運調度站前』上車吧？」
山藤警部詢問，柴野司機起身指著平面圖的一點，回答：
「是的。02路線和03路線從『克拉斯海風安養院』前往車站時，這是第一站。」
「平常從調度站前就有乘客嗎？」
「幾乎沒有。畢竟周遭並無其他設施，這一帶又多是農家，都開自用車。」
「看來在此設站沒什麼意義。」
「公司買下這條路線的經營權時，條件是要保留原本的公車站。」
這部分運行局長比較清楚吧。
「老先生怎麼會去調度站前呢？」
田中低喃，發現眾人望著他，有些慌張。
「噢，如果搭公車前往『克拉斯海風安養院』，只要從那裡再走一站的距離就會到，我是納悶他何必特地跑去那裡。」
「會不會是要搭首班車，觀察之後上車的我們？」
「觀察？」
「就是看看有沒有難對付的乘客。」
田中和坂本似乎沒發現，但山藤警部和刑警們正在觀察他們的對話。
「那麼，老先生判斷我們不難對付嘍？」
田中反問山藤警部，有些尷尬地閉上嘴。昨天在公車上，田中用的是自我主張較強烈的第一人稱，此時卻是用較中性的第一人稱，語氣也依情況，有時隨性，有時拘謹。不管嘴上怎麼說，最強烈意識到警察組織這個「衙門」的就是田中，這也反映出他身為社會人士的一面。

重現作業順暢進行。原以爲來到老人提出賠償金的部分時，氣氛會改變，但顯然是杞人憂天，大夥皆直爽地談論。不過，關於老人的發言，雖然大夥盡力回溯記憶具體陳述，可是提及自身的反應，就變得曖昧許多。坂本和前野應該沒有任何顧忌，我當然也沒有，只是都介意著田中。

田中本人擺出一副「那種老先生說的荒唐話，我連千分之一秒都沒當眞」的表情和態度。這樣的反應也令我放心。

「柴野司機獲釋時，各位是否感到不安？」

山藤警部將「佐藤一郎」的卡片擺在公車平面圖中央，掃視我們。

「不安……？」

前野睜大雙眼，似乎頗爲意外。

「我是指，不曉得佐藤的目的，各位是否感到不安。在這類交通工具遭到劫持的案件中，通常不會第一個釋放駕駛。站在歹徒的立場，釋放駕駛，等於失去移動手段。」

「噢，就好比劫機。」坂本點點頭，望向柴野司機。只見她蒼白的嘴唇抿成「一」字型。

「一般劫持交通工具，都是想去什麼地方呢。」

「即使目的不是前往某處，視情況變化，能夠帶著人質一起移動，對劫持犯是很重要的。可是，那位——老爺爺……」

我本來要說「老人」，刻意改口爲「老爺爺」。

「看起來，他從一開始就沒這麼打算。即使裝甲車包圍公車，他也不慌不忙。」

田中冷不防冒出一句：「你一度想移動公車吧？」

除了迫田女士和警方，所有人都大吃一驚。田中看著我笑道：

「你爬上駕駛座時，想移動公車吧？我緊張得要命，在內心大喊不要亂搞。」

「……這樣啊。」

「我覺得不用你多事，隨時都能制服那樣一個老頭子。」

「多虧杉村先生坐到駕駛座上，雖然時間短暫，但我們能夠與他交談，幫助很大。」山藤警部開口。

「咦，怎麼交談？」

聽到紙板的事，這次除了迫田女士、警方和我，眾人都相當詫異。

「原來發生過那種事！」

前野的反應率直。她睜圓雙眼，不自主地抓住坂本的手臂。被抓的人也毫不在意。

「杉村先生很害怕吧？」

「不，也不怎麼害怕。」

「他都能跟外面聯絡了，想必是不害怕。」田中哼了一聲，「換成是我，一樣不會驚慌。」

田中終究恢復使用自我中心的第一人稱。我強忍笑意，坂本卻笑著接過話：「不過，如同田中先生所說，我也認爲如果事態緊急，總有辦法制止老爺爺。因爲老爺爺的手細得像枯木。」

「即使他手中有槍？」

山藤警部追問。坂本的笑容消失，但似乎不是憶起手槍的可怕。他尷尬地搔搔頭。

「怎麼講……從某個時間點起，我就覺得老爺爺絕不可能開槍。」

「我有同感。大夥聊著聊著，我漸漸認爲總有辦法解決。」前野小聲囁嚅。

所以——她彷彿要辯解般抬起眼，望向山藤警部，「看到公車外面的情景，發現鬧得這麼大，我的雙腿不禁顫抖。不是我們遭遇可怕的狀況，而是老爺爺做出了不得了的事，他應該不打算要這樣……我不太會解釋……」

她的話聲愈來愈微弱，最後幾乎聽不見。

「妳認爲佐藤其實想怎樣？」

「這……」

「現在回想，妳有何看法？」

前野低下頭，坂本也垂下目光。田中別過臉，柴野司機緊咬不放似地直盯著公車平面圖上自己應該守住的位置——駕駛座。

「那個人死了嗎？」

迫田女士突然出聲。她不再拉扯線衫領口，也沒撫摸膝蓋。儘管淚濕眼眸，焦點模糊，目光卻十分犀利。

「你們害死他嗎？」

女警搭著她的肩，在耳畔低喃：現下不是在說這個話題。

「我要回去了。」

迫田女士氣憤地丟下一句，硬要從椅子上站起。

山藤警部並未挽留。他向女警頷首，派一名刑警送迫田女士出去。柴野司機的視線追逐著她的背影。

「她是不是有點痴呆？」田中板起臉。

「大概是受到案件的影響。」山藤警部一語帶過，「她一個人住，所以我們託左鄰右舍幫忙留意。」

「她母親住在『克拉斯海風安養院』……」

前野小聲補充，警部沒回答。那委婉的漠視，我感到有些古怪，但現在似乎不是追究的好時機。

即使迫田女士缺席，也不影響重現作業。有關她的部分，原本就是由柴野司機代爲作證。

大略重現完畢，山藤警部簡單說明警方的行動。攻堅前不久，公車就開始搖晃，果然是隊員帶著必要器材鑽進車底下的緣故。
「公車地板的洞是檢修口嗎？沒辦法從車內打開呢。」
我的問題得到意外的答案。
「其實，那沒有用處。」
海線高速客運有限公司接管「海風線」後，曾嘗試改造成對應輪椅的配置。就是在車體下方安裝自動輪椅升降機，可從駕駛座操縱。
「實際測試後，他們發現不僅花錢、車體變得笨重，而且根本沒有坐輪椅的乘客要搭，毫無意義。」
前野驚訝地吐吐舌頭，「因爲『克拉斯海風安養院』有好幾輛可對應輪椅的箱形車。如果是坐輪椅的病患來看診，也都有專用的車子。」
「沒錯，正是如此。公車地板上的洞，就是改造時留下的。」
「之後就照樣行駛嗎？」
「車體本身並無異常。」
田中有些不滿，但多虧地板上的洞，攻堅容易許多。
「板子嵌得很緊，鬆開從底下鎖上的螺絲後，徒手推不動，只好藉由壓縮空氣炸開。我們以同款車輛試驗過，確定不會傷及各位。」
確實，堵住那個洞的方蓋被吹到上方，又落回原地。而且警方用熱像儀確定過我們的位置，想必已將風險降到低。即使如此，田中還是要表達怒意，這人雖然麻煩，卻是認眞的小市民。
重現作業結束，署長、管理官及眾刑警離席，留下山藤警部和我們，然後海線高速客運的岸川運行局長又進來分發名片。
「關於這次事件的賠償等諮詢，由我擔任窗口。當然，敝公司會另外擇期，登門致歉並討論相關事宜，不過在那之前，不管多細微都沒關係，只要有任何不滿或疑問，請隨時聯絡我。」

他再度九十度鞠躬。柴野司機也規規矩矩仿效，實在教人同情。

一片沉默中，山藤警部開口：「後續媒體應該會採訪各位，但案件仍在偵辦中……」警部以至今為止最輕鬆的態度，就像昨晚今內警部補離開，與我私下獨處時那樣微微傾身向前。「其實，連嫌犯的身分都尚未查明。」

「還不曉得老先生的來歷嗎？」田中驚訝地眨眼。

「幾乎沒有線索。」

「柴野小姐不是認得老爺爺？」

前野一問，柴野司機抬起毫無血色的臉。「是的，他應該搭過幾次公車。」

瞧，她這麼說——前野天真無邪地回望山藤警部。警部苦笑道：

「沒錯，但至少在『克拉斯海風安養院』的病患中，沒找到疑似佐藤的人。醫師和護士也對他沒有印象。」

「會不會是以前的住戶？」前野追問，坂本手肘輕撞她說：「一定調查過，發現不是啦。」

田中靠著椅子扶手，忽然想起般問：「小姐，妳對老先生沒印象嗎？如果老先生去過安養院或診所，可能和妳打過照面。」

「咦，我嗎？」前野錯愕地指著自己的鼻頭，「可是……我都待在廚房……」

「倘若柴野小姐的記憶沒錯——我想應該沒錯，」山藤警部的語氣變得慎重，「那麼佐藤會搭乘『海風線』，想必是預先做準備吧。」

啊，這話也不能外傳——山藤警部食指抵著嘴巴，語氣幽默。

「不過，光是千葉縣內就有好幾條公車路線，他會刻意選擇『海風線』，絕對有特殊理由。」

見坂本說得斬釘截鐵，田中笑道：「這段話好像警匪片的台詞。」

不論是苦笑或失笑，完全沒笑的只有岸川運行局長和柴野司機。仔細一看，柴野司機眼眶泛淚。

「全怪我能力不足，害大家暴露在危險中。我完全沒派上用場，眞對不起。」

她再次深深低頭，伏在桌上啜泣。

「不是柴野小姐的錯。」

柴野小姐一點錯也沒有啊，前野語帶哭音。

「感謝各位的諒解。」岸川運行局長的神情沉痛。

「眞的嗎？局長眞的這麼想？」前野逼問，「那也替柴野小姐講講話嘛。」

「芽衣，說那種話也沒用。」

「怎會沒用？」

柴野司機慢慢直起身體，掏出手帕拭去淚水，說聲「抱歉」。「謝謝大家爲我擔心。」

「柴野小姐盡力了啊。」前野低喃，又匆匆繼續道：「老爺爺手上有槍，就算不是柴野小姐，而是強壯的男司機，也不可能阻止，搞不好會導致不妙的結果。」

然後，她自顧自點頭。

「嗯，沒錯，我得好好說出這些話。如果有人採訪，我得完整回答。對了，也寫在部落格吧！」

芽衣、芽衣——坂本想安撫她。此時，田中突然向我搭話：

「看在同是傷兵的交情上，能不能扶我一把？我想去洗手間。」

我起身攙扶田中，陪他離開會議室。

在走廊上遇到剛剛的女警，得知洗手間在盡頭右轉的左側。同是傷患的我們互相扶持，慢慢前進。先前也在會議室的一個刑警，從附近的辦公室出現，他向我們頷首致意，並未多說。

一進洗手間，田中左右張望，確定四下無人。

「我想跟你私下談談。」

我早察覺他的意圖，點點頭。

「方便給我名片嗎？」

我從外套口袋掏出名片，還沒遞出，田中便繼續道：「聽說你是今多財團的人？」

「山藤警部告訴你的嗎？」

「不，今早過來前，我去照X光。在候診室時，你們公司的人向我打招呼，也給我名片，可是我不小心留在病房。」

「對方是不是姓橋本？看起來三十歲左右。」我推測道。

「沒錯，長得挺英俊。」

可能是來接我，現下想必在附近等候吧。

「他是直屬會長的公關部負責人。雖然我是基層員工，不過我們公司是個大家庭，有員工牽涉嚴重的案件時，公關部就會出面。」

我沒透露妻子是會長千金，橋本應該也沒談到這麼深入。而田中顯然對「基層員工」四個字沒反應。

「你有沒有帶筆？」

「有原子筆。」

「那記一下我的聯絡地址。」

田中金屬加工有限公司，他流暢報出地址和手機號碼。我記在剛拿到的岸川運行局長名片背面。

「往後有事要商量，你看起來最可靠。」

要商量什麼先擱一旁，總覺得我們的緣分尚未結束。況且，受到田中的倚賴，我頗爲受用。

「我們又都受了傷，同病相憐。」
「家裡也都有妻小。」
兩人低聲偷笑，聲音在冰冷的瓷磚牆上反彈。
「那個姓山藤的刑警……」田中單手扶牆支撐身體，話聲壓得更低，「對你的態度如何？」
「很有禮貌。」
「他問你什麼？」
「關於案件的來龍去脈。」
與其說田中塊頭大，更接近肥胖。他的身軀前彎，倏然抬起眼，質疑道：
「只有這樣？」
「不然呢？」
田中移開目光，落在打掃得十分乾淨的老舊地板上。
「他劈頭就問我，在公車裡有沒有和老先生交易。」
我頓時語塞。
「敘述案發經過時，我也自然而然談到賠償金的事。」
「不一樣，警方似乎從一開始就懷疑我是老先生的同夥。」
田中盯著地板瓷磚裂縫，眼神陰沉。接著，他喃喃道出意外的事實：
「進行訊問前，警方便知情。」
「你指的是，老人與我們談錢的事？」
田中深深點頭，冒出一個怪問題：「你照過胃鏡嗎？」
「咦？有啊。」

「這年頭，連鏡胃都那麼小，可以黏在管子前端。監聽麥風克一定更小吧，想裝在哪裡都行。」

我聽出田中的意思，不禁啞口。

「警方早就聽過我們在公車裡的對話。絕大部分的事，他們都看透了。」

田中移動雙腳，轉換重心。他哼一聲，短促地笑。

「否則不可能問得那麼仔細，幾乎讓人發毛。」

「——原來如此。」

「所以，對你不是這種態度嗎？果然我的嫌疑最大。嗳，沒辦法。」

他骨碌碌的雙眼浮現自嘲之色。

「面對那樣的逼問，我根本無法抵抗。一回神，我幾乎全招了。由於老先生表示會給一億圓，我承認有點相信他的話。」

水管傳來聲響，樓上相同的位置也設有洗手間吧。

坦白說，我始終認為老人提到的賠償金，即使我、坂本和前野告訴警方，田中也不會鬆口。我以為一夜過去，田中不再執著，純粹是脫離極限狀態，恢復清醒，原來另有內情。

「還好你沒隱瞞。」我應道。

嗯，田中點點頭。

「可是，你千萬不能搞錯，我們是受害者。遭手槍威脅、花言巧語籠絡，是被玩弄於股掌的人質。我們並未協助犯罪。」

「我懂啦。」

田中一直靠著牆，似乎難受起來。我伸手攙扶他。

「警方會向媒體公開這些內情嗎？」

我也不確定，只能老實回答「不知道」。

「不過，事情很難說。至今沒查出老人的身分，還讓他死去，或許有人會質疑警方為何選在那個時間點攻堅。」

即使死的是歹徒，在某些人眼中，攻堅造成死亡仍是個問題。

「除了我們，還有老人指名的三個人，對於公開案件的資訊，警方應該會更謹慎。」

在這層意義上，我們可謂生死與共。不是對媒體，而是對「社會」。

這就是「社會」的恐怖之處，老人不也暗示過？網路云云聽來新奇，但老人想對那三人施加的制裁——姑且不論是對錯，都是除非意識到「社會」，否則不可能會有的發想。

我頓時明白，若想探究老人的來歷，關鍵就在他指名的三個人的身分謎團中。

「眞是沒出息。」

田中以空出的手，用力搔搔摻雜銀白的短髮。

「活到這把年紀，還被那種老頭子的花言巧語哄騙，我實在沒臉面對家人。」

「不能這樣想。」

田中侷促笑著，跨出腳步，「機會難得，我考慮乾脆拿客運公司給的錢去動椎間盤突出的手術。」

「很好啊。當時你被逼著坐在公車地板上，你有這個權利。」

「雖然很小家子氣。」田中笑得令人心痛，「不同於像你這種大企業的上班族，我是小小的自營業者，錢的問題非常迫切。」

總覺得不能隨口應「我懂」，所以我保持沉默。

「怎麼會碰上這種事？」

「只能說我們運氣不好。」

眞的，田中呻吟。我們兩個傷患互相攙扶，步出冰冷的洗手間。

田中返回醫院，岸川運行局長和柴野司機還要接受訊問。剩下的准許回家，於是山藤警部陪我們來到大廳。

不出所料，走下樓梯，橋本已在玄關大廳等候。一看到我，橋本就從訪客用椅起身。

由於只需以姓氏稱呼，我經常忘記他的全名。是叫和彥，還是雅彥？

橋本伶俐地寒暄，我覷著他的名片，想起是「橋本眞佐彥」，正式職銜爲「今多財團總部廣報課國際事務組會長祕書室責任次長」。這不是初次見面時的頭銜，原先僅有「廣報課國際事務組」。橋本也經歷過基層員工時代。

對於「今多財團」這個公司名稱，橋本幹練的態度、落落長的頭銜，及這種職位的人物恭恭敬敬來迎接我，坂本和前野顯然十分驚訝。

橋本與山藤警部似乎昨晚打過招呼，沒交換名片。

「我調派車子過來，如果不嫌棄，可順道送各位回家。」

橋本以眼神向我示意，同時提議道。坂本和前野又一陣詫異。

「咦？不用啦，我們就住在這一帶。」

「對杉村先生過意不去。」

「不會的，一起回去吧。」

「警署外有許多媒體記者徘徊。」

聽到橋本的話，前野繃緊雙頰。像是害怕，也像在振奮精神，表示「我會好好說出自己的想法」。

「芽衣，請他們送一程吧。」

坂本果斷決定。他和前野之間，至少在他心中，已是可直呼名字的距離。

「山藤警部，可以嗎？」

警部挑起眉，「各位方便就行。」

「不用坐警車？」

「你們不是嫌犯，完全沒問題。啊，如果有警方人員陪伴比較安心，我可以派人。記者可能堵到你們家去。」小個子警部開朗笑道。

這回反倒是前野較果斷，「不，我不會提出那麼沒志氣的要求。總不能永遠躲躲藏藏，況且我們沒做壞事。」

「只是現在有些……」

聽到坂本小聲呢喃，橋本笑吟吟地應道：「就這麼決定。」

停車場在建築物後方。我們要從玄關轉彎時，山藤警部停下腳步，像電視劇裡的名配角探長般，拍一下額頭說：「糟糕！」

「手機可以還給各位了。原本想在會議室歸還，卻不小心忘記。我去拿過來，請各位先去停車場。」

橋本開來的是總部的公司車，但車身沒有公司名稱或商標，是廣報課常用的車款。啊，是日產西瑪（Nissan Cima），前野驚呼。

「是妳喜歡的車款？」

橋本親暱地問，前野用力點頭。

「小時候，父親的公司生意還很興隆，我坐過西瑪。」

好懷念，她喃喃自語。這是一段能夠推測出前野過去與現在家境的發言，但本人毫無自覺，實在符合她的個性。而能夠假裝沒察覺，也很符合橋本的作風。

「這是公司車，不過我喜歡西瑪的硬座椅，只要有機會，我都會借西瑪。」

「對！我也不喜歡座椅軟綿綿的車子。西瑪坐起來眞的很舒適。」
前野是展現「本色」，而橋本是運用「技巧」。不過，在任何狀況下，跟任何人都不愁沒話聊，是兩人的相似之處。
「我不懂高級車。」坂本說著，細細打量我，「原來杉村先生地位不凡。」
我決定適度坦白，「這有點微妙。」
「地位高不高，似乎沒有微妙可言。」
「問題在於地位高的是誰。」
別告訴前野小姐，我壓低嗓音，「說來頗難爲情，請替我保密。其實，內人是公司高層的女兒，我的處境就像卡通『海螺小姐』裡靠岳家生活的女婿。」
「那麼，杉村先生是靠裙帶關係進公司？啊，還是相反，進公司以後，才贏得上司女兒的芳心？」
是我的偏見作祟嗎？這似乎是我在這一、兩天之內最受崇敬的一刻。
「唔，這也挺微妙。」
坂本輪流望向站在深藍色西瑪旁聊天的橋本、前野和我，然後說：「反正找不到正職工作的我沒那種機會。」
「我們編輯部有個來打工的大學生，綽號叫野本弟，感覺跟你滿像的。名字也只差一個字，往後我可能會把你們搞混。」我微笑道。
「那個公關課的人，也姓橋本呢。」
「這下我就認識三個姓『〇本』的人了。」
「姓氏只差一個字，境遇卻是天差地遠。」
坂本低喃。像是算準時機，車旁的兩人發出開心的笑聲。

山藤警部小跑步回來。我們的手機各別裝在塑膠袋內，袋上貼著標籤。

「不好意思，請簽收。」

他遞出夾在腋下的清單，從西裝胸前口袋掏出原子筆。

「山藤先生，你是警部，職位滿高的吧？」

前野接過手機，不可思議地說。這也是她的「本色」。

「嗯，還好啦。」

「明明可以交給部下，你竟然願意做這樣的瑣事。」

這個問題可能會惹惱某些人（像是田中），但山藤警部滿不在乎地回答：

「我的個性就是如此。」

語畢，他微微一笑。

「何況，我對各位頗有親近感。畢竟共同經歷一樁大事件。」

山藤警部稍稍端正姿勢，繼續道：「但以結果來說，沒能阻止嫌犯自殺，還讓各位目睹那樣的現場，身為談判人員及警官，我感到非常遺憾。很抱歉。」

雖然不像岸川運行局長九十度鞠躬，僅以眼神致意，那身姿依然耀眼。

「各位始終表現得相當勇敢，感謝配合。」

而後，我們便離開海風警署。

在車上確定手機能正常使用後，我們交換電子信箱。我的手機紅外線裝置故障，前野迅速替我打字輸入。

前野與父母共同生活的家，是一棟整潔的縣營小住宅。她先下車，接著是坂本。坂本與雙親及祖父，四人住在有籬笆的老舊透天厝。

下車前，他急忙辯解：「我和芽衣——前野之前穿一樣的運動服，那不是情侶裝。昨天我請來探病的爸媽幫忙帶衣服，似乎恰巧是在同一間店買的。」

醫院附近有間量販店。

他恭敬道謝後，隨著狗叫聲消失在籬笆另一頭。負責駕駛的橋本開口：「看他害羞的模樣……年輕人眞可愛。」

事件成了月老，他有感而發。

「杉村先生，今天我直接送您回府上。會長在那邊等您。」

沒有急事，岳父卻在平日離開會長室，這是極爲反常的情況。

「可以嗎？」

「是的，我收到這樣的指示。」

約莫是從後視鏡瞥見我的表情，橋本輕快地繼續道：

「聽說菜穗子小姐昨天睡得頗安穩。她興致勃勃，說晚飯要準備杉村先生喜歡的菜色。」

「哦，這次又麻煩你關照，眞不好意思。」

「哪裡的話。」

這是我分內的工作——他沒這麼說。

「在您總算獲准返家時，提起此事實在惶恐。不過，關於今後如何應對媒體……」

「沒問題，請說。我該怎麼做？」

「基本上，杉村先生的採訪申請，由我們做爲窗口全權處理。至於府上，遠山暫時會每日拜訪，處理電話和訪客。」

「冰山女王」即將大駕光臨。

「問題在於，媒體要求成爲人質的各位，舉行共同記者會。類似的案件中，有舉行共同記者會的前例，當然是等一段時間後，所以……」

「眞到那個時候，再和大家討論吧。」

「好的。客運公司打算怎麼賠償？」

「我想自行與對方商談。到目前爲止，客運公司的應對都十分誠懇。假使有什麼問題，我會立刻找你商量。」

跟警部談完，我放空腦袋。至今發生的種種畫面，恍若未完成的電影預告片，毫無脈絡地浮現、旋轉並閃爍。但這些肯定會在我回到家，桃子踩著小腳拚命衝過來呼喊「爸爸！」的瞬間，如淡雪般消失無蹤。

事實也眞是如此。

迎著秋風，我和菜穗子一起漫步在南青山的街道上。

一進入十月，殘暑如一刀兩斷的戀人般消失蹤影。取而代之登場的秋季腳步飛快，離公車劫持事件那一夜還不到一個月，藍天及涼爽的空氣教人心情舒暢。

菜穗子穿千鳥格紋粗呢外套，搭配皮革長靴。妻子個性謹慎，親自駕駛時不會選擇高跟鞋。依她的喜好剛換的Volvo，停在附近的投幣式停車場。天空這麼蔚藍美麗，風有點冷但很舒服，想要散步一會兒——我聽從妻子的要求，陪她走走。

目的地是她常去的精品店。那家店只接熟客介紹的顧客，但任何困難的要求都能使命必達。近來，菜穗子熱衷於購買母女裝，不過今天的目的，是挑選參加桃子學校文化祭要穿的洋裝。桃子就讀的小學，預定在十一月中旬舉行文化祭，她從一年級六十三名學童中脫穎而出，要在鋼琴伴奏下朗讀詩歌。

今年春天桃子升上一年級。那是妻子、妻子的大哥及二哥的妻子畢業的私立大學小學部，二哥夫婦的孩子目前就讀於附屬高中。或許是有這些過來人的經驗，雖然事前聽到各種傳聞，我們如臨大敵，但並未在「入學戰爭」中遇上什麼困難。

實際上，配合桃子就學決定住處，反倒更辛苦。必須能在十分鐘內，徒步抵達位於澀谷區閒靜一隅的學校；必須是管理系統與保全施設完善的公寓，但不能是摩天大樓，總戶數要在一百戶以下，愈少愈好。在有限的時間內，爲我們找到完全符合條件的房仲業者，堪稱是業界楷模。

兩年前，襲擊我們一家三口的暴力事件的風風雨雨過去後，菜穗子拋棄剛落成不久的家。她沒辦法繼續住在那裡，不論我如何勸說，都聽不進去。

那是菜穗子用私有財產蓋的房子，怎麼處置是她的自由。可是，我非常中意妳爲我設計的書房……我低調表示，她回答：

「下次我會設計讓你更喜歡的書房，這次就讓我任性一下吧。」

於是，我放棄勸說。

我們暫時寄身在菜穗子的娘家，那是岳父位於世田谷區松原的房子。廣闊的土地內，還有大舅子一家的房子，獨生女桃子和經常來主屋玩的表兄姊十分要好，過得很開心。暴力事件在菜穗子心中留下的創傷，也由於回到少女時期居住的懷念老家，迅速撫平。

在今多家，我的立場近似於卡通《海螺小姐》那個靠岳家生活的女婿，不管住在誰蓋的房子都一樣。寄居岳父家籬下，我並未覺得比住在妻子蓋的房子更抬不起頭。畢竟我早度過那樣的階段。

決定與今多菜穗子結婚，應她父親的要求，辭掉原本工作的童書出版社，在今多財團得到現下的職位時，我已對未來的種種做好心理準備。成爲今多菜穗子的丈夫，等於成爲今多菜穗子人生的一部分。只要抱定這樣的心態，就不必計較瑣碎的細節。食客不管怎麼過日子都是食客，但食客有食客的任務，應該也有食客的自尊。

菜穗子是岳父的私生女。母親在她十五歲時過世，於是岳父收養再無依靠的她。岳父的房子沒有她童年的回憶，然而，她在此度過多愁善感的青春時期，屋中各處仍隱藏著燦爛的回憶。有淚光閃閃的回憶，也有因歡喜和幸福熠熠生輝的回憶。

帶著丈夫與愛女返家，菜穗子又變回岳父的女兒。日常生活中，我偶爾會在那張女兒的臉孔上，窺見相識以前的她的部分記憶。對我而言，這也是種新發現，非常有趣。

想到無法像那樣讓妻子看見我的過去，有時會感到寂寞。不過，我早就認命。況且，正確地說，並非

「無法」，而是我和雙親決定不讓她看見。

雙親認爲門不當戶不對的婚姻，不會有好下場，從一開始就反對。但我仍堅持娶菜穗子，於是父母宣布與我斷絕關係。我沒反抗，就這樣被逐出家門。

「成何體統！我養你到這麼大，不是要讓你當有錢人家女兒的小白臉！」

面對母親怨毒地咒罵，我也沒抗議。這不是靠爭吵或說服能解決的問題。

時光荏苒，婚後經過十年，父母宣告斷絕關係並非嘴上說說，但也未徹底根絕。有時會發生超傳導現象，電流相通。以往我這樣就心滿意足，有得必有失，尤其得到的愈大，難免會從容器另一端溢出。從一開始，兄姊便只斷絕部分關係，至今立場依然不變，維護著父母的顏面，卻沒完全拋棄我，我由衷感激。

然而，最能理解我這種心情的是岳父。或許是我的錯覺，但我認爲這並非好的錯覺。

菜穗子回到娘家後，以桃子和表兄姊很親爲第一個理由，以父親身體健朗，但年事已高，隨時可能出事爲第二個理由，想永遠住下去。岳父也說一切聽憑她的意願。

然而，當桃子就學的現實問題逼近眼前，彷彿等待著這個時機，岳父提議：你們搬到學校附近，重新過一家三口的生活吧。

「近年都說核心家庭不好、不完整，但父母和孩子的組合才是家庭的核心。你們要好好建立起來。」

岳父認爲，爲了讓桃子健全成長，我和菜穗子必須成爲獨立的大人。

「遇到困難時，互相扶持。隨時都能回來找我，我等著讓你們依靠。但妳已是大人，是桃子的母親。妳該獨立了——」岳父如此勸說，菜穗子總算接受。原本菜穗子主張，只要讓司機載桃子從娘家上下學就行。

岳父的提議，絕不是在憐憫寄生妻子娘家的我，否則一開始就不會允許我們結婚。岳父的話，應該照字面去理解。他不是個會撒謊或裝腔作勢的人，經過十多年的相處，我深深明白這一點。

住同一個屋簷下的這一年來，我還了解到一件事。那就是爲何岳父要我進入他的公司——今多財團這個巨大的集團企業。

即將與菜穗子結婚時，聽到這個條件，我感到有些不舒服。身爲私生女，菜穗子在今多集團中不具地位及權力。岳父雖然分給她資產，卻沒賦予她權力。所以，我認爲繼續當童書編輯應該無妨。

——他想測試我是否值得信任吧。

我的解讀是，他把我當成一個棋子，打算放在眼下觀察。我一直帶著這樣的懷疑生活。

然而，這並非岳父的眞意。相反地，岳父是想把我放在身邊，讓我看看他——看看一手打造今多財團的今多嘉親，究竟是怎樣的人。

他們本來就不是一對普通的父女。況且，菜穗子是岳父在經過人生折返點後才得到的女兒。我們結婚時，岳父已年逾七旬。

岳父有許多想讓我和菜穗子看見的事物。趁不知何時會造訪的永別來臨前，希望讓我和菜穗子全部看見。共同生活後，我終於明白。在能言善道、卻討厭漫無邊際瞎扯的岳父偶爾提到的往事中，或回憶往事的岳父眼眸中，我發現他想讓我們看到的事物。

岳父會勸我們重新獨立，是因爲他內心一隅，深知那種想法只是老父的自私吧。「建立自己的核心」這番話裡，也藏著岳父壓抑的情感。畢竟他無法永遠陪伴在女兒身邊。

於是，我們一家三口在代官山的公寓安頓下來。妻子爲我重新裝潢的書房，與之前放棄的書房風格迥異，但待在其中的感覺是一樣的。只要是富有的妻子饋贈的書房，哪裡都一樣；爲實現丈夫的夢想，細心注意每一環節設計而成的書房，無論蓋在何處，肯定一樣舒適。

週日午後，我和妻子悠閒地走在遠離青山鬧區的寧靜道路上。雖然是住宅區，但處處座落著時髦的精品店、咖啡廳和畫廊。妻子的腳步輕盈，話題圍繞桃子和學校打轉。

發生在房總沿海小鎮，只持續三小時就落幕的公車劫持案，並未在我和菜穗子之間投下陰影。或許是先前致使桃子暴露在危險中的事件陰影雖稍稍淡去，仍在妻子心中占據極大分量。也或許是公車劫持案中，我純粹是「被捲入的受害者」，與歹徒和歹徒的動機毫無瓜葛。

不然就是妻子和我一樣，多少有些習慣犯罪事件。

「或許你會笑，不過笑也沒關係，陪我去一趟吧。」

妻子帶我去今多家祖神所在的神社收驚除厄，然後就像完全看開了。

來到精品店，妻子向中年女店長介紹我。約五坪的店內，充塞著比預期容易親近的雜亂氛圍，插在大花瓶裡的玫瑰花束散發淡雅的芳香。

「這次眞是無妄之災，幸好您平安無事。」

店長恭敬地慰問，我有些慌張。她從菜穗子那裡聽到劫持案的消息，大吃一驚。從報紙和電視新聞，應該看不出人質是顧客的丈夫吧。

「沒想到這麼可怕的事會發生在周遭，而且是客人身上……」

「經過一個月，我幾乎快忘得一乾二淨。」

「那就太好了。討厭的事，能忘掉是最好的。」

「我可沒忘。」妻子瞅我一眼，「我叫他暫時不要搭公車。」

「那飛機呢？劫機感覺更恐怖。」

「別烏鴉嘴。」

妻子和店長相視一笑。我也在一旁笑著，心想原來菜穗子會在這樣的地方談論遭遇的事件。從她和店長親密的對話，看得出她應該向店長傾訴過內心多麼不安害怕。菜穗子以自己的方式，努力避免讓事件的陰影拖累我們的關係與家庭。

由於店長準備的品項齊全，菜穗子很快買到喜歡的洋裝，但她還要繼續購物，我則在這裡卸下任務。事前已向妻子提過，趁著到青山來，我想順道去拜訪一個地方。

「四點在『卡爾洛斯』會合。」

那是我常和妻子約好碰面的露天咖啡座。我向店長道別，對妻子說聲「抱歉」。不是為不能陪她購物，而是再次為公車劫持事件遺留的陰影致歉。雖然我不曉得她能否領會。

關於公車劫持事件，媒體和網路上的討論，都沒有我們擔憂的熱烈。最大的理由是，駭人聽聞的案子一樁接一樁發生，教人無法喘息。如同藏木於林，事件被事件掩蓋過去。在現代，這片「森林」也蓬勃生長著。

第二個理由是，案發三天後總算查出老人的身分，但他的經歷實在過於平凡，缺少吸引媒體競相報導的聳動性。

老人名叫暮木一光，生於一九四三年八月十五日，今年六十三歲。他看起來比實際年齡衰弱，似乎是生活環境的緣故。

老人沒有工作，獨自住在足立區的公寓。他沒加入國民年金，靠積蓄過活。他原籍東京，但戶籍上應該在世的姊姊沒出面。之所以能查出他的身分，多虧該地區的民生委員通知警方，「年齡和外貌都符合，而且這幾天都不見人影，也聯絡不上，或許是他？」老人沒工作，又獨自關在公寓裡，身形瘦削，臉色極差，連有沒有定時吃三餐都很可疑。民生委員十分擔心，多次登門拜訪，勸他申請補助。

公寓的房東及其他房客、不動產仲介業者，都沒將認識的鄰居或顧客，與電視和報紙描述的公車劫持犯外貌重疊在一起。眾人異口同聲，認為老人不可能做出這麼可怕的事。

「他很斯文，愛乾淨。沒有人拜託，卻會每天打掃垃圾場和公寓周圍。他住在二樓邊角，上下樓梯似乎頗吃力。」

在新聞畫面中如此陳述，自身應該也六十多歲的民生委員有些傷感。

「他不會滔滔不絕地講述自己的身世，所以我不是很清楚。不過，他以前好像是做買賣的。由於妻子死去，生意變差，又沒人繼承，在十年前收山。之後曾當一陣子計時人員，可惜最近都找不到那樣的工作……」

今時今日，這些都是切身的問題，民生委員結結巴巴地說：

「依我所知，他總穿皺巴巴的襯衫和長褲。外出頂多套件夾克，沒看過他穿西裝。由於捨不得理髮錢，都是自己隨便剪，所以給人的印象不是很體面。」

印象與公開的肖像畫大相逕庭，也是民生委員遲遲沒通報的原因。

「跟他談生活補助的事，卻發現他比我清楚。可能他在別的地方申請過，但被打回票。」

暮木一光戶頭的餘額，根本不夠繳下次的房租。他住的公寓收拾得相當乾淨，屋內約三坪大，附小廚房和洗手間，沒有浴室。警方採集家具和物品上的指紋，及掉落的毛髮進行ＤＮＡ鑑定，確定老人的身分。

「雖然他有舊型的映像管電視，卻是壞的。他常聽收音機，說是在附近垃圾場撿到的。我提出十個問題，他往往只回答一個，相當沉默寡言。」

關於暮木一光指名的三個人，民生委員完全沒有頭緒，也看不出他與「克拉斯海風安養院」及附設診所的關係。

如同那天晚上田中在公車裡所說，暮木一光孑然一身。去年九月他搬到那棟公寓，之前在哪裡、過怎樣的生活仍是一團謎。

「若租屋有保證人，或許可當成線索。但他簽約時是仲介的不動產公司擔任保證人，什麼都查不到。不過，聽說他不曾做出令房東困擾的行爲。我想也是，他是個安分守己的人。」

怎麼會突然劫持公車呢？民生委員納悶地垮下肩膀。

某新聞節目的特別報導中，有個名嘴認爲暮木處在貧窮與孤獨中，對未來感到悲觀，一開始就打算自殺。他劫持公車沒有明確的目的和意圖，只是想驚擾社會。

「或者，他原本要帶幾名乘客一起上路。自殺延長線上的殺人，這叫做『擴大自殺』，有不少前例。」

至於暮木指名的三人，是他單方面怨恨的對象。當事人極可能根本不明白被找上的理由。

「搞不好是用來攪亂警方偵查的煙霧彈。」

聽到這段發言，我不禁關掉電視。老人並非毫無目的地行動，也感覺不出他想帶我們共赴黃泉的意志。對於指名的三人，他有種明確的惡意，或者說制裁的意志，在場的人質再清楚不過。

面對一個孤獨貧窮的獨居老人，網路社會不肯投以太多的關注。世上有更聳動、更值得討論的事物。關於被指名的三人，不出所料，警方並未公開資訊，於是出現冷漠的觀點：「反正是老頭子和老太婆之間的糾紛吧？」沒有暮木老人期待的，或我們擔憂的那麼沸沸揚揚。

另一方面，我們人質的話題比暮木老人持續稍久。賠償金的事被拿來談論，也有網站登出我們的眞實姓名或姓氏縮寫。

爲何四個成人無法制服一個手無縛雞之力的老人，反倒乖乖受縛？這是我們人質受到最多責難的部分。再加上賠償金的事，流傳的金額與暮木老人提起的時間點都不正確，我們被批評爲「貪財」、「守財奴」，但仍有「這也難怪」、「誰都想要錢，想活命」之類支持的意見。

有趣的是，賠償金的話題發展開來，演變成熱鬧滾滾的討論：

「在槍口下當人質，要拿多少才划算？」

網路上的陌生人，彷彿在重現我們與暮木老人的對話，也像在享受缺乏現實感的自私討論。

實際上，在得知暮木老人身無分文時，賠償金在我們這些當事人眼中便徹底失去現實性。諷刺的是，或許正因如此，媒體和網路上的「正義使者」才會這麼快放過我們。倘若暮木一光眞的是大富豪，我們想必會遭受更多追究與質疑。

查明老人的身分時，山藤警部曾聯絡我們，之後便音訊全無，也沒再找我們訊問。

孤獨老人自爆式的死亡——公車劫持事件被如此分類，而後落幕。由於嫌犯死亡，隨著書面送檢，搜查總部也宣告解散。

與海線高速客運有限公司的賠償談判十分順利。公司發給每位乘客相同的慰問金，並負擔田中和我的醫療費用。柴野司機的待遇，看在外人眼中似乎也沒有重大變化。

對了，「社會」還有一種耐人尋味的動向。事件剛落幕，就湧現鼓勵、支持柴野司機的聲音。海線高速客運總公司和營業所接到大量的電話、傳真及電子郵件，請求不要處分她，希望繼續錄用女性駕駛員。其中應該也有認識她的當地乘客，但大多是善意的一般市民吧。

之所以會有此現象，是前野小妹的部落格文章推波助瀾——雖然我很想這麼說，但實際上並非如此。在海風警署道別時，前野決定向大眾宣揚柴野司機盡忠職守，令人敬佩的行動。可惜現實並不容易，她也沒有那麼堅強。

「爸媽和打工地點的同事都罵我，叫我不要多事，低調一點。」

案發兩天後，她附上哭臉的表情符號，傳簡訊給我。

「我拒絕採訪，也停止更新部落格。有人在別的網站看到爆料，立刻跑來留言說我就是人質之一，我好害怕。」

看似風平浪靜的網路反應，在唯一的年輕女性前野那裡，似乎掀起暫時性的大浪。

「我接到惡作劇電話，非常困擾。家裡的電話換了號碼，手機也要換，我會再通知大家。」

查出老人身分、田中接受椎間盤突出的內視鏡手術、坂本在別地方通過面試得到工作、前野辭掉「克拉斯海風安養院」的廚房打工，在這些特別的時候，一天之內我們四人會交換好幾次訊息。搜查總部即將解散前，各家報社曾要求舉行共同記者會，但我們決定回絕，這也是透過手機和電子郵件商量。田中說「我厭煩了」，前野說「我還是很怕」，坂本說「我不想做讓芽衣害怕的事」。然而，共同記者會流產，最感到鬆一口氣的應該是我吧。眞的要召開記者會，又得麻煩「冰山女王」和橋本。

四人之中，前野最勤於和其他三人聯絡。問出田中的電子信箱，告訴我們的也是她。田中雖然在警署的洗手間說過那樣的話，實際上並沒有來找我商量。現在也是，除非我關心他術後復原情況，否則他不會主動聯絡。

「發現暮木老爺爺不是有錢人，田中先生感覺眞的非常失望。」

這是坂本的簡訊。得知老人的身分後，稱呼就從「老爺爺」變成「暮木老爺爺」。

「畢竟他內心應該有點期待。」

「與其說是失望，更像是恢復平常心，感到丟人吧。」我回覆，「我們就別再提這件事。」

田中先生想忘掉事件和我們——我打到這裡，寄出前刪掉這一句。

「做人總要留點情面。」坂本回信。

如同橋本所言，事件似乎成為坂本和前野的月老。兩人傳來的訊息中，都會提到對方的名字。不過升溫的速度有些差距，坂本早就「芽衣、芽衣」地喊個不停，前野直到最近才稱呼他為「小啓」。

兩人曾忽然想起般關切同一件事：

「園田總編後來狀況如何？」

我感謝兩人的好意，回覆「沒有起色」。

「她繼續請假，但我想不用擔心，謝謝。」

案發以來，園田瑛子便暫時停職。受理停職申請的集團宣傳雜誌《藍天》的發行人今多嘉親，立刻任命代理總編，也就是我——杉村三郎。

「臨時總編和代理總編，哪個比較好？」

岳父這麼問，我選擇後者當頭銜。看到發行人不打算開除總編，我放下心，用自家電腦和列印機製作代理總編的名片。希望在一盒一百張的名片用完前，總編就能回歸職場——儘管這麼想，名片已用掉一半。

園田瑛子依舊毫無聯絡。沒有電話，沒有簡訊，連張明信片都沒有。

屋齡相當久的都營住宅，有時會座落在都心精華地段。就是讓人忍不住掐指計算，若換成公寓，房價會是多少、房租可收多少的地段。南青山第三住宅也是其中之一。

以前其中一戶住著叫北見一郎的男人。北見在警視廳任職二十五年，投入犯罪偵辦工作，在某個時候下定決心，離開警職，然後直到過世，都在此當私家偵探。

我和北見結識於兩年前的事件。我不是去委託案子，最初只是向他確認某人的身分，隨著情勢發展，愈走愈近。他已是癌症末期，早做好離世的準備，給過我一份未解決事件的檔案。因爲那份檔案的內容，就是當時我涉入的事件。

北見逝世後，我們的往來結束，我也可以將繼承的檔案闔上。因此，我並不是連北見的工作都繼承下來。成爲私家偵探，對我而言幾乎是一種幻想，北見相當清楚這一點。

不過，至今我仍深受他留下的足跡吸引——雖然沒告訴任何人，尤其絕不會告訴妻子和岳父，深藏在心底。

北見有妻兒。他辭掉警官的工作，開設私家偵探社的「魯莽之舉」，曾害得家庭瓦解，但夫人回到病榻上的他身邊，爲他送終。從此以後，兒子對拋棄家庭的父親恨意逐漸消融。身爲私家偵探的父親，盡心盡責，幫助過許多人，這一點打開了兒子緊閉的心房。

北見病逝後，家裡又變回兩人生活。爲填補北見生前一家人的空白，北見夫人和兒子司談了許多。然後，他們想在「爸爸住過的地方」生活，想看著相同的景色生活。據說，菜鳥上班族的司，年收勉強符合都營住宅的入住標準。

「要是我加薪就危險了。」

我在北見的一週年忌日上門拜訪，司如此笑道。

原則上，入住哪一戶是抽籤決定。即使以前家人住在那裡，母子倆也不一定能搬進南青山第三住宅。最後順利入住，只能說是幸運，但北見夫人覺得「是外子在呼喚我」。

居所不一樣，也不同棟，但北見母子在亡夫及亡父每天生活的景色中，平靜度日。將妻子留在精品店的我，就是想來拜訪他們。

公車劫持事件的平面媒體和電視新聞報導中，都沒公開人質的姓名。北見母子知道我被捲入，是司從網路看到相關資訊。當時他瀏覽的犯罪事件網站，「杉村三郎」寫成「杉村次郎」，由於有今多財團員工這項訊息，他才曉得是我。

案發幾天後，母子倆打電話慰問我，稍稍閒聊過，就沒再聯絡，所以，我今天是想去北見的佛壇上個香，報告案件已落幕，我平安無恙。

我從都營住宅土地內的兒童公園打電話，司不在，但夫人在家。她說「歡迎你來」，我一手拿著途中買的糕點，穿過都營住宅外圍染上秋意的花草叢。

初次來訪時，都營住宅在進行修補工程。現在已完全修繕完畢，外牆分別漆成白、淡藍與黃色，外觀時尚。由於設有電梯，住戶免於爬樓梯的疲累。

北見夫人在門口等我。司曾不小心透露，所以我知道夫人的年齡。不過，她同時具備符合年齡的沉穩，及看不出年齡的青春洋溢。

我在佛壇前合掌。面對唇角浮現淡淡笑容，彷彿正感到靦腆的北見遺照，我才想到他的名字也叫「一郎」。以此爲開端，我和夫人聊起一郎與三郎聽起來都像假名，缺乏眞實感，可是在小說和電視劇裡，幾乎不會有登場人物叫這個名字。

「不過，人質都平安無事，眞是太好了。」

當過二十五年警察妻子的北見夫人，應該比其他人都熟悉犯罪事件。正因如此，她爲我們的平安感到欣喜的話語，顯得特別有分量。因爲北見涉入的事件，大部分是無法在所有人都平安的狀況下解決，才需要警方出面。

北見提過，他會辭掉警職，是受夠只能在悲劇發生後行動。就是想設法預防悲劇發生，他才會做起私家偵探。

「擔任談判人員的山藤警部，對於讓暮木老人過世一事感到很遺憾。」

「啊，我能理解。」

現場的警察都是如此，她應道。

「若是直接與歹徒談判，聽過歹徒的話聲，這種感受更加強烈。」

「北見先生也曾在人質事件中擔任談判人員嗎？」

「不清楚……外子在的時候，還沒有這種明確的職務吧。往往是看情況，從負責案子的搜查總部挑適當人選，觀察歹徒的反應，見機行事。」

如果是北見，大部分的情況應該都能勝任。

「暮木先生年紀很大吧？而且沒有前科或案底，是個溫和的人吧？要是外子還在，或許會說時代變了。」

手槍是從哪裡弄到的呢？夫人頗爲納悶。

「就算是買來的，手槍又不是烤麵包機，摸索一下就會用。」

「烤麵包機嗎?」我不禁笑道:「手槍似乎可透過網路買到。這年頭,什麼都靠網路。」

關於手槍的取得途徑,搜查總部也深入追查,但找不到確實的證據。之所以說可能是從網路上購買,也是透過我們人質的證詞,推測暮木老人十分熟悉網路。不過,老人的帳戶沒有類似的交易紀錄。警方說現金的提領,都是數千圓單位的小數目,也沒有匯款資料。

不可思議的是,暮木老人的公寓裡沒有電腦。報紙也報導過,我相當在意,甚至特地打電話向山藤警部確認。民生委員也不記得老人住處到底有沒有電腦,至少沒有桌上型,一眼就看得出是電腦的機器。

暮木老人使用筆電,並在行動前處理掉——大概是這樣吧。如果沒有電腦本體,無從深入調查。或許老人不想讓提供手槍的人惹禍上身。

「眞是難以捉摸的案子。」夫人爲我斟滿咖啡,「外子提過,有些案子知道犯人是誰、動機或爲何犯罪,警方的偵辦工作也都結束,卻教人難以釋懷。」

「哦,專家也會這樣嗎?」

「畢竟外子是那種個性。只要將證據準備齊全,審判時不必擔心,接下來就無所謂,像這種人就不會在乎。」

山藤警部也說過,連還手機之類的小事都想親自處理,是出於他的個性。

有件事不僅是不可思議,而是根本無法理解,「在公車裡與我交談的暮木先生,伶牙俐齒到令人發毛的地步。」

不過,民生委員認識的暮木老人沉默寡言,並非健談的人。

「總覺得不像同一個人,令人無法釋然。」

「劫持公車時,會不會是太興奮,話才特別多?」

我也這麼解釋,試著讓自己接受,但似乎還是沒辦法。

「健談或寡言，可能會受狀況左右改變。然而，舉槍瞄準陌生人，逼對方聽話，是極爲異常的狀況。一向安靜的人，會因此興奮起來，滔滔不絕也不奇怪。正因平日沉默寡言，在那種情境中，才會將積壓在內心的話全部傾吐出來。只是，暮木老人的善辯，不是那種類型的雄辯。並非表面上的滔滔不絕，他的言行帶著一股自信——對過往人生成就的一種自負。換句話說，和民生委員描述的暮木老人性格南轅北轍……」

我喃喃低語，赫然回神，發現北見夫人微笑注視著我。

「杉村先生。」她的眼神帶著安撫，「最好不要多想。事件結束，一切都已過去。」

沉默片刻，我回以微笑，「是啊。」

將話題轉到司的近況，似乎是正確的選擇。北見夫人露出惡作劇般的表情，有些擔心，又十分期待地談起兒子交到女朋友，卻不肯介紹給她。

「是職場上的同事嗎？」

「不清楚。」

「是司說他交到女朋友嗎？」

「怎麼可能？是我從他的態度，看出好像是這麼回事。」

那麼，介紹給母親應該還要很久。決定與對方共結連理前，司大概沒辦法帶她回家。

「放寬心，慢慢等吧。」

「是嗎？我和外子剛交往，就帶他回家。」

「啊，女生跟男生不一樣，完全不一樣。」

「杉村先生也是？」

我的情況是特例中的特例，只好笑著瞞混過去。

「兒子交女朋友，北見先生會擔心嗎？」

「外子不在乎，只會說順其自然。」

遺照一副事不關己的表情。

「這麼一提，最近如何？沒人會來委託北見先生辦事了吧？」

北見去世後，發生過幾次不知他近況的客戶介紹新委託人，或以前受他照顧的委託人又有麻煩，造訪主人不在的公寓。

那種情況，通常是由與北見熟識的國宅人員，或搬過來的北見夫人，親自應對來客。有一次，我偶然撞見這樣的場面。一名有求於北見的老人拄著拐杖，一階階爬上公寓階梯，站在人去樓空的門前。轉告私家偵探已不在人世很簡單，但老人失望的神情令人心痛。對北見夫人而言，這也不是容易的事。

我碰到的老人很快死心，但有些訪客要求夫人負起責任，介紹其他合適人選，或希望夫人繼承丈夫的工作，百般糾纏。這表示委託人就是如此困擾，但遭遇困難，變得視野狹隘的人，本身也會成為「頭痛人物」，此即為例證。

由於擔心這種情形，我習慣如季節寒暄般詢問。北見去世一年後，這也成為無異於季節寒暄的招呼用語。

然而，這次不同以往，夫人有些驚慌地眨眨眼。

「其實……」她猶豫著是否該告訴我，「上星期有人來過。」

「是來委託案子嗎？」

「不，是以前受過外子照顧的人……唔，他是很規矩的人，也禮貌地向我致哀。」

「不過……」她回望佛壇，又一陣遲疑。

「不妨告訴我。若有必要說明北見先生關閉檔案，確實結束工作後才離世，我可代為向對方解釋。」

這是在最後委託北見工作的我的責任。夫人是女性，司又年輕，可能會無法招架對方的要求。

「抱歉，」夫人嘆息，「那是不算事件的事件。」

這樣反倒勾起我的好奇心。

「五年前的四月，他來找外子商量。因爲是外子發現生病，第一次住院後出院，返回工作崗位不久，他也曉得外子生病的事。」

夫人站起，拉開佛壇底下的小抽屜，取出一張名片。

「就是這位先生。」

我望向名片。「足立則生」是台東區一家報紙販賣店的店員，名片是那家販賣店的。

「他住在店裡。名片後面寫有手機號碼，說是預防萬一。」

確實，背面有原子筆的字跡。

「意思是，要妳聯絡他嗎？」

「不，不是那種強迫的感覺。」

「問過他的來意嗎？」

「他碰上詐欺。」夫人有些難以啓齒地補充，「或者說，不小心參與詐騙行爲。」

「哦……是最近的事嗎？」

「不，五年前他爲此來找外子。當時他沒工作，居無定所。據本人描述，差不多就是流浪漢。有人找上他，告訴他能賺一筆錢，於是他答應幫忙。」

這是很常見──感覺很常見的事。

「那就是他說的參與詐騙嗎？」

「是的。我沒仔細問，足立先生也有些客氣，只概略敘述。」

「他想拜託北見先生做什麼？」

「他發現自己做的事是詐騙，非常內疚，想告發把他扯進去的那夥人。所以，他拜託外子深入調查。」

比起碰上詐騙，想要告發這種委託更棘手。

北見夫人苦笑，「畢竟大病初癒，或是說剛開始抗癌，無法像身體健康時那樣……外子告訴足立先生，雖能理解他的心情，但這事不好辦。」

而且，若是揭發詐騙集團，足立也可能吃上刑罰。

「外子說服足立先生『更重要的是重建你的生活』，幫他找到工作。」

「眞像北見先生的作風。」

「確實。」夫人深深點頭，微笑道：「於是足立先生放棄告發，唔……至今已過五年。」

然而，因緣際會之下，足立碰上把他捲入犯罪的詐騙集團一員。

「就在他上門造訪前兩、三天，所以是最近的事。」

對本人而言，等於是猶豫兩、三天後，才來找北見。

「他覺得還是不該任那些人逍遙法外。」

我忍不住呻吟，「聽起來不像是純粹的正義感。」

可能是看到對方經濟富裕，心生嫉妒。要做多餘的揣測，多少理由都想得出來。

「可是，五年之間，足立先生都不曾與北見先生聯絡嗎？受到他的照顧，至少該寄賀年卡——」

夫人縮著肩膀，彷彿做了什麼壞事，「五年前外子介紹的工作，他連三個月都沒待滿，覺得丟臉，便不敢再來。」

我又呻吟一聲，不禁失笑。

「噯，這件事最好擱下別管吧。」

「我也無能爲力啊。」

夫人與佛壇上的遺照對望，又縮了縮肩膀，以眼神道歉。

「我抄一下名片上的資料。」我取出記事本，「只是備而不用。」

最後，我們和樂地重提司的神祕女友。辭別北見夫人，回程我沒搭電梯，從水泥牆旁的戶外階梯下樓。

都營住宅土地內有座小型的兒童公園，設有一對鞦韆。我和這鞦韆之間有回憶，也有點孽緣。經過鞦韆旁，不知為何，我的身邊就會有事情開始變化，或是發生。

放在外套內袋的手機響起。這是公車劫持事件後買的新型手機。

來電顯示為「間野京子」，是我們集團宣傳雜誌編輯部的第四名編輯。

喂？她的話聲傳來。

「我是杉村。」

「星期日打擾，真的非常抱歉。」

雖然是間野的聲音，卻不是平常的語調。

「沒關係，怎麼回事？」

我有股不好的預感，這鞦韆果然跟我有孽緣。

「真的很抱歉，但我沒辦法下判斷，所以明知打擾，還是擅自聯絡。」

她的用字遣詞與其說是一絲不苟，更接近僵硬緊繃。我走近鞦韆，單手輕觸鎖鏈。

「碰到麻煩嗎？」

「不，不是麻煩，只是……其實，呃……」

是關於假日上班——她說。

「啊？」

我發出不僅是總編，以代理總編而言也很可笑的怪聲。

「我受聘不到一年，可能是我搞不清狀況……」

間野的語氣僵硬，好似鍬軈鎖鏈的觸感。

「編輯部的各位，假日會帶著工作到家裡集合嗎？」

這說法頗怪異。

「到家裡集合？」

如果是「帶工作回家」，我懂。有時我也會這麼做，不是因爲忙，而是出於各種私人理由，像是比較能長時間專注等等。不過，什麼是「到家裡集合」？

「妳是指，假日到某一個員工家裡集合工作嗎？」

「……是的。」

「現在有那麼急著處理的工作嗎？」我輕鬆回話，但間野一陣沉默。「意思是，我們的員工要求妳去某人家，幫忙某人帶回去的工作？可以這麼理解嗎？」

「是的。」

這句答覆有著安心的音色。

「我沒聽過這樣的例子。當然，若是感情好的員工互相配合，要在什麼時候、以何種形式，幫忙彼此的工作，都沒問題。不過，妳的情況並非如此？」

沉默片刻，間野下定決心般回答：「是的，我接到業務命令，叫我去那個人的家。」

「那道命令無效，妳要拒絕，表示辦不到。妳不妨說會找我商量，得知我們部門沒有這種規矩。所以，妳只是聽從代理總編的指示。」我果斷回道。

「這樣啊……」

「那是剛發生的事嗎？」

「對，一個小時前。我告訴對方臨時找不到人幫忙帶小孩，不能離開家裡。」

「但對方堅持要妳去？」

「是的。」她的困惑與害怕透過手機傳來，「對方說晚一點也沒關係。」

瞬間，我有些遲疑。該深入追問嗎？正因是相當微妙的問題，她才會迷惘。

但我不光是猶豫，也感到生氣。會把間野叫到家裡，命令她幫忙工作的，只有一個人。不必她明講，也昭然若揭。

想到那個人的嘴臉，我差點脫口而出：

「我來聯絡對方，嚴重警告他。這種問題本來就該這麼處理。」

傳來間野細微的呼氣聲，我問道：

「是井手先生吧？」

「……是的。」

「一直以來，對於同一個職場的妳，他經常做出失禮的舉動。」

「因爲我不是正職員工。」

「不是那種問題。聘用妳爲準社員的是今多財團，而不是井手先生。妳沒必要對他客氣。」

謝謝，間野小聲回應。

「妳一定很不舒服吧。不好意思，方便再請教幾件事嗎？」

「好。」

「像這種情況，今天是第一次？」

「這是他第一次叫我去他家。」

「除此之外呢？」

「他說要加班……或討論工作……」間野的話聲變弱。

「強迫妳在非上班時間陪他？」

「……是的。實際上也不是沒有工作，進行討論時，他也對我的工作方式提出批評，或者指導……」

那都是藉口。井手正男在《藍天》編輯部根本沒做像樣的工作──甚至不願意學習，他憑什麼指導別人？

我不禁怒火中燒，「從何時開始的？」

「這一個月左右。園田總編暫時停職後……」

我懊惱得想抱頭。園田瑛子是女主管，對這類情形應該很敏感，而且比起我這個男人，間野也較容易向總編開口吧。如果總編在，井手提出詭異的要求時，間野就能立刻找她報告或商量。

「我完全沒注意到，非常抱歉。」

「不，不是杉村先生的責任。真的不是這樣。」間野一陣慌張。

「不，這就是我的責任。幸好妳今天下定決心告訴我。就算是對我，妳也沒必要客氣。」

「我也有不周到的地方……」

我厲聲打斷她的話，「不能有那種想法。妳一向很努力工作。井手先生的行爲，是不折不扣的性騷擾。不對的是他。」

光是輕視、欺侮間野還不夠，居然想用這種方式支配她，簡直豈有此理。

「這種情況必須妥善處理，我會聯絡井手先生。」

「不，今天我藉口不能丟下小孩，已拒絕他。只要用這個理由搪塞就沒事了。」間野回道。

「但這種情況不能擱置，早點解決不是比較好？」

他似乎在喝酒──間野冒出一句，我懷疑自己聽錯。

「井手先生喝醉？」

「是的，聽起來是這樣。」

「他醉到在電話中都聽得出來，還想找妳過去？」

間野頓時沉默，「他原本就有酗酒的習慣……」

井手喝酒不知節制，甚至會帶著嚴重的宿醉進編輯部。

「他大概是喝醉，失去分寸。呃……聽說井手先生承受許多壓力，之所以酗酒，無法融入現在的職場，也是壓力的緣故……」

這是事實，但間野未免太善良。

「但也不能這樣，就要妳忍耐。接下來的問題可能會讓妳更不舒服……目前爲止，除了感到爲難和厭惡，妳沒受到進一步的實際傷害吧？」

「是的，這一點不要緊。」

她的話聲恢復堅定。

「我明白了，先尊重妳的判斷。不過，要是日後井手先生又糾纏不清，請聯絡我。這才是業務命令。不要一個人悶在心裡，知道嗎？」

「好，謝謝。」間野的語氣總算開朗起來。

結束通話，收起手機後，我放開鎖鏈，鞦韆不穩地左右搖晃。

眞是沒出息，我太無能了。光看井手正男對間野京子的態度，就該預料到他扭曲的憤怒與挫折感，遲早會以這種形式發洩在她身上。

撇開自己的無能，我打從心底感到憤怒。園田瑛子，妳到底在做什麼？快回來職場啊，我們需要妳。

星期一我進到辦公室，便發現井手正男請假。

打工的野本弟接到聯絡，「他好像得了流感，要請假兩、三天。」

十月半就在流感，未免太早。八成是裝病，但井手不在，間野會輕鬆許多，我也容易開口。

我默默思索，注意到間野在和野本弟交換眼神。即使無能如我，也看得出來。

「野本弟也知情？」

我問間野，她歉疚地點點頭。

「碰巧啦。」野本弟立刻打圓場，「這陣子井手先生不斷邀約，間野小姐似乎很困擾，所以我硬是黏在間野小姐旁邊。井手先生擺出超級厭惡的表情，但我因此看出許多事。」

「牛郎小弟」這個綽號並非貶意，野本弟是個極爲細心周到的青年。

幸運的是，月刊《藍天》編輯部處於閒暇時期。趁著午休，我們三人可仔細討論。間野用比通知我時更輕鬆的語氣，告訴野本弟昨天的遭遇。

「太過分了，簡直像電視劇裡的性騷擾上司。」

以加班爲藉口，單獨留下她，讓她做些徒具形式的工作。然後帶她去居酒屋或酒吧，沒完沒了地說教或自誇，試圖打探她的隱私。回程表示要送她，帶她上計程車。確實，是露骨到可笑的性騷擾上司的手法。

「你們一起坐上計程車嗎？」

「只有一次我擋不掉。不過，我藉口要去超市買東西，在途中下車。」

「深夜營業的超市，在意外的地方派上用場呢。」

野本弟語氣吊兒郎當，眼神卻帶著怒意。

間野肯定不願再次回憶，但爲了釐清相關事實，我謹愼詢問她，將她認眞的答覆記在社用箋紙上。

「杉村先生，你打算怎麼做？」

「不怎麼做。依標準流程，我也得問問井手先生的說法，然後向我們的發行人稟報，請他裁決。」要仰賴會長今多嘉親的判斷。當然，我會附上報告。

「趁這個機會，我希望發行人把井手先生調走。對井手先生來說，這樣也比較妥當吧。」

間野和野本弟面面相覷。他們不認識來《藍天》以前的井手正男，也不清楚他成為「流放者」的經緯。這是個好機會。與其讓他們聽信虛實參半的流言，不如好好說明。

「你們知道井手先生原本在總公司的財務部吧？」

「是的，在大本營，對吧？」

在今多集團內部，一般提到「大本營」，指的是物流管理部門。財務部是「金庫管理員」，有時老社員會稱為「大掌櫃」。

「咦，我第一次聽說。」

「井手先生不是一開始就在這裡的老員工，而是森先生——我和總編去採訪的森信宏，從都銀帶來的手下之一。」

所以，他其實是優秀的財務管理專家。

「那他本來是銀行員？」

「嗯，森先生也相當器重他。」

就是這點適得其反。

只要聚集三個人，就容易結黨營私。今多集團裡有數不清的派閥，在森常務董事權勢如日中天時，財務部分為森派與反森派，或可代換為外來財務派與本土財務派。森先生來到今多財團，目的是要改善傳統保守、有許多浪費的財務體質，因此也可說是改革派與守舊派。這兩派人馬動輒反目傾軋。

每一個企業都有類似的狀況，並不稀罕。不論狀況嚴重或輕微，上班族都得在各種勢力關係中泅泳。然而，井手的不幸與疏失，在於他是過度死忠的森派。

「森先生極富領袖魅力，井手先生會尊敬、崇拜提拔自己的人也是理所當然。只是，井手先生太過依賴這一點，沒有建立起派閥以外的職場人際關係。」

因此，當森信宏以夫人生病爲由，出乎意料地很快離開今多財團時，井手等於是被拋下。他覺得被拋棄在失去大將，又沒半名援軍的敵陣中。

純粹是「他覺得」，實際如何不清楚。從岳父那裡聽到這些事時，我猜想井手身邊的人際關係糾紛，至少有一半是來自於他的挫折製造出的被害妄想。

「他是個優秀的人，所以對部下十分嚴厲。這並不是壞事，但如果待人嚴厲，有時反過來受到嚴格檢視，也是沒辦法。」

「換句話說，很簡單啊，就是狐假虎威的狐狸，失去老虎的依靠，無法繼續逞威風。」

「這樣講他未免太可憐。」間野勸野本弟。

牛郎小弟目瞪口呆，「間野小姐善良過頭了吧？」

「噯，然後，」我闔上社用箋紙，「井手先生就自我放棄了。」

「他過量飲酒，也是從那時開始嗎？」間野問。

「嗯，他原本就愛喝酒，但不會帶著宿醉來上班。」

野本弟瞇起眼，「傳聞他的老婆離家出走。」

「聽誰說的？」我苦笑。

「『睡蓮』的老闆。」野本弟滿不在乎地回答。

是在這棟大樓一樓開店的咖啡店老闆，和我挺熟的。不知爲何，老闆對今多集團內的大小事十分敏感，有時他以獨門天線攔截到的情報，是我遲鈍的耳朵就算過一百年也打聽不到的消息。

「不曉得是不是太太單方面離開，不過他們似乎分居中。」
「孩子呢？」間野蹙眉問。
「跟太太一起住，聽說是念國中的女兒。」
「那就更寂寞了吧。」
「幹麼這麼溫柔？間野小姐，妳這樣不行。」
妻女離家，在晴朗的星期日，除了喝酒無事可做。我忽然理解昨天井手的部分心情。渴望關懷，想確定自己仍有影響力。動機雖能理解，但手段無法恭維。
負責推動今多財團這艘巨艦的主引擎之一的井手，失去領袖森信宏後，開始迷失。他不斷與新上司產生衝突，又與同事不和，遭到部下抵制。於是，他被降級，摘掉頭銜，趕出財務部，在相關部門四處流離，最後流浪到今多會長出於消遣設立（他只能這麼想）的廣報室。《藍天》在他眼中，頂多僅有巨艦甲板上的遮陽傘般的價值吧。
但岳父就是希望他能改變那種價值觀，才會調他過來。拋開財務人員的目光，放眼集團全體。一旦打開視野，俯瞰做為一個有機體的今多財團，小小的自尊心根本微不足道。
——不好意思，在他醒悟前，請你多多擔待。他絕不是傻子，只是迷失了自我。
岳父這麼對我說。我在岳父的話中感受到溫情，也想幫助井手。提出井手的異動申請，對我是個挫折。我辜負岳父的期待。
「井手先生來到這裡，才十個月左右吧？」
間野是早井手兩個月的前輩。雖然在他看來，這一點應該沒有意義。
「他到現在連ＥＸＣＥＬ都不會用。」
「那是他的抗議方式吧。對會長很抱歉，不過要讓井手先生重新振作，還是允許他參與財務工作比較好吧？編輯社內報，領域未免差太多。」

「怎麼不乾脆辭掉他？」

「正職員工沒辦法輕易開除。」

跟打工人員不一樣。聽到我的話，野本弟搔搔頭說：「甘拜下風。要是我至少能成爲準社員就好了。」

今多財團的準社員，待遇和打工人員一樣，不同的是，可加入全體準社員組成的工會。這麼一提，間野也能向準社員工會呈報。但她沒採取那種方法，而是聯絡我，表示我雖然是無能的代理總編，還有點人望嗎？或者，這是出於她的善良？

我很快就曉得兩邊都不正確。只見間野垂下目光，小聲問：「這次的事，杉村先生的夫人也會知道嗎？」

我頓時一僵。

「我認爲沒必要讓內人知道。」

原來間野是在擔心這一點。

「夫人好意把我安插進來……」

「沒必要煩心，不是妳的錯。」

「就是啊，間野小姐才是被害者。」

野本弟附和，但間野小姐依然愁眉不展。

「像我這種人，居然能進入這樣的大企業工作，本來就太厚臉皮。」

野本弟橫眉豎目，「間野小姐，妳是不是被井手先生洗腦啦？園田總編說他簡直把間野小姐當成酒店小姐……」

野本弟慌忙摀住嘴巴。

「——對不起。」

「男性對美容沙龍不熟悉，遭到誤會也沒辦法。」間野安撫道。

「不是誤會，井手先生是故意的。」

「我沒有學歷，也沒有在公司任職的經驗……」

「間野小姐的工作表現很好啊。比起井手先生，妳才是優秀的編輯部成員。別那麼消極。」

間野京子已結婚，有個四歲的兒子，丈夫是半導體工廠的技術員。兩人工作都很忙，彼此扶持養育孩子，但一年前，丈夫以兩年爲期限，一個人前往孟加拉的新工廠任職。夫婦雙方的父母都在遠方，沒辦法託他們照看孩子——我的妻子得知其中原委，便把她挖角到集團廣報室。

「也是有當鐘點美容師的選項……」間野低喃，「但我有點想看看外面的世界，於是忍不住接受夫人的好意。我決定得太輕率。」

「我們集團廣報室需要新戰力，妳可不能忘記這一點。」我應道：「我們不是全看妳的需求錄用的。畢竟我們的發行人沒那麼好說話。」

「就是啊！」野本弟朗聲斷言，忽然又退縮，「我不認識會長，不過一定是這樣。」

間野恢復笑容，我不禁埋怨道：「果然少不了總編。」

兩人望著我，我露出苦笑：

「有園田瑛子盯著，井手先生就不敢輕舉妄動吧。」

「這我倒是無法預測，不過總編不在，確實挺無聊。」

聽到野本弟的話，間野點點頭。

「我一直沒提，是擔心聽起來像在催促就太過意不去，但是不是應該去打聽一下情況？總之，在園田總編回歸戰線前，我會確實盯好井手先生。」

然而，以結果來看，我的保證失效，或許該說沒用了。因爲兩天後，情勢急轉直下。

總公司人事管理課找我過去。只見總公司行政人員隸屬的工會，俗稱「白色工聯」的涉外委員也在場。這種情況，「涉外」的對象是指公司內部的管理階層。

主要是一個姓兼田的涉外委員向我說明。

「申請停職？」

「是的，昨天本人提出的。同時希望工聯調解人事糾紛。」

我一時說不出話。

「不曉得是怎樣的糾紛？」

戴銀框眼鏡的兼田委員年約三十上下吧。人事課職員約五十五歲，是個頭髮班白、蓄小鬍子的大叔。

「一言以蔽之，就是濫用職權。」

我更加震驚得說不出話。

「我……對井手先生？」

「受理的內容確實如此。」

兼田委員打開手上的檔案，將印得密密麻麻的幾張A4文件遞給我，「這是井手先生的調解申請書。我們得到本人同意，杉村先生也可以看，請過目吧。」

字距與行距都極小的文件上，洋洋灑灑陳述著《藍天》的代理總編杉村三郎如何利用今多會長女婿的身分，對井手正男施加不正當的迫害。

對我來說，這根本全是妄想情節，更令人噴飯的是——

「這裡提到準社員的間野小姐和打工人員野本也與我勾結，策畫讓井手先生在職場難以容身。」

「看來是的。」

「這並非事實。我就不必說，間野小姐和野本工讀生也沒做這樣的事。」

「接下來的調查，將會查明這究竟是不是事實。」

兼田委員的銀框眼鏡稍稍滑落。

「既然收到調解申請，工聯不得不介入，請理解。」

「至於因病停職一事，申請人附有診斷書，今天就受理了。」小鬍子人事大叔說：「今後兩週一次，我們的負責人會與本人面談，確定健康狀況，再判斷是要復職，或繼續停職。」

「他生什麼病？」

「那裡有精神科醫師的診斷書。」

我瀏覽釘在文件最後的診斷書，症狀包括長期失眠、食欲不振、抑鬱狀態，至少需要兩星期的休養與治療嗎……？

「不是酗酒的診斷啊。」我脫口而出。

兼田委員的眉毛一挑，「井手先生有酗酒問題？」

「帶著宿醉來上班，在會議室睡覺，不算酗酒問題嗎？」

我實在火大，說起話氣勢洶洶，「我可以在這裡為自己申辯嗎？」

兩人同意，我便將井手正男至今為止如何怠忽職守，及最近引發的問題——間野京子蒙受的性騷擾事件一五一十道出。

「我準備等井手先生來上班時，詢問他關於性騷擾的事。我們一直以為他是染患流感在家休息。沒想到，他居然請有薪假去看精神科，拿診斷書向工聯哭訴。」

「我懂了。性騷擾的問題，我們會在這場調解中查個水落石出。」

兼田委員銀框眼鏡底下的目光稍稍和緩。

「工聯也不是一味站在工會成員這邊。調解是為了找到對雙方都公平而務實的解決方案。」

「若是那樣就太好了。」

「井手先生是上去又回來的，而杉村先生在公司的立場又十分微妙。工聯會充分考慮到這部分。」

這裡說的「上去又回來」，是指高級管理人員被降爲基層員工，成爲工聯會員（得到加入工會資格）的情況。姑且不論這一點，原來我對今多財團而言，是「微妙」的存在嗎？微妙，多麼方便的形容詞。

小鬍子大叔稍微向兼田委員使了個眼色，傾身向前道：「變成順帶提起，眞不好意思，不過園田小姐已決定返回職場。」

想必是我的臉上充滿毫不保留的放心與安心，兩名「今多人」似乎有些詫異。

「昨天我們進行面談，確認她回歸職場的意願。她氣色不錯，下週一開始上班。她大概會在今天聯絡各位。」

不管是順帶還是什麼，總之實在是好消息。對間野小姐來說，也是個援軍。

「杉村先生的立場特別，會長應該會親自告訴你。不過依程序規定，我們也通知你一聲。」

短暫的時間內，一下氣憤一下開心，情緒像坐雲霄飛車，我不禁變得敏感起來。這回是「特別」啊。我忍不住反問：「特別是什麼意思？」

「唔，就是……集團廣報室是直屬於會長。」小鬍子大叔困窘地笑。

杉村三郎直屬於會長，是這個意思？

「謝謝你們的用心。」

話語夾雜嘲諷，我眞沒風度。

「那就麻煩你了。」

小鬍子大叔站起。目送他離開後，兼田委員轉向我說：「今後展開調解調查，會需要集團廣報室的各位撥出時間。我們會盡量在不妨礙業務的情況下進行調查，請多多配合。」

「好的。如果園田總編回來，業務就完全沒問題。」

事情應該已交代完畢，兼田委員卻有些欲言又止——我正這麼想，他便開口：

「我是聽人事課說的，園田小姐似乎眞的是PTSD。」

創傷後壓力症候群。大概是被捲入公車劫持事件，身心變得不穩定吧。

「畢竟被人拿槍威脅，這不奇怪。」

「那杉村先生呢？」

「我嘛……會不會產生PTSD症狀，應該有個人差異吧。」

兼田委員的單眼皮在銀框鏡片底下眨了眨，「聽說園田小姐曾是工聯的委員，雖然我沒和她共事過。」

那是我和今多家聯姻前的事，我也沒聽園田瑛子提過。

「是在集團廣報室成立前吧，我不曉得此事。」

「那個年代的女員工，很多都長年在工會活動。因爲女性沒辦法成爲主管。」

園田瑛子是《男女雇用機會均等法》實施前，女職員全被概括成「Office Lady」的世代。公司不期待女員工負責庶務範圍外的業務，雖然能夠免去工作上的重責和調動，但不可能成爲管理人員。

「就連現在，集團廣報室的總編也不是正規的主管職。即使園田小姐辭掉委員工作，仍是工會成員。」

這應該是事實，只是我不懂兼田委員想暗示什麼。

「難不成園田也要求工聯調解？」

兼田一陣狼狽，急忙擺手，「不，不是的。關於園田小姐的停職，完全沒有我們介入的必要。」

只是——他支吾一會後，「關於園田小姐停職的理由，杉村先生有沒有聽說什麼？」

我不禁愣住，「沒有。」

「因爲很突然，她甚至沒向編輯部的各位說一聲，你不覺得奇怪嗎？」

確實事有蹊蹺，但那是與暮木老人的眞實身分有關的謎團，和公司完全無關。

「由於剛碰上那種事，我並不覺得奇怪。」

「這樣啊……」他的銀框眼鏡又稍稍滑落。

「我和園田總編透過工作，建立起一定的信賴關係。但這次的事件，純屬飛來橫禍，園田小姐一定受到極大的創傷。我不曉得PTSD確切的症狀，但如果本人能向不是醫生也不是諮詢師的我，清楚說明哪裡不舒服，是不是就沒必要停職？」

正因有說不出的苦，才非求助醫生不可吧。公車遭到劫持時，一開始園田總編用她一貫的風格對抗老人，卻漸漸失去心靈的平衡，我在旁邊看得一清二楚。

所以，她沒辦法向我坦承自身的狀態。她非常好強，應該會覺得沒面子，又感到窩囊吧。

兼田委員苦著臉點點頭，又忽然抬起眼，低聲強調道：「抱歉，這件事請不要外傳。」

我故意誇張地瞪大眼，回望他的銀框眼鏡，「什麼事？」

「由於被捲入某起事件，留下心理創傷，園田小姐以前也像這樣停職過。」

那是很久以前的事，他說：

「園田小姐進公司第七年，約莫是二十八、九歲。」

園田瑛子是大學畢業後進公司，今年五十二歲。「大概二十五年前嗎？那眞的很久了。」

「是的，算是陳年往事。」兼田委員依然苦著臉，「好像是當時的女員工研修發生狀況。」

他不了解細節，也沒查到紀錄。

「我只是聽到一些傳聞而已。」

「傳聞的出處，是工聯的夥伴嗎？」

兼田委員沒有心虛的樣子，「是的，對方是和園田小姐同梯的女職員。順帶一提，園田小姐那一梯的女員工，只剩她一個人，其他全部離職。而告訴我這件事的人，當時不在現場，不清楚詳情。」

據兼田委員說，由於那起「事件」，園田瑛子才會在今多財團總公司的員工中，受到另眼相待。

「原來園田瑛子跟我一樣，是『特別』的。」我語帶挖苦。

「不是那種意思。」兼田委員一本正經，「不過，園田小姐被捲入的那起事件，情節似乎非常嚴重。傳聞會長──當時還是社長，親自出馬收拾善後。」

我頓時忘記冷嘲熱諷，打從心底吃驚。

「從此以後，同梯的員工之間有個默契：園田小姐是特別的，所以──集團廣報室設立十年以上？」

「十四年了。」

「那名女員工說，園田小姐會被拔擢爲總編，也是會長特別關照。」

我模糊地想著，「園田瑛子是今多嘉親會長情婦」這個根深柢固的流言，也就是誤會的源頭，是否在於此處？

我直視兼田委員，開口道：

「或許不該問工會委員這種問題，不過，無論曾發生什麼事，一個大企業的領袖，會關照一名基層員工長達二十五年嗎？」

兼田委員揚起嘴角，眼鏡幾乎滑落，他用手指推回去，「也對。只是，換成我們的會長倒是不無可能。這是否不像工會委員該說的話？」

我也跟著笑起來。比起假裝憤世嫉俗，這樣輕鬆許多。

「抱歉，提出奇怪的問題。」

我這人就愛八卦新聞，兼田委員繼續道：

「若要讓我辯解，工聯的幹部平均年齡偏低，而且異動頻繁，大多不清楚以前的事情。所以，從我們這一代開始，積極想留下個案研究。重新檢視過往的糾紛案例，也是此項工作的一部分。」

但是，不曉得園田瑛子究竟碰到什麼事。

「只知道確實出過狀況，給人一種禁忌的印象，或是說遭到封印、凍結。」

那是岳父收拾善後，下令隱蔽的禁忌。

「正因如此，我擔心園田小姐這次的停職，和過去的事件有關。畢竟其他人質都沒大礙——像杉村先生，不也看起來好端端的？」

兼田委員摘下眼鏡，拿口袋巾擦拭鏡片。

「以我的立場，是可以問問會長。不過，要以園田小姐的意願為優先吧？我無法插手，刺探她不希望別人重新挖開的舊傷。」

「當然。要是有冒犯之處，我道歉。」

聽到對方坦白的道歉，我不禁望向指尖，搔搔鼻梁。

「唔……如你所說，這次總編的停職非常突然。坦白講，對於她遲遲沒有任何解釋，我並未感到疑惑或不安，但還是頗為擔心。」

兼田委員捏著口袋巾，點點頭。

「她很早就被釋放，而且直到攻堅前都和我在一起的人質，至今皆無明顯的後遺症。為何只有園田小姐出現異常？若說有什麼不明白，就是這一點。不過，別嫌我囉嗦，這終究是心理問題。」

我是在說服自己，別做多餘揣測。

二十五年前，園田瑛子曾遭受衝擊性的心理創傷，公車劫持事件勾起回憶。果眞如此，就能夠解釋她與暮木老人對峙時的情緒變化。假使問題不在公車劫持事件，而是過去的心理創傷，當下那種不像她的混亂反應，也就不難理解。還有，她與老人那段神祕的對話：

「我知道你這種人。」

「妳一定有過非常痛苦的回憶吧。」

「痛苦的回憶」若指的是二十五年前的事件，一切都說得通。

不過，追究往事又能怎樣？北見夫人不是說，公車劫持事件已落幕。把我們玩弄於股掌之間的清瘦老人，是個身無分文的孤單老人，而他早不在人世。事到如今，執著於他的眞實身分有何意義？

「或許你知道，兩年前集團廣報室曾碰上麻煩。」

「杉村先生個人也歷經可怕的遭遇。」

「幸好眾人平安無事，而我因此習慣面對事件，才能繼續活蹦亂跳。或許是我神經太大條吧。」

我輕輕笑道。

「園田小姐恐怕亦是勞心過度。不是爲了二十五年前的往事，而是兩年前和這次的事件接連發生，才會一時撐不住。」

兼田委員重新戴好眼鏡，點點頭，「是啊，確實還有兩年前的事件。看來我做出錯誤的臆測。」

不過，兩年前那一次，園田瑛子並未申請停職，反倒是爲了做好總編的職務，堅強地振作起來。實際上，她也一直幹勁十足地工作。

「那麼，要個別詢問編輯部成員時，我會再聯絡。」兼田委員站起。

我們在友好的氣氛中道別。我不停告訴自己，別再想了。

「是誰幫我整理辦公桌？」

這是集團廣報室室長兼集團宣傳雜誌《藍天》總編園田瑛子，回歸後的第一句話。

她穿著我們熟悉的、不像上班族的民族風衣裳，今天在色彩上也格外用心。雖然瘦了些，但面色紅潤，舉止靈敏有朝氣。

我不禁放下心。

「我們兩個一起整理的。」悄悄舉手的間野和野本弟也面露笑容。

「這樣啊。沒丟掉重要的東西吧？」

「我們什麼都沒丟，只是把桌上堆的雜物整個移到紙箱，放進會議室的寄物櫃。」

解釋之後，野本弟小聲補一句，「因爲根本看不出哪些是重要的東西。」

總編的回歸，不需要講究排場的儀式或招呼，僅僅確定今後的行程，決定工作順序。由於先前接下整理森信宏的長篇訪談、編輯出書的重大任務，她詢問：

「我休息的時候，企畫中止了嗎？」

「對，是森先生的要求。」

我們在拜訪他的歸途遇上公車劫持事件，園田瑛子甚至停職休養，森先生難過不已，要求等她回歸職場後，再繼續進行企畫。

「眞是教人困擾的好意，還以爲早就弄完。我可不想再去聽那種老頭子吹噓往事。」

刻薄的言詞證明她已完全恢復，但森先生的訪談姑且不論，不想再前往「海星房總別墅區」應該是她的眞心話吧。我也不想逼她這麼做。

「之前累積的訪談，分量足夠出一本書。接下來只要重新編輯分章……」

「那杉村先生你負責，出版社那邊我去交涉。」

「好的。」

於是，我們編輯部重回軌道。

面對園田總編的復活，我似乎比想像中欣喜。她彷彿從未停職般工作一星期，休息一個週末，又到星期一，仍若無其事來上班。這天晚飯的餐桌上，妻子對我說：「你看起來很開心。」

「咦，什麼？」

「你看起來每天都很開心。」

「因爲我鬆了一口氣啊。」

「這下公車劫持事件總算告終。對你來說，在園田小姐回來前，事件都不算眞正結束。」

或許吧。看到園田瑛子比預期中更有精神的模樣，我不禁覺得與事件有關的各種不透明疑雲，全都無關緊要。我總算從悶悶不樂地叫自己別再胡思亂想的作業中解脫，或者說忘懷。

「眞好。」

還在用餐，妻子卻像沒規矩的孩童般托起腮幫子。

「我好羨慕。」

你很喜歡園田小姐呢，她繼續道。

「喂喂喂。」

「哎呀，我沒有奇怪的意思，別誤會。」

菜穗子瞇起眼笑道。今晚桃子去大舅子家玩——正確地說，是去請表姊彈鋼琴伴奏，練習詩歌朗讀，所以家裡只剩我們夫妻。用餐的時候，順便開了紅酒。妻子的眼角淡淡泛紅，就是這個緣故。

「我覺得工作上的夥伴眞不錯，因爲我沒有這樣的經驗。」

「今後試試看？」

聽說孩子上學後，母親會感到寂寞。多出時間，也變得悠閒。菜穗子早有心理準備，配合桃子就學，增加從年輕時就不曾間斷的圖書館義工服務時數，並且開始上烹飪教室。我蒙受後者不少恩惠，雖然偶有失敗品，但也令人覺得可愛。

「你是說出去工作？」

「不一定是工作，結交些夥伴就行。」

不是朋友，是夥伴——我強調。

「一起執行某些任務的夥伴。」

菜穗子拿著紅酒杯，接過話：「比方開店？」

一下就跳到這裡？

「這有點……」

看我一臉狼狽，妻子噗哧一笑。

「開玩笑的。我上的烹飪教室，有同學準備開餐廳。」

「如果要做生意，光挑選地點就是個大問題。」

「聽說要把自家改建成餐廳。那個人住在白金地區，打算以附近的貴婦太太爲對象，供應精緻餐點。不是要做什麼誇張的事業，不過是認眞在計畫的。」

「難道那個人找妳幫忙？」

妻子沒立刻回答，啜飲一口紅酒。
「我只是在想，去幫忙或許滿好玩。」
表情別那麼嚴肅，她提醒道：
「我很清楚自己有多無能。」
「妳不是無能，是身體不好。」
廚師必須站著工作，其實非常需要體力。不管名稱叫大廚或甜點師傅，都是不可動搖的事實。
我不禁憶起前野芽衣的夢想，妻子也察覺到這一點。基本上，我對妻子向來毫不保留（這陣子的例外，只有間野京子遭遇的性騷擾事件），她知道我和那些人質保持聯絡。
「那個想成爲甜點師傅的女孩。」
「嗯，前野小姐。」
「後來她怎麼樣？」
「好像還在賺學費。不管怎麼樣，她想進的廚師學校，都得等到春天才能入學。」
「跟我上的那種悠閒的烹飪教室比起來，要正式許多呢。」
杉村菜穗子今晚有點自虐，平常她不會如此自貶身價。
「我該去考個廚師執照嗎？」
到學校正式修業，她說。
「不錯啊。如果廚房裡有張證照，我也覺得驕傲。」
「眞的？父親會開心嗎？不論幾歲，只要孩子努力朝目標前進，父母都會感到高興嗎？」
總覺得不太對勁，連喝酒的速度都比平常快。妻子朝酒瓶伸出手，我搶先爲她斟滿杯子。
「今天喝得眞快。桃子回來前，妳會先醉倒。」

「沒關係，嫂嫂會送她回來。」

「那更不應該睡著啦。」

我仔細觀察妻子的神情。

「妳怎麼了嗎？」

「沒事。」

眼睛和嘴巴都背叛她的話。

「只是覺得有點沒意思。」

「爲什麼？」

妻子靠在椅子上，嘆口氣。

「我被桃子甩了。」

妻子要陪桃子去哥哥家練習，桃子卻拒絕說「媽媽不要跟來」。

「在練習得更完美前，她不希望我聽見。」

「那是想得到妳的稱讚啊。」

「或許吧。可是，你不認爲『不要跟來』這句話很殘忍嗎？」

「這表示桃子萌生自我意識，不是很棒嗎？」我笑道。

沒意思，妻子又噘起嘴。那表情和鬧彆扭的桃子一模一樣。

「這就是所謂的空巢期嗎？」

「是空巢期前的熱身運動。」

「我也得建立自我才行。得重新培養自我嗎？」

「這是很有意義的，太太。」

「反正，有工作的你是不會懂的。啊～啊，不如我停職不幹主婦和母親？這樣你和桃子會稍微傷腦筋嗎？」

那當然，我保證。

約莫一小時過後，桃子踏進家門，妻子和送她回來的嫂嫂聊天，心情似乎好轉。我不打擾女人家的相處，到書房檢查電腦和手機郵件。

說曹操曹操就到，前野小妹傳訊過來。今天下午，她在當地銀行的大廳巧遇田中。

「田中先生手術成功，但他埋怨腰的狀況依然不理想。」

前野辭掉「克拉斯海風安養院」的廚房打工，改到住家附近的麵包店工作。她在店裡碰到田中的太太，對方還向她打招呼。

「小啓總算熟悉工作，卻一直抱怨很累。杉村先生和園田小姐都過得好嗎？」

我向三人報告過園田瑛子已回來上班。年輕情侶相當高興，田中沒回信。不過，我們都是中年大叔，交換太活潑可愛的訊息也挺怪，沒消息就是好消息。

坂本在公車劫持事件後找到工作，是在市內擁有廣大服務區域的清潔公司。雖然有三個月的試用期，但他似乎順利融入職場。不過，對年輕的他而言，這份工作在體力上仍相當吃重。

「假日都在睡覺，根本沒時間約會。」

本人這麼埋怨，但約會對象的前野爲他找到正職開心不已。

在海風警署的停車場，坂本遠遠望著西裝筆挺、站在車旁與前野談笑的橋本眞佐彥，低聲呢喃的那句話，依然留在我心中。姓氏只差一個字，境遇卻是天差地遠。

加油——我只能爲他祈禱。

「內子可能是受到前野小姐影響，想正式學烹飪。妳經常成爲我們家的話題。」

我輸入訊息。善良芽衣的笑容和哭相，是那個事件中美好的回憶。

「園田總編也很好，她操人操得很凶。」

我附上苦笑的表情符號傳送出去。

野本弟提議在進入忙碌的校稿期前，先來慶祝總編回歸職場。

「我知道有家超好吃的中華餐廳，一個人兩千圓就能享用全餐及喝到飽！」

地點在新橋車站徒步五分鐘的地方，我們都覺得可疑。

「那種價錢喝到飽……」

「我對牛郎小弟的『好吃』定義感到不安。」

間野請保母帶小孩，加入我們的行列。於是，在首都圈企業標榜「不加班日」的星期三，集團廣報室四人組朝那家店勇往直前。

那不是中華餐廳，是一家位在辦公大樓區的巷弄裡，掛著紅門簾的古雅拉麵店。而且店內空蕩無人。

「喏，你們看。」園田總編不知爲何很開心，「窮打工生的『超好吃』就是這種程度。沒關係，我要生啤酒、煎餃和叉燒麵。」

「總編，可別只憑印象下定論。噯，坐吧、坐吧。」

除了吧台以外，就是榻榻米包廂座，而不是卡座。從格局來看，以前似乎是居酒屋。穿白色罩衣的老闆，以不流暢的日語詢問要什麼飲料。送來涼水和熱毛巾的女人應該是他的妻子，一樣以不流暢的日語微笑寒暄。

「好久沒看到在那種地方擺電視的拉麵店。」

發現吧台斜上方，鎮坐在天花板附近的老舊十四吋映像管電視，間野感動無比。畫面映出傍晚的新聞節目。

「頭兒，菜色就交給你！」

心情大好的野本弟喊著，總編又虧他，「什麼頭兒，裝熟客。」

然而，當冰涼的啤酒和三種涼拌前菜送來時，我們大吃一驚。接著是乾燒蝦仁、天津飯、炒空心菜、奶油汁煮白蘆筍等，料理迅速完成並端上桌後，我們更是跌破眼鏡。每一道都美味至極。

見大夥沉默不語，野本弟得意洋洋，「瞧瞧，我沒騙你們吧？」

我們覷著熱情微笑的老闆夫婦，一面吃喝，一面吵著問野本弟怎麼發現這家店，還有一個人兩千圓（而且店裡依舊空蕩蕩）生意要如何維持。

「如果交給老闆，都是這些菜色嗎？」

「沒有，可以自己選。今天我是幹事，所以挑我喜歡的。」

「野本弟喜歡的菜，跟我家小孩幾乎一模一樣。」間野笑道。

總編拍拍野本弟那學傑尼斯卻四不像的長髮，「你腦袋裡只有四歲，懂嗎？」

「太過分啦。我的味覺是不折不扣的大人啊。這是大人祕密基地的中華料理店！」

「還祕密基地咧，你要躲誰？想要祕密基地，得等到變成杉村先生這種立場微妙的大人，才有資格說。這個人身上背負的東西可多了。」

好久沒聽到這樣調侃我的園田式發言。

「杉村先生，原來你背負著這麼多東西嗎？」

「是啊，這是甜蜜的負荷。」

總編換成紹興酒，然後發現間野其實挺會喝，氣氛更加熱鬧。

「如果井手先生能夠淡忘過去的榮耀，快點跟我們打成一片，現在就能一起開心地吃吃喝喝。」

總編忽然嘟噥。野本弟手中的調羹滑落，一副遭遇奇襲的模樣。

「啊，抱歉。可是，工聯不是來過聯絡？說要找我們進行調查。」

昨天剛接到通知，似乎要對編輯部三名成員分別問話。

「工聯的人未免顧慮太多，明明最好盡快採取行動，上星期卻還在觀望，看我能不能正常回歸職場，豈不是給井手先生在那裡大放厥詞的機會？」

「妳一回來就鬧出這種事，眞抱歉。」間野果然率先道歉。

「妳在說什麼啊！是我不該缺席，井手先生必須有人盯著。像他那種人，對男人拒之千里，對女人卻愛撒嬌。」

「性騷擾是對女人撒嬌？」野本弟頻頻眨眼，「不是瞧不起女人？」

「瞧不起女人，就是在對女人撒嬌，認爲女人一定會原諒自己。」

原來如此，有這種說法嗎？

「既然都到這個節骨眼，我就毫不保留全說出來，大家也不必客氣。」

醉醺醺的總編睨著我。

「事情的始作俑者，就是這個窩囊女婿沒辦法違抗會長的命令。原本我們沒必要接收井手先生那種沒用的包袱，集團廣報室又不是更生機構。」

對不起——我裝出俯首聽訓的模樣，間野和野本弟都不敢接話，一陣困窘。就在這個空檔，電視新聞的播報聲吸引我的注意。我聽到「報紙販賣店」這個關鍵字。

我轉身仰望電視機，看起來像在報導社會案件。畫面出現灰泥外牆的建築物，有白字跑馬燈。

上菜告一段落，老闆夫婦悠閒地看電視。剛剛他們說從四川省來到日本第二年，還在學習日語讀寫，所以營業時間都開著有字幕的電視節目。

「台東區的報紙販賣店發生一起命案。」

這次我清楚聽見記者的話聲，轉身面向電視。

「音量能調大一些嗎？」

老闆娘操作遙控器。女記者站在路燈光圈中，緊張地拿著麥克風。

「今天傍晚五點左右，死者高越勝已來到報紙販賣店找男性友人談判，演變成爭吵，疑似遭對方刺傷。高越返回距離現場約一百公尺的自家公寓，男性友人則逃逸無蹤。男性友人是在這家販賣店工作的四十多歲店員，據目擊者表示，他穿藍夾克、牛仔褲與白運動鞋，逃往東京地下鐵稻荷町站方向。目前警方正在搜索他的下落。」

我在計程車裡撥打手機，北見夫人立刻接聽。我告知現在正前往她家，她回道：

「抱歉，讓你擔心了。」

司也中斷加班回家。這表示我的推測並非杞人憂天，新聞中犯下命案的台東區報紙販賣店員，就是拜訪過北見家的足立則生。

「當時足立看起來那麼想不開嗎？」

「看不出來啊……他是個老實的普通人。」

一旦過度老實的人動怒，往往會無法克制。

「外子已不在，足立先生應該不會來我家。」

「或許會打電話過去。」

計程車駛入青山地區的街道時，司打電話給我。他剛到家。

「雖不認爲足立會再來我家，可是，如果他眞的殺了人，現在一定慌得六神無主，所以……」

從電視新聞的報導看不出究竟，不過與被害者發生爭執後，足立則生立刻逃走，應該什麼都沒帶。

計程車無法進入南青山第三住宅的土地範圍。我在門口下車，小跑步穿過兒童公園的鞦韆旁。鞦韆靜靜垂掛在黑暗中，只見窗燈齊整並排，遙遠的路燈下，有個牽狗散步的孤伶伶人影。

在修補工程中裝設的電梯，位在建築物深處一隅。我快步經過中央的戶外階梯前方時，階梯旁的垃圾場後方有個人影移動，像是迅速彎下身體。

我停下腳步，凝神細看人影活動的位置。

有個人蹲在一排垃圾桶後方。

「不好意思……」我出聲。「不好意思」與「微妙」一樣，是相當便利的詞。不管是請人幫忙按電梯樓層，或是搭訕躲在都營住宅垃圾桶後方的可疑人物時，都同樣可以拿來使用。

人影蹲著不動。

「你在找東西嗎？」

我下定決心走近垃圾桶，朝人影探出上半身。

人影如彈簧般站起。下一瞬間，一團小垃圾袋飛過來，我反射性地雙手接下，這回換垃圾桶的蓋子飛過來，我沒能完全閃開，臉被砸到，一股惡臭撲鼻。從垃圾筒後方跳出的人影，雙手推開踉蹌的我，朝我來時的方向衝去。

跌倒的我單手撐在地上，大聲問道：「是足立先生嗎？」

逃走的人影像被鉤子扯住般停下。那是個不胖不瘦的中年男子，穿藍夾克、破舊牛仔褲、運動鞋。右邊的鞋帶似乎快鬆脫。

對方回過頭，只見他臉頰凹陷，在路燈下白得不健康。頭髮凌亂，喘得很厲害。

他兩手空蕩蕩。我後知後覺想到，剛剛我也可能不是被推開，而是被刀子刺中。

我起身想走近他，又打消念頭，話聲自然放低。

「足立則生嗎？五年前，你曾委託北見一郎調查吧？前些日子，你來拜訪過北見夫人。」

足立則生喘著氣，緩緩搖頭。

「不是嗎？你不是足立先生？」

「——不是我。」

他的話聲走調沙啞。

「高越那傢伙闖進店裡，說我是跟蹤狂，所以……」

與其說是發抖，他的身體更像在不靈活地搖晃。

「所以你們吵起來？」

「可是我沒殺他！」

足立則生倏然縮起肩膀，彷彿被自己激昂的話聲嚇到。

「好，我懂了。」我慢慢攤開雙手，「冷靜談談吧。我叫杉村，跟你一樣，受過北見先生的照顧。前些日子，北見夫人向我提到一些你的事。」

足立則生維持隨時都能逃跑的姿勢，瞇起眼打量我。

「你是北見先生的朋友？」

「只在他過世前有短暫的往來。」

足立則生尖瘦的臉上，浮現孩童般坦率而毫無防備的悲傷神色。

「北見先生真的死了？」

「嗯，非常遺憾。多麼希望他能再長壽一些。」

藍夾克胸口又劇烈上下起伏。他十分慌亂、激動，無法平順呼吸。

「那個姓高越的人，和五年前的春天你委託北見先生調查的事情有關嗎？」
「你認識我？」
「聽說你不小心上當，參與詐騙行爲。」
他點點頭，「高越就是拖我下水的詐騙集團成員。」
「你是最近才又碰巧遇見他嗎？」
「他搬到我負責的地區。我去推銷報紙，他出來應門……」
眞是恐怖的巧合。
「你嚇一大跳吧。」
「他也嚇到了。」
足立則生忽然像痙攣般短促地笑。
「起初他還裝傻。」
他又僵著身子發抖，垂下頭。據我觀察，他的夾克、牛仔褲和運動鞋都沒有血漬。
「我告訴他，之前的事我記得一清二楚，不妨上警署說個明白，他就慌了。」
這不只是口頭威脅，所以足立則生才會去找北見一郎。
「你跟高越談過好幾次嗎？以前是不是也發生過爭吵？或者，高越反過來恐嚇你？」
爲了將他留在原地，我連珠炮般提問。只見足立則生的眼神游移，望向我身後。
回頭一看，原來是司。他顯然是匆匆下樓。大概剛從公司回來，只脫掉外套，拿下領帶，沒換衣服。
「我估計杉村先生快到了……」司喃喃低語，直盯著足立則生，「這個人——」
足立則生總算轉過身。他望向司，眨著雙眼。
「你是北見先生的兒子嗎？」

對，司點點頭。

「原來他有個這麼出色的兒子。」

足立則生忽然皺起臉，用手背大力抹了抹人中處。

「我眞是個沒藥救的傻子，不該來的。」

對不起——他向司行禮。

「北見先生已死，不能再依靠他，可是我沒有去處，忍不住就……」

我和司互望一眼，司上前一步，開口道：

「如果你不嫌棄，我可以幫忙。足立先生，我們母子和這位杉村先生都了解狀況。你來這裡是對的，我們一起去找警察吧。」

足立則生用手背按著臉，拚命搖頭。

「你沒殺害高越勝巳吧？既然如此，沒什麼好怕的。向警方投案，冷靜說明就行。」我走近勸道。

足立則生停止搖頭，抬起臉。原來他在哭。

「你不在場才能說那種話。」

我可疑到不行——足立則生自暴自棄道。

「依目前的情況，你只是看起來可疑，誰教你逃走？如果你沒逃走，留在原地，警方處理的態度也會不一樣。」

「肯定是一樣的。」他十分頑固，「我這種人講的話，誰會當眞？你們都不懂。」

「但你沒殺高越先生吧？」

一行淚滑下足立則生的臉頰。

「我沒殺他，他卻大叫是我殺的。他陷害我。」

我倒吞一口氣。司面色蒼白，仍勸道：

「既然如此，更應該說個清楚啊！」

「沒用的。」

「不能放棄！」

「我們會陪著你。」

「不，不行。我不能把北見先生的兒子牽扯進來。」

你——足立則生指著我。

「答應我。記住，我沒見到你，也沒來過這裡。北見太太和她的兒子都不認識我。我與高越的事，不要告訴任何人，更不要告訴警察。你們不能扯進這件事。」

然後，他對司說：

「好好珍惜你媽。」

足立則生語帶懇求，隨即轉身逃跑。司一時反應不過來，愣在原地，回神想追上去，被我制止。

「可是，杉村先生……」司抗拒道。

「別追了，他說的沒錯。你不能牽扯進去。」

「不過……」

「倘若你要繼承父親，當個私家偵探，就另當別論，但並非如此吧？」

足立則生的身影彎過建築物轉角消失。

司頓時垮下肩膀。

「要是爸還活著，會怎麼做……」

「沒人能取代北見先生。」

我只能這麼回答。

兩個成年人爭吵，動刀動槍，鬧到殺人——這年頭，電視新聞不會浪費太多時間在這種小事上，我沒看到任何後續報導。十點的新聞節目，只提到警方尚未找到逃離現場的嫌犯，一語帶過。

「眞的不用報警嗎……」

司連晚飯都吃不下，坐在電視機前。

「現在還是尊重足立先生的意願吧。」

這樣的看法有沒有說服力，我毫無自信，但仍繼續道：

「涉入這種事，即使是出於善意，即使問心無愧，終究得經歷不愉快的情緒。不僅如此，連內在都會產生變化。」

我第一次說這種話。什麼叫會產生變化？是什麼會變化？

「或許是這樣，我才會變得膽小……」

「杉村先生畢竟是過來人。」

司的話聲摻雜擔憂，變得模糊。我露出笑容：

「不，也沒有具體的後遺症啦。」

「你還是個菜鳥上班族。」北見夫人叮囑司，「可能會給公司添麻煩，先佯裝不知情吧。」

「何況，」北見夫人微微偏頭，「就算不報警，警方也會來詢問我們。」

我和司都大吃一驚。

「足立先生身上有當年事件的檔案。」北見夫人解釋，「說是檔案，足立先生持有的，也只是外子和他的對話內容紀錄。」

「是五年前交給他的嗎？」

「不，是上次他來我們家時，我交給他的。」

北見將經手事件的檔案完全處理好才過世。臨終之前，他聯絡以前的委託人，把留在手邊的所有事件相關檔案交還給對方。

「正式的事件紀錄，都分別歸還給委託人，只剩外子的備忘錄，但他認為既然要離開世上，那些東西也不能留在身邊。」

很像北見的作風，一板一眼。

「可是有幾個委託人聯絡不上，那些檔案由我保管。」

「啊，妳趁上次還給足立先生。」

夫人對司點點頭，「所以足立先生的檔案，現在應該在他手上。」

警方調查足立的住家，找到檔案，看過內容後，自然會找上北見一郎。

「檔案裡是否提到了高越先生的名字？」

「我沒看過內容不太清楚，或許有吧。即使沒提到特定人士的名字，應該也會提到詐騙集團的事。」

「當時北見先生調查過。」

「稍微查了一下吧，畢竟他是那種個性。」

司拿著啤酒杯出神，夫人提醒他，「如果警察上門，由我來應對，你可別多嘴。」

司苦笑著，隨口答應，但臉色很快沉下來，「他聲稱遭到陷害……」

「別再想了。」

夫人那副語氣，和她規勸為公車劫持事件的暮木老人煩惱的我一樣。

「這不是一般人能插手的事。足立先生沒辦法一直逃下去，如果他決心主張自身的清白，就會向警方投案。我們不要干涉。」

就是啊，我正想這麼說，隨即收到「杉村先生也一樣」的告誡。是、是、是。

深夜十二點過後，我回到家。等待我的，是妻子寫著「有點感冒先睡了」的字條，及冰箱裡的水果盤。我邊吃水果，和司一樣想得出神。

吃過跌破眾人眼鏡的中華料理盛宴，恢復精神的我們廣報室成員，順利通過工聯的調查。我們被分別叫去，回來時表情各有千秋。相對於野本弟的義憤塡膺，間野卻是一臉神清氣爽，彷彿放下肩頭重擔。我不記得做過濫用職權的事，面對工聯負責人的種種問題毫無困擾。

我們不曉得井手的說法，不過依詢問的氣氛，他並未占上風。這一點也讓我輕鬆許多。

疑似受到這場紛爭影響的只有一件事。森信宏主動聯絡，表示想暫緩將長篇訪談出書的企畫。電話是他親自打來，由我接聽。森先生解釋「內子的狀況不太理想」，口吻始終溫和。

然而，園田總編卻往壞處想。

「他的意思是，要跟濫用權勢欺侮他小弟的傢伙斷絕關係。」

確實，井手是森派的主力成員。若把森先生比喻爲將軍水戶黃門，井手就是左右護法的阿助或阿格，不過我應道：

「什麼小弟，至少也說是關愛的部下。」

「反正，是井手先生去向森先生告狀吧？不然森先生不可能知道此事。」

「唔，倒是不無可能。」

即使如此，也不必擔心會受到打壓。森先生畢竟已退休。

「胡亂揣測生氣也沒用。搞不好森先生一無所知，眞的是夫人身體狀況不好。」

「你就是這樣，才會永遠都是跑腿小夥計，沒辦法成爲政治人物。」不論是任何形式，我都不想成爲公司裡的政治人物，所以無所謂。

由於井手停職，編輯部的氣氛和平歡樂。工作大有進展，園田總編完全恢復正常。間野的工作表現極佳，不必再補充人手。

關於足立則生的事，我沒告訴任何人，連對妻子也保密。

一向對妻子毫無隱瞞的我，之所以能夠忍住不說，是妻子太忙碌的緣故。她提過要幫忙朋友開餐廳，似乎真的快實現。妻子看起來相當開心。

「朋友希望我在計畫階段就加入，包括自宅的改建、裝潢、挑選餐具用品，要準備的事情真的多到數不清。」

雖然不是去當大廚，妻子也幹勁十足。

「我可能會暫時荒廢家務……」

「太太，依妳的個性，我賭三百點妳絕對無法完全拋開。」

所以，千萬不要勉強自己——我只叮嚀妻子這一點。

「好的，我保證。」妻子的雙眼閃閃發亮。

我、北見夫人和司，都遵守與足立則生的約定。不知是漏掉檔案、找到卻沒看出其中意義，還是檔案裡沒提到具體事實，一個星期過去，刑警仍沒造訪北見家。

理應是頭號嫌犯的足立則生，媒體依然報導爲「死者友人」、「報紙販賣店的店員」。名字沒公開，當然也沒遭到通緝。對足立則生來說，這是個好兆頭，或者只是搜查進度緩慢，只能透過新聞和報紙得知消息的我無從判斷。

這起案件中，除了足立則生以外，警方也在找凶器。經過驗屍，發現凶器是十二到十五公分的單刃刀，推測是水果刀，卻沒找到。足立則生住在店裡，並且跟著搭伙，沒人曉得他是否持有水果刀。而他也沒有在案發前購買的跡象。

至於被害人高越勝巳，是都內一家保健食品商社的員工。那是家新公司，以電視購物爲中心擴大事業版圖，最近推出熱銷商品，業績扶搖直上。身爲營業部次長的高越本身是高收入族群，他的住所，也是他失血過多死亡的地點、足立則生送報的公寓，在當地是知名的億萬豪宅。他租下搬進來，還不到一個月。

高越有個妻子，目前懷有四個月的身孕。據說沒辦理登記，等於是事實婚姻。我在幾個新聞評論節目中，聽到她接受訪談的聲音。平常會感到心痛和同情，根本聽不下去，但我想知道她怎麼說明這起命案。

案發當天，高越勝巳比平日早回家，留下一句「我要去跟那名噁心的送報員做個了結」便出門。足立則生工作的報紙販賣店，和命案第一波報導一樣，離高越夫妻的華廈不到一百公尺。

「明明已拒絕訂報，卻糾纏不清，每天都送來根本沒訂的報紙。叫他不要再送也不聽，硬說什麼前一個月免費。」

每次送報都按門鈴，等高越或夫人出來應門才罷休。聽到這裡，種種行徑確實與跟蹤狂沒兩樣。高越夫人本身沒明說，但負責訪問的播報員和記者，似乎都認爲足立則生對她有非分之想，並根據這樣的假設發問。夫人表示，她對足立則生一無所知，丈夫也不認識他，不知爲何會惹上那種人，完全是單方面受到騷擾。於是，有些節目拿過去推銷訂報引發的殺傷案件，與這起命案進行分析比較。

雇用足立則生的報紙販賣店，不曉得這樣的糾紛。他們從沒辦過一個月免費試閱的活動。

「足立本人應該是打算自掏腰包，但究竟是什麼原因？」

老闆的臉上打著馬賽克，一樣僅播出聲音。他的話聲掩不住疑惑。

足立則生沒向身邊任何人，提到與自身黑暗過去有關的高越勝巳。他只向北見一郎求救。

命案發生得十分突然。下午五點前，高越勝巳拜訪報紙販賣店，先向老闆興師問罪「你們的店員足立一直在騷擾我們」。他來勢洶洶，堅持無論如何都要跟本人直接談判，於是老闆告訴他足立則生在二樓的寢室。高越希望兩個人私下談，便走上二樓。老闆在樓梯底下，提心吊膽地觀望情況。沒多久，樓上傳出怒吼聲，接著變成慘叫，高越勝巳按著西裝胸口，連滾帶爬衝下樓梯。

——我會被他殺掉！救命！

高越臉色蒼白地叫喊，跌跌撞撞從後門跑出店外。

足立則生跟著下樓。老闆出聲關切，他不斷辯解自己什麼都沒做，完全一頭霧水。在這個時間點，老闆沒發現高越勝巳遭到刺傷，既沒看到刀子，也沒流血。

向足立則生問出高越勝巳的住處，老闆趕去，發現門前血跡斑斑。他按了門鈴，卻毫無反應。門鎖著，敲了也沒人理。老闆無計可施，在原地像無頭蒼蠅般打轉時，高越夫人叫的警車和救護車抵達。

接下來是高越夫人的證詞。高越勝巳逃回自家後，立刻鎖上門，彷彿害怕對方會追上來。他倒進夫人懷裡，左胸下方被刺傷，大量出血，死因是失血性休克。直到昏迷前，他都不斷重複道：「我遭到送報的足立則生刺殺。」

高越夫人和報紙販賣店的老闆一樣，沒看到凶器。她抱住丈夫時，胸口沒插著刀子，屋內也沒有刀子的蹤影。是途中掉落，還是在足立則生手上？關於前者，警方沿高越勝巳回家的路線進行搜索，卻徒勞無功，目前後者的可能性較大。根據此一假設，警方搜索足立則生逃走的路線，但連個刀影都沒有。

碰到我和司的時候，足立則生身上暗藏凶刀嗎？不知道。是在逃亡途中丟棄在某處嗎？不清楚。不過，我確定他的衣服、臉和手腳都沒有血跡。他主張自己沒有殺人，我知道，司也知道。所以，司遲遲無法擺脫煩惱，聯絡過我好幾次。

「果然告訴警方比較好吧？」

「令堂怎麼說？」

「我媽的意見還是一樣。」

那只能靜觀其變了——我們的討論始終在原地兜圈子。

「你們不能牽扯進來。」

「要好好珍惜你媽。」

足立則生這麼說過。如果重視與他的約定，只能等待，並祈禱他能主動出面，洗刷自己的嫌疑。

「他會不會自暴自棄，跑去自殺？」

司愈來愈煩惱，我推斷不可能。

「聽起來有些不負責任，但我認爲他不會自殺。他很有正義感吧，甚至爲不小心參與的詐騙行動耿耿於懷。他不會沒有任何辯白，就自我了結。」

爲了已故的北見，也爲了司，足立則生不會做出那種自我毀滅的行爲。倘若他告訴我們的是事實——他眞的沒殺害高越勝巳，就不會以自殺來結束這件事。我忍不住如此祈禱。

對我們來說，這句話是唯一的希望：

——我沒傷人，對方陷害我。

命案剛發生時，報紙販賣店的同事和老闆娘都聽到這句話。高越夫人打一一〇通報，趕來的警官依夫人的證詞去報紙販賣店前，足立則生看到警車，如此大叫，便開始逃亡。所以，在那個時間點，足立則生應該還不曉得高越勝巳已死。見到我們時「沒傷人」變成「沒殺他」，想必是在前往南青山第三住宅途中，得知高越勝巳的死訊吧。

不過，我看到的報導，不怎麼重視他情急之下的主張。足立則生的處境就是如此危險。

北見可能不曉得足立有前科。二十二歲時，他在當時落腳的橫濱鬧區一處酒吧，因爲爭吵而打人，導致對方重傷，被判傷害罪坐了短暫的牢。一個沒有前科的年輕人，在這類案件中沒被判緩刑，而是直接處以實刑，不是案情太凶惡，就是沒經濟能力，無力賠償被害者。不論如何，這都不是有正面幫助的材料。

在報紙販賣店，足立一向沉默安分地努力工作。不過，即使是一點小事，一旦說出口就不肯退讓，有著頑固的一面。年輕同事描述他一生氣，眼神會驟變，十分可怕。這是案發後取得的相關證詞，應該摻雜不少附加的印象，但考慮到足立在北見介紹的工作地點，連三個月都沒做滿，應該不是擅於社交的人。而且，這幾年他的生活縱使平靜，也不可能是令人滿意的。別說這幾年，從他交給報紙販賣店的履歷表來看，我甚至覺得今年四十三歲的他，人生大半都是委屈的。

「如果高越先生跑來罵人時，我陪同在場就好了。」

老闆這番後悔的話，足立則生應該在哪裡聽著吧。

我生長在山梨縣北部。父親是公所人員，兼營果樹園，現在由哥哥繼承。

那是片悠閒的土地，依現代人的說法，我在自然環境中成長。與虛弱的都市小少爺不同，健壯強悍——雖然想這麼說，其實我怕狗怕得要命。小學二年級時，我被鄰家的狗追趕，摔進田裡，帶著渾身泥濘逃跑，從此以後就視狗為天敵。

那是隻雜種的中型犬，放養在戶外。雖然經常亂叫很吵，但不曾咬人，所以我哭哭啼啼回到家時，得到的不是安慰，反而先惹來嘲笑，還挨一頓罵。父親尤其刻薄。

「你逃跑，狗才會追。狗看得出誰是膽小鬼。」

他劈頭便如此怒罵。

因為跑，才會被追。這也是一種人生教訓吧。不要逃避，要回頭對抗。但至今為止，我從未深切體會過這個教訓。

凡事都有「第一次」。

說服司不要說出足立則生的事，是爲了遵守和足立的約定嗎？或者，我只是想以此爲藉口，避免捲入新的事件？我一直逃避探究自己的內心，事件卻主動找上門，而且是應該已結束的事件。

當時，我在公司大樓一樓的「睡蓮」吃午飯。遇到足立則生後，一週過去，電視和報紙都不再提起那起案子。我瀏覽著財經報紙，享用老闆自豪的熱三明治。

「總算恢復和平。」

替我斟咖啡的老闆冷不防冒出一句，像是什麼暗號。

「什麼意思？」

「井手先生消失，集團廣報室不是總算平靜下來？」

你們那裡人際問題挺多的，老闆撫摸著典雅的花白下巴鬍鬚說：

「兩年前，那個女孩惹出風波時我也很擔心，但這次弄個不好，會是大醜聞吧？畢竟是性騷擾問題。」

「老闆，你又跟野本弟多話了吧？」

老闆一手拿著咖啡壺，聳聳肩，「那不叫多話，我只是提供必要的情報。」

老闆是好人，但這種癖好實在教人傷腦筋。

「那也提供我一些情報吧。井手先生究竟在打什麼算盤？他似乎去找森先生商量。」

「找『森閣下』商量？這倒是初次耳聞。」

不小心打草驚蛇了。我懊惱地縮著肩膀，桌上的手機傳來收到簡訊的鈴聲，是前野小妹。

我拿起手機，打開收信匣前，又收到新訊息。我正納悶，換成電話響起。

「哎呀，眞是大忙人。」

老闆忍不住奚落。我接起電話，聽到疑似紊亂的鼻息。

「喂？」

「杉村先生嗎？」

原來是公車劫持事件的人質夥伴，善良市民兼中小企業社長田中雄一郎。

「我是杉村。」

「你有沒有收到東西？」他氣喘如牛，急切地問，「你應該也收到快遞，還沒打開嗎？」

「稍、稍等一下。」

我連忙站起，逃離好奇張大雙眼的老闆，來到店外。

「你說快遞是什麼意思？難不成……」

會讓田中慌成這樣的貨品，我只想得到一樣。

——我一定會支付賠償金。

——用宅配寄出。

「我收到錢了。是暮木老先生的賠償金！」田中回答。

我急忙確認，坂本和前野傳來相同的訊息。從字面就看得出他們多驚慌。

「接下來怎麼辦？你有何打算？告訴警察嗎？」

杉村先生、杉村先生，田中不停呼喊我。隔著電話，我卻覺得他就在眼前緊緊抓住我。

「拜託，不要告訴警察。算我求你。」

我彷彿看到田中拿著手機行禮的模樣。

「請冷靜，田中先生。」

「可是你打算報警吧？」

「我連有沒有收到東西都不知道啊。我不會輕舉妄動，你先冷靜下來。」

稍稍遠離手機，田中摻雜鼻息的話聲低喃道：

「——三百萬。」

田中雄一郎收到三百萬圓嗎？那坂本和前野呢？

「什麼一億，果然是騙人的。可惡的臭老頭，居然耍我。」

「你稍稍恢復冷靜了呢。」

田中嘖一聲，笑道：「不管是多少，我都求之不得，所以……」

「這我明白。可是，問題沒那麼簡單。」

「為什麼？」

「收到賠償金的不一定只有我們四個，還有園田總編、迫田女士和柴野司機。」

或許有人已通知警察。

「園田是你的上司吧？」

「是的。她在公司，目前應該什麼都不知道。」

「那你好好拜託她。」

「田中先生——」

「迫田是那個幾乎痴呆的老太婆吧？不用管她和司機，老先生不會送賠償金給她們。」

「你怎能確定？」

「老先生只跟我們提賠償金。當時迫田老太婆和司機已下車，所以，這是包括你上司在內，我們五個人之間的問題。老先生做事不是很一絲不苟嗎？」

乍聽合情合理，但田中忘記重要的一點。

「暮木老人不是把給我們賠償金的『善後工作』託給第三者？對方應該不清楚我們當中的誰跟老人聊過什麼，所以可能會一視同仁。」

田中頓時沉默，我也不禁沉默。

半晌後，田中壓抑情緒緩緩開口：「那爲什麼我和兩個小鬼的金額不一樣？」

原以爲金額的不同，只是單純的年齡差異。暮木老人交付善後工作的某人，面對老人交付的錢，參考我們人質的資料，思考該如何分配。健康的年輕人少一點沒關係，女人和老年人多一點，有家庭且正值壯年的田中分多一點，大概類似這樣。

那麼，園田瑛子和我（應該）收到的金額有多少，更令我好奇。

「我不知道，就算在這裡猜測也沒意義。總之，我會通知園田，確認有沒有收到東西。」

田中顯然沒聽進耳裡，搶話般提議：「我去你那邊，大家碰個面吧。」

「咦？」

「我會集合這邊的人質，一起去你那邊。我們碰面商量。」

「商量……」

「不面對面談，你不會懂的！」

「哪裡方便見面？」

「總會找到的。我會再聯絡，你快確定自己的份有多少。」

田中逕自掛斷電話。我打開陸續收到的訊息，是坂本和前野這對情侶傳來的。兩個人都收到一百萬圓，慌得不知所措。

我回「睡蓮」結帳，最愛的熱三明治還剩一半以上。

「怎麼啦？」

老闆關切道，我露出苦笑。

「我們部門問題多多。」

返回編輯部，園田總編和間野坐在電腦前。
「間野小姐，臨時有急事，我和總編出去一下，辦公室麻煩妳。」
「好，請慢走。」
我示意訝異的總編拿外套，把她拖到外面。
「幹麼？」
「現在去妳家。事態緊急，理由我晚點說明，麻煩妳。」
我並不是強勢的人，但園田瑛子也不是遲鈍的人。我說事態緊急，她似乎立刻了解。我們跳上計程車。
總編獨居的公寓在茗荷谷。我尚未有榮幸以部下的身分送她回家，因此這是我第一次來這裡。那是屋頂有裝飾、白色外牆的七層建築，附有令人感激的設備——卡片感應式宅配箱。
液晶螢幕小窗上，顯示著園田瑛子的住處號碼。
「請打開看看。」
總編訝異又憤怒不安地瞪我一眼，取出宅配箱裡的包裹。那是宅配公司的專用信封，紙質相當薄。
「這是什麼？」
總編掏出老花眼鏡戴上，我望向包裹的託運單。寄件人是「海線高速客運有限公司　營業總務部」，備註欄寫著「乘客遺失物品」。不是印章或印刷，全部手寫。雖然不到龍飛鳳舞的程度，但字跡秀麗，容易辨讀。我覺得是女性的筆跡。
「請打開看看。」
總編望向信封內，眼神飄移。
「天哪，杉村，這是什麼？」
總編遞出信封，裡面是一整疊有封條的萬圓鈔票，共一百萬圓。

現在是午後不上不下的時刻，周圍沒半個人影。管理員室的窗口擺出「巡視中」的牌子。我壓低音量，說明原委。

園田瑛子逐漸失去血色。

「不要，我不要！」

「接下來大家要集合討論該怎麼辦。」

「我不管，交給你。這錢給你，你拿著。」

園田瑛子把信封用力塞給我，縮起肩膀背過身。

「可是，總編……」

「我不希望想起來。」園田瑛子雙手掩面，「我不要想起那個事件的任何環節，否則又會陷入恐慌。」

我拿著信封，愣在原地。

「對不起，我就是沒辦法。我沒辦法好好去想。所以，拜託你！求求你，我的錢，你幫忙處理掉。」

好的，我答應。園田瑛子的膝蓋不停顫抖著。

「錢由我保管。我會聽從總編的意願，請放心。」

隨著「咚」一聲，總編往前栽倒，靠在宅配箱上，顯然撞到頭。她一動也不動。

「對不起，我真的很抱歉。」

「沒事的。」

那起公車劫持事件，為何會讓妳害怕到這種地步？關鍵就在暮木老人身上。我嚥下湧上喉頭的疑問。一旦開口不僅是徒勞，更是有害。園田瑛子不會回答，她也無法回答。

「我來聯絡編輯部，妳不用擔心，直接回家休息吧。」

總編背對我，默默抱住頭。我退後幾步，轉身離開。園田瑛子並未回頭。

我住的公寓也收到快遞。櫃台有保管單，東西裝在宅配箱裡。

幸好今天妻子去參加家長會，我不想再拖累妻子。打開宅配箱時，我滿腦子都是這個念頭。

包括宅配公司的專用信封，字跡端正的託運單，「乘客遺失物品」的文字和寄件人，全部相同。

至於金額，跟園田瑛子、坂本和前野這對情侶一樣，是一百萬圓。

我猶豫半晌，最後將兩個信封連同內容物一起放進公事包。我算是滿愛整潔的人，但不擅長背著妻子藏東西，乾脆今天帶著四處走。

我在廚房喝杯水，打電話給田中，卻轉到語音信箱。留言請他聯絡我後，我離開家門。

間野和野本弟已在編輯部。

「發生什麼事？」

「嗯，上個月的報導被社友會念了。」

即使是做做樣子，仍得道個歉，不然會很麻煩，我笑道。公事包裡的兩百萬圓，聽著我脫口而出的流暢謊言。

「大企業麻煩的地方眞多。社友會就是那些隱居老人組成的團體吧？」

「得顧好他們的面子。總編非常不高興，直接下班回家。」

接下來只需等待聯絡，像平常那樣工作就行，但我做了件多餘的事。耗費比煩惱把信封和兩百萬圓藏到哪裡更久的時間，我猶豫著打電話到會長祕書室。

我向今天也一樣冰冷的「冰山女王」開口：

「請轉告會長杉村最近想見他一面。」

「我這就去確認會長的行程。」

遠山小姐很快返回。

「任何時間都可以，請聯絡會長的手機。」

然後，她語調不變，補上一句：

「會長說：你總算想來問我了嗎？」

田中非常積極，一併解決移動方式和集合地點的問題。他找來一輛迷你巴士，載著他那邊的人質夥伴到都心。

約定的集合地點，是東京老街一處寬廣的投幣式停車場。田中只用手機傳地址過來，抵達後我嚇一跳。坐在迷你巴士上的前野，透過車窗發現我，向我揮手。

「一直停在這邊沒關係嗎？」

「我可是付過錢的，哪條法律禁止坐在車裡嗎？」

坐鎮在駕駛座的田中，外套衣襬底下露出預防腰痛的石膏。

「就算我開累了，也有人可換手，真教人放心。」

田中說道。我和他提到的預備駕駛員四目相接，詫異地發現是柴野司機。她和前野坐在中間一帶的座位。她向我點點頭，劉海垂落。柴野司機穿薄線衫和牛仔褲，看起來比穿制服年輕許多。

「司機也拿到錢了。」

田中粗魯的用語，立刻引來前野的抗議。

「不是拿，是對方送來的。」

「還不是一樣？」

「不，不一樣。」

柴野司機再次向我微微頷首，接著道：「聯絡不上迫田女士。事件發生後，她搬去埼玉的女兒那裡，家裡沒人在。」

我爬上小巴士的階梯，在狹窄的車內轉身，坐到最近的座位，後方就是坂本。田中關上車門。

「柴野小姐後來和迫田女士見過面嗎？」

柴野司機垂下視線，點點頭，「雖然只是探望一下。」

「但妳去看她，迫田女士想必安心許多。」坂本望向我，「杉村先生，總編呢？」

「她不會來，由我代理。」

「她還是不舒服嗎？」

「總編沒事。不過，她不想跟這件事扯上關係。我有她的委託書，我們的決定，她也會聽從。」

前野忽然眨眨眼，「那杉村先生握有兩票嘍？」

「哪有這麼好的事？能參加多數決的，只有在場的人。」

幸虧迷你巴士內的照明是功能導向的日光燈，而非暖色系——黃色的燈光。我不願在那種色澤的燈光中，再度與眾人起爭執。

白色照明下，田中的臉有些泛紅。與其說是興奮，更像卯足勁。截至目前爲止的果斷行動，反映出他的嚴肅態度。而嚴肅面對，代表他心意已決。

「那麼，如果多數決定要報警，田中先生也要乖乖聽從。」我提醒道。

「結果不會是那樣的。」他一本正經地回答，「除了你之外，每個人應該都會默默收下錢。」

「才不是每個人！」

前野立刻抗議，但我望向她，她立刻逃避似地垂下頭。她沒坐在坂本旁邊，而是緊挨著柴野司機。坂本也閃避著前野的視線。

「做出決定後，我會說服迫田老太太。萬一變成要跟老太太的女兒談判，感覺反倒更容易。」

我面向柴野司機，「坦白講，我沒想到妳會在這裡，眞是意外。」

這次她沒有閃躲我的注視。她輕輕點頭，小聲應道：

「我也很猶豫。」

「原本她想先向公司報告，而不是報警，簡直是忠誠員工的楷模。」

幸好我早一步逮到她，田中顯得有些得意。

「我阻止她告訴公司。」

實在是千鈞一髮，田中又重重喘起氣。

「柴野小姐，妳不用上班嗎？」我問。

「我今天休假。」

「小孩呢？」

「寄放在朋友家。有時我會請朋友幫忙照看，不要緊。」

「她是單身媽媽。」田中像在宣傳般揚聲說：「一個女人家要養小孩，兩百萬圓是筆相當大的臨時收入，往後的生活會寬裕不少。杉村先生，你忍心奪走嗎？」

柴野司機拿到兩百萬圓嗎？

「田中先生，你的心意我很感激。」她小聲卻堅定地應道：「但我不打算收下那兩百萬圓。」

「又講那種話。」

「如果大家要收下這筆錢，我不會阻止。我的份會分給大家。即使大家決定不收下，我也會這麼做。不管最後決定如何，我都會遵從大家的意見。」

說到後半，她望向我。看來，她早就打定主意。之所以來到這裡，是爲了在公平的情況下，將她的決心告訴我們吧。

「為什麼？」我問。

「這是我該負起的責任。我應該留在公車上，卻拋下大家逃走。」

她果然放不下這一點。

「妳並非自願逃走，是暮木老人把妳趕下公車的。」

我把剛獲釋後，與山藤警部的談話內容告訴眾人。由於柴野司機和迫田老婆婆難以控制，從一開始就被排除。

「這麼一提，我也有同感。」坂本點點頭，「柴野司機有她的立場，而迫田女士不時冒出戳中老爺爺痛處的話。」

這一點我也記得很清楚。

「怎麼，小子，你想背叛？」

田中怒目相視。坂本可能也不太高興，眉毛連成一直線。

「請不要用『背叛』這種字眼，我還沒決定。」

「說只要有這筆錢，人生就能重來的是誰？是哪張嘴巴說不想一輩子當清潔工？」

坂本垮下肩膀，彷彿身上的塞子被拔掉。前野睨著他。

「小啓想重讀大學。」

聽到她的話，我總算釐清狀況。

「他想重讀大學，努力用功畢業，希望找到好工作。」

喏，對吧？前野尋求坂本的贊同，語尾變得沙啞。

提到好工作，坂本現在的工作沒有什麼不好，但問題不在此。坂本在海風警署停車場說的話，又掠過我的耳際。姓氏只差一個字，境遇卻是天差地遠。

擁有大學文憑，或許能變成像橋本眞佐彥那樣，或許能成爲西裝筆挺、開著公司車行動的大企業員工。對年輕的坂本而言，是人生的重設與重新出發。一百萬圓，完全足以做爲踏板。

「芽衣不是也想要學費？」坂本縮著肩膀，與其說是徵求同意，更像責備似地囁嚅：「妳明知實現夢想需要錢。」

我知道，前野低喃。她的雙眼噙滿淚水，伸手按住眼頭仍止不住，又彎身垂下腦袋。

「可是，我不曉得是不是眞的能收下這筆錢。」

「怎麼會？這是老先生的賠償金，完全依照預告的方式寄來，不是嗎？」

不一樣的只有金額。

「暮木老爺爺並不是有錢人，他根本不是大富翁啊！」

他一個人孤伶伶地住在公寓裡啊！前野叫道，淚水濡濕臉頰。

「老爺爺無依無靠，交談的對象只有民生委員。他還用垃圾場撿來的收音機聽廣播。」

「所以呢？」田中吼回去，「有錢人的錢可以拿，窮人的錢就不能收嗎？那個老先生過怎樣的生活，跟我們有什麼關係？」

「不可能無關吧！」

「就是無關！老先生把我們當人質，任意耍弄我們，才會有這筆賠償金。我有權利收下！」

前野放聲大哭，柴野司機撫著她的背。田中別開臉，緊握拳頭，用力敲駕駛座旁的窗玻璃。

不是討厭的黃光，而是日光燈的白光下，在比海線高速客運的公車小兩號的迷你巴士中，我們陷入沉默。不像那天晚上的暮木老人，我們之中沒有會率先發話，引導我們開口的角色。

「老爺爺如何存到這麼多錢？」坂本用力搔著頭，「從計畫劫持公車起，他就存錢準備在事後付給人質嗎？」

眞是一針見血的質疑，我點頭附和，「而且是交給誰保管？恐怕就是寫這些託運單的人吧。」
柴野司機按著前野的背，看了看坂本和我。
「——不如試著調查？」
見我瞪大眼，她立刻退縮。
「啊，不，就是……倘若介意錢的來源，或寄件人的身分，應該有辦法調查。」
我之所以驚訝，是因爲在想相同的事。
「我也這麼想，而且有線索。」
「線索？怎樣的線索？」
坂本一臉詫異，我露出苦笑，「你是不是忘記前野小姐的特技？」
他猛然想起般睜大單眼皮的瞳眸。
「對了……芽衣，妳還記得嗎？」
暮木老人要求警方帶到現場的三個人，他們的住址和姓名資訊是前野幫忙打字傳送。
——告訴我，我記得起來。
前野以手帕按著充血的眼睛，點點頭，「你們是指那三個人？」
「嗯，妳沒忘記吧？」
「我記得，之後我有備份。」
坂本不禁拍手，「太好了！」
前野把名單存在手機的備忘錄，我請她把資料傳送過來。
「這些託運單也可當成線索。」
柴野司機拿著收到的宅配專用信封，但坂本搖頭道：「從那邊查不到的，上面寫的是柴野小姐任職的客運公司住址和電話。」
「不過，可以知道是在哪裡收取包裹的。」
喏——柴野司機指著託運單一角。她的指甲剪得很短，手指細長。
「不是印章，是用原子筆手寫的『日出　龍町店』。日出是連鎖超商吧？我們家附近也有一間。只是，這是『龍町』分店。依我所知，我們的行車路線裡沒有這樣的町名……」
坂本、前野和我立刻從攜帶的包包取出包裹，確認託運單上的資訊。田中帶著怒氣旁觀。
寄給我的那包同樣是「日出　龍町店」，坂本收到的是「京ＳＵＰＥＲ　高橋」。高橋應該是收取宅配的店員姓氏吧。前野的則以潦草的字跡寫著「堀川　青野商店」。
「我上網搜尋，日出應該不難查。」坂本立刻握緊手機。
「柴野小姐好厲害。」前野紅著眼眶感嘆。
柴野司機淡淡一笑，「光憑這些線索可能不夠吧。」
田中哼了一聲，「調查這些又能怎樣？」
「心情會舒坦些吧。」
「然後就能乾脆地收下錢？那很好。」
「如果田中先生什麼都不想做，那也沒關係。我們會自己調查。」
前野噙著眼淚回嘴，拿著手機的坂本忽然打斷她的話，「喂、喂，安靜一下，杉村先生、柴野小姐，『龍町』也不在都內，是在群馬縣！」
「哪一帶？」
「前橋市北方的角落。」
「『京ＳＵＰＥＲ』和『堀川』這些地名或許也在那一區。」

「用家裡的電腦可以查得更快。」
我把搜尋任務交給坂本，起身移動到駕駛座旁邊。
「田中先生。」
田中鼻翼翕張，臉上的紅潮褪去。
「就像你聽到的，我們先做個決定吧。」
田中只轉動眼珠望向我。
「關於這筆錢，我們暫且不告訴警方，當成共同的祕密。不過，我們會用能力所及的方法，調查錢的來源和寄件者的身分。如果你不樂意，不必參與沒關係。」
那還眞感謝，田中吐口水般應道。
「我們調查得知的事情也會通知你，然後再集合一次討論吧。在那之前，請不要動用那筆錢。」
田中眨眨眼，「要等多久？」
「一個月如何？」
「哪能等那麼久！」
「那請給我們半個月的時間。如果經過半個月，仍然一無所獲，我們也會改變方針。」
待在巴士中央的三人盯著我和田中先生。
「半個月，是吧？」田中像在呻吟，「我非常需要這筆錢。這筆錢對我幫助很大。」
「我知道。」
「你哪會知道？」
「要是你非動用那筆錢不可，也沒關係。只是，如果我們查到錢的來源，認爲還是不能收下，應該報警，到時你會很難堪。」

田中的臉上今天第一次浮現興奮與憤怒以外的情緒。他十分狼狽。

「你……這是在恐嚇我？」

「很抱歉，似乎是恐嚇呢。」

「想想看，把錢留在身邊半個月或一個月再報警，一樣會非常麻煩。你們明白嗎？」

「我們明白。到時會把我們的想法、做了些什麼，毫不保留地告訴山藤警部。他至少會聽聽我們的說法吧。」

前野點點頭。

「事情過去那麼久，警方哪還有閒工夫管？」

田中不禁嘆息。只見他皺著臉，眼皮發顫。

「塡寫託運單，送這麼一大筆錢給我們的，是暮木老人的同伴。雖然對方不是公車劫持事件的共犯，但極有可能知道老人的意圖與計畫。」

「所以要把那個人找出來，交給警方嗎？」

「要不要交給警方，等見過面才能決定。這樣不行嗎？」

田中只是閉上眼搖頭，我回望其他三人。

「來分配任務吧。」

三人驚醒般挺直背。

「坂本和前野，請你們尋找龍町的超商和『京ＳＵＰＥＲ』。我希望你們去當地看看，可以嗎？」

當然——兩人用力點頭。

「工作沒問題嗎？」

「沒問題。我這邊總有辦法，然後小啓上週末辭職了。」

其實坂本沒必要尷尬，我早就隱約察覺。

「私底下帶著公司名義的包裹去寄送，還滿奇怪的。要是運氣好，店員或許會記得是怎樣的人。你們能試著仔細打聽嗎？」

「好的。那老爺爺指定的三個人怎麼辦？」

「我來負責。」

聽到我的獨斷，年輕情侶露出意外的表情。

「抱歉，我擅自決定。但關於那三個人，我認爲最好慎重調查。與其讓你們年輕人去，有名片的我應該比較容易打聽。」

「杉村先生提過，」前野一雙大眼看著我，「早已習慣被捲入事件。」

「嗯，加上有個朋友是私家偵探，所以我也有點習慣像這樣進行調查。」

這是假的，現在沒有了。不過，北見一郎會允許我在這種情況下撒謊吧。

「那位偵探能信任嗎？」

「可以。而且我不會透露詳情，只是請他指導我技巧，請放心。」

柴野司機按著薄線衫胸口，問道：「那我要做什麼呢？」

「有三件事想拜託妳。首先，可以請妳保管我們的錢嗎？」

我望向田中，他固執地瞪著方向盤。

「田中先生的份，由他自行保管，但園田總編和我們的份，希望柴野小姐幫忙保管。雖然這麼一大筆錢放在家裡，妳可能會覺得不安。」

「沒問題，我會謹慎保管。」

「第二，請設法聯繫迫田女士或她女兒。取得聯絡後，由我去見對方。」

第三件事有點麻煩。

「暮木老人知道妳女兒的名字，對吧？」

約莫是餘悸猶存，柴野司機不禁打了個寒顫。

「是的，他明確說出我女兒的名字。」

「即使爲了事先勘察，搭過幾次公車，也不可能連駕駛員小孩的名字都知道。暮木老人恐怕積極調查過妳，比方向妳同事或街坊鄰居打聽。可以請妳不著痕跡地向周圍的人確認嗎？」

暮木老人與柴野司機身邊的人可能有關係，才會挑選她駕駛的那班公車當犯案舞台。我無法完全割捨這個假設。

「好的，我會查查看。」

柴野司機從皮包取出記事本，寫下我的指示。我拿起四百萬圓交給她。

「杉村先生，你會立刻去找那三個人嗎？」

「嗯。不過在那之前，有一件事今晚就能做到。」

行動要小心，聯絡要勤快，我反覆叮囑，接著拜託默不吭聲的田中千萬小心駕駛，把大家平安載回居住地，便走下迷你巴士。我邁出腳步，尋找文具行，有份文件必須馬上準備。

我比約定的晚上十點提早三十分鐘抵達岳父家，慢慢走在閒靜住宅區中也格外醒目的全檜木圍牆旁，冷靜腦袋。

偌大的土地上，散布著岳父家和大舅子家等數棟建築物。短短半年前，我們一家也住在其中——今多本家。那是傳統的日式建築，位於土地最南側。除了通往正面玄關的正門外，東西還有兩處通行門。若要直接前往本家，東門比較近。這是住進來才發現的事，過去我並不知道西側有通行門。種種瑣碎的事實，暗喻我和今多家的關係。對今多家的人理所當然的事，我卻不知道，也沒什麼機會知道。

事到如今又想起這些，是因爲藏在外套內袋裡的東西吧。我緊張的程度幾乎不下於第一次來見岳父，請他答應把菜穗子嫁給我的時候。

我按下通行門的門鈴，一如往常，回應的是岳父專屬的女傭。在今多家爲岳父工作的這名女傭，在我們同住（應該更接近寄住）這裡的期間，意外地不曾在家中碰過面。

「老爺在等您，請到書房。」

聽到女傭的話，我感到懷念與安心。對我來說，岳父的屋子，應該是像這樣從外面拜訪，然後被帶過去的地方，而不是自己落腳定居的地方。

岳父是個愛書人，他的書房稱爲書庫更合適。岳父一身和服打扮，似乎在休息，刻著深深皺紋的眼角透出些許疲憊之色。

「剛剛來了個麻煩的客人。」

我在來訪時的固定座位——岳父的書桌對面坐下。很快地，女傭推來放著酒瓶冰桶和酒杯的推車，我頗爲詫異。

「你今天不是開車來吧？陪我喝一杯。」

岳父在自家穿便服接見，又令他疲倦的客人，看來眞的相當棘手。我想到自己帶來的麻煩，又輕輕按住外套胸口。

「公枝，妳去休息吧。」

岳父吩咐擺好下酒起司小碟的女傭。他總是直呼這個女傭的名字。

「好的。那麼，我先去休息，老爺請不要過量。」

女傭微笑，岳父苦笑應道：「好、好。」

「我只喝一杯，剩下的都讓杉村喝。」

據說產自西班牙北部的白酒冰鎭得恰到好處，沁入舌頭，口感不甜。

「你是來問園田的事吧？」

間接照明中，被書籍環繞的舒適沉默，及紅酒帶來的安寧，遭岳父這句話戳破。

我把酒杯擱到一旁，重新坐正，「是的。」

「花了很久的時間呢，原以爲你會更早過來問我。」

「遠山小姐也這麼說，但我起先並不打算詢問會長。」

岳父挑起摻雜白毛的濃眉，「你沒從工聯的委員那裡得到訊息？」

全被他看透了。

「我聽到總編以前的傳聞。只是傳聞，而且內容反倒讓謎團更深。」

既然總編健康地復職，就沒必要繼續追究。

「唔，確實像是你的作風。」
岳父輕輕點頭，斟滿我的酒杯，猶豫一下，也斟滿自己的杯子。
「別告訴公枝。」
「是，我知道。」
我總算也能露出笑容。
「然後呢？你之所以更改方針過來，是狀況有變化吧？」
我從懷裡掏出匆促到文具行買來信箋寫成，收進信封的東西。
「在告訴會長前，希望您先收下這個。」
我起身立正行禮後，雙手遞交給岳父——今多財團的會長今多嘉親。
岳父沒收下。他瞥一眼我遞出的信封，應該也看到上面的字，卻問：
「那是什麼？」
「辭呈。」
岳父睏倦般緩緩眨眼，杯中酒液沒晃動。
「放在那裡。」
我照做。小心翼翼放好收著辭呈的信封，沒讓信封歪斜。
「總之先坐吧。」
我順從地坐下。
「如果是必須壓低音量才能談的內容也沒辦法，但今天助聽器的心情不太好，可以盡量用平常的音量說話嗎？」
約一年前，岳父開始使用助聽器。他感冒躺了幾天後，變得有些重聽，尤其左耳的聽力大幅衰退。立刻訂製的助聽器是德國產品，配合使用者的聽力一個個手工製作，性能非常卓越。但岳父說，助聽器的心情不好，每天都不太一樣。或許有時岳父的身體狀況和助聽器的狀況不太對盤。

我坦白道出一切。連今晚在投幣式停車場的迷你巴士裡，與人質夥伴的對話內容，都盡可能正確重現。

這段期間，岳父喝光一杯，又毫不猶豫地斟滿。

「原本我應該直接詢問園田總編，當時她與暮木老人的對話是什麼意思。」

「不，沒辦法吧。」岳父當場否定，「園田不會告訴你。不，是說不出口。」

「觀察總編的情況，我也這麼認爲。」

「嗯，你的判斷是對的。」

不過，接下來的推論有問題，岳父繼續道。

「即使分析暮木與園田的對話，推測出他的身分，不見得能成爲找到金錢來源的直接線索。」

「可是，如果知道他的職業——」

「就算知道，也是以前的事吧？不可能是現在的職業。追查暮木希望警方帶來的三個人身分，想必會事半功倍。」

說到這裡，岳父略微偏頭。

「不過，要讓那三個人開口，也許先釐清暮木的底細比較好。」

他自言自語般低喃，把玩著酒杯。

「底細？」我複述，岳父緩緩點頭。

「你對他的印象如何？」

「他可能當過教師，負責談判的山藤警部也有同感。」

嗯，岳父小聲應道：「這種情況怎麼形容？雖不中亦不遠矣。不是有一個詞就能表達的說法？年輕人用的……」

我努力思索，「差一點？八九不離十？」

這只能算是一般說法嗎？

「不──對對對，是擦到邊。」岳父終於想起，笑道：「不過，我純粹是從園田的言行來推測，一樣僅僅擦到邊，搞不好根本落空。你就以此爲前提，姑且聽之吧。」

暮木這個人──岳父放低音量。

「應該是『教練』吧。」

教練。聽到這個詞，我想到的是跟在運動選手身邊，訓練他們、幫助他們進行健康管理的人。

「跟運動員沒關係，最近這個詞應該已不用在我說的那種意義上。」

岳父放下酒杯，雙肘靠在桌上，十指交握。在書房擺出這種姿勢時，比起企業家，今多嘉親更像學者或思想家。

「一九六〇到七〇年代中期，也就是高度成長期，企業的新進員工研修和主管教育中，曾掀起一股sensitivity training的風潮。」

有時也取字首，稱爲ＳＴ。直譯過來，就叫「敏感度訓練」，但日語譯文不太普遍。

「是訓練企業人士的──敏感度嗎？」

可能是我表現得太驚訝，岳父苦笑道：

「這種情況，應該說是『訓練企業戰士』吧。」

能夠二十四小時，爲公司賣命的戰士嗎？

「藉由挖掘個人的內在，活化個人的能力，同時培養協調性，讓個人能在小團體中發揮適當的功能。」

「挖掘內在，聽起來像心理治療。」

「沒錯，ST是心理治療。不過，跟最近一般的心理諮詢不一樣。最終目的是鍛鍊個人，讓個人的能力開花結果，或全面提升，因此並非治療性。ST的要求更嚴格。」

我有股不好的預感。

「ST的教官就稱爲教練，」岳父接著道：「教練不是一對一指導學員。學員就像我剛才說的是小團體，五至十人，最多二十人左右。每個小團體有一名或兩名教練，負責教育與統率成員。」

「以那種形式挖掘個人內在……」我低喃，「還是很像團體心理諮詢。讓參加者抒發內心，然後針對發言進行討論，對吧？」

這是各種成癮治療常用的方法。

「沒錯。不過，指導的教練並非醫生。這一點和正式的心理治療大相逕庭。」

說白一點，任何人都能當教練。岳父的語氣相當苦澀。

「只要熟悉ST的效果與手法，自身也能從中獲得各種意義上的好處。腦筋轉得快，口才流利的人，誰都能當教練。」

心理學與行動心理學的門外漢，認爲只需學習該領域一部分的方法論，就能夠發揮巨大效果，基於這樣的信念帶領小集團進行「教育」。

隱約掠過我鼻頭的臭味，變成明顯的臭味。

「如果是員工研修，通常是在公司命令下參加，根本無法反抗教練。」

岳父望著我，點點頭。

「不管教練採取何種指導方法，都不能違抗。一旦告知這是最適切的新人研修或主管訓練，學員便會渴望獲得成效，進而變得服從。」

身爲上班族，想出人頭地是理所當然。如果相信在研修中取得好成績，就能直接提升工作表現，會拚命去接受「好的研修」也是人之常情。

「在這樣的狀況中，進行深入學員個人內在的『教育』，萬一教練的個性或指導方式有偏差，可能會引發駭人的結果。」

「事實上，眞的就演變成這樣。」岳父說：「當時ST發生過好幾起事故，主辦單位壓下不少，但畢竟紙包不住火。」

「是怎樣的事故？」

「學員自殺。」

再怎麼樣，岳父的書房都不可能有縫隙讓外頭的風吹進來，我卻感到脖子一陣冰涼。

「有些案例以未遂告終，有些無法完全阻止。當時我掌握到的事故報告有三件，但每一件發生的過程都很類似。」

團體中會有一個人被逼到絕境。

「學員會挖掘彼此的內心深處。這樣形容很好聽，至於具體上怎麼做，就是先讓每一名學員描述自己是怎樣的人。我的優點是什麼、缺點是什麼，這是我對自己的認識。有時是口頭發表，有時也會採取書面報告的形式。」

接下來的階段，是以這些自我介紹爲基礎，進行討論。

「由教練擔任主持人，讓學員針對個人的自我認識做出評價。在此一階段，愈是肆無忌憚、直言不諱，評價就愈高。可以無視年齡差距或資歷深淺，與職場上的職位也完全無關。在這個場合，每個人都是平等的，可以把想說的話一吐爲快。」

岳父拿起酒杯，喝一大口。

「當然，在這種相互批評與討論中，有時也會建立起職場上不可能建立的、新鮮而富建設性的關係，或者激發出個人潛力。實際上，ＳＴ就是有這樣的效果，才會形成風潮。」

「但也有隨之而來的危險吧？怎麼樣都會變成相互攻訐。」

岳父點點頭，放下杯子。

「每一個學員都平等地批評彼此的話，倒是還好。」

不過，人類是不知適可而止的。只要聚集三個人，便會結黨營私，這就是人。

某人批評某人，另一個人贊同。有人持反對意見，於是團體分裂成兩派，爭鋒相對。但這種暫時性的派閥不穩定，視爭論的發展，輕易就會產生變化，組成分子也會改變。一下聯手，一下反目。

「就算說在場每個人都是平等的，但人沒那麼單純，一聲令下便回歸白紙。ＳＴ的情況，職場上的人際關係與權力大小、嫉妒、羨慕與好惡，會直接帶進來。」

在相互批判的場合，這樣的感情會完全攤在光天化日之下。

「這種情況，只要稍有閃失，批判就會集中在一個人身上。」

如此一來，很快就不再是正當批判，而會發展成集團式的霸凌。

「ＳＴ的會場，絕大多數是山中小屋之類遠離日常的場所。有時是主辦單位提供場地，有時是公司邀請ＳＴ的教練到自家公司的研修所或招待所，但不管怎樣，全是與外界隔絕的地方。研修期間，學員不能外出，從起床到就寢，都要根據教練安排的行程，遵守規定生活。」

所以無路可逃，岳父說。

「另一方面，體力訓練也是ＳＴ的重要項目。據說，即使是平日完全不運動的人，每天早上起床後，也會被逼著慢跑十公里。如果無法跑完全程，就要接受暴力式的懲罰。」

「不僅是精神上，體力上也會被逼到絕路。」

眞是令人毛骨悚然的體制。

「討論爲時漫長，甚至會持續到三更半夜，所以會睡眠不足。雖然三餐供應充足，但如果體力和精神不濟，也提不起食欲吧。」

「就像軍隊一樣。」我脫口而出。

「若要用軍隊來比喻，應該說只挑出軍隊訓練體系中不好的部分。」

岳父說得輕鬆，眼神卻十分陰沉。

「不管在任何意義上，我都不認爲ST是一種訓練。我覺得ST是讓人自我崩壞的毀滅行爲。」我回道。

「然而，當年許多企業人士信奉ST，認定ST才是打造企業戰士的正確途徑。」

「會長也是嗎？」

我就是不這麼認爲，才會毅然問出口。

「會長討厭流行吧？尤其是受到許多人吹捧就變成流行的事物。」

岳父不吭聲。

「我也是企業人士。」半晌後，他低聲開口：「聽到有效果出類拔萃的新式員工教育，我相當感興趣，於是到處蒐集資訊。」

岳父又拿起酒杯，這回沒有喝，又放回桌上。

「最後我決定不導入ST，並非得知有人自殺，而是聽到足以抵銷事故消息、令人驚嘆的實例——現在想想，那就像大本營發表（註）。由於太過美好，反倒忍不住懷疑眞實性。」

註：指二次大戰時，日本陸軍部及海軍部的大本營做出的官方戰況報告。基本上報喜不報憂，且大幅偏離現實情況。

我感覺到岳父沉靜的憤怒。

「我之所以無法接受ST，是認爲ST的體系中，有個非常脆弱的部分。」

「脆弱的部分？」

「就是教練。」

ST賦予每一個教官過於強大的支配力，岳父解釋道。

「如你所說，這一點和軍隊十分類似。欺凌新兵的老兵，只因身爲老兵，就能以維持規律和訓練等名目，釋放在過去和平的日常生活中，連自己都不曾發現的獸性。有時在極端封閉的上下關係中，只是掌握一點權力、地位稍高的人，明明沒有相應的能力與資格，卻一手掌握底下人的生殺大權。我就是厭惡這一點，比世上任何事物都要厭惡。」

岳父曾經從軍，但始終沒深入談論過。至少我沒聽聞。

然而，現下我聽到一小部分。

「二次大戰爆發，我在末期受到徵兵，但當時已無輸送船，所以我沒被送到外地。爲準備本土決戰，我們在九十九里的沙灘挖洞，挖著挖著，戰爭就結束了。」

但我已充分見識到種種令人作嘔的事——岳父說：

「從此以後，我內心萌生一股信念：人基本上是善良樂觀的。可是，一旦被放入特定的狀況，就會分成始終都能維持善良樂觀的人，及被狀況吞噬、失去良心的人。所謂『特定的狀況』，最典型的即爲軍隊、戰爭。」

那是封閉的極限狀況。

「在我眼中，ST的教練無異於陸軍的上等兵。若是有能力、冷靜，能夠妥善控制自身力量的教練，就能在ST中帶來良好的效果。我聽到的員工教育成功案例，便是這種情形。而有人自殺的案例中，錯的都是教練。不是方法錯誤，而是身為一個人錯了。」
沉醉在極限狀態的渺小權力中，釋放內在的獸性。
「有時攻擊別人，是一件痛快的事，可以享受將對方逼到絕境的快感。每個人都有如此邪惡的一面，但更邪惡的是，慫恿他人這麼做，也就是煽動。灌輸別人這麼做才是正確的觀念。」
ST這個體制，隱藏著教練如此教唆學員的危險性。所以，今多嘉親近乎直覺厭惡、排斥ST。
「會長做出正確的判斷。」我應道。
書房內一陣沉默。岳父盯著酒杯，而我注視著岳父。凝結出一層水滴的酒瓶，在柔和的照明下幽幽發光。
「到七〇年代後半，ST迅速退燒。曾經紅極一時的熱潮，就像一場夢，急速消退，彷彿從未存在。」
「大概是『員工研修用ST這套方法太危險』的資訊傳播開來了吧？」
「不，或許只是高度成長期結束，企業主眼中的員工理想形象逐漸不同。」
以岳父而言，這是罕見的嘲諷。他眼底閃著銳利的光。
「忘了提，ST非常花錢。當紅的時候，主辦者如雨後春筍般增加。因為很有賺頭，品質良莠不齊，ST益發淪為可疑的活動。」
有錢賺的地方，會聚集優秀的專家，卻也會引來偽裝成優秀專家的冒牌貨，導致活動帶來的效益下降，信賴度與吸引力自然隨之下降。
「不斷攀升的成長期緩和下來後，一般企業也不可能為不時鬧出人命的危險研修投入大筆金錢。」
ST的需求減少，風潮過去。
但是——岳父搖搖頭。
「和科學技術一樣，即使是心理學這種針對人心的學問，從中發現、普遍化的方法論，也不會那麼容易消失。ST消失，但ST的技巧——ST的概念保留下來。不是朝員工研修或主管教育的方向發展，而是延伸到別的領域，逐漸擴散。」

岳父一口氣說完，看似難受地舔濕嘴唇。

「講這麼多，其實只是藉口，主要是我判斷錯誤。一九八二年四月，我以公司命令派園田等十八名女性員工參加的研修營，內容與ＳＴ大同小異。雖然有專業心理學家陪同，標榜最大限度尊重學員的意志，不同課程各有專任講師，而非教練制。不過，就算針對ＳＴ的缺陷進行補救措施，內容卻依然故我，還是具有相同的危險性。」

學員被逼到絕境，面臨自我崩壞的危機，陷入恐慌。他們迷失自我，別說提升能力，反而會陷入情緒不穩定的狀態。

「園田又是那種個性。」岳父的語氣益發苦澀，「不管對方是講師或學者，被蠻不講理地壓住頭、逼著聽話，她絕無法忍受。既痛恨不合理的事，又不能默默吞下抗拒的心情。」

我點點頭，「這是總編的優點。權威與權力並不代表正確，她有足夠的智慧分辨，也有骨氣說出來。」

「但是，站在ＳＴ的角度，認爲那種骨氣就該鏟掉。」

「所以，總編在團體中遭到個人攻擊，陷入恐慌狀態？」

岳父一時沒有回答。沉默中，我憶起在宅配箱前抱頭顫抖的園田瑛子。

「園田她們參加的研修，是一個叫『現象人才開發研究所』的團體主辦的。完全以企業的女員工爲對象。在八〇年代初期，就有女員工將成爲企業重要戰力，得加強訓練的發想，可說是洞燭先機。」

不過，因爲對象是女性──說到這裡，岳父忽然表情歪曲，噗哧一笑，「這樣講會挨園田和遠山的罵。」

「我不會說出去的。」

岳父這次眞的笑出聲，「由於對象是女性，所以並非不分青紅皂白嚴格訓練。標榜透過『相互理解與融合』，來激發女員工在企業中遭到壓抑沉睡的能力。」

不是攻擊，而是相互理解與融合嗎？

「研修的方式，基本上不是以團體爲單位，而是一對一，重點放在引導各學員的獨特性上。不過，正因是這種方式，像園田那樣碰上合不來的講師，就會更難熬。」

「總編的講師對她做了什麼？」我進一步追問。

岳父一時沒回答。

「那場研修不像ST那樣，採取將學員的體力消耗殆盡，來放鬆自我束縛的粗暴作法。一天的課程中有自由時間，也有充足的睡眠時間。」

岳父愈說愈快，像在逃避。

「不過，假如學員的聽講態度不佳，不聽從講師的指導，是可以懲罰的。不是參加的一方同意，而是『現象人才開發研究所』擅自容許的。」

是怎樣的懲罰？

「就是把學員關進『反省室』。」岳父繼續道：「他們的研修設施有這樣的房間。但事前的觀摩會上，他們把反省室僞裝成儲藏室或用品室，絕不會讓客戶看到。」

「是專門用來關人的房間嗎？」

「沒錯，窗戶嵌有鐵條，門從外面鎖上，空調和照明都從室外控制。室內只放一床被子和毫無遮蔽的馬桶。另設有一台螢幕，一天二十四小時不斷播放他們製作的，號稱具有開發潛能與解放精神效果的影片。」

我聽得目瞪口呆，「不僅監禁，還加上拷問，簡直比囚犯的待遇糟糕。」

岳父咬緊下唇，點點頭。

「研修第三天晚上，園田就被關進去。第一次兩小時就放出來，後來又說她反省不夠，在第四天深夜把她拖出房間，關進反省室。她在凌晨試圖自殺。」

出於什麼原因，用什麼方式？我怕得問不出口。

「她用頭撞牆。」岳父的話聲幾近呢喃，「那段期間，她不斷吼叫著『放我出來』。室內照明被關掉，裡面一片漆黑。」

明明沒喝多少，醉意卻一下湧上來，我感到一陣噁心。

「有人把她救出來嗎？」

「是陪同那場研修，專屬『現象人才開發研究所』的心理學家。託他的福，我們才能確切得知園田的遭遇。在這一點上，我必須承認，『現象人才』這個組織比往昔的ST主辦單位稍稍像話。」

在組織裡安排一個具備足夠的能力與理性，能判斷出這種做法異常，而且錯誤的人——就是這一點。

「當時有沒有報警？」

岳父的表情，像是被我擰一把。

「我們放棄報警。畢竟園田不是能夠承受偵訊的狀態。」

我的胸口也痛到彷彿心臟被擰一把。

「不過，我徹底調查『現象人才開發研究所』，打算對那個組織進行活體解剖，然後大卸八塊。爲達成目的，凡有必要，我不擇手段。」

既然岳父這麼想，應該會真的付諸實行。

「一年後，『現象人才開發研究所』收起招牌，但相關人士沒有一個受到刑事懲罰，至今我都懊悔不已。」

我很氣自己——今多嘉親緊握拳頭，眼底發光，似乎瞪視著某段明確的回憶。

「我和那個組織的每一個人談過。換我來逼迫他們，把手伸進他們名爲自我的臼齒，狠狠搖晃。實際上，他們也叫苦連天，但……」

自我厭惡感仍未消失，岳父接著道：

「爲何派園田她們去參加那種研修？明明有疑慮，明明無法接受，爲何我會欺騙自己，想著試試也無妨？」

「會長，我不打算幫您找藉口，但請讓我確認幾項事實。」

岳父注視我。眼底深邃的光，如燭火熄滅般倏地消失。

「派女員工參加『現象人才開發研究所』的研修，應該不是會長的主意吧？不僅不是會長，甚至不是公司高層的提案吧？」

岳父沒回答。

「那會不會是來自員工——或是工聯的要求？」

「我不會允許工聯做那種事。」

「那麼，是不是女員工主動提出的？」

岳父搖頭，像是驅走我的話，「不論過程如何，負責人都是我。是我做出錯誤的決定，讓員工的生命暴露在危險中。這個事實不會改變。」

「我曾聽說，從《男女雇用機會均等法》連八字都還沒一撇時，會長就在考慮積極擢升女員工。爲了實現這一點，跟參加工會的女員工定期舉辦懇親會與讀書會。」

物流公司在企業中也特別偏向男性社會，而女員工在裡面算是壓倒性的少數。如果女員工在那類親近的聚會場合提出要求，表示想開發自身的能力、期望能升遷、希望社長提供研修機會，今多嘉親不可能置若罔聞。

「表面上，參加『現象人才開發研究所』主辦的研修是公司命令，其實是出自女員工的請求吧？正因她們是積極向上的人才，會長的後悔才會這麼深切。」

都是以前的事了——岳父應道：

「那種細節我早就忘記。」

「可是——」

「不管當初有何想法，實現的方法錯誤，也只會帶來錯誤的結果。僅僅如此。」

我默默伸向酒瓶，想為岳父和自己斟酒。原想好好倒一大杯，但酒瓶裡的液體所剩無幾。

「別告訴公枝。」

岳父小聲交代，淡淡微笑。

「那次事件後，園田停職一年。」

回到公司時，園田看起來幾乎完全復原。

「當時沒有PTSD或恐慌症之類的詞彙，專家也很少。幫助園田恢復過來的醫生，一定相當優秀。」

但難免留下傷痕。

「那個事件在園田心中留下陰影，或許也讓園田長出一種天線。」

園田在暮木老人身上，看到控制別人的支配欲與能力。她敏銳地聞出，才會當面揭發：我知道你這種人。

「若完全是園田的主觀認定，未免太武斷。可是，暮木回應園田，並且承認，對吧？」

「是的，他還向園田道歉。」

「由於這段對話，我才會猜測暮木曾是教練，或從事類似的行業。因為那樣的人，也有他們特殊的天線。」

意思是，暮木老人碰上園田瑛子，立刻推測或嗅出她過去的遭遇？

「剛剛提到，發生園田事件後，我和『現象人才開發研究所』的人談過。不僅僅是他們，我找過其他同業者，詢問他們的意見。總之，我就是想知道他們的內幕。然後，我發現一件事。」

他們的眼神都一樣，岳父說。
「不管是叫教官、講師或教練，站在指導學員立場的人，在業界愈受到高度肯定，愈是如此。」
那是怎樣的眼神？我問。
「那不是看人的眼神，是看東西的眼神。」岳父回答，「仔細想想，這是當然的。人可以教育，但他們的目標並非教育，而是『改造』。人是不可能改造的，能改造的是『東西』。」
他們全都滿腔熱忱，相信自己做的事是對的。
「他們滿懷自信面對我。認爲能說服我、讓我跟他們擁有一樣的信念，並且控制我。他們愈是熱情陳述，看我的眼神愈像在看東西。那表情像得到老舊礦石收音機的孩童般天眞無邪，以爲拆開清理，重新組裝，就會發出更美的音色。」
園田瑛子察覺暮木老人的那種眼神嗎？
「暮木這個人，或許也用看東西的眼神看園田，才會察覺她曾精神崩潰，甚至看出她爲何崩潰。」
此即兩人啞謎般對話的「解答」。
「你不是提過？暮木老人用三寸不爛之舌，把你們哄得服服貼貼。」
「沒錯，每個人都被控制。」
「他恐怕曾是那個領域的大師級人物，掩藏不住特徵，園田會發覺也不奇怪。」
岳父重新坐正，傾身向前把手放在桌上，細細打量我。
「公車劫持事件後，我們第一次談話是何時？」
「兩天後的晚上。前一天我回家，隔天去上班，接到遠山小姐的聯絡，於是過來打擾。」
「是啊，是在這裡談的。」
岳父點點頭，把手收入和服袖口，揣進懷中。

「當時我們不曉得園田的狀況那麼嚴重，還悠哉地聊天。你提到看見公車外的空地，丟著一輛兒童自行車吧？」

「是的，我確實提過。」

「你反覆強調，暮木十分能言善道。由於你不是那麼容易被唬得團團轉的人，我覺得對方肯定大有來頭。雖然隱隱約約，卻也擔心起來。」

擔心園田瑛子是否沒問題？

但岳父注視著我。莫非他的「擔心」，指的是擔心我？為什麼？我尋思著該怎麼開口，岳父移開目光。

「假設——完全只是假設，暮木曾是教練，但ST已退流行，所以他不可能以此為業。要調查他的經歷，應該向不同業界打探吧。」

「剛剛您提過，即使風潮過去，ST的技巧仍保留下來，延伸到其他領域。」

「嗯，你認為是何種領域？」

首先浮現腦海的是自我開發研修營。在「改造」人這一點上，算是ST的直系子孫吧。

「那原本就像是ST的好兄弟。其他呢？」

「我覺得只要是標榜『讓你的潛能開花結果』、『帶領你的人生邁向成功大道』的廣告，全都符合……」

「沒錯。你不認為在此一延長線上，有個巨大的獵物嗎？」

成功、財富、名聲、人望、充實、自我實現。

我抬起臉，「是不是所謂的詐騙行銷？」

岳父大大點頭，「在那類業界裡，對找來的冤大頭——會員，加以教育與訓練，是首要之務吧。」

直銷、空頭投資詐騙等惡質行銷手法，為逃避法網，不斷進化、變化，但最根本的部分如磐石不動。簡而言之，就像老鼠會，不持續增加顧客，遲早會崩盤。所以，招攬新顧客，是組織絕對的使命。除了設法讓顧客帶來新顧客，防止掌握到的顧客叛逃也很重要，必須進行持續性的教育——不，說服。差一步就是洗腦的深刻說服，以笑容包裝暴力的說服。

這樣的說服手法，誰來傳授？起點在哪裡？「顧客」原本只是普通上班族、學生、主婦、領年金生活的人。

當中是否有職業「教練」的需求？

「確實如此……！」

見我忍不住感嘆，岳父苦笑，像咬到不明硬物。

「用不著佩服。我是知道實例才想到的，等於是作弊。」

「實例？」

「差點殺死園田的講師……」

岳父咬牙切齒，嘴形彷彿猛然咬碎東西。

「『現象人才開發研究所』倒閉後，他改往那方面發展。我非常詫異，簡直是目瞪口呆，完全說不出話。」

「『現象人才開發研究所』消失後，會長仍繼續追蹤那個人？」

「我沒做到那種地步，是對方主動捎來消息。」

我不懂。見我一臉困惑，有「猛禽」之稱的岳父，皺起標幟性的鷹鉤鼻，問道：

「你曉得豐田商事事件嗎？」

我不禁一愣。

「不曉得嗎？那是一九八五年發生在關西的事件，公司代表遭暴徒刺殺。當時你幾歲？」

「十六、七歲。」

「唔，想必不會有興趣。」岳父苦笑，「那是名留歷史的重大詐騙案。賣的是金條——『家庭契約證券』這項商品，就是所謂『空頭字據詐騙』的嚆矢。」

豐田商事原本是買賣金條的投資管理公司。

「金條買賣的大原則，是實物交易。投資管理公司是顧客訂購、賣出多少金條，就買賣多少金條，並收取手續費。換句話說，營業模式必須能夠回應顧客的要求，隨時交換純金與現金。然而，這樣一來，投資公司等於沒賺頭。」

於是，業者想出來的，就是「家庭契約證券」。

「他們會建議顧客購買金條，然後表示：金條保管起來很麻煩，敝公司可代為保管，並在約定期限內加以投資運用，同時支付顧客租金做為利息。」

顧客以為自己買金條託管，還能拿租金當利息，是安全又吸引力十足的投資。「家庭契約證券」引起不少民眾的興趣，豐田商事不斷收到會員。

「然而，眞正的經營狀況卻令人膽寒。豐田商事根本沒有購入符合顧客訂單數量的金條。」

實際上，豐田商事把從會員那裡取得的現金，拿去付金條的租金，挖東牆補西牆。資產運用的母體——金條，根本不存在，自然也沒進行運用或投資。

爲吸引更多會員，豐田商事開始販賣契約期限更長、分紅利率更高的證券。然而，公司苦於擠不出高額紅利，會員之間也出現懷疑與不滿的聲浪，組織逐漸分崩離析。

顧客自認在「投資」，但「投資」的實體根本不存在，是幻影。幻影的帷幕背後，詐欺師忙著將到手的資金乾坤大挪移，也不忘把自己的份揣進懷裡。

這種投資詐騙雖有規模大小之分，如今已不稀罕，販賣沒有實體的商品的空頭字據詐騙案更不絕於後。我們的社會允許這樣的詐騙行爲，像個傻男人般，不管受騙多少回，仍不自主愛上其實是同一個人，但光靠打扮就能狡猾變身的千面美女。

「豐田商事的行銷方面，除了直接上門推銷的業務員以外，被稱爲『電話女郎』的女員工也功不可沒。」

電話女郎的工作，並非單純的電話行銷，眞正的目的是蒐集資訊。親密地與客人閒聊，探聽出對方的家庭成員、月收入、資產狀況等等。對業務員而言，這是極有用處的事前情報。

「那麼，差點害死總編的，是替豐田商事培訓電話女郎的教練？」

這個人未免太愛教女學員了吧？

「眞是這樣也太巧。」岳父輕笑，「豐田商事的幹部心知『家庭契約證券』遲早會垮台，於是設立集團公司、涉足休閒產業等等，唔，算是企業該做的努力。集團公司取了個誇張的名稱，但業務內容不必要地複雜且不透明，唯一能確定的是，母體挹注莫大的資金。」

那名講師就是待在這樣的集團公司之一。

「他是在內部從事員工教育和業務活動嗎？」

「那麼深入的細節我也不清楚。」岳父回答，語氣突然變得沉重，「只曉得他成爲集團公司的員工。」

我望著岳父。

「一九八五年十二月……約莫中旬吧，總之是年關將近，忙得人仰馬翻的時期。」

一早，岳父就被警視廳湊警署的電話吵醒。對方告訴他，轄區路上發現一具墜樓的屍體，疑似上班族的男性死者身上有岳父的名片，才會聯絡他。

「考慮到可能是我們的員工，所以我帶著遠山，趕往警署。」

岳父認得死者，他忘不了那張臉。

「就是差點殺害園田瑛子的講師？」

聽到我的問題，岳父點點頭。

「死者並未攜帶錢包或駕照，一時查不出身分，警方只能聯絡名片上的人物。」
「會長的名片是在哪裡找到的？」
「據說夾在胸前口袋的萬用手冊，其餘還有三十幾張名片。」
我的名片是其中之一，岳父低語。
「是那男人認爲死前不必處理也無所謂的名片之一。」
「或許是殺害那個人的凶手，判斷不須處理、留下也沒問題的名片之一。」
那是自殺，岳父應道：
「他不是那麼重要的人，值得花工夫滅口。後來查明，他只是個員工。而且，他是從旁邊的大樓屋頂跳下。」
岳父安撫似地望著我。
「噯，總之就是這麼回事。」他輕聲嘆息，「我意外得知那名講師後續的人生。」
倒也難怪——
「感覺是相當符合一個花言巧語之徒的變身。」
遇上查獲投資詐騙案之類集團詐編的情況，警方和檢察官的目標都是大本營，只盯少數的高層人物。邊緣的會員不必說，有時連親信等級的職員都能逃過起訴。與其起訴他們，從他們身上打探出情報，鞏固幹部的罪狀，揭開騙局手法的全貌更優先。
那名講師也一樣，只是集團公司員工之一，算是蝦兵蟹將。
然而，我仍懷疑那眞的是自殺嗎？雖然是組織裡的雜魚，但對於跟他接觸的顧客與部下，他是最直接的加害者。即使逃過檢警追捕，也可能被他欺騙——「教育」的人追殺，或懷恨在心。
園田瑛子想必也十分恨他。

「那男人把一九八二年見面時，我交給他的名片寶貝地帶在身上，是認爲派得上用場吧。這件事害我被三十多歲、還很可愛的遠山狠狠罵一頓，告誡我不要隨便把名片交給可疑人物。」

「是啊，在會長不知情的狀況下可能遭到惡用。」

「和遠山說的一樣。」

「想用名片甩他巴掌，您的心情我理解。不過，甩完巴掌，心情舒暢後，應該當場收回。」

「比起甩巴掌，我更想用名片割斷他的喉嚨。」

岳父居然說得如此直接，我還以爲聽錯。

「會長。」

「什麼？」

「不是會長下的手吧？」

這危險的玩笑，逗得我們哈哈大笑。

「我很好奇，會長始終沒提及那男人的名字。」

「他的名字沒有意義。」岳父聳聳瘦削的肩膀，「因爲他在『現象人才開發研究所』，和成爲屍體時，名字不一樣。」

不僅是名字，連年齡、出生地和經歷都不一樣。

「連身分都是僞裝。」我心中一涼，「難不成暮木老人也……」

岳父點點頭，「要是猜得沒錯，暮木一光並非本名。」

「可是，僞裝身分這麼容易嗎？」

「只要有意，不無可能。」

我從警方那裡聽到一件事——岳父說著，傾身向前。

「豐田商事事件後……唔，約十到十五年之間，只要破獲吸金投資詐騙之類的案件，常會在公司幹部或相關人員中，發現豐田商事的影子，實在令人驚訝。原來是從豐田商事遺留的傢伙，在模仿元祖老店的做法。」

一朵花綻放結果，就會有無數的種子乘風四散，在新的地方冒出嫩芽。只不過，那是一朵邪惡的花。

「那些人的姓名和經歷，都與豐田商事時代不同。他們切割過去，脫胎換骨。」

我忍不住呻吟。

「不過，那個業界經歷世代輪替，早不見豐田商事的殘黨，但技術應該已傳承下來。所謂的軟體，一旦開發出來，就沒那麼容易滅絕。」

那是邪惡的地下水脈——岳父說：

「熟悉那種技術的人，會尋找能夠發揮的舞台。」

比起汗流浹背製作物品或勞動掙錢，一旦嘗到靠耍嘴皮子操縱他人，誤導他人騙財牟利的滋味，往往會不可自拔。

「教導別人原是非常值得尊敬的技能，也是一種困難的技能，不是任何人都辦得到，所以教育者應該具有相當的素質。可是，光只有素質，缺乏分辨教育目的是正或邪的良心，可能會走錯路。」

大概就是這樣——岳父輕輕攤開雙手，「我的簡報到此爲止。」

「無論是何種形式，暮木老人很可能曾從事詐騙工作。我已明白您的想法，但以ST後代的意義來說，不也可能是邪教式的宗教團體人士嗎？」

洗腦、哄騙、改變信仰，在這方面上，詐欺師那一套同樣能在宗教世界發揮效用。

「我想過這一點。但你不是提到，田中在公車上詢問『老先生和宗教有關嗎』，暮木當場否認？」

確實如此，岳父的記憶力好得驚人。

「是啊……他說不喜歡宗教。」

「或許是暮木待過那種組織，見識到宗教一點都不宗教的部分，於是厭惡起宗教。所以，也不能完全否定這個假設。」岳父蹙起眉，「不過，我很在意暮木要警方帶來的那三人。暮木是怎麼說的？」

「他們有罪。」我記得相當清楚。

「有沒有談到是怎樣的罪？比如犯了戒，或背棄神明的教誨。」

「沒有。」我搖搖頭，「他沒提到那類事情。至少就我的感覺，他指的是更現實的『罪』。」

暮木老人要求帶那三人過來時，曾說「讓我見識警方的厲害吧」。對了，當下我相當在意這個說法。

「不覺得很世俗嗎？」岳父應道：「考慮到暮木在很早的階段，就向你們提起賠償金，怎麼想就是會偏向直銷、吸金投資方面。」

岳父忽然輕笑，又甩甩手像要打消那抹笑。

「抱歉，想起一些事。」

「您想起什麼？」

「不是投資，跟融資有關。年輕時，我也上過卑鄙的詐騙分子的當。」

稱號「猛禽」的今多嘉親也有那種時候啊。

「只能視爲一次教訓。當時的事業夥伴和前輩都說，就當付錢上了一堂課。」

教育家與詐欺師雖是根本上不同的存在，但詐欺師有時也會留下教育性的訓誨。

「詐騙騙局中，除了明知故犯的幹部，被招攬成爲顧客或會員的一般人，往往會因介紹家人或朋友加入，最後也變成加害者吧？」

是被害者，同時也是協助詐騙的人、加害者，立場十分棘手。儘管是加害者，但在詐騙集團被揭發時，絕大多數都能逃過刑罰。畢竟他們當初是被害者，之所以會變成加害者，也是受騙的結果。

即使如此，做過的事仍會留下痕跡。

「我認爲暮木所說的那三個人的『罪』，就是類似的事。雖然已脫離想像，差不多是天馬行空的程度。」

「不，幸好下定決心來請教會長。」

感謝指點，我行了一禮。

「那麼，我要怎麼處理這東西？」

岳父視線移向桌上的辭呈。

「可以請您收下嗎？」

「收下是可以，但接下來呢？當你們決定收下暮木的錢時，再正式受理就行？還是，等你們把錢交給警方時受理？」

「假如此事鬧上檯面，會給公司添麻煩——」

我說到一半，岳父便拿起辭呈，打開書桌最上面的抽屜，扔了進去。

「我受理的時機，由你決定。交給我判斷，只會讓我傷腦筋。你希望我收下的時機到了，我就收下；希望我還給你，我就還給你。在那之前，由我暫時保管。」

我再度默默行禮。

「不過，我有個條件。」岳父的目光嚴肅且銳利，「把事情全部告訴菜穗子。我不容許你對她有所隱瞞。」

這是夫妻之間的問題，岳父說。

「比起公司，你應該優先爲菜穗子著想。」

「非常抱歉。」

「萬一菜穗子希望你不要收那種錢，也不要再四處打探，你會怎麼做？」

「……我會好好跟她談。」

「怎麼，你不會聽從菜穗子的願望？」

「這件事不只關係到我一個人，其他人也收到錢，而且各人處境不同。」

岳父的眼神稍微動搖。

「若是經營者為籌措資金有多辛苦，不用你說我也知道。」

「是的。」

「我也知道籌不到學費，只能放棄升學有多不甘心。」

「是的。」

「你不認為，與其追查暮木那筆錢的來源，更應該說服人質，盡快去找山藤警部嗎？」

我無法回答。耳朵深處響起田中「求求你，不要告訴警方」的懇求聲，眼前浮現垂下頭說想重念大學的坂本。

「——我明白了。」岳父盯著抽屜，「那我以集團宣傳雜誌發行人的身分指派你任務。」

「什麼任務？」

「記錄你接下來的調查過程，寫成報導交給我。要不要刊登，由我決定。」

「不，怎麼能拿報導——」

「這由我決定。你只要調查，然後寫下來。園田已恢復精神，有間野和野本在，平常的編輯業務應該能順利運作吧。」

期限是兩週，岳父繼續道：

「務必遵守截稿日，我的要求只有這樣。」

我從椅子站起，「謝謝會長。」

「快回去吧，菜穗子會擔心。」

我藉著常夜燈的燈光穿過通行門，離開今多宅邸。落入黑暗的庭院，傳來細微的蟲鳴聲。是秋季尾聲的最後鳴唱。

一回到家，我就發現走廊盡頭的客廳立燈亮著。躺在沙發上的菜穗子爬起來。

「你回來了。」

我沒告訴妻子是去見岳父，只說有急事要外出，應該會晚歸，要她先睡。

「何必等我呢？」

妻子帶著睏倦的雙眼，害臊地笑了，「我在看電視，不知不覺打起瞌睡。」

平常妻子沒有這種習慣，約莫是從我慌張的電話察覺到什麼，所以在等我。

「其實，我在管理室聽到你中午過後曾回家一趟。」

睡眼惺忪的妻子，眸中隱藏著不安。

「很少發生這種情況，你又突然說要晚歸……我忍不住擔心。」

而且這陣子都沒機會好好聊一聊，她說著撩起頭髮。

「抱歉，讓妳擔心。」

一開口，我便嚇一跳。聲音在顫抖。

妻子注視著我。

「——發生什麼事？」

我娓娓道出一切。妻子和我並坐在沙發上，我說到一半，她就握住我的手。

「親愛的，」全部聽完，妻子有些沉痛地微笑道：「爸給你特別命令呢。」

以一個總是包容丈夫所有任性妄爲的妻子而言，這說法十分奇特。

隔天，集團廣報室的朝會決定了接下來兩週的工作分配。

岳父的「特別命令」內容，當然不能在會議上透露。我說明接到指令，負責撰寫公車劫持事件的報導。不只包括我的親身經歷，得重新採訪人質，整理出事件的全貌。

暮木老人留下的錢的問題，也是公車劫持事件的一部分，所以這並非謊言。但野本弟佩服地說「這個提案太棒了」，間野小姐擔心地問「回想起事件不要緊嗎」，我的良心隱隱作痛。

園田總編酸溜溜地丟下一句「是是是，女婿大人眞難爲」，沒再多說。她應該察覺我在兩週期限內的眞正任務，卻沒流露一絲不安或訝異。我鬆口氣，卻也頗失望。昨晚和妻子談過後，我忽然想到：如果說出這個特別命令，總編會不會要求——爲了我要求一起調查？

「今早我也有件事要宣布。」

總編草草結束我的話題，望著間野和野本弟說：

「今天工聯會送來調查報告。」

間野明顯一陣驚慌。

「是報告嗎？不是裁定或處分書？」

野本弟反問，總編冷笑道：

「那份報告的末尾，附有職場環境改善建議。」

「呃，建議嗎？那井手先生不會受到處分嗎？」

「相對地，杉村先生被控濫用職權一事，也不會受到追究。」

是各打五十大板，園田總編解釋。

「總編，妳用那種條件進行交易嗎？」

「喂，注意你的措詞。工聯不是警察，也不是法院，不能輕易說什麼處分的。這樣不是很好？反正井手先生會離開這裡。」

她沒回答是否做過交易。

「井手先生會被派去哪裡？」

「跟打工小弟無緣的地方，他要去社長室。」

「那不是升遷嗎？」野本弟相當生氣。

「社長室這個頭銜很方便，不管是眞正優秀戰力的員工，還是不屬於戰力、卻不知如何處置的員工，都能安上。」

但還是能滿足井手的自尊心吧。即使只需成天看財經報紙和雜誌，寫下沒人會受理的報告，坐在位置上也不會接到半通電話的閒差。

「這樣我就滿意了。畢竟間野小姐被調走，我會很頭大。」

「謝謝總編。」間野表情僵硬地行禮，「可是，沒有濫用職權的杉村先生等於是被冤枉，這——」

「無所謂，反正相關人士都知道事實。」

「是嗎？」野本弟望向我。

「大家都知道啊，這個人才沒膽濫用什麼職權。」

「沒錯，我沒那個狗膽。」我縮縮肩。

「上班族社會，我實在沒辦法欣賞。」

大人眞是骯髒。聽野本弟這麼說，我們噗哧一笑。

「這不是什麼好笑的事啊。」野本弟納悶道。

「那你就永遠像個孩子，純潔自由地活著吧。」

總編說要去採訪，一下就不見人影。我準備外出，邊安慰兩人，「別放在心上，我覺得是不錯的解決方法。」

間野的眼神暗沉，野本弟頗生氣。

「井手先生應該好好向間野小姐道歉。」

「爲此又要與他有所牽扯，間野小姐不會覺得更討厭嗎？」

「啊……也對。」

間野客氣地點點頭，回道：

「對杉村先生很過意不去，但如果能不要再見到井手先生，我會比較輕鬆。而且，工聯的委員都仔細聆聽我的說詞。」

她原來相當不安，怕對方不會正視她的問題。

「雖然輪不到我自誇，不過我們的工聯滿公平的。」

「調到社長室後，井手先生會若無其事地回來上班嗎？」

「應該會隔段時間吧？畢竟有醫生的診斷書。」

「社長是杉村先生的大舅子吧？能不能利用這層關係，給他點教訓？」

「那才是骯髒的大人幹的事。」

我笑著說，野本弟羞愧不已。我拍拍他的背道：

「那我出門了。」

我快步走到戶外。手機算準時機般響起，是田中打來的。

「早——」

「後來怎麼樣？有沒有查到什麼？」

昨天剛決定要調查，而且現在才早上不到十點。

「我準備去找那三個人。」

「你沒報警吧？」

「昨天不是說好了嗎？我不會擅自亂來的。」

「就在剛才，大概三十分鐘前吧，警車鳴著警笛朝『克拉斯海風安養院』開去。」

過沒多久，又有一輛警車開過去。

「可能出什麼狀況，但沒必要慌張吧？如果是爲了錢的事，警方不會去『克拉斯海風安養院』，而是直接來找我們。」

也對——我聽見田中的鼻息，「昨天晚上我睡不著，忍不住胡思亂想。我該不會得被害妄想症？」

被害妄想應該不是用來形容這種狀態，但我能理解他的心情。

「我也想了很多。不過，與其胡亂揣測，不如實際進行調查。田中先生請照平常那樣生活吧。」

知道啦，田中意外順從地掛斷電話。

前野似乎具備出色的視覺性記憶。她把暮木老人指名的三個人全名，以漢字完整記下。第一個人是「葛原旻」，第二個是「高東憲子」，第三個是「中藤史惠」。葛原住在埼玉縣埼玉市西區，高東住在杉並區高圓寺北，中藤住在足立區綾瀨。傳送手機備忘資料過來時，芽衣補充：

——我在打高東的住址時，暮木老爺爺停頓一下，似乎想不太起來房號。

確實，三人之中，唯獨高東的住址有房號。是五〇六。其餘兩人大概是住透天厝。

依高圓寺、綾瀨、埼玉市的順序找人，應該會較有效率。我前往東京車站，搭上中央線的快速列車。

任職於童書出版社時，我經常拜訪高圓寺。交情不錯的插畫家住在這裡，他告訴我不少藏身住宅區巷弄的精緻小餐館，和氣氛迷人的酒吧。與菜穗子結婚後，我幾乎沒再來過，所以十分懷念。這是個年輕人很多、充滿次文化氣息的有趣小鎮，菜穗子可能會覺得有點吵鬧，但是不是該帶她來看看？

一抵達目的地，我就從悠閒的思緒回到現實。

那是一棟紅磚色七層公寓，取名「高圓寺北宮殿社區」，約莫有五十戶。管理員室再過去是一大片集合式信箱。

五〇六室的名牌是「角田」。與周圍的名牌相比，顯然比較新。

——要查出一個人的住民登錄地挺容易，但那個人不一定住在登錄的地方吧？

暮木老人這麼說過。要找出那三個人見上一面，住址果然僅僅是線索之一。

我折回管理員室。玻璃門另一頭坐著穿工作服的五旬男性，正伏案填寫某些文件。

「不好意思。」

我出聲，他立刻起身來到窗口，鼻梁上掛著老花眼鏡。

「不好意思，我來找五〇六室的高東女士。」

漢字寫成「高東」，但不是讀作「takato」，而是「koto」，頗為特別。

「Koto 女士搬走嘍。」管理員回答。

果然……

「這樣啊，我都不知道。是最近剛搬走的嗎？」

「好像是上個月吧。」

上個月？那麼，發生公車劫持事件時，還有那之後，她仍住在這裡嗎？」

「你是高東女士的朋友？」

「是的，由於工作關係，家父曾受高東女士照顧。我說要到東京出差，家父便吩咐我來問候她一聲。」

我在話中暗示並非直接認識高東女士，也不是東京人。我不確定這個煙霧彈對管理員有沒有效。

「原來她搬走了啊，我爸居然不曉得。」

我喃喃自語，管理員表情不變，默默抬起鼻梁上的老花眼鏡。

「目前住在五〇六號室的角田，會不會是高東女士的朋友？」

「應該不是吧。」

「那麼，你知道高東女士搬去哪裡嗎？」

「不，這個……」管理員稍稍結巴，「我不能隨便透露住戶隱私。」

管理員打量著我。

「令尊大概很快就會收到她的搬家通知。」

「了解。不好意思，打擾了。」

我頷首致意，離開管理員室。剛要走出去，發現玄關大廳牆上有個公布欄，用五顏六色的磁鐵貼著幾張公告。

我在「管委會通告」、「消防檢查通知」等公告中，注意到一張「棉被清洗　九折優惠中」的傳單。店名為「小熊洗衣山本店」，註記「親自送來，點數加倍送」，等於是有到府收件和送件服務。我迅速抄下店家住址，步出玄關大廳。

循著門牌找到目的地，那是位於兩個街區外，面對大馬路的大型洗衣店。「小熊洗衣」是連鎖店名，「山本」似乎是分店名。招牌上畫著可愛的熊圖案，店鋪外觀以向日葵般的黃色統一。

自動門打開，穿著約莫是制服、胸前有小熊刺繡章黃色外衣的男子，朝氣十足地大喊「歡迎光臨」。他體格結實，染褐髮，戴著單邊耳環，長相有點像外國人。櫃台上堆滿衣物。

「不好意思，我想請教一下……」

我受家父之託，到「高圓寺北宮殿社區」拜訪高東女士，但她已搬家——我搬出同一套謊言。

「沒見到人，我這趟差事未免辦得太不牢靠。所以我四處打聽，看看有沒有人知道她搬去哪裡。」

年約三十的店員，將還在分類的衣物掛在手臂上，聽著佯裝困窘的我的說詞。

「我們也不知道。」

他冷漠地回答，繼續分類。襯衫有好幾件。

「這樣啊，果然不會知道呢。」

我搔搔頭，店員表情一動。他瞳眸顏色很淡。

「做我們這種生意的，就算是客人，隨著搬家交情也就結束。」

「也是。聽說高東女士是上個月搬走的。」

「這樣嗎？」

店員邊工作，狀似在尋思。我從他的表現，感覺到異於管理員的反應，或者說蛛絲馬跡。是過去經驗累積的直覺發動了嗎？

「我爸一定會很失望。他膝蓋不好，幾乎無法外出，跟高東女士也很久沒碰面。」

衣物分類完畢，輪廓深邃的店員以除塵撢清理著櫃台，抬起眼道：

「不好意思，我們不清楚。」

「這樣啊，打擾了。」

我穿過自動門來到馬路上。我慢慢走著，在稍前方的電線桿旁回頭一看，發現店員從櫃台探出上半身望著我。不只他，還有另一名女同事，不然就是他太太吧。穿一樣的制服，湊在一起交頭接耳。我一回頭，兩人的腦袋立刻縮回去。

果然有鬼。不光是「不能透露住戶隱私」，而是另有原因。

我繼續四處打轉，找到有宅配服務的超市，和像是當地老字號的酒行。超市什麼都沒問到，但酒行有反應。看店的老婦人對我（胡扯）的說詞毫不理會，劈頭就問：

「你是哪裡的記者？」

老婦人一頭白髮染成淡紫色，穿著花紋鮮豔的毛衣，臉上的妝很濃。

「記者？」

「你是八卦雜誌的記者吧？」

「呃……這是什麼意思？」我裝傻道。

滿臉皺紋的老婦人鼻頭擠出更多皺紋。她在笑我。

「放過她吧。」

高東太太很可憐，她說。

「高東女士發生什麼會被記者採訪的事嗎？」

老婦人的小眼睛發亮，「怎會沒有？別再騷擾她了吧。」

「不，我真的不曉得是怎麼回事。父親什麼都沒告訴我。」

和剛才的管理員一樣，老婦人上下打量我。如果管理員的眼神是X光，那麼老婦人就是CT或MRI。

「你真的什麼都不知道？」

那表情像在表示「聽你胡扯」。「放過她吧。」老婦人嘴角抽動，其實她想說得要命。

「發生什麼狀況嗎？」

我一問，老婦人便轉向我。她坐在旋轉椅上。

「上個月——那時是九月，算是上上個月。千葉的哪裡不是發生過一個神經病老頭劫持公車的案件嗎？」

對啊，我傾身向前。

「高東太太似乎參了一腳。警察找上門，媒體記者也來一大堆。」

「原來出過這種事啊。」

我演技很差，但這名老婦人的CT或MRI，也許是想要忽略上頭的陰影就能忽略的機型。

「後來高東太太就搬家了。她說要去跟女兒住，可是不知出什麼問題，拖了很久。」

公車劫持事件發生時，高東憲子住在「高圓寺北宮殿社區」的五〇六室，有警察和媒體找上門。約一個月後，她便搬家去投靠女兒。

暮木老人說要「找出」那三個人，至少高東憲子沒必要特地去找。那他爲何要舉出高東憲子的名字？答案十分簡單。暮木老人希望他們受到公審，想透過警方和媒體的「權力」，把他們拖到公共場域示眾。

我再度感受到暮木老人的惡意與憤怒。

——因爲他們有罪。

「可是，她跟劫持公車的老人究竟有何關係？」

看著我的蹩腳戲，老婦人嗤之以鼻。

「誰曉得？去問你爸啊。」

「家父一無所知。原來有警察找上門啊，眞可怕。媒體一直糾纏不休嗎？」

「大概鬧了一個星期。因爲劫持犯的老頭死掉，想從別地方採訪到消息吧，可是高東太太東逃西躲。」

「東逃西躲？」

「那個人滿有錢，約莫是去住飯店之類的吧。」老婦人眼底冒出惡意的光芒，「你爸也被她騙過？」背部一陣寒顫，我默默隱藏。

「被騙……？」

「你眞的不知道？」

那我也不說了，老婦人又旋轉椅子，面向一旁，但嘴角還在抽動。

我決定暫時撤退。先去找其他兩人，隔段時間再來吧。那樣對這名老婦人也比較有效果。

「打擾了，謝謝。」

離開店裡時，我眼角餘光掃到老婦人期待落空的表情。下次上門，她應該不會再賣關子，會一五一十全告訴我吧。

竄過背脊的惡寒，在走向車站的途中遲遲沒消失。很有錢、被她騙，這些字眼在耳朵深處迴響。

綾瀨地區的中藤史惠，「原本」住在老舊的灰泥二層樓住宅。她也搬家了。

門牌列出五口之家的成員名字，是小孩的字跡，以黑色麥克筆寫的，姓氏是「田中」。狹小的停車場內，停著附輔助輪的小自行車，及附兒童座的淑女車。

我按下門鈴，隨即聽到女人應聲。

「不好意思，我來找住在這裡的中藤女士。」

大概是身爲這個家的主婦和母親，她機敏地回答：

「中藤女士是我們的房東，她不住這裡。」

「這樣啊。現在這裡是田中家嗎？」

「是的，我們去年底搬過來。你找房東有事嗎？」

「她是我父親的老友。」

我搬出同一套說詞，她回答：
「我們不曉得房東的住址，可能要去問房仲。」
她告訴我，房仲公司在站前圓環的大樓一樓。
「謝謝。」
不好繼續打擾看似忙碌的田中家主婦，我折回站前。
踏進房仲公司，一名穿西裝的年輕男職員招呼我。他請我坐下，畢恭畢敬地詢問來意。
「不好意思，我們不能透露顧客的個資。」
同爲社會人士、有常識的大人，你明白吧？他露出這樣的神情。我苦笑著點點頭。
「也是。我不抱希望地來問問看，果然行不通。」
「令尊沒收到中藤女士的搬家通知嗎？」
「不清楚，畢竟家父年事已高，或許收到卻忘了。」
我沒在綾瀨四處問話，直接前往埼玉市西區。中藤史惠在去年底搬家，暮木老人知道嗎？他是何時調查中藤史惠的住民登錄？
從心理上來看，不太可能在劫持公車前幾個月就調查。假設是一個月前，中藤史惠已搬家八個月。這表示當時她還未申請變更住民登錄。
搬家後不盡快重新進行住民登錄，生活上會有諸多不便。若中藤史惠有學齡的孩子，上學會有問題；若她的歲數可領年金，不辦理住址變更就領不到錢。不過，只要提出遷居申請，一年內郵件會直接轉送到新地址。
可是，這未免太不自然。搬了家，住民登錄仍留在舊地，不是個性粗枝大葉，就是生病或年紀太大無法親自辦手續，又或者——

不想被知道搬去哪裡？

也就是在躲避什麼人。

上個月搬家，和女兒同住的高東憲子，住民登錄可能依然留在「高圓寺北宮殿社區」。

要確定這一點並不難。但是，在公所服務窗口虛構身分，滿不在乎地撒謊騙到住民卡，和編造說詞哄騙做生意的店員或不會再次見面的好心主婦，程度相差許多。何況，我想快點知道第三人的葛原旻是不是也搬家，又是什麼時候搬的。

在高圓寺和綾瀨，我拜訪的那一帶大部分都是住宅，但各處夾雜著店鋪和小工廠、作業所。不過，筆記上的埼玉市西區，應屬純粹的住宅區。

找到葛原家的門牌。那是一棟雅緻的透天厝，農舍風格的大屋頂格外醒目。

門牌也十分講究。以五顏六色的小陶磚組合而成的牌子上，拼貼著樹脂製的英文字母，顯示「KUZUHARA」（葛原），底下則是更小一號的文字「MAKOTO」、「KANAE」和「ARISA」。

最下面一行是空的。製作這個門牌時，似乎共有四個家人的名字。而第四人的名字被拿下，依稀留有一點痕跡。

那會不會是「AKIRA」（旻）？

我按下門鈴，等待片刻，又慢慢按了三次，沒有任何回應。

望向齊整劃一的街道，貫穿住宅之間的單線馬路不見半個人影。我壓抑內心的焦急，在周圍閒晃。繞一圈再回來，仍沒有變化。繞兩圈再回來，與葛原家間隔兩戶的住家大門打開，一個年紀和園田總編差不多、穿衣風格也很相近的女子，推著自行車走出來。

我快步走近，出聲說「不好意思」。對方的長相與園田總編截然不同，仔細一看，穿著也比園田御用的民族風衣物高好幾個等級。

動。

「我來拜訪葛原家的旻先生，但他似乎不在，門牌上也沒有旻先生的名字，不曉得是不是找錯地方。」是家父託我來的——對於我這番編造的說詞，女子修整得很漂亮的眉毛，及眼影濃重的雙眸都文風不動。

「葛原家的祖父已過世。」她回答。

或許我由衷感到驚訝，女子的表情出現漣漪。

「大概是今年二月。」

「這樣啊……是生病嗎？」

對方頓時瞪大眼，目不轉睛地看著我。那不是打量的視線，帶有一絲同情。

「你不知道嗎？」

我胸口一陣騷動，女子壓低聲音：

「好像是自殺。」

返回高圓寺途中，我在東京車站吃遲來的午餐，然後前往糕餅鋪買餅乾禮盒。一路上，牽自行車的民族風美女簡略告知的事實，不斷在我腦中重播。

——家裡的人私下辦葬禮。

但葛原旻自殺一事，仍傳入左鄰右舍耳裡。

——他過世的時候，不只是救護車，警車也來了，鬧得滿大。我們家不太和鄰居打交道，很擔心出什麼事。

剛剛來的時候完全沒留意，不過老婦人所在的傳統酒行叫「播磨屋」。上頭是沉重的屋瓦，屋簷下掛著印有店號的木製招牌。

顧店的從老婦人變成老人。老人的頭光禿禿，戴著看起來很沉的玳瑁眼鏡，在櫃台裡讀報。

「不好意思。」

老人轉動凳子面向我，「你好，歡迎光臨。」

「我上午造訪過一次……」

啊，來了、來了——裡頭傳來興奮的話聲。那名老婦人撥開藍染門簾，花紋毛衣上套著圍裙登場。

善於刺探的她，隨即注意到我手上的糕點紙袋。

「如果你一來就這麼做，搞不好騙得過我。」

沒錯。如果我是爲自己捏造的理由，來拜訪父親舊友的正常人，至少該提個伴手禮袋。

「孩子的爸，這個人來找高東太太。」

老婦人對老人說。玳瑁眼鏡厚厚的鏡片底下，老人的雙眸頓時睜大。

「你是自救會的人？」

兩人應該是夫婦吧。妻子問「你是記者嗎」，丈夫則問「你是自救會的人嗎」。

「不，我沒加入自救會。不過，如同太太的猜測，跟高東女士有過一些糾紛。」

不是我本人，是家父——我補上一句，老人說「啊，那太可憐了」。

「不要太責備你父親。老人家就是會忍不住聽信那種話，也不是貪心啦。」

只是想盡量不給孩子添麻煩啊，老人加重語氣。

「我倒不這麼認爲。」

老婦人語帶冷笑，但接過我遞出的禮盒，就搬出凳子請我坐。不是旋轉椅，而是有紅色塑膠套、腳椅有些搖晃的凳子。我坐下來。

「兩位在這裡做生意很久了嗎？」

老人折起報紙，老婦人從櫃台下方取出香菸和菸灰缸。

「很久啦。從我父母那一代開始，已將近七十年。」

「那兩位對這一帶無所不知嘍？」

「高東太太的公寓有很多我們的客人。」老婦人點燃HIGHLIGHT牌香菸。

「可是，她詐騙的事，不是我從客人那裡聽來的。高東太太也常上門推銷一些有的沒的。」

我統統都拒絕了——老婦人毫不留情面。

「她氣得跳腳，說再也不跟我們買東西。求我賣給她，我還不賣哩。」

丈夫安撫火冒三丈的妻子，「這樣會害血壓上升，高東太太也沒惡意啊。」

播磨屋雙人隊，看來妻子負責「攻」，丈夫負責「守」。從店內琳瑯滿目的酒瓶、壯觀的紅酒架，及寫滿送貨預定的月曆來看，他們在過去的人生中想必是攻無不克的無敵搭檔。

播磨屋夫摘下眼鏡望著我，問道：

「你父親被推銷什麼？」

我早預料會碰到這個問題，馬上回答：

「家父不肯透露，我也不是很清楚。好像是會員資格之類的。」

我覺得這是個安全的謊言，但播磨屋妻立刻應道：

「是協會要在沖繩蓋的渡假飯店吧？她也通知過我們，說是協會規模最大的計畫案。」

「協會？」

「日商新天地協會，不是嗎？」

「啊，沒錯。果然一樣。」

日商新天地協會啊，我暗記在心。

「當初，高東太太是不是來推銷淨水器？」

「對。她來過好多次，非常難纏。最後來推銷的，是那間渡假飯店的會員資格。」

所以她有惡意，好嗎？播磨屋妻捻熄菸。她抽得快燒到濾嘴。

「一個換一個，成天上門來推銷，分明就是要騙人。」

「那個會員資格，總覺得條件太夢幻。」我應道。

對對對，播磨屋妻用力點頭，「一般提到渡假飯店的會員資格，都是買飯店的使用權吧？她的不一樣，是投資飯店建設，買下符合投資金額的客房。」

買下的飯店客房，會員當然可自由使用。此外，當客房空下來，就會自動變成租賃給渡假飯店的營運管理公司，即使沒有會員使用，也一定能得到租賃費。

這樣的制度內容，是不是似曾相識？只是把金條換成渡假飯店的客房罷了。

「條件太美啦。除非一整年天天客滿，不然像那樣付房租給每個擁有客房的會員，管理公司豈不要虧大錢？」

依常識來看，確實如此。或者不必想得這麼深，也十足可疑。

「那棟飯店蓋好了嗎？」

「連個影子都沒有。」根本不可能蓋，播磨屋妻點燃第二根HIGHLIGHT說：「等於是畫上的大餅。」

「那麼，與其說是會員資格詐騙，更接近吸金投資詐騙。」

「那個協會根本沒在沖繩買土地。」

我想也是。

播磨屋夫微微偏頭說：「聽父親提起前，你完全不曉得那協會的事嗎？幹部被抓時，報紙有報導。」

我小心選擇答案，「我知道那則新聞，但沒想到父親會是受害者。」

「這樣啊，也對。」

播磨屋夫從圓凳上站起，打開冰箱取出兩瓶涼茶，一瓶遞給我。

「來，給你。」

「謝謝。」

播磨屋妻似乎有菸抽就足夠。

「近年來，這類詐騙案層出不窮，報紙漸漸不會大篇幅報導。受害金額是五十億圓嗎？小意思、小意思。」播磨屋妻開口。

那個叫什麼的團體，不是吸金兩百億圓嗎？哦，虧妳記得那麼清楚。我邊用涼茶滋潤喉嚨，邊聽著夫妻倆的對話。

「日商新天地協會非法吸金被查獲，是何時的事？」

我裝傻問，丈夫立刻回答：「是去年七月。七月的……嗯，七日，是七夕。」

「所以你記得這麼清楚。」

「不不不，」播磨屋夫笑道：「那時我不巧爲膽結石手術住院。是內視鏡手術，相當簡單。不過，我血壓高又有糖尿，變得有點麻煩。」

去年七夕是手術前一天，播磨屋妻帶著報紙去探病，嚷嚷「高東那婆娘果然是詐騙集團的成員」，他才會記得。

「說她是詐騙集團成員未免太可憐。」

「哪會？她明明就是啊。」

「可是，高東太太也是被騙的吧。」

「一開始被騙，後來換成騙別人，根本一樣壞。」

播磨屋夫屈居劣勢。

「高東女士也向其他人推銷嗎?」

播磨屋妻起勁地逐一列舉:

「她也向公寓房客推銷,還有三丁目的超市、公車站路上的洗衣店、美容院,連在孫子小學的師生聚會上也積極推銷,最後根本是見人就推銷。」

孫子是小學生,可推測出高東憲子大概的年齡,而且——

「公車站路上的洗衣店,是『小熊洗衣山本店』嗎?」

「是啊,就是那間制服是鮮黃色的店。那裡的太太拗不過高東太太,加入會員。她丈夫氣得要命。」

看來,我的直覺是對的。

「日商新天地協會是經營出現問題,才會被查獲吧?」

「是付不出紅利給會員。」

「咦,是自救會提告啦。」

看來在被查獲之前,就有自救會在活動。這也是此類案件常見的發展模式。

「高東太太應該早點金盆洗手,加入自救會。」

播磨屋夫同情地低喃,益發激怒播磨屋妻。

「如果早早脫身,豈不是更狡猾?賺得飽飽的,看苗頭不對,就腳底抹油跑路嗎?」

播磨屋夫的禿頭泛著油光,對我笑道:「雖然店鋪這麼小,我們也算是家公司。太太是社長,我只是常務,總抬不起頭。」

叫「播磨屋酒行有限公司」,播磨屋夫開心地補充。

「待會兒請讓我看看紅酒,我想買回去當禮物。」

「你好好學著啊。帶紅酒回去給你爸喝，紅酒可以讓血液順暢。」
要不是爲了調查，我眞想和這對夫妻一直聊下去。
「太太提到，九月發生在千葉的公車劫持案……」
播磨屋妻叼著菸點點頭。
「妳知道那件案子的歹徒，一個姓暮木的老人嗎？他和高東女士似乎有仇。」
「可是，那個歹徒不是我們這裡的人。我在報上看到——」
「嗯，他住在足立區的公寓。」
民生委員還建議他申請生活補助，我補充道。播磨屋妻鼻翼翕張，連連點頭：
「高東太太居然連那種人都不放過。」
「不，事實怎樣並不清楚。」
「可是，歹徒不是要警察帶高東太太過去嗎？想必就是如此恨她。那他肯定是日商新天地協會的受害者。」
「除了高東女士，歹徒還提到另外兩個人。」
「他們也是一夥的啦。」
我搔搔鼻梁，播磨屋夫也搔搔鼻梁，開口道：
「高東太太的丈夫，跟我在町內會有往來，他在新宿開進口雜貨的貿易公司。」
家中經濟狀況寬裕，他說。
「高東太太也是幹部，所以夫妻倆人面非常廣。她會推銷的，也不僅僅這一帶的居民吧。」
「高東女士的丈夫如今在哪裡？」
「他已過世四、五年。如果他活著，高東女士也不必去幹那種騙人的勾當吧。」

「他們原本很有錢嗎?」

「噯,滿有錢的。」

家父是靠年金生活,我應道。這不是謊言,山梨老家的父親從公所退休後,便靠領年金過日子。

「高東太太給人的感覺並不壞。她挺時髦,又會說話。」

令尊會受騙也是難怪,不能怪他啊——我又挨訓了。

下午三點過後踏進公寓大門,櫃台小姐向我行禮說「您回來了」。我同樣笑容滿面地回禮,心想可能會有新的流言萌芽:這陣子十六樓的杉村先生都在奇怪的時間回來,會不會是被裁員啦?

會想到這麼無聊的事,是因爲與高圓寺的播磨屋夫婦深談後,我深切感覺到「人意外地被別人仔細觀察著」。即使扣掉播磨屋夫婦(尤其是妻子)是不折不扣的生意人這一點,我不得不想,生活在都市的人,當發生什麼問題的時候,要完全不被外人得知地過日子,實際上是不可能的事。

雖然是自行用鑰匙開公寓大門,但上樓後我怕突然出現嚇到菜穗子,於是先按門鈴。妻子隨即來應門。

「我出去查點事情,今天早退。」

妻子頓時睜大眼,「看你的表情,應該有收穫?」

我說出半天來的訪查過程,及打聽到「日商新天地協會」這個關鍵字的事。妻子爲我沖了咖啡。

「那是去年被查獲,幹部遭到逮捕的吸金詐騙案,上網搜尋應該能知道詳情。」

「是啊,總覺得聽過這個協會的名字。」

話說回來——妻子眼珠轉了一圈,「你運氣眞的很好,還是嗅覺特別靈敏?居然第一天就遇到那對酒行夫婦。」

「我們聊得頗開心。」

日商新天地協會的真實面貌遭到揭發後，高東憲子在「高圓寺北宮殿社區」的生活頓時變得如坐針氈——雖然愈說愈辛辣的播磨屋妻，與愈說愈同情的播磨屋夫，兩方的看法相當不同。

——不過，她在千葉的公車劫持案發生前，一直努力撐著，算是很有骨氣嗎……？

如同高東憲子，中藤史惠和葛原旻應該曾對有交情的鄰居、朋友、熟人，當然還有親戚進行推銷。那麼，他們在協會被查獲後，（雖然程度各有不同）想必也坐立難安。

去年七月七日協會被查獲，年底中藤史惠搬離綾瀨的住家。今年二月葛原旻自殺，九月暮木老人劫持公車。因此，高東憲子不得不逃離「高圓寺北宮殿社區」。

三人都如坐針氈，內心受到重創，葛原旻甚至失去性命。

「要說嗅覺靈敏，有人比我更厲害。」

我無法不細細觀察妻子，因爲他們的眼睛和下巴線條極像。

「誰？」

「妳父親。」

我在內心感嘆連連。

——岳父，您眞是個狠角色。

我尚未展開調查，他已預先描繪出相關事實的大框架。

「岳父認爲，不是牽涉宗教之類精神上的事物，一定與金錢有關。還有，詐騙行銷那種讓被害者變成加害者，製造出下一個受害者的制度，就是遭歹徒指名的三人『罪』的根源。兩項推論都正中紅心。」

「父親很厲害的。」妻子微笑道。

此時，我忽然發現妻子穿著外出服，妝容非常完整，胸口垂掛著和嫂嫂同款的粉紅珍珠項鍊。

「妳要出門？」

妻子反射性地摸著項鍊。

「我想去接桃子，順便買個東西。」

進小學後，桃子每週會去音樂教室三天。今天是上課日，預計四點多結束。

「打扮得太刻意了嗎？」妻子靦腆地問。

「機會難得，今晚在外面吃吧？」

「你在說什麼啊？每次展開調查，你都會一頭栽進去，對別的事心不在焉，還是在家裡吃吧。」

「你在說什麼啊」，妻子也會對我講這種話，彷彿我們與播磨屋夫婦重疊在一起，我有點開心。

「我帶了禮物回來。」

「我一直在想那是什麼，紅酒，對吧？」

我挑這個牌子，播磨屋夫頗為驚訝。

「拉圖酒莊」

看到那特徵十足的標籤，妻子露出微笑，「那今晚吃肉吧。」

接下來，我關在書房，坐在電腦前。

播磨屋妻說，這起吸金五十億圓的詐騙案是「小意思」，但五十億圓可不是小數目。我使用搜尋引擎，很快找到整理日商新天地協會詐騙手法的網站，省下許多工夫。

日商新天地協會創業於一九九〇年，當時叫日商新天地有限公司，主力商品是一款「奇蹟名水雅典娜」天然水。賣點是裝設飲水機，以交換桶裝水的方式販賣，而非瓶裝水。所以，不是透過郵購方式，而是上門推銷販賣。

「以奇蹟的名水淨化體內！『雅典娜』守護您遠離失智與癌症。」

採取的策略是主攻高齡世代，而非一般家庭。

桶裝水式的飲料水事業逐漸在一般家庭流行，往前回溯，只是近十年間的事。從這一點來看，日商新天地可謂具有先見之明。即使對自來水有疑慮，頂多裝淨水器應對，沒辦法天天去買沉重的保特瓶水。對於這樣的高齡者家庭，業者定期送桶裝水來交換的制度，確實方便。同時，可預防「失智與癌症」的噱頭也很打動人心。

不過，正因如此，「雅典娜」十分昂貴。當時，日商新天地將目標市場瞄準較富裕的高齡者家庭。

——噯，滿有錢的。

播磨屋夫如此評論的高東憲子，或許是這時期的顧客。

雖然有簽約愈多年，折扣愈多的優惠，但九〇年代前半的日商新天地沒有會員制度。一九九三年，開始販賣維生素和深海鯊魚精華，但會員制度「日商之友」，要到九六年四月才推出。契機是他們在日本國內，一座氣候與名水雅典娜源頭的地中海沿岸最爲相似的靜岡縣海邊小鎮，興建叫「日商生命之家」的住宿設施。

這座「生命之家」不是一般休閒設施，目的是「讓會員進行全面性的健康管理與抗老化」，可挑選四天三夜到兩週等各種住宿方案，依規畫的行程生活，以獲得徹底的體內淨化與細胞再生。

「無論是疲憊的心靈，或受損的ＤＮＡ，都可在此得到療癒。」

看到當時的廣告標語，我不禁苦笑。

從這時起，他們向會員宣傳「請向朋友介紹」、「將長壽與健康帶給更多人」。當然，如果介紹新會員，除了優惠更多，還有現金回饋，逐漸顯露近似老鼠會的一面。

播磨屋夫婦提到的淨水器，直到一九九九年三月才成爲商品。安裝這種淨水器，自來水會擁有和「雅典娜」天然水一樣的效果。雖然是針對沒有空間裝設飲水器的家庭開發的商品，但「整理網站」的作者寫道：「『生命之家』的收益不如預期，業績惡化，淨水器是爲了開拓新客源推出的商品。」由於淨水器並非針對高齡者家庭，而是把主力放在一般家庭，因此文宣強調「只要改變用水，兩週就能治好過敏性皮膚炎」、「減重效果經ＦＤＡ認證」。

ＦＤＡ，美國食品藥物管理局，負責檢驗食品和藥品的安全性、決定能否上市的機關，也負責監督有害的食品和藥品。由於認證嚴格，不限於美國境內，聞名世界。只是，有些ＦＤＡ認可的藥品，日本厚生勞動省卻不認可。不過，搬出ＦＤＡ，或許比「減重效果經ＷＨＯ認證」更稀罕。不管怎樣，都不是大眾熟悉的詞彙。

從淨水器開始，日商新天地明確切換成近似老鼠會的行銷手法。打造出金字塔型的會員組織，按每月銷售金額分級，包括「小草會員」、「花朵會員」、「珍珠會員」、「黃金會員」、「白金會員」、「尊榮會員」等等。業績好的會員，還能在盛大華麗的典禮中受到表揚。「日商之友」改名「日商新天地協會」，成為獨立組織。

然後，販賣的商品變得五花八門，健康飲料、營養食品、化妝品、塑身衣……多不勝數。剛加入的「小草會員」，會拿到一本叫「事業手冊」的皮革封面厚重檔案。

點開「整理網站」中的影片檔，內容是二〇〇四年九月二十日在都內飯店宴會廳舉行的表揚大會。在台上向會員演講，接受喝采，被眾人呼喊「代表！代表！」稱頌的，是一個滿頭銀髮、體格健偉的男人。年紀約六十五，外貌與穿著像歌謠曲全盛時期的人氣演歌歌手，十足裝模作樣。他接受會員狂熱的歡呼，臉泛油光。

此人就是日商新天地有限公司的創業社長，日商新天地協會代表——小羽雅次郎。他與擔任副代表的兒子小羽輝彥，在去年七月因詐欺與違反出資法的嫌疑遭到逮捕。

在表揚大會的喧鬧聲中，我梭巡暮木老人的身影，但沒找著。沒找到就好，他應該藏身組織背後，是幕後黑手才對。

「整理網站」中，除了協會事務局長和會計負責人，還有其他被逮捕的名單，可是上頭也沒有暮木一光的名字。

最後被起訴的，只有小羽父子和輝彥之妻紗依里。她在二十幾歲時，是相當活躍的模特兒。將化妝品和塑身衣帶進協會的，或許就是這名女子。

二〇〇四年十月，「日商受害者自救會」成立。也是在這個時候，有會員向國民生活中心投訴「商品功效可疑」、「這不是老鼠會嗎」。自救會的代表人是都內一名公司幹部，因為妻子加入會員，被騙走約一千萬圓。

雖然經濟不虞匱乏，但工作上已退休；儘管熱愛社交，人生卻枯燥乏味，尋覓著參與社會的機會。在日商新天地協會中，這樣的高齡者是最主要的目標客群。至少，當初他們並未盯上靠年金生活，熱切想將寶貴退休金盡量投資在高利率金融商品的長者。協會製造出這種受害者，是挖東牆補西牆到極限，經營走下坡的時候，等於是末期症狀。然後，播磨屋夫婦告訴我的沖繩會員制休閒飯店建設計畫，是日商新天地協會為了緊緊抓住「我們不是詐騙集團，是正派經營的企業團體」的幻想，自吹自擂的最後一記起死回生之策。

當然，這是徒然的掙扎。與豐田商事愈接近垂死，就愈華麗動聽的誇張計畫非常相似。

不管是對警方或檢方，小羽父子在偵訊中一概否認涉案。雅次郎就像被逮捕前對會員進行的演說般，不停使用「社會改革」的字眼。

「我們國家是舉世罕見的少子高齡化社會。不斷膨脹的高齡者醫療費用，早晚會讓全民健保破產。我就是想阻止這樣的悲劇。」

「健康的老人，可以讓國家更健康。我要讓老人從藥罐子式的醫療解放，讓他們恢復真正的健康，找到生活意義，藉以改革社會。」

直到警方查獲協會前一刻，許多人都還在進行會員活動，但協會的經營真相一被揭露，便倏然清醒般主張自己是受害者。另一方面，即使小羽父子遭到起訴，有些會員仍對他們信賴有加，熱心參與審判旁聽，在記者的採訪中做出擁護他們的發言。

「代表是社會改革的先鋒。」

若說「社會改革」是小羽父子同路人的關鍵字，那麼受害一方的關鍵字就是「洗腦」。

「我們都被灌輸錯誤的觀念，認爲只要在協會活動，就能讓世界變得更美好，進而得到眞正的幸福。」

「依賴社會的照顧度過晚年很空虛。我們想自力更生，爲社會做出貢獻。這樣的心情遭到利用，我們完全上當，我們被洗腦了。」

「整理網站」上記載的前會員證詞中，並未提到指導他們的幹部或員工的眞實姓名，也沒發現類似教練的角色。在協會裡，是由上級會員對下級會員進行教育，也有指導手冊，但沒被當成資料放在網站。

不過，找到一項挺有意思的東西。二〇〇二年左右，協會內部鼓勵上級會員私下借貸給下級會員購買商品，由協會負責人仲介，即當時的金錢消費借貸契約書。換算成年利率，是三六％的暴利，其中一成要繳納給協會。此外，要得到這種個人融資的資格，必須先通過協會的審核，而審核也要花錢。得到資格，在會員之間進行高利貸放款的，大半是白金會員和最高級的尊榮會員。查獲時登錄的兩千七百八十名會員中，有一百四十七名在進行個人融資。

一開始被騙，但後來去騙人，根本一樣壞啊。播磨屋妻的話猶如字幕，在我盯著電腦的疲憊眼眸底下閃爍。

暮木一光存在於這個組織的何處，又是出現在哪個發展階段？他爲何挑出高東、中藤與葛原三個人，指責他們「有罪」？身兼受害者與加害者的不只他們。光在裡面放高利貸剝削下級會員的，就有一百四十七人。

更令人不解的是，暮木老人劫持公車，要求警方帶那三個人過來時，葛原旻已禁不起良心呵責，或受不了如坐針氈的處境自殺。暮木老人不可能不曉得此事，爲何要把早就死去的人拖出來鞭屍？

我筋疲力竭地關掉電腦，在恰到好處的時機被喚去吃晚飯。菜穗子親手做的料理和桃子明亮的笑容撫慰了我。

用完飯，我和桃子一起洗澡。在學校發生的事、和朋友交換日記的內容（桃子的學校獎勵學生用傳統筆記本與朋友交換日記）、上星期在社會課課外觀摩時去的糖果工廠，桃子甜蜜的童言童語，驅散透過電腦螢幕也能聽得一清二楚的悲嘆之聲。借錢買一大堆（其實根本不值錢的）淨水器，走投無路的老人；推銷塑身衣和同事鬧僵，不得不離職的年輕女孩；謊稱購屋資金向父母借錢，卻把錢換成形同廢紙的渡假旅館會員資格，無法爲後來生病住院的父母付醫療費的中年男子，是這些人的悲嘆之聲。

「爸爸。」

「嗯？」

「你會來參加文化祭嗎？」

是下星期六。

「當然會呀。」

「桃子朗讀得很棒喔。」

桃子睡前，我在床邊念故事書給她聽。這是從她三歲起的習慣。可能是像妻子，桃子本來就喜歡看書，但進小學後，閱讀方面的好奇心似乎變得更爲強烈。

「我要有很多、很多故事的書。」

回應她的要求，我挑選托爾金的《哈比人歷險記》。開始念的時候，恰恰剛放暑假，現在故事正漸入佳境。

《哈比人歷險記》是托爾金的巨作《魔戒》前傳，是以兒童爲對象撰寫的冒險故事。其中有《魔戒》的故事核心——體現黑魔王索倫力量的「魔戒」登場。桃子非常喜歡《哈比人歷險記》，我說等讀完這本，還有故事更多的《魔戒》在等著她，她非常期待。

「如果這個故事有後續，比爾博應該不會怎樣吧？」

主角哈比人比爾博，已成爲桃子的心靈伴侶。

「當然。」

我讀著比爾博老弟在偉大魔法師甘道夫帶領下，碰上惡龍史矛革的故事時，忽然想到一個托爾金在這部壯闊故事中描寫的普遍眞理。

邪惡是會傳染的。

「魔戒」是黑魔王索倫的力量來源，也是他的分身。魔戒污染了回到索倫身邊途中遇到的中土大陸每一個人。魔戒腐蝕他們的心，不僅是人格，甚至改變他們的外貌。

邪惡會傳染。不，會傳染的應該是「負的力量」，能讓深藏所有人心中的邪惡，也就是潛伏的邪惡浮上表面，以惡行的形式呈現。

活在現實中的我們沒有「魔戒」，但能得到替代品。那就是錯誤的信念與欲望，還有將其傳達給他人的話語。

我們也活在那裡。

——陰影籠罩的魔多大地。

接下來幾天，爲搜尋更進一步的資訊，我四處走訪。得到有關日商新天地協會的基礎知識後，我逐漸釐清該提出什麼問題，所以拜訪的相關人士及他們的家人容易鬆口，訪查益發順利。連第一次造訪時，只目送我離去的「小熊洗衣山本店」夫妻，也願意跟我談話。

「高東太太本來是我們的客人，不能叫她不要再來。就算她上門，也不能趕她走。」

山本太太一副現在想起仍吃不消的表情。

「事後回想，去年夏天那家協會瀕臨破產，內部應該有許多紛爭吧。高東太太居然向在櫃台排隊的客人推銷，我們眞不曉得該怎麼辦。」

山本太太被協會吸走的金額約是二十萬圓。

「她實在太纏人，我拗不過便買下去。害我被丈夫罵，被婆婆酸，簡直衰透。」

那筆錢至今都沒拿回來。

「我去過自救會，可是一堆都是被吸金一、兩百萬的人，也有許多損失超過一千萬的人，我反而嚇到了。」

她當成付費上一堂課，放棄那筆錢。這番話似曾相識。

高東、葛原、中藤，他們三個都是尊榮會員。葛原旻最早加入，是「日商之友」時期的會員。中藤史惠資歷較短，僅有三年多，但根據網站掌握的資料，從小草會員（沒半途脫離）要升格到尊榮會員，平均需要花六年，因此她的業績應該相當優秀。三人之中，她被選爲「每月表揚會員」的次數最多。高東憲子的會員資歷約七年，雖然強勢推銷，業績卻沒其他兩人好。三人皆擁有二〇〇二年左右開始的協會內部個人融資資格，而融資金額方面，葛原旻出類拔萃。

上述的資料中，融資金額清單並非在網站上找到，是拜一點直覺與幸運之賜，從某人手中取得。

由於葛原旻自殺，周圍的人口風很緊。考慮到那富麗堂皇的透天厝，及個人融資的金額，我前往該轄區的稅務署。這麼一個大富豪，想必會辦理藍色申報。

大廳張貼著「加入藍色申報會吧！」的海報，上面的聯絡地址就在附近。我前往一看，那是一間大電器行，由六旬老闆擔任藍色申報會的會長。

我猜中了。葛原旻是藍色申報會的會員，擔任會長的電器行老闆非常清楚他與日商新天地的事，親切接待突然造訪的我，並且提供清單。

「自救會也看過這份清單，沒關係，你拿去吧。」

老闆本身並不是日商的受害者。如我猜想，葛原旻在當地的藍色申報會積極進行推銷活動。

「不管怎麼制止，他就是不聽。我發出傳閱文件警告，採取多種手段，仍無法阻止。」

這不純粹是錢的問題，老闆解釋。

「身爲古來的大地主，葛原先生是當地的門面……我們會裡也有幾個人受害，等於坐視事態演變成雙方都遺憾的結果。」

老闆前去自救會，進行一些調查。我拿到的清單便是他調查的成果。

「葛原先生過世時，你有什麼想法？」

老闆的神情與其說是苦澀，更接近痛苦。

「噯，應該是當成以死謝罪吧。」

「受害者曾強烈抨擊他嗎？」

「我們會裡的受害者全是當地人，事情鬧開大家都難過，所以……」

老闆又露出牙痛般的表情。即使是平日白天，電器行仍偶有客人上門，電話經常響起，女職員多次來喚老闆。

「不好意思，吵吵鬧鬧的。」

我這是窮忙啊，他苦笑。

「我才是，不好意思打擾了。」

「協會倒閉後，葛原先生與個人融資的對象談判，幾乎跟所有人都達成和解。只是收了相當離譜的利息。」

「根據協會的規定嗎？」
「光是老鼠會已夠惡質，還讓會員借高利貸，然後從中抽成，沒見過這麼沒良心的事。」
不過，有幾個人……老闆欲言又止。
「說絕不能原諒葛原先生的行爲——啊，他們不是當地人，是葛原先生個人認識的人。而且不是對葛原先生，是向他兒子的公司打小報告之類……」
葛原旻的長男，門牌上的「MAKOTO」，名叫葛原誠，據說在大型銀行上班。
「父親做的壞事，兒子沒道理替他受責備。但畢竟是銀行那種保守的機關，每天都接到抗議電話，對方甚至去櫃台罵人，害葛原先生的兒子相當困擾。」
葛原旻會自殺，這或許是主因，老闆推測道：
「家中不和，老年人會特別難受。恕我多管閒事，府上不要緊吧？」
今多財團也是很保守的公司嘛，老闆說。雖然掏出眞的名片，但我仍繼續沿用「家父被日商所騙」的說詞。
「家父是小草會員，所以目前沒事，應該沒問題。」
「那就好。噯，眞的太好了，令尊相當幸運。你要珍惜老人家啊。」
那懇切的語氣，讓編造謊言的我十分心虛。
「這份清單，」老闆敲一下桌上的紙，「不是我主動做的，是葛原先生拜託我。」
我頗爲詫異，老闆露出憂鬱的神情。
「小羽父子被捕時，他氣憤不平，說他們完全上當，小羽是騙子，罵得非常凶。然後，警方查獲協會後，他也出席自救會的第一次集會。」
葛原幹勁十足，主張受害者必須團結起來，揭發日商新天地協會的眞面目，彌補受害。

「他說日商大半的受害人，都是完全不懂什麼是金融詐騙的門外漢，所以他必須帶領大家。」

呃……我有些疑慮，老闆也苦笑著嘆氣。

「但是，周圍的人不買葛原先生的帳。他們批評：你算什麼東西？你和小羽父子根本是一丘之貉，狼狽爲奸。明明賺這麼多，事到如今少擺出受害者的嘴臉！」

我能理解會員的憤怒。

「葛原先生被一堆人包圍，推啊罵的，嗳，總之吃足苦頭，狼狽逃回來。然後，他直接找我商量。畢竟他也是這邊的會員。」

「所以老闆代替他去嗎？」

我沒辦法再去自救會，否則可能會被活活打死。可是，我想知道受害的全貌，弄清自身的立場。葛原旻如此拜託老闆。

「他尤其執著個人融資的部分。他不是出於自願，是協會逼他借錢的。」

葛原會想調查其他個人融資者的狀況，是不是認爲錯的不只他，還有融資更多錢、獲取更多暴利的會員？

「我覺得這下麻煩了，不過……」老闆搔搔摻雜白髮的腦袋，「總不能不管他吧？若說葛原先生想得太簡單，的確是太簡單，不過那種有錢人，原本就有些自私的地方。」

這是老生意人的話。

「所以，這是就我掌握到的範圍內，列出的不完整清單。有人需要，我便提供，不是多了不起的資料。」

「不，這很有幫助。」我行了一禮，「家父不願告訴我是誰邀他入會，實際上付給誰多少錢，也不清不楚。」

「一旦上過那種當，就會有許多類似的陷阱找上門。」

會員名單變成「肥羊候補」名單，在地下流通。網站上也有警告文。

「為了往後著想，你得好好告訴令尊日商是多麼可怕的地方。」

「好，我一定會。」

忠厚熱心的電器行老闆，不認識高東憲子和中藤史惠，也不曉得葛原旻與其他兩人和九月的公車劫持案有關。不過，葛原旻認識這兩名女會員。

「葛原先生要我幫忙調查個人融資狀況時，劈頭就舉出兩人的名字，說她們借的錢比他多，應該賺到不少。」

所以老闆印象深刻。

「協會經常舉辦尊榮會員限定的講座或茶敘，葛原先生沒說得很明確，不過那些活動應該是要撩撥他們的虛榮心，進而傳授如何更賺錢的奸巧手法吧。」

葛原、中藤和高東，似乎就是在聚會中認識。

「那麼，他們不是從以前就認識的朋友嘍？」

「應該不是。聽葛原先生的口氣，跟她們不太熟。」

中藤與高東的風評極差。

「論起被自救會憎恨的程度，她們比葛原先生更嚴重。」

「講座」一詞引起我的注意，我取出暮木一光的肖像畫。

「這是發生在千葉的公車劫持案歹徒。他挾持乘客當人質，要求警方帶葛原先生、中藤女士和高東女士過去。」

老闆蹙起眉，「他也是被葛原先生騙的人嗎？」

「其實相反，比起會員，他更可能是協會的人。或許他在葛原先生參加的講座擔任講師。」

老闆頓時一愣。

「遭警方查獲前，協會表面上還欣欣向榮時，你有沒有從葛原先生那裡聽過類似的話？像是有個厲害的講師，或在協會遇到值得尊敬的人。」

老闆拿著肖像畫，思忖了一會，「葛原先生那把年紀，與其崇拜別人，更想受到崇拜……」

山大王類型嗎？

「他鮮少稱讚別人。而且，在葛原先生風光的時候，私底下我都避免聽他談協會的事。」

老闆把肖像畫還給我，納悶地問：

「如果是協會的人，怎麼會憎恨葛原先生他們？」

「我不太清楚內情。不過，與其說是憎恨，更像是想懲罰三人。」

「懲罰？」

這未免太可怕，老闆頗爲詫異。

「嗯，比方被警方查獲，曾是詐騙集團一分子的自己已悔改，但葛原先生他們的反省還不夠。」

一說出口，我再次認清一點。沒錯，這才是暮木老人的意圖。不是懲罰，他要讓那三人察覺自身的罪，要他們懺悔。

眞是不幸的事，老闆低喃。

東奔西走，向許多人打聽，是令人鬱悶的作業。在日商新天地協會事件中，沒有任何人得利。一時之間，彷彿做了玫瑰色的美夢，虛幻的一場夢。若只是夢，不會有實際損害，然而，這個夢侵蝕現實，留下無窮後患。一想到此事可能也滲透我的身體，散發出餿味，內心不禁萎靡。

因此，碰到像電器行老闆的人，我不禁燃起一絲希望。人基本上都是好人，老闆這樣的人，不管置身何種狀況，都會努力當一個好人吧。不隨波逐流，在心中確實明辨是非對錯，然後採取行動。

我也想和他一樣——懷著這個念頭回到公司，卻遇上考驗我決心的意外事件。

當時是下午一點半。午休時間已過，一樓的「睡蓮」空蕩蕩。我猶豫著先回集團廣報室，還是先吃午飯。隔著玻璃窺望店內，卻和坐在靠近大廳卡座的客人打了個照面。

是井手正男。

他穿西裝打領帶，是回來上班嗎？或是要和人事部門面談？

我頷首致意，他點點頭，看不出有何情緒。他單獨坐在店裡，桌上只有咖啡杯和水杯。

不是猶豫，我暗暗思索著，在這種情況下，若是電器行老闆會怎麼辦？佯裝沒看見，直接經過？還是，考慮到必須把事情做個了結，至少打聲招呼？

我選擇後者，走進「睡蓮」。丟人的是，我竟感到有些呼吸困難。

「好久不見。」

我打招呼，走近卡座，井手抬起頭。「睡蓮」老闆興味盎然地望著我們。

「可以坐嗎？」

「請。」

我在井手對面坐下。

「身體狀況如何？」

井手若無其事地把水杯挪到旁邊，對著杯子回答：「還過得去。」

「你今天是來……？」

「我是來拿聘書的。」

榮升社長室職員，是嗎？

老闆送來開水，我隨口點杯咖啡。消息靈通的老闆相當會察顏觀色，很快離開。

「由於醫生的指示，我下週一才開始上班。」

還在試行運轉，井手解釋。

確實，和待在集團廣報室時相比，他的臉頰有些消瘦。但難纏的感冒，一樣會造成憔悴之色。眼中無神，可是從他的老大森閣下走下神壇後，他就是如此，並非這一、兩天的事。

「雖然發生令彼此心煩的事，多虧工聯的調停，應該是找到不幸中的大幸的解決方案。」

請保重身體，祝你順利——我輕輕行禮。

抬頭一看，咖啡送上桌，老闆加滿井手的水杯後離開。店裡只有兩個貌似外來的女客，愉快地談天說地。

「身爲成年人，我應該回禮吧。」井手注視著我，冷冷地笑了，「但不好意思，我修養沒那麼好。」

我默默望著他。

以四十後半的上班族來看，井手的外貌算是相當搶眼。請病假的現在雖然略顯蒼白，但在財務部呼風喚雨時，他的皮膚因打高爾夫球晒成古銅色。不僅長袖善舞，性格爽朗且熱愛運動，和追隨他的部下交情都很好，在女員工之間也頗有人氣。自從他眼中出現嘲諷的陰影，人氣如同潮水般消退，卻仍英俊飛揚，有些頹廢的氛圍或許反倒更添魅力。

那張臉浮現不止是嘲諷的神色。早知如此，我應該視若無睹地經過。

「杉村先生的立場十分爲難，我非常明白。所以……是啊，還是得先向你道個歉。」

他的話聲變低。

「你不是那種會濫用職權的人，我撒了謊。但在戰略上，攻擊你是最有效的方法，我才會這麼做。」

其他人不管怎麼攻擊都不會有效果，他繼續道：
「他們沒有東西可以失去。」
「什麼意思？」
我是真的不懂，不由得反問道：
「在這場糾紛裡，園田總編和間野小姐都受了傷。」
井手噗哧一笑，「那又怎樣？說是受傷，也只是心情上的問題吧？不會有實質影響。間野是準社員，園田運氣好是正職員工，實際上跟計時歐巴桑有啥兩樣？」
只是小角色，他接著道：「是公司的寄生蟲，吃白飯的。可是，像那種歐巴桑，明明派不上用場，卻也沒有害處，所以組織想除也除不掉。」
分明不是那種季節，然而意識到時，我發現自己在冒冷汗。
井手正男直呼園田、間野兩位女性的名字時，口氣下流至極。
「你似乎沒意識到給周圍添多少麻煩。」我提醒他。
「我做了什麼？」井手揚起眉，一副打趣的神情，「間野的事也一樣，哪有證據？只是那個女的含血噴人。」
這次變成「那個女的」。
「野本弟多次發現間野小姐爲你的態度感到困擾，也曾在場目睹。」
井手嗤之以鼻，「那種小鬼頭，哪懂得我們這種大企業？」
他根本不是能在這裡工作的人材，井手語帶不屑。
「不過是個打工的，卻老愛得意洋洋地裝懂。就算參加入社考試，野本連初試都過不了吧。書面審查階段就會被刷掉。」

我拋棄熟悉（且熱愛）的童書編輯工作，來到今多財團，待了十年以上。即使如此，依然沒辦法像過去深愛「藍天書房」，並以身爲一員爲榮那樣，去喜愛今多財團。對我來說，這個組織過於巨大。

然而，面對井手，我卻湧出前所未有的念頭。

少在那裡「我們、我們」地亂叫，今多財團不是你的東西！

——這是岳父打造出來的公司。

我揩掉額頭上的汗水，恍然大悟。我不是爲今多財團憤怒，而是爲岳父感慨。向我低頭拜託關照井手正男的，不是別人，正是岳父。

「杉村先生是今多家的一員，但站在我們組織的角度來看，我的資歷比較深。出於一番苦心，我給你個建議吧。」

井手傾身向前，我往後退。

「對園田和間野那些女人，你千萬要當心。杉村先生，你對她們太好，應該冷靜下來，聽聽周圍的耳語。」

「周圍的耳語？」我像隻鸚鵡般複述。

「會長千金雖沒在集團任職，畢竟是一家人吧？她的父親是會長、哥哥是社長，不能否認這個事實。」

而你是她的丈夫——

「身爲今多家的一員，堅稱你沒有任何權力可行不通。」

只要巴著你、討你歡心，或許會有甜頭嘗，或許能分一杯羹，總是有這樣一群人。

「杉村先生是老實人，不喜歡被奉承，也不習慣被吹捧吧。可是相反地，如果碰上有人向你求助，你就無法拒絕。」

井手動個不停的嘴唇，看起來猶如獨立的生物。

「像間野，她就是看透你的弱點，才會依賴你。原本她就是會巴結你老婆，耍手段混進我們公司的人。光是這樣，便得充分提防。」

「雖然不懂你要忠告我什麼，總之，你是想說沒對間野小姐性騷擾嗎？」我總算找到機會反駁。

他撐起身體，半瞇著眼看我。

「是啊，我是清白的。間野是個騙子，她滿口謊言。」

誰要騷擾那種女人？井手不屑道：

「杉村先生，以前在財務部的時候，我曾陪森先生出差，在沖繩碰到颱風登陸。回程班機無法起飛，臨時安排的飯店客滿，我只好和森先生的女祕書同房一晚，卻沒發生任何問題，也沒傳出醜聞。我就是這樣一個正人君子，你可別瞧扁人。」

根據你的邏輯，對方是森閣下的祕書，是必須小心應付的正職員工吧？她是「我們公司的人」，而間野小姐不是「我們公司的人」，是來歷不明的野女人，所以當成下流欲望發洩的對象也無所謂，不是嗎？

我琢磨著該怎麼辨駁，井手繼續道：

「仔細聽聽周圍的聲音吧。要在組織裡生存，不能光憑著有限的情報行動，偶爾也得聆聽不想聽的事。你一定不曉得間野在公司散播怎樣的謠言吧？」

「她散播怎樣的謠言？」

居然反問，我實在太蠢。

井手的眼中流露得意之色。他多久沒散發出這樣的神采？

「她到處向人吹噓，杉村先生會對她那麼好，是因爲你對她有意思。太太是會長的女兒，所以杉村先生連在家裡都無法放鬆。杉村先生在追求可以安心的女人。」

你被間野咬住了，井手說：

「園田不懂得耍詐，又人老珠黃，加上現狀安逸，不會亂來。可是，間野不一樣。她準備緊咬住你不放，如果有甜頭可嘗，就物盡其用。即使沒好處，也不會有損失，沒什麼好怕。」

對於一個有夫之婦，還有個稚齡孩子的女人來說，這是近乎暴力的中傷。

「在井手先生眼中，那或許是『巴結』。」我忍不住回嘴，「但如你所知，間野小姐會加入集團廣報室，是內子的要求。內子難得提出這種要求，因爲她明白自身的立場。」

你的這番中傷，等於是在侮辱今多菜穗子。我費好大的勁才壓低音量。

「間野小姐是內子相中的人才。我們共事的期間，我也漸漸看出她的人品。你剛才的話，我無法相信。」

井手靠在椅背上，目不轉睛地注視我。

「嗳，也對。人盡皆知，只有本人渾然不覺，現實中會有這種事。所以，自古有一句老話……」

井手停頓片刻，眼珠骨碌碌轉，彷彿發現有趣的東西。

「沒看見頭頂綠帽的，只有丈夫自己。」

那種口氣，就像把什麼玩意好好咀嚼過，再吐出來讓我瞧個仔細。

「總之，我已給過忠告。」

他一把抄起帳單，起身恭敬行禮。

「杉村先生才是，請多保重，祝你大展長才。」

我沒吃午飯就上去集團廣報室，佯裝若無其事，檢查我不在時留在桌上的字條，和同事討論工作。辦公室裡的三個人都沒有異狀，間野和野本弟談笑的樣子也一如往常。大夥各自忙碌，俐落地做事。看來，與井手正男進行第三類接觸的，只有倒楣的我。

他在總部領完聘書，沒直接回家，而是刻意去「睡蓮」，會不會是在埋伏等待間野？與他道別後，我才想到這一點，眞是太遲鈍，根本就是任由井手大放厥詞而已。

這個想像，與其說不愉快，更令人噁心，也不是能隨便提出的疑問。我猶豫著該怎麼開口，或是最好別說，決定先從公事包拿出筆電。

訪查中願意收下我名片的人，我會寫下電子郵件信箱，請他們如果想起什麼，隨時告訴我。目前雖然沒有收穫，但輕易放棄未免太沒意思。

前野和坂本也一樣，開始尋找託運單的收件地點後，會需要寫下較長的報告或附上照片，不是簡訊聯絡，而是寄電子郵件的情形變多。柴野司機同樣使用電子郵件。

遇見井手前，我剛在電車裡檢查過信箱，所以沒有新的來信。我喘口氣，打開「特別命令」專用的資料夾，整理今天的行動成果，打成報告。

間野爲我端來咖啡。

「謝謝。」

總編聚精會神地校稿。野本弟對著電腦螢幕操作滑鼠，一下皺眉，一下搔太陽穴。

「聽井手先生說，他已接到社長室的正式聘書。」

三人望向我。

「他應該……沒來打招呼吧？」

總編和間野互望一眼。

「怎麼可能？」

「間野小姐後來有沒有遇到不愉快的事？」

「沒有，我很好。」她的語氣堅定。

「這樣啊，那就好。」

「那個人去總部後，哪有必要再過來？他沒那麼傻吧？身爲社長室職員，卻鬧出問題，眞的會被開除。」

那還是別說出遇見井手的事，我暗忖著，沒想到總編接著道：「這麼一提，森閣下有聯絡。」

他打電話來，希望暫緩的出書計畫繼續。

「聽到井手先生的話題，立刻聯想到森閣下或許很失禮，」總編聳聳肩，「不過，他想暫緩出書，似乎不是要支持井手先生，眞的是夫人病況堪慮。」

「那麼，他想繼續，是夫人的病況回穩嗎？」

「不是，恰恰相反。」

據說失智症益發惡化。

「夫人終於沒辦法在自家療養，搬進『克拉斯海風安養院』。不過，夫人很想家，上次還從安養院跑出來，鬧到報警找人。」

「這是總編聽森先生說的嗎？」

「對啊，他在電話裡告訴我的。森先生也是想找個人傾吐吧。」

「一個人承受這些，實在太沉重。」間野點點頭。

我思索片刻，問道：「那場騷動是何時發生？」

總編戴上老花眼鏡，瞥向桌曆回答：「唔，四天前。杉村先生接到特別命令那天。」

這樣啊。我忽然想起，那天還沒到車站，就接到田中驚慌失措的電話。

——有警車鳴著警笛朝『克拉斯海風安養院』開去。

原來那是在尋找走失的森夫人。

「那種看護機構，會因入住者不見，馬上打一一〇報警嗎？通常會盡量私下解決吧？」

聽到野本弟的低語，間野應道：「是啊，我覺得『克拉斯海風安養院』很了不起。森夫人失智症如此嚴重，仍能自行離開，表示並未被綁起來或服藥昏睡。」

我也有同感，「是在哪裡找到夫人的？」

「她在安養院裡。據說躲在地下鍋爐室，不曉得怎麼進去的。」

終於找到時，她打著赤腳，全身發抖，眞是令人心痛。

「連自己家都待不住，卻能跑出病房躲起來，她有辦法做出這樣的判斷嗎？」

「即使患失智症，也不是什麼都不知道。如果想返家，就會自行找路回去。正因找不到路，才會跑進奇怪的地方。」

有些情況很危險。「克拉斯海風安養院」報警協尋，代表是緊急情況，是正確的做法，非常誠實。

「這麼一折騰，森先生似乎心力交瘁，才會對我這種人傾吐這麼多。」

——對內子很抱歉，但我實在無能爲力。

「進行訪談時，他也提到不少夫人的事吧？」

從與夫人的邂逅，談到她是怎樣一個才女、賢妻。森先生不止一次提及，他能躋身成功企業人士的行列，多虧有賢內助。

「他希望起碼做成一本出色的書，留下夫人的倩影。」

我會盡力——總編保證，「聽到那些話卻無動於衷，身爲一個女人就白活了。」

「這句話不錯。」

等解決「特別命令」，我也來幫忙吧。爲了森夫婦，做出一本好書吧。或許這會成爲我在此的最後一份工作。

準備關上筆電外出時，收到一封郵件。我急忙打開一看，是柴野司機寄的，主旨是「聯絡上迫田女士的女兒」。

迫田女士的女兒聽到電話答錄機的留言，打給柴野司機。

「公車劫持事件後，迫田女士的狀況就不理想，希望我們別再打擾。如果我們繼續聯絡，她會很爲難，還強調好幾次。」

這幾天，柴野司機以溫和的口吻留下數則訊息。她個性一絲不茍，會逐一通知我今天幾點打過電話，留下怎樣的訊息。好不容易獲得回音，沒想到——

「這純粹是我的印象，但聽對方的語氣，與其說是在提防我們，更像害怕我們。或許迫田女士已收到錢，正不知所措。」

我有同感。

「她叫我不要再打電話，怎麼辦？」

我立刻回信，「請告訴她，關於賠償金，我們正在調查錢的來源，目前還沒通知警方。至於要怎麼處理，打算所有人一起討論再決定。麻煩了。」

不到兩分鐘，柴野司機回覆，「好ㄉ。」

不小心傳出注音文，看得出她多麼慌張。

我原本推測，暮木老人調查過柴野司機的周遭，但似乎猜錯。暮木老人沒接觸過她的同事，或母女倆的公寓鄰居。

不過，柴野司機輪班時載過佳美。母女倆住在當地，有此機會不足爲奇。這種時候，佳美會叫「媽媽」，柴野司機也會喊女兒的名字吧。看到這樣的場面，乘客應該會覺得溫馨，並留下印象。

爲了勘查，暮木老人想必搭過那條路線好幾次。若其中一次是柴野司機開車，且載著佳美呢？老人隨著公車搖晃，邊擬定劫持計畫，恐怕會認爲有孩子的女司機可以利用。尾隨佳美下車回家，就能確認門牌。暮木老人握有的柴野母女情報，會不會僅止於此？

——我做事一向滴水不漏。

這種做法，是不是他的拿手絕活？即使是微不足道的情報，也能效果十足地加以利用，趁虛而入。得到期望的反應後，再誘導對方。他只是把應用在公車上的我們五人的手法，也拿來對付柴野司機罷了。

話說回來，暮木老人爲何挑選那條路線的那班公車？或許是他熟悉附近環境，但案件上新聞後，該地區的民眾對他的名字和長相都沒有反應，想必是相當久遠以前的事。

另一方面，調查託運單的前野、坂本搭檔仍在奮戰。

收到錢的地方，目前共有六處，託運單也有六張。在託運日期的隔天，我們便收到東西。不管是從千葉縣或東京都寄出，一天就能送達。

這六張託運單，依收貨地點可分爲三類。①寄給柴野司機和我的「日出　龍町店」。②寄給前野和園田總編的「堀川　青野商店」。③寄給田中和坂本的「京ＳＵＰＥＲ　高橋」。收件欄全用原子筆手寫，不是蓋章。筆跡①②③不同，但①的兩張、②的兩張、③的兩張都很相似，約莫是同一個人同時收貨寫下的吧。①的字跡渾圓，②的字跡雜亂，③則如習字帖範本一樣端正。③和託運單本身的字跡也頗像。

①的「日出」是連鎖超商，龍町店在群馬縣前橋市。②的「堀川」這個地名（或町名）全國多不勝數，前野、坂本搭檔在搜尋時頗費心力，但「青野商店」爲他們打開活路。這是網購直銷有機蔬果的公司，宅配的業務窗口似乎是服務當地居民。大概是公司每天都會寄出大量宅配，順便接收鄰近住戶的貨物吧。

這家公司一樣位在群馬縣，是澀川市的堀內町。等於三種中，有兩種是從群馬縣寄送出來。前橋市與澀川市相距不遠，依地圖判斷，開車不用一小時。

問題在於③的「京ＳＵＰＥＲ　高橋」。

「一般像這樣寫的時候，『京』是店名，『高橋』是收貨店員的名字。」

「所以，我們認為得找叫『京』的超市。這家『京ＳＵＰＥＲ』，應該是店員人數多到經手宅配者必須寫下自己的姓氏，想必規模相當大。」

兩人心裡有了底，繼續努力尋找。

然而，事情沒那麼容易。叫「京」的超市和店鋪多如牛毛，散布全國各地。他們先和①、②一樣，鎖定群馬縣內，卻找不到符合的店家，於是擴大搜尋範圍到關東甲信越地區，這回在山梨縣找到一堆，似乎是當地的連鎖店。可惜，那是拉麵店，不是超市。不過，川崎市內有家「京和菓子店」，由於有②「青野商店」的例子，他們打電話去確認，卻沒有宅配服務。

「或許ＳＵＰＥＲ不是超市的意思。」

「從京ＳＵＰＥＲ這個名稱來看，會是什麼行業？我想到的是柏青哥店。」

柏青哥・斯洛（註），本日大放送優惠！「京ＳＵＰＥＲ」。確實很像，可是柏青哥店不會有宅配業務吧。

煩惱的兩人，從前天就暫時放下③，前往拜訪「日出　龍町店」和堀川町的「青野商店」。他們在這兩個地方，總共見到約十五名員工，但拿出暮木老人的肖像畫都沒有反應，也沒人記得顧客拿那樣的東西來託運。「日出　龍町店」位於私鐵車站前，地點很好；「青野商店」的店面也販賣有機蔬菜，兩家店都門庭若市，生意繁忙。

「請求日出讓我們看監視錄影帶，他們拒絕，說只有警方才能調閱。」

前野傳簡訊通知。

「既然來到群馬，我們用當地的黃頁電話簿調查每一間超市。可能有些小店家，用網路搜尋不到。」

在現代社會，如果網路搜尋不到，形同不存在——這話是誰說的？果真如此，那就輕鬆許多。

於是，今天兩人也在群馬縣內，開著租來的車子四處奔波。日出的店員說的沒錯，若我們是警方，就不必這麼辛苦。只要請宅配公司調查託運單號碼，一下就能得知是何時、在哪裡受理的貨物。

但兩人仍拚命調查。他們同心協力行動，也會發生口角。通話時感覺不出來，但簡訊文字直接反映出兩人的心情，有時也能從短短的字句中看出他們的迷惘與煩躁。

「小啓今天一直臭著臉，都不跟我講話。」

「芽衣查得很起勁，卻忘記追根究柢，這是和錢有關的問題。」

前野不是忘記，而是盡力不去想吧。有時應該會心生猶豫，覺得不必這麼大費周章，趕快收下錢算了。然後，她的腦海是否會浮現，暮木老人獨自聽著撿來的收音機的瘦削身影？接著她會想：我得查出老爺爺是如何、又是懷著怎樣的想法存下這筆錢。

將聯絡上迫田女士的女兒一事，傳簡訊通知兩人後，我把筆電收進包包，決定進行下一場訪查。曾是中藤史惠下線會員的女子，告訴我日商新天地協會委託外燴的業者。這名下線會員做過外燴業，因日商供應的輕食類品質實在太糟，曾提醒事務局「你們被坑了」，但沒受到理會。

——在飯店舉行的表揚大會，擺出的料理也都虛有其表。不肯爲餐點花錢的公司，不會是什麼好地方。現在想想，實在是見微知著。

離開集團廣報室時，我的手機響起。

註：兩者皆是遊戲機台。

起先，我完全不懂對方在說什麼。

電話是北見夫人打來的。我只聽得出她在道歉「給你添麻煩了」，於是反問：

「不好意思，妳說誰來拜訪？」

「對方自稱是高越先生的妻子……雖然我還不確定。」

北見夫人我行我素，十分沉著。

「高越？」

「喏，就是那個高越勝巳啊。」

這幾天，我不斷與幾乎是初識的人見面談話，報上名字、聽到對方的名字，腦袋有點飽和。高越勝巳？停頓一拍，記憶總算成功對焦。是報紙販賣店店員，足立則生殺傷案。高越勝巳不是那名死者嗎？他的遺孀怎會去拜訪北見夫人？

「我十分鐘後過去！」

匆匆趕往，只見來到玄關的北見夫人，豎起食指示意我保持安靜。

「我請她在屋裡休息。」

新聞報導過，高越的妻子身懷六甲。我躡手躡腳跟著北見夫人進屋。

北見母子居住的都營住宅，擺有一張以前北見偵探接待訪客的雙人椅。那名女子就仰躺在上面，頭枕著靠墊，一張毛毯從脖子底下蓋到腳尖。大概是北見夫人幫她蓋上的吧。

女子臉色蒼白，眼周有黑影，似乎化著淡妝，但嘴唇嚴重乾裂。我覺得仔細打量太失禮，別開目光。

我和北見夫人在廚房餐桌前悄聲談話，「她是什麼時候來的？」

「約莫三十分鐘前。她出現時便毫無血色，說要借洗手間，我馬上讓她進去。」

「是害喜嗎？」

「她懷孕五個月，早過了害喜的階段。」

玄關有一雙民族風刺繡帶滾邊的可愛平底鞋。

「她真的是高越先生的妻子嗎？」

北見夫人點點頭。「她給我看過母子手冊。由於沒辦理登記，她的姓氏不是高越。」

她名叫井村繪里子。

「可是，我想她就是和高越先生同居的女子。」

「妳怎麼知道？」

案發後的媒體訪談，以馬賽克遮住井村小姐的臉，北見夫人應該不曉得她的長相。

「她有這樣東西。」

桌上放著A4尺寸的牛皮紙信封，北見夫人取出內容物。

藍色封面上，中規中矩寫著標題與日期。那是私家偵探北見一郎的調查檔案。

「這是十月初足立先生來訪時，我親手交付的。井村小姐說，足立先生在殺傷事件前拿給她。」

我腦袋一團混亂。足立則生偶遇高越勝巳，前來拜訪北見夫人，得知北見偵探去世的消息，只拿到一份檔案，失望而歸。後來，他設法（以極爲笨拙的方式）不斷與高越接觸，卻成爲殺害高越的頭號嫌犯，目前逃亡中。

「殺傷事件後，警方一直沒來找我，原以爲是足立先生的檔案沒被發現，其實是他交給高越勝巳的妻子。」

「這未免太奇怪。」我提出質疑，「讀過這份檔案，不就知道足立先生有殺害高越勝巳的動機？足立先生以前受騙，協助高越勝巳的不動產詐騙。檔案上應該記載著事情始末。」

「所以，足立先生才會交給高越先生的妻子吧。」

爲了揭露「妳的丈夫曾涉足這樣的壞事，是詐騙集團的一分子」，這一點不難理解，但井村繪里子爲何沒把檔案交給警方，而是藏起來？

「不清楚她是否有意隱瞞，也許只是說不出口。」

「說不出口……」

「沒有這份檔案，足立先生也夠可疑了，實際上他正受到警方追捕。就算她覺得高越先生那種不光彩的往事，不說出去比較好，亦是人之常情。」

「不，我是刻意隱瞞的。」

一道虛弱的話聲傳來。有時風吹過枯木間隙，會發出這樣的聲響。

井村繪里子從椅子上坐起，毯子推落到膝蓋，腳放下坐直。

北見夫人立刻走近，勸道：「不用勉強起來。」

「對不起，我沒事了。」

她剛剛頭暈——北見夫人向我解釋。井村繪里子似乎覺得很冷，北見夫人扶著她的背說：

「我來開暖氣。」

北見夫人操作遙控器，挨坐在井村繪里子旁邊。房間狹窄，廚房和客廳的距離也近，我決定不要太靠近兩位女士，留在廚房椅子上。

「敝姓杉村，曾委託北見夫人過世的丈夫調查，與他交情不錯。」

井村繪里子垂著頭，環抱身體點點頭。

她腹部的隆起並不明顯，菜穗子懷孕五個月時也是這樣。身上蓋著毛毯，與其說是孕婦，更像是病人。

「我一個人實在不安，所以請他來支援。」北見夫人柔聲解釋，「外子的工作我完全不清楚，但杉村先生幫過忙，對這些事情頗了解。」

這些事情是哪些事情？聽起來有點含糊。

「方便請教妳一些問題嗎？如果覺得不舒服，請立刻告訴我。」

好的，井村繪里子細聲細氣應道。

「這份檔案，是足立則生給妳的嗎？」

她又點點頭。

「什麼時候？」

「案發一週前。」

中午買東西回家，足立則生追上來。

「他表示沒有要做什麼，叫我不要害怕，渾身冷汗。看上去反倒是他怕極了。」

她的語調像念稿般平板，但感覺不到遲疑。

「他開口請求：太太，拜託，請看看這份文件。」

足立則生把檔案塞進她的購物袋，她無法拒絕。接著，足立則生便轉身離開。

「我考慮要和高越商量，可是……」

她對檔案的標題頗在意，忍不住打開。

「然後，我終於明白高越和那個人起爭執的原因。」

井村繪里子的眼神茫然，落在腳邊。

「妳有沒有告訴丈夫這件事？」

沉默片刻，井村繪理子開口，「我沒馬上告訴他。一提到足立先生，高越就會勃然大怒，激動不已。」

——那傢伙又來了？他有沒有對妳動手？他說些什麼？

「那個時候，妳丈夫和足立先生已發生好幾次衝突吧。」

「高越說：那個男的在跟蹤妳。」

此時，井村繪里子第一次抬頭看我，「請不要叫他『妳丈夫』。」

北見夫人不禁眨眼。

「我不是高越的寵物（註）。」

輪到我忍不住眨眼。我知道有些女性和夫妻基於某些觀點，嫌惡「夫君、賤內」之類的稱呼。不過，爲了主張這種觀點，當場抬出「寵物」的字眼，未免太極端。

「抱歉。」我行了一禮，「那麼，後來妳也沒向高越先生提起檔案的事嗎？」

井村繪里子垂下頭，垮下瘦削的肩膀。室內因空調漸漸暖和，但她依然感到很冷。北見夫人拉起毛毯替她蓋上。

「我……曾覺得可疑。」

樹幹中央開了個洞。在寒風中顫抖、形單影隻的瘦弱樹木，葉子片片飄零。無力落地的葉子也已枯萎。從小聲講述的井村繪里子身上，我聯想到這樣的意象。她本身，以及從她口中吐出的話語都是乾枯的。

「妳是指高越先生嗎？」北見夫人問。

註：日語中，先生、丈夫亦有主人之意，所以井村繪里子才會這麼說。

「他有錢和沒錢的時候，落差非常大，而且好像經常換工作。」

「你們交往很久嗎？」

「我和他約莫是三年前認識。他是我們店裡的客人。」

語畢，她的眼神淡淡含笑。

「我完全不適合當酒店小姐，業績非常差，沒辦法在同一家店久待。可是，每次換店，高越就會來賞光指名我。」

我默默聽著。

「他就是這麼重視妳吧。」北見夫人微笑，緩緩撫摸井村繪里子的背，「妳們交往三年，一起生活，也有小寶寶，想必很幸福吧？」

聽到「幸福」兩個字，井村繪里子忽然睜大眼，彷彿在端詳過去，再次確定那是否稱得上幸福。

「我們會同居，是因爲我懷孕。搬到那棟公寓前，我是一個人住。」

房租那麼貴的公寓——她搖搖頭，「我覺得我們配不上，可是高越樂昏頭，說要讓我們的孩子在最好的環境中長大。」

家電和家具，都是在搬到那棟豪宅時，高越花錢新買的。

「他開口閉口就是『我們結婚吧』，可是我……」

就是無法下定決心。

「我曉得不辦結婚登記，小寶寶就太可憐了。不過，我實在不清楚自己是不是眞的想生下高越的小孩。懷孕是個過錯，告訴高越，也是個過錯。」

早知道就打掉，她低喃。話聲乾枯，眼神乾燥。

「所以你們沒去登記？」

北見夫人的問話，也變得輕聲細語。

「高越找到那棟公寓，辦理租屋契約時，他的公司遭舉發。」

他在一家販賣健康食品的公司工作。

「說是新產品廣告違反藥事法。他們宣傳，只要吃那款產品，癌細胞就會消失。」

這類誇大廣告並不罕見，這類檢舉也不稀奇，應該沒變成大新聞吧。我沒印象，北見夫人似乎也不知道。依我的調查，那家公司的官網並未登出類似的道歉啓事。

「我非常討厭那種事。」井村繪里子搖頭，「我希望他辭職，質問那不是詐騙嗎？可是，高越說那是廣告代理商擅自做的宣傳，完全不放在心上。」

她頻頻眨著乾燥的雙眼，「我覺得這個人果然不對勁。他自稱是腳踏實地的上班族，但不是在公司上班的人，就是腳踏實地的好人吧？在形同詐騙集團的公司上班，明明知情卻助紂爲虐，跟騙子沒兩樣。難道不是嗎？」

我以爲井村繪里子終於停止眨眼，沒想到她臉一歪，笑出聲。

「不是跟騙子沒兩樣，高越眞的是個騙子。看過檔案，我總算明白。他在認識我前，就靠詐騙賺錢；認識我後，爲我在店裡砸下的鈔票，也都是騙人賺來的。」

她發出痙攣般的刺耳笑聲，突然摀住臉。

「我居然和一個騙子上床，還懷著他的孩子，怎麼辦？」

她抱住頭用力搖晃，然後挺起身體，幾乎要咬上去般逼近北見夫人。

「那份檔案是眞的吧？上頭寫的是眞的吧？」

北見夫人不慌不忙，伸出右手摟住她的肩膀，左手溫柔地按著她的胳膊。

「妳上門拜訪，就是想知道這件事吧？」

井村繪里子的眼眶濕潤，一次又一次點頭，「是足立先生告訴我這裡的。」

拿到檔案三天後，井村繪里子在從醫院回家的路上被叫住。雖能理解足立則生的心情，但觀察井村繪里子的行動，在她身邊徘徊，遭指控是跟蹤狂，或許也是自找的。

——太太，妳看過檔案嗎？

「我說想和寫這份檔案的人碰面，進一步了解，不料足立先生表示……」

——那名偵探已過世，可是他太太還在。她應該會告訴妳，她丈夫生前是個正派的偵探。

「他要陪我一起來，但我拒絕，請他告知地點，並表示我會獨自前往。可是，足立先生擔心我隻身行動，於是我回嘴說會帶高越同行。」

足立則生非常驚訝。

——高越承認那份檔案是眞的？

「他似乎認定高越不可能承認。大概是我很激動，臉色驟變……」

——對不起，妳先冷靜下來，這樣對肚裡的孩子不好。

「我匆匆逃回家，但他當時的表情，像隨時會哭出來。」

即使和周圍的人溝通有問題，足立則生並非心性惡劣的人，反倒具備有些不知通融的強烈正義感。他應該曉得高越勝巳的所作所爲，井村繪里子沒有任何責任。儘管明白，卻不斷糾纏她，向她揭露腹中孩子父親的過往，他或許也感到羞恥。

「繪里子小姐，我端水給妳，好嗎？」

聽到北見夫人的話，不等井村繪里子回話，我就從椅子上站起。拿起倒扣在瀝水籃的杯子，我扭開水龍頭，北見夫人的話聲傳來：

「杉村先生，請倒寶特瓶的水。那是天然水。」

我倒好水，只見兩名女子依偎在沙發上。空調靜靜吐出暖風。

「常溫的水比較好，喝太冰對身體無益。」

北見夫人把杯子交給井村繪里子。接杯子的手顫抖，嘴唇也在發抖，井村繪里子像剛學會怎麼用杯子的孩童，小心翼翼啜飲。

「繪里子小姐，妳一個人住在公寓嗎？」

井村繪里子拿著杯子點頭。

「有沒有人能陪妳，或讓妳寄住？父母或兄弟姊妹住在附近嗎？」

冷不防地，彷彿剛喝下的水直接溢出，淚水滾落井村繪里子的眼眶。

「我沒有父母，他們都已過世。」

她的話聲哽住，眼淚滴進水杯。

「我小學二年級時，他們被債務逼得一起自殺。」

父親是一家小工廠的老闆，她哭著繼續道：「雖然規模小，不過在當地頗有名，專門製作泥水匠的抹子。利潤很少，日子總是勉強過得去而已，但他是個了不起的父親。」

他是被騙了，井村繪里子悲痛道。

「他碰上支票詐騙，背負一大筆債，房子和工廠都遭查封。」

北見夫人摟住她，像擁抱一個被惡夢驚醒而哭泣的孩子。

「——妳一定很難受。」

「我沒有人能依靠。因爲欠債，親戚都對我非常冷漠。我一直是一個人活過來的。我沒上過什麼學，找不到工作。即使明白自己不適合，還是只能做酒店小姐。可是、可是……」

我活得正正當當。

「我一個人活得正正當當，怎會跟那種——」

那種詐欺師。

「我跟一個能夠滿不在乎行騙的男人在一起，甚至懷上他的孩子。怎麼辦？怎麼辦？怎麼辦？」她哭著不停地問，雙手抓住救命繩般緊握杯子。北見夫人溫柔地拿開杯子遞給我，使個眼色，我點頭回應。我們的想法一致。

我嘗過那種膝蓋顫抖，或者說膝蓋以下癱軟的滋味。

那不是什麼舒服的感覺，也不是初次經歷的感覺，我碰過兩三次。當謎團解開、迷霧散去，看見原本隱藏的事物時，總會陷入那種感覺。

「爸媽一定很氣我，他們絕不會原諒我。」

「不會的，沒有那種事。」

北見夫人吟唱似地說，哄嬰兒般輕輕搖晃她。

「妳就是沒有別人依靠，才會過來吧？」

這個選擇是對的。

「妳一直獨自承受，一定很苦吧。妳哭沒關係，但千萬不能認爲爸媽在生妳的氣。他們怎麼可能不原諒妳？爸媽會擔心妳。他們擔心妳，也擔心妳肚裡的孩子。」

畢竟是他們的寶貝女兒和孫子啊，北見夫人笑道。井村繪里子緊緊抓住她。

「我眞的沒想到會變成那樣，我眞的不是故意的。」

「嗯，我知道。」

「我拿出檔案，高越嚇一跳，卻還想笑著矇混過去。他說足立則生腦袋有病，怪我被他的花言巧語欺騙，這根本不像詐騙那麼嚴重。」

對她來說，那番話也形同詐欺。

「高越知道我爸媽是怎麼死的。我以前告訴他，結果他爲我哭了，覺得我實在太可憐，然而……」

他卻在她的面前，辯稱自己做的不是詐騙那麼嚴重的事。在她眼中，這才是詐欺。

「我提出分手，表示要搬出去。」

「高越先生阻止妳……」井村繪里子緊緊抱住夫人，我對著她的背繼續道：「但妳是認眞的。」

井村繪里子哆嗦似地吸氣，抽噎又顫抖，仍接著說：

「高越一陣慌亂，氣急敗壞。他認爲我不可能獨力養育寶寶。」

——妳要怎麼生活？那寶寶是我的孩子，怎麼能讓妳亂來？開什麼玩笑！

「沒錯，開什麼玩笑。我告訴他，我是認眞的，會獨自養大孩子，不會讓孩子變成跟你一樣的人渣。」

就算被罵人渣，高越勝巳依然笑著。妳一個人才養不起，明明是個落魄的陪酒小姐。

——妳跟妳爸媽，都是抽到壞籤。不過，我會幫妳補回來。我是要讓妳幸福啊，爲什麼妳就是不肯乖乖聽話？

——這世上說來說去就是一個字：錢。弱者只能任強者剝削。

誰教那些人笨，活該被騙。

「我氣昏頭……」

回過神時，拿著廚房的水果刀。

「我高舉刀子吼著，如果他不肯分手，我就要去死。我是認眞的，沒想到高越撲上來……」

換句話說，那並不是預謀，而是一場意外。高越勝巳想搶下井村繪里子手中的刀子，繪里子抵抗，兩人扭打之際，刀子刺進高越的胸口。

「我沒想到會變成那樣。」

高越的左胸插著刀子，襯衫滲出血。但他站得挺直，張開雙手，不明白自己發生什麼事。

「他還會說話，也沒倒下，只是傻在原地，感覺似乎沒那麼痛。」

人被刀刃刺中死亡的情況，大部分是失血過多。若是劇痛或一口氣大量失血，引發失血性休克，會失去意識，不盡快搶救就會喪命。

但偶有刺入的刀子堵住傷口，發揮栓子作用的情形。雖然是暫時性的，但本人不會感受到太大的創傷。當然，體內已緩緩出血，要是拔掉刀子，就會血流如注，也會產生劇痛，必須讓插進身體的刀子維持原狀。

「他反覆安慰我：『不要緊，繪里子冷靜點。』」

——我沒怎樣啊，只是有點痛。沒事的，別叫救護車。

「他表示會想辦法解決。」

實際上，他的確想到一個很棒的「辦法」。

高越勝巳認為，只要推給足立則生，堅稱是他刺傷的就行。

「我完全不懂他在說什麼。」

但是，高越勝巳把混亂的井村繪里子留在原地，重新穿上外套，遮住插在身上的水果刀，走出公寓。

「他吩咐我，在他回來以前，絕對什麼事都不要做，也不要見任何人。」

然後，他前往足立則生工作的報紙販賣店。

單程距離一百公尺。平常的話，應該是再輕鬆不過的路程。然而，高越勝巳胸口插著刀子。即使運氣好，出血被堵住，一旦走動就不可能不疼痛。

「高越先生平常注重健康嗎？比方慢跑之類的。」我出聲。

井村繪里子點點頭，流露「為何問這種問題」的困惑眼神。

「他是健身房的會員，很在乎身材，認為有啤酒肚很遜。」

大概是幸運，再加上平素的鍛鍊吧。肌力強，心肺功能佳，而且體力充沛。多麼驚人的體魄，多麼敏捷的思緒啊。

剛出事的時候，高越勝巳腦中浮現的解決之道，確實是神來一筆。只要全部賴到足立則生頭上，不僅能守住井村繪里子和肚裡的孩子，還能除掉驚擾他人生的絆腳石，真是一石二鳥。

「高越先生知道足立則生有傷害前科嗎？」

「當時他曾提及，說沒問題，警方一定會懷疑他。」

如果蒙上莫須有的嫌疑，足立則生會全力辯駁，也會吐出與高越勝巳的宿怨，有這樣的風險。然而，若足立則生逃亡，情況就不同。

高越勝巳臉色大變，闖進報紙販賣店罵人，大叫「他想殺我」，再落荒而逃。這齣戲最大的目的，當然是做給周圍的目擊者看，但應該有次要的目的：讓足立則生發現自己被逼到棘手的死胡同。我陷害你嘍，你要怎麼辦？

足立則生選擇逃亡。高越勝巳是不是早料到這種可能性？他以前利用過足立則生，再次利用他，根本不費吹灰之力。他對足立則生的個性瞭若指掌。在高越眼中，足立則生只是顆棋子、受騙的傻蛋。受騙的人是自己笨，上當也是活該。

「他回來的時候，臉色蒼白……」

但高越勝巳仍握緊井村繪里子的手，反覆叮囑，要她套好說詞。非常簡單，弄對順序就好。我回家，聽到妳又被足立糾纏，火冒三丈地跑去找足立算帳，卻被那傢伙刺傷。記住沒？這就是事實。那傢伙是騷擾妳的跟蹤狂，記好了嗎？

「他搖搖晃晃，與其說是坐下，更像是腿軟，可是嘴巴還講個不停。他求助般抓住我的手……」

井村繪里子的手往孕婦裝抹了抹，像沾上什麼髒東西，彷彿那污穢殘留至今。

「他不停強調是爲了寶寶，爲了寶寶……」

她毫無血色的臉頰上，不再出現淚痕。從眼睛和嘴唇吐出的話語，也都乾透。

「刀子呢？妳拔起來了嗎？」

不能就這樣扔著，那是凶器。如果被發現凶刀來自高越和井村的自宅，那場戲等於白演。

井村繪里子眼神迷茫飄移，搖搖頭。

「是他自己拔的。」

流好多血。她低喃著，雙手掩面。

「他要我把血沖乾淨，我照做後，打電話叫救護車。」

那把水果刀是高越勝巳爲兩人的新生活買的，是銀器餐具組之一，收放在天鵝絨內裡的盒子。刀子至今仍放在原處，警方沒懷疑，也沒進行調查。

井村繪里子渾身發抖，北見夫人撫著她的背。

「我知道刀子一拔掉，他的性命也會跟著消逝。」

──啊啊，他要死掉了。

「地板上蓄積出血泊，愈來愈大，可是我……」

還在洗水果刀，擦乾後放進收納盒。

「是爲了寶寶，爲了寶寶……」

低沉的呢喃也在顫抖。

「全是爲了寶寶。原本甚至不知道自己究竟想不想生，那個時候，卻滿腦子想著是爲了寶寶……」

她放下手，垮下肩，抬起頭。那雙眼睛十分空洞，沒有注視任何事物的力量，盡是一片虛無。

「如果說出一切……」

她又開始搖頭，似乎沒辦法靜靜不動。

「我的寶寶就會變成詐欺師的小孩、殺人犯的小孩，豈不是太沒天理？」

聽見她不尋求回答的呢喃，北見夫人意外強烈地反駁道：

「沒錯，太沒天理。妳的想法錯得離譜，寶寶是你們的孩子，但孩子不是生下來背負你們的罪。」

井村繪里子頓時一愣，眨眨空洞的雙眼，望向北見夫人。早該乾涸的淚水又湧現。

「對不起！」

對不起，對不起。

我的腦海浮現一個畫面。奢華的公寓一室，倒在血泊中的高越勝巳。他逐漸死去，生命慢慢脫離身體。井村繪里子望著這一幕，是不是也像這樣不停呢喃？對不起、對不起、對不起。

彷彿時間凍結般，只有兩人的場面。警車和救護車的警笛聲靠近。

她以為不可能順利。

她以為一定會有人懷疑，識破眞相。她以為這種謊言不可能成功。

然而，沒有人懷疑她，沒有人揭穿她。

「我一直在撒謊。」

因為肚裡的孩子父親命令她這麼做，懇求她這麼做。

「每個人都被我騙了，卻沒人發現。大家都對我好，同情我。」

可是——井村繪里子抱住肚子。

「這孩子知道我是個騙子，因為他流著我的血。我不能再繼續騙下去。」

井村繪里子放聲大哭。這不是即將成為母親的年輕女子的哭法。在她腹中成長的孩子，不久足月呱呱墜地，過兩、三年後，一定也會是這樣的哭法吧。媽媽，我跌倒了。媽媽，肚子餓了。媽媽、媽媽、媽媽。

「那就不要再繼續撒謊。妳已這麼決定，對吧？所以妳才會過來這裡，不是嗎？」

井村繪里子緊閉雙眼，不斷點頭。

「我們去找警察吧，我陪妳。」

在母女般相擁的兩名女子旁，我只能束手無策地看著桌上的檔案──北見一郎留下的檔案。

報導非常迅速。儘管這起案件十分離奇，報導內容卻相當正確。這表示井村繪里子的供述就是如此前後一貫，值得信賴吧。傍晚的新聞只有相關事實的報導，但晚上九點的新聞，還播出搜查總部的記者會情況。

我沒告訴妻子，我也參與此事。光是公車劫持事件和「特別命令」，就夠讓她操心的。我在書房用電腦偷偷看新聞，看到搜查總部負責人回答記者的問題，說警方並未認定列爲重要關係人、下落不明的足立則生就是命案嫌犯，忍不住苦笑。

雖然從謊言中解脫，但井村繪里子的未來絕不能說是光明的。她的決定很正確，爲了總有一天能夠沐浴在明亮的陽光下，這是必要的，只是需要時間。不游過苦水，沒辦法取得甘甜的水。

對於未曾謀面的高越勝巳，我懷有一種感嘆。對他的智慧與行動力的感嘆。難道他不能將才智發揮在更好的地方嗎？雖然這樣的喟嘆於事無補。

被騙的人是自己活該。

他應該是以自己的方式愛著井村繪里子吧。他是眞心想要和她一起打造幸福的人生吧。當他發現兩人的價值觀──說是正義感也行，南轅北轍時，一定打從心底驚訝不已吧。

我沒辦法對這孩子撒謊。

我靈光一閃，梭巡起書架。那是幾年前的事？我和菜穗子一起去上野的美術館參觀林布蘭展，買了畫集。

我翻找到的作品，是收藏在阿姆斯特丹國家博物館的畫作《聖彼得不認主》。這麼說來，我們曾聊到，總有一天要去當地看原畫。

聖彼得是耶穌十二門徒中的大弟子。他不是多愁善感的年輕人，原本是鄉下的漁夫，是個樸實的中年男子。

擁有強大權力的羅馬帝國，對基督教警戒日益加深，展開打壓與迫害。耶穌即將被捕時，十二門徒各別表達自身堅定的信仰，發誓效忠耶穌，但是「神子」已看透弟子心中隱藏的迷惘。

用三十枚銀幣賣掉耶穌的背叛者是猶大，但彼得也背叛過耶穌。耶穌被官員和群眾抓住，只有彼得直到最後仍跟隨在耶穌身邊。然而，經過一整夜嚴厲的訊問，他終於屈服，發誓自己絕不是耶穌的弟子。在這樁悲劇發生前，耶穌早預言此事。

「在雞啼前，你將三次不認我。」

對於自己的謊言，及心中的想法遭耶穌看透，彼得羞愧難當，後悔不已，說出眞相後，被倒吊在十字架上殉教。建在他墓上的，便是基督教的大本營，梵諦岡的聖伯多祿大教堂。

聖人彼得是個騙子，是爲自身謊言悔過的人。他一度爲求苟活而撒謊，最後無法背負謊言活下去，選擇壯烈犧牲。

林布蘭畫筆的魔術建構出的美麗明暗中，《聖彼得不認主》裡的彼得撒謊，「我不認識什麼耶穌。」遭官員拖走的耶穌，回望彼得。光打在耶穌的臉上，彼得的臉則沒入陰影。

眞實與欺瞞，生與死，人心的堅強與脆弱。這是將種種對比的瞬間切割下來的美麗名畫，但菜穗子不是很喜歡。她認爲這樣太殘酷。

——其他門徒都逃走，只有彼得留在耶穌身邊，不是嗎？由於他堅持留到最後，才會禁不起嚴厲的逼問而撒謊。

——如果彼得膽小一點，根本不需要撒謊。因爲他有勇氣和信念，落得備受侮辱折磨的下場。因爲他是個正直的人，結果背上了罪。

這太令人難過，菜穗子說。

謊言之所以會摧殘人心，是因爲謊言遲早會結束。謊言不是永遠的，人沒那麼堅強。愈想活得正直、活得善良，不論是如何逼不得已撒的謊，還是會無法承受重擔，總有一天會道出眞相。

既然如此，能夠不把自己的謊言當成謊言、能夠擺脫謊言重擔的人，不是幸福得多？

不管是怎樣的彼得，都有回頭注視他的耶穌，所以我們才會無法承受謊言。但是認爲自己沒有耶穌、不需要耶穌的人，將肆無忌憚吧。

井村繪里子可以選擇貫徹謊言，因爲肚裡的孩子一無所知。不能對孩子撒謊，是她一個人的想法。或許當孩子長大成人，會希望母親貫徹她的謊言。或許孩子會責怪母親爲何不撒謊撒到底，保護他的人生？

眞相絕不美麗。世上最美麗的不是眞相，而是沒有終點的謊言。

擺在旁邊的手機響起。

顯示的是北見家的號碼。接聽說「我是杉村」，傳來的卻不是北見夫人的話聲，也不是司。

「杉村三郎先生嗎？」

那是客氣、膽怯的低沉嗓音。

「你——」

是足立則生。

「不好意思，在這種時間打電話。」

我望向時鐘，將近晚上十一點。

「我在北見先生家，太太叫我聯絡你一下。」

我借用他們家的電話，他補充。

「你看到新聞了？」我問。

「嗯。」

「你何時過去的？」

「八點左右。」

原本只想打聲招呼——他有些難爲情，話聲漸弱。

「沒想到太太留我吃晚飯。」

今天北見夫人馬不停蹄。她陪井村繪里子投案，理所當然，應該也做了筆錄，總算回到家，足立則生又登場。

「我還是得向警方報到一下吧。」

我早就期待、預測到他會這麼說，但實際聽見仍鬆一口氣。

「明天我會去警署。」

在那之前，他想先看看北見夫人和司，便上門造訪。

「害他們爲我這種人擔心，心裡實在過意不去。」

電話另一頭隱約傳來司的話聲。感覺像日常對話，似乎在和北見夫人聊天。

「太太眞是個好人。」足立則生感嘆，「她很了不起，不愧是北見偵探的妻子，兒子也一樣。」

這回傳來北見夫人的笑聲，「別這樣啦。」

「是眞的啊。」

不是對我，足立則生對北見母子說。最後，換司來聽電話。

「晚安，杉村先生。抱歉，這麼晚打擾。」

「哪裡。」

「足立先生比想像中有精神。」

「那就好。」

「警方不會太嚴厲地訊問他吧？」

「嗯，或許該擔心會被媒體記者追著跑。」

「果然會變成那種情況。」

其實我們家也一樣——司壓低音量。

「直到三十分鐘前，電話和門鈴響個不停，吵都吵死了，現在總算安靜下來。多虧自治會長過來斥責，你們有點常識好不好！」

我媽真是太熱心了——司不禁嘆息，「就愛插手管多餘的事。可是，還是沒辦法袖手旁觀吧。」

跟我爸一樣，他笑道：

「想到我爸過世，感覺就像他附身到我媽身上。」

少胡說八道，北見夫人的話聲響起。

足立則生接過電話，「看到電視新聞中，高越太太在女性友人陪伴下投案的消息，我馬上想到可能是北見夫人。」

沒有任何根據，純粹是直覺。他想確定這一點，於是登門造訪。

「你進去公寓時，居然沒被任何人看見。」

「這部分……唔……」

又躲在垃圾桶後面？

「今晚你有地方住嗎？」
「怎麼跟北見母子擔心一樣的事？」
我不要緊的，他開朗道。
「我當過一陣子遊民，現在也曉得怎麼露宿街頭。」
原來如此，我恍然大悟。
「所以你沒必要逃到很遠的地方。」我語帶驚奇。
是啊，他笑道：「去哪裡都用走的，是遊民生活的基本。要是隨便跑到地方都市，因爲不熟悉環境，反而會混不下去。」
他一直待在都內，才能這麼快回來。
「可是，明天去找警察，必須穿得體些。太太借我北見先生的襯衫和長褲。」
我會感激地穿去報到，他繼續道。
「感覺像北見先生陪著我。」
我也這麼想。
「報紙販賣店那邊怎麼辦？」
「警察那邊處理完，我會去道歉。雖然不曉得他們肯不肯再雇用我。」
畢竟我有前科的事曝光了……他話聲變小。
「噯，總有辦法吧。如果不想出辦法，也太對不起北見先生。我會好好加油，不再讓大家擔心。」
他忽然冒出乖巧國中生會說的話。
「就算去警署，我也見不到高越的妻子吧？」
「應該見不到。」

「我想也是。」

我想向她道歉——他解釋道：「是我害高越太太犯下那種罪。」

我保持沉默。

「我自以爲在做對的事，自以爲在進行正義的告發。」

居然是錯的嗎？他低喃。

「關於井村繪里子父母的事，北見夫人提過嗎？」

那是新聞還沒揭露的情報。

停頓片刻，傳來回答：

「——嗯。」

「你不可能會知道那樣的內情。高越先生和繪里子小姐的關係不穩定，也是你無從得知的事，對吧？」

「嗯。」

「自責之前，最好確實畫清界線。不能所有事都想往身上攬。」

我也一樣，沒資格講別人。我拿著手機，望著朦朧倒映在關機的電腦螢幕上的自己。

「如果曉得下手的是高越的妻子……」

我已猜到足立則生想說什麼。

「我可以永遠逃下去。我會請她不要洩漏，扛下這個罪名。」

「這不是好主意。」

謊言會結束，總有一天會結束。

「況且，實際上也沒辦法這麼做。做不到的事，就別再想東想西。」

「你眞的很不可思議。以爲你心地善良，卻說那種冷酷的話。」

倒映在螢幕上的我，有些疼痛般皺起臉。
「或許我有點古怪。」
「不是有點，是非常怪。」
那是親近的口吻。
「高越太太的罪不會太重吧？」
「依我所知，那是一場意外。說要把罪誣賴到你頭上，也是高越先生的主意，我想不會有問題。」
是嘛，他說。
「你所能做的，就是將前後的事實坦白告訴警方。與其無謂地包庇，說出眞相才是最有效用的。啊，對了。」
我想起一件細微，但十分重要的事。
「高越先生的太太名叫井村繪里子。他們是事實婚姻，所以不同姓氏。她相當在乎這一點，今後別再喊『高越太太』，稱呼她『井村小姐』吧。」
「可是，他們看起來感情很好。」
「感情應該不差吧，不過，他們也有自己的問題。」
這樣啊——足立則生應道：
「與其說高越是三寸不爛之舌，更接近強勢的人。他會牽著對方的鼻子走，耍得對方團團轉。他和我合作時，都是這樣。」
聽到這番話，我才想到，足立則生也曉得會傳染的邪惡，及謊言的罪惡。他與回頭的耶穌對望過，不知他會怎麼評價暮木老人？
「等你穩定下來，方便見個面嗎？」

「為什麼？」

面對直率的疑問，我不禁一笑，「讓我看看你過得好的模樣吧。」

「這樣啊，那我會再打電話。」

「嗯，就這麼約定。」

給你添麻煩了，足立以親近的語氣做結，掛斷電話。靜謐的書房中，我身子一動，椅子壓出聲響。或許是我的心在傾軋。

對外燴業者的訪查，由於發生出乎預料的狀況延期，本身沒什麼收穫，不過內容挺有意思。

這家公司的負責人是三名三十多歲的女子，從念短大時感情就很好。八年前，她們實現一起創業的夢想。

「關於日商新天地，是我們主動寄廣告文宣過去，才開始合作。那時經營尚未上軌道，我們想設法開拓新客源，拚命打廣告。」

服裝、化妝、髮型，甚至連髮質都相似的三名女老闆都十分健談。嗓音不同，但說話的調調都一樣。即使把收下的名片擱在眼前，我還是分辨不出誰是誰，有如三胞胎姊妹。

「我們早就曉得這個客戶不太好。」

「整體氣氛就是可疑。」

「可是，我們只提供外燴，又不是要加入會員。」

「雖然他們纏著要我們加入會員。」

「開口閉口就是『我會讓妳們發大財』。」

「對對對！那個代表公司的老頭油滋滋的，兒子更是差勁透頂。」

「就是那種一夜暴富，自以爲了不起，沒人要的典型！」
熱鬧得像女子更衣室。
「我們摸著良心做生意，估價都照規矩來，也會配合對方的活動內容提出各種方案。」
可是，日商新天地協會——或者說小羽父子想要的不一樣。
「他們只求外觀好看，味道怎樣都無所謂。」
「說什麼反正不會有人吃。」
「還說最後都會變成廚餘，花工夫是浪費資源。」
甚至問大冷盤能不能用蠟製食物樣品代替，不必用眞的食物。她們覺得實在太離譜，當場反對。
「我們也有自尊心。」
小羽父子對細節要求很多，但付錢相當大方。
「身爲女老闆，眞的經常遇到不合理的狀況。」
由於是女人，經常被瞧不起、砍價，或拖延付款。
「可是，小羽父子看我們是女人，想讓我們見識他們的威風。」
「展現『我超闊氣的！』之類的姿態。」
「想必也是別有用心。」
「我們被約過好幾次，說什麼『要不要一起去喝一杯』。」
日商新天地協會的會員，多是上了年紀的人。
「即使是我們這種年過三十的女人，在代表大人眼中仍是鮮嫩欲滴吧。」
「兒子也一樣，一副『沒有女人不爲我痴迷』的態度。我們不鳥他，他就像笨蛋般發動追求攻勢。」
聽著有趣，但當下發生過許多不愉快的糾紛吧。

「的確，相比其他業者，以那種菜色來說，我們收取較昂貴的費用。可是，誰教我們開多少，對方就付多少嘛。」

「我們是當包括精神賠償金。」

她們安撫小羽父子，一面接著他們利潤極佳的案子，同時蒐集日商新天地協會的相關資訊，留意自救會動向。

「光看自救會的網站，就曉得日商新天地差不多快完蛋。」

日商新天地被查獲三個月前，她們要求停止交易。

「眞是千鈞一髮。」

「再晚一些，或許我們也會蒙受池魚之殃。」

「學到寶貴的一課。」

不論男女，堅強的人都會將活力帶給身邊的人。在這件事的訪查中，我第一次分享到活力。

女老闆啊……菜穗子和朋友也會像這樣「學習」嗎？思及此，我忍不住說出內子在幫忙朋友開餐廳的事。她們七嘴八舌地吵鬧起來。

「哇！」

「那眞的只是幫忙嗎？還是有出錢投資？」

「如果來得及，最好說服太太退出。」

「做生意可不是什麼漂亮好看的事。」

「太太可能會一口氣失去金錢、朋友和年輕等寶貴的資產。」

「確實會變老呢，一口氣老個十歲。」

「細紋會變多。」

「還會自律神經失調。」

等一下啦——三人中個子最高的女子笑著制止。

「討厭，搞得我們好像《馬克白》裡的三個女巫。」

我和三個女巫一起笑，答應她們會好好勸妻子。

「抱歉說了些無聊的話。」

臨別之際，她們致歉。

「我們不是要挑剔你太太的工作。」

「只是創業眞的很辛苦，想高高在上地忠告幾句而已。」

對吧？三人互相點頭。

「這短短八年間，我們多次差點鬧翻。」

「可是，還是撐到現在。希望太太的工作也能順利。」

來到外頭，走在秋陽下，我想著要找段悠閒的時間，進一步詢問菜穗子幫忙餐廳經營的細節。

這陣子，我都只顧著自己的事。只顧著自己，還有自己的夥伴。因爲菜穗子和桃子總會等我回來，所以我放心投入眼前的事。這是我的壞毛病，不僅僅是這次而已。我忍不住搔搔頭。

今天買束花回家吧。

隔天，我收到一封電子郵件。寄件人自稱是日商新天地協會代表小羽雅次郎在半個世紀前，仍是年輕上班族時的同事。

當時剛吃完晚飯，正在休息。在我們家，爲了桃子要配合下週六文化祭表演穿的衣服與鞋子，把髮型也「SET一下」，掀起一陣騷動。

「人家不要綁辮子，想挽起來。」

像這樣露出後頸的頭髮──比手畫腳的女兒，唯有那一瞬間異樣成熟，我心頭一驚。「後頸的頭髮」，她何時學到這種詞？

「媽媽不喜歡小女孩裝大人。」

小孩子有小孩子的髮型，妻子勸道。女兒雙手插腰對抗，「人家就是不要綁辮子！」我留下一句「我去廁所」，順便進書房瞄一眼，發現有郵件透過正打開的部落格傳來。

寄件人自稱「古猿庵」，主旨是「關於小羽雅次郎」。

「突然致函，不揣冒昧。小生曾與小羽雅次郎共事。在搜尋小羽雅次郎的名字時，偶然發現您的部落格。」

從字面也看得出，對方是與小羽代表年紀相當的人物。比起寫電子郵件，寫實體書信的時間更長久的人。

「小羽雅次郎因數項罪名，遭判處刑罰。我回顧人生時，爲此感慨良多。小生是退休的老者，或許回憶並非您想追查的情報，但若能幫助您了解小羽雅次郎的爲人，幸甚。」

對方沒留下聯絡方式，我回信致謝。

一會兒後，我調停母女內戰，回到書房。這次又收到長篇信件。

「感謝您鄭重回信。小生與小羽曾在昭和三十七年（一九六二年）四月至三十九年三月，位於神田駿河台下十字路口附近，一間叫森山堂有限公司的英語會話教材公司任職。」

那是間有二十名左右員工的小公司，但時值令全世界驚奇的經濟高度成長期初期，爲了光榮回歸國際社會，日本的英語會話風潮如火如荼，因此業績傲人。

「小生當時十九歲，小羽二十歲。如同字面，我們同桌共事，每日外出跑業務回來，一塊塡寫日誌。在業績表上，兩人的名字也並列在一起。」

從協會的紀錄影片來看，小羽代表即使上了年紀，仍是儀表堂堂的偉岸男子。

「小羽外貌出眾，雖是半帶玩笑，但上司甚至曾勸他轉行當影星。此外，他能言善道，是優秀的業務員。然而，諷刺的是，小羽似乎缺乏英語會話天分。反過來說，意謂著他的業務能力就是如此傑出，足以彌補缺點，成功推銷教材。」

兩人經常結伴去喝酒。由於是年輕人，也會去跳舞，或和女孩一塊出遊。

「只要和小羽出門，就不愁沒有女伴。」

如果是年輕人，應該會在後面附上一個冒汗的表情符號。

「附帶一提，小生是所謂的猴子臉，古猿庵這個網路代號，也源於這副相貌。年輕的時候，即使是男人，也很在乎外表。而外表往往帶給小生無名怨憤，但小羽經常笑我，日本男兒長得像日本猴有什麼好羞恥的，要抬頭挺胸。」

昭和時代，日本在敗戰中重新來過、煥然一新。我彷彿聽得到，在這個時代青春活躍的年輕上班族的聲音。

「小羽個性陽光，如同前述，工作表現十分優秀。因此，對小生而言，他是同事，也是像兄長般值得信賴的人。不可思議的是，小羽幾乎不談論自己。我從沒聽他提過家人的事。小羽談論的，總是對未來的野心。」

——總有一天，我要成爲一方霸主，擁有令每個人刮目相看的雄偉城堡。

這是小羽雅次郎的口頭禪。

「小生與小羽在同一時期離開森山堂，不過我認爲那是巧合。小生原本就預定要繼承家業，是暫時領一份薪水。小羽則說要存錢開公司，看到森山堂發展不大，便想跳槽到其他更好的公司。」

這段文章後面的內容，跟我的感想相同。

「當時，出於這種動機轉職的人極為罕見。成功的例子應該也比現在少。」

我對著電腦點點頭。

「離開森山堂後，約一年之間，我們偶有聯絡，但畢竟去者日以疏，我們漸行漸遠。小生繼承家業，長久以來，鎮日為籌措資金奔走。即使如此，對小生而言，小羽仍是年輕時日的美好回憶，唯有賀年卡我每年都不忘寄給他。小羽也會來信，只是住址遷徙不定。不過，這是他的大志逐步實現的佐證？抑或相反？每逢新年，小生總內心複雜。」

分量這麼多的文章，一個小時不可能寫得出來。在不確定我會不會回信時，古猿庵就寫好這篇文章。或許他花了一星期來寫。

我和古猿庵都不曉得彼此是怎樣的人。我只是一個徵求情報的窗口，而古猿庵只是寄一篇文章過來。正因只有這樣的連繫，古猿庵才能道出往事。

像這樣回顧過去的你，一定過著平靜的晚年吧——我心想。無論是播磨屋夫婦那種熱鬧的平靜，或高東憲子那種帶著孤寂的平靜。

「昭和四十二年的秋天，小生偶然到神田，順道拜訪森山堂，從女職員那裡聽到關於小羽的意外事實。」

離職約三年的員工，忽然回來打招呼。懷念、親近與放鬆，讓女職員禁不住洩漏口風。

「她說小羽會辭掉森山堂，是小生辭職的緣故。當時只是小生不知道而已，其實小羽在社內的評價頗有問題。」

據說小羽蒙上盜用公款的嫌疑。

「那名女職員是會計人員，應該相當了解內情，但說得模模糊糊。小生在公司內是少數的小羽信徒之一，如果小生離開，小羽勢必難以容身，才會匆匆離職。」

這表示兩人在同一時期離職，並非偶然。

「小生聞言，非常訝異。小羽連零錢都沒向小生借過，反倒是個慷慨大方的人，小生經常讓他請客。」

我忽然想起，後來成爲日商新天地協會代表的小羽雅次郎，不停想向外燴公司的三個女巫展現他有多大方。

「我向女職員埋怨，如今告訴我這種事，我也無從反應。但女職員似乎是出於一番好意，想給我忠告。」

——如果你和小羽先生仍有來往，最好快點斷絕關係。我很清楚他的爲人。

「女職員曾和小羽發展成親密的男女關係。森山堂禁止職場戀愛，他們是地下情侶。」

深知小羽雅次郎有多吃香的古猿庵，對兩人的祕密戀情並不驚訝。他驚訝的是別的事。

「當時她認眞考慮和小羽結婚，但小羽總顧左右而言他，推託逃避，最後甚至告訴女方，和他結婚會變得不幸。」

與其說是誇張，更像是做戲。我彷彿看到日後接受會員喝采，在講台上顧盼自雄的小羽代表的萌芽。

「於是，她詢問小羽理由。小羽做了一番辯解。當然，這些都是小生初次耳聞。」

小羽雅次郎的老家，在近畿地方的某地方都市。小羽家是當地的世家望族，也是大富豪，代代都有貢獻地方發展的優秀人才輩出，雅次郎的曾祖父還擔任過縣議會議長的要職。

然而，到雅次郎的父親那一代就跛了腳。在當地的山林開發案中，雅次郎的父親因收賄嫌疑遭到逮捕。如果只是錢的問題，負起政治責任也就罷了，但其中有黑道介入，爲了利益分配問題，甚至鬧出殺人命案。

雅次郎的父親並未直接參與殺人，但他協助事後的滅證工作，因此遭到殺人實行犯集團的恐嚇。對政治人物來說，這也是致命傷。

「由於父親的醜行，十六歲的小羽遭故鄉放逐，高中無法畢業，只能輟學。但在森山堂任職時，小羽告訴小生，他是神奈川的縣立高中出身。從不談論自己的小羽難得主動提起，小生記得相當清楚。」

這是本人兩、三下就會忘掉的謊言吧。

「小羽對女職員說，故鄉憎恨他，而他也憎恨著故鄉。總有一天，他要在社會上獲得成功，讓那些對他扔石頭、把他趕走的傢伙，見識到他的厲害。在目標達成前，包括結婚、在公司飛黃騰達等一般人追求的平凡幸福，他都要暫時拋下。」

——所以，妳不能跟我這種受詛咒的男人結婚。

我決定要賺大錢，娶名門千金爲妻，以妻子爲墊腳石，躋身上流社會。即使如此，若妳還是愛我，我可以讓妳當我的情婦。小羽雅次郎這麼說……

「女職員目瞪口呆，決定和小羽分手。」

親密交往時期，她借一筆相當可觀的錢給小羽雅次郎。或者該說是供養他？那筆錢也沒拿回來。

「她也想過要報警，控告小羽騙婚，但考慮到世人的眼光，還是作罷。她譴責那男人是信口雌黃的大騙子。向我訴說時，她的憤怒與傷心似乎仍未完全平息。」

古猿庵困惑不已。

「那個時候，小生與小羽的往來逐漸疏遠，就算聽到這件事，也沒有任何損害。但是，雖爲期短暫，畢竟曾是我視爲兄長景仰的人，得知小羽這一面，還是未經歷練的年輕人的小生，受到相當大的打擊。」

我拉動螢幕捲軸，看到電子郵件末尾。

「後來，小生與小羽的交往如同前述，但小生又和小羽見過一面。」

約莫是一九九九年，郵件上寫著。

「小生沒有寫日記的習慣，回憶並不確實，不過見面時，和小羽聊到世界會在一九九九年七月滅亡的預言，最後沒有實現。」

那不是偶然的再會，是小羽雅次郎主動聯絡古猿庵。

「小羽做起新生意。他在販賣、出租家庭用的高性能淨水器，說飲料水產業絕對會有巨大的成長，問小生要不要投資。」

我翻開手邊的筆記本。日商新天地協會推出號稱只要安裝，就能讓自來水擁有和奇績之水「雅典娜」相同效果的淨水器，是一九九九年四月。古猿庵的記憶是正確的。

「光是經營繼承父親的小公司，小生已焦頭爛額。即使深受小羽的提議吸引，或全面信賴他，也不可能投資。」

這表示，自昭和三十九年分別以來，暌違三十五年忽然被找去，闊別多年重逢的小羽雅次郎提出的投資案，對古猿庵來說缺乏吸引力與可信度。

「小羽看起來經濟狀況非常好，小生認爲他已實現年輕時的大志。然而，這樣的想法中，不免摻雜一抹不安。」

小羽雅次郎成爲手頭闊綽的中年歐吉桑，就像男性古龍水，散發年輕時古猿庵沒能看透，如同月球背面般隱藏的可疑氣息與撒謊天性。

「小羽介紹一位和他一起來的先生。自稱經營顧問的那個人的氣質，及小羽彷彿戀愛中少女般爲他痴迷的模樣，都令小生擔憂。」

單肘撐在桌上盯著螢幕的我，忍不住直起身子。

淨水器銷售，是小羽雅次郎創立的日商新天地協會，明確轉換到老鼠會詐騙的契機與轉捩點。

當時，有個令代表小羽如同熱戀少女般痴迷的「經營顧問」……

「那位經營顧問與小生幾乎沒有對話，小生對他的印象也很薄弱。但小羽對年紀相仿的顧問不停喊著

『老師、老師』，還告訴我『這位老師不是隨便就見得到的』、『機會難得』。」

這位經營顧問，或許就是在這次的查獲行動中，與小羽父子一同被逮捕的幹部之一。

「不知不覺變得冗長。謝謝您奉陪老人家回憶，謹此致謝。」

結語後面空一行，又寫道：

「小羽雅次郎欺騙眾多善良市民，詐騙牟利，造成社會嚴重不安。對於他的罪行，小生不打算袒護。但他是活生生的人，縱然天性善於撒謊，要是沒在人生行路上做出錯誤選擇，或有人將他導上正途，也許不致身陷囹圄。小生不由得作此想。」

我有同感。小羽雅次郎推出的健康食品和「雅典娜」，是一種安慰劑生意。雖然可疑，但光是這樣，不至於造成多大傷害。可是，一九九九年四月後的發展，卻一頭栽進不同次元。不是販賣商品和服務給會員，而是利用會員來銷售商品和服務，驅使許多活生生的人變成斂財機器。

如果這個手法不是小羽雅次郎靠自己腦袋想到的呢？如果是有人指導他，或教給他這樣的壞主意呢？

「透過一連串報導，小生有機會見到小羽現在的模樣。他的言行和表情，讓我感覺過去他告訴女友的往事——被趕出故鄉、憎恨故鄉，想出人頭地讓鄉親刮目相看，或許有那麼一絲眞實性。」

沒錯。小羽雅次郎不斷高談闊論「社會改革」。他透過改革之法，來稱霸貶抑他、指責他的社會。再也不願屈就於社會劣勢，這就是他生存的目的，與人生對抗的意義。

倘若他背後有個軍師？

我取出幾乎不用的掃瞄器，掃入向媒體公開的暮木老人肖像畫，寫信給古猿庵。

「一九九九年，與小羽雅次郎同行的經營顧問，是這位先生嗎？」

我急得打錯字。

「可以請您從這張肖像畫想像年輕十歲的樣子嗎？身高約一六〇公分，體型瘦小。此外，希望能告知那名經營顧問如何自稱。」

傳送後，我焦急不安地在書房踱步。很快就收到回信，對方應該也在等我的反應吧。

「據小生記憶，當時小羽痴迷的經營顧問，並非這名人物。」

膝蓋以下一軟，我癱坐在旋轉椅上。

「小生不記得那經營顧問的名字，但曾收到他的名片。小生沒有寫日記的習慣，但名片全都保存起來。我想翻找一下，應該能尋獲。」時間跨入隔日，古猿庵打算現在開始翻箱倒櫃嗎？

「感謝，您的一席話助益良多，我深爲感謝，但請千萬不要勉強。」

我又在書房踱步一會兒，心想今天就到此爲止，決定去洗澡。桃子早就入睡，菜穗子在客廳翻雜誌。

「今晚是我讀繪本給她聽的。」

菜穗子微微噘著嘴。

「比爾博故事的高潮你來負責。」

「嗯，謝謝妳。不好意思。」

坐下後，我告訴妻子古猿庵的事。妻子睜圓眼，感嘆：

「網路眞是厲害！」

「唔，不必四處奔波，情報也會自行送上門。」

這天晚上睡眠很淺，我清晨六點起床，檢查郵件，發現沒回音，不禁覺得自己太性急。用完早飯，換上衣服後，傳來收到郵件的提示聲。

「小生把當時小羽給我的名片掃描成檔。」

那是掃瞄的名片圖檔。

「御廚尚憲」

字旁附有讀音，不是念「Mikuriya Takanori」，而是「Mikuriya Syoken」。

沒有頭銜。除了名字，只有住址和電話號碼。門牌號碼在澀谷區，沒有房號。我立刻用電腦的地圖軟體查詢，那是個不存在的門牌號碼。

我試著撥打電話。一接通，立刻傳來傳眞機的「嗶」聲。這個號碼想必老早就轉賣，換別人使用。門牌號碼大剌剌地使用假號碼，而這罕見的姓氏也極有可能是假名。我原本推測暮木一光是他的本名，或假名之一，但與古猿庵的記憶「不是這張肖像畫的男人」相互矛盾。那位顧問與小羽雅次郎年紀相當，就算他是暮木老人也不足爲奇，只是……

煩惱之前，還有別的事情要做。我急忙將這項新情報告訴田中、柴野司機、坂本和前野搭檔，並附註：請你們留意「御廚」這個姓氏，如果在哪裡看到，請告訴我。

先前訪問過的人，我以郵件和傳眞通知他們，並寫信到自救會網站。日商新天地協會中，有沒有叫「Mikuriya Syoken」的人？若和暮木老人一樣是假名就沒轍了，但期待萬分之一的僥倖也沒損失吧。能得到古猿庵的情報，已是奇蹟。

我也寫信向對方道謝。按下傳送鍵前，我略微猶豫，又添一句：

「古猿庵先生，你會去旁聽即將開始的小羽雅次郎代表的審判嗎？」

我在遲到前一刻趕抵辦公室，在集團廣報室大致確認過早上的業務後，檢查自家電腦信箱的郵件。有回信了。

「至少小生一個人，要守住小羽雅次郎年輕時日的形象。」

在我小時候，小學每一班孩童表演兒童劇，或舉行合唱、演講比賽，總之是這類文化性活動，然後邀家長前來參觀，都叫「才藝發表會」，究竟何時變成「文化祭」？

「這樣豈不是和國高中的活動沒有區別？」

「因爲要跟中學部一起辦啊。」

前往參加桃子學校文化祭的路上，我和妻子談論著這個話題。這天是十一月的第三週，大好晴天的星期六。頭頂的蔚藍天空，讓人想斷定日本四季中就數秋季最美，而即使如此斷定，也幾乎不會引來異論。

今天一整天，讓心思遠離種種事件吧。一早起床，我就這麼打定主意。我的小桃子今天要粉墨登場，大出風頭。她會在同學的鋼琴伴奏下，朗讀三篇與級任導師討論選出的詩作。這種時候，怎能分心想別的事？

其實，桃子想加進一篇自己寫的詩，但……

——跟別的詩比起來，桃桃的詩太差，還是不要了。

她說的兩篇「別的詩」，選自編給小學生閱讀的《美麗的詩歌世界》。菜穗子有點生氣，認爲比起詩作優秀與否，小孩子朗讀自己作的詩更有意義，老師根本不懂。我個人則覺得，照桃子喜歡的方式去做就好。她那麼拚命練習，我只能祈禱正式登台時，也能順利表現。

老舊的校舍被萬國旗、假花等裝點得像慶典般熱鬧。桃子一定會很開心——我不僅這麼想，也滿心歡喜，腳步不禁變得輕盈。

「你果然是那種文化祭型的男生。」

「那是什麼定義？」

「我剛想到的定義。」

「相反的類型是什麼？」

「當然是運動會型的男生啊。我要提醒，運動會型與運動社團型的男生可不一樣。」

輕快談天的菜穗子應該也很開心。同時，因爲身爲母親，她會緊張得情緒高漲吧。

詩歌朗讀得到與戲劇表演相同規格的待遇，在禮堂舉行。桃子她們的一年A班預定上午十一點登場。在那之前，我和妻子四處參觀學校的展覽。美術社的特別展覽非常精彩，主題是「未來」，有描繪正統科幻未來都市的作品，也有抽象畫。

「這所學校的孩子，對未來懷抱的意象似乎並不陰暗，太好了。」

妻子已逝的母親經營畫廊，一家人都喜歡繪畫，也很有鑑賞眼光。

「依妳繼承自令堂的鑑賞眼光來看，覺得怎麼樣？這裡頭有沒有代表未來日本畫壇的逸才？」

「你不知道嗎？十五歲以前，喜歡畫畫的孩子每一個都是天才畫家。我們家也有一個啊。」

小學部一年級的學生都爲文化祭畫圖，展示在各間教室裡，主題是「我喜歡的人事物」。桃子畫了一隻黃金獵犬，耳朵、鼻子和毛都很長，看起來正悠哉笑著，取名爲「大家的波諾」。

「瞧，眞是天才。」

波諾是菜穗子大哥一家養的狗。不是從小養起，而是兩個月前，工作調派到海外的朋友寄養的。不過，牠十分乖巧懂事，迅速和大家打成一片。桃子非常喜歡波諾，每逢假日就去找牠玩。這張圖是在學校畫的，沒有任何範本照片可參考，卻畫得非常棒。爲表現波諾的身體多麼龐大，故意畫出紙面，令人拍案叫絕。

「眞的是天才。」

我們像盲目溺愛孩子的父母，相視笑道。

容。

然而，到一年A班的朗讀時間，笑容倏地從我們臉上消失。兩個人都緊張得要命，菜穗子甚至發起抖。妻子和我在坐滿觀眾的禮堂角落，握著彼此的手，全身僵硬。穿粉紅色洋裝登場的桃子，遠比她的父母從容。

然後，她完美地進行朗讀。

伴奏的曲子優美。小小的桃子捧著朗讀用的劇本，獨自站在舞台中央。彈鋼琴的女孩偶爾向她微笑，像在鼓勵她，桃子以目光回應。不是單純的朗讀，但也不是配合鋼琴歌唱，這是一場嶄新的朗讀表演。不光是桃子，登場的一年A班同學，每一個都非常棒。

表演結束，孩子出場敬禮。妻子和我跟著擠滿禮堂的家長熱烈鼓掌，拍到手都痛了。

菜穗子在拭淚，我也差點掉下淚。

「光是A班，就有能在這種場合彈鋼琴的孩子，眞厲害。」

明明想稱讚更多，卻故意假裝佩服這一點的妻子，實在可愛。

接下來，孩子們進入午休時間。一年A班下午有合唱表演，是和中學部的大哥哥大姊姊相互較勁的校內比賽。爲了到時候能握緊拳頭加油，我和妻子外出，照菜穗子說的去「飽餐一頓」。

我們混在離開禮堂的家長人潮中，慢慢往出口前進時，在眾多的人群裡，似乎看到熟悉的面孔。那是站在牆邊，半背對這裡的男人。不只是臉，身材完全就是那個人。我語帶保留地說「似乎」，是因爲那個人今天不可能在這裡。

妻子剛剛感動落淚，十分介意眼線有沒有糊掉，以手指拂拭著，所以沒發現。

「欸。」我呼喚妻子時，那個人沿著牆壁往禮堂前方走。那一側有緊急逃生門，從那裡也可離開，因此男人的身影隨即混進人潮，消失不見。

「什麼？」菜穗子仰望我。

「岳父今天會不會偷偷跑來？」

妻子搖搖頭，「父親不會來，他想看桃子表演，但不喜歡人群，最後還是作罷。禮堂的椅子對父親的腰也不太好。」

曾爲物流業帶來新氣象的風雲兒、在財界被稱爲「猛禽」的今多嘉親，現在依然散發出強大的懾人氣魄，但畢竟已年過八十。

「他很期待看到學校發行的紀念ＤＶＤ。」

校方禁止前來參觀的家長爭先恐後瘋狂爲孩子攝影，會統一製作ＤＶＤ。當然，得花上一筆不小的金額購買。

「這樣啊……」我疑惑地偏著頭，「那果然是我看錯，或是長得像而已。」

「怎麼？」

「我看到一個很像橋本的人。」

也就是今多財團眞正的公關人，服侍君臨會長祕書室的「冰山女王」首席騎士——橋本眞佐彥。

「如果他在這裡，一定是陪岳父來吧？」

我們在家長隊伍中，總算靠近禮堂正面出口，感覺得到戶外空氣十分冰冷。風似乎吹進菜穗子的瞳眸，她眨著眼，別過臉。

「是啊，認錯人了吧。」

我又納悶，「不過，橋本是單身嗎？」

妻子看著出口方向，「應該是。」

「哦，其實我沒問過他。我們沒談過這類私人話題。可是，像他那種人，如果結婚就一定會戴婚戒，但又沒有，所以我私下認定他是單身。」

出口格外擁擠。我牽著菜穗子的手，來到充滿校舍庭院的秋日陽光下。
「橋本是單身，」妻子被陽光刺得瞇眼，「可能是他的姪子或外甥念這所學校。」
「啊，也對。」
無論何時何地，一有需要，就會像一陣風般趕來的橋本，也是有私生活的。
「有幾家不錯的餐廳可以吃午飯，不過得先打電話問問看。」
早知道就先預約，妻子說著從包包取出手機。彷彿在呼應，我外套胸前口袋裡的手機震動。不是簡訊，是來電。柴野司機打來的。
「不好意思。」
我摟著妻子的肩膀，引導她到附近的長椅，在鈴聲結束、切換成語音信箱前按下通話鍵。
「我是杉村。」
「我是柴野。不好意思，突然打電話，現在方便嗎？」
「沒問題，請說。」
柴野司機總是沉著有禮，今天語氣也不焦急，但提起的事相當緊急。
「我要和迫田女士的女兒見面。」
對方打算去千葉的家拿迫田女士的物品，可順便見面。
「她就和我見這麼一次面，希望我以後別再騷擾她。怎麼辦？」
妻子坐在長椅上望著我。
「我們收到錢的事……」
「是的，我說了。」
所以才願意見面嗎？

「了解，我立刻過去。但再怎麼快，至少也要一個半小時。」
「沒問題，對方是從埼玉過來。」
「地點約在哪裡？」
「如果方便，請到我家。我也這麼告訴對方。」
畢竟不好被別人聽到，她解釋道。
「我家很小，但今天我休假。佳美跟我爸媽去動物園，白天沒人在。」
其實她本來也要一起去動物園吧。但狀況突然生變，她只好對女兒爽約。佳美，對不起。
「謝謝妳。」
我迅速抄下地址。見我手忙腳亂地翻找筆記用品，妻子遞出便條紙和原子筆。
「要告訴其他人嗎？」
「不，就柴野小姐和我見她吧。要是談著談著，田中先生勃然大怒，對迫田女士的女兒過意不去。」
這倒也是。柴野司機一板一眼地應道，掛斷電話。
「你要離開？」菜穗子嘆息。
「對不起。」我合掌道歉，「對桃子也真的很抱歉。」
「沒辦法，這跟爸的『特別命令』有關吧？」
她從長椅站起，握緊拳頭輕捶我的胸口。
「快去吧，偵探先生。」

我前往東京車站，幸運搭上時間剛好的特急列車。天氣晴朗，自由座客滿。我勉強找到空位，買車廂推車販賣的三明治和咖啡匆匆解決午餐。和菜穗子說的「飽餐一頓」，落差真大。

今天筆電放在家裡，就算著急，路上也無事可做。我只能枕著椅背，茫然想著這陣子所有事情的經過。

後來完全沒有關於「御廚尙憲」的情報。一九九九年前後的某個時期，小羽代表師事某位經營顧問，並像小姑娘般爲他瘋狂，目前也沒有任何資訊能印證。不知是單純沒人知道，還是刻意對會員隱瞞？

應該是假名的「御廚尙憲」策動小羽雅次郎——慫恿他、「教育」他，讓日商新天地協會變身爲超越小羽構想的惡質、強大的詐騙組織，或至少協助此一計畫。從時間上推敲，我認爲這一點幾乎沒錯。無論小羽雅次郎想變成有錢人、想受群眾尊敬、想變成大人物的欲望多麼強烈，缺乏智慧和技術，無法將日商塑造成那樣一個龐大的組織。

那麼，後來「御廚」的境遇呢？受小羽代表所託，進入日商內部，成爲幹部之一嗎？這種情況，除非他拋棄假名「御廚」，換上別的名字，否則會員毫無反應就說不通了。古猿庵也是，即使名字不同，見到幹部不免會發現，「咦，這不是當時對方介紹的經營顧問嗎？」媒體並未揭露所有幹部的相貌，但在網路上是毫不留情地公開，自救會的網站亦有不少內部活動的照片。古猿庵似乎頗熟悉網路，理當有機會看到。

況且，「御廚尙憲」會是那麼傻的人嗎？

或許我有些沉醉於自己的想法，在「邪惡會傳染」這個發現中放進太多意義。

不過，我忍不住要想，邪惡確實會傳染，但不會自行傳播。在日商新天地協會內部，也是在會員之間傳播而已。

小羽雅次郎初次感染這種惡質行銷術的邪惡時，也有感染源，就是經營顧問「御廚尙憲」。那麼，讓小羽代表感染邪惡的「御廚」，目的是什麼？他懷有何種動機，才會接近欲望和個性都特別強烈的古怪公司老闆——小羽雅次郎？

當然，首要目的是錢，是金錢欲。如果讓日商新天地協會化身爲強大的吸金機器集團，小羽代表會毫不吝惜地犒賞引導其成立的軍師「御廚」吧。「御廚」約莫就是爲此煽動、教育小羽。

但是，長久維持這樣的關係，也是「御廚」的企圖嗎？將日商新天地協會改造成詐騙集團，深入其中，永久停留，吸取報酬，是「御廚」的目的嗎？

我不這麼認為。

擔任小羽雅次郎的軍師，教導他近似老鼠會技術與構造的「御廚」，應該知道詐騙行銷遲早會破滅——愈是成功，就愈快速逼近毀滅。不明白這一點的人，會想自行打造組織，站在頂點。而且，即使一開始是利用小羽雅次郎與他的日商，遲早會想自己當上龍頭吧。

設下圈套賺了錢，然後早早脫身。一個聰明的詐欺師，想必會奉行這樣的信條。

所以，「御廚」不會露面，而是把小羽雅次郎拱出來。不管發生任何事，都不會站在第一線挨槍。當然，絕不可能擔任幹部。只要賺到一定程度，就再尋找下一個目標。反正世上有太多冤大頭等著被騙。

或許我從古猿庵的陳年回憶進行太多想像。況且，即使我這番妄想般的假設正確，除非查出「御廚尚憲」與暮木一光的關係，否則無法再前進任何一步。

古猿庵說「御廚」與暮木老人不是同一個人，而是是不同人。如果他記錯呢？經過十年，即使是大人，面貌也會改變。因為胖瘦變得判若兩人，也不無可能。古猿庵見到的「御廚尚憲」是西裝筆挺的經營顧問，派頭十足；暮木老人則是外貌窮酸的清瘦老人。

倘若「御廚」就是「暮木一光」，暮木老人與日商的關係就能解釋清楚。接下來的謎團，便是過去以「御廚」的身分，打造日商新天地協會的暮木老人，為何要挑出那三名尊榮會員，讓他們受世人評斷，懲罰他們？

直截了當地想，暮木老人應該是步入晚年後，對過去的行為感到後悔。

日商新天地協會本身已瓦解，小羽代表等幹部也被逮捕。但暮木老人的後悔，並未因此平復。熟知這類詐騙集團如何發揮功能、會員之間如何傳播邪惡的暮木老人，明白有罪的不只那些被抓到司法領域審判的幹部。會員是安靜的，同時是積極的共犯。尤其靠協會內部的個人借貸制度大撈一筆的尊榮會員，更是名列第一吧。

所以，他從中挑選出那三個人。若是私下恐嚇、傷害，做出犯罪性的行為，縱然能讓當事人害怕，也沒什麼懲罰效果。最有效的就是，把他們拖到公眾眼前，剝下他們偽裝成被害者藏匿的假面具。

現實上，高東、葛原、中藤，不像暮木老人期待的那樣遭到媒體炮轟或被網路揭發。即使如此，他們的私生活仍受到影響。高東憲子和中藤史惠就是名字出現在公車劫持事件中，才必須像逃亡者一樣偷偷摸摸過日子；而他們身邊的人，也才會以冰冷目光重新檢驗他們過往的言行，及他們在日商的所作所為，認定「那個人果然做了招惹怨恨的事」。

至於葛原旻，可能比其餘兩人慘，他在二月自殺。葛原旻死後的安寧被打亂，家屬得再次遭受痛苦折磨。儘管偷偷摸摸，高東和中藤還能親口辯白，葛原一家顯然更煎熬。

為何暮木老人選擇那三個人做為懲罰的對象？依借貸金額的多寡，還是會員資歷長短？由於本人已過世，要查明細節，似乎相當困難。不過，他們無疑是日商被害者式的加害者代表人物。

這麼一提，我後來從整理借貸金額清單的電器行老闆那裡，獲得新情報。老闆完全不曉得「御廚尚憲」這號人物，但兩個月前的公車劫持事件餘波，仍在日商自救會裡蕩漾未平。據說尊榮會員中，又有兩人自殺。

現在不只尊榮會員，連總括來說是被害者，但有段時期獲得莫大收益的會員之間，也持續引發寂靜的恐慌。他們擔心，會不會又有會員像公車劫持事件的歹徒一樣，豁出一切告發他們，指控「你們欺騙我，甜言蜜語把我們拐進日商的你們是詐欺犯」。

即使新的兩名自殺者，不全是被這樣的恐懼逼上絕路，仍占有幾分要素。如果暮木老人早看透後續影響，他的計畫可說是大獲成功。

公車劫持事件尾聲，暮木老人毫不猶豫選擇自殺。從一開始，他就有此覺悟吧。高東、葛原、中藤不必提，對於其他被害者式的加害者會員，他也給予符合他們惡行的懲罰。他對他們的名譽宣判死刑，可能同時也對他們的生命判下死刑。

奪走他人生命的人，應該付出性命來償還。所以，暮木老人第一時間選擇死亡。在他之後，會有許多生命的死亡、名譽的死亡，及靈魂的死亡吧。暮木一光走在那條送葬隊伍的第一個。

我在特急列車中搖晃著，以雙手抹了抹臉。

倘若「御廚尙憲」就是暮木一光，這段情節就不是單純的幻想。我開始祈禱事實就是如此。

惡人可能萌發善心，詐欺師也可能改過自新吧。我希望我們這些人質參與的，是被這樣的悔改之心驅動的寂寞老人——曾是惡人的男人，生涯的最後一幕。

正因暮木一光改過向善，才會有人願意繼承他的意志，協助他善後吧。撇開評論他的行爲能否算是正義，的確有人諒解他的心情，並理解他。

坂本與前野爲尋找「京SUPER」奮戰，卻陷入瓶頸。地毯式作戰也沒成果，前幾天收到他們的來信，說這個週末要休息。

和迫田女士的女兒談過後，不論她打算怎麼處理那筆錢，我們最好再集合一次。如果可能，我想揭開暮木一光的眞實身分，但我們這些人質中，應該有人差不多已對調查感到疲倦。畢竟不是警察，對我們負荷太大。

「隨便啦，默默收下錢吧。」

要是這樣的意見占多數，也無可奈何。即使剩下我一個人，我仍想繼續調查（至少在岳父決定的期限前），現實問題是，沒那種空閒的成員似乎不只田中。

坂本和前野拍檔傳來的訊息，在這四、五天之間，語氣的落差更明顯。坂本好像累了，或者說在嘔氣，而那似乎不是與前野之間的問題。他辭掉清潔公司的工作，便全心投入調查。沒有工作，老不在家，常與父母起衝突，這是前野偷偷告訴我的。

「我還不是很清楚，但聽小啓的說法，他的爸媽很好，感覺是他一個人在耍叛逆。」

坂本從大學退學，後來找到工作卻不持久，但雙親都沒責備他。實際上，在公車劫持事件中，坂本與暮木老人對話時，他也提到從大學退學時，父母沒嚴厲逼問原因。

「他的父母並未看得太嚴重，小啓卻獨自耍乖僻，把事情往壞的方向解釋，鬧脾氣。所以，父母可能也被他搞到生氣。」

然後，她提到更教人擔心的事。

「我的名字叫前野芽衣（前野メイ）（註）。」

小學一年級時，前野不太會寫片假名的「イ」，經常不小心寫成「リ」。於是，「まえのめい」變成「まえのめり（衝過頭）」。

「我這人很冒失，容易沒搞清楚就自以爲是，完全就是『衝過頭』，父母和親戚都常笑我。」

之後，她雖能好好寫出自己的名字「メイ」，但這個綽號留了下來。和我們不同，因普通的邂逅而與前野熟識的許多人中，每當她表現出慌張冒失的一面時，就會笑她說：

「不愧是衝過頭小姐。」

這次調查中，前野不經意提起此事，坂本竟臉色大變。

「別人瞧不起妳，妳還笑！」

註：如果用平假名來寫，就是「まえのめい」。

然而，在調查過程中，要是她做出冒失的舉動，或對遲遲沒有成果感到疲倦，爲了振作而說出樂觀的想法時，坂本就會完全忘記曾爲此憤慨，當面罵她：

「妳就是這樣，才會被笑是衝過頭！」

「妳是眞傻了嗎？」

於是，兩人不止一次發生爭吵，關係緊繃。

如果坂本只是爲遲遲摸不到吊在眼前的大把鈔票——可能改變人生的財富而煩躁，遲早會平靜下來。若這樣的煩躁與其他思緒產生化合作用，就有些棘手。

不管眾人做出何種結論，我唯獨想避免，不歡而散。感覺田中會罵「多大年紀的人啦，說那種漂亮話有什麼用」，不過我對於共度那段不僅是異常及特殊，更是特別的幾小時的人質夥伴，懷有特別的感情。

決定與菜穗子共度一生時，我將過去人生得到的、身邊絕大部分的關係都切斷。至今我仍不後悔，但很難再禁得起斷絕關係的痛。

在千葉車站下特急列車，我在站前搭上計程車。柴野司機的公寓旁有間大郵局，幾乎不用找，約五分鐘就抵達。那是一棟整潔的三層公寓，似乎有空房，掛出房仲公司的看板。

二樓的二〇二室。我按下門鈴，柴野司機神情有些緊張地現身。

「謝謝你特地過來，對方剛到。」

她望向裡面的房間。整潔的脫鞋處，疑似佳美的小運動鞋旁，併攏擺著一雙黑包鞋。

「不好意思，屋裡很亂。」

隨柴野司機進屋，一名穿正式褲裝的中年女子，從雙人座布沙發站起。頭髮綁成一束，幾乎脂粉未施，也沒戴飾品，只戴腕表。

「這是杉村三郎先生。」

柴野司機介紹，我們笨拙地互相行禮。女子的嘴巴抿成一字型，顯得非常僵硬、頑固，教人懷疑是不是遭到縫合？

我掏出今多財團的名片。

「我知道各位都是正派人士。」

迫田女士的女兒拿著名片，發出意外軟弱的聲音。

「我是迫田豐子的女兒，名叫美和子。」

她再次深深行禮。

「當時家母受到大家照顧了。我從柴野小姐和警方那裡聽到很多。家母是那種狀況，一個弄不好，可能害大家遭遇危險，大家卻仍保護她，非常感謝。」

「不是我們，全是柴野小姐的功勞。是柴野小姐保護迫田女士。」

柴野司機低頭沉默著。我們呈三角形圍坐在樹脂圓桌旁。在三角的頂點之上，將建構出怎樣的建築物？從迫田美和子險峻的眉毛角度，及再次緊抿的嘴唇，仍看不出端倪。

「聽說事件以後，迫田女士的狀況不太理想，不知現在呢？」

美和子的薄唇開啟：「身體狀況穩定。她的宿疾不少，不過一直固定吃藥……」

「她的膝蓋不好吧？」

「是的，這是沒辦法的事。年紀大，加上長年看護太勞累。」

看護？當時迫田女士說她母親住在「克拉斯海風安養院」，還提著大波士頓包。

可能是看到我的表情，美和子細聲繼續道：「家母獨自照顧她的母親——我的外婆，超過十年。從外婆腦梗塞倒下後，她就一直陪在身旁。」

迫田豐子是獨生女，沒有兄弟姊妹能幫忙。

「頭兩年，外公身體還好，能一起照顧外婆。諷刺的是，外公反倒先走……」

要是我住在附近就好了，美和子說著，嘴巴又抿成一字型。

「但我單身，工作經常調動，沒辦法幫忙。」

雖然辛苦，卻非罕見的例子。

「家母很早就和家父——和丈夫死別。她的人生相當勞苦。」

美和子垂著頭，盯著自己的手，聲音雖小，但有些急促。

「去年九月外婆過世，家母總算能輕鬆一些——雖然這麼說對外婆過意不去。至少我是這麼想的，沒想到錯得離譜。」

從她說話的方式，我聯想到某個景象。只能在電影和戲劇中看到的景象。

——告解的信徒。

我犯了罪。在天主教堂的小告解室裡，面對只看得見影子的神父懺悔的信徒。

「家母出現痴呆的症狀。卸下照顧外婆的重責大任，她頓時失去支柱。如兩位所知，家母不是完全痴呆，但自從外婆過世，她有時會說些牛頭不對馬嘴的話。外婆直到最後神智都很清醒，是個堅強的人。」

我望向柴野司機，她點點頭。

「恕我冒昧，」我平靜地問：「迫田女士的母親——妳的外婆，**早就過世了嗎？**」

迫田美和子挺直腰桿，轉向我，猶如隔著告解室門縫接受神父的詢問。

「我們在公車裡，聽到迫田女士說，她是去探望住在『克拉斯海風安養院』的母親。」

迫田美和子雙手在膝上交握。這姿勢也像祈禱的信徒。

「家母如此深信。在家母心中，的確是這樣。」

她閉上眼，眉間擠出淺淺的皺紋，忽然搖頭。

「不，家母其實知道外婆已死，沒能住進『克拉斯海風安養院』。」

可是她不想承認，美和子解釋道：

「她希望外婆還活著，住在『克拉斯海風安養院』，受到完善的照顧，過著比母女擠在狹窄老舊的家裡更舒適的生活。若不這麼想，她無法承受。」

所以，迫田女士就像真有年邁的家人住在「克拉斯海風安養院」一樣，定期去探望。

「每週一到兩次，她會在中午或晚飯時間外出，說要協助外婆進食。偶爾會一大早過去，在『克拉斯海風安養院』待到太陽西下。」

雖不忍心，我仍不能不問：「實際上，她都在做些什麼？畢竟妳的外祖母不可能在那裡。」

「地方那麼大，總有事情可做。」

確實，「克拉斯海風安養院」的占地中，也有對外開放的公園。

「會面期間，設施裡的訪客空間都是開放的。雖然沒辦法進去安養院的建築物，但若獨自坐著，呆呆地打發時間，應該不至於被指責，或被趕出來。」

美和子總算抬頭，放在膝上的手握得更緊，「其實，我隨家母去過兩、三次。我也會擔心，家母到底都在做什麼？」

「嗯，這是當然。」

美和子微微聳肩一笑。看在我眼裡，那表情像在哭泣。

「說來好笑，漫無目的地前去，坐在開放空間的長椅或公車站，望著往來的人群，總覺得心情平靜許多。我漸漸覺得外婆真的在那裡，就住在奢侈漂亮、令人安心的機構，過著幸福的日子。」

然後，我無法再責備家母，要她別做這種傻事——美和子接著道：

「幸好家母沒給任何人添麻煩，所以我想讓她做到滿意為止。我反倒經常打電話給家母，問她今天外婆怎麼樣？」
她一手按著臉，露出笑容。這次看起來像在嗚咽。
「家母總是開心地告訴我：外婆過得很好。連三餐的菜色、機構裡有些什麼活動，她都瞭若指掌。比方今天的午餐是焗烤，體操教室的時間更改，下週有煙火大會。」
這些資訊看「克拉斯海風安養院」的公告欄就能得知吧。
「我也不是毫不期待家母能回到現實，但我不想硬拉她回來。家母失去外婆，活在夢裡。如果她這樣幸福，那就好了。」
美和子放開手，重新坐正。束緊的髮際，摻雜著降霜似的白髮。
「讓外婆住進『克拉斯海風安養院』，是家母一直以來的心願。」
柴野司機緩慢地深深點頭。
「家母做了許多準備。她說將過去省吃儉用存下的錢、外公留下的保險金和存款，還有把能賣的都賣掉，勉強能湊到入住時的保證金。」
據說幾年前，當地人就曉得那片廣大的土地，要興建大型綜合醫院和養老院。
「業者開始收購土地，然後我從家母那裡聽到消息，已是五、六年前的事。市政府的刊物上也有公告，說設施名稱叫『克拉斯海風安養院』，提供縣民優先入住名額。」
迫田女士因此燃起希望。
「私立養老院費用太貴，實在負擔不起。而公立養老院，排隊的就有幾百人，不知何時才輪得到。」
當然，「克拉斯海風安養院」也是一處要價不菲的設施。不過，如果是縣政府為了彌補公立養老院的不足，提供補助租下房間，讓縣民優先入住的名額，只要抽中，憑迫田女士的財力，也能勉強支應。
我點點頭。迫田女士在公車裡對我和總編提過：幸好抽到縣政府補助的房間。

「但還是比公立養老院昂貴，所以家母想要設法……」

美和子說到一半，不只是抿嘴，而是用力咬住下唇。看得見露出的門牙。

「雖不知抽不抽得到，我說會出一點錢，但家母不願給我添麻煩。」

「克拉斯海風安養院」開幕時的優先入住抽籤落空，不過，只要有空房，就會再進行抽籤。迫田女士登記等待空房，不斷籌錢，以便抽到能立刻搬進去。

「即使勉強籌到入住時的保證金，仍有每個月的管理費、消耗品費，外婆還需要醫療費。家母的收入只有年金，想必十分不安。爲了設法增加手頭的資金，家母絞盡腦汁，畢竟現在的存款利率實在太低。」

一股如又冷又黑的地下水般的預感湧上胸口。不知是從哪裡湧出來的。漆黑、毫不留情、沉重，是不可能存在於世上的，絕對零度的水。

「難不成迫田女士……」

我的嗓音沙啞到連自己都覺得難堪。美和子冷靜回望，點點頭。

「各位應該已知道。沒錯，家母掉入『日商新天地協會』的詐騙行銷陷阱。」

我愕然失聲。

「至今家母都不肯告訴我，是誰找她加入，恐怕是顧慮到對方吧。雖然現在可能是眞的想不起來。」

美和子話聲漸大，聽得出相當憤怒。

「在那之前，家母是明理的人。她樂天開朗，勤勞能幹。雖不精明，但具備一般常識。既然連這樣的家母都會相信，我猜是以前職場的同事找上門。她們認識已久，感情很好。」

「迫田女士曾在哪裡任職？」

美和子微微一笑，我彷佛能看到她的過去。我媽媽很能幹喔，一個聰明可愛的少女如此炫耀。

「她是市政府職員，在廚房工作。三十年間，一直爲小學的學童提供伙食。」

她本身或許也是吃母親做的營養午餐長大的學生。

「除非是那麼要好的對象，否則家母不會輕易心動。居然動用最重要的入住保證金，簡直是本末倒置。」

八成是受到極巧妙地煽動，如今我明白這是極有可能的事。

「迫田女士花錢買了協會的什麼？淨水器嗎？」

「渡假飯店的會員權。」

是日商新天地協會在末期垂死掙扎推出的計畫。

「何時發現被騙的？」

美和子嘆氣，「去年七月，那個姓小羽的代表被捕，警方進入協會搜索的時候。」

「在那之前呢？」

她搖搖頭。迫田女士看到小羽代表被捕的新聞，驚慌失措地打電話給女兒。

「我也……說不出話。」

一開始，美和子忍不住吼母親，隨即擔心地趕回家，發現母親甚至忘記照顧外婆，把存摺和日商送來的各種文件攤在桌上，茫然若失地坐著。

我們三人分享短暫的沉默，如默禱般的沉默。一輩子正正當當，勤奮工作的女性，卑微地夢想著，希望能陪老母安樂度過最後一段人生，卻遭到欺騙，失去一切。這樣的情景浮現眼前。

那是小小的死亡，夢想的死亡，希望的死亡。因此，我們安靜默禱。

「損害金額是多少？」

美和子眉頭又擠出皺紋，搖搖頭，「錢都是家母在管，後來調查，也不知道正確的金額。可是，應該有一千萬圓。」

「有沒有報警?」

「我們報了案，被問很多問題，但沒下文。」

「自救會呢?」

「參加那種團體又能怎樣?以前發生過許多類似的詐騙案吧?但不管哪一個案子，被害者聚在一起活動，有任何幫助嗎?就算能拿回一點錢，比起損失的金額，往往是九牛一毛，而且得花時間，根本沒意義。法院和警方對詐騙案的被害者也很冷漠。法律和社會都認爲是受騙的人不對，不是嗎?」

吐出這番責難般的話，美和子似乎忽然感到內疚，低喃一聲「抱歉」，從放在腳邊的皮包取出手帕，按住臉頰。

「何況，我更擔心家母。起初，她無法理解自己被騙、錢拿回不來、投資的錢血本無歸，腦袋一團混亂。連負責日商會員的刑警，都無法跟她溝通。」

總算了解情況後，迫田女士開始責備自己。

「她每天以淚洗面，邊照顧外婆，邊哭個不停。我……覺得家母可能會動傻念頭，擔心得要命。」

「傻念頭是……?」我低聲問。

「我覺得她會跟外婆一起尋死。」

我懂──柴野司機呢喃。

「我要爲家母的名譽辯護。她不像一部分的會員，砸下大筆金錢在小羽那個詐欺師身上，成爲他的信徒，家母完全是被害者。或許她思慮不周，或許她應該更小心，我也有義務好好監督家母。我們都有過失，但家母並非崇拜那個協會，只是投資會員權。即使有人邀她買其他東西，她都拒絕，自然沒向任何人推銷。」

美和子像律師般振振有詞。身爲迫田豐子的女兒，這是必須守住的、重要的一點，現在的我非常明白。

「外婆不知道發生什麼事，至少我沒告訴外婆。不過，外婆應該看出家母的樣子不對勁，所以……彷彿被家母的灰心傳染，日漸衰弱。」

去年九月底，美和子的外婆過世，就在日商新天地協會被舉發的兩個月後。

「從此以後，家母頻頻前往『克拉斯海風安養院』。」

搭乘那班公車，定期去報到。

「第一次聽家母提起時，比起吃驚，我更害怕。我覺得家母崩潰了，不能刺激她，所以提議『我今天陪妳去』，跟她一起出門。」

然後，她目睹母親的行動，目睹母親的表情。母女共享心靈平靜的不可思議時光。

「家母有點迷失現實，但應該不會給周圍的人添麻煩……或許我太樂觀。」

「事實上，她並不會給人添麻煩啊。」柴野司機開口，「她搭乘我們的公車時，總會和我寒暄。」

不難想像迫田女士提著大大的波士頓包，經過投幣箱時，向司機說「午安」、「麻煩司機了」的模樣。

美和子又咬住下唇。

「可是，我怕會出事，像是被警衛抓住之類的，便讓家母隨身攜帶一封信。雖然不能點明理由，但我寫著『這個人是我的母親，如果有什麼事，請聯絡我』，並註明自己的姓名、地址和電話。」

站在相同的立場，我也會這麼做吧。

「然後，勉強平靜度日。」

美和子的雙眼好似忽然失焦，撇下嘴角。

「遇上公車劫持事件，搬來我家後，有陣子她天天叨念著得去探望外婆才行。」

迫田女士以為年邁的母親住在「克拉斯海風安養院」。

「我告訴她事實，耐心解釋外婆已不在。不在『克拉斯海風安養院』，也不在任何地方，媽是在做夢。」

她的話聲消沉，隨即又振作起來。

「這陣子，她的情緒總算穩定。上星期，我們討論起外婆的納骨問題。」

「在那之前呢？」

「沒錯，骨灰一直留在家母身邊。眞的很不可思議，外婆的骨灰罈就在眼前，家母也會供花，每天上香，卻持續前往『克拉斯海風安養院』。在家母心中，兩種行爲一點都不矛盾。」

說到這裡，美和子雙眼泛淚。她很快拿手帕拭去，淚水並未滴落。我感受到她的決心——現在不是哭的時候。此刻，她看起來已不像在懺悔。

面對坦承祕密的女性，最近我才有過類似的經歷。井村繪里子是眞正的懺悔者，一個勁地哭。她渴求安慰、寬恕與解放，如迷途孩童般害怕。

迫田美和子不一樣。雖然她有祕密，但不害怕也不迷惘。她想保護母親。

但是，從誰手中保護？

「發生公車劫持事件時，妳告訴過警方這件事嗎？」

「我只說出家母前往『克拉斯海風安養院』的理由。家母想讓外婆住進去，但沒抽中籤，覺得很遺憾。」

「有沒有提到迫田女士是日商新天地協會的被害者？」

「沒有。」她突然露出要咬上來的眼神，「不說有什麼關係？事到如今，就算告訴警方也沒任何幫助，警方也不可能給我們任何協助吧？」

我有點嚇到，不禁縮起下巴。

「但事件剛發生時，警方應該不曉得暮木老人與他指名的三個人的關聯。即使很快查明，如果知道人質中有日商新天地協會的被害者，警方的應對或許會不同。這是重要的情報，完全沒必要隱瞞……」

我倏地閉嘴，美和子的視線扎在我身上。

這個人還沒全盤托出。她一定知道什麼，她還有所隱瞞。

「杉村先生。」

柴野司機怯生生喚道。我與美和子同時回過頭。

「爲了讓美和子小姐見我們，我說出收到錢的事……」

是我拜託她這麼做的。

「嗯，沒錯。」

「但被指名的那三個人，呃……」

我沒說——柴野司機逃避似地垂下頭。

對，沒錯。我也陷入混亂。在見到迫田美和子前，柴野司機不可能自作主張提及。

「沒錯，這件事是我提出來的。」

美和子一副緊迫盯人的模樣，不屑道。

「這樣多少能替各位省一點麻煩。要是曉得他們是人渣，各位心理上會輕鬆一些吧？」

柴野司機縮起身體。

迫田美和子早就知道嗎？在我們調查前……在我們通知她前？

「妳怎會知道？」我像傻子般問。

美和子突然厲聲大吼：

「我才想問你們！」

她焦急地握拳跺腳。

「爲何大家不默默收下錢？爲何要調查？收下又有什麼關係？你們被抓去當人質，生命受到威脅，收下補償金是天經地義。那個暮木也說是賠償金，難道不是嗎？」

粗聲粗氣的質問，聽起來近似慘叫。

「別再多想，收下錢，讓這件事落幕吧。拜託你們！」

她突然離開沙發坐到地上，雙手扶地低頭行禮，「拜託，求求你們！」

柴田母女的生活空間，簡素明亮的２ＤＫ（註）裡，突兀的叫聲拖出長長的尾音。

我和柴野司機僵在原地。

「如果可以……就輕鬆了。」

一回過神，我含糊細語。

「我曉得那樣就輕鬆了，但就是做不到，做不到啊。」

美和子跪坐在地，深深垂著頭，看不見臉。

「五百萬。」她小小聲地說：「事件發生後快一個月，錢就寄來了。」

時間跟我們一樣。

「五百萬呢。」美和子對著地板重複道：「我立刻拿給家母看。媽，雖然只有一半，可是被騙走的錢拿回來了。好心人幫我們拿回來。」

喃喃細語變成慘叫般淒厲，美和子抱住頭。

「不必再擔心，討厭的事都可以忘記。我一再如此告訴家母。她把那包錢供在外婆的骨灰罈旁，每天合掌膜拜。請不要搶走，請把錢還給家母！」

註：指二房一廳一廚的格局。

那是家母的錢啊！

柴野司機摀著嘴，閉起雙眼。我無力地坐在椅子上。

美和子顫抖似地嘆息，直起身。

「我是獨生女，家裡只有母親和我。」

她的眼角濕潤，臉色慘白。

「絕不會洩漏祕密，我對天發誓。」

我注視著她，看到濕潤的瞳眸。看到她和母親一樣勤勞，卻因此無法陪伴母親。看到她的後悔與心痛，我理解她想保護的珍貴事物。

好的。短短兩個字，我卻說不出口。

「請告訴我。」我不得不反問：「妳知道什麼？難道是暮木老人的眞實身分？」

所以，她毫不懷疑地對母親說：「是好心人幫我們拿回來。」

美和子凝視著我，「如果告訴你，你就能接受嗎？就能默默收下錢嗎？」

我無法回答。

柴野司機抬起頭，眼神堅決，「我會把事情原委告訴大家，請求大家收下錢。」

「柴野小姐……」

「對不起，但我想這麼做。」

美和子不禁嘆氣，仍坐在地上，背靠著沙發。她筋疲力竭，垮下肩膀。

「我沒見過他。」

美和子茫然望著半空。

「只通過兩次電話。」

第一次是今年的六月五日。

「傍晚五點多手機響起，來電顯示爲『公共電話』，我嚇一跳，以爲家母出事。」

電話另一頭的男人語氣沉穩恭敬，首先報上名字：

「我住在『克拉斯海風安養院』附近，名叫暮木。」

我與柴野司機互望一眼。

「然後，他說出家母的名字，表示是看到家母帶在身上的信才打電話聯絡。」

——太感謝了。家母有沒有給您添麻煩？

「暮木先生回答：沒有，我不是安養院的員工，也不是警衛，請放心。然後……」

美和子停頓片刻。

「他說常在那一帶散步，也常看到家母，從不覺得家母有什麼不對勁。但是，今天他發現情況有些不一樣，便出聲向家母攀談。」

——令堂坐在「克拉斯海風安養院」前的公車站牌長椅哭泣。

「迫田女士在哭？」

美和子點點頭，「一個人哭得稀哩嘩啦。『克拉斯海風安養院』前的公車站牌，是靠近發車地點的地方吧？你們知道是哪裡嗎？」

「嗯，知道。」

「從那裡能清楚看見安養院，但很少有人搭車，幾乎是沒人。所以，家母才喜歡坐在那裡吧。」

然後，獨自哭泣。

——我十分擔心，雖然覺得冒失，還是出聲關切。

「聽到溫暖關懷的話，家母大概非常開心。她告訴暮木先生許多事。」

——您的外祖母沒能住進「克拉斯海風安養院」，她感到相當遺憾。我只是個路人，卻打探這種事，眞不好意思。

「家母哭個不停，臉色也很糟，所以……」

——如果方便，我聯絡妳家裡，好嗎？請家人來接妳吧。

「暮木先生這麼提議，家母便遞出我給她的信。家母告訴他，女兒住得有些遠，工作忙碌，沒辦法來。她一個人可以回家，也曉得要搭哪班公車。」

——聊過一會兒，令堂應該已恢復平靜。她搭上恰巧到站的公車，我剛目送她離開。

「暮木先生解釋，他覺得聯絡我一聲比較妥當，於是打了電話。」

暮木老人實在親切。

我驚訝不已，簡直像童話故事《青鳥》。在外頭的世界尋尋覓覓，青鳥其實近在身邊。迫田女士不僅和日商新天地協會有關，也與暮木老人有關。

柴野司機比我能幹，提出重要的問題。

「那麼，當時迫田女士能清楚認知到現實嘍？」

美和子的表情痛苦歪曲，「沒錯，我赫然一驚，彷彿被刮了一巴掌。」

迫田女士雖然定期前往「克拉斯海風安養院」，但絕不是一直處在恬靜的美夢中，有時她會回到現實。老婦人的心總在夢與現實之間來回擺盪，在潰散的希望、後悔與自責煎熬中，搭上那班公車。

「我太震驚，沒能好好道謝就掛斷，隨即聯絡家母。但家母愣愣的，我們的對話完全搭不上。對方好意幫忙，她卻完全不記得，只說『外婆今天心情也很好』。」

「會忘記呢。」柴野司機出聲，「她在幻想與現實之間來回，中間的事情都遺漏了。」

杉村先生，你還記得嗎？她問我，「公車劫持事件中，迫田女士對暮木先生說：我記得你，常在診所看到你，對吧？」

「嗯，我記得。」

「但是，她完全沒提到在公車站與暮木先生交談的事。我不認爲那是裝出來的。」

我有同感。迫田女士的記憶不穩定，且斷斷續續，思考也非直線性。

「那時只談到這些。」美和子繼續道：「我滿腦子擔憂，覺得不能再讓母親單獨生活，得接過來一起住。沒想到——」

約一個星期過後，暮木老人再度打給美和子。這次是晚上九點多的時候。

——我是前些日子致電打擾的暮木。後來。我也在「克拉斯海風安養院」見到令堂。

「家母氣色不錯，他感到放心，但家母似乎把他忘得一乾二淨。我拚命向他道歉。可是，暮木先生卻說忘了他比較好。」

——看到令堂的情況，其實有件事想拜託您。

——前些日子，令堂說您的外祖母沒能住進「克拉斯海風安養院」，是遭到詐騙，失去積蓄的緣故。

「我非常驚訝，家母居然對一個萍水相逢的人吐露這麼多。」

美和子捂住胸口。

「母親遭到詐騙的事，我沒告訴身邊任何一個人，當然也沒跟別人商量。家母又是那個樣子，不會說出去。連在我們之間，日商的話題都成爲禁忌。總之，我們想快點忘掉這件事。可是家母……果然還是……」

希望有人傾聽。即使得不到勸慰也沒關係，即使被責備太不小心也無妨，只要有人聽她說，碰到這樣的事情很難過，非常後悔。這樣的對象，萍水相逢的陌生人反倒好。如同我們有時會對著深夜的計程車司機背影，不停大吐家庭或職場苦水。

「我向暮木先生道歉，說不好意思，讓他聽到這麼丟臉的事，然後換他開口。」

——令堂說到詐騙的事，一直提到「日商」這兩個字。難不成是去年七月警方查獲的「日商新天地協會」？

美和子頗爲驚詫，但只能承認。

——這樣啊。

暮木老人語氣恭敬沉穩。

——那麼，我多少能幫上一點忙。

「我一頭霧水，只好把手機貼在耳上，聽著暮木先生的話。」

我非常了解美和子當時的心情。如果暮木老人認眞想說服對方、讓對方聽從自己，或加以「教育」、操縱，沒人能抵擋。

——接下來幾個月內，我想做一件事。如果成功，雖然不夠彌補令堂被騙的金額，不過，我可以送一筆錢給令堂。儘管無法直接懲罰欺騙令堂的人，但應該能讓與那協會有關、欺騙令堂之類的傢伙，多少陷入恐慌吧。

——錢我會寄給妳，請轉交令堂。

美和子望向我，然後瞅著柴野司機繼續道：「那個人說：我的名字叫暮木一光，這件事絕對會上新聞，請留意。」

美和子聽著，漸漸感到害怕。她通話的對象，會不會神志不正常？

「我提到日商新天地協會的代表和幹部早就被逮捕，但他認爲那樣根本不夠。」

——壞的不只有小羽代表和那些幹部。還有很多人現在裝出一副被害者的嘴臉，其實是欺騙令堂這樣的人得利，知道司法懲罰不到他們，逍遙度日。

——我答應妳，即使金額不多，也一定會送錢給令堂。所以，請務必幫忙，讓令堂忘記我。萬一她想起，小姐，務必要她忘記這件事。

「對方似乎就要掛電話，雖然我腦袋一團混亂，還是急忙問：爲什麼你要幫家母？明明有那麼多受害者。」

於是，暮木老人回答：

——是啊，沒辦法補償到每一個人。

——所以這也是種緣分。

接著，他便結束通話。

「從此再無音訊。」美和子緩緩搖頭，「這種事你們相信嗎？」

我和柴野司機默然不語。

「幾天過去，我開始覺得這是惡劣的玩笑，我被奇怪的人唬弄。家母忘了曾在公車站哭泣，我也打算忘記。」

但是，九月那一天，發生公車劫持事件。劫持公車並自殺的歹徒，新聞報導是「暮木一光」。

「得知歹徒以人質要脅，希望警方帶幾個人過去時，我靈光一閃。」

遭指名、被拖出來示眾的，肯定是日商新天地協會的會員。

「可是錢呢？我疑惑那筆錢該怎麼辦。」

一個月後，答案以宅配包裏的形式揭曉。

「這麼貪財實在丟臉，但事件發生後，我一直坐立難安，期待錢會不會眞的送來？」

美和子打心底羞愧般搗住臉。

「然而，下班回家後，發現招領單時，我突然感到害怕，怕得不得了。」

但是，她仍前去領包裹，看到包得嚴嚴實實的五百萬圓。

「除了錢，還有我讓母親帶在身上，也就是當時母親交給那個人的信。」

這是不動如山的「鐵證」。

柴野司機頓時沉默。

「託運單呢？」我僵硬地問，「妳有沒有保留？」

「我丟掉了。」

包裝也丟掉，只留下錢。

「我決定當成上天的禮物。」

——這也是種緣分。

「我決定想成是神明憐憫母親，賜給她的恩惠。」

然而，我們這些人質卻吵起來，開始調查錢的出處，並且聯絡她。迫田美和子會恐懼不已，設法遠離我們，也是難怪。

「很抱歉。」

我沒多想，自然而然脫口而出。

「眞的很抱歉。」

沒關係——美和子應道，話聲恢復剛見面時的細微。

「世上沒這麼好的事，神明也不可能逐個同情像家母那樣渺小無知的老好人。」

這一點我也明白——美和子的眼神乾涸。

「要是大家把這件事告訴警方，家母也不可能逃過追究。默默收錢被發現，家母會受到更大的傷害。」

我絕不允許這種情況發生，美和子繼續道：「所以，今天我才會上門拜訪。」

抱歉，柴野司機出聲。

「查得出暮木先生的眞實身分嗎？」

美和子逕自切換語氣，坐回沙發望向我們，彷彿在說：不要再談夢想，來討論現實吧。

「各位調查後，有什麼發現？請告訴我。」

我說明至今爲止的相關經緯。

「暮木先生不必提，那個叫『御廚』的人也不是日商新天地協會的幹部。我沒看過這個名字。」

「是的，至少在被逮捕的人裡，沒有這個名字。」

「但我認爲，暮木先生是日商的相關人士。我一直這麼認爲。」美和子語氣堅定，「即使不是幹部，借用杉村先生的話，也是『加害者式的被害者』？」

「是獲得超乎某程度收益的前會員吧？」

「是的，應該是這種身分的人。那麼，錢的來源也解釋得通。」

美和子聰明且實際，這才是她原本的樣貌吧。

「在電話中，暮木先生確實是用『補償』這個字眼嗎？」柴野司機問，「他說沒辦法補償到每一個人。」

「是的。」

「若身分是會員，這種說法有點太沉重……」

「會嗎？個人的感受不同吧？」

「可是，杉村先生認爲，那個姓『御廚』的經營顧問，就是暮木先生吧？」

我自以爲公平地陳述，終究傾向支持這個看法。

「說他們是不同人的，只有古猿庵。不過，能證明『御廚』這個人存在的，目前也只有古猿庵。」

「暮木先生就是煽動小羽代表，指導他做出那些事的罪魁禍首？」美和子瞪大雙眼，「這一點我存疑。假如暮木先生是幕後黑手，又自覺責任比小羽代表重大，跟我通話時，應該會講得更明白。」

「會不會是無法坦白到那種地步……？」

「但是，一個人的變化會這麼大嗎？一個奸詐的幕後黑手、詐欺師的指導者，突然徹底悔改向善……」

「需要一個震撼性的契機。」柴野司機點點頭，「那就是所謂的『洗心革面』吧？不是有點後悔，或自我反省的程度。」

抱歉，我有點混亂……她低喃。

「我也一樣混亂。」我回道。

三人不禁嘆息。

「不管暮木先生曾是日商的幕後黑手，或是如今才感到後悔的前會員，」美和子咬緊嘴唇，接著道：「我都不認爲他是惡劣到底的壞人。即使沒有將牟利的會員拖出來示眾、沒有爲了這個目的劫持公車、沒有像這樣留下錢，我還是不認爲他是壞人。」

那個人主動關心家母。

「對前往『克拉斯海風安養院』，獨自坐在公車站哭泣的家母，他感到十分擔憂。現今找不到這種人了。」

我內心浮現惡意的反駁。詐欺師喜歡與人有關。雖然不知詐欺師是討厭人還是喜歡人，但他們總想接觸人。在表露本性前，他們是親切善良的。即使洗心革面，那位老人依然擅長操縱別人，也喜歡操縱別人。

我沒有說出來，只表達謝意。

「謝謝妳今天過來。我會轉告大家，好好討論。請早點回去陪令堂吧。」

柴野司機也深深點頭。

「討論後，我會通知妳結果。雖然柴野小姐似乎已做出結論。」

柴野司機一臉靦腆，「不好意思。」

迫田美和子離開後，柴野司機開口：

「我忍不住想像，我和家母，還有我和佳美，總有一天會變成迫田女士與美和子小姐那樣。」

母女一同迎接人生的秋季與冬季。

柴野司機爲何會成爲單親媽媽，不須多問，只要看到客廳還嶄新的佛壇，及上頭年輕男子的遺照就明白。

「還早得很。」我笑道：「好了，召集大夥吧。」

「那筆錢不能收。」

田中雄一郎反對。

我們在國道旁一間家庭餐廳的角落集合。這家店是田中推薦的，說這裡不敵其他餐廳競爭，無論何時過來都門可羅雀，能安心討論。實際上，就算扣掉來的時間還不到晚飯時段這一點，也空蕩得教人同情，免費續杯的咖啡煮得過濃。

「怎、怎麼突然這麼說？」

坂本臉色大變。許久不見的他，下巴蓄起流行的短鬚。看在我眼裡，像是病人沒刮的鬍碴。坂本就是沒精打采到這種地步。

「田中先生，你怎麼啦？明明之前那麼想要錢。」

前野不是諷刺，而是純粹的驚訝。田中苦笑：

「我只是換了信條，別那麼詫異。」

那是詐欺師賺來的錢，他繼續道：

「我不能收。我的錢送給迫田老太太。」

我大吃一驚，內心如遭重創。這位「社會人士」先生，爲何總是輕易跳脫我的預期？原以爲他會說：這樣啊，爲了迫田老太太，我們快點收下這筆錢吧。

「可、可是，那是我們的賠償金啊。」坂本出聲。

「我的想法是，不管是賠償金還是什麼，詐欺師的錢我就是不能收。那筆錢應該還給被害者。」

「被害者很多啊，不只迫田女士。」

「所以就放任他們去死嗎？小鬼。」田中眼中燃起怒火，「你要說很多人被騙，只救一個人不公平嗎？哼！」

田中咄咄逼人，但他的腰最近又痛起來，原想撲向坂本，隨即皺起眉。

「這就是你的『平等』？學校這樣教你的嗎？凡事講求自由平等最重要？」

「我不是那個意思。」

「那是什麼意思？」

「小聲點！」前野插進怒目相視的兩人之間，「拜託，不要吵架。」

站在廚房門口的女服務生望著別處。

「日商新天地協會的詐騙案我不太清楚，也沒興趣。這類詐騙行銷案件到處都是……」田中的語氣稍稍和緩，「所以我沒那麼善良，想救助那個協會的被害者。可是……」

我認識迫田老太太，他繼續道。

「你是指，她也是公車劫持事件的人質之一嗎？可是，迫田女士是第一個離開公車的，跟我們不一樣。」坂本反駁。

「你這小鬼未免太囉嗦。」

對不起，前野小聲替坂本道歉。

「我想說的是，既然錢是怎麼來的已漸漸查清楚，接下來就各自決定吧。然後，我的份要給迫田老太太。」

「所以我才問，爲什麼只給迫田女士？」坂本糾纏道。

田中聞言，露出一副受不了的表情，細細打量坂本。

「你啊，知道『來生不安』這個詞嗎？現代的年輕人應該不曉得吧。」

坂本求救似地覷著前野。衝過頭的芽衣小妹一語不發，輕輕點頭。

「日商其他的被害者怎麼樣我不知道，但我知道迫田老太太的事。我知道她的長相，也得知她的處境。公車劫持事件時，那個老太太的言行舉止，我都記得。既然知道這麼多，我不能把騙老太太的詐欺師送來的錢收進口袋，否則會臥不安枕。啊，你們也不曉得臥不安枕？就是晚上睡不好啦。」

坂本的鼻子憤怒漲紅。

「『我有收下賠償金的權利。老先生是有錢人還是窮人，都不關我的事。』」

坂本揶揄地模仿當初田中的語氣。

「你不是說，你開小公司，錢永遠不嫌多嗎？」

這不只是反抗，簡直是侮蔑。然而，田中那種疼痛的笑仍掛在臉上。

「隨你愛怎麼講，我不收詐欺師的錢。如果被騙的是認識的人，就更不能收。我不懂大道理，但想順著良心去做。」

我故意大聲嘆氣，引來眾人的視線。

「換句話說，不能直接把錢交給警方？」我放慢語調提醒道：「得先決定這一點。」

田中滿意地點點頭，「沒錯，順序反了。錢要放進各人的口袋裡，不然追田老太太未免太可憐，不是嗎？」

「各位都同意嗎？」

坂本沉默著。前野望著他的側臉，然後向我點點頭。

「是的，這樣就好。」

柴野司機浮現安心的神色，看來用不著她低頭求情。

田中隔著桌子，腦袋歪向坂本，「喏，這樣行了吧？小子，何必鬧彆扭？那筆錢是你的，不會有人沒收，放心吧。」

「我不是在說那個！」

坂本忽然大吼。女服務生不禁看過來。

「小啓，別這樣。」前野縮起身體，只見坂本抓著桌角發抖。

「不要把我講得像守財奴。明明是你最貪財！」

田中一陣心虛，「是啊，讓大家見笑了。」

「你明明想要一億圓！」

「小啓，不要這樣。」

「事到如今再來耍帥也太遲。說什麼要把錢給追田女士，反正只是嘴上工夫，其實你想暗槓吧？」

坂本罵道，田中一臉掃興的樣子。

「錢各自收下，大夥一輩子守住祕密，不再提起。杉村先生，這樣就行吧？」

田中丟下這句話，抓住椅背，準備起身。

不料，坂本突然揪住田中的衣領，翻倒桌上的杯子。

「少擺出一副了不起的嘴臉！明明你最想要錢！你是騙人的吧？說什麼要把錢給迫田女士，是騙人的吧？」

幸好看起來很閒的女服務生消失到廚房裡。我把坂本的手從田中的衣領上扯開，柴野司機撐住田中，而前野抱住坂本。

「小啓，不要這樣！那不重要了吧！」

坂本一臉蒼白，瞪著田中坐下，開口道：

「我要把錢交給警察。大叔，詐欺師的錢不能收吧？那交給警察才合理。」

田中的眼珠子幾乎要迸出來。柴野司機拉扯他的襯衫，把逼近坂本的他拉回來。

「這小鬼究竟是蠢到什麼地步？你也為迫田老太太想想吧。」

「被害者不只迫田女士。」

「那把我們拿到的錢湊在一起交給警察，對那一大堆被害者就有幫助嗎？警察會把那些錢分給被害者嗎？怎麼可能！只會被當成證據沒收，變成一筆死錢。」

沒錯，這是很實際的推測。

「不要再驚動迫田老太太，拜託。」

田中不是對坂本，而是對我們說。喏，拜託啦。他雙手合十。

「你還年輕，也許很難體會。可是，等上了年紀，全身到處是毛病，還要照顧老父老母，眞的非常難熬。就算只是金錢上稍稍寬裕，也是莫大的幫助。看到那個老太太，我實在不覺得事不關己。」

我望向坂本問：「你認為呢？」

坂本固執地垂著頭，漸漸恢復血色。但不是變紅，而是變成土黃色。

「好啦，是我不對。」田中意外乾脆地認輸，「大夥一起收下錢，要怎麼用，端看各人決定。我也眞是的，不該在這裡說嘴，對不起。」

柴野司機把倒在桌上的開水擦乾淨。女服務生走出廚房，又閒閒地站著。

「我那些話，不是逼你學我。你有權利收下賠償金。」

坂本不吭聲。

「所以，請你不要把錢交給警察，那樣一切等於白費。好嗎？拜託你。」

田中再次行禮，緩緩離座。我攙扶著田中，帶他到餐廳門口。

「不好意思。」田中向我道歉，「我不該劈頭就講那種話，對吧？」

「沒錯。」

坂本想要那一百萬圓，卻感到內疚。那是「詐欺師的錢」，他恐怕比田中更強烈意識到這一點。他覺得應該要還給被害人，另一方面，卻也無法只因內疚死心。田中絲毫沒發現坂本內心的天人交戰。

坂本十分同情迫田女士，而且比田中感情更深。可是，田中毫不理會坂本的心情與矛盾，只曉得擺出大義凜然的模樣，宣告詐欺師的錢不能拿，我也氣惱不已。第一次討論時，借用坂本的話來形容，那個「貪得無厭」的田中率眞許多。

田中是好人。雖然是好人，卻也是自私的人。因爲自私，會說些不該說的話。

「那你要怎麼做？」

田中在餐廳門口問我。那種請示般的眼神又令我一陣火大。

「我接下來再想。」

他面露冷笑，隨即應道：「騙人，你也想把錢給迫田老太太吧？」

「不，我會遵循自己的心意，田中先生也請自便。」

我無法不補上這麼一句：

「不過，迫田女士的女兒也許不會收下你的錢。」

田中意外地蹙起眉：

「……是嗎？」

「她可能會表示，田中先生收下應得的份，她心情上會較輕鬆。」

這樣啊——田中清醒般眨眨眼。

「如果是那樣，我會收下自己的份。這樣就不會臥不安枕。」

田中笑道，疼痛似地彎著身子，走向停車場。我簡直累壞了。那開心的笑臉是在搞什麼？

回到店內，坂本仍瞪著腳尖，旁邊的前野泫然欲泣。柴野司機不在，我四下張望，發現她在稍遠處講手機。她很快結束通話。

「女兒要回家了，我差不多該告辭了。」

但她暫時回座，對年輕的兩人展露笑容，「這樣就好，我鬆一口氣。」

前野以紙巾擦淚，只見她雙眼通紅。

「柴野小姐打算怎麼做？」

「如同之前答應大家的，我會尊重各位的結論。」

「可是，柴野小姐以前說，即使我們決定收下錢，妳也不能收下自己的份，會分給大家。」前野應道。

「我分給大家，大家願意收下嗎？」

前野無力地搖頭，「——我不能收。」

柴野司機點點頭，「如果我是前野小姐，也會回答不能收。那個時候的我沒深思熟慮。既然做出結論，把錢分給大家，等於是在逃避責任。」

「那妳也不會把錢給迫田女士嗎？」

「不會。」柴野司機話聲堅定，但很溫柔，「我想迫田女士的女兒也不會收吧。」

光是能想到這裡，證明柴野司機比田中成熟。

「我不認為田中先生的想法是錯的，也不認為全然是對的。前野小姐，妳也按自己的心意做就行。」

他也——柴野司機急忙換了個稱呼，「暮木先生一定也這麼希望。」

前野渾圓的雙眼直盯著柴野司機。

「妳真的覺得這樣就好？」

柴野司機點點頭。

「那筆錢，真的能隨便用嗎……？」

前野自問，臉痛苦得皺成一團，淚水又湧出眼眶。

「我沒辦法這麼想。不管怎樣，就是沒辦法。」

她啜泣起來。

「我覺得不能收下這種髒錢。如果用了這筆錢，會變成跟詐欺師一樣。」

「不是這樣的，芽衣。」

聽到我的話，前野激烈搖頭。在她旁邊，坂本像尊石像一動也不動。

「暮木老爺爺錯了。與其付賠償金給我們，不如把錢給日商的被害者。」

「日商那件事，與公車劫持事件不一樣，不能混為一談。」

前野看也不看依舊沉默的坂本，默默掉淚，然後嘆口氣，抬起頭。

「我想再調查一陣子，請多給我一點時間。而且，還沒找到『京ＳＵＰＥＲ』在哪裡。」

那麼，坂本和前野永遠無法安定下來。想要錢，但不能動用這筆錢。他們無法擺脫這樣的糾葛。

兩人像這家店的咖啡一樣，煮到都快燒焦。即使田中沒那麼多話，最後依然會演變成這種局面吧。

對兩個年輕人來說，那筆錢太沉重。比我想像中更沉重。

「坦白講，我認爲找不到『京ＳＵＰＥＲ』。畢竟你們已調查這麼久。」我推斷，「調查由我繼續。我會設法努力，直到查出暮木老人的眞實身分。但是，芽衣和坂本，你們收手吧。那筆錢是給在公車劫持事件裡，被當成人質的我們的賠償金。即使收下，也不需要感到羞愧。我們都會收下。」

「既然這樣……」

傳來一道低沉的吼叫，是坂本。

「爲什麼不乾脆一開始就收下？根本不用調查錢的來歷，直接收下就好了啊！」

「以結果來說是這樣呢，抱歉。」

我同意坂本的話，於是向皺著眉、面色如土的他道歉。

「但在當初的階段，我認爲不清不楚地收下那筆錢很危險。」

「……我有同感。」柴野司機從旁幫腔，「萬一收下錢後，引來可怕的麻煩就糟了。」

「就是啊，小啓。那時我們不是討論過，這筆錢或許和黑道有關？你不記得嗎？你還說暮木老爺爺有槍，搞不好是道上的人。」

原來兩人有過這樣的討論。暮木老人是黑道分子，我想都沒想過。

「妳很白痴耶，眞的在怕那種事？」

這陣子，坂本有時會粗魯地和前野說話。雖然知道，但親眼目睹還是不好受。

「坂本，你口氣變得眞差。」

對不起，前野帶著鼻音道歉，罵人的坂本卻充耳不聞。

「剛剛田中先生說會變成『死錢』。」柴野司機沉穩開口，「現在最應該避免的，是不是那種狀況？就是不要讓暮木先生留下的賠償金變成死錢。相反地，不管以何種形式，只要能讓那筆錢變成『活錢』，我認為就是正確的用法。」

這話說得眞不錯。

「所以妳別再哭了。」柴野司機笑道：「這筆錢是會愈來愈沉重的祕密。各位——不，我們決定要共同扛起這個祕密。光做出此一決定，對迫田女士和她的女兒就能有點幫助。這是詐欺師會做的事嗎？即使如此，妳還是覺得自己跟詐欺師一樣嗎？」

前野淚汪汪地眨眼。

「請用暮木先生的賠償金，去開創新的人生吧。如果收下這筆錢，怎麼樣都會感到愧疚，就當暫時借用，總有一天還清就行。將你們在開創的人生中賺到的錢，拿去幫助有困難的人就行。請用在助人上吧。」

「柴野小姐眞是能言善辯，我第一次知道。」坂本開口。

我也是第一次知道，短短一個月之間，原本善良開朗的年輕人，居然會變成滿嘴挖苦嘲諷的人。

柴野司機頓時僵住。

「夠了。」坂本作勢起身，「我要回去了。」

「小啓，你怎麼了？」

前野呼喚，但坂本頭也不回，頑固地繃緊全身，離開店裡。

「或許暫時讓他一個人比較好。」

柴野司機感嘆。她沒生氣，而是傷心。

「你們一起調查時，碰上什麼不順心的事嗎？」

前野搖搖頭，「沒有，只是小啓變了。」

語畢，她像對自己的話感到奇怪似地蹙眉，「或者說，其實我並不了解小啓。現在才這樣想似乎很傻，但近來我感觸頗深。」

兩人是在公車劫持事件中結識。

「那時候的小啓十分溫柔，護著只知道害怕、完全派不上用場的我。他非常可靠，是個好人。」

「嗯，我記得很清楚。」

「可是，大概是身處險境，他才那樣表現。畢竟是特殊狀況。」

因爲是在詭譎的黃色燈光下，槍在鼻尖晃動的狀況。

「或許不是小啓改變，只是狀況不同。我不曉得小啓原本是怎樣的人，所以他可能只是恢復本色。」

對於現在的坂本，前野應該是最了解的人。她的話相當有說服力。

「這……也許有這樣的事，」柴野司機無法接受，「但我還是認爲，是坂本先生變了。雖然見面的次數沒那麼多，仍感覺得出來。他跟上次在小巴士裡討論時，變得判若兩人，眼神和表情都不一樣。」

前野沮喪地點點頭。

「那筆錢對坂本先生的折磨，是不是遠遠超乎我們想像？所以，我剛剛才會問你們，調查期間是不是碰上不順心的事。」

「不順心的事……」

「這樣問太籠統。比方，一開始坂本先生說，爲了重返大學，他想要錢吧？是不是發生什麼比起上大學，更急需要錢的狀況？」

這個著眼點不錯。

「但是，暮木先生的一百萬圓不能立刻動用，而且愈調查愈難以動用。可是，需要錢的狀況無法解決。坂本先生是不是夾在其中，獨自煩惱？」

「有這樣的事嗎……？」前野拿紙巾擦擦鼻子下方。

「妳有沒有聽說類似的事？像是他家裡有人生重病，或父親失去工作。」我問。

前野困惑地搖搖頭。

「想要學費的心情應該很眞切，如果發生杉村先生提及的情況，那是不同次元的問題，坂本先生恐怕無法獨力解決。」柴野司機推測。

「可是，若家裡出事，小啓會悠哉地跟我去調查嗎？」

「或許他認爲早點調查結束，就能早點得到一百萬圓，所以才會焦急。實際上，他在調查期間漸漸變了個人吧？」

前野思索片刻，「假如是錢的事，我們這陣子幾乎沒談到。獨處時，我們從未深入討論究竟能不能收下那筆錢。」

這倒是令人意外。

「所以，剛剛我才會忍不住哭出來，對不起。跟大家討論前，我只能一個人胡思亂想。每次我一提起賠償金，小啓就會露出恐怖的表情，不願多談。」

「會不會是不想讓妳擔心？」柴野司機問。

不清楚，前野又變成鼻音，「之前我們很常討論賠償金的事。就是錢還沒寄來，公車劫持事件剛落幕的時候。」

——妳覺得我們眞的會拿到賠償金嗎？

「從警署回來後，他眞的滿腦子都在想這件事。想著老爺爺的話是眞的嗎？小啓傳許多簡訊來，我甚至勸他最好不要過分認眞。」

啊，所以——她帶著手勢。

「是事件後第三天嗎？老爺爺的名字被查出來，對吧？」

「嗯，查出他的身分。」

「當時小啓超失望。杉村先生有沒有聽到他說什麼？」

坂本沒向我表現出那種情緒。只記得他傳來訊息，內容充滿同情，覺得老爺爺的身世太孤寂。

「小啓好似整個人萎靡，嘟噥著：原來老爺爺是個窮人，不是有錢人。」

——不可能拿到賠償金，世上果然沒那麼好的事。

「至於我，比起老爺爺很窮，他無依無靠這一點更令我震驚。所以，小啓一直計較老爺爺貧窮，我還發脾氣，怪他太冷血。」

坂本一陣驚慌，連聲道歉辯解。

「他說自己居然只在乎賠償金，簡直遜斃了。」

——可是，還是忍不住會作夢。

「他太過期待，才會失望。」

那種心情我也懂。

「於是，他決定努力工作賺取學費。後來進入清潔公司，雖然工作相當累，但小啓非常努力。」

不過，坂本提到要邊做這份工作，邊準備重考大學太勉強，所以在考慮找其他的打工。

「他想找不會太累，時薪不錯的打工。我回一句『那就只能當牛郎』，他還笑說『就是啊』。」

「可是他辭掉清潔公司的工作，對吧？」

前野咬住下唇，「這件事大家能幫忙保密嗎？」

我和柴野司機點點頭。

「尤其不要告訴田中先生，那樣小啓太可憐。」

「當然不會。」

坂本會辭掉清潔公司，是遭到惡意刁難。

「小啓在派遣前往的工作地點，碰到以前的高中同學。」

同學是那家公司的正職員工。

「小啓跟對方是死對頭。或者說，在高中時代的小啓眼中，對方是個無所謂的人。那個人是書呆子，成績優秀，在班上卻是受到排擠的類型。」

「坂本在學校應該是人氣王吧。」柴野司機開口。

我有同感。坂本個性陽光，又是英俊的運動型男孩。

「小啓去那個同學上班的公司做清潔工作。」

過去的人氣王與被排擠的書呆子，以這種形式再會。

「小啓坦白告訴我，他覺得很不甘心、很窩囊，可是不會認輸。他也是認眞在做分內的工作。」

然而，對方不這麼認爲。

「對方動不動就向公司抗議清掃不仔細、有東西被弄壞等等，不僅點名小啓，甚至向小啓清潔公司的上司告狀。」

清潔工作是在公司下班後開始的，但那名同學——

「不管怎麼看都不像在加班，卻等到小啓來打掃，在一旁看著說『如果沒人盯著，坂本就會偷懶』。」

坂本隱忍下來。爲了學費，爲了再一次進大學。

「而且，小啓的上司眞的很了不起。他鼓勵小啓，不要輸給那種可笑的惡意刁難。」

上司答應坂本，只要調到人手，就會把坂本派去別的單位。就在這時，發生不僅僅是刁難程度的問題。

「那家公司的寄物櫃有錢被偷了。」

不是那名同學的錢。

「由於是竊盜案，警方也來調查，並向員工詢問狀況。」

這個時候，有人作證清潔公司一個叫坂本的員工相當可疑，導致坂本遭警方針對性地徹底訊問。

「當然是那傢伙告的狀，小啓的同學想嫁禍給他。」

雖然坂本沒被誣賴爲竊賊，但嫌疑也沒完全洗清。那起竊盜案到現在都沒偵破。

「於是，小啓的公司和那家公司的契約告吹。」

——是我害的。

「小啓主動辭職。上司挽留，但小啓不顧慰留，還是選擇離開。」

柴野司機難過地噘著嘴點點頭，問道：

「不能拜託負責公車劫持事件的山藤警部嗎？」

「轄區不一樣。那裡不是海風警署管的。」

「部門也不同。」我出聲，「就算去請託，山藤先生應該也無能爲力吧。畢竟坂本不是被當成嫌犯抓起來。」

只是被抹成灰色。

「可是辭掉工作後，小啓變開朗了。我雖然擔心，卻也覺得與其窮忍耐，不如乾脆離開，工作再找就有。況且，小啓看起來並不焦急。」

——得更有計畫，更有效率地賺錢才行。

「小啓去找朋友，或上網搜尋工作資訊。一星期後，我們收到那筆錢。」

然後，兩人著手調查三種託運單。坂本的心情愈來愈糟，縮在自己的殼裡，變得暴躁易怒。

「現在他似乎很焦急。」前野繼續道：「小啓想要一百萬圓，因爲知道那不是什麼危險的錢。當初實際看到錢，小啓眞的害怕暮木老爺爺是黑道分子。他還推測，暮木老爺爺會過那種生活，可能是偷盜組織的錢在逃亡。」

「簡直像電影情節。」

如今，這個可能性已消失。那一百萬圓，是沒有後顧之憂的錢。只要能拋開那是「詐欺師的錢」的心理障礙。

前野也這麼認爲，「但小啓和我一樣，覺得那筆錢不屬於自己。不能占爲己有，應該是日商被害者的錢。」

「這個想法不對。那是你們的賠償金，妳能冷靜和他談談嗎？」我勸道。

「我沒自信……不過我會試試。」

柴野司機的手機響起。她看著螢幕，頻頻道歉。我和前野目送她回去女兒身邊。

我著手撰寫要交給岳父的報告書。將截至目前查明的事實，及懸而未解之謎寫下來，也能整理思緒。我硬要自己整理好心情。

收下那筆「賠償金」吧。這是人質夥伴一起決定的事，我並不後悔。但是，將來那筆錢由於某些原因曝光的危險性並非零。

我應該辭去今多財團的工作，不能再繼續添麻煩。得請岳父收下辭呈。

不知幸或不幸，岳父突然前往美國。即使約定的兩星期已過，我仍無法見到岳父。據說是去參加財經人士的跨國高峰會議，原本是大舅子要出席，但行程配合不上，請岳父代爲出馬。

我告訴妻子原委，菜穗子沒太驚訝，也不反對。

「我明白你的心情。」她說。

很抱歉，我向妻子行禮。

「原本應該先跟妳商量再寫辭呈，順序顛倒。」

「那無所謂，沒關係。」

沒關係，妻子這陣子常說這句話。我爲中途離開桃子的文化祭道歉時，她也這麼說。沒關係，不用在意，別放在心上。

然後，她冒出那時候沒說的話，「我早習慣被你抛下。」聽起來像玩笑話，語氣卻很認眞。

「不要習慣啦。」

「是是是，偵探先生。」妻子笑道：「如果辭掉公司，你工作怎麼辦？就算父親和哥哥同意你辭職，對於你上就業服務中心，應該不會有好臉色。」

「可是，一般都會去就業服務站看看啊。」

「你的身分不一般，不覺得嗎？」

妻子筆直注視著我。

「也是。」

妻子的目光從我臉上移開，「抱歉，我不該這樣說。」

「妳沒說錯啊。」

「不，不一般的是我，而不是你。」

我從未和菜穗子談過這樣的事，頓時一陣驚慌。

「妳果然生氣了？這也難怪。」

妻子沒回答，問起另一件事。

「你拿到的錢，還有寄放在你那裡的園田小姐的錢，決定怎麼處理了嗎？」

我點點，「我尚未告訴總編，不過就算告訴她，她也會說『交給你，幫我處理』吧。」

「是啊。」

「我想匿名捐給從事社會活動的團體。」

「不是捐給日商自救會？」

「這我也想過，但我認爲不必拘泥於日商。」

我覺得這樣做，比較容易把錢當成是在公車劫持事件中，被抓來當人質的賠償金。

「司機小姐會怎麼做？你問過她嗎？」
我沒問，但柴野司機主動告訴我。
「如同妳的提議，柴野小姐會捐給日商自救會。她說那種自救會，應該也需要活動資金。」
「全額捐出？」
「應該是。」
「我倒覺得可以多少留一點給自己用。如果大家都捐出去，那兩個年輕人就太可憐了。」
「我不會再對他們說什麼。就算他們問我錢怎麼用，我也不會告訴他們。」
這樣啊——妻子點點頭，露出微笑。是我多心嗎？總覺得那是勉強擠出的笑。
「我不會去就業服務站的。我會拜託以前的朋友，看看能不能擠進哪家出版社或編輯公司。終究我還是喜歡編輯工作。」
所以，要離開集團廣報室，我相當難過。《藍天》是很棒的社內報。
「如果你離開，園田小姐會頓失依靠吧。」
「她一定會罵我不負責任。」
「是因爲寂寞才會罵你，『你要我把一個人拋下嗎？』」
我注視著妻子。「拋下」這個字眼，今天已是第二次登場。這是符合我和妻子關係的形容，但並不適用於我和園田瑛子的關係。
「園田小姐沒那麼依賴我。」
「有的，只是你沒發現。」
妻子說完笑了。看起來又像勉強的笑。
「對不起，我好像在找你碴。」

然後，她不自然地轉移話題，「間野小姐最近好嗎？」

「嗯，她很好。」

「聽說她持續參加研修，以便隨時能回去當美容師。我主動提議，請她來我們家做居家美容，我給她當練習台，卻被她拒絕說絕對不行。」

——等我回歸第一線，再讓夫人看看我最巔峰的技術。

「眞像間野小姐會說的話。」

「我眞是愛管閒事。」

這是指她自願當美容練習台的事，還是指把間野小姐挖角到集團廣報室？我聽不出來。

「間野小姐每天都神采奕奕。」

「那就好。」

妻子起身，像是結束談話，我追上去說：

「我私自決定要辭職這種大事，眞的對不起。」

「討厭啦，一直賠罪個沒完，好不像你。既然你這麼深切反省，一瓶『拉圖酒莊』就放過你。」

「樂意之至。」我一口答應。

我造訪播磨屋，社長不在，是常務在看店。在這個季節，常務兀自汗流浹背，全禿的頭都發光了。

「這傢伙好強啊。」老闆努努下巴，示意手邊的筆電，「電腦喜歡下將棋嗎？」

我們閒聊一會兒，我拜託他如果有關於日商的新情報，隨時告訴我。我也造訪藍色申報會會長開的電器行，拜託一樣的事。老闆有些驚訝地問：還有什麼好查的嗎？

透過網路上的交談，感覺還有幾個人可以碰面深談。除此之外，只能等待消息進來。關於「御廚」，依然沒有任何消息。

我靈機一動，打電話給朋友。他是我在兩年前的事件中認識的年輕記者，但這麼稱呼，他會非常不開心。要是叫他社會學家，他會更不爽。他中意的是「評論家」。

他雖然忙碌，但最近也才剛出一本書。內容是淺白解說日本面臨超少子高齡化社會，今後該採取何種經濟政策。

「好久不見，步步爲營、安全第一的杉村先生。」

會這麼奚落我的，只有這位秋山省吾。

「久疏問候。我看到您十分活躍，又推出暢銷書。」

「你一定不曉得這幾年的暢銷排行榜水準有多低吧？」

「現在方便聊多久？」

「十分鐘整。」

我隱去眞名，說明小羽雅次郎與神祕經營顧問的事。由於受到「御廚」這名軍師的影響，日商改變路線，投入詐騙行銷。這是我的假設，沒有佐證。況且，一名企業領袖，可能像這樣受到外界人士影響嗎？事到如今，我又有些不確定，但我想聽聽秋山的意見。

「有啊。」他立刻回答，「還有高層受到一些怪人影響，砸錢研究超能力，或尋找幽浮的例子。」

他採訪過類似的對象。據說是一家規模雖小，但擁有傑出技術的老字號機械零件廠的老闆，被自稱發明永動機的科學家迷惑，最後毀掉公司。

「很可笑的例子，機械廠商的大老闆，居然連能量保存原則都不懂。」

融資詐騙的話，更是多不勝數，他繼續道：

「雖然年代有點久遠，不過像M資金詐騙案就非常有名。因爲有一堆大企業上當，還被寫成小說。」

「這種情況，欺騙老闆的人，能隱瞞眞實身分到最後嗎？」
「你是指，不被警察機關抓到？」
不知爲何，他喜歡講「警察機關」。
「這是當然。不過比方說，甚至不會接觸到老闆身邊的親信，如果是老鼠會或惡質行銷，就是連一般會員都不知道有這號人物，像這樣隱身到底。」
秋山思索片刻，「很有可能。通常，聰明的詐欺師想蒙騙的組織愈大，愈不會一次與多人周旋。他們會集中針對要害。杉村先生，你問的例子，確實是詐騙行銷嗎？」
「是的，警方已查獲，首腦和幹部都被逮捕，但疑似軍師的人物卻連個影子都沒有。」
秋山像在打鍵盤，停頓一會兒才開口：「你說的是日商新天地協會嗎？」
還是一樣，敏銳至極。「您眞是明察秋毫。」
「這是近一、兩年之間規模最大的經濟案件嘛。我看看……」
又停頓一會後，他笑道：「這個代表小羽是個愛出風頭的傢伙，就是恨不得成爲萬人迷的那種類型。」
他似乎在瀏覽網路上的資訊。
「那麼軍師會躲起來吧，比較好操縱小羽代表。」
「可是，有段時期，小羽代表像小姑娘般瘋狂崇拜這名軍師。」
「那就更是如此。」
爲軍師砸大錢、熱烈信奉他，照著他的話去做，一切無往不利。
「這種類型的人，一旦獲得成功，就會全當成自己的功勞。是老師指點我的沒錯，但執行的是我、偉大的是我。因爲我這麼偉大，才能改革社會。」
秋山唯妙唯肖地模仿小羽代表在會員面前演說的口氣。

「這麼一來，要是軍師覺得時候到了，也能輕易離開小羽代表嘍？」
「聰明的詐欺師就會這麼做。」
秋山說，像小羽雅次郎那種人，無論何種形式，都無法忍受有人地位比他高，或有第二把交椅在下面虎視眈眈。
「倘若執著於地位，賴著不走，就會被趕走。不僅如此，還有被抹殺的危險。」
我一陣心驚。「御廚」可能被小羽雅次郎殺害？
「日商的活動期間相當久吧？」秋山問。
「明確展開詐騙行銷，是在一九九九年四月。」
「那麼，杉村先生在找的軍師，早就離開日商。小羽代表一旦自詡爲魅力巨星，他就會消失。該拿的應該也都拿完，反正凱子遍地都是。」
我與秋山的想法相同。
「後來他在哪裡做些什麼，實在令人好奇。下一個凱子在更小的地方嗎？畢竟目前警方還沒破獲日商級的大規模詐騙事件。」
「那類組織都會被查獲嗎？」
「若超過一定規模，只是遲早的問題。」
警察機關也不是傻子，秋山補充。
「話說回來，杉村先生，你還是一樣在做些奇怪的調查。這跟你在公車劫持事件中被當成人質有什麼關係嗎？」
「你知道？」
「放心，眞弓不知道。」

眞弓是秋山的表妹，以前在集團廣報室工作。
「請當成沒關係。」
「好。不過，你可要珍惜安全第一的招牌啊。」
「我會銘記在心。」
雖然有點爲時已晚——掛斷電話後，我搔搔頭想著。

這天下午，我接到足立則生的聯絡。
「我眞的打電話給你了，方便嗎？」
他的話聲很客氣。
「當然。後來怎麼樣？」
「我在工作。」
他繼續留在那家報紙販賣店。
「那太好了！」
「我是很好啦，可是有兩個人不想跟我共事，決定辭職。對老闆夫婦實在過意不去。」
「你好好加油來彌補就行。那我們開個慶祝會吧。」
不用，足立一陣驚慌。我說服他，約好在野本弟之前介紹的那家中華料理店見面。
依約現身的足立則生理了個清爽的髮型，穿漿得筆挺的襯衫，還有學生風味的格紋背心。本人似乎也很害臊，解釋道：
「這是老闆兒子的舊衣。」
「非常適合你。」

我們用冰啤酒乾杯。

「害杉村先生為我擔心，我請客。」

「哪裡的話，我什麼事都沒做啊。」

「我和杉村先生素昧平生，你卻真心為我著想。」

足立說從北見夫人和司那裡聽到許多事。

「既然你這麼說，這杯啤酒就讓你請客吧。」

看見端上桌的料理，他既驚訝又開心，邊吃邊稱讚「真美味」，忽然停筷看我。

「我啊，因為有前科……」

「嗯。」

「杉村先生知道吧，拘留所和監獄的飯……」

不可能有這麼好的菜色，他說。

「只有飯量特別多，所以會愈吃愈胖。高越的太太——不對，井村小姐，在那裡一定很難熬吧。」

井村繪里子犯下傷害致死罪遭到起訴，已被保釋。她會拿起水果刀，並不是出於殺意，但法官認定她有恐嚇不願分手的高越，視情況想傷害他的意圖。

「聽說律師人很好，是一個女律師。為了肚裡的孩子，她會努力讓判刑輕一些。」

至於保釋金，是她以前工作的店家媽媽桑和同事幫忙籌措的。

「她說自己無依無靠，其實並不是呢。」

足立則生感觸良多，是在對照自身的處境吧。

「兩人鬧分手的原因，也會在公判時被搬出來吧。」我說。

「那當然。」

我在足立又要陷入自我嫌惡前，急忙開口：「那麼一來，警方也會針對高越先生的過去進行調查。」

「……嗯。」

我也被警方找去問話，他接著道：

「是住宅貸款詐騙。」

以購買透天厝或公寓爲由，向金融機構貸款購屋資金，但實際上並未買房，直接捲款潛逃。

「我呢，是負責當『演員』的。」

「演員？」

「假裝購屋者的角色，是簽約的當事人。」

當然，憑足立的經濟能力，貸款不可能通過。

「所以要捏造一個假身分。我需要的只有這副身體，還有照著高越那夥人的交代說話的嘴巴。」

這些「演員」，多是從生活窮困者挖角而來。

「遊民也一樣。如果是完全習慣那種生活的人就沒辦法，但我這種半吊子就頗受器重。」

只要把外表打理乾淨，看起來就像鼓足勁要首次購屋的上班族。

「要買的是住宅，所以不能找年輕人。同樣是『演員』，從學校退學，也沒有工作，想要吃喝玩樂的錢而四處遊蕩的年輕人，頂多只會被找去做手機或消費者信貸的詐騙。」

「當時你常接到這種有賺頭的工作？」

他點點頭，「我想盡快脫離那種生活。即使得少吃幾頓飯，我也會注意自己的穿著，保持清潔。所以高越那種人一眼就看出：啊，這傢伙一定會上鉤。」

足立說，高越勝巳並非住宅貸款詐騙的首腦，而是底下受雇的工作人員。

「那傢伙有自己的業績要顧。做的雖然是詐騙，還是有業績要求。」

「你知道詐騙集團的母體是怎樣的組織嗎？」

「原本好像是代理店。高越喊社長的那個人，乍看之下是個和善的大叔。」

足立跟那個人講過一次話。

「只要幹一筆差事，就算是我這種傻子，也知道自己成爲住宅貸款詐騙的爪牙。所以，我向社長抗議怎麼可以這樣，不料——」

社長一副快哭出來的表情。

「不是生氣或恐嚇你？」

「就是啊，他露出像小孩子般快哭出來的表情。」

——比起我們，那些銀行員幹的勾當更惡質。

「他說，我們是在爲那些被銀行害死的夥伴報仇……」

事實如何，不得而知。那可能只是詐欺師操縱別人的話術，但對當時的足立則生似乎效果十足。

「你做了多久？」

「也沒多久，我當演員總共上陣三次。」

這樣算多的。

「因爲怎麼樣都會被監視器拍到，不管是變裝或留鬍子，三次已是極限。大部分的演員都只做一次，拿點錢，用過就丟。」

高越等人的集團在首都圈四處流竄作案，但社長似乎是從關西過來的。

「社長的上面，是不是還有什麼人？」

「社長的上面？」

「這樣說挺怪，就是幕後黑手。」

足立笑出聲，「即使有，也不會出現在我這種小嘍囉面前。」

這倒也是。

「不過，或許跟黑道幫派有關。」

「有沒有人負責訓練你們這些演員？」

「我的時候是高越，還有他喊『前輩』的人。」

據說不乏女員工。

「她們會扮成演員的老婆。通常購屋時，都是夫妻一起去簽約吧？」

「是啊。」

「可是，很難找到適合的女演員。年輕女孩的話是有啦。」

「高越先生他們是怎麼加入集團的？」

足立則生靠在椅背上，望著我，「我沒想過這個問題。唔，說的也是，他們不可能像我這樣，是在路上被招攬。」

詐騙集團偽裝成公司組織，便可召募員工，募集人手吧。但實際執行的階段，一定會有人表示「我不能做這種工作」，臨陣脫逃或報警。

「是面試的時候，由社長篩選嗎？好比覺得這個人沒問題、這傢伙做不來之類。」

雖然不太莊重，但想像起來滿好笑的，足立噗哧一笑。我也跟著笑。

「從那之後，我就沒辦法踏進水族館。」

水族館不是都有動物表演嗎？他繼續道：

「像是海獅或海豚的表演。看到那些表演，我就受不了。」

我覺得自己和牠們一樣。

「訓練師會拿著食物在牠們面前引誘，加以調教吧？就跟那時候的我一樣。」

足立急忙搖頭，彷彿要打消這句話。

「這樣說對訓練師太失禮，而且其實也不一樣。比起我，能逗觀眾開心的海獅和海豚高級得多。」

我替他斟滿啤酒。

「那時候我什麼都沒在想，滿腦子都是賺錢，過正常的生活。」

「你認爲高越先生和社長在想什麼？」

足立則生瞇起眼。

不知道，他搖搖頭。

「高越對他太太——井村小姐的父母自殺的事……」

「嗯，高越先生知道。所以，他告訴井村小姐，我會替妳拿回父母虧損的部分。」

「但挖角我的時候，高越還沒認識井村小姐。」

笑瞇瞇的老闆，送來熱騰騰的炒飯。蒸氣另一頭，足立則生遙望著遠方。

「他可能什麼都沒在想，也可能想很多我根本猜不到的事。」

肯定是其中一邊，他說：

「沒有中間。不是空白，就是塡得滿滿的。要不然沒辦法像那樣騙人，我是這麼認爲。」

換個說法，是不是「沒有自我」和「只有自我」？

「高越碰到我，甚至嚇得臉色大變。他非常害怕，但現在還是一樣從事類似的詐騙工作。」

高越有在做壞事的自覺，卻沒反省。之所以害怕，是因足立則生很憤怒，對他糾纏不休。是因用過即丟、垃圾般的「演員」，竟以一個人的身分出現在他面前。

「我實在不懂。我氣到不行，卻完全不懂他。」

我們吃著熱呼呼的炒飯。過去的話題到此為止，我們談起足立則生的未來。他想上函授高中，取得高中同等學力。

「下次休假，夫人和司先生要帶我去給北見先生掃墓。」

「也請替我祭拜一下。」

我會的──他回答，看著我的眼神明亮，「杉村先生是中規中矩的上班族，卻是十分奇特的人。」

「哪裡奇特？」

「你對我這種人很友善。在公司，你是不是不太容易升遷？」

「確實是升遷無望。」

「但是，杉村先生是北見先生的朋友。」

嗯、嗯，足立則生兀自點頭，一臉滿足。

「跟北見先生合得來的人，就得是杉村先生這樣的人。欸，你乾脆別當上班族，繼承北見先生的工作就好。」

以前也有個可愛的女高中生這麼說：你怎麼不像北見先生一樣，當個私家偵探？

「我倒覺得自己不適合當私家偵探，就像我不適合當詐欺師一樣。」

「沒那回事，你滿有膽識的。」

我甚至不曉得自己的膽長在身上哪個地方。

「嗳，好吧。人生不知道會在哪裡怎麼變化，也許杉村先生那穩健經營的公司哪天會倒閉，到時請考慮一下私家偵探這個選項。」

足立則生敞開心房笑道，看起來十分幸福。如果私家偵探是能時常見證人生這種場面的職業，就太美好了。沒有井村繪里子，也沒有高越勝巳那種例子，只見證這種場面。

「杉村先生，來爲北見先生乾一杯吧。」

我們啤酒杯互碰，發出「鏘」一聲。

岳父在十一月底回國，比預定晚兩天。

「父親在那邊身體有些不適。」

岳父開完高峰會後，又是拜訪定居在那裡的老友，又是訪問以前就感興趣的企業，精力旺盛地排許多行程，所以疲倦一下爆發。

「聽說回國後，愼重起見，要住院檢查。我想帶桃子去成田機場接父親。」

「這樣不錯，岳父也會開心。」

「其實我希望你一起來……」菜穗子欲言又止，困窘地苦笑，「但三田的姨媽和栗本的伯父也要去接機，你應該不太想見到他們吧？」

全是今多家的親戚。

如同妻子察覺的，我不太會應付這些人。奇妙的是，對大舅子他們這些今多家中心成員，我從未感到隔閡，卻與這些外圍的人處不來。

——來歷不明的野小子。

他們露骨地用這種眼神看我，甚至對我的寒暄問候視而不見。之前幾次在家族聚會上，他們冰冷的眼神弄得我手足無措，大舅子和嫂嫂看不過去，替我解圍，所以應該不是我單方面的被害妄想。

「嗯，謝謝。」

但妻子也一樣，至少她與三田的姨媽關係不算良好。三田的姨媽是岳父亡妻的妹妹，對於岳父的私生女菜穗子，心存不少怨懟。而她又毫不隱瞞那種怨懟，說好聽是坦率，說難聽是傲慢。

「我沒事。桃子出生後，姨媽的態度也軟化許多。」

「祕書室的人會跟妳一起去吧？」

「嗯，所以我不用做什麼，只要跟桃子一起揮揮手，笑著說『歡迎爺爺回來』就行。」

在岳父心中，這是最好的特效藥。

「呃，關於辭呈……」還有特別命令的事，妻子有些難以啟齒，「是不是能暫緩，等父親不必擔心身體狀況再提？你要離開公司，對父親應該也是個打擊。」

「我明白。等妳覺得時機恰當，方便告訴我嗎？」

「我會負起責任通知您。」

妻子打趣似地敬禮。

這個星期，會長身體不適的消息也在公司內部掀起相當大的波瀾。集團廣報室裡，野本弟非常擔心，惹來園田總編一頓罵。

「你未免太不知斤兩。哪輪得到你這種小蝦米擔心？」

「我很清楚自己是小蝦米，還是會擔心，會不知如何是好啊。會長就是這麼重要的人物。」

「杉村先生和夫人一定也十分憂慮吧。」間野關切道。

「會長跟我們這種凡夫俗子等級不同。他會健康欠佳，也是在美國跑太多行程的緣故。稍微休息一陣子，馬上就會好起來。」

森信宏也親自打電話來。不是打給總編，而是找我。

「聽到消息我真是嚇一跳。我想問你應該能得知更清楚的情況。」

森先生沒透露在哪裡得知消息，我也沒問。這表示他在公司內部依然保有自己的人脈。

「抱歉，讓您擔心。據說是感到心悸、胸悶，但在飯店休息一晚就恢復。」

「在美國沒看醫生嗎？」

「似乎沒有。」

「會長是去西雅圖吧？」

「目前在紐約。」

「他還是一樣精力旺盛。」森先生的話聲總算稍稍放鬆，「得要他考慮一下自身的年齡，這也是爲了菜穗子。」

「我也有同感。」

「耗費你們許多工夫，不過我的書順利完成。你聽園田小姐提過嗎？」

「是的。您看過封面打樣和裝訂樣本嗎？」

「看過了，感覺像成爲大作家，挺不賴。」

森先生的語氣一下恭敬一下隨性，是他與我的距離感的緣故。可說是反映出我微妙的立場。

我略微猶豫，忍不住問：「夫人的情況還好嗎？」

「噢，讓你擔心了。」

她的病情穩定。

「只是，她一直想回家。我會和主治醫師討論，要是情況好，會暫時讓她回家。」

「森先生也請保重身體。」

「謝謝。」

我們互相道別，剛要結束通話，森先生像突然想起般問道：

「杉村，你那裡一切都好吧？」

「是的。」

「菜穗子也都好吧？」

「託您的福，她很好。」

是嘛、是嘛，森先生重複兩次。

「變成現在這樣，我才體會到老婆的好，忍不住想對年輕夫妻說教。你們要和睦相處，珍惜彼此啊。」

「我會銘記在心。」

雖然不是什麼不自然的對話，卻教人耿耿於懷。

我一如往常在「睡蓮」吃午餐時，發現一則週刊報導。

〈詐騙行銷的黑暗　受害者血淋淋的鬥爭　下一個被部下控告的就是你？〉

內容是日商新天地協會的前會員，對邀請他入會的前會員——公司的上司提出民事訴訟，要求賠償。如果是自救會內部的事，我應該早有耳聞，所以報導中的前會員，原告和被告都沒加入自救會吧。

原告是三十五歲的上班族，被告是原告所屬部署的次長。這起案例不同的地方，在於兩人有職場間的上下關係，原告主張他與其說是被邀請入會，實質上根本是被迫入會。此外，日商被查獲後，原告想要將一連串的事實向公司高層控訴，被告卻打壓原告，想要逼原告辭職。

身陷詐騙行銷，甚至延伸爲濫用職權。這確實悲慘，我忍不住嘆氣。

但用完午飯，外出去拿某個連載企畫的稿子時，發生一件事，徹底驅離這點小憂鬱。

那篇連載的撰稿人是集團企業的幹部，公司位在幡谷。公司大樓旁有座鐵絲網包圍的露天停車場，在零星停放的汽車中，只有一輛自行車。那是散發出紅色光澤的越野自行車，用牢固的鐵鍊鎖在圍欄上。

看到的瞬間，我腦中的記憶復甦。我看過像那樣放置的兒童自行車。我從被囚禁的公車裡呆呆看著——

不，不對。

自行車後方有一輛緊貼著圍欄停放的大型箱形車。這個相關位置，恐怕也是喚起回憶的原因之一。

我確實看過那樣一輛自行車，同時心想，如果能騎著遠走高飛就好了，但那並不是在公車劫持事件中。因爲那時候暮木老人指示柴野司機，把公車的車門緊貼著圍牆停下。

我僵立在人行道正中央。若非後方自行車按鈴，我一定還杵在那裡吧。

究竟怎麼會發生這種記憶錯亂？難怪我說出自行車的事時，岳父會面露詫異。要是看過案發當時的公車影像或照片，馬上就會知道我說的不可能是事實。

我上下班時不坐公車。爲了長篇訪談而定期造訪「森閣下」以前，在進行其他採訪時，也沒有機會搭乘公車。最近我也未曾進行巴士之旅。我完全不明白自己是將其他什麼狀況與公車劫持事件混在一起。

內心一團亂，如烈火灼燒般難受。我無法忍受自己的記憶不可靠。我氣自己怎麼沒能更早發現。

我把這件事告訴妻子，她顯得比我驚訝。那反應強烈得超乎我的預期。

「値得這麼吃驚嗎？」

「因爲這一點都不像你啊。」

「也是。」

「那時事件剛發生，你果然還處在混亂中吧。」

「不，和岳父說話時，我已完全平復。」

「或許只是你這麼覺得，其實自己並不明白。」

跟心理創傷一樣——妻子解釋。

這個星期，日商新天地協會的前會員又有人自殺。報紙上只用小篇幅報導，但自救會的網站做出詳細的報導。過世的是六十八歲的退休男子，他把絕大部分的退休金拿去投資日商，導致與家人的關係惡化。愼重起見，我翻閱名單，發現這名男子並非尊榮會員，會員資歷也很淺。

是犧牲者。或者高越勝巳會說「是被騙的人自己活該」嗎？播磨屋夫婦會說「世上才沒那麼美的事，真是太傻了」嗎？

到了月底，岳父回國的時間愈來愈近。另一方面，桃子的床邊故事時間，《哈比人歷險記》迎向終點。今多嘉親與比爾博都結束在異鄉的冒險，踏上歸途。

「爸爸，聽說後面的《魔戒》拍成電影，是眞的嗎？」

桃子是在學校聽朋友說的。

「嗯，是三部曲，很長的一部電影。」

「桃桃好想看。」

哄女兒睡覺後，我把這段對話告訴妻子，她嚴肅地考慮起來。

「我比較想讓桃子先看小說，在腦中建立起自己的意象，再看電影。」

「我很清楚您這位書蟲的想法，太太。」

「不過，那部電影是傑作。問題在於過長，三部曲加起來有十個小時吧？」

「有那麼長嗎？」

「細節我也忘了……」

「看來我們先恢復一下記憶比較好。」

如此這般，隔天的午休，我經過「睡蓮」前面，踏進距離最近的一家大型電器行。我搭電扶梯要去DVD賣場時，胸前口袋的手機響起，是前野打來的。

「不好意思，突然打給你。現在方便講電話嗎？」

「我換一下地方，等我五秒。」

樓梯間的平台比較安靜。

「怎麼？」

前野會突然打電話來，相當稀罕。

「其實，我們好像找到了。」

找到「京ＳＵＰＥＲ」。

前野與坂本在進行地毯式搜索時，不論戰果如何，兩名年輕人都結識許多人。其中也有年紀與兩人相仿，與他們成爲好友的人，就是透過這樣的交友途徑找到的。

「現在不叫那個店名，是以前叫做『京』的小超市，如今已變成超商！」

靠近栃木縣與群馬縣境的縣道旁，有個地方叫「畑中前原」。

「就是那裡的超商。現在是連鎖店，叫『畑中前原縣道二號店』，不過以前就是『京ＳＵＰＥＲ』。」

芽衣眞的快「衝過頭」般滔滔不絕，我打斷她：「請等一下，妳的朋友是怎麼查到這件事？」

「也不到調查那麼誇張，是朋友在部落格ＰＯ上我們在找『京ＳＵＰＥＲ』的事，然後有知道『京ＳＵＰＥＲ』的人在上面留言。」

「芽衣，妳怎麼跟那個朋友說『京ＳＵＰＥＲ』的？」

「我隨便編了個故事，說小時候旅行經過那家店，十分懷念之類的，然後感嘆不曉得那家店現還在不在。我也強調記憶模糊，不確定地點。」

於是，好心人提供情報。留言者表示，那家「京ＳＵＰＥＲ」已變成超商。

「『京ＳＵＰＥＲ』變成現在的超商，是四、五年前的事。杉村先生，我有點嚇到。」

爲了讓說詞更逼眞，前野記憶中的那家店有賣烤芋頭、熟食是店家自己做的，看起來很美味，並且有溫柔的大嬸在顧店等等，她加油添醋，沒想到——

「這些眞的都有，留言者說『京ＳＵＰＥＲ』以前眞的是那樣一家店！」

「前野，妳冷靜一點。」

不管是烤芋頭或熟食，只要是貼近當地生活的小商店，都可能販賣。

「況且還不確定。」

「不，確定了，絕對就是那家店。杉村先生，剛才我打電話去店裡問過。」

是一名男子接的電話。

「我問那裡以前是『京ＳＵＰＥＲ』嗎？對方回答『是』。我不曉得接下來該問什麼，結結巴巴，沒想到——」

對方主動問：「妳是我媽的朋友嗎？」

那我請她接電話，對方說。

「我聽到男子喊『媽，妳的電話』。」

然後，接電話的人，嗓音就像在前野編出的故事中登場的溫柔大嬸。

不好意思，突然打電話過去，前野先道歉。

「然後……沒辦法，我向對方解釋，其實我接到一包宅配，上面的託運單受理店寫著『京ＳＵＰＥＲ』。由於一些緣故，無論如何都得找到寄件人。杉村先生也知道吧？我很容易緊張，又冒失，總之一個人講個不停。我強調一直在找，都找不到，費盡千辛萬苦什麼的，一開口就不曉得怎麼停下，不小心都說出來。」

接電話的女人默默聽著，完全沒打斷，也沒反問。等前野解釋完畢，再也無話可說時——

「對方冒出一句『對不起』。」

電話另一頭的溫柔大嬸向前野道歉。

「她說，請不要找寄件人，直接收下包裹，拜託。」

然後逃也似地掛斷電話。

「這下就確定沒錯了吧？」

不光是找到「京SUPER」而已，前野還找到那些包裹的寄件人，是嗓音溫柔的大嬸。

「我們立刻去見她。」

「現在嗎？」

「我一個人也行。」

「我隨時都可以，小啓也說要去。杉村先生還有工作吧？」

「我會請假。妳和坂本和好沒？他現在情緒穩定嗎？」

「依剛剛交談的感覺，滿穩定的。」

我用力闔上手機。

租車駕駛座上的坂本，臉色比上次聚會討論時好，鬍鬚也剃乾淨。不過眼睛充血，似乎睡眠不足。

「芽衣提到的那個大嬸，就是受暮木老爺爺所託，寄錢給我們的人？」

可能是感冒，坂本話聲沙啞。

「然後，大嬸從自己開的超商把東西寄出去吧。但是，託運單上寫的是以前的店名，不是現在的超商名。」

只有我一個人太笨嗎？坂本有點乖僻地說：

「這未免太莫名其妙。爲什麼要這麼做？而且，如果自己的店也做宅配業務，全部一起寄出不是比較省事，何必分成那麼多地方？」

車內後照鏡，倒映出後座的前野不安的表情。

「直接問本人是最快的，不過，我猜一定是她和暮木老人約定，要從不同地方寄出。」

爲防止有人循線追查。

「但是，寄件人沒遵守這個約定。她沒把每一個包裹都從不同地方寄出去，而且七件裡有兩件是從自己的店寄出。可能是太忙碌，或認爲不必那麼嚴格遵守。」

不過，從自己店裡寄出的兩件，託運單還是不敢寫上現在的店鋪名稱，而是用舊的店名。如果收貨時被宅配公司的人員發現，只要藉口說不小心就行。如果沒被發現，便會直接寄送出去。宅配公司在管理貨物時，重要的不是手寫資訊，而是能用電腦查詢的號碼。

「我覺得只是心情的問題。」

「也是。」

坂本對著前方龜速行駛的小轎車蹙眉，性急地應道：

「何況，她未免太瞧不起人了吧？動這種手腳，如果我們通報警察，東西是從哪裡寄來，一查便知。」

「她是賭我們不會報警吧。」

嗓音溫柔的大嬸，是暮木老人的遺囑執行人。他們是什麼關係？是什麼關係，才會願意幫這種忙？

「會是怎樣的人呢？」

「我猜是老爺爺的妻子。」前野推測。

「怎麼可能？不可能啦。」坂本當下否定，「老爺爺在東京的公寓獨居。」

「所以是分手的妻子。」

很久以前分手的——前野的話聲變小。

「但是，暮木老爺爺對她還有感情，想在離開世上前，把重要的事託付給她，順便向她道別。難道沒有這種可能嗎？」

「要看是怎麼分手的吧。」

坂本相當冷淡。以爲態度比上次好一些，也只有一開始，他依舊有點自暴自棄。

看他情狀這麼嚴重，與其說是覺得不舒服，我忍不住築起戒心。除了這件事以外，坂本是不是碰上別的麻煩？

「從芽衣和對方講電話的樣子，對方似乎完全沒想到，我們會像這樣找出她。」

「是啊，比警察找上門更意想不到吧。」前野瞪大眼，「所以，杉村先生才說要立刻去見她吧？大嬸可能會逃走嗎？」

「不，她不會逃走吧。」

「那是更糟糕的事？難不成會自殺——」

說到一半，前野慌張摀住嘴巴。

「別想得那麼恐怖。」我朝後照鏡笑道：「但是，對方一定很不安。如果我們找上門，她也許會很害怕。所以，我們要盡量溫和有禮貌地溝通。」

我祈禱坂本能收起不悅的情緒，他卻毫無反應。

目標店鋪面對雙線道的縣道，夾在豎著「大好評熱銷中」看板的新建案與雜木林之間。那是一棟平房組合屋，屋頂上立著加盟連鎖超商的標誌——小小的紅色時鐘塔。經過店旁小徑往上爬，後方小丘上露出好幾棟漂亮的住宅屋頂。

專用停車場在店鋪對面。時間將近五點，外頭天色已暗。店鋪內外都亮起燈，可看見玻璃牆另一頭的商品架及收銀台。

一名褐髮年輕女子在對面左邊的飲料冷藏櫃補充商品。收銀台旁坐著一名六旬婦人，視線朝下。兩人都穿淡藍制服外套。

店內沒客人，行車也稀稀疏疏。

坂本把車鑰匙揣進口袋下車，我回頭看他：

「不好意思，你可以等一下嗎？」

可能是察覺我的意圖，前野也向他點頭，「我和杉村先生先過去。」

坂本退後，望向只有兩個女人的店內說：

「那我在車裡等。」

分隔店鋪與停車場的縣道，有裝設按鈕式交通燈的斑馬線。前野規矩地按下按鈕，在等待號誌轉綠的期間，搓著雙手說：「好冷。」她的呼吸是白色的。

原本是小超市的這家超商的土地，與周圍的住宅土地是怎樣的權利關係？我總會介意一些小地方。

行人通行燈變綠，前野和我穿過斑馬線。店裡，褐髮女店員俐落地繼續作業。收銀台的老婦人一動也不動，像在打瞌睡。

前野開門，清脆的鈴聲響起。歡迎光臨，褐髮女店員手不停歇地招呼。

收銀台的老婦人鼻梁上戴著老花眼鏡，在填寫帳冊之類的東西。那幾乎可算是銀髮的美麗白髮，剪成時髦的短髮造型，臉上略施脂粉。她也抬頭，剛要說「歡迎光臨」，隨即打消念頭。嘴角微微痙攣。明明我們一句話都沒講，什麼都還沒做，看起來應該像一對普通客人，怎麼會認出來？

「妳好。」

前野主動打招呼，走近收銀台。只有短短幾步，她卻右手右腳一起伸出，動作古怪。

我在原地頷首致意，收銀台老婦人摘下老花眼鏡。

「呃……中午過後，我打過電話。」

前野的話聲細如耳語，歉疚地垮著肩膀。衝過頭的芽衣就快哭出來。

我默默再次向老婦人行禮。

「加奈。」老婦人呼喚褐髮女店員，「我出門一下，收銀台麻煩妳顧著。」

「好。」

「加奈」應聲，穿過飲料箱旁邊，探頭望向這裡。她對我微笑，順便對前野點點頭，以詢問的眼神看著老婦人。

老婦人十分平靜。

「他們是東京來的客人，以前關照過爺爺的朋友的家人。」

「這樣啊。」

「眞的好久不見。」

「請裡面坐。」

「不用、不用。」

老婦人急忙打斷，小心翼翼從櫃台裡站起。她稍微往旁邊挪動，拿起靠放的拐杖，將重心壓上去，一步一步慢慢走。

「時間不多，對吧？」

老婦人問，我也配合道：

「是的。我們來辦別的事，想順便打聲招呼。」

「我們出去喝杯茶。」

「好，路上小心。」

看來加奈十分擔心老婦人蹣跚的腳步。

「可是奶奶，今天『雪兔』公休。」

「咦，眞不巧。」

老婦人從櫃台底下取出一只小肩包，望向我和前野，「走吧。」

「好，那我們先失陪。」

我向加奈道別，在她的笑容目送下離開超商。前野扶著老婦人，低著頭免得被加奈看見她快哭的表情。

一來到戶外，寒冷的空氣便包圍我們。

「我們是開車來的，要怎麼做？」

老婦人沒有畏怯的樣子。她用拿拐杖的手，指著停車場角落的白色小轎車。

「那是我的車，用那輛車吧。」

「妳要開車嗎？」

「當然。」老婦人厲聲應道：「雖然走起路有點不方便，但開車沒問題。我的腳使得上力。」

「冒犯了。」

我們又穿過按鈕式交通燈斑馬線。坂本從租車駕駛座探出頭，我吩咐道：

「跟著那輛白色小轎車。」

「你們是三個人一起來的？」老婦人眼尖地看見我們交談，出聲問道：「不是應該有七個人？」

「一大群人過來未免太冒昧。」

老婦人的小轎車有乾燥花香氛的味道。副駕駛座放著混色手織圍巾，及色調十分搭配的大衣。在縣道行駛約五分鐘，找到一間家庭餐廳。老婦人的駕駛技術安全平穩。停好下車時，她只圍上了圍巾。透過薄暮，夜色籠罩四周。

「事先聲明，我從沒來過這家店。」

老婦人看見堆積在家庭餐廳門口的落葉，蹙起眉。

「這裡招牌換個不停，但都開不久就收起來。當地人誰也不會來。」

所以才會選擇此處。

「至少咖啡還能喝吧。」

我推門讓老婦人先進店裡。拐杖前端的橡皮套，在油氈地板上磨擦出吱吱聲響。

意外寬廣的店內，有三個單獨前來的顧客，分坐在不同處。我們占領店內深處的卡座。如此冷清沒有人氣，外頭的風甚至從縫裡吹進來。

這麼一提，在討論錢的問題時，田中也選擇他評爲「不管任何時候去都門可羅雀」的家庭餐廳。我們總是這樣避人耳目，暗中商量。那家店與這家店的差別，只在於那裡有個看起來很閒的女服務生，而這裡的是無所事事的年輕店長。

坂本走進店裡。他縮著肩膀般朝老婦人頷首，默默在旁邊的四人座坐下。

開水和咖啡都送上桌。不約而同地，我們三人在與老婦人間隔均等的位置坐下。大家想的都一樣，不希望做出包圍老婦人，或逼問她的舉動。連坂本也收起沿途的不悅和不耐煩，現在看來，只像在緊張。

前野拿起桌上的紙巾拭淚。

「我是杉村三郎。」

我率先開口，前野接著說：

「我是前野芽衣。」

坂本又縮著脖子，「我是坂本。」

老婦人依序看看我們，伸手拿起咖啡杯。

「和我年紀相同的是——」

「迫田女士。」

「她還好嗎？」
老婦人啜飲一口咖啡，皺起眉，「不加糖和奶精，根本喝不下去。」
這話是對前野說的，只見芽衣拘謹地微笑。
「目前迫田女士和女兒住在一起，應該過得不錯。」
老婦人在咖啡裡加糖和奶精，用湯匙攪老半天。
「錢收到了嗎？」
「是的，每個人都收到了。」
老婦人把湯匙放回托盤，發出「鏘」一聲。她嘆口氣，望向前野。
「那也沒必要來找我。我都那樣拜託妳了，妳為什麼就是不聽話？」
前野頓時雙眼泛淚。對不起，她低喃。
「怎麼能不找？」
坂本開口。聽起來像氣勢洶洶的反駁，但老婦人一看他，他立刻別開視線。
「我們沒辦法默默收下錢。」
老婦人的雙手並放在膝上。像這樣端正坐著，看起來猶如戲偶劇或卡通裡登場的老婆婆，嬌小、高雅、可愛。
「我叫早川多惠。」她略施脂粉的臉有點緊繃，「如你們所見，是個老太婆，請手下留情。」
然後，她低頭行禮，溫柔地笑出聲，「噯，別一副守靈的表情。各位又沒做什麼壞事。」
老婦人眼角的笑紋變深。
「不過，你們真是了不起，究竟怎麼找到我的？」
我催促前野，芽衣結結巴巴地說明。

「一點都不了不起，我並不是靠自己的力量找到早川女士。」

她的口氣像在辯解。

「原本都放棄了……」

「那麼，如果妳打電話來時我裝傻，你們就不會找上門？」

前野鬧彆扭似地垂下目光。那表情就像小孩子在遷怒：我會惡作劇，全怪奶奶不懂我的心！

早川女士低喃：「果然還是該遵循阿光的吩咐。」

我們三人面面相覷。早川女士彷彿沒看到我們的反應，自言自語般繼續道：「他的話總是對的。按照他的指示，就不會出錯。」

「這是指寄出包裹的方法嗎？」我平靜地問。

早川女士點點頭，「他希望每件包裹都從不同的地方寄出，每個地點要拉開距離。若是可能，最好七件都從別的縣市寄送。只要開車，這一點並不困難。」

但是，她沒這麼做。

「我不想讓阿光擔心，所以沒告訴他。可是，手術後的情況不太好，我沒辦法離開拐杖。」

走起路很折騰人，她嘆道。

「妳動了手術……」

「那是一年前的事。我換過人工髖關節，手術頗順利，但我年紀大，懶得復健，常常蹺掉沒做，所以恢復得不太好。」

她的眼角又擠出笑紋。

「一開始我只寄一個，還爲此跑去大宮。」

那是迫田女士沒留下託運單的包裹吧。

「當時，店鋪受理的人幾乎沒看託運單。我們也一樣，不會仔細看，只會量尺寸，塡運費而已。」
所以才疏忽了。
「接下來，我一次寄兩包，最後完全懶了，乾脆從自己家寄出。由於這個地區連日下雨，兒子也在問：妳一個人開車跑去哪裡？怎麼出去那麼久？」
「但是，妳在託運單上寫『京SUPER』。」
「怎麼說，我想至少得稍微掩飾一下……雖然是故弄玄虛。」
「迫田女士姑且不論，要查出我們正確的地址，應該相當困難吧？」
早川女士眨眨眼，瞅著我。她年輕時，肯定是個好勝美女。
「你以爲我這種老太婆不懂電腦吧？」
「不，我沒這麼想。」
「我在網路上有三百個朋友，可別小看我。」
失言了，我鄭重道歉。早川女士頓時笑開。
「阿光說，等他引發事件後，一定會變成這樣。大夥的身家資料，會被詳細公開在網路上。我也這麼猜想，但在現實中發生，我頗爲詫異。世上愛湊熱鬧的人眞多。」
早川女士注視著前野。
「前野小姐，陌生人得知妳的姓名和住址後，有沒有碰到什麼可怕的事？」
「有、有一點。」
「這樣啊，對不起。」
「不是早川女士害的。」
「不過，是阿光害的，我得替他道歉。希望你們收下賠償金。」

這也是阿光的遺願，她強調道。

「阿光是指暮木一光先生吧？」我問。

那是他的本名嗎？「名字叫一光，所以綽號叫阿光嗎？」

早川女士的神情一僵。

「我們不只在找早川女士，也在調查暮木先生。」

然後查到一些事，我解釋。

「但是，不懂的情況更多。這只是我們私下推測——」

「他是個詐欺師，」坂本冷不防冒出一句，「對吧？」

早川女士和坂本對望。坂本的目光中帶著怒意，早川女士注視那憤怒的雙眼。

「公車劫持事件發生時，暮木先生指名要找的三個人成爲線索。」

我說明至今爲止的追查經過。

桌上的咖啡涼透，奶精化爲混濁的油膜。

「我最想知道的，是早川女士提到的『阿光』，是不是暮木一光？會不會也是叫『御廚』的人？或者，阿光不是一光，而是『御廚』的綽號（註）？」

半晌，早川女士坐在椅子上，不發一語。連齊整擱在膝上的指頭，都沒動靜。

「暮木一光，不是阿光眞正的名字。」

她的目光轉向我。

註：一光（Kazumitsu）與御廚（Mikuriya）同樣有Mi音，綽號皆可能是Mi-chan（阿光）。

「但也不全是假名。阿光和眞正的暮木先生交換戶籍。當然，他付過錢，而且眞正的暮木先生變成阿光的戶籍後，也不會惹上任何麻煩。因爲阿光在工作的時候，絕不會使用本名。」

工作。不能使用本名的工作。

「不過，他決定金盆洗手時，想要完全拋棄過去吧。所以，他換了個戶籍。眞正的暮木先生無依無靠，世上孑然一身，似乎剛好。」

早川女士拿起水杯，啜一口。她的手微微發抖。

「阿光也不是御廚先生，他們是不同人。」

前野倒吞一口氣，「那麼，眞的有御廚這個人？」

「有的。該說他是阿光的夥伴，還是……」

早川女士撇下嘴角，像咬到什麼苦澀的東西，不停眨眼。

「是啊，他們曾是搭檔。」

她在過去式的地方加重語氣。

「見到各位時，阿光已不是過去的他。他洗心革面，和御廚先生斷絕往來。而且，他非常後悔跟那種人混在一起。」

哎呀——早川女士悄聲道，暈眩似地按住額頭。

「各位調查到這麼多？怎會這麼好奇？」

「畢竟收到那麼一大筆錢。」我應道：「不曉得那是什麼錢，我們實在不能收下。」

「那是補償各位的錢，是賠償金啊。」

「但還是會在意。」

「阿光眞是的。」

早川女士罵道，彷彿在埋怨不在場，甚至也不在世上的對象。

「怎麼跟他講的都不一樣？阿光告訴我，只要他說服大家，事情一定會順利。不會被警方知道，也不會有任何人懷疑。大家一定會默默收下錢，事情圓滿結束。」

哪裡圓滿？早川女士頗生氣。

「阿光果然不如從前，我不該完全相信他。」

在公車上與巧如簧舌的暮木老人交手過的我，忍不住想：他那樣算是不如從前，過去究竟多厲害？而這個老婦人知道。

「因爲老爺爺過世。」前野出聲解釋道：「即使被警察抓住，要是老爺爺還活著，我們也不會如此迷惘困擾。」

早川女士雙手摀住臉。

「御廚這個人，眞的是經營顧問嗎？」我開口。

早川女士深深吐出嘆息，直起身子。

「經營顧問，只是他眾多頭銜之一。」

「果然是詐欺師。」

坂本又毫不留情地丟出一句，早川女士點點頭。

「依我從阿光那裡聽到的，御廚先生做過許多事。他待過像是催眠學習研究所、演講訓練講座、能力開發教室等地方。」

他是在人生各個局面，從事各種事業，招攬人與金錢的事業家。但剛才早川女士提及的三種事業，與經營顧問有個共通點，就是以某種形式「教導」別人。

「阿光近似御廚先生的助手。」早川女士接著道：「我不是在包庇他，說是助手罪狀不會比較輕。阿光是御廚先生的小弟，或者說就像他的左右手。他們是一對搭檔。」

忽然，早川女士露出意興闌珊的眼神，疲憊地靠在家庭餐廳的廉價沙發上。

「日商新天地協會──」

我們三人一陣緊張。

「是他們最後一次合夥。御廚先生和阿光教育那個叫小羽的代表，把日商栽培到那麼大，拿走該拿的報酬後退休。」

「那是什麼時候的事？」

「請等一下，我想想……」早川女士屈指計算，「大概是前年吧。是我母親十周年忌日，阿光來找我那一年。」

日商投入詐騙行銷的轉戾點、小羽雅次郎向古猿庵介紹經營顧問御廚這個人，是一九九九年的事。五年後的二〇〇四年，日商這顆黑色果實變得碩大成熟，足以採收。對操縱小羽代表的軍師及他的助手，是恰當的收手時機吧。

「退休？」坂本語帶嘲諷，「原來詐欺師也有退休這回事，眞令人驚訝。」

早川女士沒回話。

「御廚先生和『阿光』為日商新天地協會做了些什麼？」

「他們組織那個協會。」

「兩個人一起？」

「把小羽那個人拱出來。打造協會組織，是御廚先生的工作，而阿光負責教育人員。」

向來都是這樣分配，早川女士解釋道：

「阿光很會教人，所以在御廚先生自行舉辦的講座活動中，好像也做出不少貢獻。」

「那麼在日商內部，應該很多人知道他們吧？」

早川女士瞇起眼，反問：「有嗎？有會員認識阿光他們嗎？」

不，我搖搖頭。

「御廚先生絕不會現身第一線，阿光也一樣。他們教育幹部，但應該從未直接面對會員。」

我是聽本人說的，早川女士補充。

「他說他們是影子，這樣就好。」

「但是，如果詢問日商的幹部，他們應該多少知道阿光的事吧？畢竟他們直接受到他的指導。」

「應該吧。」

「那麼，日商被查獲時，暮木老爺爺為何沒被警方盯上？」

前野提出疑問，早川女士笑道：

「為什麼阿光會被警方盯上？阿光只是對日商的管理儲備人員，傳授如何提升會員向心力、經營協會的技術，還有理想的銷售方法而已。那種內容，各種地方都有類似的研修吧？那並不是什麼壞事吧？」

況且，日商遭查獲時，御廚軍師與他的助手早就脫離組織。日商是小羽父子的天下。

「不折不扣就是壞事。」坂本回答，雙眼充血得更嚴重，「他們明知日商會變成那樣，小羽代表會變成那樣，仍不收手。」

他們設計一切，也收取報酬。

「然後在大事不妙前早早開溜。他們比小羽更壞，更奸詐。」

小啓……前野出聲勸阻。

「妳剛剛說他們一向這麼分配角吧？『一向』，看妳說得輕巧，他們究竟做過多少次這樣的事？」

「小啓，聲音太大了。」

早川女士垂下目光，「我認爲在阿光眼中，日商是個大案子。他想在退休前，放個最燦爛的煙火。」

「妳是指，其他詐騙都是小規模？這算哪門子藉口？」

我搭著坂本的肩。他嚇了一跳，瞪向我。

「責怪早川女士也沒用啊。」

坂本鼻翼翕張，頓時沉默。

「早川女士，可否告訴我，『阿光』究竟是誰？你們是什麼關係？」

早川女士雙手覆住臉，像要用掌心溫熱臉龐，或融解雙頰上的緊繃。

她放下手，注視著我，「畑中前原，如今已合併變成一個町，但直到十年前，還是不同的兩個村子。前原在更北邊的山裡，而我和阿光都是畑中村的人。」

七十歲，她繼續道：「我們同年，家住在附近，是青梅竹馬。從會騎三輪車的時候就在一起。」

「暮木一光」是六十三歲。我一直以爲，他看上去比年齡衰老是環境所致，原來他的實際年齡更大。

「對了，阿光和暮木先生交換戶籍的時候，有點介意年齡差距。」

雖然名字裡有同音字。

「他的本名叫羽田光昭。」

所以才叫「阿光」嗎？

「羽田家從戰前就是木材加工廠，非常有錢。可是，阿光十歲時，他的家人驟逝。」

家裡發生火災，毀於祝融。光昭的祖母和父母、大他三歲的哥哥，全葬身火窟。

「阿光身手矯健，在火苗延燒前，就從二樓窗戶跳下，保住一命。但還是吸入許多濃煙，在醫院躺了半個月。」

光昭成爲孤兒，被祖父的弟弟——叔公收養。

「那位叔公問題不少。」

她略顯猶豫，覷著前野。

「年輕女孩應該不想聽到這種話題，沒關係嗎？」

前野抬起臉，然後點點頭。

「火災發生前一年，阿光的祖父過世。對叔公來說，阿光的祖父是哥哥，卻爲遺產繼承起糾紛。」

羽田光昭的祖父，把公司留給兒子——光昭的父親。這樣處理，在法律上沒有任何問題，但祖父的弟弟對此提出抗議。

「他鬧起來，宣稱哥哥答應把公司一半股份給他。」

眾人談判，始終沒有結果。光昭的父親不希望家醜外揚，叔公利用這一點，得寸進尺。據說他甚至闖進羽田家，引發暴力事件。

「所以，阿光的父親忍無可忍，告上法院。就在這時，阿光家發生火災。」

坂本眨眨通紅的雙眼。

「關於失火的原因，最後也沒查出個所以然。」

早川女士嘆口氣。

「因爲房子很舊，有人說是電線走火。畢竟是那麼久以前，發生在山村的事，沒辦法像現在這樣縝密地調查吧。」

「有縱火的嫌疑，對吧？」我毅然決然問出口。

早川女士點點頭，「我父親是消防團的人，曾私下告訴我母親，那起火災疑點重重。」

成爲孤兒的羽田光昭，不得不與蒙上縱火嫌疑的叔公一同生活。那肯定是比如坐針氈更難受的詭異生活。

「鄉親都在傳，叔公會收養阿光，是爲了當他的監護人，奪取公司的掌控權。」

事實上也眞是如此。據說，光昭成年時，他的手上已沒有任何像樣的資產。

「阿光常說，他無法相信任何人。」

不管在家中或學校，光昭都是孤獨的。他沒有朋友。只有早川多惠陪著他。

「他總是跟我在一起，所以遭同學嘲笑『你是女人屁股上的金魚糞嗎』，然後又因此被欺負。」

高中一畢業，光昭隨即離開村子。

「他要去東京找工作。」

早川女士知道，那是他個人的意志。但看在旁人眼中，就像是光昭被叔公逐出家門。

「一個只有鄉下高中學歷的男孩，在都市一定吃很多苦吧。阿光經常換工作，數量多到我都記不得。」

但光昭還是說東京很好，很自由。他對故鄉沒有任何眷戀。

「即使偶爾返鄉，阿光也不曾靠近叔公家。他總是回來爲家人掃掃墓，順道看看我，不管時間多晚，都一定當天回東京。」

有一次，拜訪早川女士家的光昭說要回東京，在末班電車早已駛出的時間前往車站。擔心的早川女士和父親一起去看情況，發現光昭蜷縮在無人車站的候車室睡覺。

「我們把他接回家，讓他睡一晚。從此以後，阿光反倒客氣起來，再也不會在很晚的時間造訪我家。」

光昭孤獨的人生沒有變化，經濟依舊拮据。

但也有好的變化。

「去東京後，阿光變得開朗許多。」

他在學校的時候，是個像石頭般沉默寡言的少年。但是去東京後，反而變得喋喋不休。

「不是單純變得愛講話，也許該說是變得頭頭是道吧。他能配合對象閒談。」

忌憚身邊的大人，屏聲斂息度過的少年時代，讓光昭培養出觀察別人的專注力。他經常「看」人。他的洞察力，告訴他該如何應付對方，該選擇怎樣的話題交談。

在隱瞞自己眞心的情況下。

「而且，阿光在學校雖然表現不好，但那是他被關在那種家庭的緣故。他本來是個聰明人，我知道。」

早川女士說光昭是個愛書人。

「那就叫做書蟲嗎？阿光一本接著一本，不停看書。深奧的事，也都靠自己獨學。」

各位知道嗎？早川女士的眼神變得明亮了些，這麼問我們。

「阿光英語很好，甚至能幫外國人指路，而且是靠自學。」

工作他什麼都做。從推銷員到粗工，他從事過五花八門的職業。

「阿光認爲這樣能累積社會經驗。」

光昭沒結婚，也沒交女友。在能獨當一面前，他不能有家累。

另一方面，早川女士雖然掛念前往都會的青梅竹馬，仍在當地相親結婚，生下小孩。她寫信告訴光昭結婚和生產的消息時，光昭便很快帶著賀禮來訪。

「剛才店裡的加奈，是我二媳婦的妹妹。她高中畢業，但還沒有找到正職工作，所以先來幫忙。」

早川女士身爲妻子、母親都十分充實，身上的責任愈來愈重。光昭總把「我唯一引以爲傲的，就是多惠」掛在嘴上。

而這樣的光昭也碰上人生最大的轉機。那是光昭三十二歲，三月底的事。

「當時我剛生下女兒沒多久，記得很清楚。之前兩個孩子都是男的，所以我很想要一個女兒。阿光也爲我生女兒開心，買下可愛的布娃娃送她。」

然後，光昭笑著開口：

——多惠，我要當老師了。

「不過，不是學校的老師。問他是怎麼回事，他說參加現在的公司研修，拿到資格，所以將來可以擔任叫做『教練』的老師，輪到他來教學生。」

早川女士也記得稍早之前，光昭找到一份工作，安頓下來，說那是個很有意義的職場。

「教練。」我複述，不禁一陣毛骨悚然，「妳記得當時光昭先生工作的公司名稱嗎？」

「好像叫人才什麼的，名稱很長。」

簡單的加法就能算出，羽田光昭當時三十二歲。一九六八年，那是ＳＴ的黎明期。

「妳曾聽光昭先生提起『敏感度訓練』這個詞嗎？或是『ＳＴ』。」

早川女士的眼底的快樂回憶光采消失，「哎呀，你怎麼連這個都知道？」

我在心中低喃：岳父，您說中了。

「那家公司的主要業務，是不是召集企業的新進員工或主管階層進行研修，透過教育提升員工的能力？」

「沒錯。在電視打廣告的那種大企業，會派很多員工去阿光的公司研修。」

羽田光昭提及的有意義的工作，就是ＳＴ的教練——

我驚訝的模樣令早川女士不知所措，但她接著說：「阿光和御廚先生也是在那家公司認識。」

「那麼，御廚先生也是教練？」

「應該吧，他們一起工作。御廚先生資歷大阿光一年，年紀則是大他兩歲。」

軍師與助手的前身，原來都是教練。

「後來經過十年吧，阿光一直在那家公司打拚，最後成爲總教練之類的。」

公司業績蒸蒸日上，光昭躋身高收入族群，手頭愈來愈闊綽。這個時候，雖然爲期短暫，光昭與一名女子訂婚，但還沒把她介紹給早川女士，婚事就告吹。

「他覺得工作太有趣，沒空結什麼婚。」

前野像從驚奇箱裡跳出的人偶一樣，眞的輕晃著頭說：「老爺爺是喜歡早川女士啊。」

早川女士瞪大眼。衝過頭的芽衣連忙道歉，「對不起……可是，我認爲，光昭先生喜歡早川女士，才不想跟其他女人結婚。」

早川女士尷尬地垂下頭，看起來有些靦腆。

「他在那裡當十年左右的教練吧？做十年就辭職嗎？還是去別的公司？」

「後來御廚先生獨立創業，計畫開教練公司，邀阿光一起去。」

但在那之前——早川女士稍稍蹙眉，「公司出了一點事故。」

「事故？」

「來參加研修的學生受傷。」

當時是光昭擔任總教練，因此事故的責任在他身上。但地位比他更高的御廚解決此事，讓光昭免於被追究責任。

「不過，就算沒有這些事，御廚先生也早就醞釀要創業。」

不舒服而不祥的想像，在我的眼底跳動。研修發生事故，沒有鬧上檯面，暗地裡被壓下。是什麼事故？眞的只是受傷嗎？

「阿光不願多談那件事，我也沒問，不曉得是不是很嚴重。」

「現在也無從追查吧。」

不管怎樣，從此御廚在羽田光昭心中，不再是普通的前輩或朋友，而是恩人。

「御廚是本名嗎？」

可能是我的語氣太尖銳，早川女士神情有些驚嚇。

「這……我也不清楚。」

「光昭先生在與早川女士談到他時，是稱呼『御廚先生』嗎？」

「有時也會叫他尙憲先生。『崇尙』的『尙』，『憲法』的『憲』。」

「早川女士見過御廚嗎？」

「沒有。」

騙人，我心想。雖然是直覺，但我認爲直覺是對的。羽田光昭不可能一次都沒將長年搭檔的大哥介紹給早川多惠。

「因爲他使用眾多假名，做過許多事業。」

是個很可疑的人，早川女士說：

「如果不是阿光那麼依賴那個人，我也——我也會提醒他一兩句，叫他跟那種人斷絕關係。」

早川女士的語氣變得像在辯解，帶著責怪。

「阿光會開始做些可疑的工作，就是被御廚先生帶著辭掉ST的公司以後。」

「進入八〇年代，ST急速退燒。即使繼續待在原本的公司，也沒有前途吧。」

御廚尙憲創立的公司，遲早會碰上瓶頸。然後，兩人逐漸涉足各種事業——充分活用在教練時代學到的掌握及控制人心的技巧。

「然後，詐欺師拍檔從此誕生？」坂本不屑地嘲弄。

「既然兩人都使用各種假名，御廚也可能是假名之一，但這個姓氏特殊，容易留下印象，搞不好意外是本名。除了假名，或許偶爾會使用本名。」

坂本不快地嘆氣。

「事到如今，哪邊都無所謂。」

「幸好御廚先生不是老爺爺，我鬆口氣。」

聽到前野低語，坂本反駁：

「就算不是老爺爺，但老爺爺和御廚是一丘之貉啊，有什麼好鬆一口氣的？」

「跟御廚先生沒關係。」早川女士插進兩人之間，「阿光會劫持公車，跟御廚先生沒有關係。因爲他們早就分道揚鑣。他們一直合作到日商那時候，後來就各分東西。」

早川女士忽然激動起來。我注意到老婦人的手又微微發抖。

「是啊，他們瀟灑分開。口袋賺飽飽，七十歲以前就退休，過著悠遊自在的生活。」

坂本挑釁的雙眼發亮，頂撞早川女士。

「爲什麼老奶奶重要的阿光要劫持公車？害我們全被捲進麻煩。我們明明跟什麼日商一點關係都沒有，卻平白遭殃。」

「小啓，不要那麼沒禮貌。」

但坂本就是不住口，「妳解釋一下，讓我們也能明白啊。阿光到底是怎樣？明明金盆洗手，幹麼又突然挑出一手培植的日商會員，用那種方法懲罰他們？」

早川女士注視著坂本。可能是注意到自己的手在抖，她雙手緊緊交握。

「——因爲沒辦法懲罰所有人。」

她聲音沙啞，眼神遊移。

「懲罰？」坂本的話聲激昂，「眞是冠冕堂皇！那他應該第一個懲罰自己才對！」

「他早就懲罰自己了！」早川女士也高聲回答，「阿光夠痛苦了！他徹底懺悔過！」

坂本還要繼續反駁，我伸手制止他。他雙目通紅，尤其左眼有個地方特別嚴重。看來，不是單純的睡眠不足或結膜炎造成的充血。
「坂本，」我總算發現，「你的眼睛被誰打嗎？」
他急忙揉眼睛。
「沒什麼。」他揉到眼皮都要翻開，「朋友發酒瘋，拳頭打到我的眼睛。」
眼藥水沒了，坂本摸索褲袋，卻找不到。他嘖了一聲，「放在車上。」
「最好冰敷。」
早川女士仰起頭，呼喚看起來很閒的年輕店長，「不好意思，請給我濕毛巾。」
店長立刻送來濕毛巾。老婦人撕破膠膜，把濕毛巾折得小小的，遞給坂本。
「去看過眼科嗎？」
坂本默默接下濕毛巾，捂在右眼上。
「沒有嗎？你點的眼藥是市面賣的嗎？那樣不行，得好好去看醫生。」
眼睛很重要——早川女士小聲叮囑。
坂本像挨母親罵的小孩，撇下嘴角。
半晌，眾人陷入沉默。看起來很閒的店長，消失在玻璃隔板另一頭。
「人呢，」早川女士開口，「是會改過向善的。」
不管再怎麼壞的人都一樣，她說。
「光昭先生也是……？」
「對，沒錯。」
「是不是有什麼契機？」
「你為何想知道？」

「光昭先生的悔過實在太戲劇性。後來他做的事也非常誇張。我認爲，光是時間流逝，不太可能突然產生這樣的心理變化。」

早川女士注視著我，「你是杉村先生嗎？你眞的在意很多細節。」

聽起來不像稱讚。

「退休後，阿光走遍全日本。與其說是旅行，更接近勘查吧。他在尋找一個適合的地方，好度過餘生。」

沒有家累的單身漢，而且有錢，想去哪裡就能去哪裡吧。

「有段時間，他曾在房總租屋。他十分中意那裡。」

前野睜大眼，「難道是在『克拉斯海風安養院』附近？」

早川女士點點頭，「那個時候診所還沒開業。聽說那裡有塊廣大的別墅區？」

「是的，叫『海星房總別墅區』。」

「『多惠，妳知道嗎？房總半島在東日本，是春天第一個開花的地方。』」

早川女士語調一變。

「由於黑潮流經，是個溫暖的好地方——阿光這麼解釋。」

「那麼，他在那個別墅區……」

「對。那裡馬上就要蓋大醫院，感覺也會開養老院，他想住在那個地方。」

所以，他才對那裡的地理環境瞭若指掌。

「他也知道那條公車路線，說總是空蕩蕩。」

劫持公車——早川女士低喃，「我這種老太婆吐出這種詞，恐怕會教人想笑。」

與暮木老人也格格不入。

「阿光想到那個計畫時，會挑選那班公車，是看中車上總是沒什麼人。在東京近郊，乘客又那麼少的，只有那條路線。」

然後，他在勘查時碰到迫田女士。

「啊，對不起，順序顛倒。」

早川女士緩緩搖頭。

「總之，阿光在全日本四處行走途中，差點丟掉小命。那個時候，我當然什麼都不知道，事後聽他告訴我，我都快嚇死了。」

據說，光昭差點溺斃。

「阿光喜歡釣魚，尤其是河釣。他不是去多險峻的地方……你們知道吧？」

「嗯，大概。」

「阿光小時候喜歡釣魚。我經常跟著一起去，看他釣鯽魚之類的。」

去東京後，沒錢也沒時間釣魚。與御廚一起工作後，雖然有錢，但沒時間。退休後，終於兩者都有，羽田光昭又重拾孩提時候的興趣。

「然後，他是去信州那邊的時候出事。」

光昭前往據說能釣到嘉魚的地點，在穿越淺灘時，失足落水。完全習慣都市生活，且年事已高的光昭，完全忘記河川的可怕。

「他以為是淺灘，卻沉入水中，被海浪沖走。」

幸虧附近的釣客發現不對勁，趕來救他。但從初春的冰水中被救上來時，光昭已陷入心肺停止狀態。

「聽說呼吸全停了。」

那裡是知名的河釣勝地，一到河釣季節，岸邊就會搭設起專做釣客生意的店鋪和休息處。

「休息處有那個……叫什麼？用電擊讓心臟恢復跳動的機器。」

「哦，AED，對嗎？」

「有那個AED，然後釣客裡恰巧有醫大生，大家合力把阿光救回來，把他從鬼門關又拉回來。」

恢復清醒的羽田光昭，身上跌倒時撞傷的地方還貼著藥膏，第一件事就是去找早川多惠。

「他的眼神啊，整個變了。」早川女士描述，「變得清澈透明。表情豁然開朗，顯得十分興奮。」

然後，光昭向早川女士傾訴：

——多惠，我看到另一個世界。

「他見到父母和哥哥。」

——他們說我還不能去那裡，把我趕回來。

「我本來在一條大河的河畔。那就是三途川，一定是的——阿光堅稱。」

——爸終於和我說話。

你在現世幹了壞事吧？不好好贖罪，沒辦法來到家人身邊。所以，你還不能來。

「阿光說，家人叫他回去重新活過。」

不知是太震驚，還是傻掉，坂本拿下按在右眼的濕毛巾，眼睛眨個不停。

「是瀕死體驗。」我出聲。

「對對對，」早川女士露出吃到酸東西的表情，「關於阿光看到另一個世界的事，我大兒子也提到『瀕死』之類的。可是，差點死掉的人，見到早一步過世的家人或朋友，被勸誡來這裡還太早，叫他們回去，這種事以前就常聽到。我家兒子搬出很深奧的解釋——在電視上看到什麼……」

我也在書上看過，一度瀕死又復活的人，會描述當時的體驗，內容有各種形式，大致可分為幾類。

在另一個世界的入口與故人重逢。離開肉體，看到自己接受急救的樣子。過往的種種場面像電影一樣，以驚人的速度，但一清二楚地重播。遭地獄的獄卒或惡魔追趕，嚇得回到這個世界。在目擊或體驗到這些怪事的前後，經常會有穿越漆黑隧道，來到充滿光輝的地點，或有刺眼的光團靠近，被燦光包圍之類的體驗。

有人主張，這類體驗證明死後的世界是存在的。另一方面，也有說法認爲，瀕死體驗純粹是生理現象，大部分的情況，都是大腦缺氧引發的幻覺。據傳，可利用某種麻醉藥和止痛劑，讓受試者經歷極爲接近瀕死體驗的狀況。

幸運的是，我還不曾經歷過瀕死狀態。但根據符合現代人常識的判斷，我支持日新月異的腦神經科學提出的後者說法。不過，不論原因是什麼，如此衝擊性的體驗——暫時前往異世界的神祕體驗，絕對會對後來的想法與感性造成重大影響。

此外，有人因瀕死體驗開始信神。即使沒投身宗教，不少人領悟到活著的喜悅、生命的寶貴，過起截然不同的生活，毋寧是超越宗教的虔誠。

原來讓羽田光昭戲劇性洗心革面的，是這樣一件事。他的情況，是與幼時死別的父母和哥哥重逢。由於親人的死，在他人生投下濃重的陰影，重逢的幸福與溫暖益發強烈。

你還不該來，回去現實重新活過。

光昭說父親這麼勸他。但我認爲，這是光昭自己的聲音。是他在騙人、操縱人，行走於社會負面水脈期間，沉眠在他內心深處的聲音。是他良心的吶喊。

「那是什麼時候？」前野問。

「去年春天，三月中旬。」早川女士有些疲累地垂下肩膀。「從此以後，阿光做起好多事情，多到我都跟不上。」

「他做起什麼事？」

「他把錢捐出去，自己賺的錢。他把預備用在逍遙養老的錢不停吐出來。」

捐給從事社會活動的非營利機構及家扶中心、犯罪受害人支援團體等等。

「當然是匿名。他在銀行匯錢時，也會使用以前的假名。一次捐太多錢給同一個地方，會引來注意，相當麻煩。」

「他怎麼查到那些團體？」

「用電腦查就知道。他和我也都是用網路聯絡。」早川女士露出苦笑，「不好意思，我這老太婆實在不太會說明。我會用電腦，是阿光教我的。他在退休後，特地到家裡教我：多惠，電腦非常方便，比講電話好玩。」

「所以，你們頻繁聯絡。」

「嗯。阿光本來工作上就會用到電腦，相當厲害，況且……」

她欲言又止。

「況且……怎麼樣？」

「退休後，他不想再跟人面對面打交道。如果不小心跟人打交道，他怕自己又會騙人。」

這句「不小心」，透露的一樣是他良心的吶喊吧。

前野勉強擠出笑容，「可是，就算是青梅竹馬，早川女士成天用電腦跟羽田先生約會，妳丈夫不會生氣嗎？」

「我老伴不在了。他已過世五年。」

「……對不起。」

「沒關係啦。阿光也挺介意這一點，告訴我：如果太常去妳家露臉，妳在兒子和媳婦面前會覺得尷尬吧？所以用電腦聯絡較方便。而我也擔心阿光，想知道他的現況。」

「公車劫持事件後，我看到電視新聞，報導暮木一光搬到足立區的公寓大概一年。」坂本低語。

「是啊，我也在新聞上看到。」我附和。

「那麼，老爺爺去年三月發生意外，至少九月的時候，他在那裡……」

過著被民生委員擔心，用垃圾場撿來的收音機聽廣播的生活。

「不只是錢，阿光把身上的東西全處理掉。他認爲那些都是用騙人的錢買來的。」

「光昭先生變成暮木一光，是在二〇〇四年退休的時候。」

「對，沒錯。」

「差點在河裡溺斃時，他已是暮木先生。當時救他的人，看到公車劫持事件的報導沒發現嗎？新聞有他的名字和肖像畫。」

「即使發現，也不會特地做什麼吧。」

「但不會很吃驚嗎？」

「當場救助阿光的人，也許不知道他的名字。即使記得長相，阿光在公車劫持事件的時候也判若兩人，不會有人發現。」

我內心一凜。前野也是一樣的心情吧，她看起來有點害怕。

「他改變那麼多嗎？」

「變得可多了，阿光——」

早川女士轉動眼珠，尋思該如何形容。

「他變得像個僧侶，修行中的僧侶。他不怎麼吃，也不讓身體輕鬆。他愈來愈瘦，外貌寒酸，像藉由這樣懲罰自己。」

把騙人賺來的錢做爲淨財還給社會，鞠躬盡瘁，彷彿要讓自己消失。

「他沒想過要自殺嗎？」坂本平板地問。眼中的怒意消失，變得模糊，像是感到睏倦。「他沒提過，要自己做個了結嗎？」

「他應該是這麼打算的。」早川女士有些氣憤地回道：「事實上，他不就選擇那條路嗎？」

「他是何時提出劫持公車的想法？日商是在去年七月被查獲的吧？他是因爲這樣才想到的嗎？」

沒錯，是一時興起！坂本憤憤難平，「那是詐欺師的新手法。」

「不要那樣講！」

早川女士臉色驟變，坂本嚇一跳。

「撿回一命重生後，阿光一直拚命在想，究竟怎麼做，才能把播下的種子斬草除根？雖然爲時已晚，但有沒有他能做的事？」

「當然有啦，就自首吧？向警察坦白在日商幹什麼事就行。」

早川女士咬緊下唇。

「你懂嗎？阿光撒播的種子，不只日商啊。」

沒錯。日商新天地協會，是羽田光昭播下的種子中，開出最大、最醜陋花朵的一株，但並非唯一的一株。

「所以……是啊，日商被查獲一事，確實是個契機。阿光非常清楚那種組織被查獲後，會有怎樣的發展。通常會被問罪的，只有頂端的一小群人。光是這樣不夠，還有許多身爲加害者卻毫無自覺的人沒受到懲罰。這樣什麼都不會改變。」

「所以，他才想到那一招？」

在日商嘗盡甜頭，卻不會吃上刑責的人──從這些人中挑選出幾個人，殺雞儆猴，來斷絕邪惡的傳播，進行負面的宣傳。

「太傲慢了。」怒意重回坂本疲倦的眼中，「追根究柢，明明是自己的責任，卻不知反省──」

「等一下。」我探出上半身，像要插進兩人之間，「早川女士，請再描述得更具體一點。光昭先生為何挑選那三個人？有沒有說明理由？」

早川女士失去勁道，從我身上別開視線，「那是——呃……」

「老爺爺是不是去過自救會？」前野低喃。

是不是？她望向早川女士，「這是最快的途徑。只要去參加會議，便能拿到資料。會員都不知道老爺爺這個人，也不必擔心被認出來吧？」

「那麼，看到公車劫持事件的新聞時，應該會有人注意到啊。」

「混在許多會員裡，應該不會被記住長相吧。」

想像那幕情景，我感到一陣冰涼。在後悔、責難、哀訴的言詞交錯的集會裡，唯獨一名瘦削老人屏氣凝神觀察著這些前會員。自外於每一個人，蒐集著總有一天要執行的審判材料——

早川女士垂著頭，「我跟著去過一次。」

眞的只有一次，她強調。

「假裝成夫婦一起去，是我拜託他的。」

「為什麼？」

「我也想阻止阿光啊。」

這麼多受害人。說詞、意見、受傷的程度都不同，要從中挑選出什麼人來懲罰，未免太奇怪。阿光不能做這種事，阿光沒有這個資格。

「我想勸服他。」早川女士扭動身體，呻吟似地說：「但我根本辯不過阿光。」

羽田光昭這麼說：

——多惠，這些人是從我耕耘的田裡長出來的邪惡秧苗。我得設法除掉他們。

「太自私了！」坂本又激動起來，「什麼邪惡秧苗！他們全是被老爺爺害的！」

「小啓，安靜點。」

看來很閒的店長從隔板後方探出頭。

「沒錯，大家都是受害者。」早川女士雙手掩面，忍不住哭泣，「對不起，眞的對不起。」

我們陷入沉默，店長訝異地縮回上半身。

葛原、高東、中藤，這三個人是尊榮會員，個人借貸金額特別高。或許在羽田光昭眼中，這是最關鍵的要素，其他個人狀況並不在他的考量中。或許他不曉得葛原旻早在二月自殺身亡。

即使如此也無所謂。連他本人的生死，其實都與這個計畫無關。重要的是，讓世人知道他們是假冒人形的邪惡秧苗。

自私、殘酷，而且傲慢，這是相當符合一輩子操縱別人的羽田光昭的審判形式。

他說很後悔，但他並沒有變。

「老爺爺毫無猶豫嗎？」前野希望他曾猶豫，「他沒想過，打消這個念頭比較好嗎？」

早川女士大大嘆口氣，抬頭望著前野。

「他應該沒有猶豫，甚至碰上激勵他的事。」

「激勵……」

「是在『克拉斯海風安養院』遇到迫田女士的事吧？」我推測，「雖然完全是個偶然，但這次邂逅，推了光昭先生一把。」

不過，我認爲安排那場偶然的，並非壞心的惡魔。日商在首都圈活動，會員中有許多高齡人士。出入「克拉斯海風安養院」的人也都來自首都圈。而出於設施的性質，高齡者理所當然占絕大多數。這純粹是機率問題。

「沒辦法補償每一個人，也沒辦法懲罰每一個人。」

所以，羽田光昭挑選尊榮會員中的三個人。然後，巧合挑選迫田女士與他會面。

「早川女士，」我重新坐好，語氣盡量平穩，「妳一定累了吧。最後請再回答我一個問題。」

御廚尚憲現在何處？

「他還在人世嗎？」

如果羽田光昭爲自己的行爲後悔，那麼，在斬除他耕耘的田裡長出來的邪惡秧苗前，他應該有別的事要做，就是打倒一同耕耘這片田地的農夫。

「御廚是阿光的共犯。不管誰是主犯，誰是共犯，都不能逍遙法外吧？」

早川女士逃避我的問題。見面後，老婦人第一次表現出慌亂。她這樣的態度，等於給我答案。

「我不知道。」

「我不知道，我眞的不知道。阿光什麼都沒透露。」

這句話聽起來像異國語言，像在念誦意義不明的暗號。

然後，她的話語轉爲嗚咽。

「我唯一知道的是，阿光本來沒有手槍，而且他跟御廚不一樣，沒有門路可以弄到那種東西。」

前野赫然一驚，「早川女士，那就是……」

我制止她。我們對望一眼，感受得到前野的恐懼。

手槍是御廚的。御廚藏在身上的槍落到羽田光昭手中，運用在劫持公車上。

不可能是借來的，也不可能是要來的。阿光是從御廚那裡得到手槍。

「御廚先生不會再給任何人添麻煩。」

也不會欺騙誰、操縱誰。如此斷定的早川多惠，眼神十分陰沉。

御廚尚憲死了，大概是被阿光處死。
「老爺爺──」前野語帶哽咽，「從一開始就打算死在公車劫持事件裡。」
警方攻堅時，他面露微笑。他笑著把槍指向自己的腦袋。
他親手殺過人，所以他只有死路一條。那是他對自己的審判。
「他不是死了。」
早川女士對前野說，像在訂正孩子冒失的口誤。
「阿光是去他爸媽和哥哥那裡。」
所以，早川多惠沒阻止。沒有阻止阿光。
因爲無法阻止，只能這麼想吧？要責怪她很容易，但這樣說，又對誰有好處？
太自私了，坂本又說。以細微的聲音，不斷重複著。
「沒錯，我是個既自私又愚蠢的老太婆。」
隨便別人怎麼想都無所謂，早川女士淚濕雙眼。
「可是，我很珍惜阿光，我想幫阿光實現他的心願。」
不管重來多少次，我都會這麼做，她強調道：
「我能夠像現在這樣，也都是託阿光的福。」
早川女士用手背揩掉鼻涕，逞強似地揚起雙眉，激昂地說：
「看到我家的店沒？」
那裡是租的，她解釋。
「以前那一帶全是農地，住的代代都是農家，只有我們一家是開超市。『京』是我父親取的店名。住在那一帶的客人，全是我們家的客戶。」

那是家業，她說：

「外子本來是店員，我父親賞識他，讓他入贅繼承家裡。我們夫妻非常拚命，認眞工作。」

但是七年前，地主放棄務農，決定把土地賣給住宅開發商。

「地主不再續約租給我們。由於太突然，我們眞的不知該如何是好。」

早川女士走投無路，找阿光商量。在東京見多識廣的阿光，也許有什麼好主意。

「沒想到阿光立刻趕來，表示交給他辦。」

然後，羽田光昭展開談判。他對不願續約的地主和開發業者力訴留下「京SUPER」的好處，對數據拿出數據，對法律拿出法律來對抗。

「最後，他成功說服地主，我們得以繼續開店。因爲繼續在那裡做生意，當大兒子失業時，我才能立刻把他接回家。」

五年前，早川女士的丈夫病逝時，早川女士的長男提議把個人經營的「京SUPER」改爲加盟連鎖超商。一開始早川女士反對，但——

「那個時候也是阿光給我出的主意，他勸我還是該聽年輕人的話。他不是隨口敷衍，而是好好調查過，做那個市、市場什麼……」

「市場調查嗎？」

「對，市場調查！」

早川女士眼中噙著淚，聲音明朗得與現場格格不入。

「阿光用電腦給我看許多資料，安慰我：多惠，放心吧。妳兒子跟妳老公一樣，相當有生意頭腦，眼光十分精準。雖然那些數字和圖表，我完全看不懂。」

阿光是設身處地在爲她著想。

「我們現在能一家子住在一起，都是繼續開店的緣故，全是託阿光的福。阿光是我們一家的恩人。」

雖然他是孤苦伶仃的一個人——早川女士又以手拭淚。

「他常提醒：多惠，妳要好好珍惜家人，世上最寶貴的就是家人。」

他孑然一身，說起來格外刻骨銘心。

「我無法為阿光做任何事。阿光寂寞的時候、難過的時候，我什麼都沒辦法幫他。」

所以，至少在最後幫他一點忙，她繼續道：

「我只有這個想法。」

是個笨老太婆。

「我要連阿光的份一起道歉，所以請你們原諒阿光吧。」

早川女士抓起濕毛巾，捂住雙眼。

窗外，樹林在風中擺動。

前野冷不防冒出一句，「杉村先生，我們回去吧。」

她一把抓起身旁的包包，像要甩開什麼似地掙扎著站起。她離開卡座，穿過店內走出戶外。

接著，坂本慵懶起身。

我問早川女士，「妳一個人有辦法回去嗎？」

早川女士以濕毛巾捂著臉點點頭。

「開車請小心。」

「不勞你擔憂。」毛巾底下露出老婦人哭得紅腫的眼睛，「你們才要留意別迷路。」

「沒問題。」

早川女士叫住準備要離開的坂本，「年輕人。」

坂本露出病狗般的眼神回頭。

「我本來不知道。我不知道阿光在東京做的是那種事。直到阿光告訴我之前，我什麼都不知道。長年以來，我什麼都沒有發現。」

我不是想辯解，她強調。

「如果我發現，一定會阻止他。但我沒有發現，一切爲時已晚。到阿光和我這把年紀，就算覺得做錯，人生也沒法重來，只能結束。」

一口氣傾吐後，她的眼神忽然變得柔和。

「謝謝你們找到我，能告訴你們太好了。接下來，我這個老太婆會守口如瓶，把一切帶進墳墓。」

所以請大家也忘了吧，她說。

我和坂本默默離席。結完帳離開店裡，只見前野緊抓著皮包，抽抽答答地哭泣。

夜晚的縣道陰暗，租來的車子裡冷颼颼。

回程由我駕駛。坂本坐副駕駛座，前野坐後座。不過，我覺得兩人的距離，變得比單純前後分開更遙遠。

經過時驚鴻一瞥，以前是「京ＳＵＰＥＲ」的便利商店裡有幾個客人，收銀台站著穿水藍制服的男人。加奈一定在擔心，說要和訪客出門一下的奶奶，怎麼到現在都還沒回來吧。

在熟睡般靜默的住家包圍中，超商的燈光顯得格外明亮。過了七年，這塊土地上依然掛著「大好評熱銷中」的牌子，地主應該覺得留下這家店是對的吧。羽田光昭的眼光很正確。

「總算結束了。」

前野的頭靠在窗玻璃上，可能是哭得太累，茫茫然低喃。

「什麼都還沒結束。」坂本低聲應道：「什麼都沒有結束。」

事情還沒完，他喃喃自語。他也累了，眼眶凹陷。

「老爺爺做的事沒有意義，一點效用也沒有。」

只是給一堆人添麻煩，只是把人害死了。坂本繼續道：

「往後也會有人死掉。日商的自救會不是有人自殺？這是老爺爺的功勞啊。但是，那又怎樣？這個社會就乾淨了嗎？」

那話聲聽起來像詛咒。

「什麼悔改、罪啊罰的，都沒有意義。就算日商消失，詐騙行銷也會像雨後春筍，源源不絕。沒有人學到教訓，大家一樣為眼前的甜頭利欲薰心，一切都沒有改變。」

我再也聽不下去，語氣強烈地拋出一句，「不想改變，就不會改變。」

所以改變吧。回到各自的家，明天開始過新生活。

小啓——前野喚道：

「我們分手吧。」

坂本沒有回話。

今多嘉親回國後，結束爲期一週的住院檢查，返回會長室。醫師認爲高血壓與動脈硬化惡化是個問題，但目前的健康狀況不必擔心。即使我不是他的親人，不知道這些訊息，光是看到會長在螢幕另一頭訓示的紅潤臉色，就能放下心吧。

一段休養讓岳父重新振作起來，但這段期間保留的業務又緊追而來。我完成特別命令報告書，託給「冰山女王」，接到岳父匆匆透過內線打來的電話。

「工作告一段落後，我會挪出時間，你到家裡來吧。我們好好談談。」

「我知道了。」

「你還是我們的員工，不許提辭職的事。」

「當然。」

從畑中前原回來後，我各別打過一次電話給柴野司機和田中雄一郎。田中對於負責爲暮木一光——也就是羽田光昭善後的人是一名女性，感到極爲吃驚，但柴野司機不一樣。

「我一直認爲應該是與他要好的女性。」

要怎麼處理那筆賠償金，兩人的想法沒有改變。田中埋怨了一陣腰痛毫無改善、最近的日幣匯率高漲（我們這種小公司，也是有海外生意的），但話聲充滿活力。

我回歸日常。在忙碌的十二月中，我們一家三口挑了個星期天，從早到晚，花整整一天觀賞電影《魔戒》三部曲。原本擔心一口氣看完會把桃子累壞，結果只是做父母的杞人憂天。途中好幾次打起瞌睡的反而是我。

「爸，到羅斯洛利安森林，精靈女王出來了。」

每回被她這麼搖醒，我都要辯解，「爸爸早就看過一遍，才會睡著」。但這天晚上可能還是太累，桃子沒要求念睡前故事，就像電池耗盡，轉眼睡著。想必會做個美夢吧。

森信宏的著作完成，我們在討論把書送過去的事宜，沒想到他要求先拜訪集團廣報室致意，還說想設宴表達感謝，希望我們賞光。

「不只請總編，我們也有賞嗎？」

「對啊，森閣下真是慷慨。」

間野和野本弟非常惶恐，但我們決定恭敬不如從命。討論順利進行，在《藍天》校稿結束的十二月十三日，森閣下來訪集團廣報室，參觀一下後，招待我們到赤坂一家老字號義大利餐廳。

「我和內人都很喜歡這家店，是這裡二十年以上的老客人。」

是所謂的私房餐廳。料理和紅酒都令人讚不絕口，不過讓緊張到連笑容都僵硬的間野及野本弟放鬆心情的，應該是店家毫不做作的氣氛，及森先生友善的話語。對此我也感到相當意外。

森先生親切地與兩人對話。他知道間野是個美容師，也知道野本弟在大學念的科系。

「如果情況允許，妳會辭掉公司，回去原來的工作，對嗎？」

森先生這麼一問，間野坦率地點點頭。

「我是這麼打算。在集團廣報室學到的技術，我也會好好發揮在往後的工作上。」

「請務必這麼做。不論從事何種專業，有時也需要不同的經驗來拓展視野。一定會派上用場的。」

然後，話題轉到森夫人身上。

「內子以前也會上美容沙龍，但搬進安養院後，就沒有那種機會。她神智還清楚時，對外表似乎仍十分講究。她一定覺得很難過吧。」

森先生熱心談論針對老人看護機構的女性住戶，量身打造訪問美容服務的商業模式可行性，間野專注聆聽。

除了甜點以外，還送上據說「意外酒量極佳」的森夫人喜歡的義式白蘭地。

義式白蘭地頗烈。喝了不少紅酒的野本弟滿臉通紅，而看到間野和同樣「意外酒量極佳」的總編暢飲的模樣，森先生開心地瞇起眼睛。

「早知道你們來採訪的時候，就不端出咖啡，直接拿酒招待。」

每個人都相當盡興。過去稱呼森先生爲「閣下」的部下，並非只是出於敬畏而獻給他這樣一個綽號吧。我親身體認到這一點。

準備離開店裡的時候，森先生有些羞赧地對我們說：

「各位應該很累了，但能再陪我一小時嗎？附近有家不錯的酒吧。」

那家店地點相當隱密，若非有人引路，根本不會發現。店內只有吧台座，上了年紀的老闆笑容滿面地出來迎接森先生。

「好久不見。」

沒有其他客人。其實我已事先預約——森先生悄聲告白。

「我這人很強勢，從一開始就打定主意要把各位拖來這裡。」

牆上掛著幾張裱框照片，其中一張是森先生與夫人去旅行時拍的。

「是聖伯多祿大教堂。」野本弟說只在電視上看過，「我在世界遺產的節目上看過。」

「往後機會多得是，去看看吧。」

每逢假期，森先生就會帶夫人出國旅行。屈指算算，他們到過二十二個國家。聽森先生活靈活現描述夫妻倆的回憶，我們不時感到驚奇，歡笑不斷。

不只一小時，超過兩小時的時候，森先生忽然收住話，豎起右手食指，像要催促眾人注意。

「你們知道這首曲子嗎？」

店內的背景音樂是器樂曲，我也聽過這個旋律。

「這個啊。」園田總編開口，「是〈田納西華爾滋〉。」

「對。妳知道的是日語歌詞版本嗎？江利智惠美唱的。」

「我有ＣＤ，我喜歡江利智惠美。」

「眞的嗎？怎麼不早說？內子也是江利智惠美的歌迷，認爲她唱的〈田納西華爾滋〉，沒有任何一個歌手比得上。」

然後，森先生配合旋律哼唱起來。老闆稍微調高背景音樂的音量。

逝去的夢
那田納西華爾滋
懷念的情歌
緬懷你的容顏　今晚也歌唱著
美好的　田納西華爾滋

「這首歌是唱一個被手帕交橫刀奪愛的女人的哀傷。」

森先生對年輕的野本弟說明。

「在跳一首華爾滋的期間，男友的心已被奪走。」

人生也是有這種事的，他說：

「其實，內子在念女子大學的時候，曾經被學妹搶走論及婚嫁、預定一畢業就要結婚的男友。她對人生感到絕望，甚至認眞考慮去當修女——她念的是天主教大學。雖然最後打消念頭。」

「爲何打消念頭？」

「當然是因爲我出現啦。」

森先生挺起胸，我們都噗哧一笑。森先生也笑出來。不只是因爲喝醉，他的眼眶變紅，眼眸濕潤。早川多惠也像這樣噙著淚，邊哭邊述說。調查告終後，那張哭泣的臉依然盤踞在我腦中徘徊不去。而我現在總算感覺那幕情景逐漸遠離。森先生的眼中，除了淚水之外的溫暖情意，令我那天在畑中前原蕭條的家庭餐廳冷透的心又恢復常溫。

我們一直坐到酒吧要打烊。目送森先生雇車離去後，爲了醒酒，我們走到能招計程車的地方。

「森閣下今天整個人樂滋滋。」

這種說法是園田瑛子的老毛病，但語氣十分溫柔。

「滿口內子、內子的。」

「這對夫妻眞正是better half——完美的另一半。」間野感觸良多，「夫人狀況不好，森先生一定很難受。」

「但是不管怎樣，森閣下和夫人很幸福啊。畢竟能住在醫療和看護水準一流的地方。」

「話雖沒錯……」

「爲了迎接那樣的晚年，必須在人生旅途中一馬當先，贏得勝利。你做好心理準備了嗎？」

這麼一問，野本弟有些踉蹌，打了個嗝。

「我今晚醉得好舒服，請不要把我拉回現實，讓我留在夢裡。」

總編送間野，我送野本弟回去。兩個男人坐上計程車後，野本弟立刻打開車窗。

「我一定渾身酒臭。」

知道就好。

「睡著沒關係，到家我會叫你。」

「不好意思。」

野本弟回答。一會兒後，他小小聲開口：「我喝醉了，不吐不快。我可以說嗎？」

「說什麼？」

「你沒聽間野小姐提起嗎？」

野本弟告訴我，應該結案的性騷擾事件還有餘震。

「有些人一直在講間野小姐的壞話，像是井手先生太可憐，間野小姐因爲有杉村先生罩她，她就得意起來。」

井手正男本人也到處散播這種閒言閒語。

「我又沒特別關照她。」

「間野小姐長得漂亮，就算什麼也沒做，一樣會惹人眼紅，被人懷疑。」

「野本弟，你對女員工之間的勾心鬥角眞清楚。」

「勾．心．鬥．角。」野本弟笑得就像個醉鬼，「沒錯，我是個情報通。而且大姊姊都喜歡我。」

「這樣很好。要在上班族人生中一馬當先，贏得勝利，這是難能可貴的資質。」

野本弟又醉鬼般傻笑一陣，全身癱軟，忽然正色道：

「這麼一提，杉村先生知道嗎？井手先生出了車禍。」

我初次耳聞。

「什麼時候？」

「兩、三天前。我聽社長室的庶務大姊姊說的。」

正確地說，不是碰上車禍，而是自撞。

「還是酒駕。喝得醉醺醺，方向盤沒打好，開到人行道上撞到電線桿。」

居然發生在凌晨兩點，井手至今還過量飲酒到那種時刻嗎？真教人無言。

「有人受傷嗎？」

「幸好沒有。」

對現在的今多集團來說，這是不幸中的大幸。如果車禍殃及第三者，絕對會變成新聞題材。

庶務女員工說，到公司來報告的井手先生右臂打石膏吊著，額頭有縫合的痕跡，鼻梁腫起來。

「沒住院嗎？」

「不過，這下又要停職。可以這樣嗎？杉村先生。如果我是社長，當場就把他開除。懲戒解雇！」

野本弟揚言，但呼吸充滿酒臭。

「這回一定會有處分吧。就算要開除他，也得照手續來。」

井手現在是工會成員，勞聯想必會出面。

「可是他酒駕耶？而且是非常惡質的酒駕。根本沒資格當一個社會人士。」

森閣下那麼令人尊敬，怎麼會讓井手那種人當他的親信？野本弟咕噥一陣便睡著。

不妙的是，野本弟似乎是那種一睡就吵不醒的人，計程車到他的公寓，想叫卻叫不起來。加上喝醉，渾身脫力，得有人扛著他，否則甚至站不住。

野本弟的住處在三層公寓的三樓，沒有電梯。室外階梯的扶手冰涼地反著光。我忍不住嘆氣。

「感覺有點麻煩，我在這裡一起下車。」

我費盡千辛萬苦，好不容易把野本弟搬到他房間的床上。汗流浹背的我，在意外整潔的廚房喝一杯水。鎖上玄關門，把鑰匙丟進報箱裡，唉聲嘆氣走向室外階梯。

三樓的樓梯平台處，夜風吹上臉龐。舒適的涼意讓我忍不住停步深呼吸。我從宛如飄浮在黑暗中的室外階梯，俯視陌生的夜晚街景。

這裡是郊外的住宅區。大小公寓和大廈之間，摻雜著造型各異的透天厝。我被其中一棟座落在石砌圍牆中的日式房屋吸引。整體格局雖小，但與岳父的住宅外觀有著共通之處。那類房屋在過去，應該是當地的豪農吧。一定是地主。

從這個高度可觀望全景。枝葉扶疏的庭院亮著常夜燈。

庭院一隅，一棵形狀優雅的樹木枝頭綻放著花苞。不，現在已十二月半，不可能是花。只是濃密的樹葉反光，看起來像白花而已嗎？

但景致仍十分美觀。我懷著愉悅的心情就要下樓，卻赫然一驚，抓住扶手。老舊的鐵梯發出傾軋聲。

我想起來了。

四月中旬，我去八王子欣賞晚開的山櫻。當時，我從車體很高的豪華觀光巴士座位，望見遠方有棵色澤淡雅、樹形纖細的櫻花樹兀自佇立。怎麼會只有一棵櫻花樹長在那種地方？遭到排擠，不覺得寂寞嗎？不，也許樂得輕鬆。我想著這些事。

那是當天來回的賞櫻會。今多家的親戚，「栗本的伯父」每年都會固定舉辦活動，這年我、菜穗子和桃子初次參加。

每年都會收到邀請函。栗本的伯父是岳父的堂弟，與各種感情複雜交錯的今多嘉親亡妻那邊的親戚不同，從小就很疼愛菜穗子。

只不過，對我另當別論。在今多集團高層占有一席之地的栗本伯父，反對我和菜穗子的婚事。雖是私生女，但菜穗子仍是堂兄嘉親的寶貝女兒，對於堂兄允許我這樣的螻蟻與她結爲連理一事，他現在也動輒表達出自己的不快。

——你一定覺得很麻煩吧？沒關係，我會找理由拒絕。

每年菜穗子都這麼說，每次我都感到心虛。所以，今年我主動提出，至少該參加一次。

除了搭乘豪華旅遊巴士，也有開自家轎車參加的成員。其實，我也想自己開車，但桃子想坐巴士。

那場活動中，絕大多數是我不認識的面孔。即使是認識的人，像這樣處在只有他們自己人的圈子裡，也會一下子變得距離遙遠。連一起去的二哥二嫂，甚至是菜穗子，都不例外。

去程途中、賞櫻的時候、接下來的餐會，我都一直裝出合宜的笑，笑得臉快抽筋。舉手投足、舉目所見，在在提醒著我，跟這裡是多麼格格不入。菜穗子在人群裡開朗談笑。結婚後，她一直爲我忍耐，拒絕與這麼親近的人們歡樂出遊的機會嗎？

我決定溜出那個場子。離開會場餐廳，我前往後面的停車場。巴士安分地等待眾人回來，司機在外頭抽菸。

我站著和他閒聊一會兒，拜託他讓我在車子裡休息。我藉口從中午開始就喝酒，覺得很睏。司機爽快地爲我開門，我偷偷摸摸逃到車上。我想要一個人獨處。

然後，我透過車窗看到遠方那棵孤伶伶的櫻花樹，覺得它與我同病相憐。

這是青少年式的感傷。我害怕任何一點失態，幾乎不敢喝酒。我根本沒醉。我爲自己感到羞恥，卻也覺得氣憤：我會如此自慚形穢，不是我的責任。

最起碼，如果我是憑自己的力量進入今多財團的員工就好了。如果我畢業的大學再有名一些就好了。如果我家裡更有錢一點就好了。但明明今多家變成日本屈指可數的資產家，是岳父那一代的事。他不也是個暴發戶？我默默思索著。

我和那棵櫻花樹一樣，孤單、寒磣。這座森林山櫻燦爛盛開，今多家族甚至安排豪華旅遊巴士前來參觀，然而，都心的居民完全被排擠出去，甚至不得其門而入。因爲兩者從根本上就不同。

不能一直躲藏下去。不回去會場，菜穗子會擔心。即使這麼想，身體也動彈不得。

對——然後，我發現有輛紅色自行車停放在角落。大概是餐廳員工的吧。保養得很好，看起來跑得很快。

好想騎著遠走高飛，我內心一陣渴望。

與其偷偷摸摸躲起來，不如跨上那輛自行車，早早跟這種地方說再見。我不屬於此處。我要頭也不回，像一陣風般消失。

如果能這麼做該有多好——我心想，打從心底這麼想。

紅色自行車的記憶，是賞櫻會的記憶。是反映我那天心境的景色。

爲何會與發生在五個月後的公車劫持事件的記憶混淆在一起？兩者都是透過公車窗戶望出去的景象？沒那麼單純。這段記憶是因岳父詢問而勾起，但我的心爲何要惡作劇？是什麼把這兩件事鏈結在一起？

是無助感，是閉塞感。我被囚禁著，我被剝奪自由，被禁錮在這裡。

誰來釋放我吧。我想出去外面，我不想待在這種地方。

我緊緊抓住生鏽的扶手，在夜風中佇立。

「這麼突然不好意思，今天午休時間能不能碰個面？」

意外的是，話筒另一頭傳來的是老家的哥哥——杉村一男的聲音。上班時間剛過不久，我才在位置坐下，間野就把電話轉給我。

近年來，我和父母處於音訊不通的狀態，和姊姊也一年比一年疏遠。哥哥的聯絡不頻繁，但唯有哥哥，即使沒有特別理由，仍會說「一陣子沒聽到你的聲音」，特地聯絡我。不過，平常他都會打我的手機，爲何今天是打職場的電話？我頗爲訝異。

「你要來這邊？」

「嗯，我準備去搭『AZUSA號』。」

哥哥繼承父業，經營果園。

「那中午我請客。約在新宿車站附近，好嗎？」

哥哥偶爾來到東京，總是四處忙碌奔波。他會去拜訪想打聲招呼的客戶，參加想出席的活動。哥哥是管理農家的生意人，也是個熱心學習的人。

「不，我去你公司。我有事要到那邊。」

既然這樣，我便指定「睡蓮」。哥哥在甲府站月台的喧鬧聲中確定地點，慌張地掛斷電話。

「杉村先生，令兄要過來嗎？」

「還令兄呢，沒那麼高級。」

「你應該沒發現，不過你們聲音很像，簡直一模一樣。」間野笑瞇瞇應道。

「咦，眞的嗎？」

「是的。他說『敝姓杉村』時，我嚇一跳。」

「睡蓮」的老闆也一樣，我和哥哥在窗邊座位坐下後，他送來開水說：

「令弟總是惠顧小店，請慢坐。」

哥哥驚訝地眨眼，「怎麼知道我是他哥哥？」

老闆過來點單時，揭曉謎底。「你們的體態一模一樣。」

我們兄弟三年沒見。我這麼說，哥哥馬上訂正是「三年五個月」。

「你看起來很好，我放心了。」

「哥也是。」

我的哥哥是個不苟言笑的人。他不會廢話，個性冷冷的。但今天似乎比平常沉默，氣色不佳。應該不是那身穿不習慣，本人也說拘束討厭的西裝之故。

家裡出事了。即使身心都遠離老家，我還是看得出這點事。

「哥似乎有急事，怎麼了嗎？」

我主動起頭，哥哥便鬆口氣似地垮下肩膀，低喃道：

「是癌症。」

我屏住呼吸。

「是爸，上個月的銀髮族健檢時發現的。」

「……這樣啊。」

「目前安排住進縣立醫院，但該不該動手術，主治醫生意見分歧。然後，風間醫生說他大學學長在東京的專門醫院，會幫我們寫介紹信。」

風間醫生是鎮上的醫生，杉村家父子兩代都受他照顧。

「那個叫什麼、呃……」

「第二意見？」

「對對對。」

「今天等下要去？」

「預約兩點。」

「要我一起去嗎？」

「太趕了，不用。今天我出門也沒告訴喜代子她們，太囉嗦了。」

喜代子是我姊姊，哥哥的妹妹。「她們」是包括姊夫窪田時的稱呼。兩人都擔任教職，喜歡講道理，所以我可以理解應該是一片混亂的這種狀況，哥哥會想對他們敬而遠之的心情。

哥哥斷斷續續說明父親的病情。

「……爸知道嗎？」

哥哥喝口開水，點點頭。

「爸說年紀大了，有心理準備。他開始整理身後事。」

的確像是爸的作風。

「媽怎麼樣？」

「唔，沒事吧。」

午餐套餐送來，哥哥和我沉默了一會。

「其實，我很猶豫要不要告訴你。原本想等狀況更明朗再通知你。」

我的立場沒辦法說「怎麼這麼見外」。

「本來想打手機，但那時間你可能還在家。我也想過留話給你的辦公室。」

「我九點出門上班。」

「也是。你不會像大幹部那樣，想上班的時間才上班。」

不善言詞的哥哥像父親，毒舌的姊姊像母親。這話出自姊姊口中，聽起來肯定惡毒萬分；但哥哥的話裡，只有單純的驚奇。

「別告訴菜穗子啊。」

對我的妻子，哥哥和姊姊的距離感也相差很多。哥哥一心對菜穗子客氣，而姊姊對菜穗子十分生氣。不是恨，只是生氣。氣這個都會的千金小姐一時心血來潮，把她的傻弟弟綁架到魔窟。

「我暫時不會說，但也不能一直瞞著她。」

哥哥困窘地望著我。

「過年我會回去看爸，我一個人回去。」

哥哥垂下目光，盯著套餐吐司，小聲說「抱歉」。

兒子去探望得重病的父親，有什麼好抱歉的？這是天經地義的事。如果要道歉，該道歉的是我才對。

菜穗子沒有見過我的父母。桃子甚至不清楚有他們這號人物。這一切全是因爲無論如何都想跟菜穗子結婚的我，背對漲紅臉怒罵的母親，拋棄故鄉的緣故。

——我養你養到這麼大，不是要讓你當有錢人家小姐的小白臉！

「也許爸媽的態度會軟化些。」哥哥虛弱笑道：「難搞的反而是喜代子。」

「她從以前就是這樣。」我不禁微笑。

送哥哥到車站，我回到職場。不管收到怎樣的通知，人都要工作，要接電話，要應付同事的對話。我沒變得魂不守舍，我盡量不去想哥哥似乎有點蒼老，及他離開的背影很像父親。

然而，我卻不停想到那輛紅色自行車。

與森先生的酒宴經過兩天，宿醉消失的同時，我也從深夜的怔忡之中清醒。當時喝得醉茫茫，才會覺得格外重大。那種程度的錯覺，不管是什麼身分的人都會發生。我告訴自己，沒必要爲了僅僅一次的憤懣爆發，感到如此內疚。

然而，現在我又把哥哥的背影，和那輛紅色自行車重疊在一起思考。想起那以絕妙的角度靠在牆上，邀請我「走吧，一起遠走高飛，離開這裡吧」的銀輪。

那是不是在邀請我「回去吧」？回去我原本的歸宿。

下班時間過後，我前往洗手間，捲起袖子洗把臉。今晚我格外不想懷抱著這樣的憂愁回家，荼穗子和朋友去參加年終聯歡會，我要和桃子一起度過。我們準備去桃子喜歡的餐廳，回家再次觀賞《魔戒》三部曲。我們要挑選出最喜愛的場面，製作屬於杉村父女的十大名場面。

荼穗子已準備好外出，等我回家。今晚她也戴著那條粉紅珍珠項鍊。這場聯歡會的幹事，是那個要在自家開餐廳的朋友，全是女性。但荼穗子打扮得光彩奪目，感覺在女伴之間，一定也鶴立雞群。

「餐廳怎麼樣？」

「過完年就要開幕，今天也算是預祝會。不過，我不會玩到太晚。」

「別說那種掃興的話，慢慢玩吧。」

妻子凌晨一點回家時，我和桃子開著DVD，在沙發上睡著。桃子溫暖得令人陶醉，搖醒我的妻子的手，也帶著些許暖意。

今年的聖誕夜，決定家族群聚到岳父的宅子慶祝。

「爸年紀也大了。」

起因於荼穗子的大哥這樣一句話。過去大舅子和岳父的行程總是滿檔，根本沒空辦家庭派對，但今年決定設法挪出時間。岳父的身體不適與住院檢查，也造成影響。

雖然是家庭派對，仍邀請一些賓客，並非全是自家人的活動。因此，包括料理在內，當天的流程會有專門人士控管，聽說還請鋼琴與弦樂四重奏的現場演奏。我每年都會爲桃子打扮成聖誕老人，但今年妻子的二哥要代表扮演。妻子和嫂子都非常起勁，忙著購物和準備。於是，爲家人採買禮物這項大任務，一直拖到二十三日。

這天到出門前一刻，荼穗子都還在忙著確認清單。裡面的一個房間，擺著堆積如山的禮物，是要送給岳父宅子的傭人，及前來祝賀的會長室和社長室員工的禮物。當然，也有「冰山女王」的份。我不知道禮物的內容。

「你猜猜看。」

「不必了。倒是送給橋本的禮物，我似乎猜得到。」

面向咖啡桌，背對我站著塡寫清單的妻子停下手。

「爲什麼？」

「因爲我們都是男的。」

妻子回頭瞥我一眼，「那你猜猜看。」

「皮夾，要不然就是名片夾，對吧？」

妻子轉過身，「咦……？怎會這麼猜？」

「對橋本那種職位的人來說，皮夾和名片夾都是消耗品啊。不能用太破舊的，也不能是便宜貨。」

其實，我也想要新皮夾，有一半是亂猜——我招認。

「那你的禮物就決定是皮夾。」

「我這個老公很好懂吧？」

「眞的，省下麻煩，太感謝。」

我個人的清單有北見夫人和司，還有足立則生。我準備今天去一趟北見家，送給他們。北見家明天也要舉行晚餐會，足立則生受邀參加。他沒自信地打電話來，問像他這樣的人去打擾北見母子好嗎？我鼓勵他：

「對方特地邀請你，不能糟蹋別人的好意。你可以帶香檳去當伴手禮。」

「我不知道香檳要在哪裡買。」

我本來想叫他去播磨屋，但有點遠。

「百貨公司地下街應有盡有啊。不過，當天會擠得要命，最好趁早去買。」

「帶蛋糕是不是比較好？」

「不行、不行，北見夫人也會準備，可能會重複。」

「也對。」

過一會兒，我接到手機簡訊的續報，「一起送報的國中生建議，既然是派對，可以買拉炮，會砰砰響的那種。」文字看起來相當期待。

我和妻子在上午出門，把桃子送去大哥家。她要和表兄姊練習後天上表演的合唱。

「不是合唱，是無伴奏重唱。」

「無伴奏重唱不是只有男生嗎？」

「現在不一樣啦。」

先買送岳父的禮物，是羊毛大衣。接著買桃子的衣服，然後開車前往大型書店。

「我去取訂購的書，一下就好。」

「《魔戒》嗎？」

「對，不過是原文的。」

其實，有一半是我自己想要。邊查字典邊看也行，光是瞧著都賞心悅目。能和桃子一起分享，更令人欣喜。

我們在書店旁的餐廳用著稍遲的午餐，計畫接下來的購物時，發生第一次異變。手機響起，螢幕上顯示「田中雄一郎」。

與早川多惠見面，向眾人匯報，告一段落後，我沒和任何人聯絡。連原本聯絡得最勤的前野，都沒再傳訊過來。那天她低聲說「小啓，我們分手吧」，之後的事我不想知道，兩個年輕人也不希望別人知道吧。

人質夥伴的蜜月期結束。往後逐漸疏遠，才是爲大家好。這也是比其他人質稍微熟悉事件的我，從經驗中得到的體會。不能把非日常的殘渣帶到日常。這次的情況，有非日常留下的賠償金這個巨大遺留物，更是如此。

我留下妻子離席，在通道上輕聲接起手機，「我是杉村，怎麼了？」

除非發生非這麼問不可的事，否則田中不會突然打來。

「今天假日，不好意思打電話吵你。」

田中的語氣並不特別急迫。

「現在方便嗎？」

坂本有沒有去你那裡？田中問。

「那個小哥，從前天就下落不明，似乎是離家出走。」

「離家出走……」

「他沒留下字條，但也不是小孩子，應該不會被抓走吧。」

「前野不知道他的下落嗎？」

「他們分手了吧？」

我沒想到田中居然會發現他們在交往。

「坂本不必提，我沒聽到前野說什麼。」

「那位小姐是不好意思驚動你。她說杉村先生不是當地人，不能再爲這點事給你添麻煩。」

所以我才蒙受池魚之殃啊，他說：

「我反而在猜，既然那小鬼去東京找工作，可能會去投靠你。」

不知幸或不幸，坂本並沒有來投靠我。

「他的父母怎麼說？」

「他們一陣慌亂，打遍小鬼認識的朋友和熟人的電話，尋找他的下落。」

這表示坂本的「離家出走」，有令人擔憂的因素。

「我還不清楚詳情，一有消息，我會通知——可以通知你吧？」

「當然。要是接到坂本的聯絡，我也會通知你們。」

我掛斷電話，回到座位。妻子從咖啡杯抬起目光，問道：「怎麼？」

「沒什麼大事。」

我們在商量要送菜穗子本人什麼。往年我會絞盡腦汁悄悄準備驚喜，但今年是公開詢問。雖然輕鬆，卻也少了點刺激。

「您中意的品牌的鞋子如何，太太？那種您不好主動購買，色彩和款式都另類大膽的皮鞋。」

「鞋子我太多雙，得有章魚腳才穿得完。」

「還只是章魚而已。變成魷魚怎麼樣？」

妻子呵呵笑，「那你買運動鞋送我吧。」

「那除非是超高級的運動鞋，不然妳送我皮夾可划不來。」

「所以還要附贈別的禮物啊。」

妻子扶著桌面，稍稍湊近。

「想請你帶我去一個地方。」

我們從以前就在討論，要全家一起去歐洲旅行。桃子的第一個春假，或許是好時機。岳父的健康狀況暫時也不必憂心——我剛這麼想，沒想到妻子悄聲說：

「想請你帶我去坐那班公車，你坐的那班公車。」

海線高速客運。

我驚訝到一時無法回話。

「爲什麼？」

我自認爲應該不至於臉色大變，但妻子還是受到驚嚇，「對不起，果然不行。」

「不，也不是不行。」

「會讓你想起不好的回憶。」

「那是不必要的擔心。不過，那班公車雖然沿路風景不錯，卻是很普通的市區公車，不值得特地去坐——」

說到一半，我忽然想起：

「難道是岳父拜託妳的？」

這次輪到妻子愣住。「爲何這麼想？」

「哦，我以爲妳想參觀的不是公車，而是『克拉斯海風安養院』。」

岳父已八十多歲，或也許這次的住院檢查，讓他考慮到隱居後的生活。況且，「克拉斯海風安養院」裡也住著森信宏的夫人。親自勘查還太早（而且可能惹來多餘的揣測），但他會不會拜託愛女先去參觀？如果岳父要住在高級養老院，菜穗子應該會更頻繁前往。

「你想太多了，」妻子笑道：「父親要是聽到會生氣。」

「抱歉。」

「父親就算隱居，也不會離開都心。他打從骨子裡是個都市人，如果待在充滿自然的環境，反倒會害起思鄉病。」

不是懷念山裡，而是懷念城市的燈火。在各種意義上，岳父都不是熱愛燈紅酒綠的人，他的情感純粹是對住慣的土地的依戀吧。

「沒關係，忘記我的話吧。對不起，提出這麼怪的要求。我只是想擁有跟你一樣的體驗。即使是事後體驗也行。」

「我由衷慶幸妳和桃子沒經歷那種遭遇。」

「嗯，我知道。」妻子坦率地點點頭，又低聲補一句，「可是，園田瑛子有跟你一樣的體驗。」

我真嫉妒，她繼續道：

「我好羨慕園田小姐。明知大家都平安回來，才能講這種悠哉的話，但我就是忍不住嫉妒。我真是醋罈子。」

我來不及開口，菜穗子就起身說「走吧」。

之後我們專心購物。即使未來有實現男女平等的一天，奧運比賽中不再區分「男子」或「女子」項目，在購物方面仍做不到男女平等吧。這種情況，能獲得讓步的應該是男人。女人則在「購物肌力」方面特別發達，包括爆發力、持久力、恢復力，還有專注力。

不敢吐露「累了，想休息」的丈夫前往洗手間。第二次的異變，發生在我上完廁所，正在洗手的時候。

這回是柴野司機打來。

「抱歉，在假日打擾你。」

我性急地打斷她，「找到坂本了嗎？」

「還沒。」

柴野司機今天要值班，現在是休息時間。她是從更衣室打來的。

「我剛看完值班期間收到的簡訊。」

「知道是怎麼回事嗎？」

「前野小姐表示，她也是今早接到坂本先生母親的來電，才知道出事。」

前天，也就是十二月二十一日中午左右，坂本說要出門一下，兩點多回來的時候，帶著兩個朋友。三人進入他的房間，交談一會兒，不久便發展成爭吵，連家人都聽到爭吵聲。

「然後，兩個朋友回去，坂本關在房間一陣子。」

接著，他忽然提一袋垃圾到庭院，開始燒東西。

坂本家有時會像這樣焚燒可燃垃圾，所以庭院放著專門用來燒東西的方型金屬罐。

「後來好像又外出了。」

之所以說「好像」，是因爲沒人看到他出門。坂本的房間裡，他平時隨身攜帶的背包不見了。

「那天晚上他沒回家，隔天也沒回來，不過坂本先生是個年輕男孩，母親以爲他可能是去朋友那裡。」

然而，今天早上，家人發現不得了的事。

「坂本先生的祖父在打掃庭院，順便收拾金屬罐的時候——」

在淋了水變得泥濘的餘燼中，發現摻雜許多燒剩的萬圓鈔殘骸。

「是那筆錢嗎？」

不可能是別的東西。

「家人對那筆錢似乎毫不知情。」

「他沒告訴家裡人。」

坂本家的人嚇壞，開始尋找失蹤的兒子，於是也聯絡前野。

「居然做出那種事，這就是他得到的結論嗎……」

坂本很想要那筆錢，卻也忌諱著那筆錢。想要，但不能據爲己有。不能收下詐欺師的錢，要送人又捨不得。乾脆消滅這筆錢算了。

這麼痛苦地折磨自己的錢，不如燒掉。

同時，他也消失不見。

「柴野小姐，妳待會兒要回去工作吧？」

「是的，今天的班到晚上八點。」

「如果想東想西，會對工作造成影響。接下來交給我們，妳先忘掉這件事吧。即使慌張也沒用。田中先生也說，坂本不是小孩子，不必太擔心。好嗎？」

「謝謝，我會這麼做。」

我回到妻子身邊，繼續購物。快一個小時過去，妻子在某家精品店試穿，手機又響起，畫面顯示「前野芽衣」，但我還沒接，鈴聲就切斷。

我刻意沒回撥。從衝過頭的芽衣個性來看，也許是撥給我後，覺得不可以這麼慌張。如果有進展，她應該會再打來。

手機陷入沉默。

我要自己不去想被煙燻得漆黑的金屬罐，還有貼在底部燒剩的萬圓鈔票。坂本燒掉多少？他收到的一百萬圓全額？還是用掉一些，剩下來的錢？

坂本「消失不見」——我在心裡不斷抹去這個念頭。他只是外出而已。或許就像田中說的，明天左右，他就會突然現身來找我。杉村先生，我還是想在東京找工作，但第一步該怎麼辦？

清單上的購物全部解決，前往最後目的地的百貨公司停車場時，已快晚上七點。今晚約好要在大哥家，和孩子一起吃披薩。

妻子愛車的後車廂和後座都塞滿一包包禮物，我坐上副駕駛座，在繫安全帶時，手機響起，是足立則生打來的。

「喂，杉村先生？」

背後傳來電視聲，似乎也有人聲。

「啊，晚安。不好意思，我在外面。」

足立不聽我回答，匆匆接著道：

「你沒看電視嗎？你在哪裡？外面？我在店裡跟大家一起看到新聞，簡直快嚇死。杉村先生，你沒事吧？」

沒事？爲何這麼問？

「我和內子去百貨公司。新聞怎麼樣？」

足立則生旁邊有人說話，他「嗯、嗯」應著，然後回答「我朋友沒在車上」。沒在車上？什麼車？

「杉村先生，幸好你平安無事。呃，快去看新聞。警察可能會聯絡你。」

怎麼回事？看到我的表情，妻子不安地瞪大眼。

「又發生公車劫持事件。」足立則生解釋，「那班公車……海線什麼的，跟九月那時一樣的市區公車，停在一樣的地點。歹徒挾持人質，關在公車裡。」

妻子搭著我的手臂，詢問：「什麼狀況？」

我默默抓住她的手。

「歹徒自稱坂本，是個年輕男子。他告訴警方，他是九月公車劫持事件的人質，要求把當時和歹徒談判的警官帶來。」

我的手機差點滑落。

「從電視畫面看不到，但現場記者說他帶著生魚片刀。人質數目還不清楚，但司機在車上。」

「女司機嗎？」我問，「是柴野小姐嗎？」

「我不知道名字，不過是個男司機。」

杉村先生、杉村先生，聽得見嗎？足立則生的話聲忽然變得遙遠。

我安排妻子去大舅子家，招計程車前往公司。從這裡可搭計程車短程抵達任何地方。我知道「睡蓮」的老闆在廚房放了台電視，而且那家店全年無休。

不出所料，老闆在沒有客人的店內看電視，十四吋液晶小螢幕上映出熟悉的公車。老闆的表情明顯鬆一口氣。

「啊，這回你沒被捲入。」

抵達「睡蓮」時，我陸續收到其他人的來電。先是田中，然後是迫田女士的女兒美和子、北見夫人與司。與足立則生相同的時刻，大夥都在電視上得知發生新的公車劫持事件。我們激動地討論。

「聯絡上柴野小姐沒？她今天的班到八點。」

「她應該是開別條路線吧。客運公司應該已聯絡她。」田中出聲，「那小鬼到底在想什麼？你什麼都沒聽說嗎？」

「我什麼都不知道，但坂本的樣子一直不太對勁。」

「那個小姐會不會也參一腳？她都不接電話。」

「請繼續打打看。」

「杉村先生有沒有接到海風警署的聯絡？」第一個擔心這個問題的是迫田美和子，「坂本先生究竟想幹麼？怎麼會做出這種事？」

「不清楚。總之，請別慌。坂本提出什麼要求——不，還不確定那個人是不是坂本……令堂的狀況如何？」

「家母什麼都沒發現。」

北見夫人和司只是想確定我沒事，「抱歉，這麼驚慌。可是，看到一樣的狀況……」

「嗯，眞的會慌亂。」

不知爲何，唯獨前野完全沒聯絡。打過去直接進入語音信箱，傳簡訊也沒回覆。

電視畫面的影像沒有變化。三晃化學圍欄上的那些電燈泡，即使從外頭望去，一樣綻放著黃濁的光芒。公車內很暗，只有駕駛座亮著。司機不在那裡，但根據現場報導，人質是包括司機在內的兩人，疑似被吩咐坐在地板上。

歹徒的身影晃過車窗。確實是一名年輕男子，但無法確認長相，也看不到刀子。眞的是坂本嗎？他會拿著生魚片刀亂揮嗎？

有來電，是田中，「喂，小姐眞的不接電話。」

「我也打不通。」

「山藤警部有沒有聯絡？」

「我這邊沒有。」

「唔……冷靜想想，這跟我們無關。我們一無所知。」

田中的語氣像在說服自己。

「如果坂本要求我們去現場，我們應該會接到聯絡。」

「他叫我們去幹麼？」

「誰曉得？我只是提出這種可能性。就我聽到的，坂本想和山藤警部談話。」

「我怎麼不知道？你在哪一台看到的？」

說著說著，手機沒電，通話中斷。老闆借我充電器，離開廚房，把「營業中」的牌子翻面，接著泡起咖啡。

「這孩子一開始就報出身分。」

老闆從新聞節目打出速報便守著電視。

「他表明自己是九月的公車劫持事件的人質，要警方確認。」

「是本人打電話報警的嗎？」

「不是，他讓兩名乘客下車，要他們傳話。」

他十分鎮定，還說只要警方聽從他的請求，就不會傷害人質。

「噯，喝杯咖啡吧。」

老闆不是拿平常的杯子，而是用馬克杯端來咖啡。

「這次的事件，杉村先生你們不需要驚慌。你們跟此案無關吧？」

之所以是疑問句，是老闆聽到我先前的對話有些不安吧。

我盯著蒸氣升騰的馬克杯，「我不曉得能不能說無關。」

老闆站起身，「今天有蛤蜊巧達湯，要不要熱一下？你還沒吃晚飯吧？」

從電視畫面看不到警方的行動。在黃色燈光照耀下，公車靜靜停在原地。

手機響起。看到來電顯示，我立刻接聽。另一頭傳來慌亂的喘息聲。

「杉、杉村先生！」

是前野，她在哭。

「我一直試著打給妳！妳在哪裡？在做什麼？」

對不起、對不起，她哭著不斷道歉。

「我、我在小啓家。」

「他的父母呢？」

「剛剛跟警察去現場，希望能說服小啓。」

我膝蓋一軟。錯不了，歹徒就是坂本。

「傍、傍晚五點過後，小、小啓打、電話來……」

「他說什麼？」

「他要親手做個了結。」

坂本也不停道歉。

「說是只能這麼做。」

「妳爲何不立刻通知我？」

「對不起。可是，我不曉得小啓在、在想什麼……」

我不知該如何是好。

「今天早上，我一直在找小啓，但都找不到。」

坂本還沒向家人介紹前野。尚未進入那個階段，兩人就告吹。

「可是，我去打過招呼，所以小啓的媽媽知道我打工的麵包店。今天早上她打去店裡……」

一直詢問兩人共同的朋友，還拜訪坂本前職場的人，尋找他的下落。

「小啓帶走手機，家裡的人不曉得他朋友的聯絡方式。」

此時，坂本打電話給前野。於是，前野衝去坂本家，發現坂本打給她後，也打給父母。

「他對父母說什麼？」

「這麼不孝，對不起。」

「關於燒掉的錢，有沒有任何說明？」

「沒有，坂本媽媽一問，他就掛斷。」

「前野，妳在坂本家看新聞嗎？」

我聽到抽噎聲。

「現在警方呢？」

「在調查小啓的房間。」

「妳一個人在那裡？」

「還有小啓的爺爺。」

是發現金屬罐餘燼的祖父。

「我們也在尋找有沒有小啓去向的線索。」

她顫抖似地嘆息，接著道：

「我只說跟小啓交往過，沒透露其他事。」

賠償金的事，我們的調查。自稱暮木一光的老人眞實身分，及他的意圖。

「其他的事我都沒說。」

「——妳不必操多餘的心。」

雖然要看坂本接下來會怎麼做、提出什麼要求，但我們的祕密極有可能無法再保密。

「那樣太對不起迫田女士了。」

前野又抽噎起來，我實在聽不下去。

「不能講太久。等一下我會打過去，妳先冷靜，好好休息。」

等我結束通話，老闆指著電視畫面說：「警方的談判人員已靠近公車。」

這回公車也是車門緊貼著圍牆停放。有個人朝後車窗輕舉雙手，慢慢走近，是山藤警部。

他放下手，把右手的手機貼在耳上，進行通話。

「剛剛現場轉播的記者說，歹徒在離家出走前發生過爭吵？」

「疑似與朋友吵架。」

「好像是爲了錢。會不會是有金錢糾紛？」

這未免太奇怪。坂本會有金錢糾紛？他與錢有關的糾葛，應該是要如何處置手邊的一百萬圓，不會與第三者有糾紛。

不會有糾紛——應該吧。

我默默思索。坐在老闆爲我加熱的蛤蜊巧達湯前，我逐一回想九月公車劫持案後的每一件事。

坂本確實不太對勁，甚至對前野不假辭色，頂撞田中，對早川多惠則是冷嘲熱諷，有時會破口大罵，冷漠地鬧脾氣。

他開始變成這樣，正確來說是何時？

我們本來就不是朋友，是在公車劫持事件中認識。要看清什麼是那個人的本性、什麼是變化，相當困難。但我們是何時察覺坂本與當初不太一樣？是收到錢的時候嗎？是我提出調查錢的來源才能收下的時候嗎？

當時他陷入天人交戰，或許是想保持形象，對調查表現得很積極。

他的眼神變得陰沉，態度變得冰冷消極，是不是在漸漸看出「暮木一光」與日商新天地協會關係後……？

那時我們透過電話和簡訊，一點一滴報告彼此的調查成果。我調查暮木老人，坂本和前野檔調查「京SUPER」，柴野司機邊檢查身邊有沒有暮木一光的影子，並努力聯絡上迫田美和子。

我們的調查一步一步前進。前進——再前進——

不，在那個階段，只有我的調查有進展。我試著透過調查暮木老人指名的三個人身分，來釐清老人的眞實身分與意圖。

過程中，坂本愈來愈消極。

完全就是「消極」。他是不是有不能告訴我們的祕密？只屬於他一個人的祕密，連對前野也不能透露的祕密。

據說，九月的公車劫持事件剛結束，他向前野吐露過心聲：眞的會收到賠償金嗎？前野生氣地罵他太不莊重，令他消沉不已，但仍渴望擁有那筆錢。事件落幕後第三天，報導揭露暮木老人的身世，他大失所望。老爺爺不是有錢人，賠償金的事是騙人的，世上才沒那麼美好的事。

金錢糾紛。與他發生爭吵的朋友。他在就職的清潔公司遇上的麻煩。如果有一筆錢，就能重讀大學，讓人生重來的願望。

——姓氏只差一個字，境遇卻是天差地遠。

坂本看著英姿颯爽的橋本眞佐彥，喃喃自語。

一個想法掠過我的胸口。那並非單純的靈機一閃，而是從以前就在那裡。一直在腦中潛伏萌芽，只是我從未細想。

金錢糾紛。

電視畫面沒動靜。我兀自沉思時，山藤警部的身影消失。

我打給前野，她立刻接聽，但說「請等一下」，似乎換了個地方。

「喂？呃，還有警察留下監視，所以我走到庭院。」

那正好，「前野，庭院還有坂本用過的鐵罐嗎？」

「應該有。」

「裡面的灰燼呢？」

「警方拿去調查。」

晚一步嗎？我急忙思考。

「那妳可以看看坂本的房間，或是家裡的垃圾桶嗎？不是可燃垃圾，而是不可燃垃圾。我想應該有樣本或是檔案之類的東西，也許體積還要更大。」

「更大？」

「對，好比淨水器。妳能幫忙問問坂本的祖父嗎？這一個月之間，坂本有沒有購買這類東西，囤積在家裡？」

我掛斷電話靜待。公車劫持事件的現場陷入膠著，沒看到山藤警部的人影，現場連線的記者也一直在重複相同的話。

前野打電話過來，「杉村先生。」

「找到了嗎？」

「有一本很奇怪——該說很奇怪嗎？有一本相當豪華的檔案被丟在垃圾桶，坂本的爺爺沒有看過這種東西。」

我的背脊竄過一陣惡寒，「怎樣的檔案？」

「封面看起來像皮革——是人造皮嗎？裡面是空的。」

被坂本燒掉了。

「封面上寫什麼？」

「我看一下，呃……《菁英事業手冊》。」

老闆很驚訝，因爲我咳嗽了一下。

「上面有沒有企業名稱？」

前野結結巴巴地念，「美麗&健康&幸福　宮間有限公司。」

公司名稱聽起來簡直像個玩笑，所以才會留存在我的記憶一隅。我在調查的時候看到過。

不是在暮木老人的調查中，而是一開始關於足立則生與高越勝巳的調查。

高越勝巳任職的健康食品販售公司，涉嫌誇大廣告與違反藥事法。遭足立則生威脅揭發詐欺師身分的高越勝巳，現下仍不學乖，在這種可疑的公司任職牟利。當時我為了進一步了解健康食品及化妝品郵購，看了幾個整理網站，以及似乎能做為參考的新聞網站，發現「美麗&健康&幸福　宮間有限公司」。

除了進口化妝品及健康食品，這家公司也販賣號稱具有提升肌力與瘦身效果的小型健身器材。有人控訴這款器材毫無效果，告上法院。此外，這家公司採取會員制，對業績良好的親友會員設有獎勵制度。雖然規模與販賣的商品不同，卻是日商新天地協會的同類。沒錯，所以我在瀏覽日商新天地協會的相關網站時，才會在討論串「感覺下次就是這裡要被抓了」看到這家企業的名字。

坂本有那裡的檔案。而《事業手冊》、《會員手冊》，都是這類組織發給新會員的指南手冊典型的名稱。

「前野，」我重新握緊手機，慢慢地問，「聽說前天坂本在離家出走前和朋友吵架，妳知道那些朋友是誰嗎？」

「小啓的媽媽也問過我……」

可能是我的語氣造成前野不安，她的話聲變得微弱。

「有一個叫熊井。」

「妳認識的人嗎？」

「是小啓的大學朋友。」

前野、坂本和熊井三人一起去過居酒屋幾次。

「他很好相處，我不敢相信他會和小啓吵架。」

「妳知道那個人的手機號碼嗎？」

「——知道。」

我以手勢要求，老闆隨即遞來紙筆。

「前野，」我對著電話叮囑，「除非警方——也許是山藤警部，要求妳說服坂本，否則妳不可以離開那裡。請妳和坂本的爺爺留在屋裡。不可以依自己的判斷跑去現場附近，也不可以聯絡坂本，明白嗎？」

「杉村先生……」

「明白嗎？」

「——我明白了。」

我掛斷電話，立刻打給熊井。由於是陌生的號碼，不曉得是不是心生警戒，對方遲遲沒接聽。拜託，拜託接電話吧。

「喂？」

「你是熊井嗎？」

「是……」

老闆目瞪口呆地看著，我重新在廚房的高腳凳坐正。

「抱歉突然打電話給你，我叫杉村，在九月海線高速客運的公車劫持事件裡，和坂本一起成爲人質。」

啊，電話另一頭傳來驚呼。

「我們在尋找說服坂本的材料，想勸他投降。我想請教一下，前天和坂本發生爭吵的是你嗎？」

唔，是啦……含糊的話聲傳來。

「你們爭吵的原因，是爲了宮間有限公司嗎？坂本曾經邀你加入會員，或是央求你購買商品嗎？」

一陣沉默。

「剛剛警方才問過我一樣的問題。」

我閉上眼睛。

「我是跟坂本一起加入會員的。」

「——那是什麼時候的事？」

「九月底吧。一股五萬圓，所以我出十萬。坂本買一股。」

個性敦厚的熊井，說話有些含糊不清。

「是坂本邀你加入的嗎？」

「原本是他還在上大學的時候，社團學長邀他的，後來就沒下文。可是，最近他才又想起似地跟我提，說他仔細調查過，絕對會賺。」

原來是這麼回事，坂本從以前就有牽連。

不過，當時他並沒有抓住這個賺錢機會。公車劫持事件時，暮木老人提起巨額賠償金，他忽然做起美夢，而這個美夢在老人死後三天，由於老人身無分文的報導瞬間破滅，於是他想起這件事。

「那傢伙滿投入的，努力尋找新會員，但這陣子忽然冷卻。大概是這個星期初，他突然跑來我家，塞十萬圓給我，說就這樣結束一切吧。」

「叫你退出宮間的會員？」

「是的。我問他理由，他說那是詐騙集團。我因爲邀研究室的朋友加入，丟臉丟大了，所以跟那個朋友一起去找坂本談判，可是那傢伙淨說些莫名其妙的話，我們才吵起來。」

熊本還在說話，但我道聲謝，掛斷電話。冷汗泉湧而出，我用手拭汗，閉上眼睛。

「杉村先生，你不要緊吧？」

電視傳來現場記者的報導：歹徒要求熱飲和餐點——

這是詐欺師的錢。大叔，詐欺師的錢怎麼能拿？坂本的話聲在耳畔復甦。

那看起來像是在責怪暮木一光、羽田光昭，其實是吶喊，是坂本的告白。我也是詐欺師！我幹了一樣的壞事！我是一丘之貉！

手機驟響，我和老闆都嚇得跳起來。

「喂？」

「杉村三郎先生嗎？」

是忘也忘不了的山藤警部話聲。

「抱歉，突然打去。你知道目前發生的事件嗎？」

「是的，我在看電視。」

「你認識坂本啓吧？」

「那起事件後，我們有聯絡。」

一陣空白。

「嫌犯坂本現在劫持人質，據守在公車裡。他剛才提出要求，希望警方找出一名人物。」

我緊緊握住空著的手。

「是一個叫御廚尙憲的人。你聽過這個名字嗎？」

我無法回話。

「其實在你之前，我依序聯絡那起公車劫持事件的相關人士。我請田中先生和柴野司機到警署，等一下前野小姐就會過來吧。我們也聯絡到迫田女士的女兒。」

「——這樣啊。」

「大家都知道那個叫御廚的人，但詳情要我們問你。」

換句話說，人質夥伴一致同意交給我決定該怎麼做。

我能怎麼做？

「警部。」

「是。」

「很抱歉，我不能透露。」

我坐著一陣哆嗦，搶在警部出聲前一口氣說下去：

「但我能找到這個人，可以給我一點時間嗎？」

語畢，我不只切斷通話，還關閉電源。然後，我向老闆要求：方便借我車子嗎？

「你這人啊，居然叫我借你車子？厚臉皮也該有個限度。」

老闆的愛車是部破賓士車。此刻，他坐在駕駛座拱著肩膀握緊方向盤。

「這傢伙跟我一起度過波瀾起伏的人生，我們是一心同體，比我老婆重要。居然叫我借人？」

「對不起，我認錯，請不要開太快。」

「你不是很急嗎？」

「萬一出車禍可不妙，對老闆的太太也過意不去。」

「咦，沒提過我單身嗎？」

「你剛剛不是說，這部車子比老婆重要？」

「所以離婚了啊。」

關越高速公路十分空曠。返鄉車潮尚未湧現，是不幸中的大幸。

「我的事不重要。」老闆覷著我，「你是不是應該先聯絡要去碰面的對象？」
坐在副駕駛座的我握緊手機，「應該吧。」
「那就快打電話。」
「如果打電話，那個人可能會逃走。」
早川多惠僅僅是執行青梅竹馬阿光的遺言。她一定不想捲進這種麻煩，揭發自己做的事吧。
但我能依賴的，還是只有那個可愛的老奶奶。
手機響起，是園田瑛子打來的，「到底出了什麼事？」
她劈頭就罵我。雖然不到吵鬧，但她所在的地方似乎頗熱鬧。背後有人聲，及細微的音樂聲。
「妳看到電視新聞了？」
「我完全不知道好嗎？我在KTV包廂唱歌。」
我覺得這樣就好。
「請繼續歡唱吧。」
「哪唱得下去？剛才山藤警部打電話來。」
「那妳現在要去海風警署嗎？」
「我該過去嗎？」
「不，總編沒有這個義務。」
園田瑛子什麼都不知情。
「我一頭霧水，所以告訴警部與我無關。」
「這樣就好。妳在跟誰唱歌？」
停頓片刻，總編冷冷回答，「以前當勞聯委員時的朋友。」

「如果是現下還在當委員的人，請代我致意，謝謝他們多方照顧。」

「杉村先生，你在哪裡？」

我沒答覆，掛斷電話。

菜穗子傳兩則簡訊來。

「平靜下來後，請聯絡我。」

緊接著的一則是，「父親說不管出什麼事，務必冷靜行動。」

我再三重讀這則簡訊，關掉手機電源。

車上廣播新聞一直在傳達公車劫持事件的狀況，沒有特別進展。坂本提出的要求細節，及御廚尚憲的名字，都還沒有出現在報導中。

破賓士駛下關越高速公路，進入縣道。老闆開得飛快。

汽車導航通知接近目的地，車速減緩。畑中前原的城鎮，和那天晚上一樣處在寂靜中。「大好評熱銷中」的招牌沉入黑暗看不見，但超商的燈光顯得格外明亮。聖誕節蛋糕和炸雞的宣傳立旗在夜風中搖擺。

「那家店嗎？」

「停車場在馬路對面。」

隔著玻璃，看得見坐在收銀台的早川多惠。不只老婦人，還有別人。

「可以請你在車上等嗎？」

「你一個人不要緊嗎？」

「對方是個可愛的老奶奶。」

我走下賓士車，腳步沉重，眞想掉頭回去。其實內心也覺得應該回去。前往海風警署吧，隨便找個理由向山藤警部搪塞就行。

搪塞。怎麼搪塞？就算我能打馬虎眼，也沒辦法模糊坂本的話，和他切實的要求。

或者他——

我想到那個可能性，用跑的穿過斑馬線。不能回頭。

還沒到超商入口，早川多惠就發現我。以聖誕節色彩裝點得氣氛歡欣的店內，那張臉蒼白得像天上被扯下來的滿月。

老婦人身邊站著一個面容肖似她的男子。大概跟我同年代，是早川家的長男。早川多惠注視著走近的我。長男流露擔心、不安與憤怒的眼神，交互看著母親和我。

他先出聲，「歡迎光臨——」

我搖搖頭。我不是客人，我不是客人啊。

我在收銀台前停步，深深行禮。

「良夫，就是這位先生。」

早川多惠雙手抓著櫃台邊緣。老婦人的兒子良夫盯著我，緩緩站起。

「非常抱歉。」我低著頭，「如果能夠，我不想給早川女士添麻煩。」

沒有回應，早川多惠保持沉默。

「媽。」早川良夫喚道。然後，他問：「你找我媽有事嗎？」

我抬頭望著他，「我……」

「不必，你們是哪裡的什麼人，媽都告訴我了。」

我很驚訝。早川多惠俯下蒼白如明月的臉。

「全是阿光害的吧？」

她像在喃喃自語。

「阿光幹的事，害得那個年輕人失常，對吧？」

店裡沒有廣播或電視的聲音，但後方有一台筆電，螢幕上映出被黃光照亮的海線高速客運公車。

早川多惠淚眼盈眶。她低著頭，觸碰兒子的手。

「你們也是，我對不起你們。」

早川良夫的鼻翼翕張。

他年邁的母親對我說：「我猜你一定會來。」

所以她在店裡等我。她得知坂本劫持公車的新聞後，向寶貝兒子坦承內情，然後靜待我——或是警察上門。

「各位——不，杉村先生不可能拋下那個年輕人。他提出什麼要求？」

「有報導嗎？」

早川多惠搖搖頭，「但杉村先生知道吧？他想要做什麼？他像那樣引起媒體注意，是打算把阿光的所作所為全部公諸於世嗎？」

如果是那樣還好。

「坂本要求警方找出御廚先生。」

老婦人的身體頓時癱軟。她的手放開櫃台，蜷曲的背落在椅上。

「御廚先生……已不在世上……我不是提過？他不明白我的意思嗎？」

「坂本明白。但是對他來說，那樣還不夠。」

不能讓御廚尙憲安詳地走掉，這樣他無法氣消。他要揭開一切，否則不能甘心。坂本無法原諒，他無法原諒御廚、羽田光昭，還有他自己，及想要將事情掩蓋起來的我們這些人質。

因爲坂本不再是單純的人質。他墮落成御廚、羽田的同黨。他無法不去揭穿同樣狼狽爲奸的詐欺師的罪行。

我簡述宮間有限公司的不法勾當，還有坂本燒掉萬圓鈔票，對他邀請加入會員的朋友說了些什麼。

早川良夫摟住母親的肩膀，像要護住她。

「宮間有限公司的事，不是早川女士的責任。我們應該更早發現。」

早川多惠靠著兒子的臂膀，緩緩搖頭，「不，是阿光和我害的。都怪阿光提起巨額賠償金，都怪我不該太慢把錢寄出去。」

我是怕了啊——老婦人發出哭聲，「我原本想毀約，假裝沒這回事。阿光說只要他死掉，一星期過後，報導就會退燒，警方也會收手。所以，等到那時候再寄錢給大家就沒問題。然而，我心生恐懼，拖拖拉拉的。」

不是媽的錯，早川良夫低喃。在短時間內聽到這麼多事，現在又接收到新的訊息，他肯定腦袋一片混亂。他環住母親肩膀的手，指尖顫抖著。

「坂本不會傷害人質。」

他想清算的是自己。

「他打算揭開事實，然後就此消失。我無論如何都想阻止他。因爲還是能重新來過的。」

早川多惠的手覆住兒子的手，抬起頭看我。我迎向她的目光，開口：

「請告訴我，御廚在哪裡？妳應該知道吧？」

御廚尙憲的遺體在哪裡？

「爲什麼……我會知道？」

「羽田先生應該會告訴妳。不可能只告訴妳他殺了御廚，卻不告訴妳遺體藏在哪裡。」

這樣只會徒然攪亂早川多惠的心。

「這個國家看似遼闊，實則狹小。不管是在偏僻的山區或海中、湖裡，都可能找到屍體引發軒然大波。我不認爲羽田光昭會冒這種險。」

無論是本名或假名，只要御廚的遺體被發現，警方遲早會查出他的身分。遺體會道出一切，包括外表特徵、遺物、齒痕、DNA。如果御廚有家人，也可能報案失蹤，請求警方協尋。

只要查出身分，遲早會發現御廚和羽田的關聯。查到羽田，就能直接連結到與羽田光昭親近的早川多惠。

「羽田先生大概是說，御廚的遺體他親手處理掉，藏在某地方，絕不會被任何人發現，所以妳可以放心。不是沉入海裡，或棄屍在某處這樣模糊的說法，他應該只對妳一個人坦白，告訴妳屍體葬在某個妳可以放心的地方。」

老婦人閉上眼，縮起身子。她緊抓住兒子的手。

「上次坂本在場的時候，我應該問出這些的，應該親眼確認的。」

之所以沒那麼做，純粹是我想要結束這件事。我覺得就算不管御廚這個人，也可以結束了。

「羽田先生和御廚那麼親近，把他邀到無人之處，下手殺他，到這裡都能一個人完成吧。但屍體很難處理，光搬運就是件大工程，要掩埋也非常辛苦。那必須是熟悉的土地，不必大費周章，便可藏屍的地點。羽田先生是不是一開始就準備好這樣一個地點？」

媽——早川良夫挨近母親，「眞的像這個人說的嗎？媽，妳眞的知道嗎？」

「對不起，良夫。」

這家店不行了，老婦人哭泣。

「都怪我太傻。」

「沒錯，媽太傻。」兒子的眼眶通紅，「我不是叫妳不要再跟羽田叔叔來往？那個叔叔不是什麼好東西。」

「所以我才不想拋棄阿光啊！就因爲大家都說阿光不是好東西。」

「早川先生，」我向良夫解釋，「令堂跟公車劫持事件沒關係，當然和殺人也毫無關聯，她只是聽從羽田光昭的請求而已。她甚至不知道羽田光昭是不是認眞的。」

「你在說什麼？」

早川良夫語帶責怪，我振奮地回答：

「我的意思是，令堂沒做任何必須受罰的事。身世孤寂的青梅竹馬說出一個破天荒的計畫，而她只是溫柔地搭腔聆聽而已。」

「可是，把錢寄給你們的是我媽啊！」

「那也只是照著阿光的遺言去做而已。沒想到他眞的犯下公車劫持事件，然後自殺。接著，令堂這才知道阿光的遺言——我想多少補償一下在事件中蒙受麻煩的人，請替我送錢給他們。得知這番遺言是發自眞心的，所以照著他的請託做罷了。那筆錢是羽田光昭的財產，不是來歷可疑的錢，是他的積蓄。」

早川良夫顫抖的手用力抱緊母親的肩膀。

「妳也不曉得御廚的遺體在哪裡。是我查到，向妳詢問，然後我自行去確定。當成這樣就好。妳對於阿光殺害御廚一事半信半疑。阿光這人老愛把話說得天花亂墜，妳總是不知道他說的是眞是假。而且妳很害怕，不想去確定。就當成這樣吧。」

我不會讓這家店受到影響——我說：「我保證。」

早川多惠甩開兒子的手，抓住旁邊的拐杖。

「應該是墓地。」她掙扎著想站起，「是一座叫照心寺的寺院墓地。阿光家人的墓就在那裡。」

「地點在哪裡？」

「之前我帶你們去過家庭餐廳吧？從那條路繼續北上，越過一座丘陵，就在另一邊。我帶你過去。」她雙手抓住拐杖望著我，「這一帶的人從以前就習慣蓋很大的墓，用來放骨灰罈的石室也很大，非常大。」

我用力點頭，「我知道了，所以不用帶路。」

「我去。」早川良夫自告奮勇。

「早川先生也不行。請陪在母親身邊，我一個人就夠了。」

他咬上來似地反駁，「不，那墓區非常大，你也沒有在夜裡上山的經驗吧？你找不到的，我帶路。」

接著，他忽然垮下肩膀，回望哭成淚人的母親，「可以吧，媽？」

「——對不起。」

早川良夫像個倔強的孩子般笑道：

「真是的，就是不聽我的話，才會變成這樣。怎麼不早點告訴我？」

「可是，早川女士——」

我的擔憂被看透。早川多惠放回拐杖，堅強地保證道：

「我沒事，絕不會動什麼傻念頭。我會在這裡等著。」

我定定注視她的雙眼。

「那不好意思，借用一下令公子。我們開車過來的。」

早川良夫從櫃台底下取出大型手電筒。

「走吧。」

我們一起跑向停車場。老闆從駕駛座猛地直起身子，早川良夫嚇一跳。我急忙介紹，「這個人是我朋友，跟事件沒關係。」

早川良夫點點頭，坐上副駕駛座，老闆瞪大眼，「這位是？」

「我是汽車導航，不用介意我。」早川良夫回答。

「這樣啊。那我是這輛車的自動駕駛裝置，不用介意我。」

當地人的話確實該聽。從那間家庭餐廳開進旁邊的路，一上坡後，四下就落入一片漆黑。雜木林中，有條寬度勉強可供兩車交會的路。路燈稀疏，光線也很微弱。沒有半個號誌，處處豎立著反射鏡和路標，但得靠近才看得見。

「那邊右轉。」

早川良夫明確下達指示，望著前方說：「你上個月也來過吧？」

「是的，來見令堂。」

「聽說有客人來找我媽，樣子有些不太尋常。」

是加奈。

「我一直很擔心，有股不好的預感。」

他自言自語般低喃。

「九月發生事件的時候，報上有歹徒的肖像畫。我一看到，就認出那是羽田叔叔。」

路況非常糟，破賓士顛簸得相當厲害。

「可是，媽卻否認。」

「你見過羽田先生？」

「他來我們家時，我至少會打聲招呼。他以前似乎幫助過我們家。」

是阿光靠三寸不爛之舌保住那家店的事。

「在當地，幾乎沒有人認得羽田叔叔。大概只有我們家的人知道他吧。」

「這樣啊……」

「媽很生氣，堅稱歹徒不是阿光，名字又不一樣，反倒讓我更在意。」

但是也不能怎麼樣，他繼續道：「我媽很頑固，從以前就是。她口風很牢，一旦決定做什麼，就會堅持到底。」

車頭燈中浮現「照心寺」三個字，是白底看板上清楚的黑字。

「墓地入口在更前面，停在這裡較妥當。」

在我制止之前，老闆也下車，「我可不想在這種鬼地方一個人看車子。」

拿著大型手電筒的早川良夫領頭，我們踏入深夜的墓地。那的確是一片廣闊的墓園。路面沒有鋪水泥或柏油，高低差劇烈。下雨可能會滑倒的地方鋪了木板，處處雜草叢生。

「每座墓都好大。」

老闆不禁感嘆。每一處墓所隨便都有三坪以上的面積，各別以石牆圍繞，裡面聚集複數墓碑。

「我爸的墓也在這裡。」早川良夫踩著篤定的步伐，在黑暗中前進，「將親近的家屬的墓地放在同一區，是這個地方的習慣。可是，只有羽田叔叔的家……」

畢竟是那樣過世的——他壓低聲音。

「從羽田一族的墓地被趕出來，位在角落。」

只有阿光的父母和哥哥三個人。

「我媽一到彼岸節（註），都一定會來掃墓。可能是羽田叔叔拜託的吧。」

即使羽田光昭沒拜託，她也會這麼做吧。

註：彼岸是春分及秋分的前後七天，日本人會在這個時期掃墓。

「就是這裡。」

早川良夫舉起手電筒。眞的在墓區外圍，雜木林緊貼在後方。

一樣是一座大墓。周圍的石牆低矮，不到我的膝蓋。在約一坪大的墓地內，只有一座墓碑。是由約一人圍抱的花崗岩堆砌而成，微微向右傾斜。這裡是斜坡。

「羽田家之墓。」

老闆念出聲，呼吸變白浮起。

「墓碑是很豪華，但一點裝飾也沒有，彷彿是荒原中的一棟屋子。」

呈三段堆砌的花崗岩最底下的部分，有石室的蓋子。上面刻有應是羽田家的家紋。尺寸約爲半張榻榻米大。我一陣顫抖。

早川良夫舉著手電筒，也不敢動彈。老闆對著墓碑輕輕合掌膜拜後，彎身搜尋周圍，然後出聲。

「羽田大吉、良子、光廷。」他念出墓碑上雕刻的名字，「還刻有光昭的名字，是一家四口的墓呢。」

我頗爲詫異，「過世的是他的父母和哥哥，光昭還活著啊。」

不，直到今年九月前還活著。我回望早川良夫。他在手電筒的光圈外垂下視線。

老闆在墓碑後說：「可是，這些字應該是在同一個時期刻上去的。方便照一下這邊嗎？」

早川良夫上前挪動手電筒，小聲補充：「我媽說，這是羽田叔叔的叔公幹的。」

是羽田家的三人葬身火窟後，繼承遺產，收養光昭的人。

「他說只有光昭一個人被留下來太可憐，先幫他把名字刻上去。」

語氣非常不齒。

「這對留下來的孩子根本太殘忍。」

「……就是啊。」

彷彿在詛咒他快點死掉，一起埋進這裡。不，那等於是在說：你也應該死掉埋在這裡的，居然活下來。

「在其他地方，我從沒聽過有人這樣做。」老闆站起，拍拍長褲膝蓋，「這做法實在令人作嘔。」

我腦中浮現的不是「暮木一光」的臉。耳朵深處也沒聽見他流暢的辯論，更聽不見早川多惠自述身世的話聲。

我想起來的，是未曾謀面的古猿庵告訴我的，日商新天地協會代表小羽雅次郎的人生。

因爲父親的醜聞，小羽被趕出故鄉。他被故鄉憎恨，也憎恨著故鄉。他的人生目標，就是要讓拿石頭扔他的那夥人刮目相看。

年幼的羽田光昭，在這塊墓碑上看到什麼？應該保護他、扶養他的人，在這塊墓碑上刻下他的名字。你應該也一起埋在底下，你是個沒人要的孩子。那個時候，羽田光昭的人生就被囚禁在這塊墓碑下。

羽田光昭與小羽雅次郎是獵人與獵物的關係，是只有利用與被利用的關係。但他們的邂逅全是巧合嗎？只有利益彼此吸引嗎？

不僅僅小羽雅次郎而已。相互欺騙的人，是否從彼此身上感覺到相同的氣味？對於自己無力扭轉的命運的憎恨、對不肯接納自己的社會的憤怒、對自己無福擁有的美好人生的憧憬。即使沒浮現在意識表面，這陰暗的引力，也將騙子與製造騙子的人牽引在一起——

羽田光昭早隨著父母及哥哥死去。留在世上呼吸行走的是他的空殼。他並不是被瀕死體驗改變，而是尋回原本的面貌。

「要打開這裡吧？」

老闆蹲在石室的蓋子前，仰頭問我。我點點頭，走上前。

石室的蓋子很難移動。但是兩人合力搬挪，便一下往旁邊滑開，害老闆差點跌跤。

「請照亮裡面。」

光圈上下移動，是早川良夫在發抖。我從他手中接過手電筒。

「抱歉。」

他低喃著，別開臉。

不費吹灰之力。白色強光一下就照到衣物般的東西，是西裝袖子。我捲起外套袖子，把手伸進石室，摸索抓住，試著拉動。那東西發出沙沙聲響。

看到頭髮，還有底下的白骨，及空出大洞的眼窩。

或許是氣溫寒冷的緣故，沒聞到腐臭，只覺得灰塵味頗重。遺體似乎有一半木乃伊化。雖然看不出體格，但御廚尚憲應該不是個壯碩的人，掀起袖子露出的臂骨很細。

「還眞的找到了。」老闆出聲。

在遼闊墓區的角落，除了羽田光昭和早川多惠之外，沒人來參拜的墳墓，不可能有人發現。如果是三更半夜，要背著遺體偷偷過來，也不是難事吧。

羽田光昭在人生落幕之際，將一同走過錯誤道路的夥伴，葬送在自己被囚禁的地方。

我把手電筒交給老闆，取出手機，迅速拍幾張照片，傳送到坂本的手機信箱。

我站起身，慢慢數到五十，撥打他的手機。

鈴聲響起，很快就停歇。

「坂本，我是杉村。」

北風吹過伸手不見五指的墳墓，喧鬧的雜木林攪亂黑暗。

「找到御廚的遺體了。」

傳給你了，我說：

「親眼確認，然後投降吧。繼續做這種事，也沒有意義。」

沒有回應，但聽得到細微的呼吸聲。或者那只是風聲？

「你聽得到吧？」

坂本的話聲沙啞，「你在哪裡？」

「在羽田光昭家人沉眠的墓地。御廚的遺體就在放骨灰罈的石室，你看看照片吧。」

「你是怎麼——」

「上次一起拜訪早川女士，我就猜到了。那時候應該確認一下。」

抱歉，我說。

「必須揭開一切才行。」坂本出聲。

「嗯，沒錯。」

「就算他已死，也不能原諒他。」

「嗯，沒錯。」

「羽田老爺爺做的事，跟那個叫葛原的人不是沒兩樣嗎？」

「嗯，沒錯。」

「得把一切都公諸於世才行！」

坂本大叫。

「不能放任不管！要斬草除根！」

我知道坂本在哭。

「放走人質，從公車下來吧。結束了。」

羽田光昭的詛咒解除。那個老人自以爲是贖罪與祝福而留下的詛咒。

名爲金錢的詛咒。

坂本的呼吸聲變得粗重。

「我要揭開一切，說出全部眞相！我要把眞正邪惡的人拖出來！那是個污水坑，所以要連底部都徹底清乾淨！」

像小孩子吵架，他一個勁叫喊。

「放他們逃走，又會重蹈覆轍。又會有人掉進那個污水坑。」

「我知道。我看到宮間有限公司的事業手冊了。」

坂本頓時沉默，彷彿倒吞一口氣。

「杉村先生。」

我也是同類，他自白道：

「我也是個詐欺師。」

「你是被害者。你是被騙了。」

「——我想要錢。」

「嗯，我知道。」

社團學長邀約時，坂本並未受到吸引。他開始心動，是因爲在公車劫持事件中聽到羽田光昭提起賠償金。

那是畫上的大餅。但是，聽在認眞想要人生重新來過，因而渴望金錢的坂本耳裡，那就像個甜美的夢。假如眞的能拿到賠償金——他目眩神搖起來。

然後，「暮木老人」死去，警方查出他其實是個身無分文的老人。在那個時間點，這是正確的訊息。一度陷入美夢的坂本，不知多麼失望。果然是騙人的嗎？那個老爺爺並不是有錢人。當下坂本應該要表現得更瀟灑，他卻忍不住向前野抱怨，就是失望到這種地步。

要是有錢就好了。只是漫然這麼想，坂本也不會被迷惑吧。然而，嘗到突如其來的美夢滋味，他的心靈防禦變得脆弱。

「杉村先生，我……」

「嗯。」

「甚至去邀齊木先生。」

「他是誰？」

「清潔公司的上司，他一直很照顧我。」

是在坂本蒙上竊盜嫌疑時，爲他講話的人。

「我遊說齊木先生，強調這是很棒的生意，絕對會賺。他笑了。我繼續說服，他的表情愈來愈困擾。」

坂本半是哭半是笑。他在嘲笑自己。

「公司的人說，拿到獎勵金最快的方法，就是找認識的人加入。只要邀朋友加入會員就能分紅。」

所以我還找上齊木先生——

「我居然想騙那麼好的人。」

「你並沒有騙人的意圖。」

「我就是想騙他！」

在公車裡激動不已，抓著手機哭喊的坂本，肯定讓人質驚懼不已，也許警方會決定攻堅。我努力擠出溫柔的聲音。

「坂本，投降吧。」不可以死，我勸道：「你打算一死了之，對吧？」

沒有回答。

「不可以的。不可以一死了之。這樣做，才是重蹈羽田光昭的覆轍。你不是說，暮木老爺爺做錯了嗎？」

坂本顫抖的細語傳來，「我完了。」

「胡扯，還是能重來的。不管身陷何種深淵，人生都能重來。」

我想起足立則生，想起他雀躍的簡訊文字：國中生的派報同事，建議我可以買拉炮去參加派對。

「大家都在擔心你。不只是我們，你的家人也在等你回去。接下來的事就交給警方吧。遺體找到了，警方會查出御廚的眞實身分。」

坂本語帶哭聲。

「對不起。」

他在道歉。

「都怪我，把一切都搞砸。我會害大家被抓。」

「那可不一定，我們只是沒說出收到賠償金的事。」

「迫田老奶奶的錢會被沒收吧。」

「我們一起支援她吧。」我提議，「人質夥伴交給我決定該怎麼做。因爲大家都想救你。因爲比起錢，你的性命更重要。」

「居然爲我這種人……」

「我們是夥伴啊。」

對不起，我說。

「你一直獨自默默承擔，我應該更早注意到宮間公司的事。」

「可是，那是我自己的責任……」

「你還年輕，還是個人生菜鳥啊。你涉世未深，總會有掉進陷阱的時候。」

老闆蹲在石室前，「嗯、嗯」地點著頭。
「芽衣在哭。」這話也許很卑鄙，「不可以再害她繼續哭下去。」
好——電話另一頭應道。
「我要掛電話了。你立刻聯絡山藤警部，大家都在海風警署。」
「他們在這裡。」坂本回答，「剛才到公車旁邊來了。」
「這樣啊……」
「她說『小啓，不可以』。她哭著叫我下車。」
「芽衣說的沒錯。你能做到吧？」
他好像又應一聲「是」。我放下手機。坂本先掛斷了。
「要在這裡等嗎？」
早川良夫問，臉色凍得蒼白。
「爲了維持現場，我們得待在這裡嗎？」
「至少回車上吧，我也想聽新聞。」
三人折返來時路。穿越黑夜深淵，回到破賓士上。
「我媽會被警方逼供嗎？」
「我會好好解釋，不會讓事情變成那樣。」
老闆發動引擎，打開暖氣。三人的身子還沒暖和，廣播就傳來坂本投降的消息。
他和人質都平安無事。

我的聖誕節與新年過得寂靜且寂寞。

我並不清閒，幾乎天天前往海風警署報到做筆錄，也和縣警的幾位調查官再去一次找到御廚遺體的地點。

我在海風警署經常碰到坂本以外的人質夥伴。這應該是刻意安排的，警方傳喚我們的時間巧妙地錯開，所以我們是在走廊和大廳擦身而過。不過，等待彼此的筆錄結束，在警署外談話，並不會受到責怪。我們交出手機裡的簡訊紀錄後，手機未被沒收，因此也可自由聯絡。

最先被解放的是園田瑛子。她把一切都交給我處理，甚至沒親眼看到「賠償金」，所以是妥當的處置吧。接著是田中雄一郎和柴野司機，兩人的偵訊在年內結束。人質中拖到過完年還繼續被找去的，有我、前野和迫田母女。

我和早川母子一次也沒碰上。早川多惠的訊問，在她居住的地方進行。因爲她行走不便，警方貼心地這麼安排，卻害她暴露在街坊鄰居好奇的眼光下。雖然怎麼做都爲難，但事到如今，也沒有我插嘴的份。

「光是沒被扣留在警署，就該感激涕零。」

早川良夫這麼說。他很小心，絕不會直接聯絡我，而是以留訊息給「睡蓮」老闆的方式，向我報告近況。我也盡量透過老闆，通知他大夥的狀況。

山藤警部對我們的態度有些不同。不是變得凶狠，也沒大小聲，應該說是變得冷漠了吧。

「警部內心不大痛快吧。」前野小妹評論，「因爲我們隱瞞重要的事。」

而現在已沒有什麼需要隱瞞的（除了極少一部分以外），因此我對警方知無不言。我有時會打聽坂本的狀況，但警方不肯告訴我具體詳情。

那天晚上，新聞報導坂本投降時，我聯絡岳父。我拜託他在當天那個時刻受理我的辭呈，岳父沒有詢問理由。

——好，我會這麼做。

——謝謝您。事情演變成這樣，我眞的很抱歉。

不知第幾次的偵訊時，我提起辭職的事，山藤警部露出極爲眞實的驚訝神色。

「啊，所以這次廣報課的人才沒有來。」

「我不能再給他們添麻煩。」

「我一直覺得很不可思議。因爲我以爲你應該是第一個會有律師趕來的人。」

這次事件中，帶律師來的只有田中，據說是當地商會介紹的。不過，律師不需要奮戰。實際上，我們人質並未參與犯罪行爲，只是以被害者身分接受出於加害者意願支付的賠償金。加害人死亡，所以我們好奇賠償金是誰寄的，主動進行調查，只是這樣而已。依收下的金額，可能需要申報贈與稅或臨時收入，不過也僅止於此。那筆錢如果是「暮木老人」在劫持公車時向客運公司恐嚇取得的，而我們明知道卻仍收下，就是不折不扣的犯罪，但事實並非如此。

早川多惠不是羽田光昭的共犯。她聽說他的「贖罪」及劫持公車的計畫，但沒協助執行。她曾一度陪伴羽田光昭參加日商新天地協會的自救會，然後在羽田光昭死後，照著他的請託，把寄放在她那裡的錢寄出去。她做的事只有這樣。早川多惠不知道羽田光昭是不是眞的要劫持公車，哪能算是共犯呢？

如果老婦人不是共犯，那麼隱瞞有她這個人的我們，也不算是包庇罪犯。關於怎麼發現「御廚尙憲」的屍體，我堅持主張「只是直覺蒙中」。我一心只想讓坂本盡快投降，即使通報不知原委、轄區也不同的畑中前原地區警察，也只會平白浪費時間。我認爲親自去確定比較快。會想到羽田家的墓地，眞的只是直覺，如果猜錯，我也沒有其他備案。況且，是否眞的有御廚這個人？他是否眞的死了？我們沒有確證，我們手中只有早川多惠的證詞。

關於發現遺體的過程，早川多惠也照著我那時候告訴她的作證，因此與我們的說詞沒有矛盾。不過，老婦人似乎被嚴厲追究是否和御廚命案有關。遺憾的是，關於這一點，我們人質無能爲力。頂多只能提出意見，表示從老婦人的話聽來，羽田光昭實在不可能要青梅竹馬協助殺人。

「爲了證明你當天的行動，我們也問過夫人。」山藤警部稍微壓低聲音，「她說帶著孩子，一直待在娘家。」

「我們不是因爲這次的事失和。」

我露出苦笑，警部困窘地搔搔鼻梁。

「因爲又會有許多紛紛擾擾，萬一再有什麼閃失不好，所以讓內子回娘家避難。」

新年期間的電視，被無腦的綜藝節目湮沒。新聞節目都是回顧過去一年的內容，因此坂本的公車劫持事件的報導量，比羽田光昭那時候減少許多。

不過，網路上的狀況不同。九月的公車劫持事件的人質之一，這回變成歹徒，原因與「賠償金」有關。實際上，我們人質收到大筆金錢。眞的有錢牽涉其中，這件事似乎激怒一部分的人。

他們居然奸詐地A到一大筆錢，不可原諒。一心對此感到憤怒的人，完全忽視也有部分人質捐出賠償金，沒有留下半毛錢的事實。即使有人提醒，他們仍繼續高聲指責，即使只是「暫時」，但既然收取「不當利益」，就是骯髒的貪財鬼。

僅僅在網路上遭到攻擊，還能夠忍受，但田中和前野都遭到所謂的「電話攻擊」。前野被拍下外出的樣子，PO上網路。騷擾和惡作劇電話、恐嚇簡訊沒完沒了，她只好暫離開自家，寄身在東京的親戚家裡。

「原來世上充斥著這麼多惡意。」

看在我的眼中，她傳來的簡訊字字淚痕。

唾罵我們，說我們賺到髒錢的，應該只是一小部分的人。然而，在匿名資訊巨大匯集處的網路社會，一則煽動性的言論，就能輕易蓋過十則謹守常識的發言。

「這年頭，凶殺案的被害者家屬向加害者求償，也會被責怪『怎麼那麼貪得無厭』。」老闆語帶嘆息，「這世道，金錢就是敵人啊。」

柴野司機在客運公司的工作停職。因爲營業處和總公司都接到大量抗議電話、電郵和傳眞。絕大部分都誤會她是九月的公車劫持事件的共犯，她與死亡的歹徒勾結，向客運公司勒索贖金。

總公司忍無可忍，在官網說明相關事實，仍是杯水車薪。年節過後，我們所有人質其實都是預先勾結的「眞相」，已傳得繪聲繪影。

事件的報導量不多，竟是適得其反。既然演變成這樣，只能等待風頭過去，等那些宣傳可笑「眞相」的煽動者厭倦。

即使如此，當我看到新版「眞相」——坂本在九月的案子也和眾人勾結，但受不了良心呵責，爲了揭露事件眞相，才犯下第二次的公車劫持事件；而警方會隱瞞這些眞相，是不願承認九月的事件調查有所疏漏。我還是大笑五秒，接下來的五秒幻想起召開記者會的樣子。只是幻想，一下就打消。

在這樣的狀況中，理所當然，迫田母女遭受到最強烈的抨擊。雖然爲數不多，但一些日商新天地協會的前會員也加入這場攻擊。他們批評，迫田母女居然只顧自己，對其他日商被害者默不吭聲。雖然也有人擁護迫田母女「如果是我站在相同的立場，也會這麼做」，但寡不敵眾。

我時不時被警方叫去訊問，偶爾會想，迫田美和子不曉得有多後悔當時決定「交給杉村三郎全權處理」。她很聰明，知道即使套好說詞、保持緘默，只要坂本被逮捕或投降，一切都會曝光，倒不如主動說出事實。但理智和心情是兩碼子事，唯有迫田母女，我提不起勇氣聯絡。

諷刺的是，因爲這件事，日商自救會的網站一口氣熱鬧起來。可是，關於羽田光昭、御廚尙憲這對搭檔和小羽代表的關係，卻沒有任何新情報，也沒有會員出面表示認識御廚。御廚這名神祕人物，似乎只能向小羽代表問出端倪。

「這需要相當大的毅力。」山藤警部告訴我，「小羽雅次郎最近言行愈來愈古怪，而兒子又把罪狀全推到父親身上。」

藏在石室的遺體，也與接到失蹤報案的失蹤者進行比對，還沒有成果。有幾個家庭來認屍，全都半是放心、半是失望地回去。

「御廚這個人，非常有可能和羽田一樣，過著即使忽然消失，也不會有人擔心他、爲他報警的生活。」

山藤警部如沉思般雙手交抱胸前。

「以前有段時期，我負責智慧犯罪和經濟犯罪。」

在詐欺師的世界，保留著類似師徒制的傳統。

「詐騙的技術，會由老手傳承給年輕世代。」

山藤警部以前負責的嫌犯裡，有個專門從事「金蟬脫殼」（註）的詐欺師。那個人和善易親近，在偵訊室裡滔滔不絕。

「他尤其懷念傳授技術的師父。對於親兄弟隻字不提，淨是談論他的師父。」

嫌犯認爲，已是故人的「師父」，比任何人都要親。

註：一種詐騙手法。利用無關的建築物，佯裝該處的相關人員，騙取對方信任後收下財物，自後門等處逃離。

「他告訴我，初出茅廬的時候，師父讓他徹底學到一個教訓。」

——抹掉你的影子。

不能是一個有實體的人——是這樣的教誨。

「御廚尚憲會不會也是這樣一個人？」

唯有死去，才總算能變回名為屍體的實體。

關於御廚遇害的時期，發現遺體後，很快就透過驗屍得知。推估是四月中旬到五月初，死因不明。找不到生前受的外傷，也沒有槍傷。

「死因還不清楚，不過……」山藤警部微微偏頭，說研判應該是藥物，「以刪除法來看，只剩下這個選項。」

「如果是中毒身亡，應該可以從遺體檢驗出來吧？」

「未必。有些毒物代謝迅速，也有可能除了藥物，同時使用其他手段。好比用安眠藥迷昏對方，再用枕頭讓對方窒息。」

力氣不大的女性多會採用這種方法。對於手無縛雞之力、堅決執行謀殺計畫的羽田光昭，或許也是相當適合的手段。

我會抹殺你，抹殺你的影子，然後跟著你一起消失，夥計。

自從山藤警部態度變得冷淡後，好久不是一問一答，而是像這樣和他閒聊。我下定決心問他：

「迫田女士和她女兒現在怎麼樣？」

警部右眉的黑痣動了一下，「咦，你們不是都有聯絡嗎？」

語氣挖苦，但眼神沒有怒意。

「我對她們實在過意不去……」

「你也太軟弱了。」

山藤警部苦笑，悠然靠在偵訊室的椅子上。

「迫田美和子小姐比你堅強許多。」

「她們是一起接受偵訊的嗎？」

「實際上也沒辦法把她們母女分開叫來，母親連身邊發生什麼事都弄不清楚。」

所以，美和子小姐一定更難過吧。

「——會變成這樣，也都是自己選擇被日商那種地方騙，是自作自受。」

警部喃喃自語。

「只有自己拿回被騙的錢，世上不可能有這麼好的事。與其把無關的人捲入、平白害死有前途的年輕人，這樣的結局更好——美和子小姐這麼說。」

我垂下目光。

「不知聽到這些，杉村先生會不會好過一些，更不知這是不是她的眞心話，但我認爲只能這樣想。」

在我聽來，這與其說是警察的發言，更像長者的忠告。

「我也能問你個問題嗎？」

聽到這話，我望向山藤警部。

「羽田光昭與迫田豐子在公車劫持事件之前相遇，只是單純的巧合吧。雖然是離奇的巧合，但並非不可能。」

我點點頭，「日商和『克拉斯海風安養院』都有許多高齡者。」

「嗯。但是，迫田女士在羽田光昭決定劫持的公車裡，也是巧合嗎？羽田爲何要以這種形式，把迫田女士牽扯進來？」

我想過這個問題。

「我認爲這也是巧合，以結果來說，變得如此巧合。」

那一天，因爲發生卡車翻覆事故，迫田女士習慣搭乘的公車臨時停駛。

「於是，迫田女士拖著行動不便的腳，穿過『克拉斯海風安養院』，去搭乘碰上劫持事件的那班公車。」

羽田光昭刻意避開迫田豐子平常搭乘的路線，意料之外的停駛，反倒讓迫田女士搭上他預備劫持的公車。

「其實，羽田光昭可以在這個階段打消念頭。突然的停駛、迫田豐子的存在，應該會讓他感到某種凶兆，要他罷手。至少今天先罷手。」

然而，他沒罷手，按計畫實行。

「或許他認爲，一旦在這時候罷手，就再也沒辦法重來。」

這純屬私下的揣測——我補充道。

「意外地，事情都是這樣發展。」警部接過話，「實際動手前，碰上這類牽制，能不能及時停手，是一個人命運的分水嶺。不，是能不能注意到這是命運分水嶺的問題嗎？」

「殺害御廚的時候，羽田老人也碰到那樣的分水嶺嗎？」

山藤警部沒回答。他停頓片刻，問道：

「杉村先生，往後你要怎麼辦？」

我有些窮於回答。

「不能永遠遊手好閒下去，我會去找工作。」

「現在這麼不景氣，會很辛苦。」

這是在多管閒事吶，警部低喃。他別開眼，像是在憐憫我。

這不是被害妄想。事實上，我目前的處境，的確有著和平家庭的人，理所當然會感到憐憫的狀況。

菜穗子和桃子留在岳父家，是爲了她們的身心安全。但我無法靠近岳父家，是因裡面暴風雨肆虐。

我們受夠這個不斷驚擾警方的傢伙了！把這個麻煩精從今多一族趕出去！

不只在網路上，現實中也出現高分貝抨擊。值得慶幸的是，那聲音並非來自岳父，也不是菜穗子的兄弟，但因此更爲難纏。從以前就冷眼待我的親戚，把這次的事件視爲絕佳良機，勸菜穗子離婚。

「等風頭過去就沒事了。」

妻子像靜待網路社會的沸騰過去。只要等一陣子，不久後溫和的、符合常識的見解就會回來。

「我沒事，不用擔心。」

時機也不巧。聖誕節和新年都是一族雲集的機會，囉嗦的叔伯姨嬸都圍繞在菜穗子身邊。

岳父打電話給我，如此交代：會演變成無意義的爭執，在我說好之前不要靠近家裡。你跟菜穗子和桃子在外頭碰面，暫時不要去公司。

我依照指示，在餐廳或飯店和妻女會面，趁機拿換洗衣物等日用品。自己則躲在家中，刪除騷擾信件和電話留言，打掃消磨時間，把妻子的藏書一本本拿出來看。不看報紙徵人欄，把勞力花在回想可能雇用我的老朋友。

「關於坂本啓，成爲人質的司機和乘客也都對他抱持同情的態度。」

據說，他們能理解他被逼到那種地步的心理。坂本在車內雖然亮出刀子，卻沒表現出任何要傷害人質的意圖，似乎也是一大原因。

「前野小姐打算繼續陪伴他。」

所以不必擔心，山藤警部說著，從偵訊室椅子站起。看來，這下我也可卸下任務。

「杉村先生，請快點重建自己的生活吧。」

我行一禮，離開偵訊室。走出海風警署，北風襲來，圍巾搖晃。

恐怕再也不會踏上這塊土地吧，我冷得縮著肩膀。

從此永別——

我在內心喃喃自語，一個從未有過的念頭掠過腦際。

我是不是眞的應該離開今多一族？會不會勸菜穗子離婚的人們才是對的，掙扎抵抗的我和妻子其實是錯的？

連繫人與人的是緣分，而緣分是活的。活生生、有血有肉的緣分，因爲某些理由衰弱、消瘦，終至死亡，是不是就不該再緊抓著不放？

我和菜穗子之間，應該沒有不能分手的理由。我不知害她擔心多少次，眞的很對不起她。但自從決定與她結婚，我的心情沒有變過。菜穗子是我人生的至寶，而現在桃子也是我的寶貝。

妻子鼓勵我，說她沒事。我相信這是眞的。我、菜穗子和桃子的緣分都還活著。

爲了讓這個緣分永遠活下去，甚至活得更好，我是不是應該離開今多一族？如果我珍惜菜穗子、珍惜桃子，讓妻子動輒受到親戚苛責，感到侷促難堪，就是錯的。

——你沒有錯。

妻子這麼說。昨天碰面時，她又這麼說。不管哪一次事件，你都只是被捲入。你沒有責任。確實，我是被捲入的。可是被捲入後，決定如何行動的是我。當下，我認爲那是對自身最好的行動，但對妻子一樣也是最好的手段嗎？我曾像這樣反思過自身的思考和行動嗎？

我只是利用妻子的寬容、利用妻子的經濟能力、利用岳父的智慧，爲所欲爲罷了，不是嗎？

我是這麼自私的男人嗎？我究竟何時變成這樣？我憑什麼變得如此驕縱？

撲面而來的北風，帶著些許海潮香。這是海風的城鎮。

一直以來，我改變自己，配合外界。配合不熟悉的環境，配合不變的生活形態。由於是岳父的命令，我也拋棄喜歡的工作。

我還拋棄了故鄉。父母宣布要和我斷絕關係，我仍想和菜穗子結婚，於是選擇接受。父母是不是希望我試著抵抗？是不是希望我反對斷絕關係？然而，我沒有這麼做。那時候的我，認為斷絕與老家的關係比較輕鬆。

沒錯，我甚至沒去探望病重的老父。因為發生這次的事，我打電話解釋暫時沒辦法過去，哥哥也不生氣，只叮囑不要讓菜穗子擔心。

長年下來，我和兄姊日漸疏遠。

我一直以為自己是在忍耐、在認命。實際上，我根本沒忍耐，也不是認命，只是選擇更輕鬆的路。然而，我卻挾著忍耐與認命，無意識地認為我理應獲得補償。

這就是驕縱的眞面目。

我在風中兀自搖頭。

我的人生，是不是也碰上山藤警部說的分水嶺？

新年過去，寒意雖然強烈，但感覺白晝一天比一天長。

我來到集團廣報室。總算可以來報告離職的消息，並交接工作。

岳父命令我暫時不要去公司，是因為公司有些員工是看我不順眼的今多一族的親戚派閥。派閥人脈錯綜複雜，光從部屬和頭銜看不出來。但禁令終究解除，應是岳父判斷菜穗子身邊的暴風雨暫時平息了吧。

——你去集團廣報室打聲招呼，接下來只要到人事課，手續就完成。

今天一早，岳父在我剛起床的時間打電話來，俐落地交代。

——不要來會長室。一般員工辦理離職時，不會一一來向我報告。明明交給祕書通知就行，岳父卻特地親自打來，是爲了強調這一點吧。不要靠近會長室。

然後，岳父略微猶豫，補上這麼一句：

——要以親人的身分談話，在家裡談吧。我會再聯絡。

集團廣報室裡，三個人都在等我。我一露面，間野和野本弟立刻站起。

「總算大駕光臨。」園田總編開口，「幸好你在今年第一次送印前回來。」

事前三個人約莫已有共識，並未詢問我的私人狀況。

「你看起來還是一樣，太好了。」間野出聲。

「辛苦你了。」野本弟接著道。

野本弟的髮型變得短而清爽。

我將辭呈交給岳父時，便著手製作交接工作的檔案。電腦上的已完成，文件類則是過年後在家完成。

「抱歉，杉村先生的電腦沒設密碼。」

野本弟惶恐不已，說他偶然發現電腦上的交接文件。

「沒關係，反正都是要給你看的。」

交接工作結束，總編把我叫去會議室。

「別跟我說什麼『抱歉，給妳添麻煩了』。」她往椅子坐下，接著道：「你離職的理由，大夥心裡有數。或許跟事實完全不同，但沒往壞的方面解釋，所以你也不用辯解。」

「謝謝。」

「不過，如果間野小姐向你道歉，告訴她沒必要吧。」

總編說，間野頗爲自責。

我也察覺這一點，「謠傳我和間野小姐之間有曖昧，對嗎？」

「你知道啊？那你也知道，那個流言的出處不只井手先生一個人嗎？」

「是的。」

總編淺淺一笑，「明明把間野小姐挖角過來的是菜穗子小姐。

這是園田總編第一次喊我妻子的名字，而不是「大小姐」或「夫人」。

「流言認爲，間野小姐是內子找來的，我更容易出手吧？」

「沒錯。」

總編沒看我，假裝在檢查自己的指甲，然後豎起小指頭。

「我在背地裡被說成是會長的『這個』很久了，非常了解那種流言的力學。反正懂你的人，會對這類八卦傳言一笑置之。」

我默默行禮。

「我呢，也請求爲這次的事負起責任辭職。」

我第一次聽說，岳父並未告訴我。

「會長拒絕，不過他允許我調職。」

「——要調去哪裡？」

「勞聯事務局的專職人員。」園田瑛子抬起頭，淡淡一笑，「勞聯也有聯合宣傳雜誌。」

「我知道，我們訪問過那裡的總編。」

「咦，有嗎？」

她往指頭吹口氣，彷彿在吹掉灰塵，接著托起腮幫子。

「我在四月一日調任，間野小姐做到這個月底，野本弟會待到黃金週連假結束。」

「間野小姐也要辭職嗎？」
「感覺很突然，但與你無關。她丈夫三月底就要回來，幸好預定提早。」
到了五月，野本弟的課業就會忙碌起來。
「終於要分道揚鑣，看樣子變革的時機到來。」
好事總有結束的一天，她說。
「好事？」
「是啊。不是很愉快嗎？雖然歷經風風雨雨，但你不認爲我們是一對好搭檔嗎？」
我一句話都說不出來。
「而且，這次的事給你添了麻煩。啊，這不是我該講的話。」
「不，我們是一對好搭檔。」
「我這個徹頭徹尾的門外漢能當好總編，全是託你的福。我很感激你。謝謝。」
園田總編旋轉椅子面向我，行一禮後，露出笑容。
「依我個人的見解，對杉村先生而言，這樣才是幸福的。」
這樣一來，你就自由了啊。
「所以我不說再見，你多保重。」
離開會議室後，我、間野和野本弟聚在一起聊天。事情全部辦完，這才又依依不捨起來。
「我還是覺得，杉村先生根本沒必要辭職。」
「這是我該負起的責任。」
總編關在會議室裡不出來，間野似乎十分在意。於是，我搶先開口：
「聽說妳丈夫要回國？」

「是的。原本應該正式拜訪府上，向夫人打聲招呼。」
「別這麼拘謹，如果方便，等團聚之後再來坐坐吧。間野小姐能回到老本行，內子也會很開心。」
間野欲言又止，順從應道：「眞的感謝杉村先生的種種關心。在這裡學到的事，是我一輩子的資產。」
「間野小姐，還是太僵硬啦。」
野本弟調侃，拍一下胸口，「我會好好保護總編和間野小姐。對我來說，這也是一種社會學習。」
「拜託你了。」
「關於送別會……」
「不用啦。」
「早就知道杉村先生會推辭，所以等四月初總編調職後，慶祝大家展開新生活，一起辦個宴會吧。就約在那家中華餐廳，好嗎？」
那麼，我也得在四月前讓生活穩定下來才行。按園田瑛子流的說法，就是成爲自由之身的新生活。
「嗯，託你的福，我有不錯的目標。」
握手後，我前往總公司大樓的人事課。必須確認、領取的文件堆積如山，但手續平淡地進行，平淡地結束。
我抱著印有公司名稱的大信封返回別館，準備到「睡蓮」看看，發現大廳有個意外的人物在等我，是「冰山女王」。
我停步站定。遠山小姐主動走近，端正姿勢後，婉約行一禮。
「我想向您道別一聲。」
我急忙走上前。比起今多嘉親會長出現在此，遠山小姐「蒞臨」的感覺更強烈，實在不可思議。
「我才該向妳致意，給妳添了許多麻煩。」

今天「冰山女王」也穿著剪裁合宜的套裝。我無法想像她穿便服的樣子，恐怕認識她的每一個員工都是吧。

「我們也有許多無法盡善盡美之處，若有失禮，還請包涵。」遠山小姐直視著我，「請多保重，願您過得幸福。」

「謝謝。」回禮之後，我忍不住說：「岳父——還請多多關照。」

「冰山女王」露出微笑。我第一次見到那樣的微笑，不是她的綽號由來的那種冷若冰霜的笑。

「我會盡心服侍會長。」

遠山小姐走過我身旁，從大廳離開。行走姿勢依然端正。

「眞不錯。」

我詫異地回頭，「睡蓮」的老闆站在旁邊，輕輕鼓掌。

「什麼請多關照岳父，眞像女婿會說的話。做得好，做得好。」

「我不是那個意思……」

「就算沒那個意思，往後也得習慣才行。原本杉村先生具備基層員工的屬性，從今以後，就只是個會長女婿，是今多家一員。和遠山小姐的距離感自然會不同。」

總是姿勢端正的「冰山女王」，與我的距離。

「她也想畫出明確的界線吧，畢竟是個聰明人。」

所以杉村先生那樣說是對的，老闆讚許道：「遠山小姐不也很開心嗎？」

我不太懂。不過，我漸漸覺得無法像園田瑛子說的，純粹爲獲得「自由」歡天喜地。

「自從當上會長祕書，她就滴酒不沾。年輕的時候，她是以酒豪聞名的女頭子。」

我第一次聽說。

「她留下不少英勇事跡，卻能滴酒不沾超過二十年以上。她就是這樣的人。」

「好。」老闆搓著雙手，「離職手續都辦妥了吧？這下你就正式成爲待業一族。」

我會寂寞吶，他感嘆道：

「杉村先生，下一份工作有眉目了嗎？」

「還沒。」

「這樣啊。」老闆點點頭，望向咖啡廳招牌，「今年七月要續約。一直待在同一個地方有點膩，我在考慮要不要換個環境。」

他朝我咧嘴一笑。

「乾脆去杉村先生下一個職場附近開店。你想吃我們的每日午餐吧？肯定也會想念我的熱三明治。」

我回以一笑，「光是那份心意，我就很感激了。」

我們握手道別。

「最後一刻還把你捲進麻煩，眞抱歉。」

「那一點都算不上麻煩。」

冷不防地，胸口一陣激動。我寂寞到無以復加，捨不得離開。

「這麼說來，似乎沒好好報過我的名字？」

這倒是，我總稱呼他「老闆」。

「我叫水田大造，這是我的名片。」

多指教，老闆拍一下我的肩膀。不是「再見」，而是「多指教」。

一個人住偌大的公寓，不管暖氣開得再強，依舊蕭瑟凍人。我和哥哥通電話，注意到時，腳已縮進沙發。

老家的父親決定要住進哪家醫院了，是縣內口碑不錯的地方，也很快決定要動手術。雖然拖延許久，但身邊雜務告一段落，我想立刻去探望父親。

「你一個人突然過去不太好吧。爸也就罷了，媽可能會莫名其妙發脾氣。」

這個星期日，我會跟著哥哥和嫂嫂一起去探病。

「你辭掉公司的事，先不要告訴爸。等找到工作，安頓下來後，再不經意帶過就好。」

居然讓哥哥爲我設想到這個地步，我眞是不成材。

「菜穗子還在娘家嗎？」

哥哥有些難以啓齒，客氣地問。

「嗯。差不多可以回來了，只是輿論氛圍仍滿危險。」

哥哥欲言又止，沉默片刻，冒出一句：

「你應該帶家人去神社一趟，請人驅個邪吧。」

「什麼？」

「上次的家，不是剛搬進去就又搬走嗎？這次也是，變成跟家人分開生活。你搬家的時候曾經請人看過風水嗎？」

「哥怎麼這麼守舊？」我笑道。

「事實上，你三番兩次被捲進麻煩，可不是什麼好笑的事。如果碰上不尋常的事，爲了斷個乾淨，去給人驅邪相當重要。」

「我知道啦。」

哥哥像叮嚀青春期少女，要我注意門窗，早點睡覺。仔細想想，在我們疏遠的歲月中，哥哥的孩子應該也正值青春期。

我放下話筒，照著哥哥的吩咐檢查門窗，然後準備入浴。手機不巧響起。

我懷疑自己眼花，來電顯示爲「井手正男」。

我反射性地望向時鐘，剛過晚上八點半。

「我是杉村。」

電話另一頭傳來粗重的呼吸聲，井手八成又喝醉了。

「——你馬上過來。」

我懷疑耳朵聽錯，他在說什麼？

「你是井手先生吧？」

「沒錯，痴漢井手正男，遭你濫用職權欺凌的井手正男。」

果然是喝醉酒。居然打電話來騷擾，實在幼稚。

「怎麼？」

「我是沒怎樣。總之，你馬上過來。」

語氣很急，口齒不清。

「你在哪裡喝酒？又酒駕被抓嗎？」

「囉嗦！」

我嚇一跳，把手機拿遠。不是井手吼我，而是聽起來像慘叫的緣故。

「叫你快點過來！」

聲音丕變，像在懇求。

「我一個人實在沒辦法啊，幫幫我吧！」

「——幫你什麼？」
「我在森先生家。」
我重新握緊手機，「森先生怎麼了？」
「你來就知道。」
我錯了。井手正男不是喝醉，而是慌得六神無主。
「發生什麼事？」
「不能在電話裡說。」
說了你也不會信，他語帶哭音。
「不是爲了我，是爲了森先生。」
「發生緊急狀況不該找我，而是——」
「怎麼可能！如果有別人能依靠，我還會來求你嗎？」
嘴上說得強勢，聲音卻在哭。
「拜託，快過來。」
你一個人來，他要求。
「不要告訴其他人，這是爲了森先生。你開車過來，不能坐計程車。你有車吧？」
「有。」
「知道地點嗎？你來過閣下家好幾次吧？我會把門燈開著。」
「井手先生。」我加重語氣，「不知道發生什麼事，但我不能因你一句『爲了森先生』就傻傻跑去。我們之間沒有這樣的信賴基礎，你應該是最清楚的吧？」
「——會演變成大麻煩。」

我再次懷疑自己聽錯。

「什麼？」

「我是說，不照我的話做，你的麻煩就大了。」

看來我受到恐嚇。

「我會有什麼麻煩？」

井手沉默片刻，呼吸依然粗重。

「你想避免醜聞吧？」

我一頭霧水。醜聞？誰的醜聞？

「我——」

「不是你的醜聞。不過，對你來說，也會是重大的醜聞。講到這裡，你應該就懂了吧？」

我又把手機拿遠，盯著螢幕。井手正男，森閣下以前的親信，現在只是孤獨的醉漢。

「井手先生，我不曉得你有什麼煩惱，要是你想詆毀會長來洩忿，我也有我的——」

「不是會長。」

他的語氣充滿不屑。

「是你的寶貝太太，會長的千金。」

我周圍的聲響消失。不管是空調安靜的運轉聲，或時鐘滴答走動聲。

「你說菜穗子做了什麼？」

「要是想知道，就照我的話做。」

他逕自掛斷電話。

我的寶貝妻子，岳父的寶貝女兒。

菜穗子做了什麼？

距離九月那一天還不到半年，森家的前院卻荒廢不少。門燈的光圈中，枯萎的盆栽傾倒。

我按下門鈴，大概是在屋內監視，井手正男立刻出來開門。他穿西裝，沒繫領帶，外套披在肩上。右手已不用吊臂帶，但可能戴護腕或紮著繃帶，襯衫袖子繃得緊緊的。

「你開車來的吧？」

我默默指向停在前門的富豪汽車。

「進來。」

我踏入門廳，井手正男立刻關門鎖上，並熄掉門燈。

屋內幽暗，只有走廊和通往二樓的階梯亮著燈。暖氣不夠強，寒意刺骨。

「森先生在哪裡？他沒事吧？」

井手正男瞪著我。雙眼充血，眼角發紅。

「他在二樓臥室。」

他領頭爬上樓梯。

造訪這個家時，我沒上過二樓，今天是第一次。走廊左右並排著房門。我想起森先生說過，他想住在更精巧一點的家，屋裡全是空蕩蕩的房間，實在寂寞。

盡頭處的門開著，室內某處亮著燈。井手正男往前走，在門旁停下腳步，靠在牆上催促我。

「老大在這裡。」

原來井手稱呼森先生爲「老大」？對他來說，森先生的綽號不是「閣下」。

剛從木板地走廊踏入鋪地毯的臥房，我不禁愣住。

雙人床靠窗的一側仰躺著一個女人，毛毯蓋到胸口。光源是枕邊的立燈。女人看起來像是睡著了。毛毯底下，雙手規矩地交疊在胸口。我認出那是只在照片上看過的森夫人。立燈旁有電話子機，小花瓶裡也插著花。

「夫人過世了嗎？」

森先生提過，搬進「克拉斯海風安養院」後，只要狀況允許，都會盡量讓夫人外宿——回家。因爲內子一直想回家。

臥室很大。立燈的光線範圍很小，只能照亮夫人那一側的床，沒辦法照亮房間每一個角落。

「森先生在哪裡？」

我總算跨出腳步，終於注意到不對勁。門口右方整面的訂製壁櫃前，癱坐著一個人影。

我定睛細看，心臟彷彿凍結，直到看出那是誰，又是什麼狀態。

那是森信宏，閣下在那裡。他身穿漿得硬挺的白襯衫，外搭西裝外套，繫著腰帶。背靠在折疊式的壁櫃門上，但姿勢過於不自然，顯然並非只是坐著。

他的軀體懸吊在衣櫃門把上。牢牢綁住門把的領帶，套在頸脖之間。下巴收起，眼睛閉著，雙手垂放在身體兩側。

我在推理小說中看過，即使是這樣的姿勢，也足以壓迫氣管，導致呼吸停止。

「是自殺。」

井手正男走近，幾乎能感受到他的呼吸。他死命盯著森先生。在立燈溫暖的微光中，我發現他的眼角是濕的。

「一起走了嗎？」

「老大帶著夫人一起走了。」

井手正男語帶哽咽。他一陣踉蹌，撞到我的肩膀。

「老大常說，現在的夫人只是空殼，眞的夫人早就死去。」

我也聽森先生提過類似的話。以前的內子被囚禁於現在的內子軀殼裡，正在哭泣。

「有遺書吧？」

井手正男點點頭，「在客廳咖啡桌上。」

「井手先生今天怎麼會來這裡？」

「我被調到社長室後，每兩、三天就會打電話給老大。他交代我要報告狀況。老大想看我好好振作。」

他語帶哽咽。

「所以今天你也打了電話？」

「從中午就一直打，老大都沒接。」

他覺得事有蹊蹺。

「前天晚上通話時，老大一直憶起從前，聽起來很寂寞。」

井手有不好的預感，一下班就趕來。

「我發現的時候，老大的身體還是溫的。」

「大概是幾點？」

「打給你之前。」

我一陣哆嗦，身體總算能動。

「井手先生，你碰過什麼東西嗎？」

「爲何這麼問？」

「夫人確定過世了嗎？」

「你自己確定。」

我走近床鋪，進入立燈的光圈，探向森夫人的鼻子。沒有呼吸。

輕輕掀開領口的毯子，露出頸脖。有一圈紅痕。

森先生應該是用勒死夫人的領帶上吊自殺。

「報警吧。」

我拿出手機，井手正男像貓一樣迅速靠上來，左手揮落手機。

「你做什麼？」

「怎麼能報警！」

不可以。他倒了嗓，嘴角顫抖。

「我不承認這種事！」

簡直像鬧脾氣的孩子。

「老大的最後不能是這樣！他可是森閣下！他不能像這樣死掉！」

我注視著他。井手正男在哭。

「不然怎麼辦？」我加重語氣，「不管是怎樣的最後，都是森先生自己決定、自己選擇的。你不能否定。」

「你懂個屁！」

他大吼，又用左手揪住我的衣領，猛力搖晃。

「你懂個屁！你哪懂得老大的心情——」

「那你就懂嗎？你說森先生希望怎麼做？」

「把遺體藏起來。」

我瞠目結舌。井手不再搖晃我，但我的身體仍晃動著。因爲抓著我的井手在發抖。

「把遺體藏起來，遺書也藏起來。收拾房間，裝成什麼事都沒發生。不能讓任何人知道，老大是這樣死的。」

不能讓任何人知道——他渾身發抖，反覆強調。

「老大有很多敵人，全是些下三濫的傢伙。無能又自私，跟老大天差地遠的傢伙。」

他毫不掩飾輕蔑，一把推開我，彷彿我是其中一分子。

「我非常清楚。那夥人知道老大是這樣走的，肯定會額手稱慶，嘲笑老大有多淒慘。他們會憐憫老大，說他可憐。我絕不允許這種事發生。」

「井手先生。」

這個人已完全失去理智。

「就算藏起遺體，粉飾太平，又能怎樣？只會讓森先生和夫人死後不得安寧。」

「少在那裡囉嗦，幫我就是！」

吼得凶惡，但他面色蒼白，顯然畏怯不已。

「如果我一個人有辦法——」

何必求你？井手呻吟著，雙手抱頭，當場癱坐。

「我的手這個樣子，沒辦法搬動老大。沒有車，也沒辦法帶老大出去。」

他酒駕車禍受傷，被吊銷駕照。現在的井手正男什麼都辦不到。

「沒必要移動兩位的遺體，也沒必要搬去別的地方。」

我俯視他。

「讓他們靜靜啓程吧。如果能及時阻止是最好的，但爲時已晚。既然如此，對森夫婦的遺體盡禮數，是留下來的人的義務。」

井手正男摀住臉。我搭著他的肩，他渾身繃緊，揮開我的手。

「都是你害的！」

誰教你要做那種書，他說：

「老大說那是一種紀念。」

我也聽到這句話。慶功宴氣氛歡樂，森先生侃侃而談。如今回想，談到的幾乎都是夫人的事，或是與夫人的回憶。

「我很遺憾。」

井手正男垂著頭，掙扎似地想摸索外套口袋。外套被他不靈活的動作弄掉。

「你要做什麼？」

「我要拜託別人。」

他左手笨拙地挖出手機。

「不管找誰來，情況都不會改變。大家只會跟我說一樣的話。」

我蹲到他身邊。

「森先生的最後，既不淒慘也不可悲。雖然令人遺憾，但這是森先生的選擇，覺得可悲是錯的。」

手機滑落。他撿起來，又掉落。

「會想藏起遺體，隱瞞事實，是因爲你比任何人都覺得森先生悲慘。」

井手正男停止動作，像野獸般抓著手機。他維持這個姿勢，緩緩轉過頭。

「你居然講這種話……」

「如果我的話讓你生氣，隨你愛怎麼生氣都行，要揍我也沒關係。」

淚水滑過他的臉頰。

「森先生想看你重新振作吧？」

井手放開手。手機無聲無息掉在厚厚的地毯上。

「沒有給我的遺書。」

淚水從他眼中簌簌落下。

「因爲沒必要吧。森先生相信你會振作起來。他這麼希望，所以相信你一定會聽到。」

這就是遺囑，我說。

「你要達成『老大的遺囑』。能夠辦到的只有你，井手先生。」

我站起來，跨過他的膝蓋，來到寬闊的地方。

「我要報警了。還是你要打電話？」

臥房兩端，森信宏與他過去的親信，彷彿對稱擺出相同的姿勢。坐在地上，倚靠著牆，深深垂下頭。

「我來打。」

我默默點頭。

「你老是這樣。」井手正男垂著頭說：「滿口漂亮話。」

我穿著大衣卻仍覺得冷，寒意從腳底爬上來。

「就算你一臉清高，我也看透你的本性。沒能力、沒資格，卻能賴在今多集團的中樞，簡而言之，靠的就是色誘。你拐了會長的女兒。」

即使森先生已成亡骸，我也不想在他面前聽到這種話。

「森先生的意見也跟你一樣嗎？」

井手正男抬頭。他眨眨眼，望向床鋪另一頭的衣櫃。

「——他罵我，要我別說那種不長進的話。」
臥室的黑暗中，森先生的亡骸形影顯得格外漆黑。
「老大很中意你。你哄騙人的手段眞是高明。」
「森先生中意的是菜穗子。他從菜穗子小時候就認識她。」
井手正男沒聽進耳裡。
「他罵我要小手段，叫我不要把菜穗子小姐捲進來。」
井手正男做了什麼，森先生才會如此勸戒？他對我的菜穗子做了什麼嗎？
「我停職，時間多到發慌，所以想要揭發你的眞面目。」
井手正男發出痙攣般的笑聲。
「我一直在跟蹤你。你都沒發現嗎？有段時間我就住在你們夫妻的公寓旁。那個矯揉造作的地區，連單間套房的租金都貴得嚇人。」
寒意令我顫抖。
「外表再怎麼僞裝，你也不可能是眞心的。在你眼中，會長的女兒只是道具。你只是想要金錢和地位。」
你在外頭肯定有女人——他說：
「你絕對在外頭金屋藏嬌，和小三廝混。怎麼可能沒有？那種生活，悶都悶死人。那原本就是你這種人幹不來，對你太沉重的職務。」
結果咧？井手正男朝著臥房的黑暗攤開雙手。
「連我都差點嚇傻。原來外遇的不是你，而是你的寶貝夫人。」
我杵在原地。

井手放下雙手，仰頭看我，露出冷笑。
「會長的女兒厭倦你。你滿足不了她。你被炒魷魚啦。」
你完了——他說：
「我也完了，我們扯平。」
他又痙攣似地笑了。
「老大變成這樣，再也沒有人會罩我。就算退休，老大還是有影響力。所以大家都看在老大的面子上，不管我捅什麼簍子，都對我從寬處置。」
我失去最後的庇蔭，他說：
「我完了。但我不會一個人完蛋，我要拉你一起陪葬。」
身體好沉重，我幾乎要被籠罩室內的冷氣壓垮。
「你爲什麼不問？求我告訴你啊，問我是不是眞的啊！我老婆眞的紅杏出牆嗎？對方是誰？問我啊！」
我叫你問我！他喊道：
「跪下來求我！磕頭求我不要說出去！」
我一動也不動。
「你簡直就是個小孩子。」
仗著有森信宏這個偉大的父親，恃寵而驕。不管我做什麼，老大都會原諒我。我有老大罩著——
「森先生已不在世上，你只剩一個人。你的問題，只能自己解決。」
我慢慢移動雙腳，走向臥房門口。我站在門旁，背對著他說：
「我和菜穗子的問題，也只能由我們夫妻解決。菜穗子很聰明，對我和岳父的事，也有足夠的判斷力。如果我們夫妻之間眞的有問題，不必你多事，她也會主動告訴我。」

我說到一半，井手正男就吃吃笑起來。

「是啊，那你好好加油吧。」

我跨出走廊，他的話聲追趕上來：

「我放在客廳的大衣口袋有數位相機，裡面有多到數不清的證據照片。你可以拿去看。」

刪掉也沒用！他的嗓門拉得更大。我走下樓梯。

「我的手機裡也拍一大堆！」

大喊的同時，傳來東西撞到門的聲響。大概是井手拿手機丟門。我彷彿看到他又抱住頭，縮成一團。

我驀然想起，森先生曾問：菜穗子好嗎？你們要和睦相處。恐怕他從井手那裡聽到菜穗子的「問題」吧。

然後，森先生告誡井手，不要說那種不長進的話，不要耍那種小手段，不要把菜穗子扯進來。

森先生，對不起。我讓你帶著憂慮離開。

井手正男的風衣掉在客廳門口。

我對自己搖頭。

客廳的電話機亮著紅燈，在黑暗中格外醒目。大概是井手用臥房的子機報警。

我轉身前往玄關。大衣衣襬揚起，腳步愈來愈快。離開吧。我不在這裡，我沒來過這裡。

我想逃走。

發動富豪汽車的引擎，我往反方向駛出。車子吱咯作響，是沙礫道。我的手在發抖，膝蓋在顫抖，根本使不上力。只有心情焦急萬分，速度快不起來。

森家的門燈倒映在後視鏡裡。

後方傳來警笛聲。

我踩下油門，什麼都無法思考。我想要一個人獨處。
手機傳來簡訊鈴聲。
爬上緩坡又下降，來到看不見森家的地點。我停下車，摸出手機。
是井手正男傳來的簡訊。附著照片，文章很短。
「同樣的照片，我也寄給橋本。」
照片裡，菜穗子和橋本眞佐彥依偎在一起走著。兩人挽著手。
「大家同歸於盡。」

我在車子裡待了多久？
時間感消失。隆冬的夜晚漫長，黑暗幽深。
我怎麼會在這裡？爲何我不回家？
我在岳父宅子的圍牆外。我把車子停在圍牆邊，坐在駕駛座。
我不知道自己是怎麼從千葉開回來的，也不知道爲什麼要把車子像這樣緊貼在牆邊停放。沒辦法打開駕駛座車門，豈不是跟公車劫持事件的時候一樣嗎？
如果想要把自己囚禁起來，怎麼不去別的地方？要閉上眼睛、摀住耳朵，隔絕現實，還有更適合的地點。
我想多少睡一下，五分鐘就好。只要離開現實，一覺醒來，就會發現一切都只是夢。
有人在敲副駕駛座的車窗。
我抬起頭，菜穗子站在車外。車上的時鐘顯示凌晨三點，然而，她卻穿著毛衣，抓攏大衣前襟站著。
頭髮有些凌亂，臉上脂粉未施。像美麗而蒼白的女鬼，正要驚嚇深夜開車、疲倦不已的運將。

菜穗子與我對望，輕輕點頭。她的嘴唇在問，「可以讓我上車嗎？」聽不到聲音，也許她沒說出聲。
我甚至沒解開安全帶。手凍僵了，無法靈活動作。菜穗子耐著寒冷等待。
車門打開，深夜的冷風灌進來。我摩擦雙手，等待血液循環至手指，發動引擎打開暖氣。
菜穗子輕巧坐進副駕駛座。開關車門，上下車子。這些細微的動作，反映出一個人的教養。菜穗子無時無刻都是優雅的。
「監視器拍到你。」
菜穗子理好大衣前襟說。
「原來妳注意到了。」
「嗯，可是你沒下車。」
所以我來了——她解釋。
「謝謝你讓我上車。」
我的妻子說，像個搭便車的女孩。
「我有點納悶，待在這裡很冷，你怎麼不快點進屋？」
妻子撩起劉海，環抱身體。
「仔細想想，你——應該不想在桃子睡覺的屋裡談這種事吧。」
我也和妻子一樣，環抱自己的身體，彷彿要避免彼此碰觸。
我們陷入沉默。
「我接到橋本的聯絡。」
橋本眞佐彥收到井手正男的簡訊，立刻通知菜穗子。
「他也告訴我，寄照片給他的是什麼人。」

「這樣啊。」

車內漸漸暖和，但引擎聲和細微的震動，就像車子在傾訴「我還很冷」。

妻子像這樣來見我，她主動過來了。

那麼，我也該主動問她。

「那是事實嗎？」

「——是事實。」

妻子沒看我，側面的睫毛很長。

我彷彿瞬間被掏空，身體內側的反重力一口氣消失。

「一開始，」妻子透過擋風玻璃，注視夜晚的路面，「是六月底，大概四點多吧，都內下起一陣驚人的雷雨。你記得嗎？」

我輕輕搖頭。

「當時我在元麻布，辦完事正要回家。但是突來的驟雨，害我完全招不到計程車。要是待在店裡就好了，可惜我已走出戶外。」

所以——她舔濕乾燥的嘴唇。

「我打電話到祕書室，想問能不能派公司的車子過來。」

電話是橋本眞佐彥接的。

「橋本說『我去接妳』，立刻趕來。」

是我的錯，她淡淡地說：「我沒留意氣象預報。我想偶爾也該搭個地下鐵、走走路，便留下車子出門。」

儘管是這種情況，我卻忍不住微笑，「妳很怕打雷嘛。」

妻子像少女般溫順地點點頭。

今晚是陰天。我這才發現，看不見月亮，也看不見星光。

天空一片漆黑，無盡地漆黑。

「他送我回家，留給我手機號碼，說『往後不管任何事，請隨時吩咐』。」

橋本眞佐彥是能幹的公關人員，麻煩終結者，今多財團忠實的戰士。

也是效忠公主的騎士。

「眞的只有這樣而已。」

妻子又觸摸劉海，手顫抖著。

「九月發生公車劫持事件的時候……」

妻子掌握著我的行程。那一天，她知道我會在那個時刻坐上海線高速客運。看到公車劫持事件的報導，她應該當場就察覺狀況。

「我頭一個聯絡橋本，因爲我一個人實在不知道該怎麼辦。我想去你那裡，卻不曉得該不該去。我驚慌失措，忍不住哭泣。」

是他幫了妳呢，我說：

「他爲我做了一切。」

也是橋本將我從海風警署送回妻子等待的家中。我記得他當時的樣子，還有坂本說「姓氏只差一個字，境遇卻是天差地遠」，以及他輕易就讓前野展露歡顏。

「可是，這些都不是契機。」

妻子一緊張就會撥弄劉海。此刻她會不時觸摸頭髮，也是這個緣故吧。她無法克制顫抖的手，像要隱藏似地以右手按住左手，齊放在膝上。

「不是橋本做了什麼，是——」

是我的問題，妻子說：

「兩年前，家裡不是發生可怕的事嗎？」

集團廣報室開除的打工人員對我懷恨在心，不僅騷擾我，還抓桃子當人質。

「那時我不禁想，你怎麼能這麼成熟？你是獨當一面的大人，能夠承受許多事，並且去解決，活得獨立自主。相較之下，我——」

妻子的嘴唇顫抖。幾小時前，我待在同樣嘴唇顫抖的井手正男身旁。

「我只是渾渾噩噩過日子。」

「妳是個了不起的母親。」

妻子沒回答。

「從此以後，我就下定決心。我要變成一個大人，要變成一個遇上事情時，你可以依賴，而我能夠提供支持的太太。」

可是——她垂下頭。

「我不曉得該怎麼做。我完全不懂要怎麼樣才能變成大人，變得堅強。」

我不管做什麼都會失敗，她說：

「馬上就會碰到困難，稍微想要努力做點什麼，身體便撐不住。」

「身體不好不是妳的責任。」

妻子抬起頭，下定決心般注視著我。

「世上有太多身體比我更不好、更虛弱，但仍爲了生活努力工作的人，也有很多人爲了孩子而工作。」

我卻全部推給別人。

「依賴周圍，只管驕縱。無論對父親、哥哥、嫂嫂都一樣。喏，你知道嗎？桃子居然對導師說『媽媽身體不好，我好擔心』。」

我什麼都不是——她說：

「我只是個虛浮、依賴心重的人。我一個人什麼都做不到。」

「可是我……」

我一出聲，便發現自己的聲音有多無力。

「——可是我跟妳在一起很幸福。我一直跟妳過得很幸福。」

妻子注視著我，眼神游移。然後，她吐出我意想不到的話。

「你眞的幸福嗎？」

你眞的幸福嗎？

「桃子上幼稚園，參加考試上小學後，我也漸漸參與社會，看到許多家庭的狀況。」

於是開始思考，她說。

「我的家庭，你和我打造的這個家庭，眞的算是個家庭嗎？會不會只是我待起來愜意舒適的繭？」

「愜意舒適的繭哪裡不好？」

妻子隨即反問：

「你覺得舒適嗎？」

我們望著對方，陷入沉默。

「我不這麼認爲。」

你一直在忍耐，她說：

「你爲我忍耐許多事。」

「所有夫妻都是這樣。」

「是啊，沒錯。但是，我完全不需要忍耐。因爲你連我的份都一起忍下來。」

妻子情緒突然激動起來。

「我對你太不公平。我不想離開你，不想被你另眼相待，所以交往的時候，始終隱瞞自己是今多嘉親的女兒。直到論及婚嫁，兩個人約定共度此生，忠厚老實的你再也無法回頭，才告訴你眞相！」

妻子的眼角滲出淚水。

「所以，你爲我拋棄許多事物。不管是最喜歡的工作、父母、兄姊、故鄉，全爲我而拋棄。」

是我逼你的，妻子說：

「我根本沒有讓你幸福。我只是奪走你有意義的人生，逼你當我的保姆。我太任性，無論如何都想跟你結婚，所以奪走你的人生。」

我內心總是充滿虧欠。

「每次你在各處被捲入事件，我就好擔心。你很善良，沒辦法拋下遇到困難的人。你很老實，無法對錯誤的事坐視不管。你不斷涉入事件，而我只能在外頭提心吊膽。可是……」

妻子以指尖擦拭眼角。

「那些時候的你，總顯得神采奕奕。比起待在我身邊，和我一塊奢侈度日的時候更像你。你會變回我認識的你，當初落入情網的你。」

你和我在一起，根本不幸福——妻子說：

「一直把你關在我的幸福中，你就快要窒息了。」

注意到時，視線一片模糊。我發現自己在流淚，這件事比妻子的千言萬語衝擊更大。

「對不起。」妻子向我道歉，「你快窒息了，我知道。」

妻子發現了嗎？賞櫻會時，我那渴望能跨上紅色自行車遠走高飛的願望，及認爲自己不屬於這裡的念頭。

不止那一次。不止一、兩次。只是我沒有自覺，但妻子看到、聽到、察覺到更多更多那樣的我。

然後憂心忡忡，忐忑不安。我們的這樁婚姻，是不是一場錯誤？

「他就不會窒息嗎？」

我在問些什麼？

「我會窒息的地方，橋本就沒問題嗎？他就能勝任嗎？」

橋本眞佐彥是騎士。從一開始，他就清楚今多菜穗子的眞實面貌是個公主。

「所以妳才選擇他嗎？」

妻子別開臉，閉上眼。幾滴淚水滑落。

「我不知道。」她閉著眼回答，「可是，跟他在一起，我很輕鬆。我總是可以完全放鬆。」

「他會爲妳奉獻，因爲那是他的工作。」

妻子搖頭。

「就算是他，換了立場，也會變得不再是現在的他。」

妻子不斷搖頭。

「他對妳說過什麼？他答應妳什麼？」

不能問這種問題，不能逼妻子，可是我仍厲聲質問。

「他用什麼甜言蜜語哄騙妳？」

「他沒有騙我。」

「只是妳這麼以爲，只是妳這麼覺得。」

「就像你沒有討好我，他也沒有討好我。」

我們之間沒有任何約定，她說：
「他只說會陪在我身邊，他說這樣就好。他會在允許的範圍內，盡量陪在我身邊。」
充滿暖氣的車內非常悶熱，我卻在顫抖。妻子也像要逃離寒意似地，緊抱自己的身體。
「我很卑鄙，我很壞心。」
我會爲自己辯解，她說。
「每次想去見橋本，光找藉口是不夠的。我總是爲自己辯解，我也有權利享受。」
「什麼意思？」
「你常跟那個叫前野的女孩交談。」
我瞪大雙眼。衝過頭的芽衣小妹怎會在這時候冒出來？
「最近她做了什麼、傳了什麼簡訊給我——你總是講得興高采烈。我呢，每次聽到都忍不住懷疑。」
「懷疑什麼？」
「懷疑你嘴裡的『前野』，會不會其實是『間野』。懷疑你其實是在影射間野京子的事。名字碰巧很像，所以你搬出前野來掩飾過去。你無法不去想間野京子，才會這樣掩飾。」
我聽得目瞪口呆。
「這太荒唐了。」
「沒錯，太荒唐！」
沙啞的話聲，卻是不折不扣的哀叫。
「我是可笑的醋罈子。我只是在胡思亂想，但我就是沒辦法不想。我把你囚禁起來。你的幸福、你的人生意義，都在我的世界之外。而你眞正能夠敞開心房的女子，一定也在外頭的世界——我就是會這麼想。」
妻子的話掠過腦中。我好羨慕園田小姐，我嫉妒她。

我，和圍繞著我的外界。沒有菜穗子的世界。

「你似乎根本沒發現，但我也是有耳朵的，我也有一點自己的情報網。你以為我完全不知道公司裡是怎麼傳你和間野小姐的嗎？」

我好寂寞——菜穗子說：

「就算關得住你的人，你的心還是在別地方。你還是會去眞正渴望生活的地方。窗外的黑暗依舊。這個夜晚，永遠等不到黎明。

「你為什麼不來接我？」

「——咦？」

「聖誕節，你從海風警署回來的時候，我希望你第一個就來接我們。」

我是你的妻子。不管處境多艱難，我都想待在你身邊。

「我……想要……保護妳。」

「所以把我交給父親？」

妻子鬆開緊抱自己的手，哀求似地揪住我的大衣袖子。

「只要交給父親，我就安全了？你覺得這樣就好？你可以一個人面對警察、媒體，面對所有說你壞話的人，一個人挺過去？你一個人比較容易挺過去？」

我是絆腳石嗎？妻子問：

「我想要和你一起克服困難，每次出事我都這麼想。可是，沒有我，你反倒比較輕鬆。」

「可是，還有桃子。」

「沒錯，我們的女兒。我們應該一起守護的女兒。」

然後孩子會成長，菜穗子繼續道：

「會愈來愈大，漸漸獨立。到時我會怎樣？」

桃子也會拋下我。因爲我又變成累贅。

「妳爲什麼老是要那樣想？」

「你不懂嗎？」

你不可能懂呢，她說。

「你很善良，眞的非常非常善良，才會離我愈來愈遠。」

想觸摸妻子抓住我大衣的手，想握住她的手。然而，我的手一動，妻子就放開手。

「——往後妳打算怎麼做？」

我一問，妻子的表情微微變化。看得見平靜，看得見安心。

你總算徵詢我的意見。

「我想把你的人生還給你。」

把你原本的人生還給你。

「把我從你那裡剝奪的事物，全部還給你。」

我想解放你，她說。

「妳想和我分手？」

妻子緩緩搖頭。

「我不想離開你。但是，爲了把你的人生還給你，我得離開你。」

然後我必須成長，她說：

「我要變得不需要別人保護，變得可以獨力度過人生。」

我的心猶如空洞，妻子的話聲在空洞中迴響。

我聽見別的聲音，是我的聲音。我吐出著這種話：

「妳跟他要怎麼辦？」

菜穗子微笑。可愛，又像個小姑娘般調皮的笑。

「男人眞的會問這種問題呢，簡直像小說台詞。」

跟他沒關係，她說。

「我會結束跟他的關係。」

「他不可能接受。」

「我會要他接受。」

瞬間，從未見過的強悍光芒閃過妻子的眼底。

「我會坦白告訴他：我只是爲了釐清自己的心情而利用你。如果他會生氣，也就這樣吧。」

「妳不明白。」

「不明白什麼？不明白男人嗎？那麼，這是個好機會。我會趁機學習。」

世界在我手中，公主這麼說。因爲我可是個公主。

「我不懂妳的心情，我實在不懂。可是，他毫無疑問是愛妳的。」

「就像很久以前的我們。」

別人都說我是個老好人，而且是無可救藥的那種。我有自知之明。空洞裡一陣劇痛。不是我的痛，是橋本眞佐彥的痛。

「妳想過他會怎麼樣嗎？」

「他也有心理準備吧。」

妻子嘆口氣，堅定地抬起頭，不再流淚。

「我跟他睡了。」

睡了好幾次，她說：

「像耽溺於戀人的青少年那樣。我沒有那樣的青春時代，非常快樂。」

我感覺自己死去，非常快樂——妻子說：

「但每一次我都想，這種事不可能持續下去。」

好事一定有終點，園田瑛子這麼提醒過。

「即使沒收到那種簡訊，我也準備要告訴你。」

爲了結束這一切。

「對不起。」

妻子堅定地抿嘴轉向我。

「我傷害了你。」

我一動也不動，眼皮眨也不眨，坐在富豪汽車的駕駛座上死去。

「就算是這樣的我，也能傷害別人。」

就算是我……她感悟甚深地呢喃。

「儘管氣我、恨我、瞧不起我吧。要怎麼想我都行，不過，唯有一件事，請不要忘記。」

你給了我這輩子最棒的禮物，她說：

「你告訴我，人必須靠自己活下去。永遠讓人背著，不管多麼得天獨厚，也不可能幸福。」

我喃喃低語著什麼，自己聽不到，妻子卻點點頭應和「是啊」。

「我不知世事。倘若沒有父親的庇護，連一天都活不下去。可是，從今以後，我會一點一滴，就算只有一公分也好，我會改變。」

妻子忽然撫上我的臉頰。

「對不起。」

她的掌心柔軟溫暖。

「你要多久才能變回自己呢？眞的很對不起。」

「我……」

「看看鏡子，現在的你，眼神跟父親一模一樣。」

妻子撫摸著我的臉。

「你變成迷你版的父親了。」

最後低聲留下一句「對不起」，菜穗子開門下車。背對我，頭也不回地離去。

晴空萬里。

雖然是這種季節，但悉心照料的草坪綠得賞心悅目。草皮很短，一踏便感覺得到彈性，反射著明亮的陽光。

我來到位於目黑區一角小巧的洋樓。這是昭和前期落成的建築物，經過不斷的修整和補強，外觀維持著建築物當時的原狀。這是私人建築物，但沒有住戶，從一樓客廳到陽台開放爲餐廳，據說也常被包下來舉辦婚宴等活動。

草坪庭園另一頭有玫瑰園。規模雖小，但也有溫室，裡面綻放著種類繁多的蘭花。

店裡的人請我到陽台座，但我決定在庭院等。我喜歡草坪。陽台擺著一張白色圓桌和兩把椅子，如果是盛夏，應該會豎起遮陽傘。

雖然頗冷，但今天沒有風，待在陽光下就夠溫暖。

看看手表，離約好的時間還有八分鐘。

岳父——今多嘉親，無論參加任何會議或面談，都一定會在五分鐘前現身，不多也不少。

——就算早到，也會在別處等到五分鐘前嗎？

——是啊。五分鐘前是最好的。不會太早，也不會太晚。不會讓對方覺得「久等」，或是「讓對方等了」。三分鐘太短，十分鐘太長。

岳父應該也準備如此對待我吧。

這陣子只要一個人獨處，就會想起許多事。腦袋深處會任意重播起畫面和聲音，但現在相當安靜，什麼念頭都沒有浮現，多虧庭院的景色。

這也是岳父刻意的安排吧。

「今多先生到了。」

穿白上衣與黑長裙的店員恭敬地前來通知，我從椅子上站起。

今多嘉親一身駝色大衣，有光澤的布料很美。

那件大衣是去年聖誕節我和菜穗子挑選的禮物。

——爸一定會說太招搖，但我覺得這樣也不錯。

大衣使用義大利羊毛，輕盈得像羽毛。價格當然不菲，且僅此一件，不過並非訂製品。事實上，對矮個子的岳父太長了些，衣襬直到腳踝上。

就是這一點好，菜穗子解釋。

——不覺得看起來像禁酒令時代的黑幫老大嗎？

岳父戴了頂軟呢帽。帽子和大衣都沒寄交給店員，蹬著光亮的皮鞋踏過草坪往我走來。

他停下腳步，輕輕張開手。

「如何？」

我不解地偏著頭。

「看起來像西西里黑幫的老大吧？」

我不禁微笑。岳父一開始靦腆地笑，漸漸由衷露出笑容。

我們在小圓桌兩旁，面對庭院坐下。

「好美的庭院。」

陽光照得岳父瞇起眼。

「原本我想造一座這樣的庭院。」

不知爲何，成品不如預期，他說：

「我將腦中的形象確實傳達給建築師和造園師，無奈本體的房屋不是洋樓，最後還是日式庭園比較契合。舊宅那邊也許可以，但土地面積不夠。」

岳父的舊宅，是現在今多財團當成別館的地方。就是集團廣報室所在的那棟大樓。

咖啡端來。白上衣搭黑長裙的店員帶著靜謐的笑，服務結束，隨即離開。

岳父喝紅茶習慣加一堆砂糖，但只喝黑咖啡。

「今天要送去登記？」

開門見山。

「對，聽說是這樣。」

我就要喪失稱呼這個坐在身旁，儼然黑幫老大的財界台柱爲「岳父」的資格。

「我勸她要不要暫時分居。」

岳父津津有味地品嘗咖啡。

「但菜穗子個性如此。」

「是的。」

「一旦下定決心，就急著做到。不確實做出了斷，不能甘心。」

「我明白。」

「她還這麼說：爲了再次重逢，得先好好分開一次。」

草坪反射燦爛陽光。

「你覺得有機會重逢嗎?」
我沉默良久，尋思合適的話。岳父沒看我，望著與我相同的方向，靜待回答。
「若有緣，想必能重逢吧。」
這樣啊，岳父說。
「很遺憾變成這樣的結果。」
岳父垂下視線，輕輕搖頭。
「你沒理由向我道歉。那是菜穗子的人生，是你的人生。」
我放下咖啡杯，輕輕摩娑手指。即使待在陽光下，指尖依然會變冷。
岳父不肯望向我。
「你和菜穗子仍是桃子的父母。」
「是的。」
「從你們的個性來看，應該是你們徹底討論過的結果。慎重起見，我還是想確認一下。把桃子交給菜穗子，是你的意思嗎?」
「是的。」我注視著岳父的側臉，「以她現在的年紀，非常需要母親。」
「不需要父親嗎?」
「需要，但迫切的程度不同。」
「探視怎麼安排?」
「兩週一次，電話或簡訊隨時聯絡。」
桃子的學校活動一定會參加。
「那孩子能理解這樣的事嗎?」

「我告訴她的時候，感覺她以自己的方式理解了。」

從今以後要分開生活。我這麼說，桃子哇哇大哭，不願接受。但我認爲她內心是冷靜的，隱約有所預感的事情終於發生。

小孩子非常聰明。可能她有所領悟，早已察覺。

「她學校的朋友中，也有單親家庭的孩子。」

岳父緩緩點頭。

「即使是那麼小的孩子，仍有足夠的客觀性，明白父母離婚，並不等於世界滅亡。我們的社會已成熟到這種地步，或者衰退到這種地步，是哪邊呢？」

這不是尋求答案的問題。

「我得向你道歉。」

我就是爲此找你出來，岳父說。

「不，岳父——」

「噯，先聽我說。」岳父微微抬手制止我，「你想娶菜穗子時，我提出交換條件，要你辭掉當時的工作，加入今多財團。」

我望著岳父的側臉點頭。

「我不是想監視你，也不是想瞧瞧你有多少斤兩。」

我應該先告訴你，岳父繼續道：

「只不過，我……」

岳父欲言又止，這是極爲罕見的事。

「我希望你能理解。」

燦陽忽然隱蔽。抬頭一看，一團雲經過太陽前方。

「我把菜穗子從財團切割出去。考慮過她的立場、個性和健康等一切，認爲這樣做比較好，毅然決定切割。」

所以，菜穗子成爲不食人間煙火的仙女。

「但我終究沒將她與財團帶來的財富切割。」

「這是當然。」我應道。

「然而，這是很危險的。」岳父接著說：「財富不是天上掉下來的禮物。財富是由無數勞力所創造，然後才能擁有。可是礙於我，菜穗子沒辦法體認到這一點。」

「我想她理解的。」

「她是理解，但沒能體會。」

岳父總算望向我。

「所以，我希望你能肩負起這個角色。」

成爲巨大組織的一員，感受在其中工作的人們無數想法的一部分，無論是歡喜、憤怒、充實或挫折。

「我希望透過你，能讓菜穗子去體會、去了解，身爲今多嘉親的女兒是怎麼回事。在我一手打造的財富傘下生活，又是怎麼回事。」

頭上的雲飄過，太陽露臉，耀眼的冬陽重回天空。

「同時，我希望你能理解我的立場，及身爲今多家一員的立場。如果你不理解，就無法在需要的時候適切應對。」

我也沒辦法長命百歲，岳父微笑道：

「失去我這堵高大的城牆時，財團也會出現變化。菜穗子的哥哥會像我所做的那樣，保護菜穗子吧。但他們不是我，不是菜穗子的父母。他們各有家庭，也有與我無關的人際關係。」

不知會有怎樣的變化，又會如何變成現實。

「可能會有人想把菜穗子拱出來，利用她。菜穗子也許會聽從那些人的話。屆時，我希望你成爲菜穗子的城牆——不同於我和菜穗子哥哥的城牆。」

因此，我把你招進財團——岳父解釋。

「初次見面，我就明白你不是被一時激情沖昏頭，而是眞心愛著菜穗子，所以我想依靠你。雖然是艱辛且吃虧的角色，但我認爲你足以託付。」

我垂下頭，逃避岳父的視線。

「我應該先告訴你。」

可是——他微微聳肩。

「如果一開始就說這麼多，即使是你，也會嚇得落荒而逃吧。我不希望阻撓一生一次的戀情開花結果，被菜穗子怨恨一輩子。」

我很抱歉，我說。

「不必道歉，你做得很好。」

岳父嘆息著，又是一笑。不是微笑，而是大大地笑。

「瞧瞧，這個結果，你和我都始料未及吧？菜穗子居然主動說不想一輩子活在城牆裡。」

人眞是堅強吶——岳父說：

「有著想活得更好的意志。光是安逸，無法滿足。」

「是岳父把菜穗子教導成那樣的人，不滿足於安逸的女人。」

岳父注視著我，彷彿感到炫目般眨眨眼。

「謝謝。」

我無法抬眼。

「這不是我一個人的功勞，菜穗子的成長也需要你。沒有你，就沒有現在的菜穗子。」

是你拉拔菜穗子。

「可能桃子也有出一份力。成爲父母後，不僅是扶養孩子，自己也會成長。是孩子讓父母成長。」

我頻頻點頭。

「這不是失敗。」岳父說：「你們的婚姻，還有我同意你們的婚姻，及至今爲止的生活，都不是一場失敗。因爲你們的成長，過去的框架漸漸容不下，所以你們才會脫離框架。我會這麼想，是出於老人的任性嗎？或者是太寵溺孩子？」

你成爲縮小版的父親。

菜穗子這麼說。我也成爲她的城牆，成爲她的框架。

如果能再次邂逅，必須在城牆外、框架外重新相逢。

「離別眞是心酸。」

岳父仰望冬季的太陽。

「教人痛苦得胸口彷彿要被撕裂，每個人都是如此。但若一個月後看到你，你還是這張臉，就是我看走眼。」

是的——我點點頭，總算抬起臉。

「橋本送來辭呈。」

果然如此。

「我沒收下。我命令他前往旗下的其他公司，要他從頭幹起。如果他還是想辭職，再送辭呈過來。」

岳父又輕笑。

「其實，收到你的辭呈時，我也想這麼做。我想告訴你：不許你辭職，不管是以何種形式，你都要待在財團裡，找出自己的活路。」

既然身爲菜穗子的丈夫，必須與財富的泉源連結在一起。不管多難受、多如坐針氈，都是我的職責。

「女人眞是可怕。」

岳父忽然冒出一句，我眨眨眼。

「雖然是自己的女兒，但菜穗子成爲可怕的女人。橋本這次付出的學費可昂貴了。」

「他是戀愛了。」

岳父揚起笑容。表情開心，有些懷念。

「瞧你一副森的口氣。」

「森閣下嗎？」

岳父點點頭，「他也是個浪漫男子，在經濟專家中算是稀有動物。不，應該說，具備那樣浪漫情懷的人，一般不會待在經濟領域。」

雖然最後很遺憾——他接著道：「但對森來說，那是最好的結局吧。最重要的是，森夫人也這麼期望。之所以覺得遺憾，只是留下來的人感傷。」

「我也這麼認爲。」

「那對夫婦一直深愛著彼此，無法忍受離別——不論是任何形式的離別。」

眞是浪漫主義者啊，岳父柔聲道。

岳父——我開口。

「這是我最後一次這麼稱呼您了吧。」

我站起，立正行一禮。

「感謝您一直以來的關照，我從您身上學到數不盡的事。」

岳父抬頭望著我，「如果你覺得從我身上學到什麼，那是令尊和令堂給你這樣的基礎。千萬別忘記這一點。」

結婚後，待在今多嘉親這位財界人傑身邊，我動輒把他和自己的父親拿來相比。岳父非常耀眼、巨大，無論有沒有斷絕關係，父母在我心目中都變得愈來愈渺小。

岳父看穿我的想法，在最後一刻教訓我：別搞錯了。

「身體不適的是令尊，還是令堂？」

我打心底驚訝。由於狀況演變如此，我甚至沒告訴菜穗子父親生病的事。我認爲，現下再提及，只會平白讓她痛苦。

「我是聽園田說的。」

「總編——」

她應該沒機會知道。

「園田是聽『睡蓮』的老闆說的。聽說令兄到東京來。」

我忍不住按住額頭。

「務必珍惜你的父母。如果有什麼我幫得上忙的地方，不必客氣，隨時來找我商量吧。」

「謝謝岳父。」

岳父也站起，向我伸出手。我握住他的手。那隻手冰涼、瘦骨嶙峋，強而有力。

「往後可寂寞了。」

岳父用空出的手，拍了一下我的肩膀。

「你再待一會吧。」

岳父離開，留下我一人。我踩著自己的影子佇立。

「爸爸！」

回頭望去，桃子從玫瑰園跑過來。她跑得很急，幾乎快跌倒。她穿蒲公英色的外套，底下是保暖的長褲。運動鞋是我和菜穗子送她的聖誕節禮物。

我張開雙手，桃子撲上來。

臉頰熱烘烘、紅通通的。

「是爺爺帶我來的，說開了許多玫瑰花，叫我一起來看。」

我什麼都說不出來，抱緊女兒。

「爸爸。」桃子喘著氣注視我，「你要去很遠的地方吧？」

我沉默著，點點頭。

「媽媽說，爸爸要去旅行。」

一定很遠吧，她說。

「對不起。」

桃子緊緊抓住我的衣領，臉湊得更近。

「爸爸會回來吧？」

總有一天會回來吧？她問。

「就像佛羅多和山姆，像國王那樣。」

是《魔戒》的角色。親子三人一起觀賞那部恢宏的電影，彷彿是遙遠的過去。

「是啊，我會回來。」

無論我的歸宿在哪裡，我都會回去。

那個時候，桃子會變成怎樣的女孩呢？我的暮星（註）。

我會守護著我的公主成長。菜穗子說得沒錯，我們會看照著她。即使身在遠方，即使不是攜手一起。

「爸爸也要去『末日火山』吧？」

我會等你回來，桃子說。

「我會等爸爸回來。」

如同那天晚上菜穗子在車中對我做的那樣，我也捧住女兒小巧的臉蛋。

「等待的時候，妳要好好長大。不可以忘記長大喔。」

「嗯。」

我的暮星，瞳眸如星子般閃耀，照亮我的前程。無論今後我將前往何方。

「眞好，我也想一起上車。」

月台擁擠的人潮中，足立則生悠哉地說：

「我好幾年沒搭過特急。」

「愛搭就搭啊，想去哪就去哪。」

我們在新宿車站的月台上，等待特急列車「AZUSA號」。我決定先回故鄉一趟。我會關注父親的病況，不管以何種形式，在老家留到事情告一段落。

告知往後的預定後，足立則生與北見母子便來爲我送行。剛道別完，北見夫人和司就不見人影，不曉得去哪裡。

「杉村先生啊……」足立則生難以啓齒似地扭捏著，「聽說你碰上許多事……」

我向北見母子提過辭職和離婚的事，想必他是從兩人口中得知。
「讓你擔心了。」
足立則生害臊地笑了，「當下我嚇一跳，不過倒也不是那麼擔心。但是，現在我很擔心。」
他的表情一沉。
「杉村先生看起來受傷很深。」
我撫摸下巴。
「臉頰凹下去，體重是不是也掉一大半？」
「我倒是沒感覺。」
「應該是無暇關心自己吧。」
月台廣播響起，「AZUSA號」按預定時間進站。
「我這人不成材，不會說什麼了不起的話，可是……」
足立則生握緊忸怩絞動的手指，忽然變得一本正經。
「人生是可以重來的，不能放棄。」
他害羞不已，握拳抹抹鼻子。
「人們不是常這麼說嗎？杉村先生也說過吧？」
我記得的確說過，也對坂本這麼說過。為別人打氣，是多麼容易啊。
「杉村先生不是會輸給打擊的人吧？我相信你。」

註：影射《魔戒》中的精靈公主亞玟。

我尋找合適的話語，最後回道：

「謝謝。」

北見母子回來了。他們好像是去買東西，司提著塑膠袋。

「這是便當和茶。」

「啊，讓你們費心。」

「現在還有賣冷凍蜜柑，我忍不住就買了。杉村先生不討厭冷凍蜜柑吧？」

「啤酒呢？」足立則生問，「男子漢的一人之旅，怎能沒有啤酒相伴？」

列車出現在鐵軌彼端。

「保重。」

「我會的，謝謝你們。」

「要傳簡訊喔。」

「嗯。」

「回東京時記得聯絡，我來接你。」

雖然不知會是何時，我們還是如此約定。

列車滑入月台，眾人的頭髮和圍巾隨風飄動。

「那我走了。」

我邁出腳步。帶著小波士頓包，還有便當茶水和冷凍蜜柑。

「杉村先生，等一下。」

足立則生喊住我。我回頭，北見母子也別有深意地望著他。

「你應該會空閒一陣子……」

考慮一下吧，他說：

「考慮要不要眞的繼承北見先生。」

我眨著眼，北見夫人和司都在笑。

「我們三個討論過，杉村先生絕對適合當偵探。」

我笑著揮手，三人也向我揮手。

「ＡＺＵＳＡ號」離開新宿車站，我透過車窗看見三人的笑容。

明明是返鄉列車，卻猶如出發。繫緊鞋帶，背上行囊，整裝出發。

路途遙遠，但我知道旅程的目的地在何方。

我的「末日火山」在哪邊？

後記

本書完全是虛構，登場人物及所有事件純粹是作者的構思。
由於從左記書籍獲得大量的知識，在此致上最深的謝意。
《何謂豐田商事事件 破產管財人調查報告書紀錄》豐田商事有限公司破產管財人　編／朝日新聞社
《操控人心的男人們》福本博文　著／文藝春秋

宮部美幸
二〇一三年十二月吉日

聖彼得行進中

解說——陳栢青

※本文涉及故事重要情節，未讀正文者請慎入

一九八三年十月二十日，台灣經濟部核發執照給豐田商事在台分公司，由上村嘉彥領導豐田商事先遣部隊進入台灣集資。豐田商事在日本募資的手法也於台灣流傳開來。有研究者指出，後來成立的源井期貨公司曾接受豐田商事技術移轉，源井期貨公司相關人員又開設鴻源投資機構，他以我們俗稱「老鼠會」的方式吸收會員，藉由發放「介紹費」讓會員吸收更多投資者，並主打高投資報酬率，號稱「穩賺不賠」，吸引台灣民眾狂熱投入，所謂的「狂熱」在此不僅是形容詞——一九八八年鴻源投資機構於台北市南京東路上的中華體育館舉行萬人慶祝大會，有一說是施放沖天炮造成火災，也有氫氣氣球自燃的說法，總之，地上群情沸騰，而半空一把火燒毀體育館——卻在一九九〇年，鴻源機構吸收資金近千億元後宣告倒閉。鴻源案被認為是台灣經濟史上規模最大的集團金融犯罪，共計有十六萬債權人求償無門，九百億債務至今無解，人心的火，足以燒毀一個時代。

歷史之神那雙疲憊的眼也許早看遍這類故事，早在十八世紀英國便發生過「南海泡沫事件」。南海公司炒作股票圖利，人們為高額獲利爭相投入，隨著股價慘跌，媒體以「泡沫」形容這波集體狂迷後的失落，這便是「泡沫經濟」一詞誕生的原因。值得一提的是，大科學家牛頓也是這一波泡沫經濟熱潮的投資者之一，眼看財產淨值比砸在頭頂的蘋果更快往下落，大科學家以切身實證道出感想，竟也精準一如他筆下的科學定理：「我能計算天體的運行，卻無法觀測人類的瘋狂。」

人的心，原來比整個宇宙都難以觀測。

於多家報紙上連載近四年，宮部美幸小說《聖彼得的送葬隊伍》在二〇一三年完結，並出版單行本。這一系列以杉村三郎爲主角的小說也被改編爲戲劇陸續播出。細細算來，由二〇〇三年的《誰？》開始，杉村三郎已陪伴讀者度過十年以上的時間。小說中的他經歷千面人食品下毒、土地污染、公車劫持、詐騙直銷等事件，而在眞實世界裡，新世紀開始不過短短十年，日本社會爆發老牌商家竄改食品期限、新興宗教吸金斂財、公司惡意倒閉與非法集資等，隔一座海，身處台灣，還以爲是多遙遠的事情呢，猛一回頭卻發現，食物不能吃了，飲料不能喝了，小到調味料，大到藥品，造假摻僞，哪個台灣人不是從小就把苦往肚裡吞，還吞下更多有的沒的叫不出名字的化合物。胃在隱隱地疼，心則有感地痛，詐騙模式不住更新腳本推陳出新，有人貪小，有人想賺大，身體壞了，財產丟了，從裡到外，教這時代的人太堅強，都被傷了身，也傷透了心。此刻再看杉村三郎系列，小說與現實何其貼近，若說松本清張是一時代良心，要揭開「日本的黑霧」，那翻開有「松本清張的女兒」之稱的宮部美幸小說，讀者也許會發現，啊，此刻我們便身在那黑霧中。

杉村三郎系列在宮部美幸眾多小說中是獨特的一脈，小說家於社會寫實與推理小說拿捏中取得一個微妙的平衡，當然，小說中最接近我們印象中的偵探——頹廢孤獨、冷硬派的、卻對城市畸零人有更溫柔眼光的「北見一郎」已經於《無名毒》中死去——但無論是偵探角色北見一郎，犯人佐藤一郎，還是受害者田中一郎，乃至敘事者杉村三郎，他們的命名都假得要死，宮部美幸在小說中便藉角色之口自嘲「我和夫人聊起一郎與三郎聽起來都像假名，沒什麼眞實感，然而在小說和電視劇裡，幾乎不會有登場人物叫這個名字。」也許小說家正是藉這些沒有眞實感的角色暗示我們，這不是眞的喔，現實世界中更恐怖呢。當然也可能反過來指出：我們以爲那多假，但就是這麼假，才是眞的喔。把眞事隱去，假語村言，泡沫經濟後日本社會的模樣，被宮部美幸用她的眼以及筆記錄下來。自然，我們說日本是一個講究「群」的社會。小說家挪用傳統推理小說的外型——發現事件，介入調查，但導出的結果，卻千差萬別，要不是如《聖彼得的送葬隊伍》之幕後黑手在小說開始不久便死去。要不就如《誰？》的結尾那般「自己家的事情只有自己能解」，而外人無可置喙。相較於典型推理小說中讓讀者感覺到犯人「這個人做出很恐怖的事情喔」，杉村三郎所經歷則是社會這個「群」變形被擠壓與潰散的地獄變相圖，我們看到的總是「人在集體中可以變成什麼模樣」，犯行是無解的，或者可稱得上是恐怖，但說穿了，不過是疲憊罷了，誰都有可能，倒楣就會撞上，無止境的糾纏、一個失足，被害者成爲加害者，就算知道眞相，卻一點都讓人不爽快，拍案，未必叫絕，到頭來不過是輕輕一聲嘆。

在這個偵探已離開的小說世界中，杉村三郎的位置便饒富趣味，身爲財團巨頭今多嘉親私生女的丈夫，小說家讓杉村接受岳父命令進入財團中工作，擔任實質上沒什麼影響力的編輯。爲什麼作者要這樣安排呢？事實上，所有的故事，都是因爲他在那個位置上，才得以被看見。一方面，杉村三郎近乎是這個組織外的人，是自外於這個社會龐大運轉系統的漫遊者，他不太受權力管控，卻又終究沒有脫離，是以能進出系統中觀測。他有一點特權，是富裕，也是時間和心情上的餘裕，兼之對他人懷抱著善意，那讓他得以於適當時機介入事件中。如果說牛頓始終在意「無法觀測人類的瘋狂」，那杉村三郎身處的位置，正是觀察瘋狂的最佳至高點，也就近乎偵探了——這樣說來，所謂的偵探，也不過就是愛倫波所謂「人群中的人」，在人群裡，卻又彷彿在人群外。總是警醒的看著一切……而相較於前兩部小說，《聖彼得的送葬隊伍》是對這名半體制外的觀察者最殘酷的一部，因爲這一回，連觀測者都不能置身事外。藉由他的位置，及動搖他的位置，宮部美幸要帶讀者觀測到什麼？

罪與罰

一個疑問是，在公車劫持事件中，總編園田瑛子是什麼時候察覺教練的身分？

小說後半，今多嘉親曾解釋園田瑛子的遭遇，也就是關於「敏感性訓練」的種種。想成爲更好的

『我』——「敏感性訓練」是爲了打造企業戰士而引入，其原始訴求乃是讓參與者體驗人際關係中種種關竅，從而審視自我，接納旁人。這一套訓練中，重要的一環正是將參與者置於「文化孤島」(cultural island)情境中。所謂的「文化孤島」，意味暫時隔斷參與者和社會的連結，在最低限度的資源與干擾之下，促使參與者將注意力擺在當下。而這個孤島情境，也被巧妙運用在公車劫持中，小說家鉅細靡遺描述事件中公車內部的權力運作與心理狀態，在這個以金屬打造的孤島中，「教練」引導人們說出過往人生與內心創傷，巧妙介入，在有餘和不足之間切換，反對者立即排除，示弱者便拉攏，動之以情，威之以嚇（他對司機說：「我知道妳的女兒」），最後甚至以「賠償金」反過來讓被脅迫者不想下車，與其說「教練」挾持受害者的身體，不如說，他綁架了他們的心靈。

事實是，敏感性訓練的手冊會反覆告訴你，此一訓練和心理治療最大的不同在於，「心理治療乃是針對心靈或精神上有疾患者。而參與敏感性訓練者只是挪用心理學手法以爲用」。我以爲，這是很恐怖的一件事情。小說中今多嘉親提到日本企業走火入魔的敏感性訓練是「討論爲時漫長，有時甚至會持續到三更半夜，所以會睡眠不足。雖然三餐供應充足，但如果體力和精神不濟，也提不起食欲吧。」控制食欲及讓參與者過度操勞，正是「洗腦」（Brainwashing）的有效手段之一，我們以爲透過儀器或是藥物的洗腦是很難實踐的，但多明尼克．史塔菲爾德於《洗腦：操控心智的邪惡科學》一書中指出，「讓身體產生疲乏」、「打擊心靈」、「羞辱或操作情緒」是有效讓心靈順從的方法。那意味的是，一旦人類得窺心靈運作的方式，人們越理解大腦的運作與各種腺體機能，當我們取得了進入心靈的方法，「就算沒有疾患」、「就算沒有問題」，我們也能像玩樂高積木的孩子那樣任憑己意對心靈一下子建高樓一下子打碎重組。

人們能計算天體的運行，人們也能觀測人類的瘋狂。乃至於，操縱對方。而那會不會才是人類最大的瘋狂？

也許，這時候，我們可以仔細思考聖彼得的故事。做爲小說的核心象徵之一，聖經故事中，聖彼得是耶穌最忠實的弟子，耶穌被送往大祭司處，聖彼德遙遙跟著，無論他人如何指證，說「你和耶穌是一夥的」，彼得總是否認。

在過往的解釋中，有人以爲，聖彼得的否認不是怯弱，反而是一種勇敢的表現。試問，耶穌被捉拿送往審問，聖彼得竟敢跟隨他進入反對派大本營，不正顯示出他的勇敢嗎？縱然他身分敗露，多次被指認，卻沒打算離開，就是跟定耶穌，那需要多大的勇氣？

這恰恰是小說中菜穗子的詮釋：「其他門徒都逃走，唯獨彼得留在耶穌身邊不是嗎？就是堅持留到最後，他才會禁不起嚴厲的逼問而撒謊……如果彼得更膽小一點，他根本不需要撒謊。因爲他有勇氣和信念，才會落得受辱、受折磨。因爲他是正直的人，才會背上罪。」

勇敢反而怯弱，正直卻必須撒謊。

多矛盾，一切都顚倒了。目的與手段。初衷與結果。方法與原始訴求。

而杉村三郎是怎麼想的？他的思索是：「不管是什麼樣的彼得，都有回頭注視著他的耶穌。所以我們才會無法承受謊言。但是認爲自己沒有耶穌、不需要耶穌的人，將肆無忌憚吧。」這番說法倒讓我聯想到威廉哈本論杜思妥也夫斯基：「杜思妥也夫斯基的一個寓言就是，當人類沒有信仰，什麼事情都幹得出來。」那是現代文學中的黑暗之心，在杜思妥也夫斯基的《罪與罰》中，法律系窮學生砍死了放高利貸的老太婆，他以爲只是「殺死一隻可惡的、有害的、對誰也沒有用的蝨子」，卻因此殃及無辜，也從此陷入心靈的自我鞭笞之中。

而在現代世界裡，人類已經沒有信仰了。但人類有了方法，他們甚至可以控制心靈，他們可以打造「更好的我」，於是，有人變成了教祖，有人成爲「教練」，想給人目標，而有人相信群體，有人相信業績，有人以爲能依靠不良投資一夕致富，於是，人被扭曲了，心靈被破壞了，有人被騙，有人死去。這是宮部美幸版本的罪與罰。

想成爲更好的我。想讓我過好日子。這樣想著，也有錯嗎？

或者，一切都是因爲「我」的關係？敏感性訓練務求在人際關係中發現「我」的位置，進而在工作中表現出更好的「我」。直銷和種種詐騙所引動的，也不過就是想讓「我」過得更好罷了。但宮部美幸卻借今多嘉親之口指出：「人可以教育，但教練的目標並不是教育，而是『改造』。而人是不可能改造的，能改造的是『東西』。」那正和敏感性訓練的初衷相違背，敏感性訓練的濫觴可以追溯到美國知名的霍桑實驗，研究者在霍桑實驗中發現，改變員工的心理狀態便可以提升生產品質，給他們尊嚴，使他們自治，能有效率提升生產線上速度與品質，那是所謂「人性化管理」研究的起始。但此一發展的末端，卻變成「管理人性」，那是「物」的誕生，也是怪物的誕生。

框架論

杉村三郎對於聖彼得三次不認主的想法是：「眞相絕不美麗。這個世界最美麗的不是眞相，反倒是沒有終點的謊言。」而宮部美幸的讀者對這樣的體悟該不會陌生，回看宮部美幸時代小說《忍耐箱》，她藉著長短不一的時代故事告訴我們，據說不能打開的箱子裡到底有什麼呢？有鬼也好，無鬼也罷，人們所謂的「祕密」就是如此，謀殺藉著祕密發生，偵探破解眞相反而要跑路。祕密的眞相是什麼還是其次，「最美麗的往往是謊言」才是這個世界的眞相。忍耐箱打開了，就是聖彼得的故事。

而在《聖彼得的送葬隊伍》尾聲，眞相多殘酷。所有人的美夢都該醒了，你賺不到錢，被害者又成爲新的加害者。最愛的人出軌。我覺得一個耐人尋味的點是，今多嘉親這樣告訴杉村：「你們的婚姻以及至今爲止的生活，都不是一場失敗。因爲你們成長了，過去的框架漸漸容不下，你們才會脫離框架。」

社會是框架，群體是框架，人際關係是框架，想要進入框架，就要打磨自己，要妥協，要變形，有時候你以為變好了，在工作中百尺竿頭，在群體中更被接納，但那往往只是「合於框架的規範」。

框架無所不在，乃至於，你以為保護你的城牆，那些愛，那些家庭，財富，組織，有時候也會成為限制你的框架。你以為「更好的我」也是框架。是橋的，有時候會變成牆，以為只是手段的，有一天則會變成目標。例如「我」變成「非我」，心靈輔導變成心靈控制。

這是宮部美幸的框架論，亦是她人生歷練中得出來的眞相。也許你早已知道，也許你還不想承認。那時候，我們多少想像有一條逃逸路線的存在，例如衫村三郎以為存在一輛紅色的小自行車，抓住把手就能離開。但是，大路長長，你又能走去哪裡呢？

宮部美幸安排杉村一家看《魔戒》，小說中多次藉由《魔戒》譬喻自我處境，杉村三郎便自問：「路途遙遠，但我知道旅程的目的地在何方。」、「我的『末日火山』在哪裡？」

如果框架論是存在的，那杉村三郎所自問，便不只是問題而已，也同時指出答案。

眞相是，如果什麼都會變成框架，一切終究會膠著，你就不能停下，必須一直往前。

多蒼涼。有解，卻是無解。

聖彼得還在行進。

作者簡介

陳栢青

台灣大學台灣文學研究所畢業。曾獲全球華文青年文學獎、時報文學獎、台灣文學獎等。以閱讀為終生職，期待台灣推理的黃金世代降臨。

宮部美幸

作品集／50

Miyabe Miyuki

聖彼得的送葬隊伍

國家圖書館出版品預行編目資料

聖彼得的送葬隊伍／宮部美幸著；王華懋譯. -- 二版. -- 臺北市：獨步文化，城邦文化事業股份有限公司出版：英屬蓋曼群島商家庭傳媒股份有限公司城邦分公司發行，2023.7
面； 公分. --（宮部美幸作品集；50）
譯自：ペテロの葬列
ISBN 978-626-7226-54-4（平裝）

861.57　　112007783

原著書名／ペテロの葬列・原出版社／集英社・作者／宮部美幸・翻譯／王華懋・責任編輯／陳盈竹（一版）、張麗嫺（二版）・編輯總監／劉麗真・榮譽社長／詹宏志・發行人／涂玉雲・出版社／獨步文化　城邦文化事業股份有限公司　104台北市中山區民生東路二段141號5樓　電話／(02) 2500-7696　傳眞／(02) 2500-1966; 2500-1967・發行／英屬蓋曼群島商家庭傳媒股份有限公司城邦分公司　104台北市中山區民生東路二段141號2樓・網址／WWW.CITE.COM.TW・讀者服務專線／(02) 2500-7718; 2500-7719・服務時間／週一至週五：09：30-12：00、13：30-17：00・24小時傳眞服務／(02) 2500-1990; 2500-1991・讀者服務信箱 e-mail／service@readingclub.com.tw・劃撥帳號／19863813 戶名／書虫股份有限公司・香港發行所／城邦（香港）出版集團有限公司　香港灣仔駱克道193號東超商業中心一樓　電話／(852) 25086231　傳眞／(852) 25789337　e-mail／hkcite@biznetvigator.com・馬新發行所／城邦（馬新）出版集團 Cite (M) Sdn. Bhd. 41, Jalan Radin Anum, Bandar Baru Sri Petaling,57000 Kuala Lumpur, Malaysia　電話／(603) 90578822　傳眞／(603) 9057 6622　e-mail／cite@cite.com.my・封面設計／蕭旭芳・排版／陳瑜安・印刷／中原造像股份有限公司・2015年8月初版、2023年7月二版・定價／650元

Printed in Taiwan　ISBN 978-626-7226-54-4（平裝）・978-626-7226-57-5（EPUB）

宮部みゆき

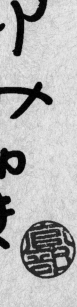